한국
아동문학비평사
자료집

2

1927.8~1929.12

한국
아동문학비평사
자료집

2

1927.8~1929.12

류덕제 엮음

보고사
BOGOSA

서문

아동문학 연구의 토대 구축을 위하여

『한국 아동문학비평사 자료집』은 이십세기 초부터 한국전쟁 직전까지의 아동문학 관련 비평문을 모아 전사(轉寫)한 것이다. 주로 일제강점기와 해방기의 비평문이다. 한국전쟁 이후의 비평문도 일부 포함되어 있는데, 대체로 사적(史的)인 정리나 회고 성격의 글이라 아동문학을 이해하는데 도움이 되는 것들이다. '아동문학 관련 비평문'이라 한 것은 이론비평과 실제비평, 서평(書評), 서발비평(序跋批評) 등 아동문학 비평뿐만 아니라 소년운동과 관련된 비평문들도 다수 포함하였기 때문이다.

문학 연구는 문학사로 귀결된다. 사적 연구(史的研究)는 일차 자료 확보가 무엇보다 중요하다. 그중에서도 비평 자료는 작가와 작품에 대한 이해를 위해 반드시 필요하다. 이것이『한국 아동문학비평사 자료집』을 편찬하는 이유다. 지금까지 아동문학에 관한 비평 자료는 방치되었거나 매우 제한된 범위 내에서 소수의 연구자들이 관심을 가졌을 뿐이다. 최근까지 아동문학에 대한 연구는 현대문학 연구자들의 관심분야가 아니었다. 아동문학과 가장 친연성이 강한 교육대학에서는 작품을 활용하는 실천적인 교육 방법에는 관심이 많았지만 학문적 접근은 대체로 소홀했었다.

원종찬이 '한국아동문학 비평자료 목록'(『아동문학과 비평정신』)을 올려놓은 지도 벌써 20여 년이 가까워 오지만, 아동문학 비평에 대한 연구는 여전히 미흡하다. 아동문학 작가나 작품에 대한 서지(書誌)는 오류가 많고, 작가연보(作家年譜)와 작품연보(作品年譜)가 제대로 작성되어 있지 못한 경우가 태반이다.

최근 현대문학 연구자들이 대거 아동문학 연구로 눈을 돌리면서 일정한 성과가 있었다. 하지만 연구 토대가 불비하다 보니 한계가 많다. 토대가 불비한 아동문학 연구의 현황을 타개하자면 누가, 언제, 무엇을 썼는지에 대한 자료의 정리가 필수적이다. 정리된 자료는 목록화하고 찾아보기 쉽게 검색 기능을 제공해야 할 것이다.

　　이 자료집은 일차적으로 아동문학 비평문을 찾아 전사하여 모아 놓은 것이다. 언뜻 보면 찾아서 옮겨 적는 단순한 일이라, 다소 품이 들긴 하겠지만 별반 어려울 게 없을 것이라 생각하기 쉽다. 그러나 실제 작업을 진행해 보면 난관이 한둘이 아니라는 것을 알게 된다. 먼저 아동문학 비평 자료의 목록화 작업이 녹록하지 않았다. 원종찬의 선행업적이 큰 도움이 되었지만 보완해야 할 것이 많았기 때문이다. 게다가 일제강점기의 통일되지 못한 맞춤법과 편집 상태는 수없는 비정(批正)과 각주(脚註) 달기를 요구하였다.

　　자료의 소장처를 확인하는 것도 지루한 싸움이었다. 소장처를 안다 하더라도 입수하는 것은 생각만큼 용이하지 않았다. 자료를 선뜻 제공하지도 않지만, 제공한다 하더라도 까다로운 규정 때문에 어려움이 많았다. 1920년대 잡지 대여섯 권을 복사하는데 10여 차례 같은 도서관을 찾아야 했다. 지방에 있는 편자로서는 시간과 비용과 노력이 여간 아니었다.

　　자료를 입수했다 하더라도 문제는 또 있었다. 원자료(原資料)의 가독성을 높이기 위해 영인(影印)이 아니라 전사를 하고자 한 데서 비롯된 것이다. 암호 판독 수준의 읽기 작업이 필요했다. 1회분 신문 자료를 읽어내는 데 하루 종일 걸린 적이 한두 번이 아니었다. 마이크로필름 자료의 경우 한글도 그렇지만 한자(漢字)의 경우 그저 하나의 점(點)에 다름없는 것들이 허다했다.

　　10여 년 동안 이 작업을 진행해 오면서 공동작업의 필요성이 간절했지만 현실적인 여건이 따르지 못해 여러모로 아쉬웠다. 전적으로 홀로 전사 작업을 수행하느라 십여 년이나 작업이 천연(遷延)될 수밖에 없었다.

　　그러나 나선 길을 성과 없이 중동무이할 수는 없었다. 매일 늦은 밤까지 수업을 제외한 대부분의 시간을 신문 자료와 복사물 그리고 영인본들을 뒤져서 자료를 가려내고 옮겨 적는 작업에 매달렸다. 시간이 갈수록 자료의 양이 늘어가고 욕심 또한 커졌다. 새로운 자료를 하나둘씩 발견하다 보니 좀 더 완벽을 기하고 싶었던 것이다. 자료 발굴에 대한 강박증이 돋아났다. 그러다 보니 범위가 넓어지고 작업량이 대폭 늘었다. 석사과정 당시 자료의 중요성을 강조하던 선생님들 덕분에 수많은 영인본을 거의 무분별하게 구입해 두었는데, 새삼 많은 도움이 되었다.

일제강점기의 아동문학은 소년운동과 분리되지 않는다. 소년운동은 사회운동의 일 부문 운동이었다. 이 자료집에 '소년회순방기(少年會巡訪記)'를 포함한 소년운동 관련 자료들이 많은 이유다. 소년운동이나 소년문예운동에 관한 기사 형태의 자료들이 아동문학을 이해하는 데 요긴하지만, 이 자료집에서는 갈무리하지 못했다. 따로 정리할 기회가 있을 것으로 생각한다.

자료를 전사하면서 누군지도 모르는 수많은 필자들을 만났다. 각종 사전을 두루 찾아도 그 신원을 알 수가 없었다. 잡지의 독자란과 신문 기사를 통해 필자들의 신원을 추적하였다. 아직 부족한 점이 많지만, 대강은 가늠할 수 있는 정도가 되어 자료집의 말미에 '필자 소개'를 덧붙일 수 있게 되었다. 하지만 분량 때문에 '작품연보'는 뺄 수밖에 없었다. 일제강점기 다수의 필자들은 본명 이외에 다양한 필명(호, 이명)으로 작품 활동을 하였다. 이들의 신원을 밝혀 '아동문학가 일람'을 덧붙였는데, 연구자들에게 많은 도움이 될 것으로 생각한다.

이 자료집을 엮는데 여러 기관과 사람의 도움을 받았다.

신문 자료는 국사편찬위원회의 '한국사데이터베이스'와 한국언론진흥재단의 '미디어가온', 국립중앙도서관의 원문 자료 서비스와 네이버(NAVER)의 '뉴스 라이브러리', '조선일보 아카이브' 등의 도움이 컸다. 인터넷을 통해 확인할 수 있고, 검색 기능까지 제공되기 때문에 무척 편리했다. 그러나 다 좋을 수는 없듯이 결락된 지면과 부실한 검색 기능 때문에 아쉬움 또한 컸다. 결락된 부분은 『조선일보』, 『동아일보』, 『시대일보』, 『중외일보』, 『중앙일보』, 『조선중앙일보』, 『매일신보』 등의 영인 자료를 찾아 보완할 수 있었다. 부실한 검색 기능을 보완하기 위해 지루하기 이를 데 없는 신문 지면의 목록화 작업을 오랜 시간 동안 수행해야만 했다. 『조선일보 학예기사 색인(朝鮮日報學藝記事索引)』은 부실한 검색 기능을 보완하는데 큰 도움이 되었다. '조선일보 아카이브'가 제공되기 전 마이크로필름 자료를 수시로 열람할 수 있게 해 준 경북대학교 도서관의 도움도 잊을 수 없다.

잡지 자료는 『한국아동문학 총서』의 도움이 컸다. 경희대학교 한국아동문학연구센터에 소장되어 있는 이재철(李在徹) 선생 기증 자료와 연세대학교 학술정보원 국학자료실의 이기열(李基烈) 선생 기증 자료, 서울대학교, 고려대학교, 서강대학교, 이화여자대학교 도서관의 여러 자료들에 힘입은 바가 크다. 이주홍문학관(李周洪文學館)에서도 『별나라』와 『신소년』의 일부를 구할 수 있었다. 아단문고(雅丹文庫)에서 백순재(白淳在) 선생 기증 자료를 통해 희귀 자료를 많이 찾을 수 있었다.

자료를 수집하는데 많은 분들의 도움을 받았다. 부산외국어대학교의 류종렬 교수는 애써 모은 『별나라』와 『신소년』 복사본을 아무런 조건 없이 하나도 빼지 않고 전량 건네주었다. 이 작업을 시작할 수 있게 밑돌을 놓아주어 고맙기 이를 데 없다. 신현득 선생으로부터 『별나라』, 『신소년』, 『새벗』 등의 자료를 보완할 수 있었던 것도 생광스러웠다. 한국아동문학연구센터의 자료를 마음대로 이용할 수 있도록 도와주었을 뿐 아니라, 빠진 자료를 찾아달라는 무례한 부탁조차 너그럽게 받아 준 김용희 선생의 고마움을 잊을 수 없다. 희귀 자료의 소장처를 알려주거나 제공해 준 근대서지학회의 오영식 선생과 아단문고의 박천홍 실장에게도 고맙다는 말을 전해야 한다.

막판에 『가톨릭少年』을 찾느라 애를 썼다. 성 베네딕트(St. Benedict) 수도원 독일 오틸리엔(St. Ottilien) 본원이 한국 진출 100주년을 맞아 소장자료를 공개하였다. 베네딕트 수도원의 선 신부님과 서강대 최기영 교수를 거쳐 박금숙, 장정희 선생으로부터 자료를 입수할 수 있었다. 자신들의 연구가 끝나지 않았음에도 흔쾌히 자료를 제공해 주어 귀중한 비평문을 수습할 수 있었다.

자료 입력이 끝나갈 즈음, 마무리 확인을 하는데 수시로 새로운 자료가 불쑥불쑥 나타났다. 많이 지쳐 있던 터라 타이핑 자체가 싫었다. 이때 장정훈 선생의 도움이 없었으면 마무리 작업이 훨씬 더뎠을 것이다. 학교 일이랑 공부랑 겹쳐 힘들었을 텐데 무시로 하는 부탁에 한 번도 싫은 내색을 하지 않고 도와주었다. 자료를 찾기 위해 무작정 동행하자는 요구에 흔쾌히 따라주었고, 수많은 자료를 사진으로 찍어 주었던 김종헌 선생의 고마움도 밝혀 두어야 한다.

수민, 채연, 그리고 권우는 나의 자료 복사 요구를 수행하느라 자기 대학 도서관뿐만 아니라 이웃 대학의 도서관을 찾아다녀야 했고, 심지어 다른 대학 친구들을 동원해 자료를 복사해야 했다. 언제 벚꽃이 피고 지는지도 모르고 산다며 푸념을 하면서도, 주말과 휴일마다 도시락을 싸고 일상의 번다한 일을 대신한 집사람에게도 고마운 인사를 해야겠다.

10년이 넘는 시간을 이 일에 매달렸는데, 이제 벗어난다고 생각하니 한편 홀가분하면서도 아쉬운 점이 없지 않다. 자료 소장처를 몰라서, 더러는 알면서도 이런저런 어려움 때문에 수습하지 못한 자료가 적지 않기 때문이다. 눈 밝은 연구자가 뒤이어 깁고 보태기를 바란다. 학문의 마당에서 '나를 밟고 넘어서라'는 자세는 선학과 후학 모두에게 꼭 필요하다고 생각한다.

끝으로 이 자료집은 1920년대까지 다른 출판사에서 첫째 권이 간행된 후 여러 사정으로 중단되었다. 새로 보고사에서 완간하게 되었다. 많은 자료를 보완했고, 아동문학과 소년운동을 나누어 편집했다. 자료집의 발간을 흔쾌히 맡아준 보고사 김흥국 사장과 박현정 편집장, 부실한 교정(校正)과 번거로운 자료 추가 요구를 빈틈없이 처리해 준 황효은 씨에게 감사를 드린다.

2019년 정월
대명동 연구실에서 류덕제

일러두기

1. 이 자료집에 수록된 모든 글은 원문(原文)을 따랐다. 의미 분간이 어려운 경우는 각주(脚註)로 밝혔다. 다만 다음과 같은 경우에는 각주를 통해 따로 밝히지 않고 바로잡았다.

　가) 편집상 오류의 교정: 문맥상 '文明'을 '明文'으로 하거나, '꼿꼿하게 直立하여 잇지 아니며/고 卷髮로써 他物에다 감어가하/'와 같이 세로조판에서 행별로 활자가 잘못 놓인 경우, '꼿꼿하게 直立하여 잇지 아니하고 卷髮로써 他物에다 감어가며'로 바로잡았다.

　나) 괄호와 약물(約物)의 위치, 종류, 층위 오류의 교정: '(a), (B), (C), (D)'나 '(가), (2), (3), (4)'와 같은 경우, '(A), (B), (C), (D)'나 '(1), (2), (3), (4)'로 바로잡았다. 같은 층위이지만 '◀'이나 '◎' 등과 같이 약물이 뒤섞여 있거나, 사용해야 할 곳이 빠져 있는 경우, 일관되게 바로잡았다.

2. 띄어쓰기는 의미 분간을 위해 원문과 달리 현재의 국어표기법을 따랐다. 다만 동요(童謠), 동시(童詩) 등 작품을 인용하는 경우 원문대로 두었다.

3. 문장부호는 원문을 따르되, 일관성과 통일성을 위해 추가하거나 교체하였다.

　가) 마침표와 쉼표: 문장이 끝났으나 마침표가 없는 경우 마침표를 부여하고, 쉼표는 의미 분간이나 일관성을 위해 필요한 경우 추가하였다.

　나) 낫표(「 」), 겹낫표(『 』): 원문에 없지만 작품에는 낫표, 신문과 잡지와 같은 매체, 단행본 등에는 겹낫표를 부여하였다.(『별나라』, 『동아일보』, 「반달」, 『어깨동무』 등)

　다) 꺾쇠(〈 〉): 단체명에는 꺾쇠를 부여하였다.

라) 큰따옴표(" ")와 작은따옴표(' '): 원문에 외국 인명, 지명 등에 낫표나 겹낫표를 사용한 경우가 있어 작은따옴표로 통일하였다. 한글 인명이나 지명, 강조나 인용 등의 경우에 사용된 낫표와 겹낫표는 모두 큰따옴표로 구분하였다. 다만 본문을 각주에서 인용하는 경우에는 한글이라 하더라도 작은따옴표를 사용하였다.

4. 오식(誤植)이 분명한 경우 본문은 원문대로 하되 각주를 통해 오식임을 밝혔다. 이 자료집의 모든 각주는 편자 주(編者註)이다.

5. 원문에서 판독할 수 없는 글자는 대략 글자의 개수(個數)만큼 '□'로 표기하였다. 원문 자료의 훼손이나 상태불량으로 판독이 불가능한 글자의 개수를 헤아리기 어려운 경우에는 '한 줄 가량 해독불가' 식으로 표시해 두었다. '×××'나 'ㅇㅇㅇ'와 같은 복자(伏字)의 표시는 원문대로 두었다.

6. 인용문이 분명하고 장문인 경우, 본문 아래위를 한 줄씩 비우고 활자의 크기를 한 포인트 줄여 인용문임을 쉽게 알아보도록 하였다.

7. 잡지나 책에서 가져온 자료일 경우 해당 쪽수를 밝혔고(예: '이상 5쪽'), 신문의 경우 수록 연월일을 밝혀놓았다. 단, 원문에 연재 횟수의 착오가 있는 경우 각주로 밝혔으나, 오해의 소지가 없을 경우에는 그대로 두었다.

8. 외국 아동문학가들의 성명 표기는 필자와 매체에 따라 뒤죽박죽이다. 일본어 가타카나[片仮名]를 한글로 표기하는 데서 비롯된 것으로 보인다. 이해의 편의를 위해 원문 아래 각주로 간단하게 밝혔다. 자세한 것은 자료집의 말미에 실은 '외국 아동문학가 일람'을 참조하기 바란다.

차례

아동문학

소년운동

소년회순방기

아동문학

金泰午, "童話의 元祖 안더센 氏 – 五十二年祭를 마지하며",
『조선일보』, 1927.8.1.

"오는 八月 四日은 어린 사람의 世界를 高調한 안더 – 센 先生이 지금으로
부터 五十二年 前에 世上을 쩌난 紀念의 날임으로 世界各國에서는 이날을
해마다해마다 盛大히 紀念祭를 들입니다. 우리 朝鮮에서도 그 先生의 作品
紹介도 種種 잇섯습니다마는 全 世界 어린 靈들을 爲하야 참으로 알어주는
그를 다시금 되풀이하여 생각하고 追憶함도 意義잇는 일이 될가 하야 그
先生의 傳記를 簡單히 紹介하겟습니다."

×

世界童話界에서 그 이름이 놉흔 丁抹의 偉大한 詩人, 한쓰·크리스찬·
안더 – 센은 北歐의 巨星이오 丁抹의 자랑거리다. 그리고 世界의 寶玉이오
兒童世界의 天使다! 그는 只今으로부터 一百二十二年 前 春四月 三日 '덴
막크'의 푸렌이란 小島 오덴스라는¹ 조고마한 村에서 出生하얏나니 그의
父親은 구두 修繕하는 靴工이오 母親은 不祥한 漂迫의 女子이엇다. 이러틋
한 環境 속에서 날쒸며 貧窮한 家庭에서 자라난 그는 階級的으로 敎育을
바들 幸運兒가 되지 못하야 十八歲에 일으도록 一字無識이라는 別名까지
들어 왓섯다 한다.

그러나 한째는 거지노릇까지 하여 본 貧困하고 陰鬱한 어머니를 가진
反面에 讀書와 小說을 씀직히도 조와하는 아버지를 가지엇든 것이다. 그리
고 그의 父親은 自己 職業 以外의 餘暇에는 晴明한 봄날 달 밝은 가을밤에
는 안더 – 센과 가티 海邊에 散步하며 「아라비안나잇트」 가튼 傳說을 들려
주엇다.

이 니야기가 안더 – 센의 귀로 되풀이하여 들어갈 째에 未來의 幻想世界
에 對한 가슴을 울렁거리며 그의 아버지의 感化를 바더 讀書와 思索에 醉

---

1 퓌넨(Fünen)(영어명 Fyn) 섬 오덴세(Odense)를 가리킨다.

하기 始作할 째 그는 벌서 偉大한 文學者 되기를 스스로 心中에 誓約하엿던 것이다. 어린 안더-센의 머리는 感情이 强한 性格者이며 짤아 空想的이어서 童話나 傳說 中에 잇는 어린 王子도 되고 어느 貴族 집 젊은 主人도 된 것가티 생각하얏다 한다. 未來의 幸福을 꿈꾸는 안더-센은 나히 겨우 十四歲 되는 해에 그의 사랑하는 아버지는 永遠의 나라로 스러지고 말엇다.

어린 안더-센은 이째 얼마나 설고 애닯엇슬가!? 그는 슬픔에 가슴을 부둥켜안고 모든 것을 힘쓰면 된다는 굿세힌 意志下에 어머니가 改嫁를 가거나 義父가 虐待를 하거나 堪耐하여 왓섯다.

　　　　　×

將來의 詩人인 안더-센은 마츰내 어머니의 許諾을 어더 丁抹의 首府 '코펜하-겐'으로 가서 演劇의 俳優를 志望하얏섯다. 그러나 아모 劇場에서도 採用치 안헛다. 그는 落望 中에 冒險的으로 그 나라 音樂學校에 가서 援助를 請하엿다. 그는 그러케 神奇치 아니한 援助를 어더 冒險的 演奏의 初舞臺는 마치엇다. 其後 幸일인지 不幸일는지 當時 聲樂家의 讚揚을 바다 어느 劇場의 歌手로 잇게 되엇다. 그러나 얼마 아니 되어 그의 美音은 衰退하여젓다. 그래 허는 수 업시 다시금 故鄉에 돌아와서 戱曲 創作을 爲始하야 漸次로 詩 童話의 經路를 밟어서 脚本은 各劇場에 보내어 熱心으로 上演하기를 請하엿다.

이러케 熱中하게 하는 功이 잇서 畢竟에는 國立劇場 管理人의 推薦으로 二十四歲 되는 해에 國費 留學의 特典을 바다 스라켈스의 라렌이란 學校에서 배우게 되엇다. 이로부터 안더-센의 純實한 藝術的 生活이 始作되엇던 것이다.

藝術家 안더-센은 詩人으로 戱曲作家로 小說家의 理想을 가진 이엇다. 그리고 어린이에게 보내는 無數한 膳物 滋味잇는—童話를 만히 써 世上에서 남겨 어린이들로 하야금 永遠히 그들의 世界에서 살게 하고 지금으로부터 滿五十二年 前인 一八七五年 八月 四日 七十一歲의 天壽를 다하고 北歐의 巨星 兒童의 恩人은 永眠하엿다 한다.

×

　이러틋 功이 만흔 先生을 紀念하기 爲하야 世界의 구석구석에서는 지금에 새ㅅ별 가튼 눈을 반작이는 少年小女가 丁抹에서 佛蘭西에서 獨逸에서 스칸지나븨아에서 伊太利에서 그 外의 陸地가 連하여 잇고 어린이가 사는 모든 나라에서는 이날을 意味잇게 記念한다. 이제 우리 薄幸한 朝鮮의 어린이 펼 대로 펴 보지 못하고 자라나는 그들을 爲하야 世界의 어린이들을 참으로 알어주는 그 先生을 우리 朝鮮에서도 京鄕各地 少年團體에서는 그를 意義잇게 紀念하는 同時에 우리 어린이를 한 겹 더 貴重하게 위해 주며 마즈막으로 이 짱에도 오래지 안해 그러한 人格者가 出現될 줄 밋고 짤아서 우리의 少年運動이 氣分運動의 한 階級을 밟어 組織運動의 促進을 바라며 압흐로 알리려는 〈朝鮮少年聯合會〉에 만흔 祝福이 잇기를 빌고 이만 그친다.

一九二七. 七. 二二 —— (끗)

延星欽, "안더-슨 先生의 童話 創作上 態度(一)", 『조선일보』, 1927.8.11.

今年 八月 四日은 北歐文壇의 巨星이요 童話作家로 우리 朝鮮과도 親하게 된 '한스·크리스챤·안더-슨'이 世上을 써난 뒤 五十二年 되는 날이다.

그는 半流浪兒로 태어낫섯스나 漸次 國民의 寵兒가 되고 那終 晩年에는 그의 녯날이약이와 가티 참말로 幸福스러운 몸이 되어 丁抹 王室에서 國寶 的 人物로 優待를 밧기까지 되엇섯다.

그를 中心으로 하야 前後의 童話文藝界를 바라볼 것 가트면 그 以前의 斯界는 무엇이라 말할 수 업슬 만치 生命 업는 쓸쓸한 世上이엇든 것이 明白하다. 그곳에는 兒童의 쌘짝이는 눈瞳子에나 붉으레한 두 쌤에나 小鳥 의 우름소리가티 晴晴한 목소리에까지 조고마한 純情과 生色도 업는 褪色 한 "이약이"로 擴充된 世界엇다는 것이 吾人의 想像圈內에 써오름을 禁할 수 업다. 中世紀째의 洋畵에 나타난 兒童의 모양을 보면 그것은 마치 大人 을 縮少하야 童衣에 싼 것에 不過하다는 印象을 우리에게 줄 쑨이다. 안더 -슨 以前의 兒童의 모양은 果然 그러하엿다 하야도 無妨하다.

勿論 이는 童話文學上의 半面 卽 藝術童話를 指摘하야 한 말이다. 其他 半面 卽 民族童話로는 이미 그의 童話보다 먼저 끄림 兄弟의 曲範的[2] 集成 이 오늘날 돌아다니는 그림童畵의[3] 定本과 거의 갓갑도록 完成되어 잇섯 다. 그러나 그림과 가티 民間傳承의 童話를 蒐集하지 안코 그것을 藝術的 으로 새로히 創作하는 藝術童話 方面에 잇서서 안더-슨의 싸아 논 業績 은 오직 그 當時에 잇서서쑨의 驚異가 아니다. 先生의 事後 爾來 半世紀 라는 歲月이 지남을 쌀아 兒童文藝界는 文藝의 普遍과 兒童硏究의 進步 와 함께 異常한 發達을 하엿슴과 同時에 斯界에 優秀한 作家를 輩出한 것

---

2 '典範的'의 오식이다.
3 '그림童話의'의 오식이다.

도 注目할 만한 일이라 할 수 잇스나 아즉것 先生과 가티 童話文藝에 全的으로 心魂을 傾注하야 劃時代的 貢獻을 한 사람은 업스리라고 생각한다.

누구나 先生의 生涯와 童話의 關係를 깁히 생각해 본다 할 것 가트면 끈임업는 異常한 運命이 先生의 生涯와 童話를 結合시키며 兩者를 分離해 노치 안엇다는 것을 깨달을 것이다. 딸아서 先生의 童話를 볼 째에는 先生의 傳記에 囑目할 必要가 잇슴을 늣길 것이다. 本稿의 敍說도 쏘한 이 길을 발버서 硏究가 잇는 點까지 到達해 보려 한다.

×

안더―슨과 가티 童話創作에 그 全 生涯를 바친 사람이 稀有한 것과 가티 쏘한 先生과 가티 自己 生涯와 創作한 童話의 關係가 密接한 例를 남겨 논 이는 아조 업다 하야도 過言이 아닐 것이다.

先生의 童話를 읽는 것은 先生의 生涯의 縮圖를 魔國의 거울(鏡)로 빗춰서 바라보는 것과 가튼 것이다. 先生의 童話에 나오는 王女나 小人이나 老婆나 農夫에나 다 先生의 影像의 片鱗이 부터 잇다. 先生의 性格은 「鉛의 兵丁」과 가티 率直하고 先生의 天才의 깁히(深)는 「中國 皇帝의 쬐꼬리」와 가티 神妙하며 그의 마음시는 그늘 속의 마른 풀을 가슴에 안ㅅ고 昇天하는 「天使」와 갓고 그의 孤獨은 「街燈」과 갓다. 天才의 싯업는 憧憬이 들이차지 못한 쓸쓸스러움을 「雪女王」으로 象徵하엿고 눈멀은 俗衆과 誇慢한 批評家를 諷刺하는 마음을 「批評家」에 表現하엿다. 안더―슨 先生은 先生이 지은 童話와 童話的 小說 百五十六篇을 通하야 마음껏 自己表現을 다하엿다.

先生이 自敍傳의 標題를 「내 生涯의 童話」라고 일홈 부친 것은 童話와 손을 맛잡고 걸어 나아간 先生의 異常한 運命에 비친 둘도 업시 훌륭한 일홈이라 할 것이다. 이 生涯의 童話의 交涉을 述하기 前에 先生의 生涯의 斷片을 先生의 生涯 中에서 摘取하야 이약이해 보려 한다.

延星欽, "안더-슨 先生의 童話 創作上 態度(二)", 『조선일보』, 1927.8.12.

×

先生의 故鄕은 丁抹에서도 그中 獨逸과 갓가운 푸-넨島上의 바다로 向해 잇는 오-쌘제라는 洞里엇섯다.[4]

지금은 人口가 四萬이나 되는 工業市이지마는 先生이 잇슬 그째에는 아즉것 封建의 異風이 洞里의 建物에나 生活에나 特히 思想에까지 固着되어 잇섯다. 그곳의 住民은 쪼식製의 十二世紀 물이 저저 잇는 寺院의 厚壁과 荒狂한 北歐 潮風에 抑壓되고 쪼들린 쁘테 억세인 根性의 持主가[5] 되어 버렷다. 그리고 좁듸 좁은 섬을 世界로 삼고 지내는 시골사람의 常習으로 마음이 좁고 階級의 念이 强하엿다. 이 가튼 사람 틈에 안더-슨은 一八〇五年 四月 二日에 貧困한 구두쟁이의 아들로 태어낫다. 이 詩人의 出生하든 그 當時의 事實을 적으랴면 넘우도 悲慘하야 붓이 잘 돌아가지 안는다. 그것은 넘우도 悲慘하엿슬 쑨 아니라 先生 自身도 어머니와 누의에 對한 일을 남에게 말도 하기 실혀하엿고 쏘 붓으로 쓰기로 실혀하엿든 까닭에…… 그러하면서도 오늘날에 일으러서는 識者間에 周知의 事實로 傳해 돌아단일 쑨만 아니라 이 가튼 卑賤한 곳에 몸을 일으킨 그를 바라볼 째 그곳에는 더욱 멧 倍의 敬慕의 念이 일어남을 생각할 째 찰하리 이 點은 그만두고 敍述하는 것이 當然하지 아니한가 생각한다. 안더-슨이 出生하든 째는 兩親이 結婚式을 擧行한 지 二個月 後이엇는데 그째 아버지는 二十二歲 어머니는 二十七歲엇다 한다. 이것만으로도 일이 順調로 되지 못하엿다는 것을 알 수가 잇다. 더구나 그 어머니는 本是 血統도 알 수 업는

---

4 '丁抹'은 덴마크(Denmark)의 음역어이고, '푸-넨'과 '오-쌘제'는 퓌넨(Fünen)(영어명 Fyn) 섬 오덴세(Odense)를 가리킨다.

5 '持主'는 "모치메시(もちめし)"라고 읽는 일본어로 "소유자, 소유주, 임자'라는 뜻이다.

放浪女이엇는데 一時는 求乞하는 境涯에짜지 떨어젓는 그만치 無敎育者로 쇠집올 째에는 女兒 하나를 다리고 왓섯다. 그 義妹가 되는 다리고 들어온 女兒는 안더-슨보다 나희 五六歲 위인 카렌 매리엇는데 안더-슨은 義妹의 이약이는 도모지 하지 아니하랴고 애를 썻지마는 那終에 義妹 매리가 行方不明이 된 뒤에 안더-슨은 불상한 義妹의 일을 童話小說 「안늬 리스벳트」와 그 外에 두어 가지 이약이 속에 집어너헛다. 그 어머니는 極甚한 性行의 持主로 結局 이마자 안더-슨을 바리고 어듸로인지 달어나 바리고 말엇다. 그 어머니의 面影은 童話 「金도야지」와 「석냥파리 少女」에 숨키어 잇다 한다. 그 아버지도 그리 일하기 조와하는 사람은 아니엇다. 그 아버지에게서 마튼 구두쟁이 노릇에도 힘쓰지 안코 될 수 업는 空想에 싸혀서 가난방이로 지내는 사람이엇다. 무엇 하나 하는 일 업시 那終에는 傭兵이 되어서 從軍하자 負傷兵으로 歸還되어 生涯가 더 一層 悲慘하게 되엇다. 이 가튼 家庭의 苦境에 잇서서 남달리 멧 倍나 더 敏感한 詩人이 얼마만치 煩惱를 하엿슬가 하는 것은 想像하기에도 어려운 일이 아니다.

그러나 오직 한 가지 그 아버지의 性質에 바리지 못할 特質은 여러 가지 空想的 이약이를 朗讀하기 조와하엿든 것이니 그中에도 特히 아버지가 읽어 주신 「아라쎄안나잇트」의 極端的 架空의 이약이는 詩人으로 童話作家될 만한 素質에 깁흔 뿌리를 박어 주엇다 할 것이다.

이 가튼 家庭에서 그늘 속의 덩굴풀이 돌담으로 긔어 올러가듯키 天惠의 쎗는 힘 하나를 依支하고 안더-슨은 자라고 잇섯다. 讀書라고는 猶太人의 兒童으로 包圍된 不完全한 小學校에서 敎育을 밧고 그 다음에는 貧民窟學校에 收容되어 겨우 남의 집 兒孩들과 가티 낡힐 것을 낡힐 機會를 밧게 되엇든 것이다. 그동안에 아버지는 돌아가고 둘재 아버지가 생기엇다. 元來 神經質이어서 每事에 직수굿하는 일이 업서서 안더슨은 새로운 父에게도 사랑이라는 말은 들어보지도 못하엿고 쏘 周圍의 여러 사람에게도 조타는 말은 못 들엇다. 特히 그의 性格 中 한 가지 特徵은 自負心이 强하야 남에게 賤待 밧기를 어린애면서도 실혀하엿다. 이 自負 ― 他人의 눈에는 傲慢해 보힌 이 性質 ― 은 더욱 남에게 蔑視밧는 原因을 맨들엇지마는 이 孤獨의 모양은 거의 半生 以上을 通하야 그의 側面圖를 맨들엇스니 그의 童話를 읽는 사람은 그의 쓸쓸하고도 不屈하는 모양을 隨處에서 發見할 것이다.

이가티 自負 自尊의 마음과 함께 그의 生涯를 通하야 볼 수 잇는 無邪氣한 素質 童話作家로서는 不可缺할 이 素質 때문에 안더-슨은 自己 傳記에 여러 가지 '에피소-드'를 남겨 노앗다. 後의 童話에 直接 關係되는 例를 들어보겟다.

안더-슨이 十四歲 째는 堅信式[6]을 바들 째엿다. 그래서 自己를 불으러 왓스나 그의 牧師의 집으로 가지 아니하엿다.

그의 自分[7]으로는 當然히 가야할 것이지마는 그의 自尊心은 그를 가지 못하게 붓들엇다. 那終에 그는 貴族의 兒孩들을 取扱하는 牧師에게로 갓다. 그래서 式場에 일으러서 그는 平素에 남의 구두를 신고 놀림쌈이 되엿든 것을 분히 역이어 선물로 바든 빨간 구두를 신엇다. 이 새바구두사을람들에게[8] 보히고 십다는 어린아이다운 衝動에 쫏기어 아랫바지 믓틀 구두 속에다 찔너 너코 사람들의 눈에 보히도록 하엿다. 더욱이 구두가 빠드덕어리는 고로 漸漸 깃분 생각을 것잡지 못하야 得意滿滿한 態度로 寺院 안으로 들어서서 祈禱 中인 것도 不顧하고 구두소리를 놉히어 걸어 들어왓다.

그는 이째의 痛快한 맛을 終生 닛지 안는 일 中의 하나라고 말하엿다. 그러나 그의 順良한 마음은 이째 會衆의 祈禱를 妨害하엿든 것은 깁히 後悔하엿다. 童話 「赤靴」[9]에는 痛快한 늣김과 그 後의 後悔의 念이 석기어 잇다.

---

6 견신례(堅信禮) 곧 견진성사(堅振聖事)를 가리킨다. "성세 성사(聖洗聖事)를 받은 신자에게 성령과 그 선물을 주어 신앙을 성숙하게 하는 성사'를 뜻한다.
7 '지분(自分, じぶん)'은 "자기, 자신, 스스로'란 뜻의 일본어이다.
8 '이 새로 바든 구두를 사람들에게'의 오식으로 보인다.
9 「빨간 구두」를 가리킨다.

延星欽, "안더-슨 先生의 童話 創作上 態度(三)", 『조선일보』,
1927.8.13.

또 한 가지 揷畵는 그의 自負的 性格을 말하엿다. 童話作家로서 그의
일홈이 들릴 째 일이엇스나 獨逸 滯在 中 엇더한 째 그는 '쯔림' 兄弟를
訪問하엿섯다. 그째에 紹介하는 사람이 안더-슨에게 엇던 쯔림을 맛나 보
랴느냐고 물엇다.

그는 對答하기를 "第一 學識 만흔 이와 맛나겟다" 하엿다. 兄 야곱이 面會
하러 나왓스나 야곱은 안더-슨이 누구인지 仔細히 몰랏기 째문에 接待도
平凡하게 하엿다.

안더-슨은 自尊心이 적지 아니 沮喪이 되어서 後年에 그가 得意滿滿한
地位에 일으러서도 쯔림 兄弟의 이약이만 나면 언제든지 "………… 그러나
쯔림은 나를 아지 못햇다네" 하고 不滿한 뜻을 보히는 것이 常例이엇다.
이 自尊心은 自己의 境涯가 이것을 容認함에 極端的 反對를 하고 잇는
狀態에 일으는 故로 그곳에 그의 마음과 實世界와의 激烈한 相克이 생겻
다. 그러나 自己의 天分을 自覺하고 잇는 그는 虛ㅅ되히 實世界의 壓迫에
屈從하거나 또는 그것과 妥協을 하야 살어갈 수는 업섯다. 그리면서도 그
는 그 相克을 그대로 世上生活裡에 實現하는 鬪士로 생겨나게 하기에는
좀 멀리 떨어진 사람이엇다. 이 點에 잇서서는 極度의 平和主義이엇섯다.
싸호지 안코 그러나 屈하지도 안는 그의 態度 그곳에 끗업는 煩悶이 잇섯
다. 그리고 깁히깁히 속으로 파 들어가는 그 內心의 苦痛 그것을 어느 곳에
發散시켯슬가. 그의 童話는 實로 그의 靈의 深底로부터 湧出하는 苦悶의
火焰을 吐하는 噴火口엿든 것이다. 이 火口에서 뛰어나온 童話는 可憐한
아해들에게 언제든지 웃는 얼골을 보히지마는 그것은 眞心으로 울고 잇는
리야王의 道化者엇다. 이 째문에 그의 童話의 一面은 對社會抗爭의 象徵
으로 볼 수 잇다. 抗爭의 動機를 가진 童話라는 方面으로 觀察하야 먼저
이것을 두 가지로 난호와 보면 內面的인 思想方面과 外面的인 形式方面으

로 區別할 수 잇다.

便宜上 먼저 이 두 가지 中의 後者인 形式 方面으로부터 말하랴 한다.

여긔에 所謂 形式이라고 말한 것은 主로 그의 童話를 쓴 套인 修辭上 方面을 指摘한 것이지마는 그곳에도 쏘한 안더-슨의 時流에 當키 어려운 性格의 直經과 識見의 單拔이 번득이고 잇다. 童話文學의 歷史上으로 그 의 時代의 周圍 狀態를 돌아볼 째 나는 그가 當時 童話文學界의 時流에서 그만치 飛躍한 것과 因襲으로부터 脫離한 放奔自在의 書法에 驚嘆 안 할 수 업다. 그 當時의 안더-슨을 凝視할 째마다 내 가슴속에는 저절로 알맨 카렐의 생각이 쩌올은다. 알맨 카렐이 年少한 記者로 엇더한 新聞社에 入 社하든 쌔에 일이엇다. 主筆은 카렐의 쓴 文章을 一見한 뒤에 文章의 엇던 곳을 指示하면서

"여보 世上에서 그러케 쓰지 안는 것이요" 하고 注意를 시켯다. 그째에 카렐은 儼然히

"저는 남들이 쓰듯키 쓰지 안습니다. 내가 쓰듯키 씁니다" 하고 對答하엿 다 한다.

안더-슨과 同國人으로 十九世紀 文藝論壇의 巨匠 쑤란데스는 그를 아 는 사람 中에 第一人者이엇든지 그 쑤란데스[10]가 안더-슨 論 劈頭에 喝破 하기를 "天才의 保持에는 勇氣가 必要하다" 하엿다. 이 一句의 辭는 안더- 슨의 文藝家로서의 第二 特徵을 指摘한 適當한 言辭가 될 것이다. 참으로 그는 自己의 童話作家로서의 天分을 깁히 覺悟하고 그 天分을 發揮하야 나아가는 前路에 橫在해 잇는 因襲과 定型과 基準 압헤 低徊浚巡[11]하고 或은 叩頭하기를 마지안엇든 것이다.

우리들이 안더-슨 以前의 童話를 읽은 뒤에 그의 作品을 接할 째에 그곳 에는 무엇이라 말할 수 업는 리듬에 感觸이 된다.

---

10 게오르그 브라네스(브란데스, Georg Morris Cohen Brandes, 1942~1927)를 가리킨다. 덴 마크의 문예비평가로 대표적 저술로 『19세기 문학 주조』(1871~1890)가 있다.
11 '低徊浚巡'은 저회준순(低徊逡巡)의 오식이다.

오래된 歐洲의 音樂을 듯고 난 귀로 現代樂 巨匠의 奏曲을 듯는 感이라고도 할 만한 一種 異常하고 複雜한 音色과 安定되지 못한 것 가튼 그래도 살아서 쒸노는 圓滑한 旋律이 한데 合해 일어나서 豪華롭다 할지 엇잿든 무에라 말할 수 업는 動的 美를 늣기게 되는 것과 가티 이것이 卽 안더-슨 童話의 一基調이요 그 以前의 童話文學에 缺如되엇든 重要한 缺點이엇다. 均衡을 脫出하야 미친 것과 가티 쒸어나가는 言語의 行方에 兒童의 琴線에 참으로 부다친 文章의 生命이 잇다.

"仔細히 들으십시요. 始作합니다. 우리가 이약이 끗까지 들을 것 가트면 至今보다는 確實히 알게 됩니다 ………… 웨 그런고 하니 녯날녯날 오랜 녯날 못된 山神 하나가 잇섯습니다. 아조 짝업시 못된 귀신의 동무엇습니다. 아귀엇습니다 ……"

"이 나라 中에서 第一 크고 푸른 닙새는 무엇무엇 하여도 오란다쎈쎄의 닙사귀입니다. 입새 하나를 조고만 自己 몸둥이(버러지 몸둥이) 압헤 늘어트리면 압치마와 갓습니다. 머리 우에 언지면 비 오는 날에는 雨傘 노릇을 합니다. 참말로 엄청나게 큰 닙새입니다. 오란데쎈쎄는 홀로는 살지 못합니다. 하나이 살면 다른 것도 작구작구 살기 始作합니다. 참으로 볼 만한 일입니다. 그러나 볼 만한 이것이 모도 달팽이의 料理가 된답니다. 녯적부터 身分 놉흔 兩班이 달팽이 요리를 먹고 나서 '에-참 맛잇다. 맛 조흔 달팽이다' 하는 賞讚을 바덧슬 만치 크고 흰 달팽이…… 이 달팽이들이 오란단쎈쎄 입새에서 살고 잇습니다. 그럼으로 오란다쎈쎄의 種子는 만히 쒸려젓습니다 ……"

이가티 文章의 脉胳이나[12] 構造나 말의 配列과 順序가 全혀 當時 傳統의 反逆이엇다. 當時 作家의 『文章典範』에 던지인 一大 爆彈이엇다.

×

童話 創作上 이 反抗的 態度는 그 形式과 함께 內容에 잇서서도 쏘한 쏙가티 舊來 因襲的 생각과는 絶緣이엇섯다. 實로 그의 童話의 집인 思想

---

12 '脉絡이나'의 오식이다.

發展은 成人의 一般的 理路에서는 到底히 相到할 수 업는 곳에까지 跳梁을 敢히 하엿다. 意外의 事物과 事物이 連絡을 한다. 그의 童話의 推理는 理智의 推理가 아니고(語弊가 잇는지 몰으나) 感情의 推理다. 感情에서 感情으로 날려가는 그곳에 突飛가 생긴다. 果然 兒童의 마음(心)의 世界의 움즈기는 法은 그러하다. 안더-슨 研究者의 一權威 귀ㅅ드-홀라-는 그의 著書『안더-슨 童話研究』中에 이가티 말하엿다.

延星欽, "안더-슨 先生의 童話 創作上 態度(四)", 『조선일보』, 1927.8.14.

怜悧한 버레가 纖細한 실(絲)을 여러 쪽으로 얼기설기 감아서 那終에 一個의 網을 맨들어 가지고 보금자리를 삼는 것과 가티 詩人의 想像은 바람 부는 대로 훨훨 날으는 胡蝶과 가티 아모 類似도 업는 듯한 點에서부터 날아가서 事物과 聯絡한다.

참말로 成人의 因襲的 推理 慣性으로 보면 이 가튼 連結은 異常하리라. 그러나 小兒에게 잇서서는 그것이 自然이다. 안더슨은 오즉 이 自然에 쪼첫슬 뿐이다. 이 異常과 突飛는 兩物間의 結合推移에서 나아가면 異常한 이약이의 結果에 일은다. 因果關係에 잇서서도 所謂 "定規"에 벗어진다. 그의 이약이에 往往히 通常 道德律에까지 버서지는 結末로써 씃을 막는 것이 잇슴은 이 까닭이다. 그럼으로 童話 속에서 期節의 "月"이 郵便物과 함께 다름질을 하야 忽忽히 都市의 이 門 저 門으로 돌아다니며 人影은 主人과 作別을 告하고 王女의 男便도 되며 宮殿 門은 會議를 열기도 한다. 薔薇는 當時 固定된 觀念인 花中王이 아니고 美에 奉仕하는 犧牲者의 象徵이요 醜한 家鴨은 不遇의 天才의 모양이요 白鳥는 偉大한 思想家의 孤獨한 形狀이다. 幸福을 내려준 魔女의 恩惠를 닛고 魔女의 목을 베인 一兵卒이 아모 才操 업시 오직 魔法의 힘으로 王女와 結婚하야 幸福스럽게 餘生을 보낼 수가 잇기도 하며 약고 적은 크라우스는 善良한 큰 크라우스를 맘대로 利用하야 酷毒한 일을 當하게도 한다. 그럼으로 넘우 悲慘하기 끗업는 루-찌와 쌔벳트의 永別을 「氷의 處女」에서 읽은 쏀른손[13]은 안더-슨에게 넘우 過酷지 아니하냐고까지 忠告하엿다.

이가튼 안더-슨의 傍若無人의 態度가 그의 鄕土의 사람들 그 時代의 偏狹과 因襲에 굿게 된 사람들 마음속에 엇더케 容認될 수가 잇섯스랴? 果然 그는 無理解한 俗衆과 當時 文藝批評家들의 怒念에 接觸되엇다. 攻擊의 화살은 그의 몸을 에윗싸고 四方으로부터 날러 들어왓다. 그러나 이 國民의 一部의 怒念은 오래 繼續되엇슴으로 그는 이 때문에 몃 번이나 붓을 던지고 嘆息하엿고 엇던 때는 童話創作에 暫時 손을 끈코 小說創作에 專心하려고까지 하엿다.

이제는 世俗 及 批評家 對 詩人의 抗爭을 이약이하고 此稿를 마치겟다.

一八三五年 先生이 三十歲 되엇슬 때 先生은 비로소 童話 第一集을 내어 노앗다. 『兒童들을 爲하야 이약이 한 童話』라는 標題를 부친 六十一 페이지밧게 안 되는 小冊子엿다.

「부싯돌 箱子」 以外에 네 가지 童話를 모와 논 것이지마는 兒童의 읽을 만한 優秀한 作品뿐이엇다. 本是부터 作法이 從來의 兒童 根本禮儀의 憲法을 眼中에 두지 안흔 것이기 때문에 批評家들은 적지 안케 憤慨하엿다. 엇던 사람은 正面으로 攻擊도 하엿고 엇던 사람은 今後로는 그 가튼 것을 쓰지 말라고 忠告하엿고 또 怜悧한 사람들은 沈默을 직히고 形勢만 窺視하엿다. 그것도 그럴 것이다. 正直하고 無心한 第三者에게는 이 童話가 아모래도 滋味 잇슴으로 冊은 날개나 도친 것가티 잘 팔리는 때문에 批評家 中에서는 自然히 沈默을 직히는 무리가 생기게 된 것이다. 깁흔 自信으로 糧食을 삼고 살어가면서도 한편으로는 樂園의 胡蝶과 가티 조곰 거츠른

---

13 노르웨이의 극작가이자 소설가 겸 시인인 비에른손(Bjørnson Martinius Bjørnstjerne, 1932
　～1910)을 가리킨다.

바람에라도 싸호랴는 생각이 稀薄한 안더-슨은 이 攻擊의 第一矢에 압호게 靈의 深底에까지 傷處를 바닷다. 그러나 世上의 冷却은 그것만에 그치지 안코 그의 旅行 해가 잇는 巴里 宿所에까지 그의 惡評을 記載한 新聞을 크게 뭉텅이로 싸서 郵稅 先拂로 보낸 者까지 잇섯다.

世上의 사랑하는 어린이들을 爲하야 그의 全 精神을 집어너흔 선물이 된다 할 만한 童話에 對하야 얼마間 조흔 批評이 잇스리라고 豫期하고 잇든 詩人은 돌이어 쌩 代身에 돌을 바든 것이 되고 말엇다. 그는 一時는 失望의 구렁에 싸저 잇섯스나 이째 오즉 그에게 잇서서 沙漠의 沃土가 된 것은 亦是 兒童의 世界이엇다. 그는 이 憂鬱의 구름을 벗기기 爲하야 兒孩들 틈에 들어가서 그들에게 自作 童話를 이약이도 하고 쏘 朗讀도 하야 들려주고 엇던 째에는 작난감을 접어서 주기도 하엿다. 最近에 伯林[14]에서 開催된 안-더슨祭(아마 再昨年 五十年祭인 것 갓다) 째의 陳列品 中에는 조희로 접은 작난감 寫眞이 陳列되어 잇섯는데 그 작난감에는 무엇이라 말할 수 업는 表現의 創意가 들이차 잇서서 안더-슨 그 사람의 面影을 對하는 듯한 맛이 잇섯다 한다.

그러면 안더-슨은 이가티 理解 업고 情趣 업는 사람들을 엇더한 態度로 對하엿슬가?

안더-슨은 그들 攻擊者에 對하야 ――히 議論으로써 應酬치 안코 亦是 童話를 가지고 間接으로 싸홧든 것이다.

그의 童話는 이와 가튼 消息을 背景으로 하야 觀察할 것 가트면 可成的 痛烈한 諷刺로 充滿한 一種의 寓話라고도 볼 수 잇다. 이가티 그가 正面으로 一矢를 가지고 應酬치 아니한데 對하야 쑤란데스는 男子답지 못하다고 퍽 嘲笑하얏스나 안더-슨과 가튼 平和熱愛者로서는 到底히 될 수 업섯든 일임으로 그를 指摘하야 一種의 卑劣漢이라고도 할 수 업는 것이다.

×

그러면 이제는 童話의 힘을 빌어 自己를 批評하는 批評家를 諷刺한 것을

---

14 '伯林'은 베를린(Berlin)의 음역어이다.

觀察해 보자.

「사람이 發見할 수 업는 것」이라는 童話를 보면 젊은 男子 하나가 熱心히 工夫하고 잇다. 그는 復活祭가 오기 前에 詩人이 되어 詩로 젊은 妻를 먹이어 가랴 하엿다. 그러나 可惜하게도 그 男子가 지을 만한 詩의 題目은 모도 다— 옮허진 뒤엿다. 할 일 업시 怜悧한 妻의 智慧를 빌러 갓다. 妻는 自己 男便으로서는 到底히 새로운 詩의 題目을 發見할 만한 能力이 업슬 줄 알고 男便에게 이가티 말하엿다. "當身은 復活祭는 새뢰 五十日 後 聖靈降臨祭에도 詩人이 되지 못할 터이나 그러나 當身이 當身의 無能에 愛憎心을 부티지 말고 맘 노코 지내는 一方 참 詩人을 容恕 업시 罵倒하는 일싸지라도 붓그러히 생각지 아니하면 구태여 復活祭싸지 기다릴 必要가 업고 그보다 훨신 以前인 懺悔節의 檢閱者는 되리라" 하엿다.

延星欽, "안더—슨 先生의 童話 創作上 態度(五)", 『조선일보』, 1927.8.16.

그래서 詩人은 되지 못할 사람임으로 그 남자는 檢閱者가 되엇다. 이 檢閱者라는 것은 안더—슨이 엇더한 사람을 意味하야 말한 것인 것은 呶呶할 必要도 업는 것이다.

「무엇이냐」라는 童話의 槪要는 이러하다.

五人의 兄弟가 잇섯다. 各其 "무엇무엇"이 되리라고 말하엿다. 長男은 기와쟁이 次男은 미쟁이 三男은 建築師 四男은 新樣式의 工夫子者가 되겟다고 合議하엿다.

그러니싸 五男은 憤然히 兄들을 蔑視하는 눈초리로 둘러 본 뒤에 말하기를 "나는 그러한 쓸데업는 사람이 되기는 실고 批評家가 되겟다" 하엿다. 五人은 다 各其 立志한 대로 되어 世上에 알리게싸지 되엇다. 드듸어 五人은 다— 이 世上에서 하직을 告한다. 五男이 第一 長壽하야 最後로 天國을 向하야 길을 써낫다. 天國 門 압헤 일으러 그는 들어가랴 하지마는 許諾을 엇지 못하엿다. 웬 까닭인고 하니 그는 무엇 하나 天國 門으로 들어갈 資格을 어들 만한 일을 하지 안엇다는 까닭이다. 넘우 可憐히 녁이어 그를 爲하야 한 女人이 그를 入門토록 해 달라고 嘆願하엿다. 이 女人은 남을 救하기 爲하야 放火를 한 사람이지마는 이 女子가 오히려 批評家보다 天國에 들어갈 資格을 具有하엿다고 한다. 天國에 서는 이 嘆願에 依하야 長兄 기와쟁이의 功績의 一部를 算入해 주고 겨우 그는 門 入口 一室에까지만 들어오라는 許諾을 批評家에게 주고 今後 先行을 보아 안에까지 들이기로 하엿다.

이 批評家와 가티 안더-슨은 倨傲頑迷한 衆俗에게 數업시 冷待를 바 덧다.
짤아서 이러케 衆俗을 痛烈히 諷刺한 童話도 퍽 만타. 一例를 들어 말하 자면 「한울에서 썰어진 一葉」에는 이가티 말하엿다.

엇더한 쌔 天使가 天國의 靈木의 싹을 森林 中에 썰어트럿다. 싹은 드듸어 훌륭한 나무가 되어서 異常한 꼿이 피엇다. 그런데 植物學者 하나가 이 꼿을 보앗다. 그러나 그는 이 꼿이 靈花인 것을 볼 만한 힘을 갓지 못하엿다. 그의 知識으로는 이 植物을 어느 分類에 너허야 조흘지 몰라서 尋常하게 엇던 나무의 片輪이라 생각하고 不願하엿다. 俗人은 두말할 것 업시 이 나무에 對하야 敬意를 表할 줄 몰을 것이다. 그동안에 버레에게 쯧기어 그 나무는 말러바렷다. 그러나 말러버린 뒤에야 그 나무의 眞價를 알고 大騷動이 일어낫지마는 이제는 엇더케 할 수가 업섯다. 그래서 그 나무 遺跡에는 金鐵柵을 둘은다. 番兵을 세운다 하야 큰 야단이엇다. 그래서 最後로 學者는 이 꼿에 對하야 만흔 論文을 쓰게 되엇다.

이 니야기는 世上의 知識階級이나 民衆이라 稱하는 無鑑識者들이 天才 를 그 生前에는 容納치 안코 달려들어서 짜려죽이면서 那終에 일으러서야 天才에게 敬意를 表할 양으로 쓸데업는 짓들을 하기에 騷動을 일킨다는 것을 諷刺한 것이다.
안더-슨은 本國보다도 먼저 外國에서 그 眞價가 容認된 그 後에 일으러 서야 本國인 丁抹에서도 새삼스러운 듯이 그에게 敬意를 表하게 되엇든 것이다. 아모래도 「한울에서 썰어진 一葉」과 가튼 騷動이라 할 것이다.

「醜한 오리색기」라는 童話에는 自己의 運命을 暗示한 것 가튼 니야기가 들어 잇다. 白鳥의 피를 바든 雛鳥가 家鴨 中에서 길리엇다고 醜한 家鴨이라고 認定을 바다 가지가지로 虐待를 밧는다.

延星欽, "안더-슨 先生의 童話 創作上 態度(六)", 『조선일보』, 1927.8.17.

白鳥는 이 虐待를 견듸지 못하야 家鴨의 社會를 脫出하야 여러 가지로 困難을 當한 쯔테 넓고 넓은 公園으로 나와서 絶望 쯔테 白鳥의 무리 틈으로 날러 들어갓다. 意外로 白鳥에게 歡迎을 밧게 되엇슴으로 異常한 생각이 나서 自己 몸을 삷혀보니까 자기도 쏘한 白鳥이엇든 것이다. 그래서 「醜한 家鴨의 색기」는 놀러오는 可憐한 아해들에게 "어린 白鳥야 어린 白鳥야!" 하고 特別한 귀염을 밧는 몸이 되엇다는 것이 이 童話의 槪要다. 詩人이 本國人의 無理解 때문에 가지가지로 虐待를 바든 쯔테 外國과 兒孩 때문에 먼저 그 眞價가 發見되엇다는 事實을 니야기한 것이라고 볼 수 잇는 作品이다. 이 外에도 만흔 例가 잇스나 省略하고 結論으로 此稿를 마치랴 한다.

      ×

여긔까지 니야기해 내려온 그의 童話 卽 對世上 及 批評家라고 하는 것에 關係한 것만을 본다 할지라도 그곳에 深刻한 動機가 뿌리 깁히 박혀 잇슴을 알 수 잇는 것이다. 萬一 그의 生涯를 生活問題 愛의 問題 自然觀問題 等 各 方面으로 觀察하야 그곳에서 그의 童話胚胎의 由來를 본다면 안더-슨의 童話라 하는 것이 얼마나 그에게 잇서서 全的 問題이엇든가 함을 窺知할 수 잇는 것이다. 近世 以來 無數한 兒童文藝家가 輩出하엿지마는 이 만흔 사람들이 "製造"하는 文藝가 안더-슨의 童話와 均一하게 取扱이 된다 할 것 가트면 안더-슨은 "쏘 自己를 家鴨을 맨들거나" 그러치 안흐면 地下에서 痛哭할 것이다.

두말할 것 업시 自己의 人生 生活上 體驗에 깁히 뿌리박을 深刻한 兒童文學은 非常히 만흠으로 안더-슨의 것뿐이라고는 할 수 업다. 假令 若干의 高名한 詩人들을 一瞥하기만 하여도 그들 一生의 一페이지(廣義의)가 童話라는 布片에 싸여 들어간 例가 하나둘이 아니다. 獨逸의 뷔-랜드, 쯰테, 헷쌀은 말할 것도 업고 浪漫派의 詩人들의 哲學이 童話 森林을 넘고 숨어서 潺潺히 흘으고 잇는 것과 戰塵 속에서 生出한 풀크, 레안덴의 童話도 쌔어노치 못할 것이다. 카이바-의 現代的 童話에는 時代思潮의 피(血)의 洗禮로 일어난 悲痛이 눈에 씌인다.

다시 女流作家 엣센밧하와 페-타센의 作品을 볼지라도 그곳에는 人間의 記錄이 숨겨 잇슴을 알 수가 잇다. 佛國의 아나톨푸랑스 露國의 쿨이롭(寓話) 톨스토이의 作品이나 白耳義의 메-텔링드의 作品은 모다 詩人의 生涯의 허술치 아니한 一 페이지로 잡아매어 잇다. 純粹한 童話는 아니라 할지라도 쓔-포-의 「카리바- 旅行記」 가튼 것은 作者의 政治上 世俗上 經驗 쯔테 爆發되엇슴을 窺知할 수 잇다. 그러타. 文藝上 作品 그것이 童話거나 아니거나 그것은 不問이다. 쪽가티 偉大한 作者의 詩人的 人格과 深奧한 經驗을 前提로 하는 것이 當然한 것이다.

그런데 오직 안더-슨의 境遇에 잇서서는 이 生涯와 童話의 關係가 다른 詩人에게서는 어더 볼 수 업슬 만치 徹底하다는 點으로 特히 意義가 잇다는 所以이다. 나의 魔術주머니도 이제는 텅 븨엿다고 그가 죽든 해(一八七五年) 正月에 一親友에게 書面을 써 보내기까지 七十年의 生涯는 참으로 童話에다 바첫든 것이다. 앗시치의 聖者는 一月을 兄이야 누의야 하고 불을 만치 萬有 우에 그 宏博無限한 사랑을 吐露하야 그것과 間隔 업시 살려 하엿다. 안더-슨은 그러한 마음의 사랑 하나를 맨들어 가지고 代代로 限업시 그의 童話로 모히는 어린이들에게 向하야 童話를 通해서 永久히 나의 참 벗이여! 하고 불을 것이다.

(八月 四日! 先生의 五十三年祭를 맞는 이날에 안더-슨 先生을 알려는 이나 이미 알고 研究하는 이의 參考나 될가 하야 京大 敎授 田中 氏의 論 全文을 譯한 것이다.)

申孤松, "九月號 少年雜誌 讀後感(一)", 『조선일보』, 1927.10.2.[15]

구태여 九月號뿐이 아니다. 내가 읽어 오든 少年雜誌들을 對할 째 나는 늣기는 바 잇서 機會를 타서 붓을 들게 된 것이다. 그러나 거북함을 마지못하겟다. 果然 내가 여러 少年雜誌의 讀後感을 쓸 수 잇슬가. 만히 躊躇하든 바이다. 그러나 아니 쓰고는 아니 되겟다. 내가 感想한 것에 다른 사람과 共通한 무엇이 업지는 안흘 것이니 拙筆로써라도 編輯하는 분에게 또는 子女의 읽히는 父兄에게 參考되게 할가 한다.

多種의 少年雜誌가 뒤를 니어 出刊되는 이째에 그 雜誌를 닑는 우리 또는 子弟들에게 닑히는 父兄들은 雜誌의 選擇에 만흔 注意를 하지 안흐면 안 될 것이다.

그 雜誌로서 感化되는 힘은 정말로 偉大할 것이니 兒童이란 白紙에는 스치는 대로 善惡을 뭇지 안코 聞見 그대로 記錄하엿다가 다시 어든 機會에 利用하게 될 것이다. 사람은 善에도 强하며 惡에도 强하다. 兒童은 슯흔 記事를 볼 째는 同情하는 눈물을 흘릴 줄 알며 분한 記事를 닑을 째는 義憤을 니르킬 줄 알며 조치 못한 짓이라도 模倣하려 하는 本能을 가젓다. 그리고 그것이 지나면 全部가 消滅이 되는 것이 아니고 兒童의 氣質養成에 만흔 影響을 줄 것이다.

兒童은 善惡을 判定치 못한다. 萬若 그들이 善惡을 判定하는 能을 가젓다면 우리는 敎育도 必要치 안흘 것이다. 그러한 理由로 雜誌를 選擇할 必要가 잇다. 그들에게 모든 好奇心을 助長시키며 虛榮心을 니르키는 非敎育的의 記事는 要치 안는다. 그들은 好奇心을 가젓다. 이것을 善한 길로 引導하는데 敎育的 價値가 잇다. 兒童은 바른 사람이 또 弱한 사람이 슯흔

---

15 4회가 빠진 것으로 나타나 있으나 내용을 보면 "『새벗』『少女界』『少年界』『무궁화』『朝鮮少年』『아희생활』『新少年』『별나라』『어린이』의 順序"로 살펴본다 했는데 이 잡지들을 모두 언급하고 있다. 이로 볼 때 총 5회가 맞고 5, 6회는 4, 5회의 횟수 번호를 잘못 부여한 것이다.

境遇에 썰어진 것을 可憐히 생각하고 同情을 한다. 한가지로 惡한 것 强暴한 것이 敗하고 屈服되면 가장 喜悅하며 安心한다. 우리는 이 道德的 觀念과 情緒的 活動을 助長해야 할 것이다. 사람이 한 個人으로써 完全한 生活을 하랴면 人生의 全體를 解得하며 統一한 生活을 할 수 잇는 性情을 가저야 할 것이다. 그러니 우리는 全一한 生活을 하기 位하야 知情意의 混成的 發達을 할 수 잇는 敎育을 줄 것이며 敎化事業의 하나인 雜誌도 이 範圍 內에서 活動 안흐면 안 될 것이다. 더욱이 만흔 蹂躪에 困憊한 朝鮮 少年에게 만흔 愉悅을 줄 수 잇고 偏奇的 成長에서 解放하여 줄 수 잇고 慰安을 줄 수 잇는 最大의 機關이 아니 되면 아니 될 것이다. 自己의 일홈을 내기 爲하야 위에 말한 意義에 未及하는 데서 何等의 硏究 업는 雜誌는 子弟에게 넑히지 안흘 것이다.

慘憺한 朝鮮의 出版界에서 手財를 너어 가며 少年雜誌를 出版하는 여러분의 特志는 참으로 感謝하는 바이다. 그러나 엇저면 그다지도 그 內容이 貧弱하며 硏究가 업슬가. 나는 사랑하여 넑는 나의 雜誌로서 이러한 類가 잇는 것을 퍽도 슯허한다. 打算的으로 나오는 말로 "가튼 갑이면 조흔 것으로" 내지를 안는가 한다. 나는 讀者로서 當面의 利害關係를 가지고 잇는 바이니 衷心으로 비는 바이다.

내 손에 들어온 雜誌를 一一히 穿鑿해서 그 是非를 指摘하는 것이 아니고 나의 讀後의 意見을 말해 볼 것이다. 萬若 나의 말에 틀린 것이 잇거든 相當하게 叱責을 주면 나는 甘受하겟다. 짤아서 同意하는 바가 잇거든 곳 實行해 주기를 바란다.

申孤松, "九月號 少年雜誌 讀後感(二)", 『조선일보』, 1927.10.4.

자! 그러면 아모 秩序도 업시 써 보겟다. 『새벗』『少女界』『少年界』『무궁화』『朝鮮少年』『아희생활』『新少年』『별나라』『어린이』의 順序로 나아가자.

◇ 새벗

十錢에서 五錢으로 갑을 나리게 된 것을 感謝한다. (달 밝은 어느 날 밤 어느 정다운 두 소년의 풀넷트와 맨도린의 合奏)라는 아름다운 寫眞으로 表紙를 하게 되엇다. 그러나 "새벗"이라는 題字가 넘우도 美感을 니르키지 안는다. 좀 더 妙하게 藝術的으로 써 주엇드라면 그리고 글자의 排列이 何等의 統一이 업고 짜집(堅張)이 업다.

三十餘種이나 되는 目次를 홀터볼 째 누구를 不問하고 놀라울 것은 探偵冒險小說이 만흔 것이다. 探偵小說 그 全部가 敎育을 주는 것이 아니다. 이 雜誌를 編輯하는 분은 朝鮮 少年을 全部 探偵으로 養成하려는지 八題의 童話 小說 中에 半數가 探偵小說이니 깁히 생각해 볼 餘地가 잇다. 探偵의 재조도 必要할 것이다. 그러나 거긔에는 不統一의 意義가 잇다. 그 探偵小說의 內容이 엇더타는 것은 勿論이어니와 全 페지의 半數나 이에 虛費한 編輯者의 編輯한 動機를 憎惡 아니할 수 업다. 웨 그러냐 하면 雜誌를 팔기 爲하여 讀者의 興味를 썰어내기 위하여 第二 意義로 쓴 것이 分明하다. 그러치 안타면 筆者가 探偵小說이란 奇異한 感에 模倣的으로 試驗的으로 쓴 것일 것이다. 어느 편이든지 敎育的 價値는 업다.

◇ 少女界

目次에 나타난 執筆者의 數로 보아도 그 內容이 整頓된 것을 알겟다. 노래 두 편은 兒童으로써 넘우도 不可解의 것이다. 兒童에게 닑히는 雜誌이니 兒童이 알기 쉬울 만한 範圍에서 그들의 生活에 密接한 노래를 써 주면 조흘가 한다. 색씨님들이 編輯해서 그러한지 何等의 '유모어'가 업다. 少年에게는 우름만이 糧食이 아니라 우슴이 最大의 糧食일 것이며 더구나 朝鮮 少年으로서는 그들의 處地를 보아도 우슴을 줄 必要가 잇다. 이로써 그들은 만흔 愉悅과 慰安을 어들 수 잇슬 것이다.

十餘題의 童話 小說을 다 닑어 보니 두세 篇 外에는 全部가 飜譯과 西洋 것의 模倣이다. 勿論 西洋의 그것도 必要하다마는 우리는 朝鮮 사람이니 朝鮮的 氣分을 너허 줄 것이며 尊重하여야 할 것이 아닌가. "새야 새야 파랑새야' 하는 데서 朝鮮을 엿볼 수 잇스며 "쌈금 쌈금 쌈가락지"라는 데서 朝鮮을 차즐 수 잇스며 "히히 오라바, 히히 오라바"라는 데서 朝鮮맛을 알 수 잇슬 것이고 "王子님"이니 "인형"이니 "요술할머니" 가튼 것들은 朝鮮 少年과는 懸隔한 相距가 잇다. 그러타고 保守的 傳統的 意味에서 말하는 것은 아니다. 新舊를 能히 調和하는 데서 우리는 生活의 安定을 어들 수 잇다.

 쯔트로 "問題다" "感謝한다" "안을 수 업다" 가튼 말은 情답지를 못한 것 갓다. 어린 사람 읽기에는 尊敬體로 쓰면 조흘가 한다. 또 少女雜誌이니 文藝만에 汨沒하지 말고 家事 戲話 等 女子로서 必要한 讀物을 너허 주면 조흘 것이다.

◇ 少年界

 表紙의 「바다의 少年」은 잘된 그림은 아니다마는 못난 寫眞보다는 나흘가 한다. 이 雜誌를 읽고 나서 가장 늣기게 된 바는 少年으로서는 咀嚼하기 어려운 것이 만흔 것이다. 엄청나게 어려운 漢字와 文句와 말이 만타. 이것으로 推測하건대 筆者들은 兒童에게 對한 研究가 그다지 업는 것 갓고 兒童의 生活에 接觸해 본 적이 적은 것 갓다. 自己의 作品을 發表하는 機關이 아니고 남에게 읽히자는 더구나 어린 사람에게 읽히자는 雜誌이니 少年에게 有益할 뿐만 아니라 그들의 興味를 쯔을 수 잇는 알기 쉬운 것을 실리는 것이 조흘가 한다.

 二大 脚本이 잇스니 이것은 所謂 二大 脚本이고 價値 잇는 兒童劇은 아니다. 時計店 寶石 廣告 가튼 「金百圓也」는 엇던 訓話를 줄는지는 알 수 업다마는 「싀골 구두점」 정말 싀골 假設舞臺에서 할 脚本이고 出場人物의 일홈 記憶하기에도 욕을 보겟다. 뒤를 니어 엇던 場面이 나올는지는 몰으나 지금 가태서는 兒童에게 닑히지 안 해도 조켓다. 實演해서 아모 滋味를 못 볼 것들이다.

 지즐지즐한 描寫보다는 淡泊하고도 簡素한 가운대라도 純眞한 맛이 잇는 것이 兒童이 닑기에 조흔 것이다. 「콩주와 팟주」 「무지개 나라로」 가튼 것이 二大 脚本보다는 나흘 것 갓다.

 內容을 여러 가지로 羅列해 잇다마는 別로히 不足함을 늣기겟다.

좀 더 兒童을 硏究하고 兒童에게 接觸하여서 그들의 生活에 糧食이 될 만한 讀物을 만히 내여 줄 것이며 自己의 作品을 發表하려는 『少年界』가 되지 말고 讀者를 本位로 삼는 『少年界』가 될 것이며 表裝보다는 實質을 重要視하여 주기 바란다. 如何間 튼튼하고 미더운 雜誌이다.

申孤松, "九月號 少年雜誌 讀後感(三)", 『조선일보』, 1927.10.5.

「難問難答 척척학교」라는 것은 웨 둔 것일가. 笑門에 萬福來라고 하엿지. 脣門에 萬福來는 아니겟지. 兒童에게는 우슴이 가장 必要하다. 그러나 우슴을 주자고 둔 이 欄이 最新脣說을 가르치는 곳이 되어서는 本意를 일우지 못한 것이다. "아이놈아" "경칠 놈" "에라 요놈" "너까진 녀석" "자식"… 이런 것들은 兒童에게 가르칠 必要가 잇슬가. 脣[16]이 그들의 將次을 싸홈의 武器라면 가르처 주어라. 깁히 생각해 주기 바라며 좀 더 이 欄을 意義잇게 써 주면 조켓다.

自己들의 말가티 京城 第一의 編輯術일지 그리고 難解의 文句와 譯字가 만흐니 少年에게 알기 쉽게 해 줄 것이다.

쓰트로 付託은 日本의 ○○俱樂部 가튼 第二類의 下流의 雜誌가 되지 말고 粗雜한 趣味的 讀物을 버리고 좀 더 硏究 잇는 作品을 내 줄 것이며 無産少年의 指導에 만흔 努力이 잇슴을 바란다.

　　　◇ 무궁화

"무궁화"란 題字에 나는 만흔 興味를 늣기엇다. "무궁화"란 일홈이 조하서 그런 것이 아니요 題字의 맵씨가 妙한 것이다.

이 雜誌는 다른 雜誌와는 빗다른 것을 알겟다. 自己들이 말하는 것가티 "우리는 농촌少年을 爲하여 모든 희생을 단호한다" 하엿스니 再言할 것도

---

16 이상 '脣'이 세 번 쓰였는데 다 '脣'의 오식이다. 차례로 '脣門', '最新脣說', '脣'이 옳다.

업다. 農村의 少年이 얼마나 慘憺한 境遇에 잇나! 그들은 배홀 수 업는 사람이 半數 以上이다. 낫과 밤을 勿論하고 쌈에 파무처 일하는 그들의 情境은 可憐한 것이며 또 감사할 바이다. 그들에게 慰安을 주자. 知識을 주자. 都會에서 福스럽게 사는 동무의 消息을 알외여 주자는 目標로 進出한 것은 고마운 일이다. 쌀아서 이 雜誌로써 農村의 少年의 慘境을 都會의 少年에게 알려주는 機關이 되기를 바란다. 이러한 重大한 目標와 使命을 가진 『무궁화』는 理論으로나 實際로나 農村少年을 위하여 熱烈한 事業이 잇서 『무궁화』의 『무궁화』답게 하기를 비는 바이다.

內容을 좀 보니 퍽 貧弱하다. 紙面이 적은 것은 農村少年의 經濟를 삺혀 그러케 한 것인 줄 아나 이 뒤로 擴張하는 대로 內容을 좀 豊足하게 하면 조켓다. 한 발이나 긴 일홈을 가진 探偵小說이 잇다. 飜譯인 것 가튼데 少年의 그다지 必要한 讀物이 아니다. 必要한 讀物이 아니라는 것보다는 그 小說에 나오는 主人公이 少年을 모델로 삼은 것이 아니고 째 무든 어룬의 活動이며 그 內容에 잇서도 趣味란 것뿐이요 다른 意義가 업다. 『무궁화』는 만흔 期待를 가젓다. 나아감을 쌀아 內容이 좀 더 充實해질 것이며 紙面이 擴張해지기를 바라며 거긔에 만흔 硏究를 해 주면 조흘가 한다.

◇ 朝鮮少年

北鮮 唯一한 少年雜誌로서 九月 처음 創刊이다. 이 雜誌를 볼 째 가장 눈쓰이는 것은 "사투리"와 誤字가 만흔 것이다. 사투리도 鄕土性을 내는 必要는 하다마는 여긔에 나온 사투리는 그러한 意味를 가진 것이 아니다. 이것을 보고 卽感된 것이 이 雜誌의 編輯者는 그다지 硏究도 權威도 업는 줄을 알앗다. 그 例를 들어보면 "정거장"(停車場)을 "덩거장"이라 하엿스며 "녯날"을 "녯날"로 "의"를 "에"로 쓴 것들이다. 그리고 이 뒤라도 "이 ㅇ 둘" 가튼 것은 "애 아 달"로 쓰면 조켓다. 또 한 가지 付托은 "낡은 발것습니다" 가튼 것은 "밝엇습니다"로 고칠 것이며 "밧앗습니다"는 "바삿습니다"로 낡게 되니 그런 것은 "바닷습니다"로 쓰면 조흘가 한다.

童話 少年小說 가튼 것은 퍽 만히 잇는데 나아감을 쌀아 조흔 것이 續出될 줄 미드며 한 가지 不滿을 주는 것은 넘어도 科學的讀物 娛樂趣味讀物

이 업는 것이다. 文藝雜誌일지라도 小量은 必要할 것이다. 創作小說이 만흔데 모다 稚號[17]로 씨여 잇스니 누구인지는 몰으겟스나 創作을 거듭함을 쌀아 나허지겟다.

그런데 編輯은 大失敗다. 自己들의 말가티 첫솜씨라 다음부터는 잘할 것이라고 하엿지마는 "첫솜씨"라는 것이 問題이다. 첫솜씨면 世上이 容恕할 줄 아느냐. "될성불은 풀닙은 쩍닙부터 알아본다"고 사람들은 첫 事業 하나로 닥처오는 모든 事業을 占치고 만다. "그들의 事業이 언제나 그러할 것이지" 하는 自乘的 斷定을 던저 버린다. 그러면 첫솜씨라고 容恕하자. 그러치만 누가 練習物로 싸아낸 것을 잘 닑어 줄 줄 하느냐. 들으니 執筆者가 少年이라니 號를 거듭함에 權威를 엇게 될 것이다마는 나는 이 雜誌를 보고 퍽 憂慮하는 點이 둘이다. 첫제 아모 計劃도 업시 遊戲的으로 내엇다는 것이다. 다음은 이 雜誌의 運命이 얼마나 길는지 하는 것이다.

다만 北鮮의 唯一한 雜誌로써 滿足 말고 全鮮的으로 나아갈 雜誌가 되기를 바라는 바이다.

申孤松, "九月號 少年雜誌 讀後感(五)", 『조선일보』, 1927.10.6.

◇ 『아희생활』

基督敎에 톡톡히 물들린 雜誌이다. 少年에게 聖人 基督을 가르치는 것은 東洋에서 孔孟의 道를 가르침과 가티 必要할는지 알 수 업다. 그러나 孔孟의 道가 얼마나 朝鮮 少年에게 拘束을 주엇느냐. 朝鮮 少年이 아즉도 衰殘해서 元氣가 업는 것은 아즉 解毒이 다 되지 안 해 그럴 것이다. 基督의 敎가 孔孟의 道와는 平衡하지 아니할 것이다마는 基督敎가 하나님으로서 童話的 意味로 쓴다면 알 수 업스나 非童話的 엇던 寓意를 가진 訓

---

17 '雅號'의 오식으로 보인다.

話的——訓話라면 大人 되기를 促成하는 意味가 잇다——意味로서 또
는 偶然한 非現實을 말하는 하나님은 否定하겟다. 傳道로 一貫한 朝鮮 基
督敎가 全 朝鮮 少年에게 읽히자는 雜誌에까지 하나님을 찾지 아니하면
兒童敎育을 못할 所由는 어듸 잇나. 基督敎에서 내는 雜誌이니 傳道를 해
도 怪異하지 안흘 것이지마는 全 朝鮮 少年을 目標로 한 雜誌로서는 共通
的 意義에서 이것을 不容할 것이 可하지 안흘가.

表紙가 넘우도 無味乾燥하다. 좀 어린 사람의 마음에 꼭 맛도록 그리면
엇덜는지 表紙를 빨간 것으로 한 것은 잘못이다. 兒童의 視力에 만흔 關係
가 잇다. 何等의 美感을 일으키지 못할 뿐만 아니라 검은 印刷 글자가 잘
뵈이지 안는다.

內容은 여러 가지로 퍽 停頓되어 잇스나 質로서는 아즉도 未洽한 것이
만타. 世界에서 有名한 「썰피와 旅行記」는 퍽 簡略해젓스나 나아가는 대로
滋味를 일으킬 줄 안다. 남의 雜誌에 敗劣됨이 업고 나아가기를 바란다.

　　　◇ 新少年

獨特한 步調와 獨特한 體裁로 나아가든 『新少年』이 지난 八月號부터
다른 雜誌를 模倣해서 四六版으로 내이게 된 것은 內容이 엇던 變動이 잇
는지 將次 變動이 생길 前兆인지 모르나 나는 조치 안케 생각한다. 內容이
엇더하다는 것보다 雜誌란 雜誌가 全部 四六版으로 되어 잇는데 오즉 달럿
든 『新少年』까지 딴 것을 模倣햇스니 퍽 落心하고 愛惜히 녁이겟다. 雜誌
政策上으로 그러지 안흐면 안 되는 事情 잇다면 그는 할 수 업스니 뒤만
보고 잇자.

表紙의 寫眞은 조치 못하다. 三色版이 아니라도 八月號 가튼 그런 고흔
表紙 그림을 내여주면 조핫슬 것이다.

內容도 그前보다는 좀 貧弱해진 것 갓다. 그 代로 讀者의 紙面을 보고는
적이 安心햇다. 『新少年』으로 하야금 만흔 讀者가 붓의 洗禮를 바들 줄
안다. 그리고 內容의 統一이 잇고 多方面으로 讀物이 展開된 것을 感謝한
다. 한글欄은 말할 것도 업시 少年에게 우리글의 常識을 너어 주는데 效果
가 잇슬 것이며 綴字法의 어려운 것을 現行 綴字法으로 註解해 노흔 것이

잇스니 아모라도 알 수 잇슬 것이다. 그 內容에 잇서도 우리 朝鮮 古名士를 紹介해지는 第二의 意義가 잇슬 줄 안다. 科學欄 趣味常識欄을 均等하게 둔 것은 當然한 일이다. 「兒童의 朝鮮歷史」는 筆者가 거긔에 만흔 硏究가 잇고 硏究에서 짜아낸 것이니 少年이 咀嚼하기에 조흘 것임은 말할 바도 업다. 幼年欄은 아름다운 말씨로 平易하게 굵은 活字로 揷畵를 만히 너흔 것들은 다 그들에게 有益한 讀物이 될 것이다.

申孤松, "九月號 少年雜誌 讀後感(六)", 『조선일보』, 1927.10.7.

揷畵가 만흔 다른 雜誌에서 못 보는 이 雜誌의 特色이다. 그럼으로 하여금 讀物의 興味를 사는 것이 만흠은 말할 것도 업다. 그러나 그림은 좀 더 藝術的으로 그릴 것이며 數年 前부터 쓰든 揷畵 구지락이는 업새버리면 엇들는지 요번 달 編輯은 좀 失敗한 模樣이다. 『新少年』이여 나는 安心하고 너를 닑으며 동모에게 아우에게 닑히겟노라.

　　◇ 별나라

表紙의 그림 웨 그다지 여위엿슬가. 朝鮮의 가을이라 그런지 朝鮮의 少年이라 그런지 貧寒하고 衰弱하기 짝이 업다.

『별나라』의 經濟에도 만흔 關係가 잇겟지만 紙質이 퍽도 조치 못하여서 活版이 잘 보이지 안는다. 그리고 誤植과 落字가 퍽 만타. 엇던 페지는 도모지 要領을 몰으겟다.

中國의 通俗小說이 둘이나 飜譯되어 連載된다. 그 有名함은 다 아는 바이며 施耐庵의 『水滸誌』는 元代의 四大 奇書의 하나로 그 趣向과 文章이 千古에 冠絶할 만하다기까지 高評의 小說이며 孫悟空 卽 『西遊記』는 東洋의 『아라비야나이트』라고 하는 神奇한 小說로 世界的으로 紹介되는 것이다.

그러한 通俗小說을 飜譯해서 少年에게 읽히자면 그 飜譯을 如干히 하지 안흐면 안 될 것이다. 더욱이나 그것이 어려운 純漢文을 地名 人名 가튼 것을 取扱하기에는 퍽 어려울 것이며 잘못해서는 그 要領을 엇지 못할 것이고 繁雜하여질 뿐일 것이다. 여긔의 飜譯도 妙를 어덧다고 할 수는 업다. 그러나 兒童이 읽고 興味는 써을 줄 안다.

◇ 어린이

九月號 『어린이』가 나지를 안 해서 퍽도 섭섭도 하다. 엇더튼 安心하고 兒童에게 읽힐 수 잇는 雜誌인 줄 안다.

쯔트로 늦긴 바는 雜誌란 雜誌는 다 同一한 것을 模倣해서 내는 것들이기에 정말이지 처음 읽는 것은 적이나 讀後感이란 것이 잇섯스나 쯔테 본 『별나라』 가튼 것은 讀後의 感이 업다.

이것이 모다 쪽가튼 內容이기에 처음 한 말로 쯧까지 通用할 수 잇다. 모다가 넘어나 平凡한 것들이고 獨特한 色彩를 가진 것이 업다.

執筆하는 여러분은 自身의 일홈과 慾望을 爲하여 執筆하지 말고 참으로 兒童을 爲하여 兒童을 硏究하고 接觸해서 그들의 참된 벗 맛 조흔 糧食이 되어 주기를 바란다.   九. 二七

"生來의 不遇天才 朝鮮 少年 徐德出", 『조선일보』, 1927. 10. 12.

세상에 난 후에 房門 밧 못 나오고
哀傷의 童謠「봄편지」!
朝鮮色을 실어서 별가티 엡분 作品

    일즉이 동경에 가 잇는 조선 류학생으로 조직되어 현금 경성에 옴겨 와 잇는 아동문례연구회(兒童問題研究會)인 〈색동회〉에서는 십일 오후 일곱 시 반부터 시내 인사동 중앙유치원(仁寺洞中央幼稚園)에서 동요회(童謠會)를 개최하얏다는데 당야에 참석한 사람은 각 유치원(幼稚園) 관계자 보통학교 교원 각 소년단례 관계자 등의 약 이백여 명으로 처음부터 정숙한 가운데 전후 십여 종의 동요 독창이 잇섯스며 독창이 긋난 다음에는 반드시 그 동요의 작자 소개(作者 紹介)가 잇섯는 바 그중의「봄편지」라는 가장 애상적(哀傷的) 동요를 지은 작자(作者)인 서덕출(徐德出)이라는 소년은 경남 울산부 내 복산동(慶南 蔚山府 內 福山洞)에 사는 사람으로 두 다리를 못 쓰는 가련한 불구(不具)의 몸이어서 세상에 난 후 마당에도 제 발로 나오지를 못하고 항상 방 속에서만 쓸쓸히 살고 잇는 가엽슨 어린이라는 눈물겨운 소개를 하자 누구나 그의 회중으로부터 "그 가련한 조선의 텬재(天才)에게 위안(慰安)의 정과 감사(感謝)의 뜻을 표하기 위하야 우리의 힘으로 조그마한 선물을 하자"는 데의가 나오자 이백여 명 회중은 기각지 안코 이구동성(異口同聲)으로 찬성의 뜻을 표하야 다 각기 오전 혹은 십전 식의 의연금을 내어 그 돈이 삼원 이십일전에 달하엿슴으로 〈색동회〉에서는 즉시 그 돈을 가지고 만년필(萬年筆) 한 개를 사서 불우(不遇)의 텬재 소년 서덕출에게 보내기로 하얏다는데 그 소년이 창작한 동요는 알에와 가튼 순전히 조선의 빗을 무르녹게 씌인 가련한 것이다.

◇ 봄편지

련못가에 새로핀
　　　버들닙을 따서요
우표한장 부처서
　　　강남으로보내면
작년에간제비가
　　　푸른편지보고요
조선봄이그리워
　　　다시차저옵니다

"不具의 徐 少年은 童謠의 天才", 『동아일보』, 1927.10.12.

색동회 음악회에서

긔념품을 보내기로

동경 류학생 간에서 조직되야 경성으로 옴겨 와 잇는 아동문예연구회인 〈색동회〉 주최로 동요회가 작十일 오후 칠시 반부터 인사동(仁寺洞) 중앙유치원(中央幼稚園)에서 열니엿섯는데 동호자 이백 명에 한하엿든 바 우중임도 불구하고 시내 각 유치원 관계자와 보통학교 교원 쏘 소년단톄 관게자들이 뎡원에 차서 처음 보게 조용하고 실미 잇는 회합을 일우엇는데 십여 종의 동요 독창이 잇고 그째마다, 작자소개가 잇섯는 바 그중 「봄편지」라는 동화를[18] 지은 작자 경남 울산부내 복산동(蔚山府內 福山洞) 서덕(徐德出)[19] 소년은 두 다리를 못 쓰는 불구의 몸인 바 회중 중으로부터 그 불구의 텬재에게 위안의 정과 감사의 뜻을 표하기 위하야 족고만한 선물을 보내자고 발의되어 삼원 이십일 전을 모아 이것을 〈색동회〉에 위탁하엿슴으로 〈색동회〉에서는 만년필 일 개를 사서 "十月 十日 童謠會 參會者 一同"이라는 명의로 울산으로 보내기로 한엿다 한다.

봄편지

徐德出

련못가에새로핀

버들닙을짜서요

우표한장붓처서

강남으로보내면

작년에간제비가

푸른편지보고요

---

18 '동요를'의 오식이다.
19 '서덕출(徐德出)'의 오식이다.

조선봄이그리워
　다시차저옵니다

　(작곡은 윤극영(尹克榮) 씨가 하엿는데 곡보는 경성 개벽사(開闢社) 내 〈색동회〉로 청구하라고)

"不具詩人에 慰安 선물－동요회에서", 『매일신보』, 1927.10.12.

서덕출(徐德出)이라는 소년 시인이 경상남도 울산(蔚山)에 잇슴은 『어린이』란 잡지에 발표된 아릿싸운 그이의 동요(童謠)를 닑어 본 사람이면 누구나 다 알 만하게 유명하다.

그러나 그이가 동요를 잘 을푸는 재죠 만흔 어린아해인 줄만 알 것이요 두 다리를 못 쓰는 병신인 줄이야 아즉 아는 사람이 별로 업는 모영이다. 그이는 시인(詩人)으로서의 마음과 늣김을 가지고도 밤이나 낫이나 방속에만 쓸쓸히 드러안져 잇지 안이할 수 업는 참으로 가엽슨 눈물의 시인이라 함을 비롯오 세상 사람에게 소개하게 되기는 지난 십일 밤이엇다.

일즉이 동경 류학싱 간에 조직되어 아동문졔를 연구하는 단톄 〈식동회〉는 경성으로 옴겨와서도 아동문졔를 위하야 활동하는 중 지난 십일 오후 일곱 시 반부터 시내 인사동 중앙유치원에서 동요회(童謠會)를 열엇는데 그날 밤에 모힌 사람은 남녀 이빅여 명으로 모다 열심히 아동문졔를 연구하는 동호자(同好者)이엇다.

회의 순서는 일부와 이부로 난호아 우수한 동요의 독창(獨唱)이 잇섯는데 독창이 긋날 때마다 그 동요를 지은 작자를 소개하든 중 「봄편지」라는 동요의 작자 셔덕츌(徐德出) 군의 가엽슨 니약이도 여러 사람에게 젼하게 되엿스니 회중으로는 서 군을 위하야 눈물짓는 사람도 만핫다 한다.

이졔 우리 불상한 병신 시인 서덕츌 군의 「봄편지」란 동요를 소개하건대

련못가에 새로핀
　　버들입을 짜서요

우표한쟝 부쳐서
　　　강남으로 보내면
작년에간 졔비가
　　　푸른편지 보고요
죠선봄이 그리워
　　　다시차져 옵니다

이갓치 아릿짜웁고 부드러운 시(詩)이다.

불구자인 소년시인 우리 서덕츌 군은 죠선 쟝릭의 텬재이며 방금 만흔 어린이의 동무이니 군의 각갑한 심졍을 위로하며 또한 군의 시작(詩作)의 싱활을 축복하는 의미로 무슨 졍표를 서 군이 잇는 울산으로 보내 쥬자는 공론이 싱겨서 만장일치로 이에 찬셩하야 일금 삼원 이십일젼이 모드혀졋다.

소년시인 서덕츌 군에게 보내는 션물의 유탁을 바든 〈싞동회〉에셔는 젼긔 삼원 이십일젼으로 만년필(萬年筆) 한 개를 사셔 동요회 참회자 일동(童謠會參會者一同)이란 명의로 울산에 잇는 서 군에게 보내기로 하얏다 한다. 독자여! 불구의 소년 시인 서덕츌 군의 쟝셩을 위하야 그의 쟝릭를 축복하지 안이하랴는가?　(사진은 서덕츌 군)

崔泰元, "(어린이 페지)徐德出 君에게", 『동아일보』, 1927.10.18.[20]

徐德出 君!

나는 『東亞日報』 十月 十二日附 三面에서 君에 記事를 보앗습니다. 아 — 나는 여짓것 君이 그런 몸인지를 몰낫습니다.

나는 君의 글을 만히 보앗고 늘 君을 그리워하엿습니다.

朝鮮의 天才 君이여.

君은 비록 不具의 몸일지언정 君에 그 힘잇는 作品들은 다— 우리의 模範品이요 朝鮮에 자랑픔이외다.

君이여. 종달이 재잘거리고 丹楓지는 가을 얼마나 마음이 쓸쓸하릿까.

그러나 슬퍼 마시요.

君의 記事를 실은 新聞이 朝鮮에 퍼지자 방방곡곡에 흐터진 五百萬 동무는 君에 눈물을 갈나 흘니울 것임니다.

가을은 차저왓습니다.

君이 그리고 노래하던 「제비」 노래는 녯소래가 되여 왓던 제비는 그림자를 거두고 긔럭이 소리 밋흐로 丹楓닙만 우수수 썰어짐니다.

二千餘里 썰어진 이곳에서 써버린들 무슨 소용이 잇사오릿까.

그러나 갓흔 朝鮮의 동무요 將來에 갓치 힘쓸 동모가 안임니까!

끗흐로 우에 멧 자로 君의 슬픔을 十分之一이라도 덜어들이고자 峯光少年會를 代表하야 적어슴을 알니움니다.

---

20 원문에 '峯光少年會 崔泰元'이라 되어 있다.

閔大鎬, "創刊辭", 『學窓』, 창간호, 1927년 10월호.[21]

자— 배우자— 사람으로서 배우지 못하면 달은 動物과의 경계선(境界線)이 두렷치 못할ㅅ 것이다.

눈 잇서 보고 귀 잇서 듯고 코 잇서 맛고 입 잇서 먹고 生命 잇서 활동(活動)함은 맛치 한가지다. 생존(生存)을 요구(要求)하고 생식(生殖)을 목덕(目的)함도 맛치 한가지다. 만은 動物에 잇서서는 그의 알음이 그째ㅅㅅ의 직각(直覺)으로 낫터날 뿐으로서 사람과 갓치 過去의 알음을 되푸리하고 무형(無形)의 리법(理法)을 밀어보는 배움 그를 몰으는 点에 잇서서뿐 사람과 動物과의 境界線이 두렷이 나서는 것이다. 그 線으로 붓허서야 사람과 動物과의 구분(區分)이 밝게 갈너지는 仝時에 사람의 살림이 動物의 살림보다 낫다는 의미(意味)가 완전(完全)이 표현(表現)되는 것이다.

우리도 사람인 以上에는 사람의 本分을 낫터낼 만한 배움에 힘쓰지 안해서는 안 될ㅅ 것이다. 그레서 大, 中, 小學校를 세워서 갈으치고 배우는 바이다. 만은 人物, 時間, 金錢 여러 가지의 결핍(缺乏)으로붓허서 갈으치고 배움을 完全이 일우지 못하는 바이 적지 안타 할 만다.

그럼으로 그를 보충(補充)키 爲하야 本『學窓』을 發行코자 하는 바이오니 우리가 學校敎育에서 完全이 다 밧지 못한 知識을 독자제군(讀者諸君)과 갓치 이에서 밧어 배우고자 하는 바이다.

---

21 원문에 글쓴이가 밝혀져 있지 않으나, 『學窓』의 편집 겸 발행인인 민대호(閔大鎬)가 쓴 것으로 추정된다.

崔南善, "『學窓』發刊을 祝하고 아울러 朝鮮 兒童雜誌에 對한 期望을 말함", 『學窓』, 창간호, 1927년 10월호.

이번에 어린이 指導에 對하야 남달은 精誠과 經驗을 가지시는 여러분의 周旋으로 『學窓』 雜誌가 發刊되여 修養으로 외로운 朝鮮 兒童에게 親切한 益友가 되고 知識으로 목말은 朝鮮 兒童에게 甘香한 淸泉이 되기를 긔약하신다 함은 듯기에 과연 반가운 일입니다. 두로 꾀하고 크게 애쓰심으로 여러분의 조흔 벼치 하로밧비 왼 天下를 덥허 귀여운 時代의 새싹들이 이것을 힘 닙어서 웃적웃적 자라나게 되기를 못내 축수합니다.

생각한 것이 만흐실 터이니까 모든 일에 어련하실 리 업겟슴니다마는 혹시 작은 參考가 되실까 하야 시방 우리 朝鮮에서 어린이 낡힐 雜誌들이 매우 힘써 주엇스면 하는 点 두어 가지를 말삼해 볼까 합니다.

첫재는 材料 選擇에 잇서々 朝鮮의 事物에 關한 것을 할 수 잇는 대로 만히 집허 너흘 일입니다. 朝鮮 歷史의 記述로써 朝鮮感을 깁게 할 것이며 朝鮮 風土의 紹介로써 朝鮮愛를 도탑게 할 것이며 朝鮮 事物의 說明으로써 朝鮮 知識을 가멸하게 할 것입니다. 대개 朝鮮 사람에게 잇서々 아모것보담 압서는 것이 朝鮮 自身을 아는 것이어늘 시방 朝鮮人의 가장 무식한 方面이 실로 朝鮮에 對해서이(이상 2쪽)며 朝鮮 어린이에게 잇서々 아모것보담 힘 씨워야 할 것이 朝鮮人 노릇할 準備를 함이어늘 시방 朝鮮 어린이의 가장 짓발히는 것이 실로 朝鮮이란 밋천을 작만함에 對해서입니다. 그런데 시방 學校의 敎料書[22]의 밧게 잇서々 朝鮮을 알리고 朝鮮을 깨닷게 할 소임은 진실로 어린이의 信賴할 동무될 만한 正當한 雜誌가 마타 보지 안흐면 아니 될 바입니다. 어린이의 雜誌가 唯一한 民性 敎科書 됨이 朝鮮에 이런 雜誌에게 태워 잇는 큰 榮光인 만콤 가장 큰 힘을 이 方面에 쓰지 안니하면 아니 될 所以가 여긔 잇는 것입니다.

---

22 '敎科書'의 오식이다.

둘재는 記述方法에 잇서々 朝鮮語의 本相과 眞味와 特調를 保持하기도 하고 發揮하기도 하고 또 助長하기도 할 일입니다. 朝鮮 사람이 가지고 십흔 것은 純正한 朝鮮文學이니 純正한 朝鮮 思想을 純正한 朝鮮語로 적은 것이 그것임니다. 긔왕에도 朝鮮語의 厄會가 만핫습니다마는 오늘날처럼 甚하고 毒한 적이 업스니 엇재 그런 까닭은 여긔 말할 것 업니와[23] 事實에 잇서々 오늘날 돌아다니는 朝鮮글이란 것이 語品과 語格과 語態에 잇서々 어쩌케 不純不正하고 짤하서 不明不確하고 不善不美하고 어린이의 作品이 또한 여긔 물들어 감은 진작부터 識者의 痛歎하는 바임니다. 그런데 이러한 混亂 醜雜을 만드러 노흠에 對하야 만흔 責任이[24] 朝鮮말 모르는 朝鮮 文士의 朝鮮말 아닌 朝鮮語에 잇섯든 것처럼 이것을 시방의 어즈럽고 더러움으로부터 건저내어서 차차 발은 길로 인도하는 責任도 今日 以后의 文士와 雜誌에 잇지 안흘 수 업스며 더욱 어린이 雜誌에 무거운 責任이 잇슬밧게 업슴니다. 웨 그러냐 하면 雜誌는 學校 以上의 學校요 敎科書 以上의 敎科書로 一般的으로 그 勢力과 影響이 어쩌한 書冊과 文學보담 큰 것이 잇기 쌔문이며 더욱 어린이 雜誌는 思想과 言論의 播種(이상 3쪽)期 發芽期에 잇는 兒童에게 絶大한 權威를 發揮하는 까닭임니다. 조흔 結實은 아름다운 씨를 뿌림으로 비롯할밧게 업기 쌔문임니다. 普通으로 生覺하는 兒童雜誌의 使命은 이제 말하지 안슴니다. 저 家庭과 學校의 助力者로 兒童 心身을 쬐해야 할 것 갓틈은 우리의 贊說을 기다리지 아니할 줄 생각함니다. 다만 바라는 일은 모처럼 생겨난 『學窓』이 朝鮮 今日을 標準으로 하야 참으로 時代의 要求에 適應하는 有力한 兒童 指導者로 健全한 發育을 나타내시기를 바람니다. 努力하시옵소셔.(이상 4쪽)

---

23 '업거니와'의 오식이다.
24 '責任이'의 오식이다.

朴魯相, "『學窓』의 出現을 깃버함", 『學窓』, 창간호, 1927년 10월호.[25]

우리 少年少女 雜誌界에 『學窓』이 새로히 出現됨은 참으로 깃분 일이올시다.

朝鮮의 새싹이오 將來의 일군인 어린이들을 잘 培養하기 爲한 거름(肥料)의 一種인 少年少女雜誌가 몃 가지 잇는 中 學術方面에 置重한 것은 아마 이 『學窓』 雜誌가 처음인 듯한 까닭입니다.

어린이들이 學校에서 배운 것만 가지고는 或 說明의 不充分이나 或 自己의 低能으로 잘 알아듯지 못하야 成績이 如意치 못한 일도 적지 안습니다.

그런대 만일 『學窓』 갓흔 雜誌가 學校에서 배우는 各科에 對하야 알기 쉽고 興味 잇게 解說하야 나아간다 하면 兒童들도 이(이상 4쪽)것을 滋味 붓처 읽는 동안에 不知中 各科에 對하야 充分히 몰으든 것을 깨닷게 될 뿐만 안이라 進하야는 無限한 趣味까지 붓치게 될지니 을마나 깃분 일임닛가. 참말 어린이들의 갑업는 보배가 될 것입니다.

그러나 要는 오날날의 出現에 잇는 것이 안이라 실상은 將來에 잇는 것이니 卽 오날날 出現한 目的에 向하야 將來에 完全하고 健實한 걸음을 걸어 나가나 안 나가나에 잇슬 것입니다.

萬一 그 걸음이 健實치 못할진댄 今日의 出現이 한갓 將來의 섭섭만 씻처줄 뿐이 안이겟슴닛가.

願컨대 『學窓』은 "朝鮮 어린이"를 爲하야 永久히 밝은 燈臺가 되고 큰 導師가 되여 쥬기를 懇切히 바라며 이러한 企待下에 오날날의 出現을 衷心으로 깃버합니다.(이상 5쪽)

---

25 원문에 '同德女子普通學校長 朴魯相'이라 되어 있다.

安在鴻, "자라가는 어린이들을 爲하야", 『學窓』, 창간호, 1927년 10월호.[26]

　어린이 雜誌의 하나로써 『學窓』이 나온다. 이 사이 어린이 雜誌가 좀 만흔 셈이지마는 다른 것이 흔히 모다 童話 中心으로 情緖를 잘 열어주기 爲하야 하는 것임에 比하야 『學窓』은 되도록 科學 思想을 부어주고 科學 知識을 느어 주기 爲하야 하는 것이라 하니 만흔 어린이 雜誌 中에 한 가지 특색이 될 줄 안다. 朝鮮의 어린이들에게는 아름다운(이상 5쪽) 人間 저절로의 情緖를 잘 열고 길러주어야 할 것처럼 그의 科學 智識을 만히 부어 주어야 할 것은 다시 말할 것까지도 업다. 더욱이 어린이들의 意識과 감수성(感受性)——쉽게 말하자면 늣기고 깨닷고 알고 십허 궁금해 하는 마음이 만흔 어린이들에게 그 周圍에 둘러 잇는 天地 自然의 現象과 變動 等에 關하여서 그 자미잇고도 神奇한 듯한 리치를 되도록 쉽게 알도록 이약이하고 解釋하여 주는 것은 그들을 사람으로서 더욱 쏙쏙하고 굿건하고 자상스러운 現代的으로 완전하게 만드는 點으로 보아서 퍽 必要한 일이다. 이것은 허름한 듯하되 퍽 緊切한 일이요, 쉬흔 듯하고도 어려운 일이다. 學窓의 同人 여러분들이 이것을 豫期하는 대로 잘 만드러 주실 줄을 밋고 쏘 그리 힘쓰시라고 부탁하며 만흔 새 時代의 主人이 되어야 할 자라가는 어린이들이 雜誌를 만이 읽어 크게 進就됨이 잇기를 빌고 그리하야 이 雜誌의 壽가 퍽 길게 가도록 만들기를 쏘 빌읍니다. (이상 6쪽)

---

26 원문에 '朝鮮日報 主筆 安在鴻'이라 되어 있다.

김영팔, "어린이들에게 나의 한 말, 『學窓』, 창간호, 1927년 10월호.

어린이의 때를 지나온 나의게 어린 아해에게 대한 글을 써 달나고 함은 퍽 당연하고도 리치가 오른 말슴 갓슴니다. 그러나 나는 어린 아해의 때는 지나왓스나 때라고 하는 것은 그다지 경솔이 볼 수 업는 것임니다. 어제와 오늘과 또 내일이 다른 오늘날에(이상 6쪽) 잇서々 지나온 썩고 내음새 나고 묵은 활긔 업는 녯날의 어린이 때의 것을 쓸 수는 업는 것임에 비하야 오날々에는 장래에 모든 것을 억개에 다지고 가장 하지 아니하면 안이 될 것을 부시고 다시 세울 위대한 힘을 가진 우리 죠션의 어린이들에 손을 잡고 압길을 인도하여 주시는 여러분의 전문 션생님들이 게시닛까 어린이에 대하야 연구한 바이 업는 나는 여긔서 감이 여러분을 대하야 말삼하기가 대단이 붓그러움슴니다.

그러나 나는 모든 것을 무릅쓰고 아쥬 아지 못하는 사람(門外漢)으로써 여러분에게 올니일 말삼은 꼭 두 가지가 잇슴니다. 그럼으로 이 두 가지를 여러분이 생각만 하여 쥬신다면 나는 이 글을 쓴 효과(効果)가 잇다고 생각함니다.

一. 자만하지 말 것

二. 붓그러워하지 말 것

이 두 가지올시다. 이 두 가지는 가장 어린 아해에게 잇서 쉬웁게 어린 아해들을 지배할 수 잇는 것이올시다. 외 그런고 하니

一은 어린이들은 감정이 예민한 까닭에 자긔보다 죠곰만 써러지는 사람이 잇스면 곳 그를 경멸하고 자긔는 스々로 재죠를 밋고 자만하야 결국은 발전성을 일는 수가 왕々 잇는 까닭이며

二는 할 수 잇는 힘을 가지고 전일에 자긔만 못한 사람이 압션 것을 보고 붓그러워서 속은 모르고 것흐로 아는 체하며 그 붓그러움으로 말미암아 힘을 쥭이는 일이 잇는 까닭이올시다.

그러나 어린이 째에 가장 심함으로 이러한 것은 명심하야서 아러도 더 자세히ー 부쯔러우면 엇덧케던지 하여서 그 사람의 압일을 밟지 아니하면 안이 된다는 그러한 분발 졍신 인내로 된 경쟁심이 업서ㅅ는 안이 됨니(이상 7쪽)다. 그리하야 그곳으로부터 참다운 죠션의 일군을 엇을 수가 잇는 것이요 쏘한 그러한 일군이 되는 것이올시다.

　그럼으로 우리는 자만과 붓그러움을 누루고 압흐로〳 써러진 발길을 재촉하지 안이하면 언으 째나 써러져 잇슬 것을 실허하시고 지금에 맑은 길을 찻기를 바라는 바이올시다.

　이것이 나의 말이올시다.(이상 8쪽)

尹鎬炳, "『學窓』은 우리의 큰 동모, 『學窓』, 창간호, 1927년 10월호.[27]

우리는 늘 과거(過去)보다도 쏘 현재(現在)보다도 미래(未來)를 더욱 존중이 역임니다. 따라서 우리의 오늘날 사회를 압날에 잇서 운전하여 나갈 어린이의 존재가 중하고 어린이의 책임이 더욱 중할 것임니다. (七行 削除) 그러나 사회란 근본 사람의 손으로 만들어 낸 것인 이상 사람의 손으로 능히 곳칠 수 잇는 것임에 어느 편으로 보아서는 오늘々 죠션에 태여난 어린이들은 째 맛게도 극도로 피폐하여진 이 사회를 붓들어 일으키랴는 텬부의 사명을 등지고 나온 것 갓치도 생각됨니다.

그럿슴니다! 오늘의 죠션의 어린이들은 실로 남달은 환경에 남달은 긔회를 엿보아 남달은 포부와 남달은 책임으로 태여난 그들임니다.(이상 8쪽)

그들은 오직 힘을 요할 짜름임니다. 굿세인 힘을 요구할 짜름임니다. 압날의 사회——리상의 사회는 장차 그들에게 잇슬 것임으로 ··············

이에 잇서서 우리는 『學窓』의 한 벗이 이들 어린이들의 크나큰 동모 친근한 벗으로써 새로 나옴을 충심으로 환영하고 축복하는 동시에 늘 이들 어린이의 행군에 잇서서 선봉이 되고 라침반이 되기를 바라며 아울너 그 자체가 길－게 수하고 널니 살찌기를 바라는 바이올시다.

一九二七. 八. 一〇 (이상 9쪽)

---

27 원문에 '翠雲少年會 代表 尹鎬炳'이라 되어 있다.

李熙昌, "勇敢이 살아갑시다,『學窓』, 창간호, 1927년 10월호.[28]

우리 朝鮮에도 長期 短期를 不拘하고 "어린이" 運動이 充溢하야짐은 맛
치 深山重谷에셔 잠 깁히 들엇든 大虎가 쥬린 배를 채우랴고 高嶺深山에셔
밥을 재촉하야 불우짓는 "어흥" 소래와도 갓치 朝鮮의 "어린이"도 拘束에셔
呻吟하고 배홈에 쥬렷던 배홈의 時期를 밧갯다고 "有形無形으로" 밥을 재
촉하는 범의 소래갓치 自由를 불으짓는 "어린이" 萬歲! 소래는 時時째々로
大地球를 뚤코 나갈 듯한 소래를 내이엿습니다. 그러나 우리는 幸스럽지도
못하게 남보다 십 배 이십 배나 뒤졋습니다. 느지면 느진 그만치 압슨 그네
들보다 용감(勇敢)이 나갑시다. 拘束의 籠을 벗고 쥬렷던 배홈으로 마음것
배와 限업는 將來로 하야금 勇氣(이상 9쪽) 잇게 사라갑시다.

사람은 勇氣가 必要합니다. 勇氣라면 憤함을 참지 아니하고 내 마음을
남에게 썩기지 아니하는 것이 아니라 엇더한 일을 할 때에는 나라는 사람을
먼져 돌아보아 나의 손위 사람(手上)이나 손아래 사람(手下)를 가리지 말
고 나의 잘못이 잇스면 곳 謝過를 하고 남의 잘못이 잇스면 忠告하야 만일
忠告가 효과(效果)가 업슬 째에는 정의(正義)을 爲하야 북그러움과 괴로
움을 가리지 말고 싸호는 것이 비로소 勇氣입니다. 돌아봄이 잇는 勇氣는
屈服者가 잇슬 것이고 돌아봄이 업는 勇氣에는 屈服者가 업슬 것입니다.

八月 四日 (이상 10쪽)

---

28 원문에 '가나다 會長 李熙昌'이라 되어 있다.

애드몬드·데·아미-듸쓰 作, 赤羅山人 譯, "사랑의 學校", 『新民』, 제30호, 1927년 10월호.[29]

伊太利 文學者 애드몬드·데·아미-듸쓰(一八四六年~一九〇八年)의 原著 『크오래』(Cuore)를 여기에 譯出코저 한다.

伊太利語의 '크오래'는 英語의 'Heart'와 갓흔 意味의 말이니 卽 "마음"이라는 것이다. 그러나 이 內容인즉 當年 十二歲의 '앤리고'라 하는 一 小學 兒童의 日記體로 된 것이다. 말하면 이 一 小學 兒童을 通하야 모든 이태리의 少年을 가장 훌늉하게 敎育해 가자는 것이 이 著者의 쓰거운 愛情으로부터 소사난 抱負이다. 그래서 어느 英譯書에는 "어느 伊太利 學童의 日記"라는 註釋的의 일홈을 부친 것이 잇다. 이와 갓치 나는 一般 讀者에게 親近한 맛을 주기 爲하야 世界 共通의 原名 '크오래'를 避하고 "사랑의 學校"라는 일홈을 붓친 것이다.

이 著書를 出版하기는 千九百四年 五月이니 當時 著者는 이미 四十六歲라는 모든 人生의 經驗을 싸아 온 圓熟期이엇슴으로 子弟의 敎育을 中心骨子로 하고 學校와 家庭에 對한 關係라던지 敎師와 學童에 對한 關係라던지 또는 親子에 對한 關係라던지 모든 階級에 對한 關係와 國民精神, 愛國心 其他 모든 人生에 對하야 同情과 理解가 넘치는 듯한 筆致이다. 本國 伊太利에서는 本書가 이미 千版에 갓가웁게 되엇고 其他 世界 各國에서도 어느

---

29 적라산인(赤羅山人)은 아동문학 잡지 『少年朝鮮』의 주간을 역임한 시조시인 김영진(金永鎭)이다. 「사랑의 學校」(『신민』, 제30호~제38호, 1927년 10월호~1928년 6월호)란 제목으로 총9회가 연재된 것으로 확인된다. 이보다 앞서 『쿠오레(Cuore)』는 『동아일보』에서 「학교일긔」(25.8.24~12.29)라는 이름으로 총46회, 「학교일긔-동무대접」으로 총2회(25.12.30~26.1.6) 등 간헐적으로 연재되었다. 번역자의 이름은 밝혀 놓지 않았다. 다시 이정호(李定鎬)가 「사랑의 學校」(『동아일보』, 1929.1.23.~5.23)란 제목으로 번역한 바 있다. 신문 연재는 일기의 10월분부터 다음해 2월분까지를 번역한 것이다. 여기에 3월분부터 7월분까지를 보태어 단행본으로 묶은 것이 『사랑의 學校-全譯 쿠오레』(以文堂, 1929)이다.

나라에 譯書가 되지 안은 나라가 업다. 或은 엇더한 場面을 잘나서 活動寫眞을 만드러 盛히 賞讚한 일까지 잇다.

　이 著書는 非但 少年少女의 經典的 價値로 뿐만이 아니오 直接 兒童敎育에 從事하는 敎師와 밋 兒童의 父兄된 者 맛당히 읽어야 될 必要가 잇슬 줄 안다. 하물며 지금 우리 朝鮮의 兒童, 父兄, 敎師 其他 一般社會에 向하야 이 譯書를 내여보내고저 하는 것은 譯者 쏘한 생각함이 업지 안타. 그러나 다만 한 가지 遺憾인 것은 譯者는 元來 伊太利語를 알지 못하는지라 이것이 重譯됨을 免치 못하며 쏘는 未熟한 筆致로 그 原意를 充分히 表示치 못할가 함이다. 그러나 譯者는 愼重한 態度로 充實하게 이 譯을 繼續하려고 한다. 그리고 이것이 日記文體임으로 一個月 分을 一個月맛큼 싣어 가고저 하는 바 더욱 形便이 조흔 것은 이 日記가 今月 卽 十月부터 起稿된 것이다.　─ 譯者 말 ─ (이상 130쪽)

果木洞人, "十月의 少年雜誌(一)", 『조선일보』, 1927.11.3.[30]

果木洞人, "十月의 少年雜誌(二)", 『조선일보』, 1927.11.4.

　그러나 이번 號 祝辭는 그 祝辭를 써 준 이의 일홈을 陳列한 것에 不過하엿다고 볼 수밧게 업다. 그다음에 哀話 「콩쥐 팟쥐」는 끗이 다— 나지 안헛스니까 길게 말하려 하지 안커니와 哀話를 童話라 햇스면 조흘 것 갓고 이것은 퍽 興味잇는 글이다. 오즉 한 가지 그 글 執筆者는 넘우 野俗한 言句를 쓰지 안토록 注意하는 것이 조켓다. 몃 張 안 되는 雜誌에 두 곳에다 한 사람의 것을 겹처 실느니보다 各 사람의 것으로 滋味잇고 조흔 글로(特히 讀者와 讀者欄 가튼데) 실는 것이 조흘 줄 안다. 그 뒷장으로 넘어가서 「세가지 원」이란 童話에 執筆者의 굉장히 큰 寫眞이 실려 잇다. 이 寫眞은 무엇하러 집어너헛느냐고 이

　寫眞의 主人公인 編輯者에게 뭇고 십다. 編輯者가 아모리 훌륭한 言辯으로 對答한대도 나는 그것을 단지 自己 看板 廣告라고밧게는 더 볼 수 업는 것이다. 이 代身에 그 寫眞 너흘 자리에 훌륭한 글 한 篇을 더 실는 게 낫지 아니할가? 洪銀星 君의 「兒童과 가을 讀物」이란 글은 冊廣告하는 書籍業者의 廣告文에 지나지 안는다.

　"동화" 「동생의 마음」은 寓話라 햇드면 조왓슬 것이며 「健全한 일꾼이 되라」는 훌륭한 題目 알에 雜誌 宣傳文 가튼 글귀를 집어너치 말고 애당초에 큼직하게 廣告文 하나를 써서 실엇드면 엇더햇슬가 생각한다.

---

30 조선일보사에 문의해 본 바, 원문이 부재함을 확인하였다. '果木洞人'은 연성흠(延星欽)의 필명이다.

鄭炳淳 君의 史談 「居陁知 이약이」는 지난번 九月號를 보지 못하엿슴으로 始初는 알 수 업스나 이 이약이를 史談이라고 부칠 만한지 疑問이다. 다음으로 朴弘濟 君의 「경호의 설음」은 新聞 二面 記事를 낡는 것 가튼 感이 업지 안타. 아직도 어리고 서투른(少年의 것이라면 말할 것 업겟스나) 筆致다. 그리고 그리 길지 안흔 글 속에 "하엿다"와 "하엿습니다"가 混同된 것은 注意하지 안흔 까닭인 줄 알겟다. 十月號에는 深刻한 作品이나 거긔에 갓가운 作品은 하나도 업다 하야도 過言이 아니다. 虛飾을 重要視하야 거긔에 기우러지지 말고 眞質에 묵에가 잇게 하기를 編輯者에게 바란다.

◇ 朝鮮少年 ◇

求해 보랴 햇스나 求해지지 못햇기 째문에 보지 못하엿다. 섭섭하나 다음 機會로 밀 수밧게 업다.

◇ 學窓 ◇

創刊號인 만큼 페이지 數도 적지 안타. 創刊辭는 넘우 어렵다. 少年으로서는 좀처럼 解得지 못할 文句가 적지 안어서 靑年學生에게 읽히는 雜誌가 아닌가 하고 疑心할 만하다.

表紙는 보는 사람에게 美感은커녕 흐리터분하야 不快를 일으킬 뿐이다. 筆者가 말하지 안 해도 알 일이지마는 表紙는 다달이(內容도 그럿켓지만) 愼重히 생각하야 쓸 必要가 잇는 것인데 더구나 創刊號임에서랴.

四五編의 祝辭는 더욱 놀라웁지 안흘 수 업는 일이다. 이 雜誌를 누구에게 읽히라고 내여노앗느냐고 編輯한 이에게 뭇고 십다. 이런 祝辭(글쯧이 조치 안타는 것은 勿論 아니다)는 찰아리 너치 안엇드면 조왓슬 것이다. 글 쓰는 이에게 付托하야 少年으로서 넉넉히 깨달아 알 수 잇도록 써 달라고 할 것이다. 「哲人 徐孤靑 先生」도 넘우 難句가 만타. 맛 조흔 飮食이 잇기는 잇스나 먹으면 滯할 것이니 엇더케 먹을 수 잇는가 말이다. 「空氣의 이약이」와 「理科 動植物의 觀察」 이 二篇을 낡은 筆者로서는 小學生 時代의 學校 理科時間을 追想 아니할 수 업다. 이 가튼 學校敎育的 理科는

學生으로서는 學校에서 다시 배호는 것이니짜 업서도 조홀 줄 안다. 이 보다도 趣味 잇고 實益 잇는 科學을 만히 실는 것이 조켓다. 이 우에도 말한 것과 가티 「體育에 對하야」, 「兒童의 指針」, 「社會와 人物」 等 三篇은 全部 難澁의 文句로 들이차 잇다. 이 글은 이 雜誌를 낡는 少年과는 沒交涉 의ㅅ □□□□ 紙面 채움에 지내지 안는다. 「漢字된 처음 이약이」는 滋味 잇고 有益한 글이다. 「唐皇 李世民이가 혼나든 安市城」 題目이 넘우 平凡 하다. 좀 짧게 滋味잇게 하엿드면 한다. 이것은 朝鮮 歷史이약이로 楊萬春 將軍의 事蹟인데 벌서 前에 여러 가지 少年雜誌에도 紹介되엇섯다. 이 歷 史를 쓴 이는 仔細한 點까지 그리기에 퍽 애를 쓴 모양인데 돌이어 읽는 讀者들에게 煩雜한 感을 주지 안흘가 疑問이다. 그리고 말끗마다 新聞記事 나 古代小說처럼 "하더라" "업스리로다" "이니라" 等 文句를 쓴 것은 編輯者 로서 고쳐야 할 點인 줄 안다. 「少年書翰文範」은 必要 업슬 줄 안다. 이런 글을 읽는 것보다는 찰아리 純國文 편지를 보는 것이 나흘 것이니짜 말이 다. 편지글이 妙하고 滋味잇는 것이면 두말할 것 업겟지마는 「諺漢尺牘」類 에서 쌔여 고쳐 논 感이 업지 안흔 데야 記載햇대야 무슨 必要가 잇슬 것이 냐? 曲調까지는 너흔 「音樂會」라는 童話(?)는 曲調가 조화서 너헛는지는 알 수 업스나 童謠라 할 것이 못 된다.

果木洞人, "十月의 少年雜誌(三)", 『조선일보』, 1927.11.5.

童謠 「꿈의 배」는 누구의 것을 譯하엿는지는 몰으나 이런 것을 실느니보 다 朝鮮 흙냄새 나는 여러 사람의 고흔 情緖 속에서 슴여나온 創作童謠를 골라 실토록 힘을 쓰라고 筆者는 編輯者에게 勸한다. 少女哀話 「百圓에 팔녀려는 貞姬의 설음」 이것은 웨 실엇는지 編輯者의 對答을 듯고 십다. 이것이 新聞記事인가? 小說인가?
끗트로 『學窓』 編輯者에게 한마듸 말하고 그만두려 한다. 이왕 하는 보람 잇게 해 보랴거든 素養 잇고 經驗 잇는 이에게 맛기여 하도록 하는 것이 엇더할가 하고 ……

紙數는 九十二 페이지나 되지마는 讀者에게 深刻한 有益은 姑捨하고 興味를 줄 만한 것이 二三篇에 지나지 안는 것은 큰 遺憾이다.

일홈만으로 目次만 채울 생각을 말고 少年問題에 뜻깁흔 硏究를 하는 이들의 글을 만히 실어 朝鮮의 압잡이가 될 少年의 利機가 되게 하기를 빌 뿐이다.

◇ 새벗 ◇

지난 달에 엇던 이가

表紙 이야기를 할 째에 『새벗』이라는 두 글字를 갈라고 한 일이 잇섯다. 나도 거긔에 同感이다. 已往이면 웨 보기 조케 쓴 글시를 取하지 안코 요모 조모를 싹거 낸 글시를 쓰느냐 말이다.

첫 두목 卷頭言으로 「目標를 定하라」고 題目한 글을 普通學校 修身書를 낡는 것 갓다. 좀 더 情답게 좀 더 滋味나는 글을 맨들엇스면! 한다. 童話 「바람결을 짤어서」는 意味 잇는 글인 줄 안다. 그러나 「바람결을 짤어서」라고 하지 말고 달리 題目을 부첫드면 엇댓슬는지?

「悲絶壯絶慘絶」 이 可笑로운 文句는 아마 이 雜誌의 專賣特許인 모양이다. 「匕首를 들어……?」라는 이야기가 무엇이 悲絶하며 壯絶하며 慘絶하냐? 나는 그 뜻을 몰으겟다. 活動寫眞 宣傳式 이러한 用句는 쓰지 안는 것이 조흘 줄 안다. 이 글과 「大王을 차자」는 日文雜誌에서 譯載한 것이니까 길게 말하지 안코 「젊은 王님」은 조흔 童話나 譯이 서틀러서 意味를 얼른 알 수 업는 곳이 잇는 것은 遺憾이다. 「荒波를 넘어서」라는 小說은 二回째이고 아즉 계속 中이니까 잘라 말할 수는 업스나 少年少女 雜誌에는 너흘 만한 것이 못 된다. 찰아리 靑年雜誌에나 너헛스면 엇덜는지? 그 小說의 經路와 그 內容은 어잿든지 主人公이 少年이나 少女이면 少年小說이나 少女小說로서의

責任을 다—한 것이라고 보아서는 안 된다.

"척척학교"는 무슨 必要로 두는지 貴한 紙面이 앗가웁기 測量 업다. 이것

을 읽는 少年은 무슨 有益을 바들 것이랴? 못된 말성이나 辱 배호는 것이 有益이라면 몰으거니와 그러치 안타면 무엇하러 이런 짓을 하는지 編輯者 의 心思를 알 수 업다. 少年들은 이런 것을 滋味잇게 녁일는지는 몰은다. 그러나 철업는 어린애가 작구 졸으고 또 조와한다고 번연히 滯해서 病이 날 줄 알면서도 飮食을 작구 먹여야만 할가? 남이 하는 대로 日本少年俱樂 部의 滑稽大學이란 것을 本뜬 것인 모양인데 그런 것을 模倣치 아니해도 조치 안을가?

"새벗 文壇" 中「近日 農村」이란 것은 普通學校 朝鮮語 敎科書式이다. 우리는 이러한 作文은 歡迎치 안는다.「우리의 압길」,「漣川 金氏童 君에 게」等 이러한 作文은 作文選欄에 실을 것이 못 된다. 이 以上 더 잘된 讀者作品이 업스면 찰하리 이달만은 이 欄을 걸느고 그 代身 實益잇는 科學 가튼 것을 실는 것이 나엇슬 것이다.

奇怪 探偵「毒胡蝶團」! 일홈만 보아도 끔직스럽다. 더구나 '캇트'를 보면 마음 虛弱한 사람은 놀라 잡바질 것이다. 探偵小說이

意氣의 冒險性을 길라 주는 어느 限度까지는 必要할지 몰으나 이「毒胡 蝶團」이라는 小說은 少年들에게 心志未定한 少年들에게 무엇을 보혀 주려 는 것인지 알 수가 업다. 어린 사람들에게 活動寫眞 探停欄을[31] 보혀주는 것과 가튼 危險이나 잇지 안흘가? 念慮하며 이 小說을 쓰는 이는 이 點에 着眼이 잇기를 바란다.

쓰트로 "讀者로부터"欄에 下待語가 석겨 잇다. 이것은 敬待語로 고치는 것이 조홀 줄 안다.

이번 號에는 日文誌에서 譯載한 것이 四篇이나 되는 모양이다. 題目만 눈에 씌이게 골를 생각을 주리고 참으로 훌륭한 글이 만히 나오기를 바란다.

---

31 '探偵欄을'의 오식이다.

果木洞人, "十月의 少年雜誌(四)", 『조선일보』, 1927.11.6.

◇ 무궁화 ◇

갑이 싸니만큼 紙數가 적은 이 雜誌! 이 雜誌를 經營하는 이의
主義 主張만은 贊成할 만하다. 그러나 八페이지밧게 안 되는 雜誌에 短
篇作品을 너허도 시원치 안혼데 더구나 連續小說을 揭載하는 것은 덜한
생각이다. 連續物은 不得已한 일 以外에는 실지 안는 것이 조켓다. 童話
「고향 가는 제비」는 그 무엇을 象徵하려 한 것이나 그리 시원치 안혼 作品
이다. 紙面이 째이는데 題目과 가티 "雜同散離"를 집어너혼 것은 編輯者의
큰 失策이다. 더구나 그 이약이 內容이 在來의 우슴거리를 늘여서 맨들어
쓴 것임에랴.

「가을 맛는 그들」은 조흔 글이다. 그러나 맨 쓰테――여러분의 무긔는
"왜?"가 잇슬 뿐이다 한 것은 무슨 뜻인지 알 수가 업다. 다른 號는 몰으거니
와 十月號는 質이나 量으로 보아 묵에(重)가 업다. 이 雜誌를 經營하는
이가 적지 안흔 物質을
犧牲해 가면서 애를 쓰는 줄 아는 筆者는 만흔 感謝를 들이거니와 아못
조록 貴한 紙面을 無益하게 써 버리지 말기를 바란다.

◇ 少女界 ◇

表紙는 그리 잘되지 못하엿다. 內容에까지는 아직 엇절 수 업슬는지 모
르나 表紙에까지 外國 그림을 너흘 것이 무엇이랴. 朝鮮맛이 잇는 表紙를
쓰도록 힘쓰는 것이 엇덜가? 한다. 「皇帝와 盜賊」은 譯篇이니싸 두말 안
한다. 그러나 「指姬」라는 童話 … 이것도 譯한 것이지마는 한마듸 하지 안
흐면 안 될 말이 잇다. 이 이약이 쓰테 = 告 = 라고 해 노코 "동당실 ―
童話集으로 刊行할 것 中에 한 篇입니다 ― 苦待하십쇼 동무여 ― 桐堂室
人 ―"이라 한 것은 무슨 주착업는 짓인지 모르겟다. 이런 것은 編輯者가
지워버리고 내어도 조흘 것이다. 이제 刊行하랴고 꿈꾸고 잇는 童話集을
宣傳하랴는 뜻인가 말이다.

탐정소설 「鄭刑事의 活動」은 題材가 글럿다. 內容은 繼續이 되어서 잘 말할 수 업스나 이번 回의ㅅ 것으로 본다면 別無神通할 것 갓다. 글 쓰는 이 特히 少年雜誌에 探偵小說을 쓰는 이는 거긔에서 讀者에게 미치는 影響을 깁히 考慮한 뒤에 붓을 들겟다는 것을 니저서는 안 된다. 「아밀과 아미스」는 筆者가 올 正月인가 昨年 十二月에 飜譯하야 『中外日報』에 題名을 고처 실엇든 것이니까 더 말 아니하란다.

「六月 創作의 散感」은 가튼 동무의 作品을 읽은 感想을 적어 논 短文이다. 서로서로 잘된 것은 배호고 잘못된 것을 고처가기 위하야 이런 글을 쓰는 것은 조흔 일이다.

琴徹 君의 「小喜歌劇 六篇」 題目 中 「맛잇는 辨當」은 「맛잇는 點心」의 誤譯인 모양이다. 特히 日本말을 譯하는데 注意할 點이다. 題目은 「小喜歌劇」이라 하엿스니 짧은 것이니까 "小" 字를 너흔 것 갓다. 그러나 喜劇 될 것은 업다. 이런 脚本(?)을 實地로 舞臺에 上演한다면 엇더한 感興을 줄 수 잇슬가 疑問이다. 讀者文壇(童謠)은 퍽 整頓이 잘되엇다. 이제 끄트로 더 한마듸 말하고 십흔 것은

科學과 趣味 記事가 全혀 업는 것이 큰 遺憾이란 말이다.

　　　◇ 아희생활 ◇

어느 째나 『아희생활』을 손에 들고 펴 보면 耶蘇教 냄새?가 나는 것 갓다. 表紙는 그림이 좀 쏙쏙지 안허서 조흔 폭은 못 된다. 「朝鮮史 槪觀」은 必要한 것이다. 이 글을 쓰는 이도 퍽 애를 쓰면서 쓰는 줄 아나 좀 더 複雜을 避하도록 힘을 써 주엇스면 한다. 「世界 有名한 사람들」이란 題下의 世界偉人 紹介는 조흔 글이다. 「童謠를 쓰실여는 분에게」도 滋味잇고 有益한 글이다. 「無窮花의 世界」(童話劇)에는 意味 깁흔 뜻이 숨어 잇스나 넘우 複雜하고 實演하기 어려운 點이 업지 안흘 것 갓다. 傳說은 특히 少年雜誌를 編輯하는 이로는 特別한 注意와 考慮를 한 後에 記載할 必要가 잇슬 줄 안다. 歷史에 根據업는 것이라도 그대로 民間에 流布되어 돌아다니는 이약이만을 듯고 傳說이라고 躊躇함 업시 쓰는 사람이 업지 아니한 이째에 특히 注意하지 안흐면 안 될 것이다.

童話「불상한 少年」은 耶蘇敎 宣傳 童話라고밧게 볼 수 업다. 그 이약이 內容이 넘우도 抑制로 쑴여진 것임은 감출 수 업다. 質이나 量으로 보아 이번 號는 만흔 有益을 讀者에게 주엇슬 줄 안다. 그러나 이것은 말한대야 本誌의 主旨가 그것이니까 所用업는 말인 줄 아나 抑制로 쑴이어 내여 "하나님 나라"로 어린 사람들을 쓸어들이랴는 點이 보히는 것은 不快한 일이다.

果木洞人, "十月의 少年雜誌(五)", 『조선일보』, 1927.11.8.

◇ 별나라 ◇

表紙의 그림을 보면 新小說 表紙를 보는 것 가튼 感이 잇다. 그러나 이것은 十六七歲의 少年이 그렷다는 點으로 보아 더 길게 말 안하랴 한다.

歷史는 每號마다 거르지 말고 넛는 것이 조흘 줄 안다. 어른들이 지은 童謠가 만히 실린 것은 달은 雜誌에 比하야 한 가지 特徵이라고 할 것이다.

童話「제비」는 朝鮮色이 석긴 글이다. 퍽 滋味잇다. 「兒童 水滸誌」는 그것이 長篇인만치 어린 讀者의 머리를 어수선하게 맨들 것이 틀림업다. 어수선해지는 생각이 나기 始作하면 읽을 생각이 적어질 것이다. 編輯者는 이런 點에 注意하야 넘우 長篇을 삼가 실른 것이 조흘 줄 안다. 趣味科學「버레 잡아먹는 식물」…… 이 한 페이지만은 滋味스러운 달은 方式으로 版을 짜엇드면! 한다. 童話「九月 九日」은 意味 잇는 글이나 붓놀림이 썩썩한 것도 갓고 제비와 少年의 對話가 混同되어서 意味잇는 말 句를 抹殺시킨 곳이 間或 잇다.

長篇「孫悟空」은 이 우에 말한 「水滸誌」에 對한 意見과 틀림이 업슴으로 그만두고 小說「달도 운다」에 對하야 말하고저 한다. 이째껏 여러 가지 雜誌를 넑어 나려온 中에 創作小說에 잇서서는 이것 한 가지뿐임으로 한層 더 細密한 注意를 가지고 이 小說을 넑엇다. 이 小說은 두말할 것 업시

現社會에 잇서서 가지가지로 구박 밧는 可憐한 少年 壽男의 身勢를 그려 논 것인 그만치 이야기 全部가 事實에 갓가웁다. 이 點에 잇서서 讀者들의 만흔 歡迎을 바들 줄 안다. 그러나

洗練되지 못한 筆法과 俗된 言句에는 만흔 注意를 해야 할 줄 안다. 五錢 짜리 雜誌中에서 압흐로 進就性 만코 缺點이 적기로는 첫손가락을 쏩을 만한 雜誌이다. 編輯者와 아울러 同人 一同의 奮鬪를 빌며 質로나 量으로 나 묵에 잇슬 作品을 내노흘 날이 오기를 바란다.

◇ 어린이 ◇

지난번에 「九月號 少年雜誌 讀後感」을 쓴 분이 말하기를[32] "마음 노코 少年에게 낡힐 雜誌는 『어린이』라고 말한 일이 잇섯다. 事實로 『어린 이』는 少年雜誌 中에서 第一 첫 손가락을 쏩을 수밧게 업다.

表紙는 三色刷로 맨든 만치 곱게 되엇다. 懸賞問題 意案도 퍽 滋味잇게 되엇다. 더구나 目次는 鮮明히 눈에 씌이게 잘 짜앗다.

「가을은 왓다」(편지글) 가을을 當하야 고향을 그리워하며 아우를 생각 하는 마음에 넘치어서 쓴 고흔 글이다. 「朝鮮의 자랑」은 지나간 옛 朝鮮을 아조 쉽게 환하게 그려 논 글 참말로 작구작구 되풀이하야 읽을 만한 글이 다. 「파선(破船)」(名話)은 方定煥 氏 童話 譯編『사랑의 선물』첫 頭目에 도 잇는 이야기이다. 그런데 여긔 실린 것은

飜譯을 잘햇다고 할 수 업다. 「이건 참 자미잇고나」는 그 題目과 가티 참 滋味나는 短行 常識庫라 할 수 잇다. 「鄭夢周 先生 이야기」도 有益한 글이다.

「少年詩論」欄은 퍽 滋味잇다. 또 만흔 有益이 잇슬 줄 안다. 「닛지 못하 는 少年少女들」은 눈물 나는 感想文이다. 繼續 揭載 되는 長篇은 다음 機會 로 밀을 수밧게 업다.

「어린이 世上」은 趣味와 實益이 兼全하다. 더구나 十一月號부터는 紙面 을 刷新한다 하니 刮目하야 볼 일이다.

---

32 신고송의 「九月號 少年雜誌 讀後感(전5회)」(『조선일보』, 27.10.2~7)을 가리킨다.

×

  以上의 여러 가지 雜誌의 十月 總收穫을 보면 말 아니다. 十一月에는 이보다 몃 倍 더 큰 收穫이 잇기를 바라며 이 拙稿나마도 編輯하시는 여러 분에게 參考나 된다면 幸일 줄 알고 이만 擱筆한다.

二七年 十月 三十日

金漢, "(學藝)轉換期에 선 少年文藝運動(一)", 『중외일보』, 1927.11.19.

現下 우리 少年文藝運動이 어쩌한 過程을 밟아 왓스며 일로부터는 어쩌한 使命을 遂行하기 爲하야 어쩌한 方向으로 展開할 것이며 아니 해야 할 것인가? 하자면 이 運動의 發生的 條件을 講究하는 同時에 이 運動의 過程해 온 歷史的 考察을 비롯함으로 이것을 究明하게 되리라 생각한다.

하나 이 少年文藝運動을 말하기 前에 먼저 少年運動 그것부터 考察하지 안흐면 안 되겟다.

朝鮮에 少年運動이 닐어나기는 일로부터 六七年 前이다. 그러면 이 運動이 닐어나지 안흐면 안 될 그 原因이 어대 잇섯는가——當時 우리 少年의 現實이 어쩌하얏는가——를 무엇보다 먼저 探索하지 안흐면 안 되겟다. 當時 朝鮮의 封建的 思想의 殘滓는 全然히 어린이의 社會的 存在를 肯定치 안 햇다. 그들은 어른의 專用으로서 그들의 人格은 餘地업시 蹂躙되엇고 그들의 情緖는 無慘히도 □□되엇다. 그뿐이냐. 일즉이 移入된 ×××× 主義의 思想으로 그들로 하야금 都市에서나 農村에서나 過重한 勞役에 酷使되어 그들의 健康은 潰滅되고 그들의 聲明은 □□되엇다.

社會의 地位가 그러하얏고 家庭의 現實이 그러하얏다. 그들은 오즉 勞役과 苦痛에 呻吟하지 안흐면 아니 되엿섯다.

여긔에 어린이 自體의 現實이 切實하게 무슨 運動을 欲求하게 되엇고 歷史的 □法은 이 運動이 必然的으로 □成되게 하얏다.

一九三一—[33]年 봄은 왓다. 地殼 미테 準備되엇든 새싹은 터 나왓다. 時代 속에 胎胚되엇든 少年運動은 첫 울음을 깨치고 나오게 되엇다——그해 四月에 알에와 가튼 綱領을 내어 달고 외치고 〈天道教少年會〉가 先頭로 나오게 되엇다.

---

33 '一九二一年'의 오식이다.

(一) 어대까지 少年 人格을 擁護하야 在來의 倫理的 壓迫을 물리칠 것

(二) 어대까지 少年의 情緖를 涵養하야 在來의 沙漠 가튼 쓸쓸한 生活을 업시 할 것

(三) 어대까지 少年의 聲明을 發揮하야 在來의 不學에서 생긴 無知를 업시 할 것

(四) 어대까지 少年의 健康을 維持하야 在來의 不當勞働에서 생긴 過勞를 防止할 것

(五) 어대까지 少年의 社會性을 길러서 새 世上에 새 主人 되기를 準備할 것

여긔에 이 運動의 意味를 잘 把握□任한 人士는 쏘는 少年指導의 責을 痛感한 人士들은 都農을 勿論하고 이에 符應하야 爭先하야 少年運動을 닐으키엇다. 各地에 少年會가 組織되엇고 無産兒童 敎養機關이 設立되엇다. 그 翌年에는 全朝鮮少年指導者大會가 열리며 〈少年運動協會〉가 組織되엇다. 其後 接續하야 〈五月會〉가 組織되어 各各 少年運動에 全力해 왓다. 이에 人格的 蹂躪과 壓迫에 어둠 속에서 楚痛하든 어린이들은 비롯오 光明을 向하야 自己의 社會的 地位를 意識하게 되엇고 無視되엇든 人格을 回復하게 되엇다. 하나 그 運動 거의가 敎養運動에 置重하니만치 消極的이엇슴은 避치 못할 事實이엇다. 그러나 時代는 變動한다. 轉換의 機運이 이미 닉엇다.

近者에 全朝鮮少年運動聯合大會가 열리엇다 한다. 어쩌튼 나는 그것이 第二期的 活躍에 잇스리라고 밋는다.

한데 少年文藝運動은 어쩌하얏나. 이 運動도 亦是 一九二一年 少年運動의 勃興에 짤해서 必須的 條件 알에서 엇개를 견우고 나오게 되엇다. 이째에 産婆 後의 苦勞를 앗기지 안흔 이는 우리가 잘 아는 바와 가티 小波 方定煥 氏엿다. 此外에 멋멋 분도 게시지마는 初期에 잇서서는 專혀 氏의 活動이 만햇든 것이 事實이다.

그해 四月(?)에 34 氏의 손으로 『어린이』가 世上에 나왓다.

이 『어린이』야말로 氏가 항상 말한 바와 가티 "학대 밧고 집밟히고 차고

어두운 속에서 잘아는 어린이의 靈"을 거룻히 慰勞할 수 잇섯다.

어두운 속에서 허덕이는 그들에게 비롯오 밝은 빗츨 비처주엇다. 깨끗한 理想을 그려 주엇다. 짜뜻한 人情味를 불어 주엇다. 아름다운 藝術의 感激을 주엇다.

無智한 ○○의 酷毒한 罰責을 當해 가며 억지로라도 집어 생키지 안흐면 안 될 奴隸的 ○○ 過程에다 比할 째 그야말로 그들은 慈母의 품에 안김과 다름업섯다. 天使의 呼吸을 늣겻다.

그리해서 『어린이』를 土臺로 하야 小波 〈색동會〉 諸氏가 아름다운 童謠 재미잇는 童話 史譚 笑話 等으로 만흔 少年을 웃기고 울리고 興奮시키고 沈思시키고 하야 어린이에게 잇는 모든 情緒를 잇는 대로 자아내어 涵養助長하는데 큰 功績을 나타내엇다.

金漢, "(學藝)轉換期에 선 少年文藝運動(二)", 『중외일보』, 1927.11.20.

이 밧게 鄭烈模, 鄭芝鎔, 韓晶東, 高長煥, 延星欽, 丁洪教 等 諸氏가 『新少年』『새벗』『별나라』其他 少年雜誌를 通하야 한결가튼 功績을 만흔 少年에게 주엇다.

그리해서 누구 할 것 업시 모다 情緒運動 教化運動에 全力을 傾注하야 왓다. 하나 一時 絶頂에 處하얏든 이 運動도 今年에 잡아들자 方向轉換을 부르는 소리가 놉하젓다. 우리는 벌서 過去의 形式 內容으로서 不滿을 늣기게 되엇다.

왜? 朝鮮의 情勢는 날로날로 變遷한다. 階級과 階級의 戰線은 刻刻으로 急迫해 온다. 이째에 우리가 다만 情緒運動에만 安住할 수가 잇슬가. 아니

---

34 『어린이』의 정확한 창간일자는 1923년 3월 20일이다.

다. 過去의 運動은 일로써 淸算해 버리고 다시금 新方向을 展開하지 안흐면 안 되겟다.

하나 나는 이것을 論究하기 前에 오늘날 普遍的으로 把持되어 잇는 誤謬된 觀念을 檢討하야써 現階段의 少年文藝를 究明코자 한다. 그러면 그 普遍的 觀念이란 어쩌한 것인가. 나는 便宜上 이것을 大槪 二種으로 分類하랴 한다.

그 하나로는 어린이의 世界는 斷然 不可侵할 獨立性을 가젓다——그들은 想像이 豊富하고 神秘的이다——그들의 想像의 世界 神秘의 世界를 쌔털임은 그들의 成長發達을 沮害함이다. 함으로 그들에게 現實的 知識은 禁物이다. 또 하나는 純潔無垢한 어린이에게 現實의 醜惡을 알림은 넘우나 悲慘하다. 뿐만 아니라 아름다운 理想(?) 世界에 그들의 靈을 遊離시켜 주어 그들이 成長하야서 그와 쪽가튼 理想世界를 建設할 수 잇스리라고——하는 생각이다. 이 얼마나 虛妄한 생각이냐. 얼마나 非辨證法的 考察이냐. 나는 順序를 짤하 먼저 前者를 討究하랴 한다.

그러타. 그들은 神秘의 世界에 살앗다.

그러나 이 現實이 그들에게 神秘 그대로를 간즉하게 하느냐 말이다.

"부자ㅅ집 아이들은 지난 밤 크리스마쓰에 보고 십든 예수를 맛나서 그들이 가지고 십든 幸福을 어덧다고 소근거린다. 그들은 神秘의 王國에를 다녀왓다고 盛大한 宴會가 열린다. 北國의 女王이 白色 手巾을 膳物로 그들에게 보냇다고 그들은 서로 웃는다. 그러나 잠을 자기는 하얏스나 北國의 女王의 膳物도 엇지 못하고 工場에도 가지 안코 神을 爲하야 禮拜하얏스나 도모지 幸福을 엇지 못하얏다."(朴英熙) 그들은 幸福도 업고 神秘도 업고 다만 악착한 現實이 그들 압혜 걸려 잇슬 뿐이다. 한데도 不拘하고 그의 靈을 形而上學的 所謂 神秘世界에 遊離 痲醉시키어 억지로라도 現實을 掩避하고 魔女와 狐狸를 主人公으로 한 巧邪 鈍智的 讀物이 아니면 王子王女를 讚美하는 奴隷的 讀物을 提供하야써 그들의 熱烈한 創造性(××的)을 沮害함은 確實히 反動運動에 지내지 안는 것이다.

金漢, "(學藝)轉換期에 선 少年文藝運動(三)", 『중외일보』, 1927.11.21.

그러면 다시 後者를 생각해 보자. 이 現實을 純潔無垢한 그들에게 알림은 넘우나 無慘하다고. 그러타. 天眞爛漫한 그들에게 이러케도 慘酷한 現實을 알리자면 아니 되게 된 것은 眞實로 悲痛한 일이다.

그러나 악착한 現實은 누가 알랴서 알려지는 것이냐. 現實 그것이 달려드는 것이다. 보아라. 朝鮮의 어린이 八九割은 無産者이다——그들은 農村의 오막집에서 都會의 工場 안에서 過重한 勞役과 酷毒한 楚痛 알에 울고 부르짓고 잇지 안흔가. 하면서도 그날의 조쌀 알이나마 변변히 어더먹지 못하는 이 現實을 어찌 알리랴 알려지는 것인가.

다음에 理想世界를 그려 줌으로 그들에게 理想世界를 建設하라고 하는 생각이다. 아즉 그 말대로 是認한다손 치자.

여긔에 現實 속에서 자라나는 어린이의 空想 속에서, 아니 理想 속에서 자라나는 두 어린이를 假定하고 보자. 前者는 强烈한 日光 알에 자라나는 풀과 가타서 現實에 시달리면 시달리니만치 그는 頑强히 抵抗해 가며 悲壯한 싸움 가운대에 完然히 成長할 수가 잇슬 것이다. 그와 反對로 後者는 그늘에서 자라난 풀과 가티 現實이 暴風이 한번 불면 纖纖軟弱한 그 가지는 그만 挫折되어 그는 落魂과 敗殘의 길을 밟지 아니치 못하게 될 것이다. 萬若 그런 어린이가 잇다면 以上 더 不幸이 업스리라.

'플라톤' 以後로 만흔 理想家들이 여러 가지로 理想을 그려 보앗다. 그러나 그런 理想鄕이 存在해 잇지 안흔 데야 어찌하랴. 보아라 '로바-트·오헨'의 『協和共力村』[35]이 '모리쓰'의 『유토피아』가 이 地球 어느 모퉁이에 存在해 잇는가.

---

35 '協力共和村'의 오식으로 보인다. 영국의 선구적인 사회주의자 로버트 오웬(Robert Owen)이 추구했던 협동조합과 협동사회를 뜻하는 것으로 보인다.

나는 以上으로 粗略하나마 誤解된 觀念을 檢討하얏다. 그러면 現階段에 잇서서 少年文藝는 어쩌해야 할 것인가. 나는 支離하게 됨을 避하기 爲하야 朴英熙 氏의 말을 빌어 簡單히 이에 대답하고 말랴고 한다.

"自己는 社會의 富를 맨드는 사람이다. 自己는 社會의 모든 文化를 맨드는 사람이다. 그런데 自己에게는 富도 업고 文化도 업다. 그 原因이 어대 잇는가를 探索하는(十七字 削) 科學이다."

그러타. 우리는 그들에게 우리 ×××民族의 어린이에게 우리 푸로레타리아 어린이에게 科學的 智識으로써 우리의 現實을 如實히 보여주어서 自己 階級의 '이데오로기'를 把握시키고 짤하서 ××的 思想을 興起시키는 文藝가 아니면 안 되겟다.

그들의 現實的 生活이 누구보다 苦惱와 悲痛에 복개느니 만치 그들은 누구보다 自由를 憧憬하고 解放을 欲求하느니만치 그들은 이에 興味 感激을 늣기게 되고 짤하서 이 解決의 秘策을 차즈랴 한다.

이에 이 解決의 秘策을 차저 주는 것이 轉換期에 잇는 少年文藝의 任務가 아닌가 한다.

一九二七年 十一月 十二日

金東煥, "學生文藝에 對하야", 『조선일보』, 1927.11.19.

우리들은 學生層의 運動이라면 그가 社會科學運動이든지 文藝運動이든지 極力 支持하여야 할 것이다. 더구나 얼마 전에 일어낫든 朝鮮學生의 社會科學運動이 必然的인 階級性을 씌엇다고 支配階級의 空前한 大彈壓을 바더 外觀上으로 停頓의 不得已에 이른 事實을 보고 더욱 그런 늣김을 갓는다. 이제 學生層의 表現運動으로는 文藝運動이 許諾되어 잇스나 그것이라야 겨우 各 學校의 校友會報에 不過하지마는 그조차 保守的 敎育家의 손으로 움즉이어 나가든 터이라 新興學生層의 思想 感情을 表現하자면 迫害를 아니 바더 올 수 업섯다.

於是乎 各面으로 이러케 閉塞되어 잇는 學生 諸氏의 文藝運動을 爲하야 적으나마 우리가 紙面을 이러케 提供하는 일이 뜻 업는 일이 아닐 것이다.

그러나 지금까지 들어온 各位의 寄稿를 보면 우리의 期待에 어그러지는 것이 넘우 만타. 우리들은 各位에게서 반듯이 時代人心을 울리고 웃기고 할 큰 부르지즘이 나올 것을 미덧다. 가장 精粹分子인 諸氏에게서 이런 期待가 채워지지 못한다면 우리들은 어느 곳을 向하야 이것을 바라랴.

그러나 우리들은 아직 失望치 안는다. 後繼할 新興文壇을 完成할 큰 力量을 가진 분들이 不遠에 반드시 나올 것을 밋는 까닭으로 이제 投稿 諸氏의 注意 二三을 指摘하는 것으로 이 붓을 끈켓거니와 못처럼 提供된 이 欄을 諸氏는 十分 活用하여 주기를 바란다.

◇ 文藝의 機能은 어듸까지든지 사람의 情緖를 움지기는 데 잇다.

웃지도 울지도 안튼 平時의 感情을 飛躍시켜 情緖의 躍動인 感激을 밧도록 하는 데 잇다. 이 큰 感激은 반드시 큰 行動을 끄으러내는 것임으로 文藝의 武器인 一面이 여긔에 잇는 것이다. 그러함에 不拘하고 諸氏의 投稿 中에는 한갓 科學者의 實驗報告가티 事理만 캐어 노흔 것이 만타. 그것은 理性에 訴하는 科學者의 態度로는 올켓지만 情緖에 置重하는 文人의 取할 길은 아니다. 注意하기 바란다.

◇ 쏘 한 가지는 外國作家의 模倣이 만타. 假令 詩歌上으로 볼지라도 쮀-터나 실레루 하이네 等流를 하는 일이 만치만 그것은 쮀-터가 나든 獨逸國 靑年으로 쮀-터 時代에 處한 靑年들이나 할 일이지 地理的 社會的 條件이 全異한 朝鮮 靑年이 할 일이 아니다. 今日 朝鮮에 낫다면 以前에 지은 것과 全혀 다른 詩歌를 지엇슬 것이다. 諸氏는 獨創에 힘쓰되 內容表現을 다 大膽하게 하기를 바란다. 그 밧게 簡潔하게 쓰라는 것과 平易하게 쓰라는 것을 付託하여 둔다. (끗)

金泰午, "(學藝)心理學上 見地에서 兒童讀物 選擇(一)",
『중외일보』, 1927.11.22.

現下 朝鮮에 잇서 兒童讀物이라 하면 最近까지 續刊하고 잇는 十餘種의
少年少女 雜誌와 其外 七八種의 童話集과 若干의 科學書類일 것이다. 朝
鮮兒童의 讀物이 外國에 比하면 퍽으나 貧弱하다는 것은 이제 새삼스럽게
늣기는 바는 아니겟지만 넘우나 뒤떨어젓슴을 말하지 안흘 수 업다.

從來 朝鮮에 少年讀物이 잇섯다 하면 大部分이 童話와 童謠일 것이다.
童話와 童謠가 少年讀物에 잇서서 가장 重要한 要素를 占領하고 잇다 하면
從來에 말할 수 업는 混沌狀態에 싸저 잇섯든 것은 事實이다. 勿論 우리의
立場과 周圍의 環境이 許諾지 안흘 만큼 避할 수 업는 形便이엇다. 그러나
넘우나 內容이 不徹底하고 그것의 骨子를 차저볼 수 업섯다는 것이다. 讀
物 選擇이라 하면 過去에 잇섯든 것을 選擇하고 評한다 하는 것은 甚히
錯□할 일이다. 그럼으로 압날의 讀物 選擇에 對하야 생각하고 取할 것은
取하고 버릴 것은 □然히 除去하자는 것이다.

             ×

그런데 今年 夏期에 平安道, 黃海道, 京畿 一部의 各 重要한 都市로만
一個月餘를 두고 童話巡廻를 하는 中 當地의 少年運動者 몃 동무들이 兒童
讀物에 對한 質問과 今後 朝鮮兒童에 잇서서 어쩌한 讀物을 選擇해야 되겟
느냐는 討議가 잇섯다. 그래 그네들의 參考와 童話 童謠作家와 쏘는 글
쓰는 이들과 父兄 諸氏에게 한갓 參考로 提供하려 한다.

그리고 所謂〈朝鮮少年聯合會〉敎養部라는 重且大한 責任을 마튼 筆者
로써는 이 問題에 對하야 愼重히 考慮하고 생각하기 때문에 여러 번 躊躇
하얏다가 心理學的 考察로 본 나의 斷想을 少年雜誌 執筆者와 一般 父兄에
게 公認하고 朝鮮에 아즉것 讀物 選擇에 對한 具體的 批判이 업는 只今에
잇서서 이것이 □□의 焦點이 되어 嚴正한 批判으로써 朝鮮少年運動과 兼
하야 等閑視할 수 업는 兒童敎養問題에 圓滿한 解決이 잇기를 바라며 만흔

評論으로 압날의 向上 發展을 빈다.

그런데 日前『朝鮮日報』에 記載된 申孤松 님의 少年雜誌 讀後感이라든가 果木洞人의 어느 小評[36] 그것도 조흔 것이다. 나는 여긔에 對해서 말하지 안흐려 한다. 그러나 이 압흐로 評을 한다면——어느 形式과 派閥主義에 拘泥되지 말고 그리고 評者는 公正한 眼目과 冷靜한 頭腦로 觀察하야 그 作品에 對한 內容을 大凡하게 具體的으로 嚴正한 意識으로써의 批評과 論爭이 잇슴에 딸하 압날의 發展을 企待할 수 잇스며 모든 것이 理想대로 展開되리라고 밋는다.

                    ×

讀物이라고 하면 精神의 糧食이다. 身體를 養育하는데 食物이 絶對的으로 必要한 것과 마찬가지로 精神을 養育하는데는 讀物이 업서서는 안 된다. 그래도 身體의 適當한 食物만이 身體를 잘 기르는 것과 가티 精神의 要求에 適當한 讀物 그것이 精神을 잘 기르는 것이다. 萬若 그러치 못하면 畢竟에는 害惡이 잇슬 뿐이요 有益은 全無할 것이다. 그럼으로 兒童讀物選擇의 問題가 생기게 되는 것이다.

金泰午, "(學藝)心理學上 見地에서 兒童讀物 選擇(二)", 『중외일보』, 1927.11.23.

一般이 成長하는 兒童의 身體는 成長 그 時期에 依하야 要求하는 食物을 變更하게 되는 것이라 個人的에는 그 體質에 適當한 食物을 選擇한다 하면 發展하고 잇는 兒童의 精神도 亦 發達의 時期에 要求하는 讀物도 다를 것이다. 쏘 그 個性에 依하야 讀物을 定하는 것이다.

---

36 신고송(申孤松)의 「九月號 少年雜誌 讀後感(전5회)」(『조선일보』, 27.10.2~7)과 과목동인(果木洞人)의 「十月의 少年雜誌(전5회)」(『조선일보』, 27.11.3~8)를 가리킨다.

精神上 動作과 生命度量을 心理學上으로 考察하야 본다면 一歲 乃至 六歲에 一時期를 짓고 七歲 乃至 十一歲가 쯧 다른 一時期를 □成하야 動作과 生命의 度數가 此□는 顯著히 發達 向上한다. 그리하야 前者를 幼稚期라 하고 後者를 兒童期라고 稱한다. 그리고 十二歲 乃至 十九歲까지는 쯧 心□의 活動이 兒童期로부터 一段 向上하는 것이다.

이것을 靑年期의 □□라고 한다. 只今 問題가 되어 잇는 讀者에 關하야 少年少女라고 하면 卽 兒童後期의 十歲로부터 十四五歲까지의 年齡者를 包含한 것이라고 본다. 그러면 此□間에서 이러한 讀物을 選擇하여야 될 것인가를 心理的으로 考察한다면 第一은 少年期의 心身活動에 잇서서 心身에 正當한 發達을 誘導하고 充實生活을 持續할 適用物을 選擇하여야 할 것이다.

×

兒童精神發達의 時期로부터 吟味하야 보면 幼少한 때는 아즉썻 幻想世界에서 사는 것이다. 그럼으로 少年少女의 讀物은 한편으로만 치우처서는 안 된다. 各種多樣의 것을 닑혀주어야만 되는 것을 父兄들은 注意해야 될 것이다. 少年에게는 勇敢스런 것과 自然科學의 風이 잇는 것 — 少女에게는 '센티맨탈'한 구슯흔 이약이, 少女小說 風이 잇는 그것으로만 制限을 하고 兒童讀物上 男女의 差別을 부친다거나 하는 것은 滋味스럽지 못한 것으로 思惟한다. 願컨대 雜誌나 무엇이든지 十四五歲까지 少年讀物은 구지 少年少女 區別을 하면 兒童에게 滋味업는 印象을 너허주는 것이니 될 수 잇는 대로 避하자는 것이다.

身體의 營養은 □多의 糧食이 必要한 것과 가티 精神上 營養에도 男女의 差別을 될 수 잇는 대로 無視하고 여러 가지 讀物을 平等으로 닑혀 주어야 할 것이다.

神話, 傳說, 童話, 童謠 들도 勿論 조흐나 八九歲의 幻想의 꿈 世界를 깨우치는 男子에게는 英雄談, 冒險談, 歷史談, 事實談 가튼 것을 질겨 한다. 女子에게는 可憐하고 少年소녀에 關한 섧고 애닯은 이약이 가튼 것에 趣味를 부치게 된다. 다음 十二, 三歲쯤 되어 性的 傾向이 눈쓰게 되면

趣味가 쏘 一層 넓고 깁허저서 後代의 小說과 詩나 劇 가튼 것을 要求하게 된다.

그리고 이 方□을 大槪 말하기를 感情的 要求에 關한 것으로써 所謂 文藝讀物이라고 한다. 이것은 兒童讀物의 一部□□다. 그것이 □□하야 活動하면 空想에 갓갑고 感傷的 傾向으로 기울어진다. 精密히 事物을 觀察한다거나 正確히 理路를 追求하야 判斷하거나 하기는 어려운 일이다. 좀 强硬한 讀物로 나아가면 精確히 닑을 만한 勇氣를 일허버리고 現階段에 선 兒童은 재미를 부치지 안케 된다.

金泰午, "(學藝)心理學上 見地에서 兒童讀物 選擇(三)", 『중외일보』, 1927.11.24.

이처럼 興味를 못 엇는데 對해서는 自然界에 對한 好奇心에 應하야 觀察力이 □□되는 것이다. 汽車, 汽船, 飛行機 等에 對한 興味를 부치고 工夫 考察力을 기르기 爲하야 理科的 讀物을 提供하는 것도 조흘 것이다. 이것은 늣드라도 八九歲쯤 되어 鮮明한 그 힘을 보고 깨닷기 始作하야 普通學校를 卒業하고 中學校에 入學하야 理科敎育을 適當하게 遂行할 것도 한 가지 條件이라고 생각한다. 이 方面의 重要한 것은 理智的 要求에 應하야 所謂 科學讀物이라고 한다.

×

어쌧든 少年期에 가장 顯著하게 發展하는 機能은 運動과 知覺일다. 外部動作이 急速히 敏捷하게 되고 巧妙한 可能性을 크게 가지고 잇는 時期이다. 外界에 對한 感覺, 味, 臭의 知覺이 銳利 精細하게 되는 可能性을 크게 發揮하는 것은 此 時期에 하는 것이다. 卽 精神의 外向的 方面은 쏘 靑年期 □에 盛하게 되는 것이다.

그리하야 感情은 可及的 强硬히 發動하나 그것은 外部 動機가 大體로

□□하는 種類의 感情이고 內部 動機로부터 潤色하는 일이 淺薄하다. 그리고 少年의 心理는 靑年에 比하야 客觀相을 씌고 잇는 것이다.

上述한 바와 如히 少年의 心理는 禽獸, 虫魚, 樹木, 砂石, 日月星辰 等 自然界의 事例에 크게 好奇心과 興味를 늣기게 되는 것이다. 그리고 쏘 그것을 相對로 하야 種類의 動作 □□를 始作한다.

그럼으로 自然의 事變 事物을 少年의 好奇心과 興味에 適當한 것, 그리고 自然에 相當한 理路를 알려주며 '이숍프' 物語 가튼 것은 □讀에 不過하는 가장 □은 寓話이다. 어느 程度싸지는 禽獸가 相談하고 꼿과 열매가 서로 이약이를 하며 별님이 이약이를 하는 想像化한 것도 조타. 그러나 넘우 唐荒無稽한 것은 少年에게 오히려 虛僞에 싸지게 하는 害가 될 念慮가 잇스니 이 點에 特히 注意하지 안흐면 안 된다.

쏘 少年은 活力이 增進하는 時期인 만큼 活潑, 勇敢 그러한 動作을 조하한다. 그러나 單只 少年의 興味만으로써 지은 冒險談은 돌이어 害가 적지 안타. 少年 自體가 理解할 만한 어느 程度싸지는 正義를 目標 삼고 勇敢活潑하게 지은 作品은 少年讀物로써 가장 適當한 것이라고 생각한다.

少年文藝는 少年의 正當한 心理의 欲求에 糧食이 됨으로써 少年의 마음을 正善으로 指導하지 안흐면 안 될 것이다.

'썹푸링'의 『짠셀쑥』³⁷ 中의 이약이는 如上의 見地로써 보아 推薦할 만한 天空快調의 讀物이다. 或은 英雄史談이나 '스마일스'의 自助談 가튼 것은 少年精神上 保健的 讀物이라고 생각한다.

　　　　　×

現下 朝鮮에 잇서 特히 白衣少年에게 適當한 讀物을 選擇함에 그에 對한 管見과 注意는 各人의 意思 別論으로 主義主張이 다르겟지만 나의 가장 重大하게 생각하는 것은 左와 如히 三種目으로 例擧하랴 한다.

一. 衛生上 障碍가 업는 것으로 그리고 文字의 大小, 地質, 眼의 衛生上

---

37 영국의 소설가 키플링(Joseph Rudyard Kipling, 1865~1936)의 『정글북』(The Jungle Book)(1894)을 가리킨다.

害되지 안는 것으로 選擇할 것을 第一 注意할 것이다.

二. 近來 多種의 少年雜誌가 뒤를 니어 出刊되는 이째에 그 雜誌를 모도
다 맘 노코 닑힐 것이냐. 그러치 안타. 여러 子弟들에게 닑히는 父兄
들은 雜誌의 選擇에 만흔 注意를 가지지 안흐면 안 될 것이다.

金泰午, "(學藝)心理學上 見地에서 兒童讀物 選擇(四)", 『중외일보』, 1927.11.25.

兒童은 善惡을 判定치 못한다. 萬若 그들이 善惡을 判定하는 能力이 잇
다면 우리는 敎育의 必要를 늣기지 못할 것이며 짤하서 讀物選擇의 問題가
생길 必要도 업슬 것이다.

讀物로써 感化되는 일이 가장 偉大한 것이나 兒童이란 白紙에 스치는
대로 善惡을 긋지 안코 聞見 그대로 記憶하얏다가 다시금 어느 時期에 利用
하게 됨으로 사람은 善에도 强하며 惡에도 强하다. 그리고 兒童은 분한
記事를 닑을 째는 義憤을 닐으킬 줄 알며 섭고 애닯은 記事를 볼 째에는
同情하는 눈물을 흘리게 된다. 그리고 惡한 것 强□한 것이 敗하고 征服이
되면 가장 喜悅하며 安心하는 것이다. 우리는 이 道德的 觀念과 情緒的
活動을 助長시키기에 適當한 讀物을 選擇하여야 한다.

內容은 兒童에게 興味잇는 것으로…… 그러나 好奇心을 助長시키며 虛
榮心을 닐으키는 非敎育的 記事는 害가 적지 안타. 讀物의 生命은 兒童이
그 內容에 感應 如何에 잇는 것이다. 또 넘우나 興味主義로만 치우치는
讀物은 敎育的 意義가 抹殺하기 쉬운 것이다. 近日 出版物 中에는 종종
兒童의 劣等한 興味 그것으로 맘을 살려고 하는 것이 만타. 이것을 判斷하
는데는 父兄과 敎師의 責任이 크다고 생각한다.

三. 그 個性을 考慮하야 이것에 適當한 것을 取하며…… 讀物에는 一般
으로 文學的 趣味에 豊富한 것도 조흐나 넘우나 치우치게 되면 兒童을 '센

티맨탈'的 氣分이 濃厚해 질 念慮가 생긴다. 그럼으로 科學的 趣味가 잇는 것과 文學的 趣味가 잇는 그것을 適當하게 料理하여야 個性의 短處를 補充하고 어느 意味에 잇서서는 個性의 長處를 發揮하는 것에 用意하지 안흐면 안 된다고 思惟한다.

金泰午, "(學藝)心理學上 見地에서 兒童讀物 選擇(五)", 『중외일보』, 1927.11.26.

結 論

쓰트로 우리의 少年運動, 其他 모든 運動이 過去의 分散的이오 孤立的이오 派閥的인 氣分運動에 날뛰는 그것을 斷然히 버리고 모든 것을 淸算하야 統一集力으로 鞏固한 團結로써 組織的運動으로 方向을 轉換햇다고 하면 우리 少年文藝運動도 在來의 混沌狀態의 아모 主義主張이 업는 劣等의 拙品 卽 自己의 이름을 내기 爲하야 우에 말한 意義에 未及하는 記事는 쓰지 말기로 하자. 그리고 "요술王"이니 "公主"니 "王子님"이니 "人形"이니 하는 가튼 童話는 朝鮮 少年과는 懸隔한 相距가 잇다. 그러타고 保守的 傳說的 意味에서 말한 것은 아니다. 外國童話나 童謠를 收入하는데 가장 先入見을 가지고 白衣少年에게 무엇보다도 周圍의 事情에 適合하게 생각되는 能히 그것이 잘 消化되는 것으로 收入하여야 할 것이다. 收入하야 滯症이 생기어서는 안 된다. 過去의 少年讀物은 넘우나 '센틔맨탈'的 氣分이 濃厚한 것이 大部分이엇다. 우리의 處地인 만큼 그런 記事를 歡迎하얏든 것은 事實이다. 그러나 現階段에 잇서 더욱이 만흔 疑問에 만흔 苦痛과 困難을 當한 少年들에게 感想的 그것에만 나아가서는 안 된다. 좀 더 科學的 讀物을 要求하며 愉悅을 줄 수 잇고 偏奇的 成長에서 解放하며 活潑勇敢한 記事, 美談, 冒險談, 歷史談 그리고 現實을 가장 잘 描寫하는 作品을 要求한다.

좀 더 朝鮮의 氣分이 잇는 童話 또는 朝鮮의 흙냄새 나는 童話를 推奬하여야 된다. 그리고 民族意識이 잇는 것으로…… 特히 하대 밧고 짓밟히며 차고 어두운 곳에서 자라나는 朝鮮의 少年을 爲하야 어린이의 精神生活을 指導하고 完全한 人格과 充實한 役軍을 養成함에 좀 더 힘잇는 ××의 意識을 너허 주자는 것이다. 그리고 少年敎養에 잇서서 꾸준한 努力을 함에 우리의 理想鄕이 바야흐로 멀지 안 해서 展開되리라고 미드며 다음 機會로 밀우고 이만 붓을 놋는다.

宮井洞人, "十一月 少年雜誌(一)", 『조선일보』, 1927.11.27.[38]

　지지난달에는 申孤松 君이 「少年雜誌 九月號 讀後感」을, 지난달에는 果木洞人 君이 「十月의 少年雜誌」라고 讀後感을 썻는 바[39] 申孤松 君의 "讀後感"은 多少 그의 衷情을 볼 수 잇섯지마는 果木洞人의 그것은 넘우 形式에 흐르고 獨斷에 치우첫다고 할 수 잇다.

　이곳에서 그것을 評하려는 뜻이 아님으로 다만 내가 본 十一月號의 少年雜誌를 쓰고자 한다. 그리고 한 말 해 두고자 하는 것은 나의 것이 먼저 評한 이라든지 또는 나중에 나오는 분에게 參考거리가 된다면 幸甚일다.

　　　　『새벗』

　이것을 全體로 말하면 이곳에는 特出한 編輯手段이 잇는 것을 發見할 수 잇다. 그러나 실린 作品들의 內容에 잇서서는 말할 수 업시 貧弱하다. 첫재 「꼿나라를 차진 병신 새」는 쓰느라고 애쓴 影跡은 보인다. 그러나 지루하고 이약이가 넘우 單純하다. 그리고 구태여 時代 뒤진 無抵抗思想을 쓸 必要가 업지 안흘가. 이곳에 나더러 少年에게 넑킬 만한 것을 말하라 하면 「쭈리앙과 배드로」 少年劇과 「새로운 마을」에 나타난 思想을 일치 안헛스면 한다. 그리고 넘우 "燒增シ"[40]을 하지 말엇스면 조켓다. 더 한 말 付托할 것은 常識이 좀 더 잇서야겟다. 한 例를 들면 「荒波를 넘어서」라는 少年小說 비슷한 글 속에 "경도(京都)를 지나 대판(大阪)에 이르럿다" 이것은 큰 失數다. 東京서 朝鮮으로 오면 몰으겟다. 그러나 朝鮮에서 東京驛에서 早稻田町까지 人力車를 탓다 하니 東京驛에서 早稻田이 一哩이나 걸린다. '탁시' 電車 갑싼 물건이 얼마든지 잇고 지금은 人力車를 使用치 안는 것을 알어야 한다. 이러한 것이 모두 常識問題이다. 동물 회가극 「서울

38　'宮井洞人'은 홍은성(洪銀星, 洪曉民)의 필명이다.

39　申孤松, 「九月號 少年雜誌 讀後感(전5회)」(『조선일보』, 27.10.2~7)과 果木洞人, 「十月의 少年雜誌(전5회)」(『조선일보』, 27.11.3~8)를 가리킨다.

40　일본어 "야키마시(やきまし, 燒(き)增し)"로 "(사진의)복사, 추가 인화"라는 뜻이다.

동물원」은 무슨 소리인지 몰르겟다. 첫재 동물 희가극이란 무엇인가? 아동을 보이는 것이 아니고 동물 보이는 것인가. 그것은 그러타 하고라도 '아푸리카'를 '애푸리카'라는 소리와 '나이루' 江이 아푸리카에 잇다는 소리 ('나이루'가 아니라 '나일'이고) '오아씨스'라는 말이 잇다. 이러한 것은 웬만한 어룬도 몰으면 新術語인데 그대로 통재로 쓰는 것은 쏘한 常識不足이다. 『새벗』은 넘우나 缺點이 만허서 紙面만 잡기에 고만두거니와 한 가지 부탁하는 것은 뒤에 잇는 "戀愛小說 廣告" 가튼 것은 아니 실엇스면 한다.

『별나라』

『새벗』보다 印刷가 鮮明치 못하고 頁數가 적으니만치 缺點은 적다. 그러나 한 가지도 特出한 作品은 업다. 통틀어 少年雜誌들이 "燒增シ病"에 걸렷다. "燒增シ"도 조흔 것을 하엿스면 조치마는 「少年 북삼이」「沈着한 少年」「少年 傳令使」 이러한 것들을 美談이라고 썻다. 이것을 解剖分析하랴면 思想的으로 이약이하게 되겟슴으로 避하거니와 現今 朝鮮에서는 軍國主義 精神이 美談일 수는 업다. 「큰 것과 적은 것」「少女와 自然」「放送해 본 이약이」 等이 오히려 나흘 것 갓다. 한 가지 付托할 것은 「兒童 水滸誌」에 지리하고 거덥운 이약이는 그만두엇스면 한다. 그리고 「孫悟空」 이것은 滋味잇는이 만큼 더 少年이 알아듯도록 解釋할 것이다. "삼십삼천"이라는 글 뜻과 "도솔궁" 이러한 것을 "금단은 한울의 지극한 보배이니 죽은 사람이라도 살릴 수 잇는 조흔 약입니다" 한 것과 가티 삭여 노앗스면 조켓다. 그 外에 注意할 것은 한울하고 싸혼다면서 한울께 긔도한다는 것은 우습지 안흔가.

『少年 뉴-쓰』

이것은 먼저 '페-지'에 적음을 늣기게 되고 쌸아서 長編 가튼 것은 아니 실엇스면 한다. 이번 號는 아무 評할 건덕지가 업다. 이번은 더욱이 丁洪敎 君의 編輯도 아니오나 어린 사람 朴弘濟 君의 編輯이어서 그런지는 몰으겟지만 넘우 貧弱하다. 그러나 「함」이라고 하는 童話만은 어느 點으로 보든지 우리가 그러케 하지 안흐면 안 될 것이다. 支社 紹介 가튼 것은 "우리글"로 하고 漢文을 적지 안헛스면 한다. 한 가지 끄트로 付托할 말은 '페-지'

적은 곳에 長編——繼續 讀物——은 실지 안는 것이 조타.

宮井洞人, "十一月 少年雜誌(二)", 『조선일보』, 1927.11.28.[41]

宮井洞人, "十一月 少年雜誌(三)", 『조선일보』, 1927.11.29.

『아희생활』

耶蘇敎 兒童 機關紙인 만큼 넘우나 宗敎臭가 나서 못쓰겟다. 天道敎에서 하는 『어린이』와는 넘우나 精神이 露骨化하지 안는가. 더 말하자면 社會 云云하고 野卑하게 "하나님 아버지시여!"를 그대로 써내 놋는 雜誌와 마찬가지다. 表紙부터 洋人 兒童의 그림이다. 이러한 그림 外에는 너흘 그림이 그러케 업슬가. 그들의 心事를 뭇고 십다. 그 다음 朝鮮史 槪觀은 넘우나 簡單하고 그릇 써 논 것이 만타. 歷史에 잇서서는 文籍이 잇는 것임으로 조금도 잘못하면 그의 智識을 暴露하고 마는 것이다. 이제 그 한 例를 든다면 七. 朝鮮時代의 맨 末行에 "연유쇼남태(演有沼南怡)와 가튼 무관이"라고 한 것은 큰 잘못이다. 우에 "우리글"이 연 字로 쓰인 것을 보아 印刷의 誤植도 아니다. 나더러 訂正하라면 "어유쇼, 남이(魚有沼, 南怡)"라고 생각한다. 이러한 것은 歷史를 取扱하는 이가 넘우나 그 智識 程度를 曝露하엿다고 볼 수 잇다. 童話 「왕궁을 지은 대담한 청년」은 싱겁기가 한량이 업다.

---

41 이 날짜(11.28)의 신문은 현재 4면까지만 보존되어 있어 5면에 실려 있을 것으로 보이는 원문이 부재한다. 조선일보사에도 확인하였으나 찾지 못했다.

宮井洞人, "十一月 少年雜誌(四)", 『조선일보』, 1927.12.1.

고무줄을 배에다가 대이도록 가만이 잇섯든가. 어린이가 닑는 것이라고 事理가 넘우 닷지 안케 쓰면 우슴을 사는 것을 알으시는지 그다음 「크리쓰마쓰의 손님」은 그 內容이라든지 筆法이 얌전하다. 그러나 이러한 것을 꼭 예수敎 意識을 너허야만 시원한지 몰으겟다. 「닷친 문」은 語不成說이고 「억센 바둑의 무덤」은 어룬이나 닑을 것이고 兒童讀物에는 距離가 멀다. 「世界에 有名한 사람들」과 「偉人 逸話」 거진 비슷한 붓作亂이다. 그런데 「世界에 有名한 사람들」이 아니라 「世界의 有名한 사람들」일 것 갓다. 살어 잇는 사람이면 쪼 모르겟다마는 죽은 사람은 "에"에 必要치 안켓지. 이런 것은 全혀 常識 問題이다. 「아버지의 유언(遺言)」은 지리하고 일종 불쾌를 늣기도록 內容이 업다. 長編 「福童의 探險」 가극 「톡기의 世界」 哀話 「정숙의 죽엄」 等은 다 조타. 兒童에게 닑길 만하다. 「童謠를 쓰실여는 분들에게」는 넘우 槪念뿐이고 돌이어 쓰시는 분이 더 硏究를 하시고 發表하섯스면 한다. 풋내가 넘우 나는 까닭이다. 「사랑하면은 …?」 하고 疑問符號를 첫기에 무엇인가 하얏더니 우숩기가 한이 업는 호랑이가 보굼이 집에 갓다는 이약이다. 이것도 一種 常識에 關係되는 것이다. 사랑하면 호랑이도 무섭지 안타는 수작이다. 왼 쌤을 싸리거든 바른 쌤까지 맛는 酬酌이로군. 一笑에 부치고 말자. 「西北地方童話巡訪記」는 "우리글"로 썻스면 한다. 童話巡訪記라는 말이 되엿는가 題目 부친 筆者는 생각해 보라. 童話를 하러 가서 童話를 찻고 왓는가. 이 雜誌도 全體를 通하야 『새벗』만큼이나 欠이 만타. 한 가지 付托할 것은 "아버지"를 "아부지"로 죄다 고첫스니 무슨 생각인지 그러면 "어머니"를 "어무니"로 고처야 하겟는데 그것은 그대로 두엇다. "아버지"라는 말로 쓰기를 바란다.

　　　『무궁화』

이 雜誌는 當局에 檢閱 申請 中 押收가 되엇다 하니 퍽 遺憾이다. 그러나 無産兒童에게 安心하고 읽킬 것은 이것뿐인가 한다.

『學窓』

이것은 넘우 缺陷이 만해서 무엇무엇이라고 指摘하고 십지도 안타. 차라리 中學校 學生雜誌를 經營하든지 그러치 안커든 普通學校 五六學年用이라든지 하는 것이 조켓다. 지난달 果木洞人도 말하엿거니와 참말로 이대로 繼續해 나간다면 少年運動圈外로 驅逐하지 안흐면 안 되겟다. 編輯者의 만흔 反省이 잇기를 바란다. 속만 묵어우면 冊이 아니다. 內容이 第一이다.

『朝鮮少年』

이것은 義州에서 發行한다는데 어더 보지를 못하야 퍽 遺憾이다.

『少年界』

表紙의 그림이 不調되엇다. 色을 잘 마첫스면 한다. 「금별과 이슬」은 깨끗한 童話이다. 詩로 내노와도 損色이 업슬 것 갓다. '라듸오' 이약이는 넘우 짤다. 오히려 『별나라』에 실린 것이 나흘 것 갓다. 그러나 『별나라』에는 寫眞이 넘우 커서 보기 실헛다. 彼此의 長處短處가 다 잇다. 「아메리카 發見」은 客된 말이 넘우 만타. 이런 것이야말로 簡單히 썻스면 한다. 童話劇 「파랑새」는 아무런 늣김이 업는 平凡한 것이다. 조금 쩌가 잇도록 하엿스면 한다. 童話 「五色紙의 봄」은 繼續인 모양이요 小說體 비슷이 쓰는 모양인데 繼續이면 繼續이라든지 아니면 아니라든지 明白히 하여야 할 것이다. 이것은 內容의 進展이 恒用 잇는 報恩의 이약이일 것이다. 文章만은 洗練되엇다. 少年小說 「好勇伊」가 全卷을 通하야 內容이 第一 나흘 것이다. 坯한 이러한 精神을 이저서는 아니 된다. 「鄭刑事의 活動」 이러한 것은 실지 말엇스면 한다. 內容이나 文章보담도 이러한 것을 쓰는 作者의 指導心理를 알고 십다. 童話劇 「개고리 王子」는 잘되엇다고 본다. 그러나 編輯者에게 뭇고 십다. 가른 內容의 것을 「개고리의 임금님」 둘식 실는 생각이 어대 잇는고. 이다지도 作品이 업는가. 하나는 쌔는 것이 훨신 나흘 것이다. 「小喜歌劇之編」은 넘우 짤고 歌劇 되기는 어렵다. 小喜劇이라면 조켓다. 「孝心 만흔 三吉」은 잘 된 것이다. 이러한 精神을 일치 말엇스면 한다. 「싀원한 나라의 望海寺를 차저」 文章이 어리나

宮井洞人, "十一月 少年雜誌(四)", 『조선일보』, 1927.12.2.

『어린이』만치 자미잇섯다. 힘쓰면 잘 쓰게 되겟다. 編輯者의 남다른 精神을 要求하야 마지 안는다. "하나님"은 『아이생활』 以上으로 쓰게 하니 무슨 일인지 알고 십다.

『新少年』

이것은 이달에 안 나왓는지 어더 보랴 어더 볼 수가 업섯다. 그러나 體裁를 적게 한 만큼 漸漸 沒落해 가는 듯한 늣김이 나서 寒心함을 禁치 못하겟다. 엇던 째는 小學校側으로는 獨步인 듯 하엿든 것을 생각하엿든 까닭이다.

『少女界』

表紙 그림은 色도 맛고 妙하게 되엇다. 탐정소설 「수풀 속의 白骨」은 무슨 意味로 실엇는지 모르겟다. 그저 趣味로 실엇겟지(?) 그러나 何必 三角戀愛가 少女에게 趣味를 끌가. 作者의 그 精神을 뭇고 십다. 일로부터 아예 이러한 것은 執筆 안 하는 것이 조타. 삼가기를 勸告한다. 「이소푸 얘기 數種」은 이야기만을 적을 것이 아니라 箴言 가튼 것을 하나식 부치는 것이 엇덜가 한다. 少女歌劇 「人造花와 自然花」는 넘우 平凡하다. 만히 힘써야겟다. 童話 「獅子의 報恩」은 흔히 世上에서 돌아다니는 것이다. 그리고 文章이 넘우 어리다. 만히 힘써야겟다. 童話 「慈悲心 만흔 少女」 이것도 만히 힘써야 글 쏠이 되겟다. 「외로운 少女」 「情다운 兄弟의 죽엄」 이것은 잘되엇다고 본다. 이곳에는 이만한 것이 업슬 듯하다. 더욱이 「情다운 兄弟의 죽엄」은 참으로 讀者에게 '쏙크'를 만히 주겟다. 「英雄 모세」는 잘 된 紹介다. 그러나 아즉 "出埃及"에는 오지 안어서 "하나님" 타령이 넘우 만허 讀者에게 厭忌를 줄 수가 잇다. 宗敎方面으로 흐르지 말기를 한번 付托하야 마지안는다.

『少年朝鮮』

이것은 今月 十五日에 나올 것인 바 애처롭게도 當局의 忌諱에 抵觸되어

原稿 沒收를 當하엿다 한다. 나는 少年雜誌 押收에 對하야 늘 이러한 늣김을 갓는다. 少年으로서는 넘우 左翼 小兒病으로 나가지 안는 것이 조켓다. 익지도 안흔 국이 쓰겁기만 하다고 少年問題를 모르는 이들의 執筆이란 좀 禁하는 것이 조켓다.

　　『어린이』

趣味本位의 總本營 『어린이』는 이달에도 아니 나왓다. 그러나 이다음 우리는 多少 變함이 잇스리라 한다. 客觀的 情勢란 무서운 것이다. 趣味時代는 갓다. 이제는 小國民으로서 小國民다운 目的意識을 갓게 하여야 한다.

끄트로 十一月 全 少年界를 通틀어 조흔 것을 槪括해 말하야 두겟다. 兒童圖書館의 設立計劃과 童謠硏究會의 少年文藝講演 豫告를 筆頭로 少年運動者의 熱烈한 運動이다.

나는 萬腔의 希望을 가지고 今後의 少年運動을 企待하고 잇다. 여러분의 健鬪를 빌며 擱筆한다.

金雪崗, "西北地方 童話 巡訪記",『아희생활』, 제2권 제11호, 1927년 11월호.[42]

京城에서는 기와장이 튀고 車牛가 너머지는 炎熱을 무릅쓰고 모든 多事로운 일거리를 막 차버리며 斷然코 西北地方을 向하야 京城驛을 써난 그째가 八月 十日 밤 十時 五十五分 車이엇다.

八月 十日 = 新義州…(晴)

京城驛 '풀넷폼'에서 오로지 둘도 업는 나의 가장 사랑하는 벗 K 君을 썰쳐버리고 奉天行에 몸을 실흔 나는 汽笛 一聲이 漢陽 天地에 한줄기의 波動을 일이키자 汽車는 黑煙을 吐하며 써나기를 始作한다. 그리고 L의 '행커취푸'를 내두루며 말업시 눈물만 지우는 그를 그윽히 바라보는 나로서는 帽子를 버서서 흔들엇다. 마즈막으로 K 君은 "兄님 大成功하십시오. 그리고 그동안 몸소 健康하십시오" 한다. 그째 나는 마치 '갓추사'와 '넥홀루도'[43]가 시베리아 벌판에서 斷腸의 離別을 하는 것과 가티 애처러운 생각이

---

42 '金雪崗'은 김태오(金泰午)의 필명이다.

김태오는 아이생활사의 파견으로 1927년 8월부터 서북 지방으로 순회동화의 길을 떠난 바 있는데 그에 관한 기록이다. 아래는 이와 관련된 기사다.

조선소년련합회창립준비위원 김태오(金泰午) 씨는 시내에 잇는 월간 소년잡지『아희생활社』의 파견으로 금 십일부터 서북 디방(西北地方)을 순회동화(巡廻童話)의 길을 써나게 되엇는대 그 일정(日程)은 아래와 갓다 하며 일반사회 단톄의 도움을 바란다고.

日 程

十一日 新義州, 十三日 義州, 十五日 安東縣, 十六日 宣川, 十七日 定州, 十八日」安州, 十九日 平壤, 二十二日 黃州, 二十三日 沙里院, 二十四日 信川, 二十六日 載寧, 二十七日 海州, 二十九日 仁川, 卅日 歸京. (「金 氏 巡廻童話」,『동아일보』, 1927.8.10)

◇安州의 童話會 서선 디방을 순회 도중에 잇는 김태오(金泰午) 씨는 십팔일 밤에 안주(安州)청년회관에서 동화대회를 연 바 성황을 일우엇고 순회 일뎡은 다음과 갓다고.(안주) 十九日, 二十日, 卄一日 平壤, 卄二日 黃州, 卄三日 沙里院, 卄四日, 卄五日 信川, 卄六日 載寧, 卄七日, 卄八日 海州, 卄九日 仁川, 三十日 歸京. (「(어린이소식)安州의 童話會」,『동아일보』, 1927.8.21)

43 톨스토이(Lev Nikolayevich Tolstoy)의 소설『부활』의 주인물 '카츄사'와 '네플류도프'를 가

그윽히 쩌도랏다. 그리고 가삼애는 쓰리고 압흔 눈물이 방울방울 쩌오름을 쌔달앗다. 汽車는 벌서 한 모롱 두 모롱 지나 新村驛을 부르짓는다. 나는 허는 수 업시 자리에 안저 終日 行裝을 準備하노라고 이리저리 해메고 나니 퍽으나 困하여 자리에 누엇다.

車 안에서 몸이 몹시도 시달핀 나는 녯 回想이 다시금 새로운 新義州에 到着하기는 十一日 午前 十一時 三十分이엇다. 이곳은 멧 번이나 지낸 일이 잇고 쏘는 나의 가장 잘 아는 知友가 잇는 곳이라 速히 到着하여 그를 맛나서 모든 것을 말하리라. 그리고 스태이슌싸지 나와서 나를 반갑게 마즈리라. 그쑨 아니라 少年團體와 本社支局에서도 풀넷폴싸지 나와서 마즈렷다 하고 마츰내 行具를 가지고 나리고 보니 나는 落望치 안을 수 업섯다. 한 사람도 나를 마즈러 온 이는 업섯든 것이라. 하지만 나는 歡迎 그것보다도 나의 할 실속만 차지면 그만이라고 主張을 해 온 나로서는 그리 怪異하게 생각지는 아니엇섯다.

第一着으로 本社支局을 차젓스나 다 아지 못한다고 한다. 더구나 看板이 업는 싸닭이다. 新義州支局도 精神을 채리엇스면 조캣타는 것이다. 그래 하는 수 업시 旅館을 먼저 定하고 東亞支局을 차저 案內를 밧엇다. 그리고 보니 그날은 準(이상 70쪽)備가 업서 그 이튼날 十二日 夜 八時 半에 第二禮拜堂에서 童話大會를 本社支局 主催로 基督敎靑年會와 東亞, 中外 兩 支局의 後援으로 開催하엿는대 少年少女로만 모인 聽衆이 五百餘名 達하야 新義州에서는 처음 보는 大盛旺이라고 한다. 閉會 後에는 멧 同伴들과 北道 名物 "링면"을 한 그릇식 채우고 旅館으로 도라왓섯다.

그런데 어제튼 新義州 社會團體가 퍽으나 微弱하다구 볼 수 잇다. 卽 民衆을 爲하야 犧牲하는 相當한 團體가 업고 모다 有耶無耶 中 퍽으나 沈滯狀態에서 看板만 維持하는 模樣인가 한다. 新義州 社會여 좀 더 民衆을 爲하야 努力하소서. 特히 中外支局, 尹秉炯 氏와 墓靑이[44] 李鳳首 氏와 張

리킨다.

44 '基靑의'(基督敎靑年會의)의 오식으로 보인다.

亨錫 君에게 感謝를 마지아니한다.

十三日 = 義州…(晴)

午后 一時 自働車로 新義州發하엿다. 途中에 두 번이나 조마한 '쏘트'로 連絡을 하엿다. 그것은 日前 義州 地方 洪水로 因하야 그쳐름 된 것이며 農作物의 被害가 적지 안타. 그래 한 시에 써난 것이 二時 半에야 舊義州에 到着하엿다. 이곳에 이른 나는 다시금 가슴에서 용소슴치고 무엇이 뭉긔뭉긔 써돈다. 이곳은 내가 六年 前 敎鞭을 잡든 養實學院을 머리속에 그리고 某某 知友와 其前 코ㅅ물 흘리며 배우던 弟子들이 그동안 만히 크고 쌔變햇스렷다 하고 생각할 쌔에 곳 쒸어가고 십헛다. 像想하던 것갓티 果然 그렷타. 모든 知友와 내게 배우던 어린 동모들이 퍽으나 반갑게 마지하여 주엇다. 그들은 벌서 어른이 되다십피 되엇다. 今般 巡廻에 나는 이곳에서 第一 짜뜻한 사랑을 만히 밧엇다는 것이다.

그래 그날 義州少年聯合會 主催로 當地 公會堂에서 童話大會를 開催하니 聽衆이 無慮 六百餘名애 達하야 空前의 盛旺이라 한다. 그째 演題는 「말 잘 듯는 少年」 義俠少年이엇다. 閉會 後에는 同伴 四五人이 作伴하야 義州 名勝 統軍亭 下에서 어름 두 그릇식을 채우고 十五夜 바야흐로 둥근 달은 온 대디 우에 빗츨 던질 째 은벗의[45] 얄븐 그림자를 발버 가며 恨 만흔 눈물을 짓고 밤 열두 시에 도라와 旅窓의 자리에 누엇다.

十四日 午前에는 義州少年 創立 紀念에 參席하야 祝辭 한마듸를 던저 두고 西會堂에서 童話 하나를 선물노 주고 도라왓섯다.

當夜에는 少年問題 講演을 하기로 '포스다' 싸붓치고 瀑雨로 因하야 中止하고 말엇다.

이곳은 國境인 만큼 크게 써드는 곳이다. 그런데 少年運動도 北鮮에서는 가장 큰 權利를 잡고 잇다. 指導者도 만히 硏究하려고 애쓰는 것을 본 나는 敬意를 表한다. 그리고 少年文士들이 만히 게신 곳이다. 其前 내게 배우던 少年들 中에 만히 잇슴을 나 亦 깃버하는 바며 將來의 朝鮮을 爲해

---

45 '은빗의'(은빛의)의 오식으로 보인다.

서 努力할 巨大한 役軍일 것을 미리 말해 둔다. 그리고 그들의 힘으로 北鮮 唯一의 少年少女 雜誌 『朝鮮少年』을 發行하고 잇다.[46] 앞흐로 그들의 압날의 幸福과 發展을 祝福한다. 特히 崔澤永 氏와 東亞支局 李昌洙 氏와 基督 靑年會 柳仁珪 氏와 朝鮮少年社, 李明植, 劉宗元, 兩君에게 感謝함을 마지아니한다.

十五日 = 安東縣…(晴)

正午 두 시에 知友 一人과 同伴하여 조코마한 帆船에 몸(이상 71쪽)을 던저 恨 만코 쯧집흔 鴨綠江上에 한가히 써서 中國을 向하는 돗단배 江山을 바라볼 째 無限한 느낌이 사못쳐 흐른다. 船客 中 한 모통이이에서 손을 가르치며 숙덕이며 하는 소리가 들닌다. 그것은 샛파란 물이 용소승치는 江물 우에 몸을 던진 한 사람이 잇섯스니 그는 現實의 不安을 한껏 咀呪하고 最后 一刻을 其 江中에 마치고 만 것이라. 아— 그 얼마나 不祥한 人生이냐? 이 所聞을 들은 나의 '하-트' 참말 말할 수 업는 感激의 눈물을 禁치 못하엿다.

船上에서 쉬임 업시 흘러가는 파-란 江물을 그윽히 바라보고 잇던 나의 '하트'는 其 刹那에 엇전지 '센틔멘탈'化가 되엇는지 全身이 麻醉狀態인 것 갓헛다. 무엇에 그리도 몹시 醉햇는지 나 自身도 모른다.

人類는 永遠히 平和가 가득 찬 平野(水平線)에서 살지 못하는 條件인가! 아지 못하는 發見 못하는 '오아시쓰'는 果然 어대 잇스란 말인가?

나는 이러한 詩를 불럿다.

熱情에쒸노는鴨綠江水에
외로운내靈을던지러하노라
애끚는마음을가슴에안고

---

46 「朝鮮少年 발행」(『동아일보』, 1927.7.7)에 "평북 의주군 읍내 조선소년사(平北義州邑內朝鮮少年社)에서는 소년소녀 잡지 『조선소년』을 발간 준비 중이랍니다."란 기사가 있고, 「新刊紹介」(『동아일보』, 1927.9.2)에 따르면, "朝鮮少年(創刊號) 少年小說 少年文藝 地方 名物 자랑 等(拾錢 義州郡 義州面 鄕校洞 一六七 朝鮮少年社)"라 한 것으로 보아 창간호가 1927년 8월호 혹은 9월호로 발간된 것으로 보인다.

漂泊의길을써나려하노라.

　얼마 후에 安東縣 船艙에[47] 到着하엿다. 知友의 勤勉으로 人力車를 타고 東亞支局을 찻게 되엿다. 賃金은 十里 가령이나 되는데 十五전이다. 서울 갓해서는 四五十전이나 될 것이다. 그리고 그는 自己 事務를 보려 간다고 作別를 告하엿다. 人力車 우에 올나 탄 나로서는 넘우나 惶悚千萬이엇다. 그 우에 올나탄 놈은 누구며 쓰으는 놈은 누구인가? 다 갓튼 人生이란 박아지를 들러 쓴 사람일 것이다. 그러나 이곳의 生悚한[48] 나로써는 어찌할 수 업는 形便이엇다.

　支局을 겨우 차저온 후 車夫와 約條한 外에 五錢을 더 주엇다. 그러니 절을 허리가 굽실굽실하면서 두어 번 한다. 나는 푸른 옷 닙은 中國人이지만 저윽히 不祥한 生覺이 들어 갓다. 支局長은 못 만나보고 그곳 基督靑年會를 차젓다. 그러나 會館에는 한 사람의 會員도 업고 쓸쓸하기 그지업섯다. 나는 혼자서 그곳을 해메이며 돌아단이다가 午后 三時에 다시 와 보니 그째이야 所謂 支局長이 安東 取引所에서 도라왓다고 한다. 그러나 퍽 冷情함을 느끼엇다. 어썬 어수룩한 記者에게 서투른 紹介를 한다. 하 우습고도 각급症이 생기어 "日前 通知는 바다 보셧지요" 하니 事實 與否는 仔細히 모르나 어듸 갓다가 오늘이야 와서 밧다고 한다. 그리면 記者도 업단 말인가. 日程이란 安東서는 오늘 하로뿐인데 午后 五時까지 '포스다'는 그만두고라도 宣傳도 안 해 노앗스니 開催할 可望은 보이지 안엇다.

　어쎄튼 나는 어린이를 모아 가지고 나의 품은 뜻을 말하는 것이 이번 巡回의 本意라면 그래도 集合하자고 그곳 記者와 基靑 理事長을 차저 後援을 請햇다. 그러나 그도 무슨 通知를 못 밧느니 이제 느젓스니… 하는 서투른 말을 쓰낸다.

　午后 六時 半에 朝鮮民會와 其外 團體를 訪問하니 그들은 퍽으나 未安

---

47 '船艙에'의 오식이다. "船艙"은 "배 안 갑판 밑에 있는 짐칸"이란 뜻이고, "船艙"은 "물가에 다리처럼 만들어 배가 닿을 수 있게 한 곳" 즉 "부두"를 뜻한다.
48 '生疏한'의 오식이다.

한 同情으로 말한다. 진즉 알지 못한 것을 恨한다고 그래 主催까지 하겠다고 하로만 더 잇서 달나고 懇請햇스나 日程을 愼重히 녁이는 나로써는 決코 더 잇슬 수 업슴으로 그날 밤은 親切한 金 氏의 案內로 市街의 一擊畢地로만 視察 求景하고 其前 五六年 前에 보던 安東과는 싼판이라 할 만큼 變해젓슴을 알엇다. 밤 열두 시에 旅館에 도라와 자리에 누엇다. (未完)

(이상 72쪽)

金雲崗, "西北地方 童話 巡訪記(계속)", 『아희생활』, 제2권 제12호, 1927년 12월호.[49]

十七日　宣川…(曇, 雨)

아츰 여덜 시(朝鮮과 한 시간 느림)에 安東驛에서 行具 檢査를 맛치고 宣川을 向하여 車에 몸을 실엇다. 壯嚴한 鴨綠江鐵橋를 지날 째에 世界一週歌의 一節을 불럿다.

午前 十一時에 宣川驛 着하여 東亞支局 記者의 案內로 宣川 基靑과 四角少年會를 차지니 미리 桂炳鎬 氏가 마지러 나왓다. 同侔와 가티 同伴하여 山水 조흔 곳에 가서 冷浴을 하니 精神이 如干 상쾌하엿다.

오늘은 午后 五時부터 비가 내려붓기 시작하여 줄곳 내려붓는다. 그리하여 못할 것이라고 斷念하고 잇섯더니 七時 半쯤 되어 비가 좀 머저서 童話會는 如前히 開催하엿는데 豫想 以外의 盛旺을 일우워 만흔 滋味를 보앗다. 閉會 后에는 三人이 作伴하여 市街 求景을 하고 氷水 두 그릇식 먹고 도라와 밤 열두 시에 자리에 누엇다. 잊흐로 桂炳鎬 鄭道元 兩氏에게 感謝를 마지아니한다.

十八日　定州…(曇)

---

49 '金雪崗'의 오식이다.

午后 一時에 定州驛에 도착하엿다.

東亞支局을 차젓다. 그런데 支局 記者와 其外 靑年 二人이 驛頭까지 마즈러 왓스나 서로 모르고 왓섯든 것이다. 그날 '포스타'는 宏壯히 부치엇다. 밤에 그곳 會堂에서 五百餘名의 盛旺이 잇다.

閉會 后에는 貴地 靑年 十餘人의 準備하여 노흔 茶菓會에 參席하여 서로 懇談을 討하며 少年運動에 對한 話題로 約 二十分 동안이나 하고 其外 靑年運動에 對한 議論도 잇서 만흔 재미를 보앗다. 그리고 少年會도 組織하라고 하며 本誌도 大々的으로 宣傳한다고 하엿다. 特히 金俊煥 先生과 晋年 同伴들에게 感謝를 마지안는다.

十九日　安州…(晴)

下午 一時 半에 新安州에 到着하엿다. 그리고 二時에야 价川行 經便 鐵道를 타고 갓섯다. 엇지 그리 드린지 馬車보다도 더듸다는 生覺이 들어온다. 車內는 中國 商人들이 거반 点領하다십히 되엇다. 二時 半에 安州驛에 着하여 本社支局을 차젓다. 支局長은 身病으로 修養하러 가시고 金鶴坤 氏의 親切한 案內로 各 新聞支局을 訪問하고 支局 主催와 各 新聞과 新興 少年會의 後援으로 童話會 及 少年問題講演會를 開하니 演題는 一「當面한 朝鮮 少年運動」이엇다. 聽衆은 無慮 六百餘名의 盛旺으로 마치엇다.

特히 安州는 百祥樓와 望月臺 가튼 古蹟과 傳說이 만흔 것으로 보던지 朝鮮의 第二 開城으로 아즉까지 白衣人이 商權을 모조리 잡고 잇는 것이라던지 그리고 靑年運動, 思想, 社會, 少年 各 運動도 西北地方에서는 가장 偉大한 權偉를 잡고 잇다. 나는 安州에 對한 愛着心이 自然히 發露된다.(이상 69쪽)

마즈막으로 本社支局과 維新書舘 金鶴天 氏와 東亞에 玄昌炯 中外 丁履日 兩氏에게 盛謝를 마지안는다. 그리고 新興少年會에 만흔 發展을 빈다.

十九日 = 平壤…(晴)

二十日

二十一日

下午 三時에 平壤驛에 着하니 어린 동무 四五人이 나와서 마지한다. 그

리하여 나는 곳 案內를 밧어 其前부터 親分이 잇는 南宮檍 牧師 宅에 行具
를 멈추엇다. 平壤 電車 賃金이 빗사다는 생각도 적지 안엇다. 그날 午后
五時에 平壤少年會를 차자가노라니 到處마다 童話大會의 '포스타'가 이곳
져곳에 붓치어 잇다. 當地 少年會에서 미리브터 大活動을 開始하여 만흔
準備를 하엿슴에 敬意를 表한다. 二十日 날 밤에 平壤基督教靑年會舘에서
童話大會를 열어 만흔 滋味를 보고 그 이튼날은 少年問題 講演을 하기로
廣告까지 해 노코 當局의 關係로 하지 못하고 그날 午前은 特히 本誌와
만흔 連絡이 잇는 許震 先生의 招請으로 蓮花洞主日學校에 가서 童話「마
부와 제비」를 하고 만흔 滋味를 보앗다.

午後 五時에 基督教靑年會 總務 曹晩植 先生과 가티 簡易食堂에서 그의
親切한 嚴格한 말슴은 나에 만흔 느낌을 주엇다. 閉會 后에는 平壤少年會,
天道教少年會, 멧 사람과 茶菓會가 有하다.

끗흐로 南宮檍, 曹晩植, 許震 先生과 李德仁 氏에게 진심으로서 사례를
마지안는다.

二十一日 午前에는 少年과 作伴하여 平壤 名勝 乙密臺를 다시금 차저
浮碧樓에서 大同江 陵羅島를 건너다 볼 째며 淸流辟을 등지며 지나갈 째
얼마나 感慨無量하얏스랴![50]

平壤에 가서 滋味 보고 感想된 것은 이후 時間을 엇으면 다시 쓰려 함으
로 簡單히 이것으로서 마침니다.

二十二日 = 黃州…(晴)

午后 三時 京城行 列車를 탈 터인데 基督書院에서 相議 件이 잇다고
나를 잡기 째문에 하는 수 업시 잡히엇다. 그것은 나의 童話集을 大宣傳하
겟다는 約條이엇다. 그래 下午 六時 車로 써나 七時에야 黃州에 到着하여
當地 養成學校에서 童話大會를 開하니 黃州에서 어린이 모듬으로는 처음
盛旺이라고 當地 靑年은 말한다. 閉會 后 三人이 黃州 名物 "冷麵"과 黃州
林檎을 먹고 市街地를 一週한 후 밤 한 시에 旅舘에 도라와 자리에 눕다.

---

50 '綾羅島', '淸流壁', '感慨無量'의 오식이다.

마즈막으로 黃州敎會에 感謝함을 마지안는다 ……(게속)……

이다음 沙里院, 信川, 載寧, 海州, 仁川 童話 巡訪記는 '페이지'의 關係로 來月
號에 실리겟습니다. 愛讀者 諸氏는 기다리십쇼. 去番 巡回에 物質과 精神 兩
方面으로 만흔 便宜를 圖謀해 주신 少年團體와 個人과 本社支局에게 진심으로
써 謝禮를 드립니다. (記者) (이상 70쪽)

金台英, "(研究)童謠를 쓰실녀는 분들의게(二)", 『아희생활』,
1927년 11월호.

— (承前) —

3. 동요(童謠)의 地位

우헤 말한 바와 갓티 그 민족의 말이 생길 쩌붓허 노릐가 잇섯스면 우리
노릐는 아조 오린 력사를 가졋슬 터이지오? 한데 노릐의 력스를 말함이
이 글의 목뎍이 아니고 엇지해야 잘못 쓰던 벗들과 못쓰나 쓰실 애를 쓰는
동도들을 다못 좀이라도 도와들일가 함이 목뎍임으로 이댐붓허는 나의 생
각한 童謠作法을 쓸 터임니다. 朝鮮서 지금 잇는 노릐를 난호면 디강 이러
함니다.

"時調, 新詩, 民謠, 童謠" 등으로 童謠를 쌔놋코는 모다 어룬들이 대강
다 하지오. 어룬들은 자긔네들의 노릐로 사상포현(思想表現)을 할려고 함
니다만은 우리 노릐의 世界은 그럿치 안슴니다. 누구든지 너게 뭇기를 "너는
어린이들의 세계에서 무엇을 보느냐?"고 물으면 나는 이럿케 대답할 터임니
다. "어린이들의 나라는 오즉 쌧긋함과 맑음밧게 보이지 안는다"고요.

얼마나 거륵한 나라의 백성들임닛가? 짜라서 우리의 노릐도 씻긋한 맘에
서 우러나는 것이라야 됨니다. 흔이 노릐(童謠)를 지을 쩌 잘못되는 것은
쌧긋함을 파뭇고 쓰지 못할 긔고(技巧)를 애쓰는 쩌문이외다. 技巧는 엇던
것임을 다음에 말하리라. 나는 이럿케 말하겟슴니다. 노릐(童謠)를 쓰실
생각이 잇거든(이상 50쪽) 쌧긋한 맘으로 쓰자고

二. 童謠作法

1. 예술감(藝術感)

노릐를 지을 쩌 첫재 가는 중요한 것이 잇는데 그것은 예술감(藝術感)이

라는 것임니다. 예술감이라 엇든 것이냐? 무엇이냐? 가령 우리가 엇던 하로 날 산에 놀나갓슴니다. 나무숩을 헷치고 풀밧을 지나 바위 아레 니르럿슬 씨 쏠ㅅ거리는 소리를 듯는다고 합시다. 우리는 소리 나는 곳을 찻고 쏘 찻다가 맛츰 고 엽헤 잇는 산골짝이에서 물이 아조 맑게 흐르는데 고것이 쏠ㅅ 소리를 니엿다고 합시다. 그 물이 바위에 붓딋쳐 이리로 부서지고 저리로 허터지면서 짝구 쏠ㅅ 소리를 낸다고 합시다. 그것을 본 우리는 나도 몰으게 미감(美感)이 생기고 사랑하는 맘이 생기고 노리 짓고 십흔 맘이 남니다. 쉽게 말하자면 그것이 예술감(藝術感)이지오. 예술감이 물론 산골짝을 타고 흐르는 그 물뿐이 아니외다. 슯흘 씨도 생기고 즐거울 씨도 생기고 언짠을 씨도 생기지오. 더 알게 쉽도록 말하자면 늣김(感興)이 생기고 애착(愛着)이 생기고 노리 쓸 맘이 생기는 그것이 즉 예술감이외다. 이것이 노리의 쏫이외다. 웨 그런고 하니 쏫 업는 열매가 업스닛가요. 자— 여러분 이 밋헤 잇는 노리가 무엇에다가 예술감(藝術感)을 엇은 것인지오? 알어보십시오. 나는 여기 올닌 노리를 잘 되엿다고 올닌 것은 아니람니다. 쏘 못되엿다는 것도 아니지오. 다못 여러분들이 한 번 보신 글이니 새로 보시면서 뎨목을 일부러 숨겻스니 엇든 데서 예술감을 엇엇는가를 아러보십시오. (本報 第二卷 八號 所載) 지으신 이는 柳敬淑 氏람니다. 나도 몰으는 분인데 지으신 이의게 아모 말 업시 빌니는 것은 용서하소서.

> 압뜰과뒷산에 봄빗은다가고
> 화창한여름이 쏘다시왓고나 (이상 51쪽)
> 무럭무럭흰구름 빙ㅅ돌아서
> 태산과긔봉을 공중에일윗네
> 천산과만야에 쏫빗은찬란코
> 록음과방초는 여름의경칠세
> 자최업시나라드는나븨와벌들
> 쏫속에업드려 단꿈을쑤도다

쏘 이댐에 잇는 노리는 어듸서 예술감을 엇엇는지 아러보십시오.

오누의두졔비는
　　　냇물에목감네
찰-삭 차르르
　　　나리를담근다
　　　×　　×　　×
오누의두졔비는
　　　의좃케 나른다
휠×휠 물우에서
　　　물거울보면서
　　　　　(未完)　(이상 52쪽)

金台英, "(童謠硏究 第三號, 童謠作法)童謠를 쓰실려는 분들의게",
『아희생활』, 1927년 12월호.

우리가 생각하는 데서든지 보는 데서 예술감(藝術感)이 니러난다는 것
을 압헤 대강 말하엿습니다. 그런데 예술감은 제졀로 니러나야 되지 애를
서서 니르킬 생각을 해서는 안 됩니다. 눈에 씌이는 것 생각는 것 그 가운데
서 뜻하지 안튼 츙동(充動)[51]이 니러나 내 맘의 정서(情緒)를 잡어 흔들어
한 개의 노래의 목숨의 뿌리인 예술감을 되게 합니다. 시인(詩人 노래짓는
사람)은 이것을 시상(詩想)이라고도 한담니다. 그런데 이 시상(詩想)을 크
게 난호면 두 가지로 난홀 수 잇스니
　　　1. 인상(印象)의 시상(詩想)
　　　2. 상상(想像)의 시상(詩想)
우엣 1, 2으로 난호인 것이외다. 인상은 엇든 것이냐고 하면 내가 엇든
것을 본 데서든지 들은 데서 엇는 것인데 즉 밧게서 온(外來) 츙동(充動)

---

51 '衝動'의 오식이다. 이하 '充動'이라 표기된 것은 모두 '衝動'이 맞다.

이라고 할 것입니다. 그러나 인상(印象)의 시상(詩想)이라고 결코 밧게서 직접 예술감을 주는 것은 아(이상 15쪽)니외다. 예술감(卽 이상)이 될 만한 것이 밧게서 내 정서이 의식(意識)의게 충동(充動)을 주면 내 마음의 정서는 한 개의 생명잇니 시상(詩想)을 낫케 됩니다. 우리가 검은고를 칠 때 우리 손이 소리가 되지 안코 우리 손고락이 줄을 치면 그 줄에서 소리가 나는 것과 비슷합니다. 그러면 인상(印象) 시상은 엇든 것인지를 대강 아섯겟지요.

상상(想像)의 시상(詩想)은 엇든 것이냐고 하면 밧게서는 아모 충동을 줄 만한 것이 업서도 내 맘에서 쏘한 정서(情緖)를 잡어 흔들어 시상을 니르키는 것임니다. 즉 아모 대상(對像)이 업시 절로 이러나는 노래의 생명인 예술감일 것이라는 말이외다. 우리는 노래(동요)가 될 만한 예술감이 내 맘에서 닐든지 본 데서든지 들은 데서든지 니러나거든 꽉 붓들고 안노하주어야 됩니다. 이 예술감을 굿쳐서는 찻기 어렵습니다. 쏘 닙너들일[52] 것은 우리가 항상 몸과 맘이 깨끗하여야 아름답고 깨끗한 시상(예술감)이 우리를 찻지만 맘과 몸이 째가 무더서는 올흔 예술감을 잡기 어렵닙니다. 그럼으로 우리는 몸과 맘을 깨끗하게 하여 예술감이 차즐 째 굿치지 말고 잘 잡도록 힘씁시다. 이것을 간단하게 쓰면 이럿케 됩니다.

잘 잡고 됴흔 예술감을 찻게 할려면
    1. 감수셩(感受性)을 민첩하게 할 것
    2. 깨끗한 맘과 몸을 가질 것
예술감(즉 시상)이 엇더하다는 것을 대강 하섯겟지오. 이 다음부터는 예술감이란 맘은 그만두고 시상(詩想)이라고 하겟습니다.(이상 16쪽)

2. 구샹(構想)

시상이 우리의 맘속에 일 째(그 시상은 인상의 시상이든지 상상의 시상이든지) 그것을 죽이지 안코 잘 내여노흘 계획(計劃)을 하여야 될 줄 암니

---

52 '닐너들일'의 오식으로 보인다.

다. 그 계획이 즉 구상(構想)이 될 터임니다. 우리가 집을 지을 맘이 생기면 엇지 짓겟다는 계획과 갓치 한 개의 시상이 생겻스면 엇더케 노래를 만들 것을 계획하여야 될 터임니다. 조희에 먼져 쓰기 전에 잘 생각하여 이럿케 하면 되겟다는 자신이 잇도록 할 것임니다. 시상이 그만 써올나왓다고 잘 생각지도 안코 쓰다가는 만흔 해가 잇슬지니 례를 들면 가령 잘 생각지도 안코 일을 시작하면 그 일이 잘되기 어렵겟지오? 내가 그림을 그릴 째도 사생(寫生)을 한다면 그 본 것을 자세희 보고 눈에 닉혀 내가 이 그림은 어듸다 노코 져 그림은 어듸다 노흘 것을 잘 생각하고 난 뒤에 화폭(畵幅)에다 옴겨야 그 한 쟝의 그림이 자리가 잡히고 질서가 잇거 될 것이 아님닛가? 잘되고 못되는 것이 또한 손끗에 달녓스니 그것은 뒤에 말할 긔교(技巧)에 다시 말할 터이고 이 구상에는 엇잿든 만희 생각하야 맘으로 이리 쓰더붓치고 저리 쓰더붓처서 한 개의 그림을 벌서 맘속에다 그려놋코 됴희에 옴기기 시작하는 것과 갓치 잘 생각하라 계획을 잘하라 하는 말을 니저서는 안 됨니다. 여기에 됴흔 니약이가 잇는데 여러분 혹 아실는지 몰으나 로서아의 톨스토이 션생이라면 문호(文豪)로서 일홈난 어룬이신데 그이는 『젼쟁과 평화』라는 소셜의 구상을 칠년이라는 길다란 셰월을 허비하엿다고 함니다. 이 구상(즉 노래의 구상)을 그럿케 여려 해를 생각하야 쓰라는 말은 아니(이상 17쪽)나 엇잿든 만희 그리고 잘 생각하여야 될 터임니다. 혹 엇던 이는 이 구상을 사람에 비하면 옷과 갓다고 하니다. 그 뜻은 아마 사람이 아모리 잘나도 바지와 져고리를 밧고아 닙으면 그 사람은 바보 중에도 아조 여간한 바보가 아니라는 말이겟지오. 옷은 그럿케 닙을 사람은 업스나 구상은 잘못하면 압헤 쓸 것을 뒤에 쓰고 뒤에 쓸 것을 압헤 써서 흥 업슨 그리 갓지도 안흔 것이 되게 쉬웁슴니다. 또 시상이 아모리 훌륭하여도 사람의게도 조흔 옷을 닙희면 됴케 보이고 두덕이 옷을 닙희면 추하게 보이는 것 갓치 구상을 아모러케나 하면 시상의 옷과 갓흔 구상이 잘될 수가 잇슴닛가? 여긔에 실졔로 교훈이 될 만한 노래 하나를 들겟슴니다.

샘물이 혼자서　(쥬요한 씨 작 『아름다운 새벽』에서)

샘물이 혼자서
춤추며 간다
산골작이 돌틈으로
샘물이 혼자서
우스며 간다
험한산길 꼿사이로
하늘은 맑은데
즐거운 그소래
산과들에 울니운다.

　져 혼자 솟는 샘물은 이 시인의 졍서(情緖)의 줄을 울려 시상을 니르켯습니다. 이럿케 아름다운 소래가 얼마나 자리잡흰 그대로 우리의 맘에 눈에 곱은 그림과도 갓치 됴흔 음악과 갓치 울니며 보이는 듯하면서도 무엇이 들니는 듯함닛가? 만약 이 노래가 자리잡힘이 업시 뒤숭숭하게 씨엇드라면 우리는 이럿케 됴코도 아름답게 들(이상 18쪽)니지 안엇슬 것입니다.

　일절에는 그 샘물이 너훌너훌 춤추며 산골작과 돌 틈으로 가는 것을 이젼에도 그 샘물이 험한 산길과 꼿 사이로 우스며 가는 것을 삼졀에는 구름 업시 하늘은 말씀한데 졸々거리며 산골짝과 돌 틈과 울숙불숙한 험한 산길과 꼿 새로 혹은 우스며 혹은 춤추며 가는 그 즐거운 소래가 산에도 들에도 울니는 것을 그렷습니다. 그럿케 그려놋케 쏘한 좀씨를[53] 내게 한 것도 구상을 조직뎍(組織的)으 잘하여서 뒤숭함이 업시 질서잇게 되지 안엇습닛가? 아모리 솜새가 훌륭하여도 그 구상을 잘 생각하지 안엇든들 이런 쟈미스런 노래는 되기 어려웟슬 터임니다. 그럼으로 구상(構想)은 시상(詩想)을 죠직뎍(組織的)으로 질서가 잇게 생명을 살려주는 하나의 큰 문이 될 터임니다. (다음 호에 쏘) (이상 19쪽)

---

53 '솜씨를'의 오식이다.

金台英, "(童謠研究 第四號, 童謠作法)童謠를 쓰실려는 분들의게", 『아희생활』, 1928년 1월호.

그런대 노래에 짜러서 구상(構想)을 계통덕(系統的)으로 말하기는 어렵습니다만은 「샘물이 혼자서」라는 노래를 들어 구상을 엇더케 하엿느냐고 하면 첫재로

"노래의 생명"을 살렷다고 하겟는데 가령 우리가 학교에서 리과(理科)를 배울 째 닭알(鷄卵) 한 개가 잇는데 그 닭알 속에는 생명이 들엇다는 것을 배웟지오? 그러나 그 닭알 전톄(全體)가 생명이라고 말하지 안코 오즉 그 속에 든 눈(胚)을 생명이라고 하지 안슴닛가? 계란의 껍질이던지 노랑조시던지 흰조시는[54] 오즉 그 생명을 싸 주며 보호하는데 지나지 안는 것과 갓치 그 노래의 생명도 결코 구상 전톄(構想全體)가 아니라 짠 構想은 그 노래를 싸주며 보호하는데 지나지 안슴니다. 그러면 「샘물이 혼자서」라는 그 노래에도 생명 될 무엇이 들엇는데 그것은 무엇이 되겟슴닛가? 산골작이의 한 줄기 맑은 샘물이 될 것 아님닛가? 그러닛가 구상한 말로(이상 80쪽) 하여 버릴려면 구상은 노래의 목숨을 살려주는 계란의 껍질과도 갓고 노랑조시와도 갓고 흰조시와도 갓흘 것임니다. 한 줄기 샘물을 싸 준 구상을 쥬요한 씨는 엇더케 하엿는지오.

　　1. 배경(背景)
　　2. 곡졀(曲折)
　　3. 파동(波動)

첫재는 배경(背景)일 것이니 배경은 산골짝이 돌 틈과 험한 산길 꼿 사이가 될 것임니다.(前番號의 本欄을 보시오) 둘재로는 노래의 생명 된 샘물의 행동이니 즉 곡졀(曲折)이라고 하겟슴니다. 노래의 생명이 감안희 잇는(靜的) 것이면 몰으되 산골작에 솟는 샘물은 그대로 잇지는 안슴니다. 그러닛

---

54 '노랑조시'와 '흰조시'는 '노른자위'와 '흰자위'의 방언이다.

가 행동(行動)이 잇슬 것입니다. 맛치 참말로 산 놈갓치. 그러닛가 「샘물이 혼자서」라는 그 노래 속에 생명인 샘물은 산골짝이 돌 틈과 험한 산길 꼿 사이의 배경(背景)을 타고 춤추며 우스며 나려오는 것을 그려 놓치 안엇슴 닛가? 셋재로는 파동(波動)이라고 내가 우에 말햇는데 파동이라는 뜻은 샘물이 배경(背景)을 타고 춤추며 쏘는 웃으며 나려가닛가 이 시인(쥬요한 씨)의 정서(情緒)는 무음의 소리(無音의 音)를 들엇습니다. 즉 파동을 들 엇습니다. 즐거운 그 소래가 산과 들에 울니우는 파동(波動)이 업슬 수 업 습니다. 우리가 젹은 돌 한 개를 공중을 향하야 집어던져도 공기에다가 가는 단파동을 니르키는 것을 귀에 들니지는 안으나 알기는 다 암니다. 그런 고로 다른 이들의 만흔 노래는 지면의 관계로 들 수 업스나 구(이상 81쪽)상을 엇더케 할가 하는데 대하야는 우엣 것을 참고삼아 하시면 됴흘 줄 암니다. 즉

    1. 背景(배경)

    2. 曲折(곡절)

    3. 波動(파동)

3. 表現(표현)

1) 긔교(技巧)

우리가 그림을 그릴려고 할지라도 아모리 구상(構想)을 자리 잡회게 하 엿다고 하드래도 붓을 든 솜씨가 훌륭치 못하면 맘으로는 꽁을[55] 그릴려고 햇는데 죠회 우에 그려진 그림은 닭이 되엿다고 합시다. 그것을 내가 잘되 엿다고 생각하겟슴닛가. 쏘 그럿케도 못되고 아무것도 못되고 맛치는 수도 잇슴니다. 그와 갓치 죠회 우에 낫하내는 것을 포현(表現)이라고 하는데 맘으로는 내가 꽁를 노래하는 맘으로 쓴 것이 닭이 되여 보십시오. 쏘 아무 것도 안인 두루뭉술이가 되여 보십시오. 그 노래는 잘 된 노래라고 할 사람 은 셰상에 둘도 업슬 것임니다. 그럼으로 맘과 손이 의좃케 되려면 훌륭한

---

55 '꽁'(꽁)은 '꿩'의 방언이다.

솜씨가 될요함니다.[56] 그것을 긔교라고 함니다. 그런데 내가 지난 십일월 호에 쓸데업는 긔교(技巧)라고 말한 일이 잇는 것을 여러분은 긔억하심닛가? 긔교가 웨 쓸데업는 것이 되겟슴닛가? 내가 그럿케 말한 뜻은 구상을 잘 생각지도 안엇다든지 시상(詩想)을 올케 붓들어 놋치는 못하고 공연이 쏜 잇게 멋지게 하려고 애쓰신 분을 위하여 한 말이올시다. 긔교(技巧)도 노래를 살니는 한 개의 수단(手段)인데 엇지 쓸데업는 것이 되겟슴닛가. 목수가 아모리 집을 잘 짓고 십허도 솜씨가 훌륭치 못하면 맘대로 안 될 것이고(이상 82쪽) 그림 그리는 사람이 아모리 그림을 잘 그리고 십흔 욕심이 잇서도 솜씨가 훌륭치 못면[57] 됴흔 그림이 못 됩니다. 그와 갓치 노래 짓는 사람도 아무리 잘 짓고 십허서 구상을 잘하여 노핫드래도 솜씨가 훌륭치 못하면 훌륭한 노래가 못 됩니다. 그 솜씨가 지금 말하는 긔교(技巧)라는 것임니다. 이 긔교를 부분덕(部分的)으로 난호아 쓰겟는데 미리 말하여드릴 것은 이 지면(紙面)에다 수사학(修辭學)을 못 쓰게 됨이외다. 수사학은 여러분이 뒷날 짠 어려운 책을 보시게 될 째 낫(單行本)으로 파는 것이 잇스닛가 구하여 보시도록 하십시오. 쏘 아즉까지 우리말로 지은 책은 업스닛가 일본말로 쓴 것도 됴흠니다.

가. 모방(模倣)과 창작(創作)

첫재로 우리가 노래를 쓸 째 짠사람의 노래를 읽어 본 일도 업고 그만 처음으로 노래를 쓰러면[58] 잘된 노래를 쓰기 어렵슴니다. 혹 넑어 본 일이 잇드래도 만희 지어 보아야 되겟슴니다. 노래 짓는 처음(初期)에 서서는 아무리 하여도 남의 흉내 즉 모방(模倣)이라는 것을 피하기는 어렵슴니다. 맛치 도화(圖畫)를 못 그려 본 학생은 사생(寫生)을 못하고 남의 그린 것을 보고 그린 고대로 그리는 것과 갓슴니다. 그러면 모방(模倣)을 엇지하여야 속희 내가 스사로 노래 즉 (創作)을 할 수 잇게 될까요. 여긔에는 나는 이럿

---

56 '필요함니다'의 오식이다.
57 '못하면'의 오식이다.
58 '쓰려면'의 오식이다.

케 말하고자 합니다.

내가 쟈미잇다고 생각하는 노래가 잇거든 그 말을 짜다가 내가 생각한 노래를 지어보기도 하고 그 쟈미잇다고 생각한 노래의 말에 반대(反對)의 말로 내가 생각한 노래를 써 보기도 하라고 하겟슴니다. 가령 여기에 노래 하나가 잇슴니다.(다음호에 쏘) (이상 83쪽)

赤兒, "十一月號 少年雜誌總評(一)", 『중외일보』, 1927.12.3.

近日 雜誌 批評——特히 少年雜誌를 評하는 이가 만히 생기는 모양이다. 별 웃으운 模樣으로 탈을 쓰고 쒸어나오는 적지 안흔 少年雜誌가 잇는 中에 撰擇을 切實히 늣기는 오늘날에 잇서서 깃버할 現狀인 줄 안다. 그런데 먼저 批評하는 이의 態度에 對하야 말하지 안흐면 안 될 것이 잇다. 요지음 어쩐 이의 말을 들으면 藝術的으로 價値가 잇는지 업는지도 모르고 함부로 雜誌에 실린 것이면 捕捉해 가지고 말거리를 삼으니 그것이 評인가? 中傷인가? 하고.

勿論 作品을 評함에 (普通文藝거나 少年文藝거나) 藝術을 알아야 한다는 것은 緊切한 일이다. 藝術을 몰르면 藝術을 解釋할 줄 몰르면 批評家될 資格이 업다. 그러나 藝術을 알기만 하면 그만인 것이 아니다. 縱橫으로 속속들이 들어가서 생각할 必要가 잇다. 假令 人間이란 것에다 生物學的 觀察을 나린다는 것만으로 立言하면 못난이나 미치광이나 무엇을 물론하고 사람이면은 人間이란 範疇에 집어너흘 수가 잇슬 것이다. 英雄이나 豪傑이나 天痴도 모도 다 相關 업슬 게다. 그러나 우리가 理想하고 憧憬하는 것은 倫理的으로 完全한 人間일 것이다. 다시 換言하면 淸廉하고 正大하고 深厚한 人間일 것이다. 現文壇에 잇서서 普通文藝나 少年文藝에 執着된 藝術을 解釋할 줄 아느냐 몰르느냐 하는 問題는 以上에 例擧한 動物學的으로 觀察한 人間의 定義만에 該當하다고 볼 것이다. 이것은 겨우 한 발걸음에 지내지 안는다고 볼 밧게 업다. 이 한 발걸음——처음 내드듸는 이 第一步가 緊要하기는 하다. 이 한 발걸음을 글읏 내어드듸면 十里의 過程도 何等의 意義가 업게 될 것이다. 그러나 이 一步를 바르게 곳게 내어드된 以上에는 다시 그 步程을 展開하고 擴大할 必要가 잇다. 第一步를 바르게 내어드듸엇다고 그것만으로 滿足히 녀기어 그대로 停止한다면 目的한 十里의 길을 다 것지 못할 것이다. 그러면 筆者는 少年文學이 第一步를 내어드릴 대로 그대로 停止하고 잇다는 것을 무엇을 가지고 말앗느냐고 具體的

證據를 들어서 말하려고 하는 이가 잇슬지 몰르겟다. 證據는 잇다. 作品
內容 批評―― 味에만 偏重하는 批評 卽 鑑賞批評――의 터밧을 한걸음
이라도 더- 내어드듸는 빗이 보이면 그 글을 쓴 이나 그 글을 실은 雜誌
編輯者들은 눈을 모로 쓰고 "그것은 批評이 아니다" 하고 대번에 排去해
버리랴는――近日『朝鮮日報』紙上의 申孤松 果木洞人 對 洪銀星 宮井洞
人의 論志――것이 이 好例라 할 것이다.[59] 少年雜誌 批評에 例外의 얼토
당토안흔 말이 들어 잇다면 排擊할 만하지마는 그것이 그 雜誌批評에 關連
이 이슨지 업는지도 모르고 이러니저러니 하는 것은 早斷이오 妄斷이라
할 것이다. 特히『朝鮮日報』에 記載된 宮井洞人이니 果木洞人이나 申孤松
君 程度의 鑑識眼이면 누구나 생각 잇는 사람은 가지고 잇슬 것이다.

　藝術을 解釋할 줄 아느냐 모르느냐 하는 問題나 評이 되느냐 안 되느냐
하는 第一步의 問題는 서로 了解된 것으로 녀기고 第二步, 第三步 나아가
서 論議해야지 만일 自己 생각이 거긔까지 미치지 못하는 것은 모르고 어쩌
튼지 그 論志를 다시 第一步로 끌어들어 가 가지고 論破하지 안흐면 안
되겟다고만 한다면 언제를 가든지 鑑賞批評의 城은 업서지지 못할 것이다.
鑑賞批評의 城을 넘어서지 못한다면 그 結果는 作品을 쓰는 이가 (現今
少年文學은 童謠를 除한 外에는 創作이 드므니까 事實 鑑賞批評을 하기도
어려우나 이것은 特히 닥처올 압날 現狀을 생각하고 쓰는 것이다.) 自己의
이름만을 내기 爲하야 技巧한 所謂 手腕만을 發揮하기에 熱中할 것이오
批評家는 그 技巧와 手法의 纖纖한 味識만을 자랑하게 될 것이다. 그리고
보면 作品을 쓰는 이는 素材를 嚴選할 만한 準備도 良心도 업시 그저 巧緻

59 신고송(申孤松)의 「九月號 少年雜誌 讀後感(전5회)」(『조선일보』, 27.10.2~7)과 과목동
　인(果木洞人)의 「十月의 少年雜誌(전5회)」(『조선일보』, 27.11.3~8), 그리고 궁정동인(宮
　井洞人)의 「十一月 少年雜誌(전5회)」(『조선일보』, 27.11.27~12.2) 사이에 있었던 논전을
　가리킨다. 과목동인은 "洪銀星 君의 「兒童과 가을 讀物」이란 글은 冊 廣告하는 書籍業者의
　廣告文에 지나지 안는다."고 하였고, 궁정동인은 "지지난달에는 申孤松 君이 「少年雜誌 九
　月號 讀後感」을, 지난달에는 果木洞人 君이 「十月의 少年雜誌」라고 讀後感을 쎳는 바 申孤
　松 君의 '讀後感'은 多少 그의 衷情을 볼 수 잇섯지마는 果木洞人의 그것은 넘우 形式에
　흐르고 獨斷에 치우첫다고 할 수 잇다."고 한 바 있다.

에만 腐心할 것이다.

赤兒, "十一月號 少年雜誌總評(二)", 『중외일보』, 1927.12.4.

쏘 이 巧緻에 對해서는 批評家는 어느 程度까지는 承認한다. 그러니까
作品을 쓰는 사람은 더욱더욱 冒險을 要할 만한 難事業의 素材를 捕捉하야
그것을 써보랴는 것 가튼 覇氣를 缺하게 될 것이다. 批評家는 쏘 批評家이
니까 作品을 쓰는 이가 素材의 撰擇을 批難하는 것을 실혀할 줄 잘 아니까
技巧에 對해서만 所論케 된다. 그러나 이런 것은 저런 것을 몰르는 素人批
評家는 그러케까지 깁히는 몰르고 함부로들 쓰서 내이니까 作品을 쓰는
사람은 批評家를 웃읍게 보고 그 批評에 依하야 생기는 影響이 絶無하다고
公言하게 된다. 그러나 한번 가만히 안저서 冷情히 생각해 본다 할 것 가트
면 批評이 鑑賞, 味識에만 執着되어 잇스면 그 結果는 素材 嚴選이란 重大
問題를 等閑視하게 되고 體裁 쏘는 그 外의 여러 가지를 等閑視하게 되어
惡影響을 밧게 될 것은 明白한 事實이다.
  그러니까 現今 少年文學 刷新의 一策은 먼저 批評家가 作品을 쓰는 사람
을 指導할 만한 抱負를 가지고 以上에 말한 第一步의 테 밧게까지 내어달
아 縱橫으로 발길을 내어드듸어야 하겟다는 것이다. 鑑賞批評 以外에 그
以上 더 나아가야겟다는 것이다. 그러나 批評의 種類는 하도 만흐니까 그
中의 어쩐 것을 取해야 할가 하는 것이 問題가 될 것이다.
  假令 宇宙에는 큰 별이 몃이 잇다든가 쏘는 地球의 直徑이 얼마나 된다
든가 하는 特殊한 硏究를 基礎로 한 批評도 잇겟고 雜誌 表紙의 그 表現의
效果가 毁傷되엇다는 것을 指摘하야 말한 것이라구 無益한 批評이라고는
할 수 업는 것이다. 울긋불긋 色彩칠만 해 노핫다고 훌륭한 것은 아니니까
事實 硏究도 疎忽히 하지 못할 것인 것을 作者나 編輯者에게 反省시킬 수
도 잇는 것이다. 誤字誤植을 指摘하야 말한 것이라고 無益한 批評이라고는

할 수 업다. 그 雜誌 編輯者에게 注意를 시킬 수 잇는 것이다.

上述한 바와 가튼 批評은 업서도 조코 잇서도 조흘 만한 程度의 묵에밧게 업는 批評이지마는 雜誌 編輯上 編輯者나 作家에게 주는 效果는 相當히 잇다. 넘우 길어젓스니까 批評에 對한 다른 것은 다음 機會에 이약이하기로 하고 이제는 標題대로 쓰기로 하자. 現今 朝鮮에는 自稱 童話作家 童謠作家(쥐꼬리 만한 短文을 雜誌나 新聞紙上에 發表하기만 하면 作家로 行世하려는)가 만흔 것은 꼬락신히 어질어운 일이다. 自稱 作家여! 自重하기 바란다. 第三者로 안즌 사람들의 코웃음소리를 못 듯는가?

赤兒, "十一月號 少年雜誌總評(三)", 『중외일보』, 1927.12.5.

『朝鮮少年 뉴-스』『少女界』『少年界』『새벗』『별나라』『朝鮮少年』『學窓』이 例대로 손에 잡힌 그대로 쓰려 한다. 特히 『아희생활』은 우리 뜻에 어글어진 雜誌이니까 애저녁에 그만두겟다.

朝鮮少年 뉴-스

첫 號에 「힘」(講話)은 우리의 헤어진 힘을 굿세게 뭉치자는 뜻으로 낡어둘 글인 줄 안다. 그러나 前달에도 果木洞人이란 이가 말한 것과 가티 이 雜誌 編輯者는 "에"字와 "의"字 하나 區別해 쓸 줄 몰르는 模樣이다. 한글 運動의 宏大한 오늘날 어찌된 세음판을 모르는 模樣인가?

「北海의 白鳥」(童話)는 譯인 模樣인데 쓰시 안 낫스니까 길게 말하지 안커니와 그리 神通치 못한 것이다.

"讀者童謠"欄은 整頓은 잘된 模樣이나 그리 눈에 띄이는 것이 업다. 洪銀星이란 이의 「어느 小批評에 對하야」라는 短文은 어느 누구에게 낡히려고 실엇는지 特히 果木洞人에게 햇스니 果木洞人이란 이더러 보라는 것인 模樣인데 이런 것은 여긔에 실을 것이 못 된다. 編輯者는 自己 雜誌 辨駁文 대신 실은 모양인가?

엄청나게 작은 雜誌에 繼續讀物이 한둘이 아닌 것은 不注意의 짓이다. 繼續讀物은 삼가서 골라 실을 必要가 잇지 안흔가?

「妖女의 선물」(童話)은 譯인데 繼續되다가 이제야 끗을 막은 모양이다. 쓰테다 解釋을 註한 것은 낡은 讀者의 그 解釋에 對한 判斷力이 問題될 念慮가 잇스니짜 너치 안해도 조핫슬 것이다.

"讀者作文"은 골라 실을 必要가 잇슬 것인데 골르지 안코 실은 것 가튼 點이 보인다. 그中의 「落葉」이 그러타. 이달치는 質이나 量으로 보아 具體的으로 內容을 들어 말할 만한 묵에 잇는 것이 업다. 方向轉換! 입으로만 부르짓지 말고 거긔에 갓가운 것이나마 실지 못할가?

少年界

卷頭로 김려순이란 분의 「수풀 속의 白骨」(探偵小說)은 말할 갑어치가 업는 것이나 말하지 안흐면 안 될 理由는 이것이 少年少女에게 닑히려는 探偵小說이 아니라 戀愛小說이기 째문이다. 이 이약이의 梗槪를 짜서 쓰자면 "한 아름다운 女子를 사이에 너코 서로서로 親近한 두 靑年이 戀愛에 깁히 싸저서 爭奪戰을 한 쓰테 한 靑年이 그 다른 靑年을 째려 죽엿다"는 것이다. 이 雜誌를 마타서 編輯한다는 김려순 氏여! 이 글을 少年少女에게 닑히어서 무엇을 보여주려 하얏스며 무엇을 가르처주려 하얏는가? 여긔에 對한 確然한 對答을 듯고 십다.

「人造花와 自然花」(少女歌劇)는 韓錫源 『少年少女歌劇集』 中 「草露人生」이라는 데서 쩨어 왓다고 해도 조흘 것이다. 이것이 歌劇일게 무엇 잇는가? 少女가 登場하고 唱歌 몃 줄이 들엇스니짜 歌劇이란 말이냐? 이것을 쓴 崔英姬 氏여! 이러한 잠고대 쓰테 나온 글(?)은 그만 집어치우는 게 어쩐가?

「獅子의 報恩」은 조흔 童話다. 그러나 譯이 퍽 서투르다. 잘 記憶은 안 되나 이 童話는 前에 다른 雜誌에 실렷든 것이고 童話劇으로 고치어 어쩐 少年會에서 實演한 일이 잇섯다. 이 童話의 槪要를 적으면

羅馬에 돈 만코 勢力 잇는 富者 하나가 잇섯는데 한 방울의 눈물도 업시 젊은

종을 내어 쪼찻다. 종은 치웁고 배곱흠을 참지 못하야 깁흔 山속으로 들어갈 째에 富者의 銀접시를 훔치엇다. 山속에 들어가서 무서운 獅子를 맛나 그 獅子가 발에 가시가 박여서 죽을 애를 쓰는 것을 보고 그 가시를 쌔어 주어 獅子는 그 恩惠를 닛지 안코 종을 爲하야 먹을 것을 어더다 주게 되엇다. 그 後에 종은 富者ㅅ 집에서 銀그릇을 훔친 것으로 因하야 暴虐한 羅馬 兵卒에게 붓잡히어 가서 死刑에 處하게 되엇는데 그째 死刑 執行은 獅子에게 물려 죽이는 것이엇다. 그러나 종을 잡아먹으려 쮜어나온 그 獅子가 이 종에게 恩惠를 닙은 獅子이엇기 째문에 목숨도 건젓슬 쑨 아니라 종이라고 하는 恥辱의 굴레를 永永 벗엇다는 것이다.

이것은 外國童話를 譯한 것이다. 外國童話도 조흔 것이면야 이것을 朝鮮 化하야 넓힐 必要가 잇다. 돈 잇고 勢力 잇다는 有産家輩가 自己慾心을 채우기 爲하야 다— 가튼 사람임에도 不拘하고 종이라는 恥辱의 굴레를 들씨워서 악착한 채쭉질과 暴虐한 발길질한 것이 外國에만 그러햇스랴? 羅馬에만 그러햇는가? 朝鮮은 더욱 甚하얏다. 班常의 區別이 그것이 아니 고 무엇인가? 이런 童話는 純然히 朝鮮化시키어 隱然한 가운대 徹底한 階級意識을 讀者에게 너허줄 必要가 잇지 안흔가? 그리고 無産者는 盜賊 이 아니다. 배곱흠과 치움을 못 니겨서 銀그릇을 훔치는 것이 無産者의 할 짓이 아니다. 有産家輩에게 蹂躪을 當할스록 오로지 情誼를 目標로 하 고 銀그릇을 훔첫다는 것은 無産者를 盜賊으로 녀긴 것이 分明치 아니한 가? 이 童話를 譯한 毛允淑 氏여? 外國童話라고 그대로 옴겨다 놋는 것은 잘못이다. 朝鮮과 沒交涉한 懸隔한 差異가 잇는 배부른 者의 생각한 世界 가 朝鮮兒童과 무슨 關連이 잇슬것인가?

「慈悲心 만흔 少女」 여긔에 대해서는 길게 말 안 하련다. 아즉 끗이 막지 안햇스니 斷言은 하기 어려우나 어리고 힘업는 少女의 말 한마듸애 頑惡하 고 暴虐한 權力輩(사나운 짐승과 사냥軍)가 順順히 讓步를 하야 感激해 하다니 이런 矛盾이 어대 잇는가? 이것은 넘우도 억지로 쑤며 논 글발에 지내지 안코 童話라고는 할 수 업다. 이왕 쓰려거든 滋味 잇스면서도 (어떤 주착 업는 사람은 滋味 잇는 童話가 무슨 必要냐 하고 말한 일이 잇지마는)

더- 어린이 實生活에 갓가운 것을 쓰는 것이 어쩐가?

赤兒, "十一月號 少年雜誌總評(四)", 『중외일보』, 1927. 12. 6.

「외로운 少女」(童話) 이것은 童話라고 햇스나 小說이라고 해야 조흘 것
이다. (어쩐 사람은 童話니 傳說이니 그짜짓 것은 區別해 무엇하느냐는
어리석은 말을 한 일이 잇스니까 그런 사람의 눈으로 보면 別다를 게 업겟
스나) 譯이라니까 길게 말 안하고 무엇을 取하야 짧지도 안흔 것을 실엇느
냐고 編輯者에게 뭇고 십다. 譯이 서투르니 讀者에게는 別로 有益을 줄
수 업슬 것이오. 取할 點은 航海 後에 돌아오지 안는 아버지를 기다리는
마음, 돌아간 어머니의 무덤을 永永 써나지 안키로 決心하얏다는 그것이라
할가? 이것은 戀愛小說을 억지로 고치어 논 것이 틀림업는 것 갓다. 이따위
것을 실르니 압길이 有望한 朝鮮의 압잡이 될 少年少女에게 업지 못할 科學
的 記事를 만히 실른 것이 조켓다고 編輯者에게 勸한다.

「가난한 동무」(少女劇) 이것은 繼續이라니까 더- 말하지 안흐랴 하거
니와 이것을 假令 上演한다면 서로 마주 서서 "그랫늬" "그랫다" 하는 對話
(?)에 지내지 안흘 것이다. 이것은 劇이 못 된다. 劇은 다른 것과 달라 直接
눈으로 보는 사람에게 感動을 주는 것이기 째문에 그만한 劇的 興味가 잇슬
만한 것이라야 한다. 다른 것도 그러켓스나 더구나 劇 가튼 것은 아모나
다- 못 쓰는 것임을 알아야 한다.

朴世峰 氏의 「아버지를 업구서」(少女哀話)는 고은 글이다. 그러나 아버
지 어머니가 다- 업는 少女 곱단이의 落心한 點은 取할 것이 못 된다.
어쩐 困難, 어쩐 波瀾, 어쩐 障碍가 잇드라도 그것을 참고 박차고 나아갈
만한 勇氣를 少年少女에게 부어주어야 할 것이다.

「少女文藝」欄은 쫴 整頓되엇스나 눈에 씌우는 作品은 업다. 「英雄 모
세」는 埃及王 비로의 暴虐한 손아귀에 걸려서 慘酷히 죽는 數만흔 '이스라

엘'의 어린 生靈 가운대에서 홀로 살아나 壓迫, 殺戮, 橫暴, 侮辱에서 울고 부르짓는 '이스라엘' 百姓을 救해낸 '모세'의 事蹟이다. 그러나 宗敎 中毒者의 쓴 그대로를 옴겨 놋는 것 가튼 感이 잇는 것은 不快한 일이다. 現朝鮮 現狀에 비추어 보아 여긔에 適合하도록 될 수 잇는 限度에서 고처 쓰는 것이 조흘 줄 안다.

「白鳥王子」(童話) 이것은 「열두 王子」로 벌서 前에 다른 雜誌에 실렷든 것이기에 아마 이것은 別다른 方式으로 쓴 것인가 보다 하는 생각에 仔細히 넑어 보앗다. 그러나 前의 것 그것과 다를 것이 업다. 特히 外國童話를 譯하는 이로 注意해야 할 것은 外國童話를 譯할 째에 그 童話ㅅ속에 抑壓, 蹂躪, 苦痛, 困難으로 들이찬 朝鮮 現狀과 符合한 點이 잇다면 切實히는 模寫할 수는 업겟스나 (周圍 事情으로 보아) 될 수 잇는 대로는 表現시켜야 할 것이오. 넘우 沒交涉 배부른 者의 하펌 가튼 글은 애당초에 옴겨 놀 생각도 말아야 할 것이다.

「情다운 兄弟의 죽엄」(小說) 이것은

　　繼母에게 구박 밧는 불상한 少女가 추운 겨울에 짤기와 달래를 캐어오라는 억지의 命令을 어길 수 업서서 깁흔 山구석에 들어갓다가 道僧을 맛나 죽은 어머니를 보게 되자 그의 뒤를 짤하 이 世上을 써낫고 繼母의 親짤은 그 어머니와 달리 배다른 언니(죽은 少女)를 그리워하다가 病들어 죽엇다는 것이다.

이것이 무슨 小說이냐? 小說은 事實을 그려 놋는 것 아니겟느냐? 意志薄弱한 어린이에게 이가티 虛無孟浪한 알 수 업는 死의 世界를 憧憬케 하는 脆弱한 心志를 길러 주어야 할 것이냐? 朝鮮少年들은 目前에 繼母의 要求보다 더 以上으로 억지의 要求를 當하는 일이 넘우도 만타. 어찌할 바를 모르는 少年으로 하야금 이 억지의 要求에 屈服케 하며 이 壓迫과 蹂躪을 두려워 하야 逃避하랴고 勸하여야 할 것인가? 아니다 ××를 들고 쒸어나설 勇氣를 길러 주어야 할 것이다.

이번 號는 童話와 哀話가 넘우 만코 科學的 讀物이 全無한 것이 큰 遺憾

이다. 少年으로서 能히 알 수 잇슬 만한 程度로 社會學的 思想을 너허 주는 것도 必要할 것이오 將來의 主人公인 少年少女에게 自然科學에 趣味 부칠 習性을 길러 주어야 할 것이다.

赤兒, "十一月號 少年雜誌總評(五)", 『중외일보』, 1927. 12. 7.

少女界

卷頭로 「금별과 이슬」(童謠)(馬春曙)은 넘우 쎙틔멘탈한 것이다. 筆者는 이런 童謠는 歡迎치 안는다. 朝鮮 흙냄새 나는 純朝鮮的 童謠를 낡고 십다.

「科學 이약이 라듸오」는 簡單하지마는 滋味잇고 有益한 줄 안다.

「아메리카 發見」(探險)은 繼續이지마는 '컬럼버스'가 아메리카를 發見하든 째짜지의 事蹟인 모양인데 조흔 것인 줄 안다.

「파랑새」(童話劇)(高長煥)는 白耳義 作家 '메랠링그'[60]의 作 「靑鳥」의 한 구퉁이에서 쎄어 온 것임은 疑心할 餘地가 업다. 原作 六幕 全部를 낡힌대도 讀者는 그 뜻을 차저내기 어려울 것인데 더구나 이 一幕으로는 讀者에게 아모 '힌트'도 주지 못하얏슬 것이다. 이 「靑鳥」가티 사람들이 만히 아는 作品을 疎忽히 구퉁이를 쎄어 내는 것은 안 할 것인 줄 안다.

「五色紙의 봄」(童話) (동당실人) 이러한 웃으운 標題를 걸고 나온 이 童話는 씃이 아즉 안 난 모양이니까 다음 機會에 말하기로 하고 그리 큰일은 아니나 한마듸 말할 것은 "십쇼"라 하든지 "하십시오"라 할 것을 "십소"라 한 것이나 "팔린다"라 할 것을 "팔이다" 한 것은 前者는 뜻이 달라질 쑨 아니라 不注意한 點이니까 다음에는 注意해야 할 것이다.

---

60 모리스 마테를링크(Maurice Maeterlinck, 1862~1949)를 가리킨다. 아동극 『파랑새(L'Oiseau Bleu)』 공연으로 대중에게 널리 알려지게 되었고, 1911년 노벨상을 수상하였다.

少年小說「好勇伊」는

　아버지가 가물에 먼 곳에 잇는 물을 끌어들이랴고 쓰거운 햇빗 알에서 일을 하얏기 째문에 日射病에 걸려서 세 食口가 먹을 것이 업게 될 것을 알고 어린 好男伊는 더운 볏 쓰거운 볏을 무릅쓰고 아버지가 하다 남은 일을 턱턱 업들어저 가면서 다— 하야 노핫기 째문에 남들은 뷘손이건만 男伊에는 그 해 가을에 세 食口 먹을 秋收를 해 들엿다는 것이다.

　勇伊를 북도두어 주는 조흔 글이나 深刻味가 업고 筆致가 서투르다. 「개고리 王子」(童劇)와 「개고리의 님금님」(童話) 이 두 篇은 童話로 다른 雜誌에서 눈이 압흐도록 본 것이오 쏘 귀가 압흐도록 들은 이약이다. 이것을 童話劇으로 고치어 썻대야 讀者에게 주는 쯧은 가튼 것이니 가튼 것을 둘 式 한 冊에 실튼 것은 可笑로운 짓이다. 더구나 이 童話는 이제에 잇서서는 아모러한 刺戟도 주지 못할 것이매 더욱 그러타.

赤兒, "十一月號 少年雜誌總評(六)", 『중외일보』, 1927.12.8.

　「小喜歌劇文篇」,[61](琴徵) 題目 中「맛잇는 辨當」이란 것은 이 글을 쓴 사람이 잘못 썻드래도 編輯者가 고처야 할 것이거늘 (前에 果木洞人도 말한) 그대로 두 번째나 집어너흔 것은 쪽을 들어내는 것이다. 이것의 內容에 잇서서도 낫잠자기 실혀서 쓴 것에 지내지 안는다고 筆者는 斷言한다. "辨當"! 辨當이란 것이 朝鮮말 어느 句節에나 잇는가? 웨 벤쪼!라 하지 안햇는가?

　「심리학 강화」(崔相鈺) 이것은 닑어서 有益한 글인 줄 안다. 그런데 이

---

61 「小喜歌劇六篇」의 오식으로 보인다.

것을 六號 活字로 한 구석에다 쑤어박은 것은 編輯者의 큰 失策인 줄 안다. 가튼 것을 둘式 실르니 이런 글을 알아보기 쉬운 자리에 실른 것이 조켓다.

「시원한 나라 望海寺를 차저」라는 紀行文은 닑기 쉬웁게 잘 쓴 글이다. 그러나 녀름 紀行文을 十一月이 다― 지낸 지금에 닑으니 승겁기 짝이 업다.

讀者 作文, 웃음거리와 讀者 童謠를 잘 區別해 노치 안 해서 混同이 되엇다. 족음만 더 編輯에 努力하얏스면 가튼 紙面 가지고 잘 쑤미어질 것을! 넘우 等閑視하는 것 갓다. 讀者의 作品이면 되나 안 되나 막우 실른 것은 失手다. 어린 사람들의 作品을 함부로 실른 것이 雜誌 販路上 若干의 影響이 잇슬지는 몰르나, 어린이들의 才操를 勸奬하는 意味에서 이것은 當然히 排除할 必要가 잇슬 줄 안다.

「吸取紙 發明 이약이」는 오히려 「小喜劇六篇」보다 낫다. 재미잇게 썻다. 洋服 廣告 가튼 것은 쓰트로 밀고 여긔에다 눈에 쯰게 너치 안코 六號 活字로 오믈여 너흔 것은 編輯者의 잘못인 줄 안다.

이 雜誌도 童話와 童謠(?) 童話劇에 偏重된 感이 잇다. 좀 더 압흐로는 範圍를 넓혀 보자.

새벗

卷頭로 「두 돌을 마지하면서」는 닑을 만한 글이다.

「쏫나라를 차진 병신 새」(童話) (韓東昊)

이 童話는 새로운 方向으로 붓을 움즉이랴고 애쓴 빗이 보인다. 그러나 짓밟히고 채고 구박 밧는 病身 새의 밟을 길이 隱遁이라야 할가? 落心하여야 할가? 아니다. 구박이 크면 클수록, 발길질이 세면 셀수록 勇氣를 내연다. 닥처오는 逼迫과 싸와야 할 것이다.

冒險奇談 「猛虎도 어찌할 수 업시」(李元珪) 이것은 讀者의 勇氣를 길러 줄 수 잇슬지 모르겟다. 그러나 그대로 日本雜誌의 것을 옴겨 노랴고 애를 쓴 것이기 째문에 어떤 方面의 疑惑을 밧기 쉽겟다. 國境 特히 鴨綠江 沿岸에서 넘어 낫다는 것을 集團이라고 賊徒로 認定할 수 잇슬가? 이러한 것은 (現在 朝鮮國境의 形勢로 보아) 가려서 쓸 必要가 잇지 안흘가?

赤兒, "十一月號 少年雜誌總評(七)", 『중외일보』, 1927.12.9.

「쑤리앙과 배데로」(少年劇)은 동무와 동무 間의 義理! 自己 몸은 犧牲하드라도 동무의 事情을 보삷혀 주는 그 情만은 取할 만하다.

「새로운 마음」(童話)(崔奎善) 桑田이 碧海된다는 말과 가티 잘산다고 쏨내고 자랑하는 사람도 亡하야 거지가 될 때 잇고 當해 내기 어려운 苦生살이를 해 가는 사람도 이 괴로움을 免할 때가 잇겟다는 意味잇는 童話다. 닑을 만하다.

「척척 학교」 이와 이런 것을 두랴거든 제발 辱說이나 좀 쩨엇스면 조켓다. 이런 말투 말구라도 달리 滋味잇시 할 方法이 잇지 안흘가?

「서울 동물원」(동물희가극)은 쎠는 업서도 웃읍고 滋味잇다.

「少年百科塔」은 보아 둘 만한 것이다. 그러나 한쩌번에 열 쎼이지 式이나 실을 것 업시 每號마다 멧式 추려서 실엇드면 조핫슬 것이다.

"童話"에다 標題를 「돌잔치」라고 부처 논 것부터 不自然하지만 愛讀者가 보내 준 自己 雜誌 자랑을 잘된 童謠라고 二等으로 쏩고 評까지 부첫스니 웃어서 죽을 노릇이다. 讀者作品이라고 되나 안 되나 막우 실른 것은 雜誌 威信上 不可不 注意할 일인 줄 안다.

이번 號는 紀念號인 만큼 五錢짜리 雜誌 中에서는 보기 드물게 紙數도 만코 寫眞도 만타. 特히 附錄에는 缺點도 만치마는 눈에 쯰이는 것도 間或 잇다. 財政上 廣告를 실릴 것은 當然한 일이나 戀愛小說 廣告로 들이찬 것은 어쩐 일이냐? 天下第一 『새벗』이라 햇스니 戀愛廣告 만키로 天下第一인 『새벗』이란 말이냐? 이 雜誌는 누구에게 읽힐 雜誌인지 생각이 업는가? 쯔드로 注意를 빌며 奮鬪를 바란다.

赤兒, "十一月號 少年雜誌總評(八)", 『중외일보』, 1927. 12. 11.

學窓

卷頭辭는 高等普通學校 漢文讀本 한 課를 고처 논 것에 지내지 안는다. 이제는 漢文式 支那崇尙式 套를 벗어야 한다. 알기 위운 "한글"이 잇스니 固有한 그 글로 쓸 생각을 하자!

「新羅의 文明」(黃義敦) 이 글은 이 글을 쓴 이가 여긔에 對한 特志가 깁흔 이인 만콤 되집허 닑을 價値가 잇다. 그러나 억세임을 免치 못할 句節이 잇슴은 遺憾이다.

「作文漫說」(鄭寅普)은 조흔 글이다. 有益한 글이다.

「물의 이약이」(張膺震) 直接 學校에 다니지 못하는 사람들에게 限하야 닑어 둘 만한 것이다. 「動植物 觀察」이 그러코 「地球의 이약이」도 그러타. 이 雜誌는 標榜과 가티 學術雜誌이니만콤 評하기가 슴겁다.

「조선문법」(鄭貞姬) 이것은 以往이면 徹底히 "한글" 그대로를 써 주엇스면 조켓다. 그리고 짤하서 勿論 알기 쉬웁게 해야 한다. 이 一篇만은 活字도 "한글"式으로 너허 주엇스면! 한다.

「漢字 뮐 처음 이약이」(강석) 이것은 滋味잇다.

「金后稷 先生의 忠諫」(盧永錫) 님금 압헤 忠誠을 다한 忠臣의 이약이다. 끄트로 "우리도 이런 충성을 본바다서 살아서나 죽어서나 나라를 爲하야"라 하얏스니 어대다 어쩌케 하라는 것인지 알 수가 업다. 父母 업서진 몸이 어대다 孝道를 하며 집 업는 놈더러 남의 집을 爲하야 告祀 지내라는 말인가?

「少年書翰文範」은 神通한 것이 못 된다.

「新營養 븨타민은 무엇이냐?」(閔泳珍) 이것은 常識으로 알아둘 必要가 잇는 것이다.

事實 美話 「兒孩들아! 弱한 者를 도으자」(南建模) 이것은 『어린이』 雜誌 지난 二月號에 실렷든 少年美談 「동무를 위하야」라는 이약이를 옴것다 논

것이다. 오히려 쩍쩍한 이것을 닑느니『어린이』二月號를 다시 보는 것이 낫지 아니할가?

童謠「짜치」는 실을 만한 것이 못 된다. 童謠가 퍽 貴한 모양이다.

「鐵갈퀴」(探偵小說) 標題부터 可笑롭다. 少年에게 探偵小說類를 닑히는 것은 勇氣와 意氣를 培養하는데 한 도움이 잇게 하기 위하야 趣味를 부치게 하기 爲하야 쓰는 것일 게다. 그런데 이「鐵갈퀴」라는 小說은 日人의 이름인 秋山 君(아깃야마군) 渡邊(와다나베) 이 가튼 것을 가르치랴고 쓴 것은 아닐 것인데 "아씨야마니", "와다나베상데스가? 호테루노…", "소-데스 아나다와" 이런 것을 쓴 것을 보니 日語勸獎을 뜻함이라 아니할 수 업다.「鐵갈퀴」라는 것을 쓰는 이어! 探偵이 들고 惡漢이 들엇다고 이것을 少年少女에게 닑힐 探偵小說로 알아서는 큰 잘못이 아닐가?

「愛讀者 作品欄」에도 愼重한 注意를 하야 作品을 골라 실어야 한다. "가을바람 칼바람에"이라 한 것이 童話가 아니오 "녯날 녯적 고랫적"이란 말이 들엇다고 이것이 다― 童話가 아닌 것을 알아 달란 말이다.

少年少女에게 有益을 만히 줄『學窓』의 發展을 빌며 글 써 주시는 이에게 한 가지 注文은 좀 알기 쉬운 말로 (努力이 들 것은 一般이니까) 써 달라는 것이다.

　　　其他

『어린이』『新少年』『무궁화』가 이달에 얼굴을 보이지 안흔 것은 遺憾이다.

이달은 이만침 하고 붓을 노차.　　(꾿)

一九二七年 十一月 三十日

天摩山人, "童話研究의 一斷面 - 童話集 『금쌀애기』를 읽고",
『조선일보』, 1927. 12. 6.[62]

兒童敎育과 童話―― 이것은 참으로 서로 써나지 못할 密接한 關係가
잇는 것은 우리가 다시 贅言을 不要하는 바이니 그것은 兒童心理生活에
莫大한 影響을 끼치는 까닭이다.

그럼으로 우리가 여긔에서 먼저 考慮할 바는 童話創作에 對한 그 技巧問
題보다도 그 題材의 撰擇이 아니여서는 아니 된다. 在來의 童話에 對한
一般的 態度는 너무도 그것을 重要視 하지 안엇드니만치 차라리 兒童의
한갓 趣味的 讀物로 看做하여 왓슴으로 마치 兒童들에게 玩具 가튼 것을
들여주는 것과 가튼 意味에서 童話를 創作 提供하여 왓다.(勿論 兒童心理
學上으로 보아 娛樂的 心意를 培養하는 玩具遊戱 等을 無意味하다는 것은
아니다.) 그럼으로 그 內容은 大槪 滑稽的의 것이 아니면 神話에 갓가운
一種의 幻想的 虛構的의 것으로 쓸데업시 兒童들의 單純한 頭腦로 하여금
浮虛한 空想만 자아내게 하엿쓸 뿐이다. 이와 가튼 傾向을 朝鮮에서만이
아니라 古代 希臘 以後 歐米 各國에서도 모다 그러하엿던 것이엇다.

그러나 最近에 이르러서 모든 다른 것과 함께 이 思潮는 急變하여 童話
의 그 意義가 廣大함을 깨닷게 되엇스니 童話는 兒童의 感性과 智力과 情
操 等을 涵養함에 唯一한 職能을 가진 것이라고는 말하엿다.

엇젯던 童話는 兒童의 讀物이니 만치 그 全的 價値를 兒童敎養上에 두
지 안흐면 안이 될 것이니 그럼으로 童話는 "兒童心理의 唯一한 糧食"이
안이여서는 안이 된다는 말도 相當히 一理가 잇는 말이라 아니할 수 업는
것이다.

如上한 意味에서 우리는 童話를 한갓 兒童들의 消遣品으로 看過할 것이
아니라 적어도 兒童心理의 完美한 全一的 發達을 爲한 廣義의 兒童讀物로

---

62 '天摩山人'은 권구현(權九玄)의 필명이다.

取扱하지 안흐면 아니 될 것이니 同時에 童話의 創作的 態度도 곳 여긔에 立脚하지 안흐면 아니 될 것이다.

時間上 關係로 이에 對한 詳細는 避하려 하거니와 童話의 材料로서의 取扱할 物話에 對한 ×氏의 分類에 依하면 左와 如하다.[63]

一. 幼稚園 物語

二. 滑稽譚

三. 寓語

四. 往古譚

五. 傳說

六. 神話

七. 歷史譚

八. 自然界

九. 事實譚

等 이것이다. 또 그러고 藝術的 合宜性과 藝術的 優秀性을 具備한 物語이면 全혀 이것은 童話로서의 名目의 原因을 包括하게 되는 것이라 하엿다.

이와 가튼 것은 勿論 童話 藝術에 對한 一般的 見解일 것이다. 그러나 우리가 이보다도 먼저 高調하지 안으면 아니 될 것은 當初에도 말한 바와 가티 童話가 兒童의 娛樂本能 滿足에만 긋칠 것이 아니라 한거름 더 나아가 兒童의 心靈的 全一的 發達을 期하는 廣義의 職能을 가진 것인 以上 먼저 모든 事象을 通하여 그의 生存意識을 積極的으로 培養함에 잇는 것이니 卽 矛盾된 現代生活 制度로부터 感染되기 쉬운 뿌르조아 意識의 支配를 警戒하는 他面으로 人間의 本然性인 相互扶助的 精神을 發揮토록 指導하지 안으면 아니 될 것이다. 다시 말하면 當面한 事實과 事實 뒤에다 階級意識을 暗示하며 兒童들의 天才的 覺醒을 企함으로써 우리는 兒童敎養上 莫大한 役割을 가진 童話運動에 出脚하지 안으면 아니 될 것이다.

---

63 '左와 如하다'는 일제강점기 신문은 "위에서 아래로, 오른쪽에서 왼쪽으로" 방식으로 조판이 된 관계로 여기서는 "아래와 같다."는 뜻이다.

이제 筆者는『敎育童話 금쌀애기』集을 讀하고 多少의 느낀 바가 잇어서 本論을 草하거니와『금쌀애기』童話集은 첫째로 東西 一八個國의 優秀한 童話를 選拔하여서 編成된 것이니만치 童話 硏究上 一讀할 價値가 잇스리라고 믿으며 둘째로는 質的으로 보아서 그 內容이 各各 國別을 싸라서 靑新한 맛이 있는 同時에 在來의 童話集보다 어느 程度까지 現實에 가싸운 點으로 보아 坐한 우리는 새로운 興味를 느끼는 만치 이것을 우리 童話界에 紹介코저 하는 바이다.

엇잿던 우리는 "未來는 靑年의 것"이라는 말을 한거름 더 延長하여써 "未來는 少年의 것"이라는 標語下에 兒童敎化運動으로서의 童話運動에 積極的 努力이 잇기를 빌어 마지안는 바이다.   (끗)

鄭順貞, "無産階級 藝術의 批判(十四)", 『중외일보』, 1927.12.10.[64]

별나라

卷頭로 童謠「별」은 神通치 못하다.

이 雜誌 이번 號에는 美談이 셋式이지마는 童話가 하나도 업다. 다른 대 넘우 만치 말고 좀 서로 바루엇스면 조핫슬 게다. 戰爭美談「少年 북잡이」는 取할 것이 업다. 美談은 오로지 그 속에서 取할 것은「犧牲의 精神」 그것 하나밧게 업슬 것이다. 그러나 이 알엣것「少年 傳令使」도 쏘한 取할 것이 업다. 「이러한 사람은 出世 못한다」와 「라듸오로 放送해 본 이약이」(李定鎬)는 有益하고 滋味잇는 것인 줄 안다.

「兒童 水滸誌」는 넘우 사투리가 만흔 데다가 그러케스리 興味 잇슬 것도 업다. 넘우 長篇이기 째문에 讀者들이 歡迎하야 닑을 것이 못 되겟스니짜…….

少年小說「石湖亭의 順吉이」 이것이 무슨 小說이냐 玉函으로 감겻든 눈을 쓰게 하고 五十살 된 늙은이를 열 살 되는 幼兒가 다시 되게 햇다니 이것은 小說이 무엇인지를(童話라 햇드면 오히려 나핫슬 것이나) 모르는 사람이 쓴 것이 아니고 무엇인가?

「偉人의 逸話」는 滋味잇다.

「엄청나게 큰 것과 작은 것」(科學)(晧堂)[65]

이것은 普通學校에서 가르치는 理科 냄새 안 나는 有益한 글이다.

「이것 참 놀라웁고나」,「短行知識」 이 두 가지는 性質에 잇서서 다를 게 업다. 별다른 標題 실은 것은 벌려 노키만 하려는 것이 들어난다. 다음부터

---

64 鄭順貞의 「無産階級 藝術의 批判」(전14회)(『중외일보』, 27.11.27~12.10) 중 아동문학 관련 부분은 제14회뿐이다.

65 '晧堂'은 연성흠(延星欽)의 필명이다.

는 合처서 실른 게 조켓다.

「少女와 自然」(文藝)(崔秉和) 이 글은 닑기에 滋味잇다. 「가을밤」「少女와 自然」「무덤의 사람들」이 다― 그러타.

「孫悟空」(長篇) 이 글에 對한 생각도 넘우 長篇이만치 이 우의 「兒童水滸誌」와 가틀 줄 안다.

"推擧詩童謠欄"은 잘 골라 실지 안흔 모양이다. 그中의 「愁心」이란 것은 詩라고 실엇는가 童謠라고 실엇는가? 그러치 안흐면 말 句節을 잘 부치어 실엇는가? 選者 蝶夢[66] 氏의 對答을 듯고 싶다.

童話劇「욕심 만흔 少年」는 滋味 잇다. 그러나 메아이리가 무엇인지 모르겟다. 이런 것은 알기 쉽게 쓸 수 업섯든가?

이번 號는 質이나 量으로 묵에 잇슴즉한 것은 特出한 게 업다. 압흐로 奮鬪를 빈다.

朝鮮少年

이 雜誌는 目次로 세 페이지를 잡고 讀者文藝募集 廣告로 두 페이지를 空然히 업새느니보다 目次와 廣告를 좀 줄이고 단 몇 페지라도 앗기어 有益한 글을 더 실지 못햇는지. 여긔에는 編輯手段이 닉숙치 못한 것을 나타내엇다고 볼 수밧게 업다. 그러고 웬 長篇이 이러케 만흐냐? 족으만 冊 속에 네다섯 式 長篇이 잇는 것(그것이 훌륭한 것이면야 두말할 게 업겟스나)은 虛ㅅ일이다. 長篇에 對해서는 말 안 하겟다. 다음으로나 밀자.

「世界少年史列傳」(솔뫼 編) 이것은 世界의 有名한 人物들의 少年 時代를 쓰는 것인 모양인데 少年史 列傳이라 햇스니 그 標題가 模糊하기 짝이 업다. 이왕 쓰랴면 讀者에게 힘을 주도록 嚴密한 注意와 精誠을 가지고 쓰기 바란다. 『朝鮮少年』 編輯者여! 朴潤元 君이어.

「趙季連이약이」는 무엇 하러 실엇는가? 少年少女에게 妓生 외입 가르치려 실엇는가? 淫談悖說 가르치려 실엇는가? 이 이약이의 한 句節을 쓰면 "義州에 妓生 만타지?" "그러타" "義州가 國境 관문인즉 되놈(支那人)들도

---

66 '蝶夢'은 최병화(崔秉和)의 필명이다.

만히 往來하지?" "亦是 그러타" "그러면 되놈들도 妓生 외입도 하겟고만?" "勿論 되놈들도 妓生 외입 만히 하지요" "바로 저녁마다 몇 명式이지요" "그러면 妓生들이 兒孩도 더러 나치?" "나코 말고요. 매달에 몇 十名式은 날걸요" "그러면 그것들을 다— 어찌 하노?" "그 兒孩들은 나는 족족 睾丸을 발라서 서울 고제청으로 보낸다 云云" 하얏스니 아! 이것이 얼마나 주착업는 짓의냐? 君아! 醉中에 이런 것을 써 넛는가? 夢中에 써 넛는가? 차라리 「朝鮮俚語集」이나 더 만히 쓰지!

童話 「라인 □의 □□魂」 이런 것도 실지 안는 것이 조타. 길게 말 안한다. 통틀어 이번 號는 골라 추릴 것이 도모지 업다. 不得己 골라 추리라면 「朝鮮俚語集」童話 「힘센 總角」이라고나 할가? 少年에게 勇氣와 힘을 부어 줄 만한 것이 나오기 바란다.

朴弘濟, "運動을 攪亂하는 忘評忘論을 排擊함—赤兒의 所論을 읽고—", 『조선일보』, 1927.12.12.[67]

少年運動의 陣營은 攪亂시키고 幾個 雜誌 經營者를 배불이기 爲하야 唐突히 妄筆을 愚弄하야 無人之境가티 縱橫自在하는 사람이 잇다.

그는 두말을 기다리지 안코 近日 『中外日報』 紙上의 "赤兒"라고 하는 얄구진 別號로 「十一月號 少年雜誌 總評」[68]이라고 쓴 覆面兒가 그것일 것이다.

내가 以上에 말한 것 쏘는 좀 더 "赤兒"가 누구라는 것까지 摘發하고 십지마는 그의 改悛을 바라고 그의 쓴 妄論妄評만을 말하고 말겟다.

다시 말하면 그 自身의 前述를 어데만큼 寬恕를 하고 쏘는 저윽히 安定되어 가는 少年運動에 너무 만히 影響을 끼치지 안키 爲하야 그만큼 해 둔다는 말이다.

이제 赤兒 君의 所謂 「少年雜誌 十一月號 總評」[69]이라고 하는 것을 말하겟다.

申孤松 果木洞人 宮井洞人의 以來 讀後感 쏘는 批評해 내려온 것을 무엇으로 基準을 삼고 鑑賞批評이라고 하는지 알 수 업스며 쏘한 남이 다 해 노흔 批評을 自己의 地位 쏘는 남을 攻擊하기 爲하야 아지도 못하는 藝術을 云云하야 나 어린 少年을 瞞着하랴 한다.

申孤松 君의 「九月號 讀後感」[70]은 쏘 모르겟다. 그것은 特히 讀後感이라고 썻스니까 그러나 적어도 果木洞人이라든가 宮井洞人의 批評은 그 基準이 어대 잇는 것을 그 一文이 足히 表現하고 잇는 것이다.

67 '妄評妄論'의 오식이다.
68 적아(赤兒)가 『중외일보』(27.12.3~12.11)에 연재한 글의 제목이다.
69 정확한 글의 제목은 「十一月號 少年雜誌 總評(전8회)」(『중외일보』, 27.12.3~11)이다.
70 정확한 글의 제목은 「九月號 少年雜誌 讀後感(전5회)」(『조선일보』, 27.10.2~7)이다.

다시 말하면 적어도 少年運動을 基準하고 썻다는 말이다. 그러함에도 不拘하고 이것을 치기 爲하야 얄구진 手段 藝術를 使用하지 안헛느냐.

──히 그의 글을 따서 例를 드는 것은 繁雜을 避키 爲하야 또는 다른 분도 쓰시겟다고 하야 例를 들지 안커니와 大體 君이 말하는 藝術批評이라는 것이 어데서 온 것이냐.

"개에게 眞珠를 주지 말나."

한 '바이불'에 말과 가티 진실로 君 가튼 사람에게 藝術 두 글자를 안다는 것이 그것과 맛찬가지다.

"藝術이라는 것은 그 社會, 그 階級의 文化運動이기 째문에 決코 그 社會, 그 階級을 써나서는 存在치 안는다." ── 血 ──

과 가티 少年藝術은 그 少年社會 少年階級을 써나서는 存在할 수 업는 것이다. 그와 맛찬가지로 少年運動을 無視하고 멧멧 雜誌를 줄어 評하는 그 心事를 足히 써 알 것이며 또한 雜誌 經營者의 營業 政策으로 그리는 것을 잘 알 수 잇는 것이다.

적어도 申孤松 果木洞人 宮井洞人은 嚴正히 批判하얏다. 果木洞人에게 잇서서는 多少 偏頗된 嫌이 잇지마는 또한 그의 立場이 그러한 데 잇는 것을 잘 알고 잇다.

그러나 이제 赤兒 君은 所謂 藝術批評을 한다 하고 무슨 말을 하엿나 잘 볼 수 잇는 것이다.

朝鮮社會에서 저 잘낫다고 또는 自己만을 올타고 하기 爲하야 붓으로 싹 밀어 바리고 自己 것만을 내세우는 것이 이 赤兒의 批評이다.

少年運動이 이마만큼 展開되어 잇고 少年運動者가 남부럽지 안케 運動하는 오날에 잇서서 藝術과 運動의 交互作用이 업는 藝術은 無用이라는 말이다.

쓰트로 한 말 할 것은 이것을 읽으시는 분은 먼저 赤兒 君에 妄評 가튼 것이 나와서 우리 運動線을 混亂시킬 念慮가 잇서서 이 붓을 든 것이니 少年運動의 當面해 계신 여러분은 이 赤兒의 對하야 筆誅 또는 正體 暴露까지라도 하야 주섯스면 한다.

그와 함께 幾個 雜誌 販賣術로 그 雜誌의 直接 經營者로서 赤兒라고 匿名하야 쓰는 것으로 滿天下 少年동무는 잘 알어주기 바란다.

李定鎬, "兒童劇에 對하야(一)-意義, 起源, 種類, 効果", 『조선일보』, 1927.12.13.

◇ 兒童劇의 義意

어린 사람(兒童)의 生活은 거의 全部가 遊戲 — (작란)—임니다. 遊戲 란! 어린 사람 自身이 自發的으로 無限히 自由롭게 쏘 自然스럽게 노는 自己發展의 活動인 까닭에 遊戲를 쩌나서는 到底히 살어갈 수가 업슬 만치 그들의 生活의 大部分이 遊戲임니다. 特別히 어린사람들이란! 움즉임(動) 을 밧는 것보다는 자기 스사로 움즉이고—(自動性이 豊富)—보고 듯는 것을 고대로 흥내(劇的 本能의 模倣性)—내기를 조하하는 까닭에 遊戲도 여러 가지 中에 다른 것을 고대로 흥내내는 作亂—(模倣性 遊戲)—을 第一 즐겨(樂)합니다.

그런 까닭에 어린 사람의 生活은 누가 억지로 시키지 안 해도 遊戲! 그것 으로 因해서 거의 全部가 劇的 本能의 自由로운 表現을 하고 잇슴니다.

우선 여러분이 각금 보시는 바와 가티 어린 사람들이 집안에서나 或은 洞里에 나가서나 여러 同志들을 모아 노케 솟곱作亂을 하지 안슴닛가?

아버지를 만들고 어머니를 만들고 풀각씨와 人形으로 아들과 쌀을 만들 고 쏘 풀(草)이나 나무닙새(葉)를 짜다가 반찬가가를 버리고 흙(土)을 파 다가 쌀(米) 가가를 버리고 쏘 길거리에 내버린 석냥개피를 주서다가 장작 (柴炭)가가를 버리고 그리고 유리쏘각이나 사금파리를 주서다가 밥이나 반찬 담는 그릇(器)을 만들름니다.

그래서 萬般 準備가 다 되면 하-얀 모래(砂)를 주서다가 通用貨를 만들 어 이것을 가지고 여러 가가에 가서 各種의 物件을 죄다 사다가 나무 판대 기(木板) 소반 우에다 모-든 飮食을 채려 놋슴니다.

그래 그럿케 모다 채려 노흐면 집안 食口가 왼통 씽 둘러안저서 먹지도 안흐며 먹는 척하다가 다 먹엇다고 하며 그래도 아츰밥이라고 먹고만 나면 으레히 아버지 되는 사람은 實로 아모 데도 갈 곳이 업것만 事務 보러 간다고 큰 기침을 連해 하면서 부지쌩이나 집안에서 몰내 가지고 나온 하라버지의 집행이(杖)를 사타구니에다 찌고는 "이러 씰씰!" "이러 씰씰!" 하면서 나갑니다.

그러면 집에 남어 잇는 어머니 되는 사람은 설거지를 말쟁이 하고 그리고 나서는 머리를 곱게 빗고 각씨나 人形을 다리고 놀다가 공연히 울지도 안컷만 "울지 마라 울지 마라!" 하며 —— (幼稚園이나 學校에 단이는 어린 사람이면 幼稚園이나 學校에서 배혼 자장가(子守歌) 노래를 부르기도 하고) —— 젓도 먹이는 척하다가 업어도 주다가 쏘 안어도 줍니다.

그러면 조곰 잇다가 아버지 되는 사람이 事務를 다 맛치고 왔다고 오기만 하면 어머니 되는 사람은 각씨와 人形을 그 아버지에게 맛기고 나가서 쏘 저녁밥상을 채리고 그래서 그 저녁밥상이 끗나면 조곰 후에 아조 환-한 대낫이것만 그들은

"아이고 인제 밤이 집헛스니 어서 잠자야지!"

하고 各其 들어누어서 조름도 오지 안는 잠을 억지로 잡니다. 그래 그럿케 들어누어서 잠간 잠을 자는 척하다가 자긔네들 입으로

"꼭씨요!" "꼭씨요!" 하고 닭의 소리를 내면

"아이고 발서 아츰이 되엇구면!" 하고 벌덕 일어나서 먼저 번과 쏙가튼 作亂을 작고작고 되프리합니다. 그래서 그들은 그들의 獨特한 한 家庭과 한 社會를 만들어 그 속에서 하로 동안에도 낫(晝)과 밤(夜)이 數十番이나 繼續됩니다.

자아 이것은 누구의 것을 고대로 흥내 내인 것이겟습닛가? 이것은 말슴하지 안 해도 그들의 정말 아버지와 어머니 그리고 여러 장사치들의 行動을 非組織的이나마 고대로 흥내 내인 劇的遊戲이겟습니다.

李定鎬, "兒童劇에 對하야(二)－意義, 起源, 種類, 効果", 『조선일보』, 1927.12.14.

이와 가티 어린 사람은 天賦的으로 劇的 本能을 가지고 거의 全部가 이 것의 衝動으로 因한 生活을—(遊戲)—하는 그만치 우리는 이것을 그양 看過해서는 안 됩니다.

兒童劇의 本旨가 어린 사람의 創造的 本能과 藝術的 衝動을 잘 誘導하야 그들의 心性을 自然스럽고 圓滿하게 發達시키고 그들의 生活을 充實케 함에 잇는 것이니 우리는 非組織的이 아니나마 劇的 遊戲—(模倣性 遊戲)—거거서부터 兒童劇을 생각하고 이것을 啓發시킬 必要가 잇습니다. 이것을 規模 잇게 整頓시키고 引導하야 그들의 主活을[71] 좀 더 義意 잇게 充實케 하며 짤아서 豊富케 하여야 하겟습니다. (五行畧)

◇ 兒童劇의 起源

特別히 우리 朝鮮에 잇서서는 녯날부터 어룬이고 어린이고 間에 所謂 演劇을 한다고 해서 所謂 舞臺에 나스기만 하면 발서 그것은 아조 지지 下賤의 광대색기로 몰엿기 째문에 먼저 말슴한 것과 가튼 劇的 性質의 遊戲—(模倣性 遊戲)—는 그냥 盲目的으로 容認해 왓지만 아조 제법 劇이라고 일홈을 부처서 舞臺에 나슨다는 것은 좀 行世하는 집에 어린 사람으로는—어룬도 그랫치만—꿈도 꾸지 못할 어려운 일이엿습니다.

그리다가 世界風潮가 밀려듬을 짤아 우리 朝鮮에도 예수敎가 들어온 뒤에 所謂 그들이 말하는 바 聖誕 祝賀의 '크리쓰마쓰'劇을 '예수'敎 信者의 子姪들을 모아 實演하기 始作한 것이 아마 우리 朝鮮에서는 어린 사람들이 舞臺에 올나스게 된 始初일 것 갓습니다.

그러나 그것은 아즉까지도 거의 全部가 어린 사람 自身을 爲하야 演出케 한다는 것보다는 그 어린 사람들을 한 道具로 使用하야 自己네들의 宗敎를

---

[71] '生活을'의 오식으로 보인다.

宣傳하는 一種의 宗敎 宣傳劇에 지나지 안헛습니다.

그리다가 次次 各 公立普通學校에서 學藝會 때나 그러치 안흐면 卒業式날을 利用하야 어린 學生들에게 敎育的 意味의 兒童劇을 演出시키기 始作하엿고 그 뒤를 니어서 必然的 現像으로 몃 千年 몃 百年 동안 單純히 어리(幼)다는 理由! 그리고 내 子息 내 孫子라는 理由로 어룬들의 주먹 미테 이러케 저러케 까닭업시 눌리고 짓밟혀만 살어오던 우리 朝鮮의 어린이들도

"크거나 적거나 우리도 한 목 사람의 갑(人權)을 주시요! 우리에게도 自由를 주시요!"

하고 무섭게 소리치면서부터 ─ 다시 말하면 朝鮮의 少年解放運動이 일러나면서부터 各地에 少年會가 벌 쎄가티 일러나고 各 少年會에서 자조 會員들에게 藝術的 意味의 演出시킨 일이 잇섯스나 그러나 이 亦 또한 充實한 硏究와 努力이 업섯습니다.

李定鎬, "兒童劇에 對하야(三)─意義, 起源, 種類, 効果", 『조선일보』, 1927.12.15.[72]

李定鎬, "兒童劇에 對하야(四)─意義, 起源, 種類, 効果", 『조선일보』, 1927.12.16.

그리고 特別히 어머니 배ㅅ속에서 世上에 태여나서부터 몸이 몹시 虛弱하다던지 또는 學校에서 體操 가튼 것을 根本으로 실혀하는 어린 사람이

---

72 조선일보사에 문의해 보았으나 원문이 부재함을 확인하였다.

잇다면 그럿타고 그들에게 運動을 奬勵해 주어야 하겟느냐 하면 이 亦 不可한 것이니 될 수 잇는 대로 그러한 어린 사람일스록 더욱이 조흔 脚本을 選擇하야 그들의 自發的으로 演出을 시킬 수만 잇다면 별안간 特別하게 들어나는 有益은 업다고 하드라도 單純히 一定하게 定해 놋코 가르키는 學課 以上 外에 그 마음과 몸을 一時에 活動시킬 수 잇는 點으로만 보아서도 多少間 얼마만한 敎育的 效果를 어들 수 잇슬 것이라 생각합니다.

그리고 萬一 그 使用한 脚本이 多年히 藝術的 美가 豊富한 것이엿다면 單純히 敎育的 效果 거긔에만 긋칠 것이 아니라 別다른 有益도 겹처 生길 수 잇는 것입니다.

敎育的이라고 ……… 世間에서 흔히 普通 말하는 바의 道德的 敎訓을 注入시켜 준던지 或은 歷史的 또는 衛生的 또는 地理的 或은 科學的 智識을 그 演劇으로 해서 그들의 머리에 너어준다는 말슴은 決코 아니올시다.

그럿타고 辯舌을 익숙하게 만들어준던지 記憶力을 길너 준다는 말슴도 아님이다.

그러면 大體 엇더한 意味의 敎育的 效果냐 하면 그것은 以上의 말한 모-든 敎育을 좀더 超越한 根本的으로 限업시 廣凡하고 限업시 高尙한 意味의 敎育的 效果라는 말슴입니다. 그러면 그것은 또 무엇이겟는가? 이것은 이 다음 順序에 나오겟스잇가 지금은 뽈해 바림니다.

둘재 녯날 原始時代! 生存競爭이 極히 猛烈하야 사람들이 누구나 모다 野獸的 性質을 가지고 잇든 그째로부터 지금까지 아즉도 그째의 그 性質을 그대로 遺傳해 나려오는 여러 가지의 本能과 衝動이 잇는 그中에는 아버지나 어머니는 그럿치 안해도 그 아들은 거짓말을 잘 하거나 또는 남의 物件을 훔치기 조하거나 고약한 辱을 함부로 하거나 空然히 아모 까닭업시 동모를 괴롭게 굴거나 더욱 甚해서는 피(血)가 나도록 負傷을 시키거나 또는 까닭업시 적은 動物(버러지나 즘생)—을 죽이기 조하하는 버릇을 가진 어린 사람이 만슴니다.

李定鎬, "兒童劇에 對하야(五)－意義, 起源, 種類, 效果", 『조선일보』, 1927.12.17.

이런 것은 普通 그러한 어린 사람들의 父母나 그럿치 안흐면 그의 祖父母째부터 遺傳해 나려오는 것이라고 解釋하시는 분도 잇스나 그러나 이것은 결단코 그의 父母나 祖父母 째부터 遺傳해 나려오는 것이 아니라 아조 太古쩍 原始時代의 遺傳性으로 보는 게 當然한 일이라고 생각합니다. 그것은 왜 그러냐 하면 그럿케 太古쩍 原始時代 째에는 그럿케 하는 本能과 衝動이 가장 必要하엿기 째문이라고 推測 되는 까닭입니다. 그래서 그럿케 亂暴하고도 殘忍스러운 性格을 곳처 주기 爲해서는 그의 父兄이 그 어린 사람의 하는 버릇과 가티 매를 몹시 째린다던지 쏘는 房속이나 헛간(倉庫) 가튼 곳에다 가두어 두어야 한다고 욱이시는 분도 잇스나 이것은 크게 틀리는 理論이고 정말 가장 有利하게 根本으로 그들의 性格을 곳처 주는 데는 그럿케 매를 째리고 監禁을 시키고 여러 말로 訓誡를 하는 것보다는 그들에게 適合한 兒童劇을 만들어 實地로 實演하는 것이 가장 큰 效果를 낫타내는 것입니다.

가령 例를 들어 말슴하면 고약한 辱을 함부로 하는 어린 사람이라던지 쏘는 弱한 사람을 까닭업시 괴롭게 군다던지 突然히 툭하면 싸홈만 하려고 하는 어린 사람에게는 그럿케 만든 脚本으로 그러한 役을 맛서 하게 하고 쏘 남의 物件을 훔치기 조하하는 어린 사람에게는 훔치는 役을 맛기고 쏘 거짓말을 잘하는 어린 사람에게는 亦是 거짓말을 하는 役을 맛겨 준다면 그들의 性格은 自己 自身도 모르는 동안에 隱然히 스사로 곳쳐지는 것입니다.

"아니 그럿치 안해도 어린 兒孩들이란 活動寫眞만 보아도 그 活動寫眞 속에서 낫분 짓 하는 것을 배워 가지고 고대로 實施하는 못된 兒孩가 만흔대 하물며 그러한 못된 버릇을 演劇으로 미리 練習을 시킨단 말이냐?"고 꾸지람을 하실 분이 게실는지 모르나 그러나 어린 사람의 心理란 발서 거긔서 確實히 所動과 能動의 큰 差異가 生기는 것이올시다. 즉 다시 말하면 活動寫眞 가튼 것을 그냥 눈으로 보기만 하는 까닭에 好奇心이 生기고 그 好奇心을 充足시키기 위해서 그러한 것이 몹시 하고 십허지는 것이지만 萬一 엇더한 形式으로든지 그 하고 십흔 그것을 한번 해 바리면 그쑨으로서 그 好奇心은 充足되고 滿足해 바리는 것입니다.

어린 兒孩들의 行動이란 半分 以上은 거의 無意識的 衝動으로써 하는 까닭에 엇더케 하든지 한번 해 바리기만 하면 발서 그 몹시 하고 십흔 생각이 그만 스사로 업서저 바리는 것입니다.

그리고 이것이 한 演劇인 以上 즉 다시 말하면 한 作亂에 지나지 안는 한 遊戲인 以上—(그 脚本을 만든 사람이 多少 有意만 하고 만들엇다면)—絶對로 아모러한 害가 업는 것입니다.

이 말을 좀 더 쉬웁게 말슴하자면 가령 活動寫眞 가튼 것을 보고 盜賊질을 해 보고 십허 하는 어린 사람이 잇는데 萬一 演劇으로 그 하고 십허 하는 그 盜賊질을 하게 해 바리면 그 盜賊질이라는 것이 얼마나 卑劣한 짓이라는 것을 스사로 깨다러 알게 되는 同時에 盜賊질을 하고 십허 하든 그 好奇心도 演劇으로 한번 해 보앗스닛가 그것쑨으로써 滿足해 바려서 정말 演劇을 하지 안흘 째에는 그 盜賊질을 하고 십흔 생각이 決코 나지 안는다는 것입니다.

그러닛가 勿論 이러한 演劇의 脚本을 쓰는 사람은 반듯이 兒童敎育의 만흔 素養과 經驗이 充分한 사람이면서 쏘 깁흔 硏究가 잇는 사람이 아니면 안 될 것입니다.

이것이 아모리 한 演劇이라고 하드라도 납분 버릇을 조흔 것으로 誤解하도록 한다던지 쏘는 修身敎科書와 가티 아조 露骨로 敎訓하듯이 하여도 안 되는 것입니다.

아조 卑劣한 어린 사람이 잇스면 그 相對로는 아조 高尙한 어린 사람들 …… 쏘 아조 殘忍스러운 어린 사람이 잇스면 그 相對로는 아조 慈悲스러운 어린 사람을 恒常 對照해 보게 해서 그 어린 自身이 隱然中에 스사로 그 行動을 優劣을 自覺하도록 하는 것이 조흘 것입니다.

李定鎬, "兒童劇에 對하야(六) – 意義, 起源, 種類, 効果",
『조선일보』, 1927.12.18.

셋재 어린 사람들에게 兒童劇을 자조 演出시키는 中에 그들은 스사로 分業의 對한 必要를 알게 되고 또 어린 사람 各自의 獨特한 特殊한 才能도 알게 되며 딸아서 또 發揮하게 되는 것입니다.

가령 例를 들어 말슴한다면 지금 어린 사람들을 만히 모와 놋코 兒童劇을 한 가지 實演할 터인데 萬一 어룬들이 도모지 간섭을 하지 말고 全部를 그들에게 맛겨 보십시요. 그들은 勿論 自己네끼리 모혀서 各其 自己네의 才操껏 또는 智能껏 할 것입니다.

내가 直接 關係를 가지고 잇는 까닭에 種種 當해 본 經驗도 잇슬 뿐 아니라 確實히 그럿습니다.

누가 억지로 시키거나 일너 주지 안해도 自己네끼리 죄다 分業的으로 分別해 맛습니다.

"이애 아모개야 너는 그림을 잘 거리지 너는 저 背景의 그림을 좀 맛허서 그려라."

"이애 아모개야 너는 글씨를 잘 쓰지 너는 길거리에 붓칠 廣告紙를 좀 써라."

"이애 아모개야 너는 손 才操가 잇스니 너는 저 道具를 좀 만들어라."

"이애 아모개야 너는 '올-강'을 잘 치니 너는 잇다가 演劇을 할 때 노래의 맛춰서 '올-강'을 쳐주어라."

"이애 아모개야 너는 힘도 튼튼하고 또 친절하니 門과 손님 接待를 맛허 해라."

이러케 必要上 또는 各自의 才操와 長技대로 조하하는 대로 自然히 分業的으로 일을 갈나 맛허서 하게 됩니다.

그래서 이것은 그의 父母나 學校의 先生님들까지도 全然히 아지 못하는 사이에 意外의 才能이 發揮되고 또 늘어 나가는 수가 만습니다.

그러면 그째야 비로소 그 父母나 先生님들이

"올치 이애는 손 才操가 잇구나!"

"올치 이애는 '올-강'을 잘 치는구나."

하고 그들의 才能을 잘 아실 것입니다. 그래 그것을 안 뒤에는 그들의 다 各各 長技대로 그의 才能대로 잘 誘導만 해서 잘 發揮하도록 할 수 잇는 方針도 生길 수 잇슬 것이며 或은 演劇 脚本을 외이(誦)는 동안에 言語의 發音하는 法이나 쏘는 記憶力 乃至 能辯術까지 쏘는 演劇臺本을 만드는 想像力까지 甚至於 背景이나 衣裳을 工夫하는 동안에 그들의 製作力과 發明力을 鍊磨할 수도 잇고 한 걸음 더 나가서 그들의 創造的 本能을 誘發 하고 짤아서 압흐로 잘 發達하는 中에 想像 以外에 多大한 效果를 엇게 되는 것입니다.

李定鎬, "兒童劇에 對하야(七)─意義, 起源, 種類, 效果", 『조선일보』, 1927.12.20.

世上에 남의 어버이 된 사람이 모다 그러타는 것은 아니나 何如間 大槪 는 自己가 하는 일이면 自己가 조타고 생각하는 일이면 絶對로 고집을 세이 는 분이 만습니다.

가령 例를 들어 말슴하면

自己 醫師 노릇을 하면서 醫師가 조타고 생각하면 그 아들의 意思는 如 何하든지 더퍼노코 醫師를 만들려 하고 自己가 實業家이면서 實業이 조타 고 생각하면 그 아들의 意思는 如何하든지 더퍼노코 實業家를 만들려 하며 自己가 萬一 文學者로서 成功하엿스면 그 아들의 意思는 如何하든지 더퍼 노코 文學家이나 敎育家를 만들려는 분이 대단히 만흔 것이 事實입니다.

이것이 얼마나 억지의 짓이면서 우수운 일이겟습닛까?

自己의 아들이라고 반드시 自己의 特殊한 才能을 고대로 닮는다던지 고

대로 遺傳하여야 한다는 싸닭이 어대 잇느냐 말슴입니다.

間或 性格上 그 아버지의 생각과 가튼 아들도 잇기야 잇겟지요. 그러나 의레히 그러케 꼭 닮어야 된다는 法이야 업지 안슴닛가?

다른 나라에도 요前 世紀까지는 그러한 例가 만헛고 特別히 우리 朝鮮에 잇서서는 더욱 이러한 前例가 가장 甚햇든 것도 事實이며 아즉도 그러한 분이 만흔 것을 생각하면 참말 寒心하기 싹이 업습니다.

글세 여러분도 좀 생각해 보십시요. 동그랏케 生긴 구멍(穴)에다 네모 (四角)진 物件을 억지로 집어느라는 말이나 무엇이 다를 것이 잇는가……

이것은 어느 程度까지 그 어버이가 그 아들의 才能을 全然히 아지 못하는 中에서 흔히 生기는 일이겟지요!

그러니 이러한 父母일스록 그 아드님에게 兒童劇을 자조 하도록 하시면 알고 십지 안 해도 自然히 그의 才能을 아시게 될 쑨 아니라 그러케 沒理解한 억지의 짓은 아니 하시리라고 밋습니다.

그리고 兒童劇에 자조 出演하는 어린 사람일스록 自己 特長의 對한 自覺과 自信이 생겨실 것입니다. 그리고 그에 짤어서 敎師로 게신 분이나 쏘는 그 어버이까지라도

"이 兒孩는 藝術家가 되기에 適當한 素質을 가젓구나!"

"이 兒孩는 學者님의 風이 잇고나!" 或은 外交家가 되기에 …… 或은 工業家가 되기에 充分한 才能을 가젓고나! 하고 이럿케 환-하게 잘 아실 수 잇스니 우선 이것만으로도 兒童劇의 效果가 얼마나 큰지를 아시지 안켓슴닛가?

넷재 우리 사람은 社交的 動物이라고 하지요!

그러나 이것은 어룬들의 世上에서는 絶對로 그러치 안습니다.

다시 말하면 어룬들은 體面이라는 거짓 탈을 뒤집어쓰고 自己가 좃케 생각하는 사람이나 실케 생각하는 사람이나 누구를 勿論하고 이 世上을 살어가려닛가 실코 조코 間에 사람을 사괴일 째 억지로 사괴는 境遇가 만흐나 그러나 어린이들만의 世上에서는 到底히 容納할 수 업는 問題입니다.

李定鎬, "兒童劇에 對하야(八) - 意義, 起源, 種類, 効果", 『조선일보』, 1927.12.22.

于先 이것은 좀 問題 밧게 말슴일지 모르나 何如間 實例를 한아 들어 말슴한다면 나는 어룬의 雜誌와 어린이의 雜誌 두 가지를 함께 發行하는 雜誌社의 잇는 關係로 내가 實地로 體驗해 본 이야기를 한아 하겟습니다.

어른의 雜誌는 發行하는 日字의 조금 늦는다던지 內容이 좀 不滿足하다던지 하야 讀者로서 대단히 不快하고 언짜는 境遇가 항용 잇는데 이것은 讀者가 어룬인 만치 體面을 보게 됩니다.

그래서 自己 마음 갓해서는 담박 雜誌社를 辱을 실컨 하고 십지만 어룬이라는 體面을 생각하는 까닭에 辱을 하고 십허도 辱을 하지 못하고 억지로 꿀썩 참습니다.

그러나 어린이의 雜誌는 엇덧습닛가? 이와는 全然히 反對올시다. 發行하는 日字의 좀 느저 보십시요. 당장 편지에 하고 십흔 辱을 실컨 써서 보냄니다. 또 內容이 좀 貧弱하든지 不滿足해 보십시요. 또 당장 辱을 써서 보냄니다. 이러케 어룬과 어린 사람의 態度가 根本으로 다른 그만치 어린 兒孩들을 한곳에 모아 놋코 무슨 일이고 서로 協力하야 해보라고 해 보십시요.

그러나 萬一 그들에게 다른 일을 시키지 말고 兒童劇을 實演해 보라고 해보십시요.

그러면 그들은 한번 듯지도 보지도 못하든 사이이것만 決코 실탄 말이 업시 곳 應諾하고 깃부게 질겁게 하지 안는가!

이것은 有獨 兒童劇뿐 아니라 엇더한 遊戱이던지 自己네들의 하고 십허하는 즉 要求하는 作亂이라면 알고 알지 못하는 사이고 간에 서로 의좃케 잘하는 것입니다.

이럿케 兒童劇은 親不親을 莫論하고 自然히 協力의 조흔 習慣과 精神을 기르는데 큰 訓練을 밧게 될 뿐 아니라 이것이 비록 적은 일 가트나 이

다음 크게 大業을 成就하는데 가장 必要한 基礎가 되는 것입니다.

그리고 어룬들의 世上에서 地位 다툼을 하드키 어린 사람들이 演出하는 이 兒童劇의 世上에서는 絶對로 이러한 납분 버릇이 업스나 甚至於 빌어먹는 乞人 노릇을 하드라도 제各其 달게 깃부게 합니다. 그래서 이들은 비로소 서로 맛흔 그 役에만 熱中하려는 그것에쑌 努力하려는 쬅慣을 갓게됩니다.

"(演藝와 映畵)京城保育學校 兒童劇 公演 - ◇ … 十四日부터
兩日間 朝鮮劇場에서", 『조선일보』, 1927.12.14.[73]

일전 본지에 보도하엿거니와 시내 갑자유치원(甲子幼稚園) 안에 잇는
경성보육학교 아동극연구회(京城保育學校兒童劇研究會) 주최로 그 보육
학교 교사(校舍) 건축비를 엇고자 십사일과 십오일 량일간 시내 인사동
조선극장(仁寺洞 朝鮮劇場)에서 아동극을 공연하리라는데 자세한 것은 알
에와 갓다더라.

演出   柳仁卓
裝置   兪亨穆
選曲   黃溫順

上演할 것은

워-카 作
一. 콩이 삶어질 째(一幕)
아우스렌델 原作
柳仁卓 飜案
二. 날개 돗친 구두(全七幕)

────『梗槪』────

돌쇠는 군밤장사엿다. 집이 간한하기 째문에 돈이 업섯기 째문에 군밤장
사를 고만둘 수도 없섯고 다른 아이들 모양으로 학교에를 갈 수도 업섯다.

---

73 이 글은 연극비평이 아니지만, 경성보육학교의 연극에 대한 비평이 이어지고 있어 아동극
공연의 전후 사정을 살필 수 있도록 하기 위해 수록하였다.

쌀아서 돌쇠의 장끼라고는 욕 잘하고 싸홈 잘하기엿스며 쏘 지내가는 사람 보고 놀니기 동리사람 건드리기가 일수엿다.

돌쇠는 이러한 군밤장사엿스나 그러나…… 돌쇠도 훌륭한 한 사나희엿다. 굿세고 튼튼하고 용맹스럽고 아모것도 무서워하지 안는 무엇에든지 겁을 내지 안는 사나희다.

어느 날 돌쇠는 자긔 동무 간난이라는 쩔쑥바리 계집아이를 위하야 "날개 돗친 구두"를 차지라 길을 써낫섯다. 그것을 신으면 쩔쑥바리가 낫는다는 "행복"의 구두를 차지러…… 삼지사방으로 별별 일을 다 당해 가면서…… 그러나 어듸를 가도 구두에 정말 날개가 돗친 그러한 구두는 업섯다.

그 대신 돌쇠는 이 세상에는 쩔둑바리가 하나둘이 아니란 것을—병신이 하나둘이 아니란 것을 째다랏다. 천 근가티 무겁고 차듸찬 쇠사슬에 매달려서 제 집 속에서 제 몸을 가지고도 마음대로 움직이지를 못하는 사람들이 잇고…… 다리가 멀정하고도 쩔쑥바리 팔이 멀정하고도 곰배파리 눈이 멀정하고도 장님 이러한 병신들이 잇다는 것을 째다럿다.

돌쇠는 군밤장사라도 훌륭한 한 사나희엿다. 이러한 만코만흔 쩔쑥바리를 위하야 눈에 보이지 안는 "날개 돗친 구두"를 차지러…… 행복을 차지러…… 자긔의 길을 용맹스럽게 출발을 한다.

　모든 쩔쑥바리들아 한데 손을 잡어라! 쇠사슬을 발아래 문질너 짓밟고서…… 샛맑안 태양이 써오르는 너의 아츰을 마저라!

누덕이옷 입은 사나희가 일너 준 이 말을 가슴속 깁히 색여 품고서 돌쇠는 길을 써나는 것이다.

그런데 이것은 '아우스렌델'의 原作으로 最近 '쏘벳트 러시아' 第一 兒童劇場에 上演되어 異常의 注意를 喚起한 「코—리카 스루—핀」(一九二四年 러시아 演劇協會 發行)을 飜案한 것이나 이 原作은 매이엘호리드座 舞臺監督 '쌰우스넬'이 말한 바와 가티 —— 이째까지의 兒童劇이라면 單只 녯날이야기 童話를 取扱하엿슴에 不過하엿스나 지금은 兒童劇까지라도 現

代精神이 얼마나 깁히 浸淪되어 잇는가를 이 戱曲으로써 볼 수가 잇고──
또한 쏘벳에트 社會가 兒童의 精神을 엇더한 方面으로 指導하며 잇는가도
엿볼 수 잇는 興味 깁흔 作品이다.

沈熏, "京城保育學校의 兒童劇 公演을 보고(一)", 『조선일보』, 1927.12.16.

때아닌 겨을날에 드설네는 비바람이 바로 무슨의 兆朕이나 보이는 듯한 十四日 저녁 이날은 우리 젊은 女子 同志들의 손으로 朝鮮劇場이 占領되엇습니다.

국직국직한 專門學校 學生들이 前衛隊의 步哨兵가티도 舞臺와 觀衆을 직히고 섯고 舞臺 뒤에는 數十名 女子軍(?)들이 첫 번 開戰을 準備하느라고 非常한 緊張과 興奮한 가운데에 導火線에 불을 질러 놋코 開幕될 瞬間을 기다리며 작은 가슴으로 갓부게 呼吸을 하고 잇습니다. 그 情景이 드려다보이는 듯합니다.

×

········· 朱黃빗 銀幕이 몃 번이나 열니고 닷치는 동안에 二層 맨쏙댁이에 씨어 안젓든 나는 차츰차츰 갓가히 쎌려가서 「날개 도친 구두」가 클라이막쓰를 向하야 劇이 高潮될 쎄에는 나도 모르는 겨를에 아래ㅅ層 舞臺 압까지 쏘처 내려가서 안젓지도 못하고 서 잇지도 못하고 形容할 수 업는 感激에 거의 몸둘 곳을 몰랏습니다.

最後의 犧牲者인 어린 군밤 장사 돌쇠의 戰死한 피 흘닌 屍體 싸늘하게 식어 가는 팔다리를 어루만지며 嗚咽하는 늙은 할머니와 절쑥바리 少女 '로시아 쌍' 장사가 市街戰(?)으로 말미암아 성한 다리 하나가 마저 쩔어진 채 불상한 제 身努[74]를 同情해서 「날개 돗친 구두」(幸福의 象徵)를 차저 주려고 헤매어 다니든 "돌쇠"의 죽엄 압헤 업드러저서 흐덕이며 늣겨 울 쎄 그의 죽엄을 쎠압흐게 同情하는 同志들이 마즈막 불러 주는 '코러쓰'가

    캄캄한 밤을 헤매어다는 가엽슨 무리여

---

74 '身勢'의 오식이다.

이 치운 밤에 어데로 가나?
오오 어대로 가려나!

하고 고요히 그리고 가늘게 썰며 이러날 쌔 舞臺 우로 쮜여 올러가 그들과
가티 노래를 불르고 어린 同志 "돌쇠"의 萬歲를 가티 불러 주고 십헛습니다.
나종에는 어린애처럼 엉엉 울고 십흔 것을 억지로 참고서 남몰래 손手巾을
써내기 참 한두 번이 아니엿습니다.

×

나는 그네들과 조그마한 情實도 업는 第三者요 그네들이 妙齡의 女性들
이라고 好奇心에 쓸녀서 이러케 讚辭를 느러놋는 것이 決코 아닙니다.
演劇이나 映畵 구경 치고는 쌔어노치 안코 다니는 나는 여러 가지 意味
로 이날 밤과 가티 劇場 안에서 가슴속이 썰니도록 感激을 밧고 깃버서
쏘는 슬퍼서 마음으로 울어 본 적이 업섯든 싸닭입니다. 그러타고 그들이
俳優로서의 技藝나 演出만이 훌륭하엿다고 하는 것도 아닙니다.

×

工夫하는 女學生들이 演劇을 한다――좀 神奇한 듯하나 조그마한 單純
한 事實입니다.
쏫도 붓그러워할 젊은 女子들이 서울의 한복판 朝鮮劇場 舞臺 우로 들씈
어 나왓다――엇지 생각하면 怪狀한 現象 갓기도 합니다
그러나 생각해 보십시다. 賢母良妻主義의 판백이 敎育으로 젓가슴이 永
遠히 쏘그러 붓는 줄 알엇든 그들이 더구나 迷妄한 宗敎의 毒液이 骨髓까
지 浸淪된 줄만 녁엿든 敎會學校의 女生들이 大膽하게도 新興藝術의 旗幟
를 들고 舞臺를 밟는다――모든 곰팡 냄새 나는 因襲의 헌 누덕이를 버서
버리고 男性의 압장을 서서 街頭로 나섯다――이것이 現在의 우리에게
잇서서 單純하고 조그만 事實이라고 看過해버릴리게슷닛가?[75] 쏘는 好奇
心으로만 그네들의 努力을 對할 것임닛가?

---

75 '看過해버릴리게슷닛가?'에 '릴'이 불필요하게 더 들어간 오식이다.

적으나마 어둠 속에서 움즉여 나오는 힘!

白晝에 이러나려는 奇蹟! 아 나는 얼마나 이 奇蹟이 나타나기를 오래오래 苦待하고 잇섯는지요(계속)

沈熏, "京城保育學校의 兒童劇 公演을 보고(二)", 『조선일보』, 1927.12.18.

批評이라느니보다는 그날 밤의 所感을 二三回로 나노하 적어 보려 할 즈음에 第二日을 보고 돌아온 畏友 巴人이 中間에 뛰어들어서 「날개 돗친 구두」의 原作의 價値와 作品의 內容 紹介며 作者의 精神 演出에 일르러서까지 遺憾업시 例의 雄筆을 휘두르고 끗흐로는 再公演을 熱烈히 要求해서[76] 내가 하려든 말삼까지 해 버렷스니 나는 더 길게 느러놀 말슴이 업게 되엇슴니다만은 이왕 붓을 든 김이니 演出 其他에 關해서 몃 마듸 적어 볼가 합니다.

첫재 夢幻劇이나 哀傷的인 宗敎劇이나 稚拙한 兒童劇이 山積하것만 그것을 다 거더치워 버리고 特殊한 處地에 呻吟하고 잇는 우리 民家에게 '코리카, 스투핀'을 選定해서 將來할 劇界의 조흔 傾向을 가르처 준 演出者에게 好意를 表합이다. 쌀아서 그의 손으로 된 脚本 飜案도 훌륭하엿슴니다. 難澁한 外國의 戱曲을 아조 平異한 純全한 朝鮮 말로 消化시켜 놋키가 거의 創作에 갓가운 힘이 들엇슬 것입니다. 더구나 暗示와 諷刺로 始終한 쎄리프의 한마듸 한마듸가 여간 洗練이 잘되지 안헛슴니다.

  ×

出演한 분 中에는 老婆 영순 할머니의 役을 마터 한 金仁愛 孃이 자못

---

76 김동환(金東煥)의 「(演藝와 映畵)稀有의 名演劇을 多數 民衆아 보라!—再公演을 要求함」(『조선일보』, 27.12.17)을 가리킨다. '巴人'은 김동환의 필명이다.

그中의 白眉엿다고 보앗습니다. 扮裝도 조하거니와 힘잇는 劇白과 빈틈업는 動作 무엇보다도 그에게는 熱이 잇섯습니다. 職業 俳優로도 그만한 演技를 싸르지 못할가 합니다.

굼밤장사 돌쇠의 役으로 崔淑姬 孃을 쎄여노코 그만한 敵役을 女性 中에는 차저내지 못할 것이요 無智한 군밤장사의 動作이나 性格을 들어내려고 無盡히 애를 쓴 痕迹이 歷歷히 보혀스나 初舞臺가 되어 그러한지 아즉 '스테지'에 발이 붓지를 못한 것이 遺憾이엿지만 그가 先天으로 女性이매 꼭 男子와 가태 달라는 注文은 無理할 것입니다.

구두방 主人의 안해(黃쓰라 孃 扮)와 로시아 쌍장사(尹文玉 扮)도 매우 素質이 豊富한 분이엿고 구두방 主人과 약장사와 여러 가지 役을 한 몸으로 마타 한 분은(金善姬 孃 扮)과 타이프가 훌륭이 그 役이 適合하고 線이 굴거서 '코메데이안'으로는 조켓스나 臺辭에 사토리가 석긴 것과 動作이 조금 지나처 誇張된 것 갓습듸다.

그리고 오좀을 채 누지도 못하고 붓잡혀 갓친 싀골 영감쟁이도 대단히 滋味잇든 人物(劇中의 人物을 가르침)이엿고 그 밧게 助演한 분들도 無雜히 해 넝겻습니다. 그러나 巡査가 바보어든 좀 더 바보가 되고 말이 分明하엿드면 人夫 監督이 좀 더 獰猛한 動物과 가태 해드면…….

그리고 한 가지 遺憾은 누덕이 옷 입은 사나희는 이 戱曲 中에 가장 重要한 役의 態度를 印象 밧지 못함은 큰 遺憾이라고 아니할 수 업습니다.

　　　×

또 한 가지는 俳優들이 扮裝에 對한 注意가 적어서 全體의 效果가 薄弱해진 것을 보앗습니다.

　　　×

兪亨穆 氏의 裝置는 大體로 純朴한 가운데에 沈鬱한 氣分이 나타나고 헛되히 華奢한 場面을 보히려고 하지 안혼 것이 조핫스며 아모 設備가 업는 곳에서 그만한 새로운 試驗을 하기가 여간 어려울 것이 아닐 것입니다.

照明도 그 우에 더할 수 업섯겟고 舞臺 效果도 周倒하엿다 하겟습니다.

　　　×

숏트로 가장 어려운 일을 한 몸을 統括하고 우리 民衆이 渴望하는 意義 잇는 조흔 演劇을 보혀 준 新進 演出者 柳仁卓 氏의 努力을 거듭 感謝하는 同時에 出演한 여러분은 勿論이어니와 숨어서 만흔 힘을 도아주신 保育學校 職員 여러분께도 一觀客으로서 致합니다. 압흐로도 더 훌륭한 藝術家들이 당신네의 '그릅프' 속에서 나와줍시요. 그리고 조흔 演劇을 演出하서서 우리에게 나아갈 길을 啓示해 주시기를 懇切히 바라며 마즈막으로 「날개 돗친 구두」의 劇中의 劇白 한 句節을 여러분과 함께 소리처 외워봅시다.

    ×

모든 절쑥바리들아 손을 잡어라. 쇠사슬을 발알래에 문질러 짓밟고서 샛밝간 太陽이 써오르는 너의 아츰을 마저라!

(二七. 一二. 一六日)

洪銀星, "「少年雜誌送年號」總評(一)", 『조선일보』, 1927.12.16.

朝鮮의 少年運動은 自然成長期로부터 目的意識期——이 目的意識이라 함은 〈朝鮮少年聯合會〉의 創立과 아울러 그의 綱領을 貫徹하는 組織的 運動을 이름이다——에 드러가고 잇다. 이에 딸아서 少年運動의 表現機關으로 되어야 할 少年雜誌가 幾個 經營者의 私利 坻는 大勢의 蒙昧한 執筆의 글을 그대로 실는다. 그것을 警戒하기 爲하야는 이러한 評을 쓰지 안흘 수 업다. 坻 더 나아가서는 妄論 忘評을 防止하기 爲하야는 大膽히 評의 붓을 들지 안흘 수 업다. 그러나 決코 이 評이 여러 讀者나 坻는 執筆者의 意志에 맛도록 되라는 法은 업스니까 이 評에 對하야 잘못이 잇다고 論戰을 건다든지 直接 말하는 분에게 對하야는 그 理論——缺點에 對하야——首肯할 만한 일이면 快快히 同志들 압헤 머리를 숙일 것이오. 그러치 안흐면 씃까지 싸홀 것이다. 너무 군말가티 되엇지만 나의 立場으로는 이런 말을 아니할 수 업는 것을 알어주기 바란다. 자 그러면 少年雜誌 十二月號의 評으로 드러가자.

『무궁화』

◀ 小星[77] 氏의 「두 고개를 넘으면서」의 內容은 『무궁화』라는 잡지의 險한 世上을 거러왓고 坻 한 해를 넘게 되엇다는 悲痛한 哀訴다. 이것이 組合主義다. 왜? 『무궁화』만이 이 悲痛한 險한 길을 걸어왓드냐. 朝鮮少年運動이 全體로 이 沈痛한 險한 길을 걸어왓다는 것을 알어야 한다. 만약에 이 길을 우리 少年運動의 두 고개를 넘으면서 하면 더욱 조핫슬 것이다. 이것은 經營者의 讀者에 對한 哀訴가티 되지 안헛는가. 더욱이 오날 朝鮮 少年運動이 集中的 坻는 總體的으로 일하는 이 자리에 이런 말이 될 말이냐. 그러나 이러한 소리 한 것도 이 잡지에 뿐이다. 참다운 〈朝鮮少年聯合會〉의 表現機關이 되엇스면 한다.

---

77 '小星'은 윤소성(尹小星)이다.

◀ 靑谷[78] 氏의 「무궁화는 엇써케 發展할 것인가」이것도 우혜 것과 大同小異한 內容이다. 이 속에 조흔 말은 "世界平和를 朝鮮的으로"라고 한 말은 처음 보는 傑作의 소리다. 그러나 이것에 對하야도 "무궁화는 엇써케 發展할 것인가" 하엿드라면 조핫슬 것 갓다. 이곳에 하고 십흔 말도 먼저 小星 氏에게 말한 말을 쏘 하고 십다. 우리는 組合主義的 '이데오로기-'를 揚棄하고 少年運動 全體를 標準으로 한 集團意識을 高調하지 안흐면 아니 된다.

◀ 「朝鮮歷史講座」는 筆者의 變名으로 發表한 것인 바 內容은 古代 朝鮮을 쓴 것 ──檀君 箕子 衛滿으로 너무 尊敬詞를 만히 하는 것가티 늣겨지며 쏘한 그前 『어린 벗』[79]의 실엇든 것임을 말한다. 이것은 文籍에 잇는 것을 우리 글로 譯할 뿐이다. 筆者로서는 이러케 써 내려가면 너무 오래 될 것을 근심한다. 여긔 對하야는 어느 다른 분이 評해 주섯스면 한다.

洪銀星, "「少年雜誌送年號」總評(二)", 『조선일보』, 1927.12.17.

◀ 李璿林 氏의 少年小說 「福男의 決心」은 小說 되기는 어렵고 쏘한 體도 童話體이다. 그러나 그 內容은 取한다. 그 內容은 "공장에 단이는 福男이라는 어린이가 기름 냄새 몹시 나고 납(鉛) 냄새가 몹시 나는 공장의를 每日 出動을 잘하건만 月給을 잘 아니 주어서 집안에 늙은 부모와 어린 동생의 對하야 걱정하고 이 세상을 咀呪하든 긋혜 무엇을 하려고 하는 것이다." 그러나 한 가지 遺憾인 것은 무엇을 하려고 쏘는 무엇 하엿는지가 疑問이 될 만큼 以下 全文削除란 무서운 處刑을 당하엿다. 內容만은 조타. 그러나 文勢가 조금 썩썩하다. 만히 쓰기를 願한다.

---

78 '靑谷'은 최규선(崔奎善)의 필명이다.
79 연성흠(延星欽) 주간으로 1924년 6월 창간호를 발행한 소년소녀잡지이다.

◀ 梟眼子 氏의 「農村과 都會와 겨을」이야말로 沈痛한 內容이니 그 一節을 빌어오면 "농촌에 가보자 풍년은 풍년이다. 어대를 가든지 년사가 잘못되엇서 하는 곳은 업슬 것이다. 그러나 그들은 쏘한 전과 가티 운다. 그의 눈방울에는 피 석긴 진주 방울이 경쟁덕으로 쏘다저 나온다. 디주(地主)는 더 차지한다. 경제는 폭락이요 물가는 고등하니 그들은 엇지할 것이냐" 하는 것이 잇다. 그의 思想을 나는 사랑한다. 이것도 以下 全文削除라는 法網에 걸엿다. 될 수 잇스면 感想하고 童話이든지 少年小說에도 이러한 것이 나왓스면 한다. 文章도 洗練되엇다. 힘쓰면 잘 쓸 줄도 밋는다.

◀ 尹小星 氏의 「朝鮮의 革命家 崔水雲 先生」은 너무 쌜벗다. 아무리 紹介라고 하드라도 엇더케 槪念만 써서는 滋味업다. 그리고 一種 宣傳하는 듯한 氣分이 잇서 不快를 感하게 한다.

◀ 盧福垿 氏의 「겨울을 압두고」의 內容은 "자긔의 體驗으로 鐘路 모퉁이에서 아홉 살이나 될낙말낙한 少年거지를 보고 자기 處地와 그의 處地와 朝鮮 首府 京城에 이러한 것이 잇슬 적에 싀골 農村은 엇더랴 한 卽感된 쓸아림을 쓴 것이다." 그 뜻만은 가상하다고박게 할 수 업다. 그것은 너무나 朝鮮의 悲慘한 境地만을 感激의 눈물 悲痛의 눈물로 울기만 하엿지 우리는 엇더케 하여야 살겟다는 것을 말치 안헛다. 이것이 다만 곱게 자라난 사람의 感想이기 째문이다. 그리하야 그의 小市民性을 엿볼 수 잇는 것이다. 좀 더 나도 저러케 되겟지 우리는 엇더엇더하기야겟다는[80] 말을 아니 써는가 한다. 이런 것은 그 뜻을 가상하다고박게 評해 줄 수 업다.

◀ 筆者의 「文盲과 敎養」은 글자 그대로 文盲과 敎養의 對하야 이약기한 것이다. 그러나 文勢가 썩썩하고 너무 非組織的인 것을 말함이다.

◀ 南千石 氏 「내가 본 무궁화」는 過度한 稱讚이며 이것 역시 組合主義的으로 흘넛다. "무궁화를 위함은 조선사회의 절대 책임이다" 하엿스니 그래 『무궁화』가 少年運動 全體를 代表한다는 것인가. 만약에 "少年運動을 위함은 社會이 絶對 責任이다" 하는 것이 훨신 나하슬 것이다.

---

80 '엇더엇더하여야겟다는'의 오식으로 보인다.

◀ 高長煥 氏의 「짠누다-크」의 內容은 "짠싹이라는 童貞女가 後園에서 啓示 밧는 것을 劇으로 表現한 것이다." 그러나 劇的效果를 내기에는 千里 萬里로 들엿고 또한 섯투른 솜씨의 重譯이다. '짠싹'을 '짠누다-크'라고 한 日文을 고대로 譯하엿다. 高 氏에게 對하야 이러한 作品은 좀 더 考慮하야 써 주기 바란다. 別로히 큰 失數는 아니나 對話의 不調和와 登場人物의 模湖 이러한 것으로 因하야 읽키는 對話로도 成功치 못한 것이다.

다시 이 『무궁화』 全體를 들어 말하겟다. '페-지' 적은 것이 이 雜誌의 遜色인 것은 平凡人이 보드래도 알 것이나 조금 더 編輯 排列에 注意해스면 조켓다. 적은 '페-지'를 가지고도 좀 더 나을 수가 잇다. 이곳은 紙面關係로 고만 쓰겟다.

洪銀星, "「少年雜誌送年號」 總評(三)", 『조선일보』, 1927. 12. 20.

『아희생활』

◀ 「정묘년을 보내면서」는 漠然한 글이다. 그저 잘되자는 漠然한 글이다. 紙面에 關係도 잇지마는 實質的 아무 소리도 업시 "토기해이라더니 쌍충쌍충 빨니도 감니다"라는 무슨 점잔치 안흔 소리일가. 적어도 卷頭言이라는 것을 알어야지오. 이것은 甚하다고 할는지 몰으지마는 文字 羅列의 지나지 안는 卷頭言이다. 삼가 쓰기를 바란다. 鄭重히 쓰기를 바란다.

◀ 鄭炳淳 氏의 「朝鮮史槪觀」은 쓰노라고 애쓴 것은 안다. 浩繁한 歷史를 적어도 四十年史를 한 二三頁식 써서 十三回에 쓰기는 어려운 일이다. 그와 쌀아서 마치 "무당 푸닥거리" 하듯 몰아첫다. 多少 誤植과 잘못이 잇다. 그러나 한 가지 謹愼하여야 할 것은 "철종(哲宗)의 다음은 홍선군(興宣君)(英祖의 玄孫)의 둘재아들 리희(李熙)가 임군이 되엇는데 뒷날에 대한 광무황데(大韓光武皇帝)가 되엿슴니다" 한 말은 큰 失數다. 어린 사람에게는 "되엇슴니다" 하는 소리를 쓰고 멧 해까지도 우리가 그 밋헤 臣子 노릇을

하든 어룬의 諱字를 아무 것침업시 쓴다는 것이 너무나 어린이로 하야금 ×國에 對한 愛着을 이저버리게 할 것이다. 또 몰으겟다. 달은 임군은 묘호 (廟號)를 썻스니까 그러나 굿대여 大皇帝에 일르러서는 諱字를 그대로 쓰니 筆者는 이다음 謹愼할 必要가 잇다. 그리고 글에 낫타난 사람에 일홈에 잇서서는 누구 일홈을 그대로 쓰고 누구는 堂號만을 쓰는 그 心事를 뭇고 십다. 알겟다. 筆者의 崇拜하는 사람이란 것을!

그러나 堂號만을 쓰거든 弧號를 치고 일홈을 써야 알어먹지 안는가. 다시금 달은 雜誌에 좀더 徹底히 嚴正한 붓을 들엇스면 한다. "무당 푸닥거리"는 하지 말고 그리고 粗雜하게 느러놋치도 말고 썻스면 한다. 鄭 氏에게 한 말 하고자 하는 것은 좀 더 愼重히 하라는 말이다.

◀ 朴仁寬 氏의 「배우자!」는 너무나 英雄主義로 씨는데 갓갑도록 썻다. 또한 神經質的으로 너무 몰아처서 이러한 말이 잇다. "… 배운 사람은 가슴통을 내밀고 다니고 못 배운 사람은 머리를 숙이고 단임니다 …" 이러한 소리는 너무나 感情에 흐른다. 배운다는 것을 鼓吹하는 것마는 조타. 그러나 글 쓸 대 그 主題에 맛치기 爲하야 感情的으로 흐르면 못쓴다.

◀ 김태영 氏의 童謠 「野菊」은 잘 썻다. 童謠보담도 童詩라는 편이 나흘 것 갓다.

　　　밝안꼿 색시님은머리숙이고
　　　파랑치마우에서 졸고잇다오

이 꼿 節이야말로 아름다운 童詩가 아니고 무엇일가. 이러한 것을 만히 쓰기를 勸告하고 십지는 안타. 그것은 너무 情緖에 흐르는 까닭이다. 同氏의 노래 「감(柿)」도 조타. 깨끗한 表現이다. 노래를 불으기에는 조금 거북할 것 갓다.

◀ 鄭仁果 氏의 「왕궁을 지은 대담한 청년」의 今回 內容은 "목수가 공주를 안악 삼고 돌아오게 되엇는데 왕이 공주 쎄긴 것이 분해서 병덩을 보내여 追擊하게 한다. 그럴 째에 전에 목수가 해 노흔 호랑이 여호 말이 병덩들

에게 풀리게 되어 목수를 잡으러 갓다가 목수가 태연히 잇는 것을 보고 다라나오는 것이다. 그리하야 목수는 공주와 잘 지냇다"는 이야기다. 前回 보담은 滋味가 잇섯고 그럴듯하며 修辭도 것칠지 안타. 그러나 좀 더 쎼가 잇는 童話가 만히 잇슬 줄로 생각한다.

洪銀星, "「少年雜誌送年號」總評(四)", 『조선일보』, 1927.12.22.

◀ 金台英 氏의 童謠 硏究 「童謠作法」은 지난번에는 풋내가 나는 이야기를 하얏드니 지금은 조금 더 나가 詩作法(서투룬)을 쓴 것가티 되엇다. 조금 '레-벨'을 낫추면 마질 줄노 안다. 지난번보다 훨신 힘드려 硏究한 形跡이 보인다. 만히 힘쓰기를 願한다.

◀ 李成洛 氏의 少年哀話 「順男의 죽엄」의 內容은 "어머니 일흔 順男이가 홀아버지의 품에 자라면서 學校를 단이여서 成績 조흔 아희로 일홈이 낫다. 그리고 부자집 아들 신복이라는 동무를 사괴여 親하게 지냇다. 그런데 어느 눈 오는 날 順男이는 學校를 가서 신복에게 쇠(鐵)鉛筆 五十錢짜리를 거저 어더 가지고 오다가 넘우나 눈이 와서 싸혀서 그 속에서 얼어 죽는 것이다. 그리고 이듬해 그의 동무 신복이가 그의 동무를 생각하야 우는 것이다." 참 잘된 內容이다. 눈물겨운 作品이다. 쏘한 農村 가난한 집 少年으로서 五十錢짜리 鉛筆을 어덧슬 째 얼마나 깁버스랴. 近來 드문 創作이다. 더욱이 신복이와 順男의 義 잇는 場面은 잘 썻다. 修飾이나 描寫는 좀 거치른 것이 잇스나 '스토리'가 좃타. '안더슨'의 「석냥파리 處女」만 하다고 할 수 잇다. 그의 前途를 빈다.

◀ 金昌俊 氏의 少年美談 「샙프로의 十字架」는 繼續讀物로서 아즉 알 수 업스나 이 분에 筆法은 넘우 거칠다. 描寫나 修飾이 不統一된 곳이 만타. 內容에 잇서서는 씃막을 째 이야기하겟다.

◀ 田榮澤 氏의 聖劇 「입다의 딸」은 劇으로 效果를 내기에는 넘우 짧다.

더구나 三幕이라는 것이 六頁박게 안 된다. 그러케 '세레프'[81]가 적고서야 劇으로는 벌서 틀엿다. 그저 對話라는 것이 조흘 것 갓다. 聖劇이라고도 할 수 업다.

◀ 高長煥 氏의 「썰리버 旅行記」는 그전 六堂 崔南善 氏의 손으로 번역 된 것[82]도 보앗지만 이번 것이 오히려 그전 것보다 낫다고 할 수 잇다. 文體 가 時體이고 쏘한 洗練된 맛이 잇다.

◀ 崔相鉉 氏의 「세계에 유명한 사람들」은 이번은 英國의 「아스 퀴드」 이야기이다. 너무 英雄主義을 宣傳하는 것 갓태서 不快하다. 文章은 洗練 되고 글도 滋味업지는 안타. 그러나 英雄主義 高調마는 말엇스면 한다.

◀ 「크리쓰마스 祝賀大會」와 「西北地方 童話 巡訪記」는 評할 性質이 못 되어 그만둔다. 讀者文壇은 잘 째엿다. 『아희생활』도 우리 少年運動의 한 도움이니만치 넘우 宗敎的 色彩를 띄우지 말엇스면 한다. 우리는 모든 힘을 集團的 單一的으로 合하기를 爲하야는 勞働少年 農村少年 宗敎少年 모든 少年大衆으로 하야 〈朝鮮少年聯合會〉로 結成 集中되지 안흐면 안 된 다. 우리의 運動으로 보아 決코 宗敎團體라고 排斥하야서는 안 된다. 우리 는 다 가튼 괴로움을 밧는다. 그 程度에 差異는 잇슬지언정 모든 힘은 〈朝鮮 少年聯合會〉 큰! 넘우 말이 脫線이 되엇다.

洪銀星, "「少年雜誌送年號」總評(五)", 『조선일보』, 1927.12.23.[83]

---

81 일본어 '세리후(せりふ[台詞])'로 연극의 대사(臺詞)라는 뜻이다.

82 신문관편수국(新文舘編修局)의 『썰늬버유람긔(葛利寶遊覽記)』(新文舘, 1909)를 가리키 는 것으로 보인다.

83 조선일보사에 문의해 본 바, 5회 분이 수록되엇을 것으로 보이는 3면과 4면이 부재함을 확인하였다.

金東煥, "(演藝와 映畵)稀有의 名演劇을 多數 民衆아 보라!-再公演을 要求함", 『조선일보』, 1927.12.17.

方今 朝鮮 全 民衆 압해는 古今 未曾有의 絕對한 價値를 가진 名演劇이 公開되어 잇스니 그는 市內 朝鮮劇場에서 兒童硏究會의 손으로 上演되고 잇는 「날개 돗친 구두」라. 年前 露都 莫斯科[84]의 國立劇場에서 公演되어 그 나라 數百萬 少國民에게 非常한 公憤과 激動을 喚起하엿다느니만치 實로 이 一場의 演劇은 모든 大衆 그 중에도 ××大衆이나 ×××族의 感性에 作用하는 힘이 크다. 實로 今次의 公演으로 朝鮮은 過去의 演劇史를 抹消하고 새 進路를 發見하엿다 할 것이며 우리네도 볼 수 잇섯든 國內外의 엇든 演劇보다도 가장 優秀한 것을 가짐에 이르럿다는 斷言을 할 勇氣를 가진 것이라 가질 쓴만 아니라 今次의 演劇公演으로 朝鮮 文明史上의 엇든 重大한 契機를 지엇다 할 것이다.

作者 '아우스렌델' 氏는 엇더케나 한 개의 現社會가 構成되어 잇고 그 社會가 엇든 길을 걸을 때에 엇더한 必然的 飛躍을 果敢히 하여야 한다는 것을 極히 暗示的으로 高調하여 노하서 觀衆의 氣魄을 燃燒시켜 마지안헛다. 簡單하게 梗槪를 들면 어느 特殊群의 代名詞인 쩔둑발이 하나가 나온다. 그는 現社會의 最低層에서 生息하는 군밤장사 卽 不具와 勞働을 兼한 者이다. 그를 中心으로 各場마다 乞人群과 少年 勞働者들이 나와 社會× 째문에 얼마나 즛밟피고 잇는가를 눈물 나게 印象的 煽情的으로 그리어 잇는데 이 속에서 눌니우는 者의 全 意思를 代表한 그도 亦是 쩔둑발이인 少女 하나가 幸福의 象徵物인 「날개 돗친 구두」를 求하려 쩌난다. 그 幸福이라야 極히 單純한 "남과 갓치 사는 자유"를 엇자는 그것쓴이엇다. 이리하야 여러 層折의 場面을 지나 空想的 神秘的인 이 「날개 돗친 구두」를 渴求

---

84 '莫斯科'는 모스크바(Moscow)의 음역어이다. 따라서 '露都 莫斯科'는 "러시아의 수도 모스크바"란 뜻이다.

하다가 結局 「날개 돗친 구두」는 天涯地角의 엇든 곳에 잇는 것이 아니라 제 가슴마다 가지고 잇는 것이니 그것은 卽 無能力者의 쩔둑발이라도 千이고 萬이고 모히면 能히 「날개 돗친 구두」를 신은 것가티 勇氣를 어더 ××를 어들 수 잇다는 것이다. 卽 全篇에서 "團結하여라! 그러면 ××는 네것이다" 하는 偉大한 命題 하나를 깨닷게 한다. 實際 運動에 잇서 무에 加無하고 쏘 加無하면 無가 나온다는 것은 觀念論者의 譫語이고 無라도 百이고 千이고 加하면 有가, 値數가 나온다는 것을 證明하여 주엇다. 더구나 幸福은 超現實的 條件이 가저오는 것이 아니라 現實에서 생기는 것인 것을 分明히 보혀 주엇다. 正히 우리네가 바라든 哲理가 아니엇든가.

쏘 作劇의 手法에 이르러도 各種 社會面을 '쓰라마'식으로 印象的으로 보혀 주엇고 被壓迫群과 壓迫群을 對比的으로 보혀 주어 權力과 富의 正體까지 象徵的으로 잘 表示하엿스며 對話의 急迫 動作의 機智的임과 유모어 及 諷刺에 富한 點이 演劇이 줄 수 잇는 最大의 效能을 다 주엇다 할 것이다.

演出에 잇서서도 配役의 適合 쎄리푸의 流暢 誇張이나 虛飾이 업는 動作 光線과 音響의 適切한 利用 裝置의 純朴함 이 모든 것이 우리들 演劇史上에 最高位를 占領하게 잘되엇섯다.

이에 우리들은 "進取的 民衆이 보아야 할 演劇은 오늘까지 이 「날개 도친 구두」가 잇섯슬 쑨"이라는 것을 公言한다.

實로 이것은 兒童劇이 아니라 가장 廣義에서 民衆劇이라 할 것이다.

그런데 不幸히 이 絶對의 價値를 가진 이 演劇이 二日間의 公演만으로 끗을 막엇다 하니 實로 哀惜한 일이다. 우리들은 正히 民衆의 名으로 쏘 全 市民의 名으로 再公演을 切切히 要求하여야 可할 것이니 上演費用이 問題라면 우리는 한두 달 新聞購讀을 中止하고 이를 支持하기에 資金을 줄 것이라 新聞購讀보다 數倍의 利効가 잇는 것이며 쏘 우리들은 三旬九食을 할지라도 이 公演 諸氏의 生活을 負擔하여야 可할지니 千萬名의 生命을 爲하는 그네의 事業을 앗기는 까닭이다. 그래서 都市에서 邊鄙한 農村工場 漁場에서 엇든 層群의 人士라도 모다 볼 수 잇게 이 演劇을 數百回의 公演이 잇도록 하여야 할 것이다. 實로 이 演劇만을 全 民衆이 絶對 支持한

義務를 늣기기를 바라는 바이며 쯔트로 나는 原作도 못 보앗고 쪼 公演
中 마즈막 날에 겨우 席末에 안저 보고서 너무도 感激을 밧엇기 卽席에서
演劇 再開를 主演 側에 要求하는 同時에 한편으로 民衆의 絶對 支持를
勸하는 이 글을 草하는 所以노라.   一二. 一五 子正

崔奎善, "序", 高長煥 篇, 『世界少年文學集』, 博文書舘, 1927.12.

우리 朝鮮少年運動도 客觀的 情勢에 迫해서 그 모든 것을 克服하고 새로운 見地에서 運動을 展開할 絶對 必然에 當面하엿다.

따라서 그 文化運動도 少年運動 情勢을 쩌나 單獨的 行動을 否認한다.

過去는 一切 否認! 그리고 少年生活을 土臺로 그 文化運動을 展開할 過程에 잇서 가장 밋고 가장 굿세인 同志! 高長煥 동무의 『世界少年文學集』은 오르지 旣成 少年文藝로부터 脫出하려는 第一號의 布告일 것이다.

少年文藝라고 決코 趣味에 끗치는 것은 안이다.

"어린이는 세상의 희망의 꽃이며 싹이다! 어린이를 爲함은 사회의 절대 책임이다" 레닌— 우리는 끗가지 少年運動 陣營 內에서 少年文藝運動을 展開할 것으로 天下에 宣言함을 마지안는다. 가튼 同志! 高長煥 동무의 『世界少年文學集』은 朝鮮의 少年으로써는 반다시 닑어야 할 것을 이에 말하야 둔다.

一九二七年 十一月 十一日
朝鮮少年文藝聯盟
崔　奎　善

金泰午, "어린 동모들에게", 高長煥 篇, 『世界少年文學集』, 博文書舘, 1927.12.

平和롭고 自由로운 죄 업고 허물업는 한울 나라 그것은 우리의 어린이나라입니다. 새와 가티 꼿과 가티 앵도 가튼 어린 입설로 天眞爛漫하게 부르는 소리 고대로가 自然의 소리이며 고대로가 한울의 소리입니다. 비닭이와 가티 토끼와 갓치 부드러운 머리를 바람에 날이면서 노래하며 뛰는 모양

그야말로 고대로가 自然의 姿態이오 한울의 그림자입니다.

　그러나 모─든 것이 흔어지고 쓰러저 업서진 빈터에서 오히려 쏘 눌리고 짓밟히고 잇는 그윽히 不祥한 倍達의 어린 靈들에게 죽음이라도 더 새로운 깃븜과 긔운을 주어 밝은 빗츨 가저다 주고 새로운 生命을 길러 주자─ 엇더케 하련가. 제[85] 싹 돗기 始作하는 朝鮮의 少年運動에 새로운 糧食거리가 되고 充實한 부림꾼이 되야 우리의 少年運動을 한 금이라도 놉히 올려 가는데 도음이 잇슬가? 하는 信念 아래서 어린이들의 慰勞와 希望을 도으며 童謠의 本旨를 徹底히 하고자 이에 만흔 뜻을 가진 나의 가장 밋고 제일 사랑하는 同志 高長煥 동무가 오랜 歲月과 만흔 努力의 結晶으로 그윽한 童心의 發露로 自然한 感激에서 울어나오는 特別히 우리 어린 少年少女에게 업지 못할 純情한 詩이오 어린이 生活에 精神的 糧食의 藝術인 朝鮮서 처음 보게 아름다운 『世界少年文學集』(노래의 세상)이 새로히 發刊되니 나는 두 손을 밧드러 感謝와 깃븜으로써 마지합이다. 게다가 世界名作으로만 추리고 쏩아서 子守歌까지 실니게 됨은 비단 우에 꼿을 더한 것입니다.

　끗흐로 이처럼 意味 깁고 쓰거운 精誠으로 된 다시 업는 이 아름다운 "선물"이 여러분의 짜뜻한 품에 안킬 째 거긔에 깨끗한 靈의 새싹이 곱게 곱게 도들 줄 밋고 나는 이 책을 내가 짜은 것이나 다름이 업시 少年少女 여러분쎄 장담코 널이 권하고 십습니다.

丁卯年　末(光州에서)

朝鮮童謠研究會

金　泰　午

洪曉民, "序", 高長煥 篇, 『世界少年文學集』, 博文書館, 1927.12.

　내가 高長煥 동무의 『世界少年文學集』을 보기는, 偶然한 機會에 보앗

---

[85] '이제'에서 '이'가 탈락한 오식으로 보인다.

섯다.

그째 나는 놀나지 안흘 수 업섯다. "그의 나이 二十이 못 찬 오늘에, 이와 가튼 冊을 編輯하야 내다니?" 하는 것이 나의 直感이엇섯다. 그러나 그가 이것을 編輯하기에 얼마나 苦心햇슬가 생각할 째에, 그의 손을 악수하지 안을 수 업섯다. 나는 快快히 말하야 마지안는다.

이것은 "朝鮮 少年에게 安心하고 넑힐 수 잇는 글!"이라고.

열네 살에 "쌔이론은 멀이 갓구나!" 하고 돌에다 삭이든 英國 桂冠詩人 '테니슨'의 才操만 하다고 하겟다(?)

나의 조금 過한 付托을 저바리지 말고 압흐로 더욱 少年에 對한 조흔 冊을 만히 ⌒ 내어 놋키를 힘써 바라나이다.

一九二七年 十一月 十日

朝鮮푸로레타리아藝術同盟

洪　曉　民

丁洪教, "序", 高長煥 篇, 『世界少年文學集』, 博文書舘, 1927.12.

『世界少年文學集?』

얼마나 아름다웁니까?

이 아름다움 속에는 가진 努力과 쌈이 줄줄 흐르고 잇겟습니다.

그리고 만흔 藝術이 덥혀 잇습니다.

그 藝術 속에는 精神의 糧과 生命의 싹이 파릇⌒ 소사 잇습니다.

―十一字 削除― 굶주린 白衣少年으로써는 이 藝術을 밧아먹어야 할 것입니다.

希望 만흔 朝鮮少年들에게 꼿이 열엿습니다. 마음대로 짜서 보십시오.

　　　　×

五六年 前브터 實際 少年運動線上에 나슨 가튼 鬪士 高長煥 동무의 結晶

『世界少年文學集』! 文化戰線의 그의 最初 冊子- 나는 더 다시 두말할 것 업시 피와 눈물 잇는 朝鮮 少年 동모들에게 한 권식 가즈시기를 힘쩟 勸告하고 십습니다.

부등켜 안아 주십쇼-

一九二七年 -겨을-

朝鮮少年聯合會 丁 洪 敎

高長煥, "머리말", 高長煥 篇, 『世界少年文學集』, 博文書舘, 1927.12.

어린이는 家庭의 싹이오 社會의 순이오 人類의 遠大이다. 그들은 人生의 쏫이오 希望이오 그리고 깁븜이다.

그들노 因하야 우리의 社會가 繼承되고 進步되고 發展되는 것이다.

그들을 自由롭게 하고 깁브게 하고 깨끗하게 純潔하게 하고 正直하고 誠實하게 참스럽게 튼튼하게 웅성굿게 하여야만 할 것이다.

　　　　　　　　　　　　　　　　　　　　　　　　-『朝鮮日報』-

　　　　　×　　　　　　×

從來의 朝鮮 少年은 그 家庭에 잇서서나 社會에 잇서서나 아모러한 地位도 認定되지 못하얏다.

그들의 人格은 蹂躪되고 情緒는 枯渴되고 總明은[86] 흐리고 健康은 耗損되고 社會性은 麻痺되어 말하자면 形容할 수 업는 處地에 싸지엇다.

朝鮮 사람의 經濟生活이 破滅됨에 밋쳐 朝鮮少年 大多數의 運命은 한 曾[87] 더 崎嶇하게 되엇다.

---

86 '聰明은'의 오식이다.
87 '한層'의 오식이다.

그들은 自己 家庭의 生活難으로 因하야 大多數의 幼少年이 文盲이 되고 말뿐만 안이라 그들은 大概 새벽으로브터 밤중까지 工場 안이면 農場에 拘置되어 견딀 수 업(이상 1쪽)는 勞役에 從事하는 同時에 그들의 聰明과 健康은 온전히 潰滅되고 잇는 것이다.

―『中外日報』―

×　　　　×

現代는 兒童의 世紀이다.

지나간 世紀에 잇서 閑却하얏든 兒童敎養에 對하야 現代는 革命의 炬火를 들고 잇다. 兒童의 心靈을 完美하게 成長식히는 것은 現代人의 一大 使命인 것과 가티 一大 歡喜가 안이면 안이 된다.

何故이냐 하면 그것은 "生命"을 創造하는 最高貴한 藝術임으로이다. 그럼으로써 兒童의 智能을 雋銳하게 하며 情緖를 高雅하게 하며 德性을 優秀히 하며 人間愛에 타일어나도록 하기 爲함에는 童話, 童謠, 童話劇이 무엇보다 有力하고 普遍的의 利器인 것을 歐米의 識者들도 가티 認容하는 바이다.

童話, 童謠, 童話劇은 윗제스타- 敎授가 道破한 것과 가티 情緖 及 想像에 訴하는 强한 힘과 眞理의 基底를 갓고 잇는 點에서 참의 文藝라고 하며 노바리쓰는 童話를 가리켜 "文學의 規準"이라고 말하얏다.

以上에 말한 바와 가티 童話, 童謠, 童話劇은 다만 兒童 心靈의 糧임만이 안이라 더욱 또한 一般人의 精神의 糧이다.

―(世界童話大系)― (이상 2쪽)

×　　　　×

아무 幸福과 希望과 慰勞쪼차 업시 千苦로 자라나는 오날의 朝鮮은 未來를 돌아보아 當然 世界少年文學의 飜譯을 要求하고 잇습니다.

그리하야 侵害되는 우리 民族의 幸福을 더욱 伸張하고 擁護하기에 萬一이 될가 하고 저는 誠心껏 이 冊을 짜어 본 것입니다.

힘껏은 世界少年文學의 各種 名篇 더욱이 朝鮮과 아울너 時代가 要求하는 것을 실어 노앗습니다.

그리고 되도록 漢字式을 廢하야 보앗습니다.

一般 家庭은 勿論 敎育團體와 少年運動 集團과 더욱이 第二世의 門을 열고 들어갈 勞働, 農村少年과 밋 여러 어린 동무들에게 넑기를 힘써 바랍니다.

一九二七年 七月 二十九日

(舊 七月 一日 成年日)

넷 漢陽에서

高長煥, "世界 少年文學 作家 小傳", 高長煥 篇,
『世界少年文學集』, 博文書舘, 1927.12.

> 이 책에 실은 各 作者를 小傳이라 할가? 무엇이라 할가? 간단히 紹介합니다. 더욱이 未詳한 것은 실치도 못합니다. (모다가 不備하고 빠진 것이 만치만 그러나 參考나 될가 하고 썻습니다.)

◎ 레오 니코라이비트키 톨스토이(Lyou NikolaiVotch Tolstoy)(一八二八 年 八月 二十八日生 一九一〇年 一月 二十日 午前(六時死)—露國 大文豪 思想家 小說家—두 살 째 어머니 일코 아홉 살 째 아버지 일흠—[88]

◎ 헬미니아 쑬 뮤흐렌(Herrminia Zur Muhlen)[89] 獨逸의 社會運動家 無産 童話作家

◎ 小川未明 日本 首位의 創作 童話家 主로 社會主義 童話를 씀

◎ 에드몬드 데 아미지쓰(Edmonb De amicis)[90] 一八四六年——一九〇八年 伊太利 小說作家 名小說 「쿠오레」는 世界에 大好評

---

88 'Lev Nikolayevich Tolstoy'의 오식이다. '露國'은 러시아(Russia)이다.

89 'Hermynia Zur Mühlen'(1883~1951)의 오식이다.

90 'Edmondo de Amicis(에드몬도 데아미치스)'의 오식이다.

◎ 한스 크리스찬 안더-센(Hans Christian Andersen) 一八〇五年 四月 二日 자그만 구두ㅅ방에서 고고한 소리 내임. 그리고 一八七五年 八月 四日 밤 열한 시에 세상을 써남. 世界에서 童話의 할아버지라고 불으는 丁抹의 藝術童話 大作家

◎ 카렛 베로-르(Charles Perrault)[91] 一六二八年 一月 十二日 生──七 〇三年 五月 十六日 死─佛蘭西가 난 優秀한 童話作家

◎ 오쓰카 와일드(Oscar Willd) 一八五四年 八月 十六日 英國 愛蘭 生── 九〇〇年 十一月 三十日 死─詩人이고 小說家 正義의 童話作家[92]

◎ 죠-지 다그라스(George Dauglas) 蘇格蘭의 唯一한 童話作家[93]

◎ 아라비안나일(Arabian Nights) (쏘는 千一夜潭) 波斯나라 說話集에서 亞剌比亞 사람 손에 넘겨 一二五八年 大集成 된 것. 古世界에 잇서 最貴의 文學的 遺産[94]

◎ 겔할트 하우프트맨(Gerhart Huuptmana)[95] 一八六二年 十一月 十五日 生─世界戱曲作家 處女作 「씨뿌리는 사람들」을 上演함으로서 獨逸 演劇界의 革命의 警鐘이 되엇섯다고 「한네레의 昇天」(이곳엔 紙面上 不得已 못 실엿슴)은 第三期의 傑作이고 「沈鍾」(原名 Die Versunkene Glqcke)은 第四期의 代表作[96]

> 一九一二年의 '노-벨賞'은 "主로 그의 戱曲에 잇서 豊富하고 多面하고 優秀한 活動에 對하야" 켈할드-하우프트맨에게 주엇섯다.

◎ 모리쓰 매텔링그(moris materlinck) 一八六二年 八月 二十九日 白耳其

---

91 '샤를 페로(Charles Perrault)'를 가리킨다.
92 'Oscar Wilde'의 오식이다. '愛蘭'은 아일랜드(Ireland)의 음역어이다.
93 'George Douglas Brown'을 가리키는 것으로 보인다. '蘇格蘭'은 스코틀랜드(Scotland)의 음역어이다.
94 '千日夜譚'의 오식이다. '波斯'는 페르시아(Persia)의 음역어이고, '亞剌比亞'는 아라비아(Arabia)의 취음이다.
95 '하웁트만(Gerhard Hauptmann)'을 가리킨다.
96 'Gerhart Hauptmann', 'Die versunkene Glocke'의 오식이다.

生－大名作 童話劇 「파랑새」 等을 지은 世界 戱曲 大作家 詩人 哲學者[97]

一九一一年 '노-벨賞'은 그가 多面한 文藝活動을 讚賞하고 특히 空想의 豊富
와 詩的 理想主義를 特徵하는 脚本 創作의 價値를 認定하고 모리쓰 메텔링그에
게 주엇다.

◎ 자콥 루드윅－그림(Jakob Ludwig Grimm)은 兄이고 윌해름 갈 그림
(Wihelm Korl Grimm)은 아우로 형은 一七八五年 一月 四日 나서 一八
六三年 七十八才에 써낫스며 아우는 一七八六年 二月 二十四日 나서
七十三才에 써낫슴. 兄弟 서로히 童話를 지엇슴. 그리하야 世界에서 그
림이라면 童話를 聯想하고 童話의 아버지라 함(口稗 童話作家)[98]

◎ 이소프(aesep) 世界에서 最古한 것은 이소프의 寓話임. 紀元前 六百二
十年代에 나타난 希臘의 奴隷이엇다. 그의 作品은 後代 寓話의 最好 規
準이 되엇슴

◎ 이반 안드레위치 그리로프(Ivan Andrevich Krilof)[99] 一七六八年 二月
二日 生－一八四四年 十一月 九日 七十才에 死－露國의 詩的 寓話作家

◎ 라 폰테느(La Fontaine)[100] 佛蘭西쏜만 아니라 近代 歐羅巴의 代表的
寓話作家

◎ 페드롯(Puaedros) 羅馬의 寓話家

×   ×

◎ 마사-크쓰(mother goose)[101] 英米間에 作者 업시 내려온 古代의 노래
(鵞鳥)

◎ 스틔븐손(Stevenson) 一八五〇年 十一月 十三日 生 다테마, 네스빗트,
로쎗틔, 죤손은 英國의 優秀한 詩人들[102]

---

97 '白耳義'의 오식이다. '白耳義'는 벨기에(België)의 음역어이다. 모리스 마테를링크(Maurice
Maeterlinck)는 벨기에의 플랑드르(Flandre) 출신이다.

98 'Jakob Ludwig Karl Grimm', 'Wilhelm Karl Grimm', '口稗'는 '口碑'의 오식이다.

99 'Ivan Andreevich Krylov(크릴로프)'의 오식이다.

100 'Jean de La Fontaine(라퐁텐)'을 가리킨다.

101 '마더 구스(Mother Goose)'를 가리킨다.

◎ 윌리암 쉭스피아(Wlliam Shakespears)[103] 一五六四年 四月 二十三日 英國 一農家에 태어남——六一六年 第五十二回 誕生日에 永眠— 初等 敎育을 밧고는 그 外 正式敎育을 밧지 안앗고 『쑤르다-크英雄傳』 가튼 것을 만히 낡엇다고. 世界的 劇詩人

◎ 호후맨, 데맬, 셀쓰, 보우라 등은 獨逸의 優秀 詩人이고 토헨, 윈드강, 쒜-터(Tohaun Woldgang Goethe)[104] 一七四九——八三二—獨逸 第一 의 詩人이고 世界의 名星

◎ 데이라아 米國이 난 詩人

◎ 라빈도라나쓰 타-골(Rabindranth Tagore)[105] 一八六一年 生—印度 唯 一의 思想家 名詩人

> 一九一三의 '노-벨賞'은 그가 "詩人의 作品에 나타난 內的에 깁허서 高尙한 目的을 認定하고 다시 東洋思想의 美와 淸新과를 泰西文學에 飜轉한 功績을 認하고" 라반도라나쓰 타-골에게 주엇다.

◎ 죠-루누이, 못차레후쓰키, 누이고후는 露國의 詩人들

◎ 크라스리인, 푸비봐, 파울, 프올(Poul Fort), 쟝 리찰드브로크는 (Jen-Richard Block) 佛蘭西의 詩人들

◎ 野口雨情, 北原白秋, 西條八十은 日本의 三大詩人이고 童謠詩人

◎ 韓晶東, 鄭芝鎔, 辛栽香은 現朝鮮의 童謠作家 ㅿ 尹克榮, 金泰午는 現 朝鮮의 童謠作曲家 (其外 것은 全部 略합니다.)

---

102 'Robert Louis Balfour Stevenson(스티븐슨)', 'Lawrence Alma Tadema(타데마)', 'Edith Nesbit(네스빗)', 'Christina Georgina Rossetti(로세티)', 'Samuel Johnson(존슨)'을 가리 키는 것으로 보인다.
103 'William Shakespeare(셰익스피어)'의 오식이다.
104 'Johann Wolfgang von Goethe(괴테)'의 오식이다.
105 'Rabindranath Tagore(타고르)'의 오식이다.

方定煥, "(大衆訓練과 民族保健)第一要件은 勇氣 鼓舞－父母는 子女를 解放 後 團體에, 小說과 童話", 『조선일보』, 1928.1.3.

나는 少年 層의 訓練方法에 對하야 말슴하겟습니다. 오늘날 朝鮮에는 約四百個의 少年團體와 三萬名 以上의 少年少女가 잇는데 靑年 層에 버금하는 重大한 役割을 方今 朝鮮에서 하고 잇습니다. 그것은 勿論 靑年團體 모양으로 直接 政治鬪爭이나 經濟鬪爭에 參加하고 잇는 것은 아니나 늘 朝鮮의 現實에 注意하야 그 將來를 準備하고 잇습니다. 말이 抽象的에 흐르기 쉬움으로 實際의 方法論을 말슴하면

첫재 未組職 少年少女들을 社會的으로 支持할 必要 잇는 少年少女 團體에 긔어희 加入시키어 노흘 일

둘재 全鮮의 少年少女 團體의 指導理論을 세우기 爲하야 中央에 統一된 機關을 세울 일

셋재 父兄들은 子女를 아모조록 家庭에서 解放하야 少年團體의 指導者에게 맛기도록 할 일

넷재 幼年의 就業問題라든지 無産兒童 就學 問題 가튼 것도 機會 잇는 대로 取扱할 것이로되 朝鮮 안 일이니까 特殊事情을 만히 參酌하여할 일

都大體 少年少女에게 訓練을 주자면 少年 層을 엇더케 組織할가 하는 것부터 急한 問題인데 從來의 少年運動 團體는 多少 質的으로 곳칠 點이 잇지 안는가 합니다. 그리고 또 元來 나어린 少年少女를 相對하여 하는 運動이니까 일는다고 곳 그대로 되어지기 어려움으로 우리들은 機會 잇는 대로 童話會나 少年少女歌劇會나 어린이날 屋外 行列 等 集會를 利用하야 조흔 思想을 부어주고 또 悲觀하지 말고 늘 勇氣를 가진 肉身을 가지게 하는데 注意하여야 할 줄 압니다. 權力이나 金力을 못 가진 우리네 運動은 爲先 精神的으로라도 우리가 理想는[106] 思想感情을 갓도록 社會敎育을 充實히 주어야 할 줄 압니다.

◇

구레오(伊太利 小說 — 日譯 有)
왜(童話)
小川未明童話集(日文)
사랑의 선물(童話)[107]

銀星學人, "(쏙·레뷰)靑春과 그 結晶―『世界少年文學集』을
읽고―", 『조선일보』, 1928.1.11.[108]

靑春은 아롱진 무지개(虹)로도 기릴 수 업고 쏘한 至極히 貴하다는 보배
(寶)로도 박굴 수 업는 것이다.

그와 쌀아 靑春期에 잇서서는 누구나 다 情熱에 쒸논다.

至極히 快活하고 至極히 高貴로운 精神을 오직 이 靑春期에만 볼 수
잇는 것이다.

그러나 或時는 이 快活한 氣象 高貴한 精神을 그릇되이 誤入의 길노
들어가는 靑年도 만흔 것이다.

이제 나의 벗 高長煥 君은 그러치 아니하야 무지개보담 아름답고 寶石보
담 貴한 그 精神을 『世界少年文學集』을 編成하는 데 썻나니 이제 그의 編
成한 『世界少年文學集』이란 果然 얼마마한 것이며 엇째서 이 筆者가「靑
春과 그 結晶」이라는 것을 쓰게 되는가를 알게 될 것이다.

이제 高 君의 編成한 『世界少年文學集』은 그 編輯의 綿密함과 選擇의
周到함을 말하지 아니할 수 업다. 대강대강 그의 主題만을 적어도 二百餘
種이나 될 것이다. 그러나 이곳에는 다만 그의 排置해 논 大題目을 줄일
것 가트면

　　―이야기의 세상―
　　별님의 동산―웃음의 나라
　　달님의 동산―깁붐의 나라
　　해ㅅ님의 동산―즐거운 나라
　　한울의 동산―平和의 나라
　　永遠의 동산―달듸단 나라

---

108 '銀星學人'은 홍은성(洪銀星) 곧 홍효민(洪曉民)이다.

—노래의 세상—
　　개나리 동산—봄의 나라
　　새파란 동산—녀름의 나라
　　분홍빗동산—가을의 나라
　　무지개 동산—겨을의 나라
　　새하얀 동산—天使의 나라

　이러케 組織이 되어 잇다. 한 題目에 적어도 五六種의 童話와 童謠 乃至 子守歌, 子長歌까지를 編入한 것을 볼 째 나는 놀나지 안흘 수 없섯다.
　일즉이 同志 方定煥 君의『사랑의 선물』이라는 것을 맨 첫 고등으로 出刊시켯섯스나 그것은 다만 童話만으로 滋味와 實益이 업는 바는 아니나 今番 高 君의『世界少年文學集』만은 못한 듯한 늣김이 난다.
　또 同志 李定鎬 君의『世界一週童話集』도 잘 되엇섯다. 그러나 方 兄의『사랑의 선물』과 比等하엿고 以來 童話集 童謠集이 만히 나왓섯스나 方, 李 兩 兄의 것의 損色이 잇섯는 바 아직 이번 高 兄의『世界少年文學集』만은 方, 李 兩 兄의 그것보다도 나흔 줄로 안다. 或時 過度한 評이라고 할는지는 몰으나 나는 나흔 줄로 認定한다.
　이에 나는 躊躇치 안코 五百五十萬 少年에게 勸하는 바이다. 이 金보다 貴하고 銀보다 튼튼한 高長煥 兄의『世界少年文學集』을
　이제 그 冊에 잇는 아름다운 몃 개의 노래를 이곳에 적어 보란다.

　　　　해ㅅ님
　　햇님은햇님은 내건너오시고
　　응달은응달은 내건너가시오
　　　　　　×
　　졋쪽은졋쪽은 닭쏭이더럽고
　　잇쪽은잇쪽은 쩍냄새맛좃타
　　　　　　×
　　건너서오시오 건너서오시오

당신님한테도 조금듸립시다
(中國 雲南 童謠)

三月 삼질날

중 중 째 째 중
우리애기 짜짜머리
×
길라라비 훨훨
제비색기 훨훨
×
쑥 쓰더다가
개피쩍 만들어
×
호호 잠들여 노코
냥냥 잘도 먹엇다
×
중 중 째 째 중
우리애기 상제로 사갑쇼
(朝鮮 鄭芝鎔)

이러한 무지개가티 아름답고 비단결 가튼 童謠 童話가 참말로 車載斗量格으로 수두룩하게 싸혀 잇다.

그리하야 나는 靑春을 노래하고 쏘한 그의 靑春期의 짜내 논 結晶의 "선물"을 나는 讚揚 아니 할 수 업서 鈍한 붓을 들엇다.

"어린이는 새 세상의 희망이며 싹이다. 어린이를 위함은 사회의 절대 책임이다"
라는 말과 가티 우리는 少年을 爲하는 同時에 이러한 少年의 對한 金石과 가튼 寶玉을 支持하지 안흐면 안 될 것이다.

── 宮井洞 一隅에서 ──

洪銀星, "文藝時事感 斷片(三)", 『중외일보』, 1928.1.28.[109]

前項에서 大衆文學에 對한 이약이를 暫間 하엿다. 그런데 이 童話라는
것도 大衆文學에 들 수 잇는 것이다. 이것은 곳 少年의게 限하여서만이
아니다. 童話란 未開國民에 잇서서 업지 못할 一種의 重要한 藝術이다.
그러함에도 不顧하고 童話를 輕視하는 年淺, 輕薄한 所謂 童話 作家輩가
만타. 더욱이 甚한 것은 日本 것의 直輸入이다. 日本 것의 直輸入을 하고
오히려 말이라도 잘 맨드러스면 조흐렷만 語不成說의 것이 車載斗量이다.
이러한 것을 그저 보고 大家然 쏘는 文壇人體를 하는 者를 보면 嘔吐가
되도록 밉다.

우리는 맨 아래 層부터 잘 다저야 할 것을 말하지 안는가. 그러나 實際에
잇서서 距離가 너무 써러저 잇지 안혼가. 그러기 爲하야는——實際로 좀
더 드러가기 爲하야는——우리는 童話도 藝術上에 多大한 힘을 가진 것을
알어야 한다. 거저 아무것이나 不係하고 日本 少年雜誌에서 譯하고 自己
것처럼 시침이를 쌔우기 째문에 童話를 輕視하도록 맨든 것이다. 이로부터
少年文藝作家는 모름직이 이러한 것을 하지 말어야 한다. 厚顔無恥도 分數
가 잇지 안혼 것인가.

少年文藝作品은 絶對 創作主義를 세우고 飜譯物에 排擊을 일삼지 안흐
면 朝鮮의 童話는 沒落하고 만다.

지금에 童話라는 것은 恨心하기 짝이 업다. 朝鮮의 童話이라는 것은 하
나는 在來부터 傳해 내려오는 傳說을 童話化한 것이오 그 다음은 外國 것
으로 自己 것가티 盜賊해 온 것이다. 그리고 朝鮮 童話를 쓰도록 勸告하면
白骨 파내기에 겨를이 업다. 아무런 修養이 업시 二十 안 되는 젊은 사람에
頭腦에서 나오는 것이 나오면 얼마나 傑出한 것이 나올 것인가. 말하자면

---

109 「文藝時事感 斷片(一), (二)」(28.1.26~27)은 아동문학과 무관한 내용이어서 수록하지
않았다.

배울 사람이 글을 쓴다는 것이 朝鮮이 아니면 못 볼 現狀이다.

그리고 朝鮮에는 少年指導를 靑年이 하게 되는 것이다. 그것이 벌서 少年運動의 支障을 낫는 큰 原因이다. 日本만 놋코 보드라도 少年指導에 決코 靑年뿐만이 아니라 相當히 社會的으로 文壇的으로 基盤이 잇는 小川未明 巖谷小波 野野雨情[110] 北原白秋 等等 낫살이 지긋한 사람이 指導들을 한다. 이러한 것을 보면 朝鮮의 父兄을 限하지 안흘 수 업다.

이러한 弊端을 根治하기 爲하야는 自尊心을 좀 버리고 少年文藝에 責任 잇는 執筆을 하지 안흐면 結局 우리가 損을 보는 것이다. 이 點에 잇서서 나는 童話를 輕視하지 말나는 말을 거듭하고 말햇다.

映畵의 流行化[111]

---

110 '노구치 우조(野口雨情)'의 오식이다.
111 이하 아동문학과 무관한 내용이다.

宋完淳, "空想的 理論의 克服-洪銀星 氏에게 與함(一)",
『중외일보』, 1928.1.29.

一. 序言

우리의 少年運動은 在來로 어쩌한 集團的——全國的——統一運動이
못 되고 分散的——局部的——地方運動에만 끚치엇기 째문에 具體的 理
論이 確立되지 못하고 짤하서 運動者로서도 運動自體에 對한 確乎한 意識
을 把握하지 못하는 同時에 그의 運動은 派閥的 運動이엇섯다. 其 好例로
는 〈五月會〉派의 〈朝鮮少年運動協會〉派의 對立하얏든 것이 가장 우리에게
雄辯的으로 說明하지 안핫는가?

그러나 此等의 集團的 紛糾는 結局 조흔 成績을 주지 못하는 것이라.
及其也 一九二七年 十月에 〈五月會〉及 〈少年運動協會〉의 兩派가 集合하
야 在來의 派閥的 意識을 揚棄하고 集團的 總本部인 〈朝鮮少年聯合會〉를
創設하야 가지고 組織 團結을 鞏固히 하는 同時에 一步 나아가 全國的
運動으로 進出하게 되엇다.

——이와 가티 局部的 自然生長期에서 全線的——惑은 組織的 集團的
——目的意識期로의 方向轉換을 試하게 되자 거긔에서 몃몃의 少年運動
指導者들의 理論의 提唱을 보게 되엇다. 그러면 그들의 理論은 모다 實踐
과 背馳되지 안흔 理論이엇스며 우리 特殊한 事情에 잇는 朝鮮의 客觀的
情勢를 細密히 考慮하고 여긔에 符合되는 眞正한 理論이엇든가? 勿論 어
느 點에 잇서서는 우리의 特殊事情과 밋 現實에 背馳되지 안는 論文도 잇
엇스나 어든 點에 잇서서는 이 모든 것을 沒交涉하고 自己의 主體的 觀念
論만을 網羅한 論文도 잇섯다. 그러면 이와 가티 殖民地的 特殊事情과 沒
交涉하고 實踐과 分離된 理論은 한갓 觀念的 空想이 되고 말 것이다.
웨? 그러냐 하면 評論이야 아모리 쩌든다 해도 實行치 못하면 회계가 업슴
으로 그럼으로 우리는 언제나 理論과 實踐이 並行할 것을 懇望한다. 안히
반듯이 並行하여야 한다. 理論이 先行하고 實踐이 遲滯된다든지 實踐이

先行하고 理論이 遲滯된다든지 하야서는 안히 된다. 實踐이 理論이 되고 理論이 實踐이 되야 한다. 空然히 理論을 過重評價 한다든지 實踐을 過重評價하는 것은 運動 自體를 沒理解하고 運動의 方法과 方式을 全然 沒覺한 錯誤된 理論이다. 너무나 만이 나의 쓰랴고 생각한 바와 間隔이 멀어진 것 갓다. 그러나 나의 생각한 問題를 論議하랴면 먼저 以上의 要領만을 말해 두는 것도 無意味한 일은 안일 것이다.

그러면 이제 本論으로 들어가서 나의 생각한 바를 論議하기로 하자!

二. 理論을 爲한 理論

一月 十五日서부터 十九日까지 本紙에 連載되든 洪銀星 氏의 所謂「朝鮮少年運動의 理論과 實際」[112]라는 論文은 우리에게 무엇을 말하엿는가? ——이것을 嚴密히 우리는 檢討하야 볼 必要가 잇다. 웨냐? 하면 氏의 本論文 中에는 우리의 朝鮮事情을 理解하는 듯하면서도 沒理解하고 實際에 符合되는 듯하면서도 其實은 虛無孟浪한 空想的 觀念論만을 늘어노와 實踐과는 距離가 十里나 二十里의 間隔이 잇슴으로이다.

그러면 우리는 여긔에 氏의 論文을 細密히 檢討하야 보자!

氏는 말한다. "……그리하야 少年도 幼年으로 取扱바들 째도 잇고 幼年도 少年으로 取扱 바들 째도 잇섯다.(지금까지 그렇다——筆者) 말하자면 뒤죽박죽 범벅이라고 할 만치 混沌狀態에 잇섯다"(지금까지 그러한 狀態에 잇다——筆者) 하고 다시 "文學上 乃至 作品上에는 問題가 되지 안치만 直接 少年을 끌게 될 째 問題되는 것이다" 하고 다시 뛰어가서 나의 생각으로는 五歲로부터 十歲까지를 幼年期로 하야 이들로 하야(?) 文學上보다도 압으로 童謠라든가 童話라든가를 만히 들려줄 必要가 잇다. 안히 꼭 그래야 한다.(童謠 及 童話) (이하 3행 해독 불가) 할 수 잇다.

---

112 홍은성의 「少年運動의 理論과 實際(전5회)」(『중외일보』, 28.1.15~19)를 가리킨다.

宋完淳, "空想的 理論의 克服－洪銀星 氏에게 與함(二)",
『중외일보』, 1928.1.30.

少幼年을 混同視하야서는 못쓴다고 하든 氏는 文學上 乃至 作品上에서
는 何等 問題가 되지 안는다고 하다가 다시 섭섭하든지 幼年에게는 글로
넑히는이보다 口頭로 들려주는 것이 낫다고 햇다――이 어쩐지 觀念的
妄論이며 粗雜한 認識錯誤이냐? 果然 少幼年을 混同視하는 것은 質로 量
으로 어느 모로 보든지 조치 못한 일임은 再言할 必要도 업다. 그러나 文學
上 乃至 作品上에는 無關하다고 하엿스니 氏여! 少年이나 幼年 兒童이 文
學上 乃至 作品上에서 어쩌한 感化를 밧는지 아는가? 어른도 詩나 小說
가튼 데에서 적지 안흔 感化를 밧거든 況 心志가 弱하고 模倣性이 만흔
少年과 幼年의게 果然 文學上 乃至 作品上으로는 모든 것을 混同해 넑혀도
되겟는가? 나는 心理學에는 門外漢이라 以上에 한 말이 錯誤된 말인지는
모르겟다. 그러나 그 어느 程度＝勿論 나로서는 以上의 나의 한 말이 올타
고 생각한다―― 까지는 나의 한 말이 그의 錯誤된 意見은 안일 것이다.

그러고 幼年에게는 글로 넑히느니보다 口頭로 들려주고 가르켜 주는 것
이 올타고 햇스니 그래 果然 그럴 것인가? 勿論 口頭로 하는 것이 效果는
더 잇슬 것이다.

그러나 全然 글로는 넑히지 말고 말로만 해서 될 것일 것인가? 안이다.
口頭로도 만히 일러주는 同時에 쏘한 글로도 알리어야 할 것이다.

그리고 다시 氏의 말에 依하면 幼年兒童에게는 日本 兒童의 繪畫本 가튼
것이 꼭 必要하다 하얏다. 그런데 그 繪畫本으로 말하면 西洋 것도 못쓰고
朝鮮 것――업기는 하지만――도 못쓰고 반듯이 日本의 그것과 꼭 가타
야 한다고 하얏다.

쏘 다시 氏는 "少年雜誌만을 經營하지 말고 幼年雜誌――讀本(?) 가튼
것――을 發行하고 그 다음 現今 少年雜誌 編輯者는 幼年 넑히기에 갓가
운 것은 실지 안는 것이 조캣다" 하얏다.

우리는 다시 以上의 氏의 말에서 氏는 模倣性이 만코 現下 우리 朝鮮의 經濟的 窮乏에 沒理解한 空想論者임을 可知할 수 잇다.

우리는 幼年에 鑑賞식힐 繪畵本을 맨들드란대도 반듯이 우리의 客觀的 情勢와 周圍의 環境을 보아서 여기에 合當한 것을 맨들어야 할 것이다. 보라! 日本 兒童의 繪畵本이 그 어는 것이 우리 朝鮮 幼年兒童에게 的合한 것이 잇는가? 그들의 畵本은 거의가 우리의 ×××××××××× 呻吟하는 朝鮮의 幼年兒童에게는 想像치 못할 것뿐이 아닌가? 그럼에도 不拘하고 盲目的으로 이러한 愚論을 大膽(?)하게도 吐한 氏야말로 果然 偉大(?)한 理論家이다(!) 그리고 現今의 少年雜誌에는 幼年讀物을 揭載하는 것이 不可하다 하얏다. 咄! 果然 이 얼마나 忘論妄說이냐. 만일 少毫라도 氏가 朝鮮의 經濟現狀을 理解 乃至 分析 考察하야 보앗다면 이러한 空想的 妄說은 하지 안흘 것이라고 나는 생각한다.

웨? 그러냐? 하면 勿論 現今의 少年雜誌에는 인저 幼年讀物 揭載는 不可하다 하얏스니까 다시 現存한 少年雜誌 以外에 다시 幼年雜誌 刊行을 希望한 것은 말치 안도 氏의 말을 綜合하야 보면 能知하리라. 그러면 우리는 여긔에서 다시 생각해 보자. 果然 다시 現存한 少年雜誌 外에 幼年雜誌를 刊行할 힘이 우리에게 잇는가? 아니 힘이야 잇겟지만 經濟的 條件이 그를 許諾을 할 것인가? 否.

우리에게는 아즉도 그러한 餘裕가 업다. 차라리 少年雜誌 中의 二三 가지는 幼年雜誌로 맨들라든지 或은 少年雜誌에다 特別히 幼年欄을 設置하라든지 햇든들 當分間 氏의 人身保護는 되엇슬른지 몰른다. 그러나 直接 이와 가튼 愚論을 吐하야써 氏의 自體를 氏 스스로가 餘地업시 □□식히고 말앗다.

於是乎 우리는 盲目的으로 理論이니 '이데오로기'니 써들 것이 아니다. 空然히 되지 못한 粗雜한 文句만 늘어노코 理論인 척하다가는 自己自身만 民衆 압헤 □□ 식킬 것이며 惑은 理論을 爲한 理論을 吐하기 쉬운 것이다. 그러니까 무엇보다도 모든 것을 愼重히 考察하야 어써한 意識을 確實히 把握한 後에 말하란 말이다.

氏의 本 論文 亦是 粗雜 散漫한 文句만 羅列하여 노앗기 째문에 理論을 爲한 理論이 되고 짤아서 實踐과 背馳밧게는 더 — 나아가지 못하엿다.

宋完淳, "空想的 理論의 克服 — 洪銀星 氏에게 與함(三)", 『중외일보』, 1928.1.31.

三. 文藝運動의 作品 行動

少年運動이 方向轉換을 함에 짤아 少年文藝運動에도 漸次로 그의 方向轉換을 하지 안흐면 안히 되게 되얏다. 안히 하여야 한다. 웨냐? 하면 少年運動과 少年文藝運動과는 —— 其他 一切의 少年에 對한 모든 運動도 그러치만은 —— 分離할 수 업는 必然的 形勢에 잇슴으로 即 少年文藝運動은 少年運動의 一部門 —— 一翼 —— 에 不過한 것이다. 萬一 少年文藝運動이 獨立的 價値가 잇고 特殊性이 잇다 하면 그야말로 空言妄說이다. 그럼으로 一切의 少年文藝運動은 少年運動과 가티 이에 짤아서 動하여야 할 것이다. 그리고 少年運動으로 하야곰 文藝運動의 行動도 規範 되어야 할 것이다. 文藝運動에 구태여 特殊性을 말하게 된다면 文藝運動은 文藝運動임으로 特殊性이 잇는 것이다.

그러면 方向轉換을 한 우리의 少年運動은 如何히 理論을 展開할 것이며 如何히 作品行動을 할 것이냐? 그런데 나는 理論의 展開는 勿論 무엇보다도 必要하다고 생각함으로 다시 어쩌한 理論이 必要할까? 하는 것은 讀者 諸君의 思考 材料로 미루어 두고 時間과 紙面關係도 잇스니 爲先 作品行動에 對하야만 말해 두겟다.(具體的 論議는 追後 다시 말하기로 約束해 둔다.) 作品行動에 對하야 우리는 어쩌한 作品을 써야 할까? 毌論 □□□□□의 兒童인 만큼 —— 우리의 少年運動이 無産階級 兒童의 運動인 만큼 글을 쓰는 데에도 반듯이 實踐的 條件下에서 '푸로레·이데오로기'를 抱含한 作品을 써야 할 것이다.

우리의 少年文藝라 할 것 가트면 大槪 童話 少年少女小說 童謠 童詩 等으로 大別할 수가 잇다. 그러면 在來의 是等 文藝는 우리의게 무엇을 선물로 주엇든가? 어린이들은 그 文藝作品을 보고 어든 바 무엇이 잇든가? ──나는 이 質問이 나온다면 一言으로써 答하겟다── 在來 一切의 少年 文藝作品에서 어린이들이 어든 利益은 하나도 업다.

잇다면 虛構한 空想과 封建的 奴隷觀念과 忠君的 帝國主義 觀念밧게 업다──고. 보라! 童話 한 가지를 써도 第一 出發點은 나라의 宮城이요 "요술할멈"의 집이요 "한우님"의 뒤ㅅ간 等이다. 그리하야 이약이도 "님금 님", "요술할멈", "王子, 王女", "한우님" 等 列擧하면 不知其數이며 돌이 말 하고 귀신이 작란하고 龍이 비를 주고 어쩌고 어쩐다는 虛無孟浪한 글을 그리지 안허도 虛榮心 만코 愚直한 어린이들을 보이며 읽히여 오지 안핫는 가? 或者는 天眞爛漫한 어린이에게 生活現實을 科學的으로 分析하야 들려 준다는 것은 넘우나 愚論한 □□□이라고도 할 것이다. 그러나 그 所謂 天眞爛漫이란 大體 우리의 ××××××××××으로서는 알지도 못하는 말 이다. 우리 朝鮮 兒童은 어머니 胎內에서 나올 째부터 粗惡한 現實味── 卽 衣食住──에 저젓슬 것임에도 不拘하고 天眞爛漫이란 무슨 □兒의 藝言이냐? 朝鮮 兒童은 空想보다도 現實味를 虛榮보다도 實踐性을 더욱 더욱 感深하게 된다. 그럼에도 不拘하고 在來의 空想的 虛僞滿滿한 封建的 觀念을 注入식히려는 者는 우리의 敵이 아니고 무엇이랴? 이 後부터는 이 모든 一切의 空想的 觀念을 버리고 오로지 現實과 背馳되지 안는 作品을 써야 하며 넑혀 주어야 할 것이다. 아니 꼭 그러케 하여야 한다.

그런데 洪銀星 氏는 말하기를 甚한 例로는 鑑賞小說 쏘는 이와 類似한 種類를 것침업시 실코도 泰然自若하얏다. 그러든 것들을 지난해부터 우리 의 運動이 組織期에 들어온 이만치 "이런 것들을 等閒이 볼 수 업게 되엇 다." "우리는 戀愛라든가 그 우의 戀愛에 類似한 讀物을 排擊하자는 議論이 라도 '集團的 大團의 名義로' 制約해 노아야 한다."(傍点은 宋)하얏다. 果然 初期의 喜消息이다. 그러나 氏여! 戀愛小說만 排斥하고 其他는 在來 그대 로 두어야 할까? 아니다. 우리는 戀愛小說類도 排斥하는 同時에 먼저 나의 말한 一切의 것도 徹底히 排擊하여야 한다.

宋完淳, "空想的 理論의 克服－洪銀星 氏에게 與함(四)", 『중외일보』, 1928.2.1.

四. 結論하기 爲하야

나는 以上에서 少年文藝運動의 作品行動에 對하야 大綱 究明하얏다. 그러면 이에 問題는 다른 方面으로 展開된다. 卽 文藝려니와 어린이들이 가지고 노는 玩具는 어떠한 것이 조흘 것이냐? 하는 것이다. 그러면 우리는 먼저 玩具가 어린이에게 무슨 效果를 주는 것이냐? 하는 疑心이 나는 것을 否定치 못하는 事實이라 하겟다. 여기에 잇서서 或者는 다만 愉快하기 위한 "작란거리"로만 알 것이다. 그러나 絶對로 그러치 안흔 것이다. 그들은 玩具 가지고 노는 그 속에서 不少의 感化——惡感이든지 好感이든 間에——를 바들 것이다. 그런데 不幸하게도 우리 朝鮮 兒童은 可否間 玩具 한 개를 長成도록 만저 보지 못 하는 사람이 만흐니 참 寒心한 일이다.

그런데 洪銀星 氏 말에 依하면 "少年雜誌를 닑히도록 할 것이요. 幼年에게는 人形 한 개라도 사 줄만 하여야 할 것이다"라고 한다. 果然 조흔 말이다. 그러나 在來로부터 父母들이 아해들을 無關心하고 奴隷視한 것은 事實이나 지금의 우리 兒童의 父母들은 雜誌와 玩具 等 사 줄 돈은 第二 問題요 爲先 衣食의 窮乏이 來襲하지 안는가? 氏는 언제나 우리의 經濟事情을 沒理解 乃至 無視하고 小뿌르조우的 空論만 提出한다. 그러타고 絶對로 此等 雜誌나 玩具가티 必要하다는 것이 안이라 우리의 周圍와 環境을 考察하야 보고 그러한 論議를 하여야 그의 論理가 成立되는 것이지 空空然하게 抽象的으로 左之右之하여야 何等 論議가 成立되지 못하고 그 理論은 한갓 空想論으로 歸結되고 마는 것이다. 그러면 돈이 업는 우리는 어린이에게 어떠케 玩具를 사 줄가? 아아 나는 이 問題에 對하야는 確實한 對答을 못하겟다. 이것은 첫 條件이 "돈"이기 째문이다. "돈" 업는 우리에게는 玩具보다도 "팡"도 마음대로 求할 수 업지 안흔가?──그러면 別道理가 업시 우리가 만들어 주어야 할 것이다.──이러한 點에 잇서서 쏘한 우리 科學的 知識과 手工業의 必要를 切感하는 바이다.

그런데 氏는 먼저 空想的 觀念論을 말하고는 那終에 와서는 우리의 事情을 沒理解햇든지, 幼少年이 가지고 놀 만한 玩具와 이와 類似한 意義 잇는 遊戲는 만히 創案 研究하지 안흐면 안 된다(傍点은 宋) 하얏다. 果然 이 말에는 何等 異議가 업다. 그러나 氏의 먼저 말한 바와 이 말과는 적지안흔 矛盾이 生起지 안는가? 그러타면 氏의 말은 一種의 抽象論이다.──이와 가티 空想的 抽象論과 主觀的 觀念論만 말하든 氏는 그의 結論의 끗헤 가서는 "脫線한 理論과 實際가 잇는 째는 果敢하게 鬪爭하지 안히 하야서는 進展이 업는 것이다" 하얏다. 그러타. 氏는 이번 氏의 理論이 모다 우리 少年運動의 客觀的 條件에 妥當한 줄 알고 쓴 것이겟지? 그러나 氏의 이와 가튼 말이 氏 自身에게로 도라갓다.──如斯한 點에 잇서서 우리는 氏의 假面을 벗겨 바리고 抽象的 空想論者의 正體를 暴露식히어 克服하여야 한다.

나는 더─ 論議하기를 避하고 이만 擱筆하겟다. 그러나 한 말 더 하야 둘 것은 氏가 어전지 前보다 散漫한 煩惱를 가지고 理論을 너무 過重評價하는 것 가트니 매우 疑心스럽다. 끗흐로 氏의 더욱 健鬪를 빌며 나의 本論 中에 誤謬된 點이 잇거든 同志 諸君은 어듸까지든지 檢討하고 論議하야 주기를 希望한다. ── 了 ──

丁洪教, "戊辰年을 마즈며-少年 同侔에게", 『少年界』, 제3권
제1호, 1928년 1월호.

새해(新年)를 맞는다면 그만큼 질거움이 잇서야 하겟고 깃븜과 바람이
잇서야 할 것임니다. 어누 누구가 일년(一年)을 삼백륙십오일이며 열두
달이라고 정하엿는지는 몰으겟지만 일년이라이면 츈(春)하(夏)츄(秋)동
(冬)을 합하야 지여 가면 쏘한 한 해 々々가 가는 것이라고 하겟슴니다.
그러면 여긔에 짜라서 도라가는 째는 봄이면 봄에 당한 일을 하여야 하겟
고 엷이면 엷에 젹당한 일을 하여야 하겟스며 가을이면 가을에 젹당한 일을
하여야 하겟스며 겨을이면 겨을에 젹당한 일을 하여야 할 것임니다.
　그러나 우리의 조선 사람은 일 년이 가고 잇해가 가도 그것이며 봄이
와도 그것이며 겨을이 와도 그것임니다. 새해가 와도 그것이며 묵은해가
잇서도 그것임니다. 깃거움도 업고 질거움도 업스며 바람에 용긔도 업슴니
다. 그럼으로 우리 백의인(白衣人)이 아들쌀이 된 소년 동모의게 한가지로
이와 갓흔 태도이엿던 것임니다. 우리의 살님사리는 차듸찬 바람이 부는
북만주(北滿洲)로 발길을 두는 살님사리이엿스며 게와집에서 초가집으로
긔여 들어가는 살님사리며 눈물과 한숨 게운 살님사리임니다.(이상 10쪽)
　조선에 소년 동모여! 이와 갓흔 살님사리 가운데에 토기에 해를 지내치
고 다시금 룡(龍)의 해! 새해를 맛게 된 것임니다. 이 새해를 마즘에 잇서서
나는 다른 말을 하고 십지 안이하며 부탁을 하고 십지 안슴니다. 어더한
처디(處地)에 잇는 어린 동모이든지 이와 가치 하야 줌을 한두 가지 젹어
선물 삼아서 들이고자 함니다.
　일. 엇더한 일이든지 마음과 힘을 합하야 성의(誠意)것 할 것.
　이. 다른 나라에 글을 숭배하는 것보담도 먼져 조선의 력사(歷史)와
　　　지리(地理)와 "글"을 배울 것.
　삼. 동모끼리 서로々々 시긔하지 말고 서로 도웁고 붓잡아 나아갈 것.
　사. 자긔만 위하야 살냐는 사람이 되지 말고서 다른 사람을 도웁고는

인격(人格)을 가질 것.

오. 헛된 공상(空想)과 쓸데업는 허영(虛榮)을 생각하지 말고 질박하고 진실하게 할 것.

륙. 좀 안다고 아는 척 말며 더욱더욱 수양하는 사람이 될 것.

칠. 우리는 항상 도라오는 조선은 우리의 소년소녀의 것이라는 것을 생각하야 모-든 일에 조심할 것.

팔. 다른 사람이 이리저리 한다고 거긔에 끌니는 사람이 되지 말고 정신(精神)이 튼튼한 사람이 될 것.

구. 무슨 일이든지 시종(始終)이 갓게 만들도록 할 것.

금년은 룡에 해이며 새해임니다. 이러한 이야기가 잇슴니다. 구룡치수(九龍治水)라고 하는 말과 갓치 희망의 물(希望水) 생명의 물(生命水)을 룡에 해는 우리에게 줄 것임니다.

이에 조선의 어린 동모 강원도(江原道) 황해도(黃海道) 경긔도(京畿道) 충청도(忠淸道) 견라도(全羅道) 경상도(慶尙道) 평안도(平安道) 함경도(咸境道)와 외국(外國)에 흐터져서는 잇는 구동(九童)은 조선 사람이 바라는 사람이 되기를 맹서하며 룡에 해에 첫 아츰부터 색다른 졍신으로 새 길을 밟아서 나가심을 바람니다.　　　　— 끗 —　(이상 11쪽)

淚波, "開城에 잇는 少年文藝社 여러 동무를 여러분께 紹介함니다", 『少年界』, 제3권 제1호, 1928년 1월호.[113]

朝鮮 곳곳에 헤여져 잇는 배우기 爲하야 싸우고 잇는 여러분께 文藝를 爲하야 싸우고 잇는 少年文藝社 ×員 一同을 紹介하럄니다. 일즈기 져도 社員이엿도랏습니다.

그러나 周圍의 事情으로 이제는 退社를 하고 마랏습니다.

그러하나 어너 째든지 文藝社을 잇지 아니하고 싸와 주려고 합니다.

여러분께 쩌들게 된 것도 이것 째문이지요. 우선 少年文藝社가 어느 곳에 잇다는 것붓터 말하고자 합니다. 開城 南本町 四七五에 두고 그 얼마나 여러 社員끠 活動하는지 내가 말하면 져곳 자랑 갓흐니 고만둡시다.

社에셔 일지기 第一回 事業으로 童話音榮大會가[114] 잇섯지요. 그째도 엄는 物的 問題도 모다가 싸운 까닥으로 잘 進行되엇습니다.

創立 當時부터 끗까지 文藝을 爲하야 싸우려고 하여 잇는 少年文藝社 ×員을 한 분식 紹介할여고 합니다.

金永一 氏 ─ 일홈만으로도 여러분께셔 紙上으로 잘 아실 분이지요. 氏는 商業에 골몰하시면셔 그뿐만 아니라 不自由함을 무릅쓰고 우리의 文藝을 爲하야 짜라셔 少年文藝社을 爲하야 힘써 주심이다. 그리고 다정한 분이고 熱誠 잇는 분이지요. 그분은 어느 째든지 잇지 안코 新聞이나 雜誌가 업슬지라도 잇어셔 쏘는 支局 갓흔 데 가서 熱心으로 봅니다.

이것만으로 氏가 그 얼마나 文藝을 爲하야 힘쓰고 잇는 것도 여러분이 아시겟지요.

身長은 五尺二三寸 몸은 그리 붓푸지 안코 얼골은 둥글그스름하고도 넙적함니다.

---

113 원문에 '開城 淚波'라 되어 있다.
114 '童話音樂大會의'의 오식으로 보인다.

紙上에 發表하는 寫眞을 보고도 아실는지 생각하야 두십시오.

梁月龍 氏

紙上으로는 아마 뵈온 분이 업슬 줄노 생각됩니다. 또는 알 수 업지요. 여러분께 그의 얼골을 보내드럿는지 氏는 自己 맛당히 할 일을 젓쳐 놋코 少年運動이니 文藝運動이니 써든다 합니다.

나은 한심히 생각한다. 무엇을 먹고 무엇을 입고 살 수 잇슬가요.

그러나 氏는 아니 먹고 아니 입어도 그것을 써들기는 실치 안타고 함니다.

그러면 그분이 우리 少年들을 爲하야 얼마나 일하야 주는 사람일까요.

少年 及 文藝運動이라면 그는 자긔의 싱각으로는 生命이라도 밧칠여고 함니다.

이만하면 氏가 얼마나 우리 少年을 爲하야 싸우는지 아실 것이지요.

氏의 身長이 악가 말한 金永一 氏와 갓슴니다.

머리는 고슬고슬하고 얼골은 주름이 잇서 얼골만 보아도 苦生쩨나 한 듯하나

얼골은 아리 턱이 둥글고 머리 잇는 쑴이 좁슴니다. 자(이상 50쪽)세히 보면 얼골이 둥글하고 젹어 보임니다. 여러분이 맛나면 아실 만함니다.

玄東濂 氏

아마 일홈은 各 雜誌을 털어도 이분만한 분이 잇는지 의문임니다.

이분은 한가하시지오. 그분이 살고 잇는 곳은 松都 北方을 가린 松岳山 下이고 봄 경치 조흔 곳이고 어느 째든지 新鮮한 곳임니다.

그리하야 조흔 고로 글을 마니 쓰십니다.

말이 낫스니 말함니다.

조흔 이약이 잘하고 우수은 소리을 잘하지요. 아마 'コッケイ'115라고 하기에는 滿足함니다. 그분은 文藝 研究가 職業임니다.

먹고 입는 것을 싱각지 아니함니다.

---

115 'ﾖ케이(こっけい〔滑稽〕)'로 "골계, 익살맞음, 해학, 우스꽝스러움"의 뜻이다.

배훈다는 것이 그분이 第一로 질거워하는 点이여요. 熱誠으로 보면 아마 文藝에서 일등이지요. 캄々한 밤 社와는 十里나 됩니다. 그러나 조금도 싱각지 안코 每日 常務를 봅니다.

그것만으로 한번 갓치 지날 만합니다. 그분은 身長은 五尺一二寸 되여 보이고 그 어느 곳으로 보든지 農村의 少年으로 볼 수 잇고 都會의 少年으로는 싱각지 아니할 만콤 싱겻슴니다. 얼골을 보면 좀 털이 쩌나지 안이하고 면도는 몰느고 지내는 분임니다.

여러분이 보고 십허 아니 하실는지요.

崔昌鎭 氏

아마 이분은 紙上으로는 初面이 됩니다.

이분은 紙上에 發表는 조와 아니 하심니다. 마니 쓰기는 하면셔도 發表하는 것을 보지 못하얏슴니다.

氏은 京城 어느 學校에 通學하시는대 京城에 가서 살고 잇다. 이분은 文藝에 뜻 깁흔 분이다.

그러나 時間에 용셔를 못 밧아 일은 못한다. 너머도 앗갑게 생각한다.

氏는 매우 다정하고 정다운 동무임니다. 키는 좀 젹어도 얼골을 보면 좀 어려 보이나 마음은 우리들의 十倍의 힘은 가졋슴니다. 이분은 맛나면 놋치 못할 친구라 할 수 잇서요. 한번 맛나기를 바라나 보시오.

本人이 맛나 노는 날노붓터 친절한 동무라고 생각함니다. 나는 잇지 못할 것을 여러분 압헤 맹셔하렵니다.

그러나 천 길 물 속은 알아도 한 길 사람의 속은 모르는 것이야요.

그의 性質은 얼른 보아도 잘 압니다.

엇던 째는 매우 분순하나 엇던 째는 너머도 쌀쌀함니다. 그러나 서로 이해만 하면 좃치요.

吳明重 氏

이분께는 人事하셔야 합니다.

氏은 한가하여요. 每日 갓치 文藝만을 研究함니다. 그러한 고로 文藝社 常務이지요. 이 사람은 푸로레타리아 文藝를 숭배하는 분! 언제든지 無産

有産을 分別한다.

熱心보다 誠心히 하시지요.

이 사람은 社의 업지 못할 한 식구이여요.(이상 51쪽)

李昌業 氏

매우 열렬합니다. 雄辯家라고 社員은 불너 줍니다. 그러나 아즉까지는 못 됩니다.

不自由한 몸이고 외로운 분이지요. 氏는 少年文藝運動에는 힘쓰고 잇지요.

朝鮮 第一이라고 쩌드는 ○○紙의 當地 社員으로 잇습니다.

모든 어린이를 爲하야 마는 童話을 硏究합니다. 그리하야 巡廻 文藝 童話를 잘할여고 합니다.

압흐로 市內 여러 學院 갓튼 곳에 마니 힘써 줄 모양이야요.

이분의 키는 前에 말슴할 崔明鎭 氏와 同一하고 모양으로 보이는 비슷합니다.

性質은 좀 팔팔합니다.

어렵기는 이런 사람이 어렵어요.

잘 사귀여 보십시요.

오날은 이것으로써 치고 이다음 긔회로 합시다.

이제도 여러 분이 잇습니다마는 서로 맛나지 못하니 잘 紹介하기 어렵슴니다.

잘못 썻다 어더마질까 겁남니다.

이 압흐로 이것이 큰 參考가 될 줄 암니다.

　　　　　　一九二七. 一一. 一五 夜에 (이상 52쪽)

"프로藝術同盟 聲明 發表 – 對 自由藝術聯盟", 『동아일보』, 1928.3.11.[116]

지난 二月 二十九日에 朝鮮 '프로레타리아' 藝術同盟에서는 中央執行委員會를 열고 最近에 發起된 自由藝術聯盟[117]이 同盟에 對한 挑戰的 聲明에 左와 如한 聲明書를 發表하얏더라.

聲 明 書

＝自由藝術聯盟의 正體를 暴露하야 本 同盟의 態度를 聲明함＝

… 前略 … 本 藝術同盟의 方向轉換이란 本 藝術同盟의 方向轉換이란 곳 朝鮮의 藝術運動의 方向轉換을 意味하는 것이니 그러면 朝鮮의 藝術運動의 方向轉換은 어쩌케 戰取되엇든가. 그것은 勿論 다른 모든 우리들의 運動部門이 한 것과 쪽가티 民族的 協同戰線에 合流하게 되엇든 것이다. 그런데 여긔에서 緊要한 問題는 "合流하는 것이 아니라 어쩌케 合流하게 되는가" 하는 것이 問題될 것이엇다. 그러나 우리는 여긔서 大膽히 告白치 안흘 수 업는 것은 本 同盟의 方向轉換 當時에 잇서서는 그런 "問題의 提出"을 解決함이 업시 거운[118] 機械的으로 거운 公式的으로 方向轉換답지 안흔

---

116 이 글은 아동문학비평과 직접 관련되지는 않지만, 아동문학에도 '방향전환'에 관한 논의가 많았는데 이에 대한 〈조선프롤레타리아예술동맹〉의 공식적인 의미 규정이 있어 주요한 참고자료로 판단되어 수록하였다. 이 성명서의 당초 의도는 1928년 1월 3일 아나키스트 계열의 문인들이 창립 발기한 〈조선자유예술연맹〉의 정체를 폭로함과 동시에 〈조선프롤레타리아예술동맹〉의 태도를 성명(聲明)한 것이다. 『동아일보』와 『조선일보』에 '聲明書'가 발표되었고, 『중외일보』는 전문 삭제되었다.

117 1928년 1월 3일 경성부내 낙원동(樂園洞) 수문사(修文社) 내에서 '아나'계의 문인들이 모여서 〈조선자유예술연맹(朝鮮自由藝術聯盟)〉 창립발기대회를 개최하였는데 발기선언과 준비위원은 다음과 같다. "◇ 發起宣言(槪要) 우리의 過去의 一切 宗派的 旣成藝術과 맑스主義의 宣傳삐라式 似而非藝術運動을 徹底的으로 排擊하고 新社會의 建設을 合理化할 正統無産階級의 藝術을 強調하지 안흐면 아니 된다. 여긔에 〈朝鮮自由藝術聯盟〉 創立 發起의 意義가 잇다.", "◀ 準備委員 ＝ 權九玄, 李鄕, 李弘根 其他"(「自由藝術聯盟 – 지난 삼일에 발기 돼」, 『동아일보』, 28.1.5), (「朝鮮自由藝術聯盟 – 지난 삼일 발기」, 『조선일보』, 28.1.5)

方向轉換을 하게 되엇스니 그것은 鬪爭으로서의 方向轉換이 아니엇고 "決議"로써의 方向轉換이엇스며 그러함으로 말미암아 方向轉換 뒤의 鬪爭도 쏘한 組合主義的 領域을 버서나지 못하엿다는 것이다. 그럼으로 거긔에서는 折衷主義的 似而非的 公式主義的 藝術理論의 擡頭를 보게 되엇스며 그 橫行으로 말미암아 眞正한 藝術運動의 進展을 妨害하엿든 것도 事實이엇다. 그러나 우리는 우리들의 果敢한 鬪爭은 그 誤謬를 認識케 하얏스며 淸算케 하얏스며 쏘한 克服하지 안코는 마지안핫든 것이다. 그래서 昨年 가을부터 始作된 우리들의 理論鬪爭은 바야흐로 本 同盟이 가진 似而非的 藝術運動의 殘存을 向해서 銳利한 화살을 쏘면서 잇다. 우리들의 運動은 반듯이 이런 對立物의 鬪爭으로서만 進展할 것이다. ……十七行略……

彼等의 「發起宣言 趣要」는 말한다.

"……맑스主義의 宣傳 쎄라式 似而非 藝術運動을 徹底히 排擊하고 新社會의 建設을 合理化한 正統 無産階級의 藝術을 强調하지 안흐면 아니 된다. 여긔에〈自由藝術聯盟〉創立 發起의 意義가 잇다."……八行 略……

"宣傳 쎄라式 似而非 藝術運動을" 排擊한다는데 對해서는 上述한 바와 가티 우리로서도 그 誤謬이엇슴을 認識하는 同時에 何等의 異議를 申請치 아니하지마는 "맑스主義的 藝術"이 그런 것 모양으로 無智한 看取로 因하야 우리들이 犯햇든 誤謬를 다시 한 번 되풀이하면서 反 맑스主義的 旗幟를 휘날리고 나오는 것은 쏘한 어쩐 것이라는 明示도 업시 그야 참말 "自由聯合式"으로 "아나키스틱"하게 "新社會 建設을 合理化할 正統 無産階級的 藝術을 强調 云云"함은 마치 장님이 毒蛇 엽흘 平然히 지내가면서 "나의 勇氣를 보라!"고 부르짓는 것과 何等의 差를 認證할 수 업다. 彼等은 어쩐 것이 "新社會"이며 그 "建設"을 爲해서는 엇더케 "合理的" 方法이 잇슬 것을 몰른다. 그것은 웨? 彼等은 "아나키쓰트"이기 째문에 ……二十三行 略……

朝鮮의 大衆은 正當한 길을 것고 잇는 單一戰線을 死守하지 안흐면 아니 될 것이며 그 正當한 單一戰線에 正當히 合流하고 잇는 藝術運動을 곳 本

---

118 '거의'와 같은 말이다.

同盟을 支持하지 안하서는 안 된다.

우리는 大衆의 힘으로 彼等을 粉碎할 것이며 本 同盟의 果敢한 鬪爭으로서 彼等을 撲滅할 것을 聲明한다.

一九二八年 三月　日

朝鮮푸로레타리아藝術同盟

"今後의 藝術運動, 朝鮮푸로레타리아藝術同盟 聲明", 『조선일보』, 1928.3.11.[119]

以上 畧. 一九二六年 末期로부터 果敢한 鬪爭 가운대에 政治鬪爭 舞臺로 登場하는 方向轉換을 함으로 비롯하야 民族的 單一協同戰線黨의 出現을 必然的으로 出現케 하엿스며 짤아서 本 同盟도 朝鮮民族 自己의 生活 條件에 依하야 方向轉換을 必然으로 하게 되엿든 것이다. 本 藝術同盟의 方向轉換이란 곳 朝鮮의 藝術運動의 方向轉換을 意味하는 것이니 그러면 朝鮮의 藝術運動의 方向轉換은 어쩌케 戰取되엇든가. 그것은 勿論 다른 모든 우리들의 運動部門이 한 것과 쪽가티 民族的 協同戰線에 合流하게 되엇든 것이다. 그런데 여긔에서 肝要한 問題는 "合流하는 것이 아니라 어쩌케 合流하게 되는가" 하는 것이 問題될 것이엇다. 그러나 우리는 여긔서 大膽히 告白치 안흘 수 업는 것은 本 同盟의 方向轉換 當時에 잇서서는 그런 "問題의 提出"을 解決함이 업시 거운 機械的으로 거운 公式的으로 方向轉換답지 안흔 方向轉換을 하게 되엇스니 그것은 鬪爭으로서의 方向轉換이 아니엇고 "決議"로써의 方向轉換이엇스며 그러함으로 말미암아 方向轉換 뒤의 鬪爭도 쏘한 組合主義的 領域을 버서나지 못하엿다는 것이

---

119 이 글은 앞의 『동아일보』에 수록된 글과 거의 같으나, 두 신문의 생략된 부분이 서로 달라 전모를 파악하기 위해 둘 다 수록하였다.

다. 그럼으로 거긔에서는 折衷主義的 似而非的 公式主義的 藝術理論의 擡頭를 보게 되엇스며 그 橫行으로 말미암아 眞正한 藝術運動의 進展을 妨害하엿든 것도 事實이엇다. 그러나 우리는 우리들의 果敢한 鬪爭은 그 誤謬를 認識케 하엿스며 淸算케 하엿스며 또한 克服하지 안코는 마지안헛는 것이다. 그래서 昨年 가을부터 始作된 우리들의 理論鬪爭은 바야흐로 本 同盟이 가진 似而非的 藝術運動의 殘存을 向해서 銳利한 화살을 쏘면서 잇다. 우리들의 運動은 반드시 이런 對立物의 鬪爭으로서만 進展할 것이다.

그런데 여긔에서 注目하지 안흐면 안 될 것은 이러한 誤謬를 淸算하는 過程에서 分裂的 反動的으로 內部에서가 아니라 外部에서 "벌서 淸算하고 잇는 誤謬를 向하야" 挑戰하는 卑劣한 무리가 往往이 잇는 것이다. 이것은 世界의 歷史가 말하는 바이며 우선 本 同盟에 對立하려고 出現한 "自由藝術聯盟"도 또한 그 部類의 하나가 아니랄 수 업다. 우리는 여긔에서 "自由藝術聯盟"의 正體를 暴露하는 同時에 그 얼마나 우리의 藝術運動을 攪亂시키는 者이며 우리로 하야금 永遠한 自己들의 欺瞞 가운데 隸屬시키려는 魂膽을 處斬하려 하는 바이다. 彼等의 "發起宣言 槪要"는 말한다.

"…… 맑스주의의 宣傳 삐라式 似而非 藝術運動을 徹底히 排擊하고 ××××의 建設을 合理化할 正統 無産階級의 藝術을 强調하지 안흐면 아니 된다. 여긔에 〈自由藝術聯盟〉 創立 發起의 意義가 잇다."

이러한 抽象的 文句의 羅列을 批判함은 오히려 우리들에게 어리석음이 잇는 것 가트나 그러하나 그 抽象的 文句 가운데서도 또한 우리는 如干 크지 안흔 反動性을 發見할 수 잇스니 우리들은 그 反動性을 撲滅하는 것만으로라도 또한 그것을 黙過할 수 업는 것이다. "宣傳삐라式 似而非 藝術運動"을 排擊한다는데 對해서는 上述한 바와 가티 우리로서도 그 誤謬이엇슴을 認識하는 同時에 何等의 異議를 申込치 아니하지만은 "맑스主義 藝術"이 그런 것 模樣으로 無智한 看取로 因하야 우리들이 犯햇든 誤謬를 다시 한 번 되푸리하면서 反맑스主義的 旗幟를 휘날리고 나오는 것은 또한 엇던 것이라는 明示도 업시 그야 참말 "自由聯盟式"으로 "아나키스틱"하게

"×××建設을 合理化할 正統 無産階級的 藝術을 强調 云云"함은 맛치 장님이 毒蛇 엽흘 平然히 지나가면서 "나의 勇氣를 보라!"고 부르짓는 것과 何等의 差를 認證할 수 업다. 彼等은 엇던 것이 "×××"이며 그 "建設을" 爲해서는 엇더케 "合理的" 方法이 잇슬 것을 몰은다. 그것은 웨? 彼等은 "아나키쓰트"이기 째문에 아나키쓰트는 ××한 低級 感情의 原始的 爆發을 그대로 爆發식혀서 一個人의 慾望을 滿足식힐 수 잇게 되는 것만이 그들의 究竟의 目的인 까닭에 그 到達하는 方法 역시 쏘한 그러한 原始的 "自由聯合"的 方法 以外의 方法을 몰으기 째문에 여긔에 잇서서 彼等이 建設하려는 "社會"가 얼마나 우리들이 가지려고 하는 社會와 差가 잇스며 그 合理的 方法으로써의 藝術이 쏘한 그 얼마나 原始的 形態일 것은 推測하고도 남는 바이다. 彼等은 그럿키 째문에 鬪爭을 하지 안는다. 오즉 攪亂하려는 彼等의 魔手는 分明코 쪽가튼 線上에 잇서서 우리가 死守하는 民族的 單一戰線을 어김업시 攪亂식힌 것이다. 그러면 그것이 우리들의 敵이 아니고 무엇이겟는가. 우리가 뭇질녀야 할 것이 아니고 무엇이겟는가. 朝鮮의 大衆은 正當한 길을 것고 잇는 單一戰線을 死守하지 안흐면 아니 될 것이며 그 正當한 單一 戰線에 正當히 合流하고 잇는 藝術運動을 곳 本 同盟을 支持하지 안해서는 안 된다.

우리는 大衆의 힘으로 彼等을 粉碎할 것이며 本 同盟의 果敢한 鬪爭으로서 彼等을 撲滅할 것을 聲明한다.

一九二八年 三月　日
朝鮮푸로레타리아藝術同盟

高長煥, "童謠意義－童謠大會에 臨하야", 『조선일보』, 1928. 3. 13.

十三日 밤 中央靑年會館에서 〈翠雲少年會〉主催 『朝鮮日報』 學藝部 後援으로 "童謠大會"를 開催함에 臨하야 〈朝鮮童謠硏究協會〉를 대신하야 멋 줄 쓰겟습니다.

×

童謠는 어린 사람 마음에서 생긴 말의 音樂입니다. 어린 사람 마음에서 생긴 말의 苦樂이 藝術的 價値가 잇스면 童謠라고 할 수 잇습니다. 쏘한 童謠를 가르켜 어린 사람 맘에서 나온 自然詩라고 할 수 잇습니다.

다시 말하면 童謠는 日常에 쓰는 通俗말로 누구든지 알도록 어린이의 心思를 그대로 表現하면 그만입니다. 즉 詩 가튼 形成이 업고 自由로 생각해서 感覺한 일을 自由로 노래하면 그것으로써 조홀 것입니다.

童謠는 어듸까지 노래의 形象을 具備한 童心藝術입니다.

그러나 童謠를 單純히 되나 못되나 童謠라고 노래하며 한 다른 道具로 쓸 것은 絶對로 아닙니다. 적어도 그 以上 童謠는 兒童의 精神生活을 指導하고 그로 인하야 一個의 完全한 人格者가 되기까지 圓滿히 生育하는 힘이 되지 안흐면 아니 될 것입니다.

童謠는 民族과 가티 生겨나서 文學의 一部門을 지으며 그 나라 文學 全體와 共通點을 갓고 잇는 것은 勿論입니다.

詩는 感激에 쌀아 생겨 오는 것입니다. 童謠는 純眞한 詩임으로 純眞한 感激性에 쌀아온다는 것은 當然한 일입니다. 不純한 感激에 쌀아 생겨 온 童謠는 童謠라고 볼 수 업습니다.

童謠는 民族性 啓發의 基礎敎育입니다. 國家에 對한 愛着心은 感激性에서 나오는 것으로 感激性은 立體的이고 平面的이 아닙니다.

詩가 업는 生活은 感激 업는 國民性을 一層 墮落식히는 것입니다. 感激性이 만흔 國民을 멘들여면 조흔 童謠를 어린이에게 주는 것이 무엇보담도 급합니다.

童謠는 童話와 步調를 合하야 非常한 氣勢로써 盛旺하야 왓습니다. 어린 사람의 것으로써 童話도 童謠도 結局 쪽가튼 것입니다마는 지금 말하면 童謠는 童話의 한층 말이 音律的으로 緊縮한 것이라고 말할 수 잇습니다.

—— 童謠는 노래할 것

—— 童話는 읽은 것 乃至 이야기할 것. 이만한 形式이 틀일 뿐입니다.

그러나 發達함에 딿아서 各自가 正確히 各自의 地步를 點領하야 바려서 지금에는 童謠 童話의 境界가 正確히 되어 잇습니다.

童謠를 童話化하야 童話와 쪽가튼 效果 아니 그 以上의 效果를 나타내는 일도 잇습니다.

童謠의 種類를 들으면 알에에 세 가지가 잇습니다.

一. 어린 사람 自身이 自己의 思想, 感情, 經驗 等을 心中에서 일어나오는 韻律에 딿아 表現하는 것

二. 어른이 어린 사람이 되어 思想, 感情, 經驗 等을 感覺하고 이것을 어린이의[120] 말 어린이의 韻律로 表現하는 것

三. 어린 사람의 心靈이 將來에 完美하게 發表함에 딿아 到達할 일을 希求할 世上을 어른이 노래해 주는 것

그러나 이들 童謠를 通하야 반드시 內存하지 안흐면 아니 될 本質的 生命의 要表는

1. 通俗말로 써서 어린이나 어룬들도 能히 알 수 잇도록 할 것

2. 能히 노래할 수 잇고 춤출 수 잇슬 것

3. 어린이의 生活을 絶對 土臺로 할 것

4. 藝術的 價値가 잇슬 것

5. 新鮮하고 純眞한 思想 感情을 노래한 것일 것

6. 感情에 誥訴하야 科學的 說明을 超越한 것일 것

7. 童心을 通해 본 것으로 모든 事物을 노래할 것

充分한 童謠의 意識—— 本質이 업시 童謠□ 批判하고 童謠의 作品을

---

120 '어린이의'의 오식이다.

□□하여 世上에 내놋는 것은 藝術的 良心上으로 보아도 謹愼할 일이며 쏘 一方으로 보면 童謠에 對하야 無智함을 暴露하는 것이 되오니 童謠를 論하는 以上 쏘 童謠를 創作하는 以上엔 더욱 엇더한 것인가를 硏究할 必要가 잇습니다. "童謠는 어린 사람이라도 지을 수 잇는 소용업는 것이다" 하고 輕視하는 것은 넘우나 애처롭기 싹 업습니다.

少年團體 又는 家庭 其他 學 에서[121] 어린이에게 童謠를 불으게 하며 쏘 춤추게 하며는[122] 것 가튼데 ──無資格者── 恒容 童謠 아닌 邪道의 童謠를 가르켜 어린 사람의 前途와 쌀아서 조선의 前途에 對한 큰 不幸을 맨들고 잇는 데도 잇습니다.

自己 一個의 趣味에서 그 童謠의 取捨를 定치 말고 널이 社會的 立場에 서서 모든 일을 생각해 주시기 바랍니다.

一. 童謠를 좀 더 一般的으로 普及하자!

一. 童謠를 小學 敎育科程에 늣키를 提唱하자!

一. 四月에 創刊되는 純 『童謠』 雜誌를 積極的 支持하자!

三. 一二. 아츰(未定稿)

---

121 '學校에서'의 오식으로 보인다.
122 '하는'에 불필요하게 '며'가 더 들어간 오식으로 보인다.

洪曉民, "病床雜感", 『조선일보』, 1928.3.17.[123]

藝術이란 어느 째든지 두 가지의 潮流를 씌우게 한다. 卽 하나는 創造, 創作, 또 하나는 捏造(模倣) 이 두 가지다. 그런데 創作과 模倣이 어느 點이 創作이 되고 어느 點이 模倣이 되느냐 하는 것이 늘 文藝上 乃至 藝術上에 論難되는 것이다.

俗學的이나 俗論的으로는 하나는 前人未造의 自己 獨唱의 것을 捏造 또는 創作이라 하고 또 前人의 것을 본써서 맨드러 논 것을 捏造 模倣이라고 한다. 그러나 果然 이러한 平凡한 凡俗的의 것으로 解決할 수 잇슬가.

만약에 이곳에 王羲之에 筆跡 가튼 韓濩[124](石峰)가 잇다면 그러면 王羲之는 創作이고 韓濩는 模倣일가. 이러한 것은 勿論 地方과 時代가 다르다고 말할 것이다. 그런데 내가 이 말을 하고자 하는 것은 古代藝術이 엇더코 近代藝術이 엇더타고 하는 것을 말하고자 하는 것이 아니다. 다만 現今에 滔滔히 흐르는 所謂 文藝理論이다. 내가 엿태껏 沈黙을 직힌 것도 이 째문이다. 이 말을 쓰면 나더러 反動化 햇다고 할는지 몰으나 羅, 麗朝의 藝術은 우리가 볼 만한 것이 만흐되 李朝 藝術이란 볼 것이 업는 것과 가티 現今에 滔滔히 흐르는 文藝理論이 作品上에는 何等의 影響이 업시 文藝理論만 춤을 출 째로 춘다. 結局 이것은 무엇이냐 하면 日本의 惠澤이다. 勞農藝術家聯盟, 前衛藝術家聯盟, 鬪爭藝術家聯盟, 푸로레타리아藝術同盟 數만흔 理論 生産家들에게서 나오는 日可日否의 文藝理論이다. 日老論 日少論 日南人 日北人 等等의 程朱學 論難이나 무엇이 다르랴. 捏造 藝術家! 먼저 人格을 닥거라. 直譯的 一手販賣家들이 沒落을 하면서도 指導 云云을 할는지. 月前 東京 잇는 L 君에게서 片紙가 왓다. 그것은 이곳에 公開할 것은

---

123 '洪曉民'의 본명은 '洪淳俊'이며, 아동문학과 관련해서는 '洪銀星'이란 이름으로 많은 글을 발표하였다.
124 '韓濩'의 오식이다.

못 되나 그에게서 階級的 良心이라는 것이 드러 잇는 것을 나는 읽엇다.

述語에 잇서서 동이 닷지 안케 써도 자미업는 것이지마는 階級的 良心이라고 하는 데까지 잇서서는 L 君은 무엇을 보앗든지 함부로 썻다. 良心이라는 것을 解剖해 본다면 結局 이것도 그 時代 地方의 環境의 依하야 事物에 對한 道德觀念에 지나지 안는다. 이곳에 만약 貧寒한 者가 잇서서 몟칠을 굶은 끚테 그가 ××질을 하엿다 하면 그를 가르처 良心이 업는 者라 하리라. 그러나 그가 ××질 할 만큼 한곳에 富裕한 ××이 싸혀 잇고 ××××가 그를 굼기고 그가 집을 만하게 되엇스니 그것은 무엇이라 할가. 物件에 갑슬 올이기 爲하야 쏘는 나리기 爲하야 方便을 쌀아서 物件을 水洗도 식히고 倉庫에 너허 썩키기도 하고 火炎에 살너 버려도 現在 ××에서는 良心 上 ×××는다. 그러면 L 君의 階級的 良心이라는 것도 생각할 餘地가 잇다. 全 階級을 裡切하는 行動 全 階級을 汚損하는 行動이 아닌 以上 階級的 良心이라는 文學濫用 述言濫用은 自己의 輕率을 表現함에 지나지 안는다. 派閥主義를 固守하는 줄 아는 在來의 派閥 그대로 잇는 줄 아는 宗派的 新中間派의 形態란 處處에서 暴露된다. 事業이란 自己가 혼자 하려는 野心이야 누가 업스랴마는 全 階級을 爲하고 全 ××을 爲한다면 정말 階級的 良心이 잇다면 雅量과 寬容이 잇는 것이다. 이곳에 階級的 良心이 如何한 것인지 잘 알 수 잇는 것이다.

넙적한 現實 大衆的 ××를 無視하고 現實을 옥으려 보고 '헤게모늬'를 云云하는 것은 마치 佛蘭西가 歐洲에 覇權을 잡으려든 엄청난 醜酊이다.

一九二八. 三. 二

李貞求, "童謠와 그 評釋(一)", 『중외일보』, 1928.3.24.

어린이의 藝術인 어린이의 놀애(童謠)를 爲하야서 적지 안흔 硏究를 하야 보려는 나로서는 到底히 이 놀애(童謠)의 出現을 渴望치 안흘 수 업다.

朝鮮의 어린이 일쿤은 주렷다. 팡에도… 글에도… 모든 것에 주린 일쿤이다. 그리고 놀애도 일즉이 말러 버렷다. 녯날의 한가한 시절에 부르는 「싸북네」 놀애도 「아리랑」 타령도 지금은 우리 어린이에게서는 듯기가 甚히 거북하다. 그 代身으로 우리 어린이의게도 한갓 설음에 얼싸힌 눈물의 시절이 차저왓다.

그리하야…길가에서…산과 들에서…골흔 배와 헐벗은 몸집을 부둥켜안고 餘地업시 哀처러운 울음을 운다. 그러고 헤맨다.

그러나 우리의게도 겨을이 잇스면 봄이 잇다는 格으로 쑤리가 잇스면 꼿이 핀다는 例로…눈물의 歲月이 잇스면 놀애의 세월이 잇슬 것이오 울음의 날이 잇스면 웃음의 시절이 쏘 잇슬 것이다. 우리는 이 압날에 차저올 놀애의 시절을 準備하기 爲하야 어린이의 놀애(童謠)를 獎勵시킬 必要가 업지 안타. 아니 꼭 장려시켜야 한다. 그리하야 나는 지금 어린이의게 이 뜻의 놀애를 장려시키기 爲하야서 나의 創作童謠集 가운대서 數十篇의 동요를 들어 이것을 評釋하려 한다.

×

꼿밧

분홍꼿이 피엿네
노랑꼿이 피엿네
굴밤낭게 열린밤
새싸맛케 닉엇네
×
잠자리도 오섯고
나뷔님도 오섯네

밤따러온 다람쥐
떨어지고 말엇네
　　(一九二六. 九. 作)

　　분홍꼿 노랑꼿의 가지가지의 꼿이 가을 꼿밧을 장식한 곳에 잠자리도
왓다. 나뷔도 날럿다. 가을은 모든 꼿이 싀드는 째이다. 그러나 싀드는 시절
에 유달리 분홍꼿과 노랑꼿이 꼿밧 한 구석에 피엇다. 그리하야 몹시도
筆者의 눈을 끌어 주엇다.
　　마즘 그 엽헤는 밤(栗)나무가 잇섯다. 그리고 나무 우에는 다람쥐가 재간
를 피우다가 떨어젓다.
　　밤(栗)나무는 이 놀애의 生命이다라고 筆者는 생각햇다. 왜?냐고 물으
면 만약 밤나무가 없서드면 이 꼿은 가을임을 모를 것이다. 筆者는 이런
범위 안에서 이 놀애를 읇헛다.

단풍닙

단풍닙 읅읏붉읏
　　　　빗도곱구나
곱기는 곱지만두
　　　　바람이불어
앗갑긴 하지만두
　　　　떨어지누나
　　　　×
날리는 단풍닙이
　　　　쓰기는해도
그리운 엄마나무
　　　　닛지를못해
올라도 채못가서
　　　　떨어지누나

李貞求, "童謠와 그 評釋(二)", 『중외일보』, 1928.3.25.

이 童謠를 쓰게 된 筆者의 動機는 이러하다. 當時의 文壇에 是非꺼리가 되든 韓晶東 氏의 童謠

> 장포밧못가운데 소곰쟁이는
> 1 2 3 4 5 6 7　쓰며노누나
> 쓰기는쓰지만두 바람이불어
> 지워지긴하지만 소곰쟁이는
> 실타고도안하고 쌩쌩돌면서
> 1 2 3 4 5 6 7　쓰며노누나

를 닑엇다. 그리고 퍽이나 好感을 어덧다. 그리하여 나는 이 동요를 모르는 사이에 외여 버렷다. 들에를 가나 산에를 가나 이 노래(童謠)를 한번 부르지 안흔 적은 업다. 이럿케까지 나는 이 童謠와 갓가워젓다. 어느 날 가을 나무 그늘 밋헤를 지나가는데 단풍닙히 몹시도 나에게 아기자기한 感興을 주엇다. 그리하여 나는 卽時 이 노래를 부르면서 「단풍닙」이라는 이 一葉의 노래를 「소금쟁이」(韓氏의 童謠)의 童謠에 대고 불럿다. 그 結果가 이 「단풍닙」이다.

퍽이나 韓 氏의 「소금쟁이」와 親한 作品이다.

> ### 초사흘날달
> 초사흘날 달님은
> 　　외쪽의뱃님
> 내동생을 태워간
> 　　험상한배가
> 초사흘날 달님인
> 　　저배이련만

　　　　　×
듯는척　보는척
　　　　아니하고서
이번에는　누구를
　　　　태이엿는지
　　　　×
푸른하날　놉히써
　　　　돗대도업시
여기여차　배저어
　　　　노래부르며
두룩놉흔　섬들을
　　　　돌아가누나
　　　　(一九二六. 겨울밤)

　　초사흘날 달님은 살작 갓티도 보이고 老人의 꿉은 "허리" 가티도 보인다.
　　그러나 나에게는 단지 하나인 아우의 죽엄을 追懷식히는데 不過하엿
다. 그리하야 나는 멧 번이나 그 달을 보고 말 못할 호소를 하소연할려고 하얏
다. 그러나 그 달이 무정한 쪼각의 돗 업는 배(船)처럼 보일 째 筆者는
無數히 그 달을 비관하고 십헛다. 그리하야 나는 쪼각달을 외쪽의 배로
생각하고 나의 동생을 다려간 배라고 불럿다. 그리고 푸른 한울을 바다
놉흔 산을 섬(島)으로 볼 째 나의 마음은 더욱이 쓰렷다. 달이 산을 넘어
갈 째――나는 저윽히 쓸쓸함을 늣겻다. 그리고 쏘 이번에도 다른 이를
태우고 天國으로 이끌고 가는 것 갓햇다.

추녓물
간밤에 눈마즌
　　　　우리집웅은
눈오시고 치워서
　　　　못견딀밤도
그냥두고 옷한벌

            주지안허서
        생각하면 간밤이
            설어웁다고
        말도업시 고요히
            눈물흘려요
        (一九二六. 겨을날)

    겨울 쌋쓧한 날! 밤새에 온 눈은 초가집 집웅에서 녹아 이스랑물이 되여
흘러내린다.
    어린이의 마음엔 이 눈 녹은 물이 몹시도 설어 보혓다. 더욱이 우리의
처디는 눈물이 만흔 처디여서 모든 것이 哀처러워 보인다.
    눈이 오나 비가 오나 치우나 더우나 입을 것 하나 안 주는 집웅의 身勢는
이러케 가련하다. 집은 이러케 울어 본 적이 만흘 것이다.
    自己네들만 滿足하면 恩惠를 입는지 갑는지도 모르게 지내는 人間이
數百일 것이다. 나는 이 노래를 어린이에게 들일 째 한 慈悲心의 惹起를
바랏다.

李貞求, "童謠와 그 評釋(三)", 『중외일보』, 1928.3.26.

        ᄶᅡ마귀
    ᄶᅡ마귀 ᄶᅡ마귀
        자쑤웁니다
    어제밤 추위에
        잠못잣스니
    온아츰 울밋서
        자구십구만
    잠잘째 사람이

                  잡아갈까바
      마음이 겁나서
                  자꾸웁니다
                  (一九二六 겨울)

    그러타. 우리는 이 까마귀의 신세와 가티 마음 노코 잠 한번 잘 시절이
업다. 모든 것이 싸움이다.
    모든 것이 敵이다. 까마귀는 사람의 손에 잡힐가 바 몹시도 마음을 조리
엇다. 우리 어린 일꾼도 한가지로 마음을 노코 잠을 잘 시대는 아니다.
    어제 밤에 치워서 잠을 못 잣스니 오늘 아츰에는 울타리 미테서 한잠
자 볼가? 하는 까마귀의 마음을 나는 잘 알어댓다. 그러고 終乃 겁이 나서
잠은 못 자고 울기만 한 것을 어린이들은 알어라.

        ## 銀 샘
      햇빗바른 양디쪽에
                  눈이녹으면
      가느다란 은새암이
                  되어가지고
      싸스한 봄햇빗이
                  보고십다고
      지재는 새소리가
                  듯고십다고
      웃음짓는 꼿송이를
                  맛나려고요
      졸졸졸 속살대며
                  날어갑니다
      햇빗바른 양디에
                  눈이녹으면
      아기장 아기장
                  흘으는샘이

기다리는 새들을
        만나려고요
낯닉은 우슴을
        차저볼나고
보실비 은실비
        오는나라로
머지안은 봄나라를
        차저갑니다
        (一九二七. 첫 봄날)

　一九二七의 봄날은 왓다. 눈 녹는 날——햇빗이 짯뜻한 陽地쪽에 눈이
녹으면 족으만 샘(泉)이 되여 가지고 몹시도 아장스러운 손짓을 하며 흘너
나린다. 맛치 머지 안흔 봄나라를 차저 새 우는 나라, 꼿 피는 나라, 보슬비
나리는 아지랑이 아질어리는 봄날을 차저 흘르듯이——나의 눈의는 이
흘르는 듯한 春情으로 보엿다. 머지 안흔 꼿봄 노래의 봄을 筆者는 이 눈
(雪) 녹은 물에서 想像햇다.

해지는저녁

어제도 오늘도
        지는햇님은
가볍게 두둥실
        가라안고요
응달진 산미테
        초가집에선
엄마엄마 부르는
        아가울음이
썰어지는 햇님을
        짤하갑니다
        (一九二七 가을)

李貞求, "童謠와 그 評釋(四)", 『중외일보』, 1928.3.27.

어쩐 이인가 이 童謠를 某誌에 評하기를
"조선 아가의 울음이다"라고 했다.
　사실이다. 筆者 亦是 그러한 뜻으로 이 童謠를 썻다. 해 넘어가는 째는
저녁이다.
　그러고 조선의 아가는 듬달[125](陰地)에서 자라난다. 그러고 주렷다. 어머
님의 젓(乳)은 말럿다. 이리하야 아가의 울음은 어느 날 하로 안 들리는
날이 업다.
　筆者는 이 불상한 이의 울음을 속 시원하게 저− 먼− 나라로 해를 짜러
서 날려 보내고 십흔 듯한 애타는 感懷이엿다.
　아! 우는 이의 압길을 우리가 만히 생각하자!

잠자는 海棠花

明沙十里　海棠花
　　　　잠을잡니다
바람부는 벌판에
　　　　동무가업서
안개저즌 섬들을
　　　　바라보다가
파도소리 겁나서
　　　　잠을잡니다
　　　　×
힌모래밧 海棠花
　　　　잠을잡니다
금모래 은몰애

---

125 '음달'('응달'의 원말)의 오식이다.

쥐고십허도
　힘세인 파도가
　　　겁이나련만
　기다리는 벌나븨
　　　언제오난고
　꿈속에 잠도요
　　　잘못잡니다
　　　(一九二七. 八. 四)

明沙十里와 海棠花는 有名한 것이다.

元山에서 明沙十里 海棠花를 모르고 자라나는 분은 업지요——아니 朝鮮에서도 모다 알 것이다.

一九二七년 한가한 틈을 利用하여 明沙十里를 차저보고 어쩍하든지 海棠花를 읇허 보겟다는 마음이 불타듯 닐어낫기에 붓을 들고 쓴 作品이 이것이엿다. 그럿타. 明沙十里의 海棠花는 조흔 시절에도 잠만 잔다. 잠도 무서움 속에서 마음이 조비빔을 못 견대서 단잠을 자 본 적이 업다.

明沙十里는 말뿐이다. 探勝客의 그림자가 듬은 것이 海棠花로 하여곰 얼마콤 쓸쓸한 바람을 맛게 하는지 모른다. 그리하야 나븨도 벌도 업는 벌판에서 파도만 바라보는 海棠花의 마음을 저윽히 적적하다는 것을 筆者는 天下萬人에게 알리고 십헛다.

써나는이[126]

뱃고동 틉니다

---

126 원산 이정영(元山 李貞永)('李貞求'의 오식)의 「써나는 이」(『동아일보』, 28.1.2)는 1928년 『동아일보』 '신춘현상문예' '歌謠' 부문에 입선한 작품이다.(「入選新春懸賞文藝」, 『동아일보』, 27.12.31) 원문은 다음과 같다. "뱃고등 틉니다 마즈막짱에/어머님 아버님 어서타세요/써나는 이짱에 눈물흘리면/누구라 그눈물 담아가리요//◇ 뱃고등 틉니다 마즈막길에/어머님 아버님 들어가세요/써나는 이길에 한숨남기면/누구라 그마음 알어주리요//◇ 뱃고등 틉니다 마즈막고등/어머님 아버님 우지마세요/흙냄새 썰어진 이길우에서/누구라 그울음 들어주리요//"

마즈막짜에
　　어머님 아버님
　　　어서타세요
　　써나는 이짜에
　　　눈물흘리면
　　누구라 그눈물
　　　담어가리요
　　　　　×
　　뱃고등 틉니다
　　　마즈막길에
　　어머님 아버님
　　　들어가세요
　　써나는 이길에
　　　한숨남기면
　　누구라 그마음
　　　알어주리요
　　　　　×
　　뱃고등 틉니다
　　　마즈막고등
　　어머님 아버님
　　　우지마세요
　　흙냄새 떨어진
　　　이길우에서
　　누구라 그울음
　　　들어주리요
　　　（一九二七 겨을날）

　이 노래는 筆者의 童謠 중에서도 第一 미듬성 잇다고 생각하는 가장 現實
에 각가운 노래인 줄 생각한다.
　그리하야 일즉이 노래는 『東亞日報』（今春）懸賞文藝 詩歌에 當選되엿
섯다.

첫 절은 故國을 등지고 北國에 쓸로 발길 옴길려는 무리의 뱃다리(棧橋)
에 나선 광경이다.

어머님 아버님 아들의 三人 食口가 통터러 가는 이 설음에 當面한 아버
님 어머님은 울지 안을 수 업다. 그러나 아들님의 그 無邪氣한 마음에 어머
님과 아버님은 더한층 마음이 쓰렷슬 것이다.

둘재 절은 배 우에서 머―ㄴ 마을――넷마을――을 처다보고 한숨을
지은 곳이요

쯧 절은 뱃길 우흐로 바다의 뱃길은 故국을 버리고 쩌나는 이의 마지막
눈물―마지막 울음을 그려낸 것이다. 筆者는 이러한 처참한 눈물・한숨・
울음을 여러 동무에게 알리고 십헛다.

李貞求, "童謠와 그 評釋(五)", 『중외일보』, 1928.3.28.

　　꼿피면?

어머님
외짜른 이길가에
꼿피면 무엇해요
오는이 가는이의
손버릇 어쩌고요
　　　　　×
어머님
물마른 이길까에
꼿피면 무엇해요
하로가 채못가서
시들면 엇저고요
　　　(一九二八. 첫봄)

그렷타―물도 말르고―사람도 업는 외싸른 길까에 꼿치 피면 누구가 그 꼿을 인정하랴. 오히려 가는 이 오는 이의 손부림이 되고 말 것이다. 하로가 채 못 가서 말러 버릴 것이다. 그보다도 우리는 기름진 쌍을 차지하고 그곳에다 쌔씃한 꼿을 꼬저 노하야만 萬人의 崇拜가 불 가트리라. 우리는 누구나 다―理想을 찻는 무리일 것이다. 모든 것이 滿足한 곳에 우리의 꼿도[127] 滿足한 우슴을 우슬 것이다.

―― 꼿 ――

付 記

이것은 어린이의 노래를 爲하여 쓴 것입니다. 어린이들이 흔히 부르고 십고 짓고 십고 읇으고 십흔 場面에 當하드라도 마음대로 못 부르는 쌔가 만습니다. 이러한 点을 爲해서 더욱이 童謠를 쓰고 그 童謠의 뜻과 읇흔 이의 마음과 쏘 읇흘 쌔의 感을 적어 어린 동무에게 밧침니다.

---

127 '우리의 꼿도'(우리의 꽃도)의 오식이다.

鄭順貞, "少年問題·其他(上)", 『중외일보』, 1928.5.4.

少年運動도 다른 部門運動과 한가지로 無産階級運動의 一翼的 任務를 다하기 爲해서는 所謂 自然發生的 運動으로부터 目的意識的 運動으로의 方向을 轉換하지 안흐면 안 된다는 追從理論으로써 論壇의 一陣을 占領한 것이 事實이다.

事實에 잇서서 今日의 少年運動이 自然發生的 運動으로부터 目的意識的 運動으로의 方向을 轉換치 안으면 아니 될 根本理論이 어느 곳에 잇는가? 그보다도 少年運動이 無産階級運動의 一部門 運動이 되지 아니치 못할 根本 事實이 어느 곳에 잇는가? 이것의 究明으로부터 그 所謂 少年運動의 方向轉換의 可否는 決定되는 것이다.

少年運動의 目的은 그 무엇인가? 自己를 强壓하고 專制하려는 父老에게 叛逆하야써 不自由스럽게 成長하는 어린 生命을 活潑하게 살이는데 잇는가? 萬若 그럿치 안으면 自己를 抑壓하고 嘲弄하야 푸로레타리아 少年에게 煩悶과 苦痛의 傷處를 주는 부르조아 少年을 對立하야 鬪爭하는 것이 少年運動의 究竟의 目的이 되는 것인가? 이제 前者가 少年運動의 目的이라 하면 그것이 少年의 地位 獲得과 存在 確立의 運動이라는 데서 그 運動은 少年에게 업지 못할 것이나 萬若 運動 形態가 그곳에서만 그친다 하면 少年運動이 無産階級의 一部門 運動이라고는 못할 것이며 짤하서 別般 方向轉換의 必要를 感하지 못할 것이다. 그리고 萬若 後者라 하면 우리는 當初부터 少年運動의 眞義를 차저볼 수 업다고 생각한다.

事實에 잇서서 부르조아 少年이 푸로레타리아 少年을 抑壓하고 嘲弄하는 것은 無根은 아니다. 그러나 그 抑壓과 그 嘲弄은 부르조아 少年의 自己意識의 發現이 아니라 外來의 感化인 無意識的 感情의 發露이다. 이러한 싸닭에 抑壓하고 嘲弄하는 부르조아 少年은 抑壓當하고 嘲弄을 밧는 푸로레타리아 少年에게 敵對가 안이라 根本問題는 抑壓하는 父母와 抑壓當하는 父母와의 間에 돌려보내야 할 것이다.

假令 이곳에서 簡單한 例를 들어 말하자면 雇主가 顧人을 壓迫하는 것은 雇主가 經濟的으로 顧人을 □持해 준다는——卽 經濟的 조건으로써 壓迫하는 것이지만 雇主의 子息과 顧人의 子息과 間에 壓迫 問題는 何等의 經濟的 條件이 업슴에도 不拘하고 問題 되여 잇슴은 全然 少年과 少年과 間의 背景의 感化가 안이라고 어느 누구가 敢히 말할 것이랴? 그러니까 抑壓하고 嘲弄하는 쑈르조아 少年과 抑壓當하고 嘲弄 밧는 푸로레타리아 少年과를 互相 親睦을 圖케 하는 데는 먼저 靑年運動과 勞働 農民運動에 힘쓸 必要가 잇다고 생각한다. 그 모-든 無産階級運動이 資本階級을 克服하는 째에 가서 必然으로 少年問題——卽 少年間의 壓迫 問題도 解決되리라고 밋는 까닭이다.

여긔까지 論하고 보면 前者는 少年으로써 반드시 取해야만 할 運動形態라고 하겟지만 後者는 當初부터 問題 안 되는 問題라고 생각한다.

그러나 近來에 와서 少年問題에까지 所謂 方向轉換 云云을 利用하는 것을 보면 一大 喜劇이다. 勿論 少年運動이 無産階級 運動의 一部門 運動이라고 할진대 現 發展段階를 認識치 안을 수 업는 것이고 그것을 認識하자니 方向轉換의 必要를 感하게 되는 것이지만 나는 少年運動이 無産階級의 部門運動이라고는 보지 안는다. 다만 少年의 地位 獲得과 存在 確立의 運動이라고만 본다. 그런 까닭에 少年運動은 必然으로 어쩐 階級 對 어린이 階級의 鬪爭運動이 아니라고 할 수 업다.

鄭順貞, "少年問題·其他(下)", 『중외일보』, 1928.5.5.

이만큼 말하자면 所謂 少年運動의 方向轉換 云云은 理論分子의 理論的 遊戲에 不過할 뿐만 안이라 少年運動의 眞境을 正確히 把握치 못한 者의 □氣인 것을 알 수가 잇슬 것이다.

그러니까 나는 少年運動에 잇서서 特殊朝鮮의 認識을 提唱하는 金泰午

君의 所論과 한가지로 모-든 少年運動의 方向轉換論者를 拒否하는 것이다. 나의 方向轉換의 否認이라는 것은 다만 少年運動에만 限한다는 것을 이 자리에서 鮮明히 말한다.

◇「暮春 揷話」

過般에 金東煥 氏가 『朝鮮之光』에 「新春 雜感」이라는 題로 隨筆을 發表한 일이 잇섯다. 그것이 洪曉民 同志의 말과 가티 一家然이나 一流然만 하엿슬 뿐인가.

그 隨筆이 將次 出現할 朝鮮의 少壯 評論家에게 적지 안흔 妨害를 준다는 點에서 나는 그에게 反駁한 바 잇섯다. 그러나 該 反駁文에 多少 不充分을 感하엿든지 同志 張準錫 君이 再次 金 氏를 反駁하엿다. 그런데 이제 洪曉民 同志가 『朝鮮日報』의 「暮春挿話」 中 「隻眼者의 一」에서 나와 張準錫 同志의 金東煥 氏 反駁文은 그의 論文의 全體를 理解치 못한 點과 그의 平素의 實踐을 물은 點에서 나온 誤解라고 말하엿다. 그래 우리가 그의 論文의 全體를 理解치 못하엿다는 것은 어써한 意味에서 한 말인가? 金東煥 氏가 該 隨筆에서 一家然 一流然의 거만을 쩐 것은 張 君도 是認하는 바 事實이 안인가? 그리고 金 氏는 新進 批評家(金 氏는 群小 批評家라고 불럿다)의 幼稚한 点을 具體的으로 指摘도 못하면서 全的으로 無視하얏다.

자! 이만하면 充分히 反駁의 敵이 되지 안는가? 무엇이 理解하고 못하고가 잇슬 것인가?

그리고 우리는 金 氏의 實踐을 말하는 것은 아니다. 우리는 그의 理論의 誤謬만을 駁햇슬 뿐이다.

功利心에 汲汲하야 그러는지 모르지만 「隨感」이니 「隨想」이니 하는 적은 글을 가지고 宏大히 써들어서 問題 삼는 것이 벌서 隻眼者의 作亂이다.

하고 洪 君은 말하얏다.

이 무슨 非戰鬪的의 말이냐? 적은 隨感과 隨想에서는 얼마든지 誤謬를 犯한다 하야도 默過해야만 한다는 말인가? 同志 相互間에 誤謬를 指摘하는 것은 적어도 맑스主義者의 道德인 줄을 알어야 한다.

洪 君은 「隨感」과 「隨想」에까지 階級的 利益이 되라! 하는 것은 無理한 注文이라고 한다! 어째서 無理한 注文이냐? 隨感과 隨想은 그 作家(無産文藝家)의 頭腦에서 쏘다저 나오는 것이 안이고 天上에서 쩌러저 나려오는 것인가. 그 作家의 頭腦에서 쏘다저 나온다고 할진대 그가 無産階級 文藝家로 自認하는 限에 잇서서 반드시 階級的 立場에서 自己階級의 利益을 爲하야 쓰지 안으면 안 될 것이다.

洪 君이 이번 「暮春 揷話」에서 犯한 誤謬는 生覺컨댄 金東煥 氏를 無理히 辯護하려다가 自己도 모르게 犯한 誤謬인 줄 안다.

願컨대 洪 君이어! 自重하소.

◇ 雜 談

나는 이 以上 더 쓰고 싶흔 것이 만헛다. 그러나 米國의 어썬 新聞記者이며 同時에 小說家(그의 이름은 이저스나 『露國革命의 十日間』의 著者)가 말한 바와 가티 創作을 始作하려고 할 째의 氣分은 正히 □異漫遊를 準備하고 잇슬 째의 氣分과 同一하다는 말과 가티 내가 至今 不日間 旅行을 하려고 準備하는 이째에 잇서서 끝틀 쓰고 안젓슬 만큼 沈着해지지를 안는다. 할 수 업시 이것으로 붓을 놋치만 未盡한 말은 旅行 中에 써 볼가 하는 生覺을 가지고 잇다.

沈薰, "兒童劇과 少年映畫(一) - 어린이의 藝術敎育은 엇던 方法으로 할가", 『조선일보』, 1928.5.6.[128]

> 아해들은 나히가 어려서 작란(遊戱)을 하는 것이 아니라 작난을 하기 위하야 어린이의 時代가 잇는 것이다 … (그로-스)
> 遊戱할 째의 人間이야말로 참 정말 사람의 모습을 나타내는 것이다 …… (시러-)

여러분! 노래를 부르고 춤을 추어도 오히려 견딜 수 업시 깃부고 질거운 "어린이날"을 마지하는 여러분 여러분이여! 이가티 조흔 날에 섭섭한 말을 해서 대단히 안되엇습니다만은 여러분이 밥 먹기보다도 더 조와하고 學校의 공부보다도 더 자미잇서 하는 조흔 演劇이나 活動寫眞이 이제까지 우리 朝鮮에는 잇섯다고 할 수가 업습니다. 아름다운 이 江山에 태어나서 아득한 녯날로부터 남붓그럽지 안은 文明한 살림사리를 누리어 오든 우리 배달족속이언만 어린이들에게 크게 有益한 兒童劇이나 少年映畫를 우리들의 손으로 해 보지도 못하고 구경조차 못하는 것은 참으로 눈물이 흐르도록 섭섭하고 분한 일입니다.

그러치만 업는 것은 밤낫 업는 대로만 잇슬 리치가 업습니다. 우리도 손발이 잇고 다른 나라 사람보담도 더 재조잇는 머리를 가젓스니까 지금부터라도 열심히 만드러내고 작구 해 보면 안 될 것이 잇겟습니까? 그러니까 업다고 걱정만 할 것이 아닙니다.

말도 잘 겨누지 못하는 아기들이 나무토막을 가지고 싸엇다 허무럿다

---

128 '沈熏'의 오식이다. 이 글은 3회(1928년 5월 6일, 8일, 9일) 연재되었으나 글 내용으로 보면 마무리가 덜 되었다. 『조선일보』는 1928년 5월 9일자 이관구(李寬求)가 쓴 '사설'(「濟南事變의 壁上觀-田中內閣의 冒險」)을 통해 일본군의 제남(濟南) 출병을 비판하였는데, 이것이 안녕질서를 방해하였다는 이유로 신문지법 제21조에 의해 필자 이관구를 구속하고 신문 발행을 무기정지하였다. 1928년 9월 21일에 이르러 신문은 속간(續刊)되었다. 이로 인해 심훈의 글은 더 이상 연재되지 못한 것으로 보인다.

하는 것은 기양 작란이 아니라 집을 짓고 십허 하는 타고난 버릇(本能)을 가진 까닭이요 男女를 분간도 못하는 人形 가튼 아기씨가 "장독대" 겻해서 자근옵바하고 비닭이처럼 마조 안저서 눈곱만한 그릇에 풀닙새를 담어가지고 "너 먹어라" "아이 손님 몬저 잡수서요" 하고 노는 것은 솟곱작란이 아니라 자라서 살님살이(家庭生活)을 하려는 演劇을 미리 하고 잇는 것입니다.

우리가 어럿슬 째에 양디짝에서 노이는 병아리처럼 혼자 쏭알거리든 것이 자라서 성악(聲樂)이 되고 숫거멍으로 벽에다가 란초를 치든 버릇이 자라서 미술(美術)이 되고 마루에서 쮜엄박질을 하든 것이 무도(舞蹈)가 되고 달 밝은 밤에 동모들이 銀杏나무 그늘에 모혀서 "숨박굽질"을 하고 "까막잡기"를 하는 것이 커지면 연극(演劇)이 되는 것이요 그 그림자를 박혀낸 것은 별다른 것이 아니라 바로 활동사진(映畵)입니다.

沈薰, "兒童劇과 少年映畵(二) ─ 어린이의 藝術敎育은 엇던 方法으로 할가", 『조선일보』, 1928.5.8.

우에 말슴한 것과 가티 어린이는 暫時도 움지기지 안코는 견듸지 못하는 本能을 타고 낫슴으로 나날이 長成해 가는 것이요 일은바 지각(理智)이 나지를 못햇슴으로 그 마음ㅅ자리는 왼통 感情투성이입니다.

"능금" 한 개를 보고도 손ㅅ벽을 쑤드리며 참새가티 쮜놀고 조금만 비위에 틀리는 일이 잇스면 발을 동동 굴으고 통곡을 내어놋습니다. 그러기 째문에 어린이를 指導하는 責任을 가진 사람은 무엇보다도 어린이의 感情生活에 가장 큰 注意를 해야 할 것입니다. 感情을 無視한 敎育은 반편(畸形)이요 껍덕이에 지나지 못하는 것이외다.

일본말 한마듸라도 더 가르치기에 눈이 벌것코 순진스럽기가 天使와 가튼 兒童을 兵丁 다르듯 하는 朝鮮의 學校敎育을 보면 참으로 寒心합니다.

그럼으로 우리는 自由를 어들 수 잇는 範圍 안에서 童謠 童話 自由畵

兒童劇 等 藝術敎育運動을 니르켜서 지금 우리네가 밧고 잇는 病身敎育으로부터 感情敎育 藝術敎育 自由敎育으로 改善치 안흐면 안 될 것입니다. 이것은 決斷코 한째의 流行으로나 마음이 들뜬 藝術家들의 작란이나 消日거리를 할 것이 아니라 참다운 敎育家들의 손으로 愼重하게 硏究하지 안으면 아니 될 重大問題입니다.

○

거듭 말슴하거니와 어린이에게는 藝術的 本能이 잇스니 그들의 日常生活이 이미 戲曲的이라 自由로운 舞臺에서 自由로운 劇本을 가지고 自由롭게 演劇을 하면서 제 몸을 니저버리고 모든 것을 돌아보지 안는 그 無邪氣하고 더럽히지 안음이 얼마나 尊貴하고 純眞한 姿態입니까? 여긔에 잇서서만 우리는 "하나님"을 맛나 볼 수 잇고 "부처님"을 갓가히 할 수도 잇는 것이니 넘우도 싯그럽고 더러운 이 쌍 우에서는 이보다 더 貴엽고 쌔끗한 모양을 볼 수가 업는 것이올시다.

나는 이 우에서 어린이의 藝術敎育이 엇재서 必要하다는 것을 대강 말슴하얏습니다. 그러나 모든 點으로 대단히 自由롭지 못한 處地에 잇는 우리로서 엇더케 하여야 어린이의 藝術敎育을 理想대로 펴 보고 그 抱負와 使命을 다해 볼가 함이 가장 큰 問題일 것입니다.

나는 이 問題에 對해서는 더구나 專門으로 硏究해 본 적이 업습니다. 그러나 이왕 붓을 든 김에 童話劇 少年映畵의 各 部門을 난호아 가지고 엇더케 實行해야 되겟다는 方針을 아조 簡易히 이 아래에 말슴해 보려 합니다.

沈熏, "兒童劇과 少年映畵(三) – 어린이의 藝術敎育은 엇던 方法으로 할가", 『조선일보』, 1928.5.9.

(一) 兒童劇

兒童劇은 두 가지로 나노아 볼 수 잇스니 하나는 "어린이에게 보여주는

演劇"이요 하나는 "어린이에게 식히는 卽 어린이 自身이 俳優가 되어 出演케 하는 劇"입니다.

'로시아'에는 어린이만 出入하고 兒童劇만을 專門으로 上演하는 劇場이 짜로 잇는데 어느 有名한 婦人이 거느리고 잇서서 날마다 午後면은 農民이나 勞働者의 子女들을 모아 가지고 조흔 演劇을 보여 준다고 합니다. 쏘 다른 나라에도 만켓지만 日本서도 築地少劇場에서 가끔 "어린이의 날"을 작뎡해 가지고 「가방 劇場」「콩이 삶어질 쌔쌔지」「羊치는 사람」「박쥐」「작란감 兵丁」 가튼 자미잇는 脚本을 가지고 여러 번 上演한 적이 잇습니다. 쏘 얼마 전에 서울서도 柳仁卓 氏 演出로 朝鮮劇場에서 「날개 돗친 구두」를 上演해서 만흔 歡迎을 밧엇습니다. 그박게 少年會 主催로 童話劇을 잇다금 하는 모양이지만 「날개 돗친 구두」나 世界的으로 有名한 「파랑새」(靑鳥) 가튼 脚本은 '모스크바' 藝術座에서 벌서 千번이 넘도록 上演을 햇답니다만은 이러한 戱曲은 어른이 해서 어린이게 보혀 주는 것이요 돌이어 一般 어른들이 더 만히 보게 된 것이니 純全한 兒童劇이라 할 수가 업습니다. 그럼으로 이러한 種類의 '쑤라마'는 戱曲이나 演劇에 理論을 잘 알고 人間生活에 깁흔 理解와 사랑을 가진 兒童敎育家로서야 비로소 손을 내밀 수 잇는 것이니 아즉 가태서는 그 實際를 밟을 可望이 업습니다.

그러니까 정말 兒童劇은 어린이의 손으로 하고 어린이끼리 구경을 할 수 잇는 것이겟는데 우리는 조촐한 劇場 하나도 짓지를 못햇슴으로 그러한 어려운 일을 꿈일려고 헛애를 쓰지 말고 위선 室內劇이나 野外劇 가튼 形式을 빌어서 試驗해 볼 것입니다.

엇더케 하는고 하니 자미잇는 童話 가튼 것을 脚本으로 만들어 가지고 (朝鮮 古來의 녯날이야기, 이를테면 「흥부놀부」「콩쥐팟쥐」 가튼 것이나 새롭고 意味 잇는 것) 마루 大廳이나 房안을 舞臺로 삼어 가지고 별다른 扮裝도 할 것 업시 동모끼리 모혀서 演劇을 "공석"이라도 쌀어 놋코 동내 도련님 아가씨부터 모아다가 안치고요……

沈宜麟, "머리말", 沈宜麟 編, 『實演童話』, 제1집, 1928.5.

少年少女 여러분께서 學友들과 갓치 室內에 모여서 노실 쌔에, 무엇들을 第一 趣味 잇게 하시고 질거웁게 노시는지 잘 아는 바올시다. 勿論 배운 學科의 復習이나, 其他 遊戱 갓흔 것도 만히 하시지만, 其中에도 古談이나 童話 갓흔 것을 第一 만히 發表하거나 듯거나 하시고, 웃으며 조화하시는 것을 만히 보앗습니다.

그런대 그 談話 中에는, 매우 아름답고 有益한 것도 만흐나, 或 그리 感心한달 수 업는 것도 적지 안습니다. 그뿐 아니라, 조흔 材料를 가지고 發表하는데도 그 話方의 未熟한 點이 잇기 째문에 듯는 사람으로 하야곰 그다지 趣味 잇게 하야 주지 못할 썩이 만흔 줄 압니다.

그래서 여러분 모듬에 더욱 有用하고 趣味 잇는 材料를 어더 들일가 하고 생각하다가 平素에 朝鮮語 話方 時間이나 學藝會나 童話會 째에 實地로 出演하야 본 바 中에서(이상 1쪽) 가장 歡迎을 밧든 童話 몃 가지를 모아, 純全한 話方體로 글을 써서, 爲先 試驗的으로 第一集을 編纂하야 가지고 參考에 供합니다.

萬一 愛讀하야 보시고, 엇던 모듬에서 實演코저 하실 째는 미리 練習하시되, 發音의 長短이며 音聲의 强弱高低며 語句의 대고 쎄일 대 쌜으고 느릴 대를 잘 생각하야 가지고, 安眠의 表情이며 其他 動作 갓흔 것을 그 말의 內容과 一致케 하도록 充分히 硏究하신 뒤에 出演하시기를 바랍니다.

그런대 實地로 席上에서 出演하실 째는, 室內 場所의 廣狹과 集合者의 多少를 쌀아서, 音聲이며 動作을 參酌하야 正確明瞭케 하시되 아모쪼록 衆人의 視線을 集中하야 쓸어 가지고, 恒常 變化와 趣味를 일치 안토록 여러 心理를 自己의 말과 表情에 움즉이고 늣기게 하는 것이 좃습니다. 그러나 여러 사람들의 실증을 업게 하고 웃긴다고 너무 俗되거나 亂雜하게 하야 일부러 不自然한 態度를 갓는 것은 도로혀 敎育的이 아닙니다. 언제

든지 愼重하고 高尙한 自然의 아름다운 態度를 가저야, 話方練(이상 2쪽)習의
정말 目的이오, 童話의 價値가 잇다 하겟습니다.

　　　　　　　　　　　　　昭和 三年 一月 一日

　　　　　　　　　宋雲　　沈　宜　麟 (이상 3쪽)

昇應順 외, "二週年 感想", 『별나라』, 제3권 제5호, 통권24호,
1928년 7월호.[129]

昇應順, "두 돌 상에 둘너안저서"

昨年 돌잔치날은 말도 잘 못하든 『별나라』가 今年에는 벌셔 세 살이 되여셔 두 돌잔치를 맛게 되엿스니 쏙 와 달라는 영광스런고[130] 귀여운 부탁을 밧고 깃븐 오날 아참도 잘 안 먹고 쒸여왓더니 昨年 돌잔치날은 겨우 긔여 단이든 『별나라』 아씨가 今年에도 제법 걸어 단이면서 손님들을 반갑게 마져들이겟지요…… 엇지 귀여운지 『별나라』 아씨가 안져 잇는 상 압흐로 쒸여왓드니 아조 방긋〳 우스면셔 반갑게 마져 줍니다. 그간에 『별나라』 아씨는 퍽이나 커지고 아름다워젓습니다. 그러나 遺憾되는 일은 이 귀여운 『별나라』 아씨에게 줄 선물을 못 가져온 것입니다. 다른 손님들은 모다 갓가지의 울긋붉읏한 선물을 만히 가젓왓는데[131]── 그래서 나는 할 수 업시 意味잇는 오날〳 第一 主人公이 되시는 『별나라』 아씨의 意味 깁은 講演을 通譯하게 되엿습니다. 『별나라』 아씨의 열열한 請이고 아씨는 아직 말이 잘 通하지 못하는 까닭에 여러분! 이러케 만히 와 쥬시니 참으로 感謝합니다. 늘 사랑해 쥬시요. 여러분! 져는 여러분에게 하소연할 말이 퍽이나 만습니다. 제가 쳐음으로 重한 責任을 지고 朝鮮에 誕生한 지 三年이 되옵는데 져는 이 사이의 여러분이 계신 곳은 朝鮮 어듸든지 다 갑앗습니다.[132]

---

129 본문에는 전체를 포괄하는 제목이 따로 없어 목차에 있는 제목을 따왔다.
130 '영광스럽고'의 오식이다.
131 '가저왓는데'의 오식이다.
132 '가 봤습니다'의 의미이다.

져는 참으로 눈물도 만히 흘엿고 남몰래 소리쳐 울가도[133] 하엿습니다. 첫재는 여러분의 비참한 生活을 엿보고 짝해셔도 울엇지만 (此間 一行 削除)

왜? 여러분은 그러케 友情이 엷음닛가?(이상 72쪽) 사람이[134] 적음닛가? 셔로〜 사랑하며 도와쥬어야 될 여러분이 왜! 그러케 셔로〜 증오하며 시기하심닛가? 그리고 同情이 업슴닛가? 그리고 여러분은 왜! 그럿케 물 쏫듯이 깁지 못함닛가? 져갓흔 쓸대업는 물건(잡지)이라도 좀 뜻잇게 닑어 쥬시지 안코 그러케 無意識으로 닑어 보고서 아모 곳이나 집어던지고 마르십닛가? 가득한 希望으로 여러분 압혜 븨읍든 져는 그런 째마다 참 야속하고 슬어워 죽겟습니다.

여러분! 사랑하시는 여러분! 아못조록 쓸대업는 져의 몸일지라도 여러분을 위해셔 걸어 단이는 바이오니 아못조록 여러분! 이것으로 생각하시고 여러분의 智識을 향상식히는대 한 補助者가 되오며 (此間 三行 削除) 쓸대업는 말을 길게 하엿습니다만은 아못조록 깁히 生覺하심이 잇셔 쥬심을 바람니다.

── (以上) ── (이상 73쪽)

金永一, "最后의 勝利는 勿論 올 것이다"

아! 歲月은 참으로 싸른 것이다. 어제갓치 여러 동모들과 한가지로 첫돌마지 紀念을 하든 그 情다운 『별나라』가 벌서 두 돌ㅅ재 맛은 질거운 날을 맛게 되니 再昨年 처음으로 『별나라』가 世上에 나오게 되든 그째가 只今에 當하야 여러 先生님과 한가지로 두 돌 상에 둘러 안진 이 몸의 조그마한 가슴에서 새삼스럽게 용소슴친다. 온 宇宙는 綠陰의 世上이엿고 쏘는 只今갓치 少年들의 讀書熱도 만치 못하얏슬 분더러 無産少年들의 닑을

---

133 '울기도'의 오식이다.
134 맥락상 '사랑이'의 오식으로 보인다.

만한 讀物은 업섯다고 하야도 過言이 안이엿섯다. 그리하야 불상한 無産少年을 爲하야 처음으로 寂寞한 三千里江山에 소리치며 나슨 것이 즉 우리들이 恒常 잇지 못하며 貴여워하는 어엽븐 『별나라』이엿다. 오-『별나라』야 - 二年이란 歲月이 길다면 길고 짤다면 짜른 그 동안에 現社會와 얼마나 싸홧느냐? 그 가온대는 깃거운 일도 만핫슬 것이며 슯헛든 일도 만헛슬 것이지! 오- 사랑하는 以下 全部 削(이상 73쪽)

河圖允, "너의 힘은 위대하엿다"

참으로 깃거웁슴니다. 『별나라』가 건젼히 두 돌을 맛게 되야 서로 깁부게 이약이하는 것을 생각하여 보니 『별나라』! 아 참으로 우리의 머리에 언제나 닛쳐안질[135] 『별나라』! 過去의 두 해 동안 너는 얼마나 朝鮮의 괴로운 바다에서 피쌈을 흘넛쩌냐? 네가 처음 이 世上에 태여낫슬 쌔 社會는 몹시도 冷靜하여 어느 누가 그의 불으지즘을 들어 주엇스리요. 그러나 너의 힘은 偉大하엿다! 朝鮮의 六百萬 少年少女를 위하야 더욱히 왼 밋구렁에서 우는 無産의 불상한 동무를 위하야 왼갓 괴롬을 무릅쓰고 처음부터 六十頁 五錢이라는 남들이 쑴도 못 쑬 헐한 갑으로 쒸여나왓스니 그의 勇敢함에야 누가 놀나지 알흐리.[136] 그러나 너는 항상 쓴임업시 이제까지 이 世上의 苦難을 쑬코 나아왓스니 그 勞力의 빗은 얼마나 갑 잇슬까? 저 하늘에 어엽쑤게〳 빗쳐 잇는 憧憬의 나라! 그것이 六百萬 少年少女가 그리워하는 『별나라』가 안이든가?

두 돌상에 둘너안져서 나오는 것은 깁븜의 우슴이고 感謝의 눈물이다. 쪄안고 십흔 『별나라』 압호로 새 일쑨의 先導者가 되여 光明의 횃불을 놉히

---

135 '잊히지 않을'의 의미이다.
136 '안흐리'('않으랴'의 뜻)의 오식이다.

들고 나아가는 『별나라』에 對하야 希望하는 멧 말슴은

첫재로 在來의 모-든 것에서 하품을 늣기는 少年少女에게 좀 더 새 時代에 젹응한 새 意識을 너어 주어라.

둘재로 紙面을(맛츰 『별나라』는 안 그럿치만) 엇던 習作 文士의 發表機關으로 利用하지 말고 좀 더 愼重히 編輯할 것 等이외다. 압흐로 더욱 忠實히 나아가기를 비오며 잘 되지는 안엇스나 깁븜을 마지못하여 노래를 한아 불으겟습니다. 잘 들어주시오.

　—별나라 만세—

　별나라의돌잔치 즐거운잔치

　나도⌒즐겁게 노래할째에

　라팔소리놉히여 압흘헤치고

　만세⌒만만세 별나라만세

　세상을울려노흔 별나라만세. (끗) (이상74쪽)

별나라 城津支社長 許水萬, "별나라 두 돌 상에 돌나안저셔—過去보담 未來를 祝壽함"

내가 二年 前 이째 『별나라』 創刊號을 손에 들고 볼 째에 이런 生覺을 하엿다. "네가 이 世上에 고암처[137] 誕生은 하엿다만은 이 複雜한 세상에서 엇지 長成할가? 그러나 두고 보자?" 이럿케 비웃어 말한 것이나 달음이 업섯다.

그러던 이 歲月는 살-갓치 빨나 어느듯 그대 『별나라』는 잘 지내나 못 지내나 그럭저럭 두 돌. 날노는 七百餘日을 잘- 지내 온 原因은 어데 잇느냐 하면 오즉 少年運動에 獻身한 별나라社 社員 一同은 勿論이오 社會

---

137 '고함처'의 오식이다.

여러 人士쎄서 等閑視하지 안코 全力을 다하야 애쓰신 까닭인 줄로 생각하는 同時에 六百萬의 白衣少童 諸君에게 感謝를 傳表하고 십다. 과거의 그대『별나라』를 回考한다면 未來는 더욱히 複雜하고 맵게 苦痛이 만흘 줄로 生覺한다고 보면 누구를 勿論하고 落心할 줄로 想像을 한다. 그러나 거기에 落心한다면 고로 우리에게는 永々 曙光이 닥쳐 안으리라고 본다. 그대『별나라』가 우리 江山에서 자유롭게 소래쳐 우슬 때까지는 社員 及 社會 여러 人士 ― 짤아서 未來의 쥬인공 될 少年들은 모든 苦를 樂으로 알고 勇進하는 틈에 吾人도 一分子가 되고 십다고 生覺하며 그대『별나라』의 責任이 더욱히 重大함을 잇저[138] 말고 前보담도 더욱히 奮鬪努力하기를 그대『별나라』의 두 돌상에 돌나 안져서 祝壽한다. (一九二八. 四. 二〇) (이상 75쪽)

禹泰亨, "二週年의 感想"

세월은 참으로 짜릅니다. 지금 새삼스러히 추억할 필요는 업슴니다마는『별나라』이 주년의 감상은 실로 감개무량이외다.『별나라』가 처음 이 세상에 나와 헤매이든 때도 어언간 이 개년이란 긴 날도 흘러가 버렷슴니다. 그 동안에 모든 곤난을 격거 가며 자라나 우리를 울리고 웃기고 우리의 주린 자식을 개척(開拓)하기에 노력한『별나라』를 저는 무한히 사모합니다.

비가 오나 눈이 오나 그 무엇을 무릅쓰고 우리 무궁화동산에 백의 소년소녀를 위하야 훈투노력하시는[139] 여러 선생님의 은혜는 지금 다시 말할 것도 업거니와 저의 이 고요한 농촌에도 한 달에 한 번씩 차저와 주는『별나

---

138 '잇지'의 오식이다.
139 '분투노력하시는'의 오식이다.

라』를 마즐 째마다 그 얼마나 여러 선생님의 감사를 늣기엿겟슴니싸?『별나라』는 저에게 무엇보다도 친한 동모입니다. 저의 적々함을 생각하고 이 농촌에 한구석에 잇는 저싸지 차자오는『별나라』는 저의게는 한아밧게 업는 반가운 동모임니다. 그러하야 저는 발행일 몟칠 전부터 학교에서 도라온 나는 어머님에게『별나라』가 안 왓나 뭇슴니다. 그러면 어머님은 내 마음을 아는지 모르는지 안 왓다고 냉々하게 말하야 줌니다. 이런 째에는 아모런 책을 보아도 자미가 업고 보기도 실슴니다.

그리다가『별나라』가 온 째의 깃붐은 쏘한 위대하고 큰 것임니다. 책을 배달해 주는 배달부의 얼골싸지도 이전과는 다르게 보임니다. 그리고 배달부의 은혜를 새삼스러히 늣기게 됩니다.

북풍한설서백리찬바람이[140] 부는 밤에 고요한 방에 안젓슬 째나 쓰거운 볏이 나려쏘이는 여름의 서늘한 그늘에 안저 매암이 소리를 동무 삼는 이 고요한 농촌에서 수심에 싸혀 잇는 나를 위로해 주는 것은 오즉 한아쑌인 『별나라』의 나를 차저오는 그것쑌이 아니고(이상 76쪽) 무엇이겟슴니싸— 저의 이 주년 감상은 대개 이러함니다. 압흐로 더욱〰 여러 선생들의 노력을 빌며 우리들 독자 여러분은 은혜의 만분지일이라도 보답하기에 힘쓰며 『별나라』의 장래를 놉히 손드러 축복하십시다.

『별나라』 만세〰〰. (이상 77쪽)

利原 楊貞奕, "장차 나슬 일쑨을 위하야"[141]

째는 新綠이 무르녹은 첫여름! 우리『별나라』가 이 世上에 呱々의 聲을

---

140 '북풍한설 서백리아 찬바람이'의 오식으로 보인다. '서백리아(西伯利亞)'는 '시베리아(Siberia)'의 음역어이다.
141 '楊貞奕'은 양정혁(楊汀赫)의 필명이다.

내며 첫거름을 내여노앗든 것이다. 그리하야 그것도 벌서 한 돌이라는 榮光
의 돌잔치를 지내여 보내고 이제 또 두 돌을 맞게 된 우리는 깃붐에 싸인
가슴을 참을 수 업다.

　이에 對하야 나의 별반 所感은 업스나마 구지 當局으로부터 청한 바이고
하니 생각한 바 一二를 적고저 한다.

　적어도 本『별나라』가 우리 五百萬 朝鮮 少年少女의 榮養의[142] 意味下
에서 나는 그만치 오늘날의 立場으로 보아 참으로 口舌로는 밧구지 못할
美妙한[143] 發展을 보게 되엿다. 보라! 첫재 우리 곳과도 갓흔 絶壁의 山村
구석〳〵의 少年少女에게까지도 소리치며 차저 깁분 낫츠로 악수를 청하
엿다. 멀-니 고국을 등지고 잇는 海外의 어린이에게까지도 찻고야 말알
다.[144] 이것이야말로 엇지 다른 雜誌에 比論할 수 잇스랴!!!! 생각하매 이
것이 모다 여러 先生님네들의 피눈물에 석긴 形言할 수 업는 고통을 보시
면서도 우리를 爲하야 (十四 字 削除) 굿은 意志의 表現이라 하매 余等의
두 주먹은 단々히 쥐여질 쑨이며 感淚를 避치 못할 바이다. (一九二八.五.
三日 草稿) (이상 77쪽)

---

142 '榮養'은 "지위가 높아지고 명망을 얻어 부모를 영화롭게 잘 모심"의 뜻을 가진 단어로 '營養'
　과 다르다. 여기서는 "소년소녀를 잘 받들어 모시다"의 의미다.
143 '아름답고 묘한'의 뜻이다.
144 '말앗다'의 오식이다.

栽香, "選後餘言", 『새벗』, 제4권 제8호, 1928년 8월호.[145]

여러분의 作品을 읽을 째에 넘우나 섭섭하다는이보다 한심한 것을 아니 말할 수 업다. 왜? 여러분의 作品이 나날이 退步의 態를 짓고 잇기 쌤운임니다. 勿論 그 原因은 讀者가 變動되는 点도 잇겟지만 대체로 作文에 마음을 덜 두는 것 갓슴니다. 함으로써 볼 만한 作品을 볼 수가 업섯슴니다. 이번에도 五六百枚에 達하는 作品 中에서 겨우 골는 것이 이것뿐이엿슴니다.

그中에 鄭義澤[146] 氏의 「기다림」은 讚揚할 만하다고 하겟슴니다. 山谷에 백설이 휘덥히고 벌거숭이 나무들이 하안게 소복하고 잇슬 제 점으러가는 山家에서 慈母를 고대하는 것이 想像이 남이 매우 아름답슴니다. 崔鳳河 氏의 「端午를 기다리면서」는 崔 氏 作品 中에 第一이라고 하겟슴니다. 端午 그것을 마즈면서 어느 누가 그러한 哀愁의 어리인 마음을 가질 것이겟슴닛가? 作品의 內容으로 보아서 누구나 다 崔 氏를 同情할 것이겟슴니다. 끗트로 讀者 여러분의 憤發한 바 잇서 우리 文壇의 새롬이 잇기를 바라고 그칠 쑨이외다. (栽香) (이상 53쪽)

---

145 '栽香'(辛栽香)의 작품평은 『새벗』의 "추천동요 二編"과 "讀者作品"(50~53쪽) 난에 실린 작문과 동요에 대한 것이다. 수록 작품은 "추천동요 二編"에 劉義澤의 「기다림」과 馬春曙의 「해 질 째의 江邊」이 있고, "讀者作品"에 三水 崔鳳河의 「端午를 기다리면서」(작문), 京城 昇應順의 「비오는 밤」(작문), 槐山 西部村 龜鉉의 「京城 누님에게로」(작문, '龜鉉'은 권구현(權九玄)임), 咸悅少年會 趙泰英의 「嗚呼라 할머니여!」(작문), 文川郡 々內面 道昌里 金敦熙의 「그네」(동요), 京城 普成高等普校 昇應順의 「서울에 밤」(동시), 新岩洞人의 「할미꽃」(동요), 鏡城郡 朱乙面 趙明學의 「바다 건너 저 편?」(동요), 江華 金鍾華의 「落花」(동요), 京城 李愚三의 「냇물」(동요) 등이 있다.

146 본문에는 유의택(劉義澤)이라 하였으므로 오식으로 보인다.

金泳斗, "序", 鄭昌元 編著, 『童謠集』, 三志社, 1928.9.

世道의 汚隆은 文化의 進退로써 觀하고 人心의 善惡은 民俗의 醇醨[147]로 써 知하나니 謠는 人心의 感發을 形容하야 文化와 民俗을 詠嘆 表見하난[148] 者이라.

堯의 康衢는 帝德에 涵育하고 周의 二南은 王化를 均被하야 天機의 流動을 隨하야 自然의 音響을 成하얏스니 至樂이 渢渢하야 至今ᄭ지 人耳에 洋溢하거니와 其他 各邦이 古今謠俗을 歷考하건대 所感이 境을 ᄯᆞ라 달으고 聲調가 代마다 갓지 안이하야 或 興衰를 未然에 豫兆하고 或 哀樂을 一時에 寄寓하야 陽阿下俚의 辨은 雖有하나 其 神會의 玅와 趣向의 幾는 言辭의 外에 自見하야 一代를 鼓舞하고 千古를 勸戒함에 足한 者 尙多하도다. 我東은 檀箕 以還으로 上下 四千餘年 間에 文教를 是尙하고 耕讀에 惟勤하야 人心은 正에 底하고 習俗은 厚에 歸하야 聲詩의 樂府에 登載하고 歌謠의 閭巷에 流行하는 者 情思가 端莊하고 音韻이 暢和하야 四詩의 骨髓를 幻奪하야 亞東의 風雅를 大鳴하얏도다.[149] 雖然이나 聲樂에 被選된 者 一二를 得하고 八九를 遺하야(이상 1쪽) 其 天眞이 爛熳하고[150] 律呂에 自協하는 童孺의 口唱은 笆邊에[151] 抛棄하야 採拾할 者 尙鮮하니[152] 엇지 可惜치

---

147 '순리(醇醨)'는 "진한 술과 묽은 술을 아울러 이르는 말"인데 여기서는 "순후한 풍속과 경박한 풍속을 아울러 이르는 말"이란 뜻이다.

148 '表現하난'과 같다.

149 '大鳴하얏도다'의 오식으로 보인다.

150 '爛漫하고'의 오식이다.

151 '笆邊'은 '笆籬邊物'(笆籬) 곧 "울타리 가에 있는 물건" 곧 "쓸데없는 물건을 이르는 말"이란 뜻이다.

152 '상선(尙鮮)'은 '尙'에 '아직, 오히려'의 뜻이 있고, '鮮'에 '적다, 드물다'의 뜻이 있어 "오히려 적으니" 정도의 뜻이다. 따라서 "律呂에 自協하는 童孺의 口唱은 笆邊에 抛棄하야 採拾할 者 尙鮮하니 엇지 可惜치 안흐리요?"의 의미는 "음악의 가락에 맞는 어린아이들의 노래는 쓸데없는 것이라 버려져 채록할 사람이 오히려 적으니 어찌 애석하지 않으리오?" 정도의 뜻이다.

안흐리요? 今에 三志社 諸君이 同社를 創立하난 劈頭에 童謠를 蒐集하되 流蕩邪辟한[153] 것은 刪去하고 間或 創作도 揷入하야 次第 刊行하야 文化의 向上을 助長하고 民俗의 渝薄을[154] 挽回하는 同時에 初學界에 廣布하야 우리 兒童으로 情性을 涵養하고 辭華를[155] 發育코자 하니 諸君의 志亦已勞 止어니와 余老且昏瞶하나[156] 原本을 借讀하고 雅韻을 往聽하야 從前 娼優의[157] 洼辭雜劇의 耳目을 一洗코져 하노라.

戊辰 初夏

琴山散人 醒翁　金泳斗 識 (이상 2쪽)

鄭昌元, "머리말", 鄭昌元 編著, 『童謠集』, 三志社, 1928.9.

一. 本書는 우리 朝鮮兒童教育界에 童謠의 向上 普及을 徹底코저 하야 斯
　　途 先進 作家들의 作品과 本社 同人들의 作品으로써 編纂한 것이니라.

一. 本書는 學生을 爲主로 하고 짜라서 童謠硏究家 教育家 其他 一般 人士
　　의게도 多少 參考의 資料가 되도록 努力 上梓한 것이니라.

一. 本書는 卷末附錄에 童話詩, 童謠劇 等 若干을 收錄하야 讀者 諸仁의
　　興味를 一層 助長케 하얏나니라.

一. 本書는 編者의 元來 學識이 杜撰淺薄함으로 因하야, 가장 不完全한
　　곳이 만흐나 然이나, 모든 것이 大勢의 進運에 伴하야 荏苒[158], 敏捷치

---

153 '遊蕩邪辟'의 오식이다.

154 "박정하고 불성실하다"란 뜻의 '偸薄'의 오식으로 보인다.

155 "시가(詩歌)나 문장"이란 뜻의 '詞華'를 가리킨다. '詞華'는 '사조(詞藻, 辭藻)'와 같은 말이다.

156 '諸君의 志亦已勞止어니와 余老且昏瞶하나'는 "여러분의 뜻과 노고가 많은 것에 내가 늙고
　　또한 눈이 어두우나" 정도의 뜻이다.

157 '광대'를 가리키는 '倡優'의 오식으로 보인다.

158 임염(荏苒)은 "차츰차츰 세월이 지나거나 일이 되어 감"의 뜻이다.

안흐면 敗北을 免치 못할 現 社會임에도 不拘하고, 此種의 硏究資料에 供할 만한 書籍이, 푸군하게 出世치 못한 今日에 本書가 聊히[159] 斯界의 指南車가 되여 써 童謠란 무엇임을 民衆이 理解 吟味하게 된다면 無上의 幸福과 目標의 的으로 思料하고 敢히 編하얏(이상 1쪽) 나니라.

一. 本書에는 作家 여러분의 氏名을 記入치 안 하얏슴으로 特히 諸賢께 此點을 衷心 謝過하노라.

一. 本書는 本社 同人 金容泰 君과 共著한 것이나 君의 事情에 依하야 不得已 著作權을 拙者의 名義로 하게 되얏나니라.

戊辰 暮春 下浣

錦山 下에서[160]

編輯子 白

---

159 '聊히'는 "애오라지", "부족하나마 그대로"의 뜻이다.

160 이 책 『童謠集』은 경상남도 남해(南海)에서 발간된 것이므로 '錦山'은 경상남도 남해군 상주면의 금산임을 알 수 있다.

社說, "世界兒童藝術展覽會", 『동아일보』, 1928.10.2.

一

朝鮮에서 처음 되는 計劃인 世界兒童藝術展覽會는 今日부터 열리게 되엇다. 이것이 朝鮮의 敎育界 밋 少年運動線上에 多大한 參考 乃至 刺戟이 될 것을 吾人은 確信한다. 出品國의 數爻 二十에 達하야 비록 簡單한 作品에서라도 各其 色달른 民族의 獨特한 氣品과 才質을 看取할 수 잇슴도 興味 잇는 事實이려니와 一方에 잇서서 그 共通點을 發見함으로서 天眞의 世界를 通하야 世界 一家의 實證을 感得함도 利益일 것이다. 더욱이 少年少女의 自由스러운 想像力으로 하야금 廣濶한 地球의 저 끗까지 自由롭게 놀게 함으로 그 眼目과 包括力을 擴大케 하는 等 日常 敎課 以上의 多大한 效果가 잇스리라고 생각한다.

二

學校敎育의 弊가 均一主義, 注入主義에 多在한 것은 定評이 잇는 바다. 勿論 多數의 學生을 一敎室에서 가르키기 爲하야 어느 程度까지 이러한 注意를 써야 될 것은 不可避의 일이라 할지나 均一主義 밋 注入式 敎育의 結果는 個性의 自由 且 完全한 發揮를 目的으로 하는 敎育의 原義에 不及하는 結果를 만히 생기게 한다. 더욱이 作文 繪畫 音樂 等 所謂 藝術敎育의 範圍에 들 만한 者에 잇서서는 注入式 쏘는 均一式 敎授의 欠陷은 餘地업시 暴露된다. 그리하야 甚한 例를 들자면 小童時代에 이 方面에 天才를 보이든 者라도 學校敎育을 마치고 나올 쌔는 그 特殊한 才質이 다 抹擦되고 平凡 쏘는 平凡 以下의 成績을 가지게 된다. 그 反對로 兒童으로 하야금 그의 天分 쏘는 嗜好를 自由自在하게 發揮케 할 쌔는 實로 驚嘆할 만한 結果를 生하게 하는 것을 본다. 어쩐 藝術家는 兒童의 作品에 석기인 成人의 作品을 볼 쌔는 그 拙劣함을 보아 即時 本色을 發見할 수 잇다고까지 말하얏다. 實로 兒童의 專有인 天眞爛漫의 世界는 成人 된 者의 敢히 窺視치 못할 獨特한 境地가 잇슴을 누가 否認할 것이냐. 兒童藝術展覽會에 잇

서서 教育家 된 者 一般 少年의 指導者로 處하는 者 또는 父母된 者ー
배움을 바들 點이 多大하리라고 생각한다.

三

더욱이나 朝鮮에 잇서서 一般 家庭 또는 社會가 兒童에 對하야 非教育
的 態度를 가지는 일이 만흔 것은 識者가 恒常 痛嘆을 不禁하는 바다. 이
까닭에 特히 少年愛護의 運動은 "어린이날" 等을 中心으로 하야 漸次 進行
되는 中에 잇거니와 今回의 藝術展覽會가 朝鮮人의 兒童에 對한 觀念을
世界的 水準에 올리는데 가장 有效한 一方法임을 吾人은 確信한다. 이것
이 在來의 各 學校의 學藝會 等에 비기어 이번의 計劃이 더욱 意味 깁흔
일이라 하는 바다. 여긔에 展開된 自由天眞의 世界는 또한 人類의 進步,
發展의 希望을 表象한 世界다. 새로운 時代가 吾人에게 주는 啓視가 그
가운대 包含되어 잇슬른지 아느냐. 兒童의 世界에 놀며 童心을 다시 불러
냄으로 한번 우리의 心神을 淨化할 째에 누구나 喜悅과 希望의 世界를 發
見치 안흘 者 잇스리오. 廿世紀는 兒童의 世紀라고 말한 者ー 잇다. 朝鮮
의 兒童으로 하야금 그 固有의 權利를 가지게 하자. 그들의 個性을 가장
自由롭게 發達할 機會를 주자. 兒童藝術展覽會는 吾人에게 이러케 가르키
지 안는가.

"連日 盛況을 일운 世界兒童藝展ー立場者 一萬을 突破",
『동아일보』, 1928.10.5.

세계아동예술전람회는 지난 이일 개관한 이래로 예상 이외의 호평이 자
자한 바 이, 삼 량일간의 입장한 관람인의 경향을 보건대 시내에 잇는 각
유치원 공사립보통학교 각 남녀고등보통학교 디방학교에서 수학려행 겸하
야 상경한 단톄와 각 소년회 단톄를 비롯하야 내외국 남녀들이 다수 입장하
얏스며 어제는 로국 령사관원 일동이 참관하얏더라.

北間島, 中國 作品 追加 陳列

우리 동포가 만히 사는 북간도와 중국 방면에서 시일은 늣젓스나 이번 전람회에 긔어히 참예시킬 작뎡으로 발송한 작픔이 어제 도착하야 추후로 진렬케 되엇더라.

金弘鎭, 世兒藝展感想(一), 『동아일보』, 1928.10.5.

第二世 國民들의 꼿다운 藝術品을 보앗다. 恰似히 世界를 周遊한 感이 업지 안핫스며 全 人類의 風情을 對한 것과 가틈이 不無하얏다. 一覽하니 如何한 國民 中에도 何等의 矛盾이 업고 錯誤 업슴을 깃거하얏다. 大體로 各自의 國民性이 徹底한 力量으로 童心에 나타남을 賀하얏다. 一一 指摘키 不能하나 獨逸 兒童의 作品은 더욱 늣김을 힘 잇게 주엇다. 作品에 表現된 意氣는 實로 카이젤을 超越할 뜻하얏다. 朝鮮의 것도 大進步를 말하야 주엇거니와 멀리 佛國의 것도 훌륭하얏다. 어대까지 藝術國의 어린이 作品이엇다. 中國의 作品은 東洋味를 맛보아 주엇스나 印度의 作品 未着을 遺感할 쑨이다. 곱게 수노은 어린이 王國의 藝展이야말로 感慨無量하얏다.

二八. 十. 三 저녁(金弘鎭)

金相回, 世兒藝展感想(二), 『동아일보』, 1928.10.6.

今番 열린 世界兒童藝術展은 朝鮮에서 처음인 만큼 나는 만흔 興味와 好奇心을 가지고 보니 그런지 거긔에 대한 感想이 一二가 아님을 늣겻다. 첫재 그들의 作品에 나타나는 兒童이 專有이고 共通點인 天眞함과 自由스

러운 想像力이야말로 驚異와 驚嘆을 禁치 못하는 同時에 비록 簡單한 作品에서나마 各其 色달은 民族의 獨特한 氣風과 才質을 看取할 수 잇섯슴을 感得할 째 참으로 興味 잇는 일이엇섯다.

여긔에 展開된 世界少年少女들의 自由天眞의 藝術品은 쏘한 人類의 進步 發展의 希望을 表象하고 새로운 時代가 우리에게 주는 啓視가 그 속에 包含하야 잇슴을 볼 수 잇섯다.

自由天眞의 藝術品을 볼 째 成人된 나는 童心을 다시 불러냄으로 한번 나의 心神을 淨化하는 듯하야 喜悅과 希望의 新世界를 發見할 수 잇섯슴을 感得하얏다.

이번 展覽會에 出品된 作品 中에서 내가 보고 가장 驚異, 驚嘆게 한 作品은 露西亞 少年(十四歲) '카-텐'의 作 「窓がけ」이엇다. 그 作品에 나타나는 自由스러운 想像力과 周密하고도 創造的 意志가 作品 全體에 가득함을 直感할 수 잇섯다. 보면 볼스록 아름답고 묘한 그 創造力과 自由스러운 想像力에 驚異, 驚嘆하지 안흘 수 업섯슴을 感得하얏다. 其外에도 神秘로운 作品이 만흠을 볼 수 잇다. 今番 世界兒童藝術展은 朝鮮의 敎育界 밋 少年運動線上에 多大한 參考와 刺戟이 될 것을 나는 確信하고 一般 少年의 指導者, 쏘는 父母된 者, 어린이 다 가티 배움을 바들 點이 만흐리라고 밋고 所感의 끗을 맷는다.

一記者, "世界兒童藝術展 初日 觀覽記(一)", 『동아일보』, 1928.10.5.

안동 네 거리에 선전탑을 두 개씩 세운 것을 볼 째 벌서 전람회 어구에 드러스는 것 갓고 각국 어린이들이 한데 모여서 쩌들석대는 텬진한 요란한 소리가 귀에 들리는 것 가탓다. 재동 네거리에 쏘 잇는 선전탑을 찌고 돌아스니 벌서 긔념관 문압혜 어느 단톄인지 학생의 한 쎄가 흐터진 군대가티 모여 잇고 부인네 녀학생이 그 뒤에 밀려서서 서성거리는 것이 보인다. 교당 정문에 세운 아-치는 어찌도 크고 놉흔지 치어다 볼 사이도 업시 학생들 틈을 베집고 들어가니 이층 一호실로 가는 층계 우에 화초분이 노엿고 그 뒤에 썻스되 "천천히 자세 봅시다. 그리하기 위하야 압사람을 밀지 맙시다." 딴은 아동예술전람회인 만큼 친절스럽고 부드러웁다.

一호실 드러스니까 여자 한 분이 안내해 드리는데 여긔는 유치원 작품이라 벽에 부친 모든 출품이 색이 단조로와서 깨끗하기 한이 업다. 뎐차 차장을 순사보다도 더 싹싹하게 그린 것은 아기들이 뎨일 뎐차를 조하하는 까닭에 그 뎐차를 부리고 다니는 사람을 뎨일 무서운 순사보다도 더 놉흔 사람, 더 어려운 사람으로 아는 까닭이겟스니 이런 뎜에 동심(童心)이 움직이는 것을 보아야 할 것이다. "아이고 어쩌면 이걸 이러케 잘햇서 몃 살 먹은 아인데." 어느 유치원 보모들인지 三四인 앗가부터 섯스면서 일일히 만저 보면서 탄복하고 잇다. 전라도 라주(羅州) 유치원 작품 중에 어린애 머리에 새가 안즌 것 동심의 나타나기 잘한 것으로 우수한 것이엿다. 그러지 안하도 좁은데 문밧게 몰려 잇든 학생 단톄가 우뢰 가튼 발소리를 내면서 쏘다저 들어오는 통에 마음이 쫏겨서 二호실로 얼른 옴겨 갓다. 여긔는 일본 각디에서 모여 온 유치원 작품인데 여긔서 뎨일 먼저 눈에 쓰이는 것은 원아의 합작품이 다 한 장의 커다란 조히에 여러 아이도 모다 덤벼서 하나씩 그리거나 오려서 뎍합하게 늘어노하서 그것이 커-다란 한 개의 그림이 되게 한 것이니 이러한 것은 여러 가지 의미로 보아 잘아가는 아이들에게 유익할 것이다. 아니나 다를가 유치원 보모들이 집어 안홀 듯이 소리를 치면서 "아이그 어쩌면…… 우리도 인제 이런 것을 시켜 봅시다." "아즉 시키는 대로 잘할가?" "아이고 하고말고 아르켜만 주면 못하는 것이 업다우." 유치원뿐 아니라 일반 가뎡부인에게와 보통학교 선생님들에게도 조흔 교재를 뎨공하는 조흔 작품이라 할 것이다.

三호실은 알에ㅅ층인데 여긔는 각 보통학교의 작품이 뎨일 사람의 눈을 이끌고 녀학생들과 부인들은 서울 근화녀자보통학교의 미인화 압헤 모여서 감탄이 자자진다. 대구수창보통학교의 작품 중에 조흔 것이 만코 특선으로 가작으로 쌥힌 것도 만흔데 특선 작픔 —년생의 어린 그림은 보는 이의 눈에 이상하게 보일 것이오 그만큼 조흔 참고가 될 것이다. 경남 통영 모 보통학교와 서울 모 사립학교 작픔은 모두가 그리기는 잘 그렷다고 보이나 모다 잡긔장이나 그림엽서에 잇는 것을 보고 그린 것뿐이오 창작덕이거나 사생화가 하나도 업는 것을 보면 조흔 선생님을 맛나지 못하는 것처럼 짝한 것은 업시 생각된다. 이 방에서 가장 이채를 발하는 것은 나서부터 부모를 모르고 불상히 커가는 제생원 고아들의 작픔이엇다. 수공픔을 가운데에 모흔 것은 잘 생각한 일인데 수버선 벼개모 색보자기 수저 집 가튼 것은 새로운 것 못되지마는 제생원 고아들이 어엿쑨 수를 노코 수저 집을 맨들어 낸 것을 볼 쌔 눈물이 고엿다. 그들이 여긔에 와서 다른 아이들의 부모를 보면 소리처 울 것도 가티 생각되엇다. 여긔서 특별히 착목할 것은 남자학교 학생들의 수공픔이니 전에는 만히 보지 못하든 것들이엇다. 삼흥보통학교의 작픔이 수효로 뎨일 만코 그중에도 비행긔가 쩌 잇는 한 편에 거북선을 묘하게 맨들어 잇는 것을 보면 지금 조선의 어린사람들이 『어린이』잡지 가튼 것을 통하야 어쩌케 리 충무공을 사모하는지를 짐작할 수 잇는 것이라 엽헤 잇는 구경하는 아기들마다 그것을 가르치면서 "야— 거북선이다 거북선이다" 하고 쩌드는 것도 이상한 늣김을 어른들에게 갓게 하얏다.

一記者, "世界兒童藝術展 觀覽記(二)", 『동아일보』, 1928. 10. 7.

四호실은 경성 각 공립보통학교 출픔과 십삼도 각 디방 소년의 개인 출픔인대 관립사범부속학교 출픔이 가장 우수한 성적을 보이고 가작픔과 특선까지 내인 것은 이 학교에 조흔 지도자가 잇는 것을 말하는 것이겟고 개인 출픔으로는 평안도의 것에 눈에 쓰이는 것이 만핫다. 강원도에서 가작픔을 만히 내인 것은 예상 밧긔 일이요 통영소년회 출픔에도 긔교 조흔 것을 만히 볼 수 잇섯다. 이러한 것들을 볼 쌔에 조선 아이들이 조흔 지도자만 맛나면 어느 나라 소년에게도 지지 안흘 것이다 하는 신념이 스스로 굿세어지는 것을 느겻다. 그들의 솜씨가 조흐면 조흘스록 "우리에게 조흔 환경을 주시요 결코 남에게 지지 안켓습니다" 하는 가엽슨 하소연을 듯는 것 갓다.

그러타! 그들에게 조흔 환경을 지여 주라. 그들의 부모와 교사들이 충분한 리해(理解)를 가지고 대하게 하라 우리들의 어린 일꾼이 어쨋든 외국 아이들에게 뒤쩔어짐이 잇슬 것이냐. 여긔에 걸리어 잇는 一천여 뎜의 귀중한 작품이 그것을 증명하고 잇지 안느냐. 소리 놉혀 외치고 잇지 안느냐. 일반 가뎡의 부모들 각 학교의 선생님들로 하야금 이것만을 알게 하고 늣기게 하는 것만으로도 이 전람회는 크게 의의가 잇는 것이다. 이 방의 가운대 자리에는 조선문으로 조선에서 발행된 서적이 전부 모여 진렬되어서 보는 사람의 가슴에 늣김이 만케 하얏다. 주최자 측의 주도용의한 준비에 경의를 표하지 안흘 수 업섯다. 잡지로는 『어린이』『新少年』을 비롯하야 여러 가지를 구비히 모앗고 잇다가 업서진 것까지 모아온 중에 녯날 최남선 씨의 『아이들보이』까지 진렬되어 감개가 깁게 하얏고 기타 독물로는 『사랑의 선물』과 『금방울』을 비롯하야 『세계일주동화집』과 『반달』 등 동요집에 이르기까지 일즉이 이름도 모르든 소년력사 소년디리책까지 진렬되어 잇스매 조선가티 가난한 속에서 조선가티 출판이 어려운 중에서 고만한 것이라도 발행된 것을 한 눈으로 볼 째 무한히 귀중해 보이고 대견해 보여서 그 책들의 저작자와 발행자에게 진정으로 감사를 들이고 십헛다. 뜻잇는 중학생들과 유지한 중년 신사들이 그 엽흘 쩌나지 안코 서서 수첩을 끄내어 일일히 그 책 이름과 발행소를 적고 잇는 것도 한업시 깃븐 일이엇다. 가난한 중에서도 쏘 가난하게 쓸쓸히 커가는 우리들의 어린 사람들에게 우선 그것만이라도 힘써 소개해 넓히라. 급한 일 중에 쏘 급한 일이 그것이 아니냐. 나도 그것들을 그것들을 좀 적어 가지고 십허서 수첩까지 쩌내엇스나 단톄 학생이 몰려드는 통에 얼른 피하야 다음 방으로 옴겨 갓다.

一記者, "世界兒童藝術展 觀覽記(三)", 『동아일보』, 1928.10.9.

五호실은 일본관이다. 동경 각 소학교와 소년예술가들의 작품이 방이 좁을 만큼 갓득 진렬되엇는데 일본 아동들은 일즉부터 조흔 지도를 만히 밧고 쏘 화구(畫具)를 마음대로 구해서 쓸 수 있는 까닭이겟지만 전례로 보아 조선 것보다 우수한 것을 잠간 보고도 알겟다. 특별히 착목할 덤은 조선 소년들은 선생 업시 배운 것 가타서 그저 어른들의 그림을 그대로 본써 보려고 노력하거나 한 폭 그림에 산과 물과 집과 개천과 즘승과 사람을 모다 구비하게 너흐려고 애쓴 것이 만흔 데 비교하야 여긔 아이들은 아모거나 하나를 붓잡아 가지고 그것을 자긔 눈에 보이는 대로 생각 되는 대로 충실히 나타내려고 애쓴 덤에 조흔 덤이 만허서 그만큼 자유롭게 써 더 가려는 솜씨가 보히는 것이다. 그중에도 동편 벽에 진렬된 것 중에 더욱 우수한 것이 만허서 미술 연구가들은 이 압헤 늘어서서 감탄이 쓴허지지 안는 모양인데 여긔 그림 중에 군대의 그림 칼싸움 그림이 눈에 이상하게 쓰이는 것도 주의해 볼 덤이겟다. 이 방의 한 가운데에는 일본문으로 된 아동잡지가 사십여 종이 진렬되엇고 쏘 그 한복판에는 볼 만하고 참고될 조흔 작란감이 만히 달려 잇서서 관람자의 발을 멈추게 한다. 그중에도 갈꼿(蘆花)으로 부형이를 맨든 것과 호랑이 가튼 것은 걸작이라 할 것이다.

一記者, "世界兒童藝術展 觀覽記(四)", 『동아일보』, 1928.10.10.

六호실은 서양 각국과 기타 여러 나라의 작품이니 여긔가 세상 사람의 다 가티 긔대하는 작품 진렬실이다. 드러스니까 아니나 다를가 여긔도 벌서 먼저 들어온 단톄 학생의 한 쎄가 잇서서 방뎡환 씨의 설명을 열심으로 듯고 잇고 어느 학교 교원인 듯 십흔 양복 신사들과 녀자들이 련해 손짓을 하면서 가장 열심스럽게 각국 그림을 비교해 보고 잇다. 뎨일 눈에 쓰이는 것이 독일 그림인 바 사십여 장이나 되는 것이 저마다 독특한 색채를 가지고 잇다. 이것이 독일 정부의 문부생에서[161] 직접 보내 준 것이라 하니 작품도 작품이려니와 독일 정부에서 개벽사를 동하야[162] 우리 조선 아동들에게 보여준 호의에 감사하다는 정이 솟는다. 독일 작품이 표현파(表現派) 혹은 구성파(構成派) 쏘 혹은 인상파(印象派) 등 각가지 독특한 그림을 가추어 잇서서 참고가 만히 되거니와 전톄덕으로 보면 독일 아동들의 머리가 지극히 조직덕이오 과학덕으로 발달된 것을 전문가 아닌 사람이라도 알 수 잇고 그 엽헤 로서아 아동의 작품은 북쪽 치운 나라인 만큼 전톄로 침울한 긔분이 나타나 잇는 것이 특색인 바 그림 솜씨는 몹시도 자유분방한 뎜이 만흔 것이 특별한 이채요 그중에도 다섯 살 먹은 소녀가 눈싸움하는 것을 그린 것 가튼 것은 그 필치의 분방한 뎜으로든지 색채의 대담한 것으로든지 보는 이를 놀라게 하는 것이엇다. 그 다음 중국 것은 과거 동양화를 토대로 하고 그것에 죡음 새 맛을 가한 것이 한 주목거리요 아주 새로운 크레욘화에도 대륙덕이요 중국덕인 무거운 집흔 빗을 만히 쓴 것도 독특한 것이라 하겟다.

그 외에 핀랜드(芬蘭) 스코치(蘇格蘭) 텐마-크(丁抹) 포도아(葡萄牙) 스페인(西班牙) 서서(瑞西) 짜바의 것과 미국 불란서 것이 순차로 부터 잇는데 그 중에 서뎐(瑞典) 것이 마치 동양화 풍이 잇서서 조선 재래의 화법과 근사한 것은 신긔한 일이요 불란서 것이 깨끗하고 아담하야 간결하고 경쾌한 맛이 잇는 것과 영국 것이 배(船)와 해군 생활을 그린 것 등은 다 각각 그 나라의 국민성이 나타난 것이라 크게 참고 될 것이엇다. 그리고 이 방에도 쌔노치 안코 외국 아동잡지와 아동독물을 모아서 참고하게 한 것은 그 성의를 거듭 감사할 일이다. 이 방이야말로 어린 사람들은 물론이

---

161 '문부성에서'의 오식으로 보인다.
162 '통하야'의 오식이다.

요 각 학교 교원들과 일반 가뎡부형들의 만히 참고할 곳이요 크게 유익을
어들 곳이다.

社說, "兒童藝術展覽會를 보고", 『중외일보』, 1928.10.8.

어린이社가 世界兒童藝術展覽會를 開催하고 各國 兒童의 藝術作品 가
운대 나타나는 氣質과 想像力의 程度와 感情과 技巧를 比較함으로써 未來
社會의 中堅될 少年에게와 그들을 誘導하는 職責에 잇는 學父兄 敎員에게
一大 刺戟과 參考를 提供한 것을 朝鮮 近來 稀有의 好擧라 보지 안을 수
업다. 이 展覽會를 機會로 吾人은 展覽會 主催者인 어린이社와 쏘는 그
藝術作品을 産出할 째에 兒童을 敎導하는 人士에게 切實한 附託 두 가지를
하고 십다. 첫재는 兒童에게 藝術作品을 獎勵하는 本意는 무엇보다도 兒童
의 想像力과 創造力 培養에 잇는 바 萬一에 그 作品을 生産함에 當하야
指導者가 一一히 部分部分까지 指導 干涉한다 함은 兒童을 指導者의 機械
로 맨드는 것이어서 그 째문에 兒童의 創作力과 想像力은 發揮 못 되고
鈍해질 것은 明白한 일이다. 指導者가 干涉할 째라 함은 "이런 点을 가르켜
주면 兒童의 想像力이 更 一層 豊富하여지리라" 하는 点에 가서만 가르켜
줄 것이다. 마티 博士論文을 쓰는 째에 어려운 목에 가서 敎授의 助言을
바듬으로써 論文이 更一層 進展하는 것과 갓다. 내 家庭 兒童이나 내 學校
兒童이 展覽會에서 好評을 엇기 위하야 한부로 가르킴은 忠實히 兒童을
가르키는 所以가 되지 못한다.

次에 主催者에 바라는 것은 그 出品 가운대 朝鮮人 兒童 出品으로서
가장 朝鮮的인 것이 잇스면 그를 世界 各國의 有力한 兒童硏究團體에 보내
어 朝鮮 兒童도 이러케 怜悧하다 하는 實證을 世界의 眼目에 보이라 함이
다. 이것이 가장 有力한 民族的 宣傳이다. 數萬金을 더저[163] 우리는 半萬年
歷史가 잇소. 우리의 處地가 이러하오 하고 宣傳해야 그 效果는 朝鮮 兒童

作品 얼마를 보임에 매우 못하다. 直錢與受의 世上이오 現物의 世上이다. 오랜 歷史 자랑과 어려운 處地를 울고불고하여야 누가 우리를 同情할 사람이 업다. 우리의 怜悧한 程度를 實物로 보이고라야 남의 同情도 잇고 나의 實力도 알어지는 것이다.

方定煥, "(인사말슴)世界兒童藝術展覽會를 열면서", 『어린이』, 제6권 제6호, 1928년 10월호.

밥을 먹어야 산다 하야 반찬도 간장도 업시 그냥 맨밥만 쑤역쑤역 먹고 살 수 잇느냐 하면 그러케는 안 되는 것입니다. 조흔 반찬을 만히 먹지는 못한다 하드래도 조치 못한 반찬이라도 밥에 석거 먹어야 밥을 먹을 수도 잇고 쏘 먹은 밥이 소화(消化)도 되여서 비로소 몸에 유익한 것입니다.

그와 마찬가지로 우리에게 유익한 지식이라 하야 수신(修身)과 산술(算術)만 쑤역쑤역 먹고 조흔 사람이 될 수 잇느냐 하면 그것만 가지고는 조흔 사람 ＝ 쌔진 구석 업시 완전한 조흔 사람 ＝ 이 될 수 없는 것이요 예술(藝術)이라 하는 조흔 반찬을 부즈런히 잘 구(求)해 먹어야 비로소 쌔진 구석 업시 완전한 조흔 사람(全的 生活을 잘 把持해 갈 수 잇는 人物)이 되는 것입니다.

예술이라는 것을 자세 설명하자면 여러분에게는 대단히 알아듯기 어려운 말임니다만은 듯기 쉽게 말하면 여러분이 동요(童謠)를 짓는다던지 그림을 그린다던지 조흔 소설을 짓거나 닑는다던지 조흔 동화나 동화극을 생각한다던지 그런 것들이 모다 "예술"이라는 세상읫 것입니다. 모다 여러분의 예술임니다.

그런대 이째까지 조선에서는 그것을 전혀 모르고 쏘는 알 만한 사람도

---

163 '던저'의 오식이다.

니저버리고 지내 왓습니다. 그래서 싹싹하고 쎗쎗한 글을 한평생 배워도 글은 글대로 잇슬 뿐이지 사람의 생활에(이상 2쪽) 이러케저러케 응용해 쓰지 못해 왓습니다. 그러닛가 실상은 배호면 배혼 것이 사람의 살림과는 짠청으로 잇서서 글 배홧다는 사람일스록 쎗쎗하고 싹싹하고 장승처럼 움즉이지 안는 사람이 만히 되엿습니다.

이래서는 안 되겟다고 일즉부터 조선의 교육에도 새로운 과정이 작고 늘어서 도화도 가르치고 창가도 가르치고 하게 되엿습니다. 그러나 그것만 가지고도 안 되겟서서 이마적에는 동화다 동요다 무어다 무어다 하고 예술 방면의 교육에 힘을 더 써 오게 된 것입니다.

우리는 이 덤에 크게 생각되는 덤이 잇서서 아즉 대단히 유치하고 미미한 중에 잇는 조선의 아동예술 생활에 크게 참고(參考)가 되게 하고 쏘 우리도 그러케 하고 십다 하는 충동(衝動)이 생기게 하고 아즉도 아동예술이 무언지 아지 못하는 부형쎄는 이러한 것이 이러케 필요합니다. 벌서 남의 나라에서는 이러케 굉장히 하고 잇습니다 하는 것을 실지로 보여드리기 위해서 "세게아동예술면람회"를 계획한 것입니다.

남다른 정성으로 계획은 하엿스나 이 일은 세계뎍으로 큰일인 만큼 넘어도 돈과 힘과 날자가 만히 드는 일이여서 우리들의 족고만 힘에는 넘어도 벅차는 일이엿습니다.

三년 전부터 시작한 일이 一년이 걸니고 二년이 걸녀도 다 드러서지를 안어서 중간에 그만두자는 의논까지 낫섯스나 그래도 그래도 하고 억지의 힘을 드러서 햇수로 四년이 걸녀서 이번에 간신히 二十여 나라의 출품을 모아가지고 면람회를 열게 된 것입니다.

우리는 이제 우리의 족고만 힘임에 불구하고 세계 각국에서 조흔 출품을 만히 보내준 호의(好意)를 감사하고 쏘 깃버하면서 이번 면람회가 한 분에게라도 더 만흔 참고와 자극(刺戟)을 드리여 우리 조선의 아동예술이 한층 쒸여남이 잇게 되기를 간절히 간절히 바라고 잇슬 뿐입니다.(이상 3쪽)

方定煥, "報告와 感謝−世界兒童藝展을 마치고", 『동아일보』, 1928.10.12.

어린사람이 成人 되어 갈 째에 全的 生活을 잘 把持해 갈 미천을 짓기 爲하야는 藝術生活에 關한 陶冶가 그 大部分이라 하야도 조흘 만큼 重大한 것이 것마는 朝鮮에서는 그것을 全혀 모르고(或은 니저버려) 왓습니다. 이 點에 深切히 늣기는 것이 잇서서 우리는 조흔 參考와 만흔 衝動을 이바지하기 爲하야 이번의 世界兒童藝術展覽會를 計劃한 것이엇습니다.

×

그러나 慾心쑨이지 이 일은 우리들의 적은 힘에 넘우 지내치는 일이엇습니다. 全世界的으로 周旋하는 일이라 한번 書信 往來에도 二個月이 넘어 걸린 곳이 만허서 해ㅅ수로 四個年 동안이나 걸리어 點數로 三千點을 모아 이번에 開會한 것입니다.

×

獨逸 文部省에서 直接 보내 준 것 四十餘點을 爲始하야 英, 米, 佛, 露, 中國, 丁抹, 瑞典, 瑞西, 波斯, 波蘭, 伊太利, 西班牙, 土耳其, 白耳義, 屢馬尼亞, 芬蘭, 蘇格蘭, 葡萄牙, 짜바에서까지164 모여 와서 各國 國民性의 다른 點이 그림 우에 歷歷히 나타난 것은 主催者쑨만 아니라 보시는 이가 다 가티 깃버하신 것인대 그中에 印度 作品만이 "보냇다"는 通知는 온 지 오래 되엇는대 어찌된 일인지 作品이 到着하지 안허서 적지 안흔 遺憾이엇습니다.

×

兒童 作品 이外에 各國의 童話劇 寫眞과 假面劇 實用 假面과 人形劇의

---

164 丁抹(덴마크), 瑞典(스웨덴), 瑞西(스위스), 波斯(페르시아, 이란), 波蘭(폴란드), 伊太利(이탈리아), 西班牙(에스파냐, 스페인), 土耳其(터키), 白耳義(벨기에), 屢馬尼亞(루마니아), 芬蘭(핀란드), 蘇格蘭(스코틀랜드), 葡萄牙(포르투갈), 짜바(자바, 인도네시아의 Java)를 가리킨다.

實物形 各國의 兒童映畵와 各國 兒童雜誌와 課外讀物은 特別히 힘들여 모은 것이요 世界兒童藝術家의 肖像 寫眞과 世界 各國 風俗 寫眞을 내일 수 잇게 된 것은 더욱 깃버하는 일의 한 가지입니다.

×

이번 展覽會를 準備하기에 우리가 四個年 동안 두고 全力을 바텨 온 것은 勿論이어니와 特別히 日本 잇는 朝鮮人 團體 〈外國文學硏究會〉에서 남다른 好意로 만흔 逸品을 提供해 주엇고 쏘 兒童問題硏究會인 〈색동會〉와 獨逸 잇는 留學生會에서 直接 間接으로 도아 주신 일이 만헛슴을 여긔에 報告와 아울러 感謝를 들입니다.

×

四年 동안 準備한 일을 四十餘名 徹夜의 努力으로 한 會長 設費가 十月 二日 午前 十一時(開會 時間) 五分에 끗난 故로 開會가 五分 느저서 十一時 五分에 되엇습니다.

×

外國에서 보내 준 作品은 待接上 審査에 너치 안헛고 朝鮮 兒童作品만 審査한 바 그것도 各 學校에서 團體로 出品한 것은 그 學校 事務室에서 選擇해 보낸 것이겟슴으로 거듭 選擇하지 안코 그대로 陳列하얏고 個人으로 出品한 것은 미리 初벌 選擇을 해서 陳列하얏습니다. 그리고 學校나 個人이나 陳列된 全 作品을 審査하야 佳作과 特選을 選拔하얏습니다.

審査員은 通常 例대로 하면 畵伯 여러분을 定하야 合議審査케 할 것이나 兒童 自由畵는 그 方面에 關한 特別한 理解를 가지고 안 가지는 差異로 選擇 標準이 相反하겟서서 단 한 분만으로 하기로 하고 平素부터 『어린이』 雜誌를 通하야 어린사람과의 接觸이 第一 만흔 夕影 安碩柱[165] 氏에게 수고

---

165 석영 안석주(1901~1950)는 일제강점기의 극작가, 미술가이다. 창씨개명은 야스다 사카에(安田榮)이다. 1947년 3·1절 특집 라디오 드라마의 주제곡으로 발표된 노래 「우리의 소원」을 작사하였다. 가사는 "우리의 소원은 독립/꿈에도 소원은 독립"으로 시작한다. 안석주의 아들인 안병원(安丙元)이 당시 서울대학교 음악대학 재학생이었는데 이 노래에 곡을 붙였다.

를 끼치엇습니다.

×

開會 初日부터 各 學校 敎員 여러분과 美術 研究家 여러분이 만히 入場하서서 가장 精誠스럽게 鑑賞해 보시고 特히 外國 作品 아페서는 三四 時間씩 서서 比較 쏘 比較하면서 感歎不已할 뿐 外라 每日 連하야 새벽부터 오서서 時間 前에 조용히 보혀 주기를 請하시는 것을 볼 때에 우리들의 조그만 努力이 그만큼 專門家들쎄 조흔 參考를 들이게 되는 것을 限업시 깃버하얏습니다.

×

그러고 各 專門學生 男子 中等學生들이 熱心으로 手帖에 記錄해 가면서 보는 것도 主催者 側으로서는 깃븐 일이엇습니다. 그러나 一般 家庭婦人들과 一部의 女學生 여러분이 그냥그냥 휙휙 지나 돌아가시는 것을 볼 때에는 적지 아니 失望하얏습니다. 幼稚園의 保姆와 各 學校 敎員 여러분이 만히 參考하시고 만흔 敎材를 어드실 것은 勿論이어니와 一般 家庭 父母 여러분이 한번 보심으로써 만흔 參考를 어드서서 家庭에서의 조흔 指導者가 되시기를 바란 것인데 이러케 그냥 그냥 지내처 버리시는 이가 만흔 것은 크게 섭섭한 일이엇습니다.

×

그래서 第二日부터는 每日 午後 四時부터 한 時間式 一般 兒童藝術에 對한 通俗的 平易한 講話와 兒童 自由畵에 關한 平易한 講話를 늘려 들이기로 한 것이요 쏘 되도록 陳列된 作品 아페서 一一히 說明을 하야 들이기로 한 것인데 이러케 하는 일은 갓득이나 複雜한 會場을 더 騷亂하게 한 弊가 업지 안흐나 一般 家庭人들쎄는 적지 안흔 效果가 잇섯스리라고 스스로 밋고 잇습니다.

×

第四日부터 時間을 延長하야 밤 열 時까지로 한 것은 各處 夜學과 工場 職工 여러분들이 要求하시는 까닭으로 電燈 設備에 多少 不足한 點이 잇는데 不拘하고 그리한 것이엇고 最終日에 各 公立學校로부터 二三日間만

延期해 달라는 要求가 만흘 뿐 아니라 場所 關係로 不得已하야 하로만 더 延期하고 말엇습니다.

×

이번 展覽會에 出品한 各國에서 朝鮮 兒童作品을 보내 달라 한 要求가 잇는 고로 잘된 그림은 各國으로 보내겟습니다.

이번 展覽會를 보아 주신 이가 外國人까지 合해서 近 四萬人 朝鮮의 兒童藝術運動을 爲하야 效果가 그리 적지 안흐리라고 우리는 스스로 깃버하고 잇습니다. 여러분 專門家의 意見과 其他 여러 가지는 모두 거두어 新聞이나 『別乾坤』과 『어린이』雜誌에 發表하겟고 쏘 이번 展覽會에 出品된 朝鮮 兒童作品에는 가지가지의 눈물겨운 이야기가 잇는 바 그것도 『어린이』에 發表하겟습니다.

×

至今 모든 것의 뒤整理 中이라 조용하게 생각 되지 안아서 거츠른 대로 대강 報告에 그치고 마오나 쯔트로 이번 展覽會에 가지가지의 寄贈品을 보내 주신 諸氏와 出品해 주신 各 學校에 感謝를 거듭 들입니다.

洪銀星, "今年 少年文藝 槪評(一)", 『조선일보』, 1928.10.28.

今年間(아즉 한 달이 남엇지만)에 우리 귀여운 少年에게 對하야 얼마만한 아릿다운 作品 또는 供獻이 잇섯는가를 엿보는 것도 過히 閑事는 안일 것 갓다. 그러면 槪評을 잠간 하야 보자.

宋影 氏 ━ 氏는 朝鮮文壇에서 名聲이 잇는 이다. 이 분은 『별나라』 『어린이』를 本舞臺로 하고 썻는 바 今年 一月號 『어린이』 雜誌에 실린 「쫏겨간 先生님」[166]은 少年文壇에서 큰 '센세이숀'을 닐으킨 作品이다. 그 後 『별나라』와 『어린이』의 若干의 作品이 나맛스나 「쫏겨간 先生님」만은 죄다 못하얏다고 볼 수 잇다. 그런데 少年文藝가 흔히 飜譯이 만흠에 反하야 氏에게 잇서서는 創作이 만흔 것이다. 나의 記憶으로는 「나무꾼의 日記」도 쌔 조핫든 듯 생각이 든다.

方定煥 氏 ━ 氏는 맨 처음으로 少年問題를 喚起식힌 만큼 少年運動에 만흔 期待를 준 이로서 그러나 한 가지 遺憾인 것은 近來에 와서는 自己宣傳이 넘우 만흔 것이다. 『어린이』 雜誌 한 권을 놋코 너무나 自己誇張 自己評價하는 듯한 글을 실는 것이다. 거긔에 조흔 例로는 「나의 어렷슬 째」[167] 가튼 것은 全然 自己誇張이 만흔 것이다. 그러나 『어린이』의 每號마다 실리는 「어린이 讀本」은 實로히 애써서 꾸미는 것을 알 수 잇는 것이다.

金永八 氏 ━ 氏의 少年文藝作品은 別로히 나온 곳이 그리 만치 안흐나 氏가 京城放送局에 잇는이만치 '라디오' 이야기가 만히 나온 듯한 늣김이 난다. 그리고 氏에 잇서서는 『새벗』을 本舞臺로 하고 "童話劇"이 나온다. 元來의 그가 劇作家이니만큼 童話劇에 잇서서 少年들에게 膾炙를 밧게 된

---

166 송영의 「쫏겨가신 先生님」(『어린이』, 제6권 제1호, 통권55호, 1928년 1월호, 34~38쪽)을 가리킨다.

167 「나의 어렷슬 째」(『어린이』, 제6권 제3호, 통권57호, 1928년 5-6월 합호, 44~46쪽)를 가리킨다.

다. 그의 『새벗』의 실린 「三男妹」라는 童話劇은 참으로 듬은 作品이다.
그리고 「異常한 裁判」 「異常한 戰爭」도 少年들에게 가장 滋味잇게 닑켜지
고 잇는 모양이다. 그 外 『少年朝鮮』이라든지 『어린이』라든지 『少年界』
等에 실린 것은 하나 쓸 만한 것이 업다. 地理冊에서 「나이야가라 瀑布」
가튼 것을 쓰거나 「가을은 哀傷」이라는 것 싸위는 돌이어 안 쓰는 편이
나흘 것가티 생각 든다.

　　延星欽 氏 ＝ 氏는 小波만큼이나 少年問題에 對하야 腐心하고 잇는 분
의 하나이다. 그러나 今年 二十四歲를 一期로 애처롭게 一歸不歸客이 되엇
다. 氏는 飜譯을 盛히 하는 이다. 어느 나라 文藝運動이든지 初創時期에
잇서서 飜譯物을 是認한다. 딸아서 方小波의 『사랑의 선물』이라든지 李微
笑의 『世界一週童話集』[168]을 稱讚한 일도 잇다. 그러나 아즉까지도 飜譯만
할 時期는 아니다. 時代는 점점 進展되고 잇지 안혼가.

　　初創時代가티 飜譯만 하고 잇스면 될 수 잇는 것인가. 이것의 조흔 例로
는 일즉 丁洪敎 氏의 「새소리 듯는 平吉」이라는 것을 넷날 물건이 된 『時代
日報』에 실엇고 그것을 『銀싸래기』[169]라는 그의 童話集에다 실엇슴을 알고
도 그랫는지 몰으고 그랫는지는 몰으지만 『새벗』 十一月 紀念號에 「새소리
듯는 사람」이라고 하야 그것을 飜譯하얏스니 이 무슨 붓그러운 일일가.
나는 眞心으로 말하거니와 譯은 그만두고 創作을 하얏스면 하는 것이다.
딸아서 氏의 것은 評해 줄 만한 것이 하나도 업다. 그리고 氏는 一定한
作品으로 나가지 안는 것이다. 或은 小說 넘우나 不調理하게 훗터저 나온
다. 『별나라』를 들고 보면 氏의 것이 二三篇식은 늘 실려 잇다.

---

168 방정환 편(方定煥編)의 『世界名作童話集 사랑의 선물』(개벽사, 1922)과 이정호(李定鎬)
　　의 『세계일주동화집(世界一週童話集)』(海英舍, 1926)을 가리킨다.
169 정홍교 편의 『은쌀애기』(영데이사, 1926)를 가리킨다.

洪銀星, "今年 少年文藝 槪評(二)", 『조선일보』, 1928.11.1.

崔獨鵑 氏 = 氏가 朝鮮文壇에서 小說家로 囑望이 만흐니 만큼 少年小說에 잇서서도 滋味잇는 것이 만흐다. 더욱이 「어더니 사는 會社」는 어린이에게 만흔 歡迎을 밧엇다.

劉道順 氏 = 氏는 일즉이 『별나라』에 만히 나오든 분이다. 童謠에 잇서서 잘 쓰는 이로 『어린이』에 실린 것은 적으나 감칠맛이 잇는 것 갓다. 그러나 李白이 論文을 써도 詩 내음새가 나는 것가티 「어머니라는 會社」(『少年朝鮮』)[170]는 小說로의 별로히 興味가 가저지지 안는다. 童謠로 專門하엿스면 하야 마지안는다.

韓東昱 氏 = 氏의 童話에 잇서서는 '리히리틔'한 맛이 잇는 童話이다. 어느 點에 잇서서는 露西亞의 '와시리 에로센코'[171]의 作品 가튼 곳이 만타. 「별나라를 차저간 少女」이라든지 「젓 업시 자라난 獅子」 等等 만흔 作品이 한 主義에 一貫되여 잇는 것이다. 그리고 氏는 여긔저긔 이 雜誌 저 雜誌에 내논는 法이 업시 『새벗』 한군데만 쓴다. 이곳에 잇서 이 분의 獨特한 信條가 잇는 것을 足히 엿볼 수 잇는 것이다.

金南柱 氏 = 氏의 作品은 『어린이』와 『新少年』에서 散見할 수 잇는데 이러케 나오기 째문에 滋味가 업는 것이나 筆致가 老鍊되고 아름다운 맛이 만타. 그에게 잇서서는 아마 童話가 特長인 것가티 생각된다. 그 外에 것은 다만 나의 머리에 그저 美文이다 하는 생각밧게 남지 안는다.

李定鎬 氏 = 氏도 創作이 드물고 時代 뒤진 묵은 日本 少年少女 雜誌를 飜譯하기에 겨를이 업는 모양이다. 氏에게 잇서서도 筆致에 美文인 것만은 말하야 두고자 한다. 譯法이 좃타는 말이다.

崔永澤 氏 = 氏는 『少年界』 『少女界』 『少年旬報』 等 만흔 곳에서 散見

---

170 유도순(劉道順)의 「어머니 파는 會社」(『少年朝鮮』, 1928년 9월호, 10월호, ?)의 오식이다.
171 바실리 예로센코(Vasilli Yakovlevich Eroshenko, 1890~1952)를 가리킨다.

할 수가 잇는 바 다 별노히 取할 바 作品은 못 된다. 멧 개 童話만은 쓸 만한 것이 잇는 듯하다.

李明植 氏 = 氏의 作品은 主로『朝鮮少年』에서 만히 볼 수 잇는데 다 조흔 作品들이다. 그리고 그의 思想에 잇서서 매우 조흔 곳이 만타.『中外日報』에 실린 멧 개의 作品도 다 조핫고『새벗』三週年 紀念號에 실린「아버지」도 썩 힘드렷다고 본다. 多少 筆致가 쩍쩍하고 사투리 비슷한 곳이 업지 안타.

【訂正】本紙 二十八日附 本欄 延星欽 氏의 條에 '一歸不歸客'은 張茂釗 氏에게 對한 것인바 誤植 되엇삽기 訂正합니다.

洪銀星, "今年 少年文藝 槪評(三)", 『조선일보』, 1928.11.3.

琴徹 氏 = 氏의 作品은『朝鮮日報』에서「아! 無情」이라는 佛蘭西 文豪 '빅토르 유고'의「레-미제라불」을 少年讀物로 譯한 것을 비롯하야『中外日報』의 獨逸 '뮤렌'[172] 女史의 作인「眞理의 城」等 長篇飜譯讀物이 만헛스나 多少 쩌치른 솜씨가 보엿고『少年界』『少女界』『새벗』『少年朝鮮』等等 여러 곳에서 볼 수가 잇스나 별로히 感心할 作品은 못 되고「이 힘! 무슨 힘!」이라는 것이 얼마간 잘된 듯하다. 그러나 氏에게 잇서서 熱烈한 思想이 움직이고 잇는 것만은 作品을 通하야 잘 알 수가 잇는 것이다.

辛在恒 氏 = 氏는 主로 童謠를 만히 볼 수 잇는데 늘 平凡하다. 애틋한 兒童에 對한 情緖가 별로 업다. 다시 말하면 詩想이 엷다는 말이다.

劉智榮 氏 = 氏의 作品은『새벗』『少年朝鮮』等에서 만히 볼 수 잇는데 이분도 어느 누구들 모양으로 飜譯이 甚하다. 筆致는 熟練되고 아름다운 곳이 만흐나 作品이 거의 日本 少年 묵은 雜誌에서 譯한 것이 만타. 甚한

---

172 뮤흐렌(Hermynia Zur Mühlen, or Hermynia zur Mühlen, 1883~1951)을 가리킨다.

例로는『새벗』九月號에 실린 「어머니」라는 것은『어린이』雜誌에도 벌서 飜譯된 것을 氏는 쏘 飜譯하야 讀者들을 웃기게 한 일도 잇다. 그리고 模作도 만허서 어느 號인가 잘 記憶되지 안흐나『새벗』에 실린 듯한데 「코레라이의 處女」를 '燒增シ'[173]한 것을 볼 수 잇다. 創作에 힘썻스면 조켓다.

　丁洪敎 氏 = 氏의 作品은『少年朝鮮』에서 「로이드 쏘지」와『中外日報』의 실린 「설구경」(?)이든가를 보고 因해 별로히 作品을 볼 수가 업다. 氏에 잇서서는 退步하는 氣分이 만타. 글이 平凡하고 「로이든 쏘지 傳記」 가튼 것은 飜譯이고 하야 評할 만한 價値도 업는 것이다.

　金泰午 氏 = 氏의 作品은『아희생활』과『어린이』等에서 若干 볼 수가 잇는데 별노히 取할 만한 것은 볼 수가 업섯다. 氏에 잇서서는 엇던 混合型的 主義에 김어 너흐려고 하는 意圖를 볼 수 잇는 것이다.

　崔靑谷 氏 = 氏의 作品은 主로『無窮花』와『새벗』에서 볼 수 잇고 그 外『별나라』에서도 볼 수 잇는데 筆致가 썩썩하고 거북하야 보기에 괴로움을 준다. 그러나 이 氏의 思想에 잇서서는 조흔 傾向이다. 짜라서 世間에 나오는 作品도 흔치 못하다. 「흙무든 사과 껍질」「단풍닙」 等 자미잇는 것이 나의 記憶에 써오른다.

　尹小星 氏 = 氏의 作品은『無窮花』『새벗』에 만히 볼 수 잇는데 主로 自然科學의 讀物들이다. 別로 이러타 할 取할 것은 업고 少年에게 잇서서는 반드시 읽어 두어야 할 것이 만흠은 事實이다. 그러나 '쎈지멘탈'한 筆法으로 失敗한 곳이 만타. 더욱이『中外日報』「어린이欄」에 실린 것에 더욱이 그런 것을 만히 볼 수 잇다.

　馬春曙 氏 = 氏의 作品은 主로『少年界』『少女界』에 만히 나왓스나 두 少年雜誌가 다 休刊되매 別로히 볼 수가 업다.『새벗』에서 멧 개의 童謠를 볼 수 잇스나 그리 感心할 作品이 못 된다. 氏에게 잇서서는 童話보담도 童謠 便이 훨신 낫다.

---

173 '야키마시(やきまし, 燒(き)增し)'로 "(사진의)복사, 추가 인화"라는 뜻의 일본어이다.

洪銀星, "今年 少年文藝 槪評(四)", 『조선일보』, 1928.11.4.

朴世永 氏 = 氏의 作品은 主로 『별나라』 雜誌에서 만히 볼 수 잇는데 詩는 哀話, 美談, 童話, 童謠, 童畵까지 한다. 가장 多角的이다. 그러나 多角的인 만큼 하나도 시원한 것이 別로히 업다. 專門的으로 童謠로 나갓스면 돌이어 나흘 것 갓다. 꾸준한 努力家인 것만은 事實이다.

高漢承 氏 = 氏의 作品은 『어린이』 新年號, 二月號에서 잠간 볼 수 잇고 그 後로는 一切 消息이 頓絶하다. 그러나 내가 본 氏의 「원한의 화살」 이라는 것은 氏의 作品이 안이오 다른 나라 童話를 譯한 것이다. 氏 亦 뒤진 直譯的 童話 輸入을 쾌 질기는 것을 볼 수 잇는 것이다.

梁孤峰 氏 = 氏의 作品은 『별나라』와 『少年朝鮮』 等에서 드믄드믄 볼 수 잇다. 그리고 그의 單行本 『밤에 우는 새』라는 것을 잠간 본 일이 잇는 바 別로히 感心할 만한 點을 어들 수 업섯다. 또 한 가지 不快한 것은 作者 의 寫眞을 실은 것이다. 무슨 自家 廣告에 힘쓰는 듯한 늣김이 난다. 그러나 筆致 構造만은 아름다웁게 애쓰는 것이 氏의 作品에서만 볼 수 잇는 것이 다. 技巧에 힘쓰는 이인 듯하다.

李赤星 氏 = 氏의 作品은 主로 『새벗』에서만 볼 수 잇는 분이다. 그러나 덜된 探偵小說로 精神업시 運轉해 나가는 듯한 것을 볼 째에는 매우 不快 한 째가 적지 안타. 더욱 실리는 것마다 日本 少年雜誌의 것을 飜案 或은 模作을 하는 데는 넘우나 少年을 無視하야 쓰는 것 갓튼 感도 업지 안타. 多少 創作的으로 하얏스면 조켓다.

白玉泉 氏 = 氏의 作品도 『새벗』에서만 볼 수 잇는 바 넘우나 千篇一律 的으로 歷史冊 飜譯 그대로이다. 조금 技巧라든지 內容을 어린이 感情에 맛도록 썻스면 한다. 그것은 主로 말을 順平하게 쓰고 漢字를 비록 括弧를 치고 넘흐나 넘우 만흔 것은 事實이다. 조금 덜 쓰면 조켓다고 생각한다.

高長煥 氏 = 氏는 『아희생활』 『새벗』 『新少年』 『별나라』 等 거의 안 쓰는 少年雜誌가 업다. 더욱이 童謠 童話 美談 哀話 닥치는 대로 쓴다.

그러나 氏는 童謠만은 天手的 氣分이 잇다고 볼 수 잇는 것이 만타. 그리고 單行本으로도 만히 힘쓰는 모양이다. 『쿠오레』도 氏의 손으로 譯된 듯하다.

嚴弼鎭 氏 ＝ 氏는 多作인 것을 늣겨진다. 그러나 '스토리'가 俗되고 묵고 자미가 업는 것이 車載斗量이다. 그러한 중에 붓이 썩썩하고 技巧 描寫가 잘 表現되지 못하얏다고 볼 수 잇다.

鄭寅燮, "(展覽會 講話－其四)人形劇과 假面劇－世界兒童藝術展覽會에 際하야", 『어린이』, 제6권 제6호, 1928년 10월호.

퍼펫트(puppet-人形)라는 말은 인도(印度) 나라의 옛말 산스크릿트(梵語)에서 나온 말인대 푸트리카(Putrika), 두히트리카(duhitrika), 푸탈리(puttali), 푸탈리크(puttalik)는 모다 소녀(少女)를 의미한 것이다.

인도에서 쑨만이 안이라 지금부터 약 이천삼백년 전에 희랍(希臘) 나라에도 그와 비등한 말이 잇섯고 쏘 라전어(羅典語) 푸파(pupa) 푸푸라(pupula)라는 말도 소녀를 의미한 것이다.

그리고 영국의 유명한 학자 '고-르든·크레이그'는 이태리(伊太利)에서 자기가 발행하든 잡지 '저·마리넷트' 제삼호에서 펀취(punch)라는 말은 라전어의 푸에르(puer-男子), 풀루스(pullus-女子)에서 나왓고 모다 소년소녀를 의미한다고 말하엿다.

영어 '마리오넷트'(marionette-劇人形)라는 말은 불란서 말 '마리오넷트'(marionette)에서 나왓고 그 근본은 '마리오-르'(mariole)인대 그 의미는 성모상(聖母像)이니 성마리의 적은 모양을 사용하든 불란서 유행의 긔독교극(基督敎劇)의 유물이다.

이 긔록한 극은 이태리에서 들어온 것인대 직(이상 50쪽)금도 이태리 베니스의 사람들이 이 극을 하는 인형을 마리에트(mariettes-적은 마리-)라고 존칭하는 것을 보아도 그 말의 근본을 짐작할 수 잇다. 요컨댄 영어 퍼펫트(극인형)라는 말은 본래 소년소녀를 의미한 데서 나왓스니 동심(童心) 쏘는 텬심(天心)을 의미함으로 인형극과 어린이의 관게는 처음부터 가차운 것이엿다.

인형극은 연극 가운데 가장 오래된 형식이다. 그것은 연극의 처음인 무용이라든가 쏘는 무용극(舞踊劇)을 모방한 것이니 사람이 생각할 수 업는 할 수 업는 될 수 업는 깃븜과 슬픔을 가젓고 다음에는 그것을 몸짓으로 표시할 수 잇는 째가 잇스며 쏘는 그러한 감정을 입으로 노래하며 말할 수도 잇는 것이다.

그런대 옛날 무용은 이 두체의[174] 몸짓에서 나온 것이요 세 번채의 말과 합하야 무용극이 생긴 것이다. 범어(梵語)에서는 나타(nata)라는 배우를 의미하는 것과 극을 나타카(nataka)라 하며 춤추는 것을 나트(nat)라고 하는 것을 생각하면 그 관게를 잘 알 수 잇다. 「홍동지 박첨지」 노름은 조선의 옛 인형극의 하나이다.

그다음 가면극이 왜 어린이에게 관게가 잇느냐 하면 가면은 참 사람의 얼골이라든지 몸짓으로 흉내 내일 수 업는 것을 얼마라도 자유롭게 흉내 낼 수 잇는 째문이다. '켄네스·마크코-완'이란 학자가 가면극에 대해서 조흔 글을 썻는대 그 가운대 다음과 가튼 말이 씨여 잇다.

"신(神)들은 물론이요 무덤 속에서 나온 넉들은 마을 사람들의 모양을 하지 안는다. 뉴-기니어에서도 죽은 사람을 불너이르키려 할 째 가면을 붓친다." 이와 가튼 가면은 사람과 동물과의 차이를 업새고 몸짓이라든지 나희라든지 성질과 인종 지명을 업새게 하며 얼골과 몸짓의 표정에도 전연 다른 것이 될 수 잇는 것이다. 사람 외에도 귀신 요물 가튼 물건도 능히 흉내 낼 수 잇다. 그럼으로 아해들이 이러한 상상물을 생각하고 그러할 세상을 꿈꾸는 것이니 그러한 것을 흉내 내려면 가면을 사용하는 것이 아주 편리하다. 어린이에게는 가면은 가면이 안이요 실물이다.

그런데 인형의 얼골도 이와 가튼 성질은 가젓지(이상 51쪽)만은 가면과 다른 것은 생명 잇는 사람이 뭇처 잇는 가면 가튼 효과는 업지만은 가면에 업는 특점이 잇스니 이는 가면이 얼골에만 흉내 낼 수 잇는 것에 반하야 인형은 몸 전부를 가지고 마음대로 이 생각의 모든 것을 표시할 수 잇는 것이다.

그러한 차이는 잇다 할지라도 인형극이나 가면극이나 두 가지가 맛찬가지로 마력을 가젓스며 일면에 잇서서는 태양 산천초목도 흉내 낼 수 잇고 쏘 한편에는 사람 동물도 될 수 잇는 것이다. 우리들의 무한한 상상을 얼마든지 표시할 수 잇스니 옛날에는 어느 나라를 물론하고 아해들의 작란감에

---

174 '이 둘째의'라는 의미로 보인다.

만 사용된 것이 안이라 현실(現實) 세상에서 도모지 꿈도 꿀 수 업는 긔적을 흉내 낸다든지 쏘는 우숨꺼리 연극에도 흔히 인형과 가면을 사용하엿든 것이다.

다음에 할 말은 엇더케 극인형과 가면을 만들어서 엇더케 상연하느냐 하는 것이다.

첫재 인형을 만들 째 이것을 놀리기 위하는 목적을 이저서는 안 되나니 각각 그 역활을 위한 것을 생각해 보아서 그 중요한 표정과 옷과 몸짓을 잘 낼 수 잇게 몬저 그림으로 그려 본다. 그것을 보고 만들되 혹은 조희 혹은 나무 쏘는 석고(石膏)로서 몸을 만들고 대개는 머리 양팔 몸의 상하 그리고 발이 두 매듭 되도록 실을 맬 못을 박아 둔다. 그래서 그 우에 옷을 입혀 보통은 연단에서 크게 하겟지만은 아동에게는 석냥궤라든가 비-루 상자 가튼 것을 가지고 한쪽을 통처서 그 속에서 놀니되 놀니는 줄은 괴 판자 우에 올녀서 사람의 손으로 움즉일 것이다. 그런대 극인형 중에라도 실노서 놀리지 안코 손으로서 놀리는 것도 잇다.

가면극에 대해서도 그 가면의 성질을 단정해서 먼저 그런 얼골의 가면을 조희에 그려 보고 그리고 난 후에 만들게 하여야 한다. 조선에서는 박아지를 응용해도 조코 보통은 조희 조각으로 오리게 되나니 탈 중에도 얼골 압만 덥허서 끈으로 뒤를 매는 것도 잇지마는 엇던 것은 머리 뒤까지 전부 덥허 쓰는 가면도 잇다. 조선에는 옛날부터 五광대라는 탈노름이 유명하엿다. 이번 전람회에 진주 방면에서 어든 것을 출품하엿다.(이상 52쪽)

무대 장치와 흉내 낸 그림뿐만 아니라 외국의 인형 실물사진도 출품하엿스니 잘 보앗스리라고 밋는다.

이상에 적은 것은 아해들이 작난쌈으로 하는 인형극과 가면극에 대한 것이니 아즉 전문가가 안인 아동들에게는 될 수 잇는 대로 간단하게 하는 것이 조타. 어른들이 학문상으로 연구한 대로 한다면 대단히 어려운 것이요 얼골이라든가 머리 만드는 재료도 쉬웁지 안흐니 그것은 대개 전문 직공들이 만들게 된다.

이번 전람회에는 어린이 작품뿐만이 안이라 아동예술 일반에 대하야 나의 생각하는 바가 모조리 출품되엿섯다. 여러 가지 진긔하고 귀중한 물건이 잇는 가운데도 인형극과 가면극에 대한 것은 아직 조선에서도 보지 못하고 연구 되지 안엇슬 쑨더러 아동교육에 사용하든 것을 꿈에도 아지 못한 사람이 만앗슬 것이다.

그럼으로 전람회 전체에 대해서 한마듸씩 설명하고저 하지만 인형극과 가면극 외에 대한 것은 다른 분이 이약이할 테이닛가 여긔서는 약하고 인형극과 가면극에 대해서만 간단히 적은 것이다. 길게 무엇무엇 하는 것보담 전람회를 보앗스면 가장 잘 알엇슬 것이니 붓을 그만 놋는다.(이상 53쪽)

夢見草, "(展覽會 美談)눈물의 作品", 『어린이』, 제6권 제6호, 1928년 10월호.[175]

이번에 열닌 면람회는 동양에서는 처음 되는 세계덕 면람회인 만큼 왼 조선 어린이들의 가슴을 쮜놀게 하고 쏘 정성을 쓸게 하는 것이엿습니다. 그래서 이번 면람회에 모여 온 가난한 조선 어린들의 그림 중에는 참으로 눈물겨운 불상한 이약이가 만히 잠겨 잇습니다.

긔막히게 훌륭한 재조를 가지고도 가난하기 째문에 산곡짝이에서 그냥 쓸쓸히 뭇치여 가는 어린이가 조선에는 엇더케 만흔지…… 생각하면 크게 크게 소리처 울어도 다하지 못할 큰 설흠입니다. 그 설흠 만흔 불상한 어린 들의 애닯흔 솜씨로 그리여 온 눈물 겨운 그림 그중의 한 가지를 여긔에 소개하야 나는 여러분과 함께 이 거룩한 이약이를 마음에 깁히 간직하고 십습니다.

면람회의 데四호실 남편 벽에 진렬(陳列)되여 잇는 경상도 어린이들의 그림 중에 바위와 버드나무와 개천만 그린 수채(水彩)화가 한 장 부터 잇서 심사할 째에 쏘 잘 그렷다고 쏩혀서 가작(佳作)이라는 표짜지 부터 잇는대 우리도 모르고 잇다가 개회(開會)한 지 사흘째 되는 날 처음 이약이를 듯고 감탄하기를 마지안이하엿습니다.

이것을 그리인 경상북도 성주군 초전면 대장동(星州郡 草田面 大獐洞) 에 사는 리석규(李錫圭) 씨는 불행히 어릴 째 병신이 되야 등을 펴지 못하 는 등(이상 60쪽)쏩추가 된 가련한 소년이엿습니다.

어려서 젓 먹을 째 나어린 누의가 업고 다니다가 허리가 뒤로 넘어간 것을 그냥 모르고 놀다가 아조 허리가 휘여서 그 후 병원에를 두 번이나

---

175 '夢見草'는 방정환(方定煥)의 필명이다. 이 글은 아동문학 비평문과는 일정한 거리가 잇으 나, '세계아동예술전람회'와 관련된 전후사정을 이해하는 데 도움이 될 것으로 판단되어 수록하였다.

드러갓스나 이내 고치지 못하고 그 빌미로 등 꼽추가 되야 가련하게도 말 배홀 쌔부터 병신 몸으로 일평생을 슯흐게 지내게 되엿담니다.

어머니 아버지는 그것이 가엽서서 "아모리 구차하여도 이 애는 공부를 식여서 설흠을 니저버리고 살게 해야겟다고 촌에서 거의 三十리길이나 되는 읍내(邑內) 공립보통학교에를 다니게 하엿슴니다. 三十리길을 거러 다니자니 성한 몸이라도 고단한 것을 등 굽고 허리 못 쓰는 병신 몸에는 넘어도 힘드는 일이엿건만은 그래도 학교에 다닐 수 잇는 것만 깃버서 "꼽추야" "꼽추야" 하고 놀니는 소리도 참아 가면서 눈이 오거나 바람이 불거나 쉬는 날 업시 부즈런히 다니엿슴니다.

"요놈의 꼽추야. 네 등에는 짐을 언기가 좃켓구나" 하고 성질 낫븐 동무들이 굽으러진 등 우에 돌맹이를 언즈면서 놀닐 쌔는 설흔 신세를 혼자서 울기도 여러 번 하엿슴니다. 그리고 점심밥을 못 싸 가지고 가서 저녁쌔 도라올 쌔는 배가 곱하서 울기도 만히 하엿슴니다.

그러나 배가 아모리 곱하도 동모들이 아모리 놀려도 그래도 참으면서 다니는 공부를 원수의 돈이 업서서 월사금 다섯 달 치를 못 내엿다고 학교에서 퇴학 명령을 밧고 쫏기여 나왓슴니다.

월사금을 못 내여서 쫏겨나는 일이 누구엔들 슯흔 일이 안이겟슴닛가만은 몸은 로동조차 할 수 업는 병신이 되야 오즉 글공부 하나에 평생의 소원을 부치고 사라가는 우리 불상한 동무 리석규 씨가 학교에서 쫏겨난 일이야말로 엇더케 악착스럽게 설허운 일임닛가.

울고 울고 울고… 어리고 병든 몸에 한울이 문허진 것갓치 앗득하야 눈물의 三十리길을 울면서 울면서 왼종일 거럿슴니다.

울다가는 것고 것다가는 울고… 해질 쌔에 도라온 아들을 붓들고 어머니며 아버지쎄서는 얼마나 가슴이 압흐섯겟슴닛가. 아버지는 뒷겻으로 가서서 울고 게시고 어머니는 마루끗헤 안즈서서 그(이상 61쪽)냥 소리를 내여 좍—좍— 우시엿슴니다. 그리고 누구보다도 더 설허서 누님은 부엌문 엽헤서 훌적이며 울엇슴니다.

그러나 슯흔 일이엿슴니다. 한번 쫏겨난 길은 돈이 업시는 다시 차저갈 길이 업는 것이엿슴니다. 한 만흔 설흠을 가슴에 안고 어린 석규 씨는 굽으러진 등 우에 지게를 지고 논드랑으로 산골작으로 풀이나 베이려 다니엿슴니다. 남다른 텬재를 가지고도 설흠이 만허서 쓸쓸히 산ㅅ길을 헤매일 때 방울방울 흘느는 그 가엽슨 눈물이 풀닙헤 써러질 째 아아 일흠 업는 풀이라도 마음이 잇스면 소리처 울엇슬 것임니다.

학교에서 쫏겨나서 이번에는 나무꾼 아해들에게 놀리움을 밧어 가면서 산골작이로 풀이나 베히려 다니는 석규 씨는 다시는 글자나 책 구경을 하는 수가 업시 되여서 그째부터 『어린이』 잡지를 주문해 보기 시작하야 한 달에 한번씩 『어린이』 기다리는 것만이 이 세상 단 한 가지뿐의 자미엿섯다 함니다. 그래서 어린이가 늣게 발행되면 三十리길을 왕래하면서 우편국에 가 보고 가 보고 하면서 기다리여 오는 날이면 그 밤으로 한 권을 다 넑어 버리고 그리고도 그 책을 놋치 못하야 품에 품고 다니면서 풀을 베다가도 넑고 밧일을 하다가도 쏘 내여 넑고 넑고 하면서 살엇담니다.

그런대 석규 씨는 왼일인지 학교에 처음 다닐 째부터 다른 공부보다도 그림그리기를 뎨일 즐겨 하야 잡긔장 쏫이라도 조곰 남은 구석만 잇스면 반듯이 그림을 그리고 그리고 하엿담니다.

누가 특별히 가르키지도 아니하는 고로 잘되는 그림인지 잘못되는 그림인지 알지도 못하면서 그래도 조희 쏫만 보면 연필 쏫을 어더 가지고 혼자서 눈에 보이는 대로 그리고 그리고 하엿슴니다.

그러다가 학교에도 다니지 못하게 되니 이제는 조희도 어들 수가 업고 연필이나마 마음대로 구하지 못하게 되야 어린 석규 씨의 설흠을 더욱 만케 하엿슴니다. 그러는 중에 불상하게도 한 가지 남은 위로와 희망까지 끈허지게 되엿스니 그것은 한 달에 단돈 十전씩도 업서서 이 세상에 그를 위하야 단 하나뿐인 동무 『어린이』 잡지를 계속해 보지 못하게 된(이상 62쪽) 것임니다.

몸의 충실도 엇지 못하고 학교공부도 엇지 못하고 굽어진 등에 지게를 메이고도 그리면서도 단 한 가지 위로를 엇고 동무로 녁이는 『어린이』도 엇어 보지 못하게 될 째 아아 그의 설흠이 엇더하엿겟슴니가. 이 책을 넑는 동무들이여. 우리는 이 책을 걱정 업시 계속해 닑을 수 잇는 것을 다행이 녁여야 하고 감사해야 합니다. 그리고 이 세상에는 그러케싸지 불상한 동무가 만히 잇는 것을 생각해야 됨니다.

그런대 바로 금년 녀름임니다. 녀름방학 째 경성뎨국대학(大學)에 다니는 대학생 주병환(朱秉煥) 씨라는 이가 수이기도 할 겸 약도 먹을 겸 조용하고 공긔 조흔 곳을 골라 절간을 차저가서 여러 날 류련해 잇는 곳이 바로 리석규 씨 집이 잇는 그 뒷山 속에 잇는 족고만 절(寺)이엿슴니다.

조용한 절간에 고요히 잇서서 책을 닑다가 절 밧갓마당에 나아가서 거닐면서 본 즉 여러 나무쑨아해들 중에 등 굽은 아해가 잇고 그 등에도 지게를 지고 나무를 하는 고로 "누구 집 아해인지 등 굽으러진 아해에게 지게를 지여 내보낸 것을 보면 쫴 구차한 집인가 보다" 하고 동정하는 마음으로 눈녁여보고 잇섯더니 풀을 한 짐씩 다 버힌 후에 다른 아해들은 씨름을 하는 둥 작란을 하는 둥 수선스럽게 노는대 그 병신 아해만 혼자 써러저서 저편 바위 우에 안저서 쓰더진 책장 조희를 무릅 우에 놋코 족고만 연필 ꐁ을 내여가지고 그림(寫生)을 그리드람니다.

그래서 뒤로 슬금슬금 갓갑게 가 본 즉 조희는 찌저진 조희로되 연필은 남이 내여버린 밋동쑨이로되 그리는 솜씨는 그 압헤 보히는 버드나무라던지 물 흐르는 개천이라던지 멀—니 보이는 바위라던지 배혼 일 업는 그림 치고는 대단히 잘 그리드람니다.

그것을 보고 마음속에 대단히 의아하야 갓갑게 가서 손목을 잡고 여러 가지 일을 무르니 그는 자긔가 어릴 째 누의에게 업혀 다니다가 허리를 상한 이약이 학교에 다니다가 월사금을 못 내여서 쫏겨 나온 이약이 그림은 짜로 배혼 일이 업스나 저절로 그림만 그리고 십어진다는 이약이 그러나(이상 63쪽) 조희와 연필이 업서서 그것도 그려 보지 못하는 이약이와 그러케 정드려 닑던 『어린이』 잡지도 돈 十전이 업서서 못 대여 보게 되야 "나는 아마 한평생 글자도 모르고 한평생 무식하게 살다가 죽을가 봄니다" 하고 눈물을 쑥—쑥— 흘니드람니다.

그 이약이를 듯고 대학생은 사정도 사정이려니와 첫재 배혼 일 업시 그림을 그러케 잘 그리는 것이 확실이 텬재를 가진 사람이라고 밋엇고 그러틋한 귀여운 텬재가 이러케 무참히 파무치여서 쓸쓸히 썩어가는 것을 울고 십은 마음으로 앗가워하면서 진정을 다하야 위로의 말을 하여 주엇습니다.

생후 처음 부인말로라도 위로의 말을 드르면서 깃버하든 것도 몃 날이 못 되야 방학도 끚나고 가을머리가 되야 언니나 아저씨보다도 친하게 고맙게 알던 대학생은 고만 다시 서울로 가버리고 말엇습니다. 그래서 어린 석규 씨는 새삼스레 쓸쓸히 혼자 쩌러진 것 갓흔 생각을 가지게 되엿습니다. 그러나 서울로 도라온 대학생 주 씨는 작별하고 오기는 왓서도 이내 그 불상한 어린동무 산골짝이에 쓸쓸히 썩는 어린 텬재를 니저버릴 재조가 업섯습니다. 엇더케 무얼로 엇더케 위로를 하여 줄가 생각튼 끚헤 『어린이』 九月號를 한 책 사서 "슯흐고 쓸쓸한 생각이 날 때 혼자서 울지 말고 이 책을 닑으시라"는 편지와 함께 나려보내 주엇습니다.

그것을 밧은 리석규 씨의 깃븜이 얼마나 하엿겟슴닛가. 도라갓든 형님이나 누의를 맛나는 것처럼 깃버 날쒸면서에 한숨에 나리닑을듯이 책을 뒤적이난대 그째에 그의 눈을 잇끌고 그의 가슴을 쒸놀게 한 것은 부록 신문 「어린이세상」에 "세게아동예술뎐람회를 十月 二日부터 열겟스니 조선 소년들도 그림을 속히 그려서 九月 二十五日 안으로 개벽사 어린이부로 보내시요" 하는 광고엿습니다.

"세게 각국에서 잘 그린 그림만 모으는 판에 쏩혀 볼 줄이야 꿈도 못 쑤지만은 그래도 남처럼 조회나 잇고 채색이나 잇스면 그려 보내 보기나 할 것을…" 하는 생각이 나서 다시 신세한탄에 눈물 먼저 고엿습니다. 그래서 자기는 그려 볼 생각도 못한다고 할 곳 업는 하소연을 엽서에 적어서 서울 대학생께로 보내엿습니다.(이상 64쪽)

그 편지를 밧은 대학생은 그 길로 곳 쒸여나가 상뎜에 가서 둑겁고 쎳쎳한 조흔 조회 두 장을 골나 사서 나려보내 주엇습니다.

가련한 텬재 석규 씨는 그러케 조흔 조회를 만저보기도 처음이라 조회를 가슴에 안엇다가 얼골에 대엿다가 하면서 깃버하엿습니다. 그러나 조회는 생겻스나… 채색이 잇서야 그리지를 안이함닛가. 이렁저렁하다가는 九月

二十五일 긔한 안에 보내지도 못하겟고 촉급한 마음에 안탁가운 마음에 생각다 못하야 동무의 집에 가서 채색을 잠깐 빌려다가 그릴밧게 업다고 생각하고 압마을 동무의 집을 차저갓슴니다. 가 보닛가 동무 아해는 학교에 가고 업스니 밤중에나 도라올 모양인데 그의 책상 우에 채색갑이 노여 잇슴니다.

"모르는 사이도 안이고 시간은 밧부고 하니 그냥 가저다가 그리고 잇다가 밤에 임자가 도라오거던 인사하면 그만이겟지" 하고 그냥 무심코 채색을 가지고 와서 그날로 당장에 두 장을 그렷슴니다. 한 장은 나어린 소년이 소를 썰고 밧헤서 일하는 것이고 쏘 한 장은 바위와 개천과 버드나무 두 장을 그리엿는대 그 그림을 그리여 노코 스스로 깃버서 그날 밤으로라도 우편국에 가서 부첫스면 조켓다 들먹거릴 째 그때 저편 채색 임자의 집에서는 "등쑵추 아해가 채색을 도적질해 갓다"고 뒤쩌들고 도라다니기 시작하엿슴니다.

일이 공교하게 되느라고 함경도에는 금년에 비가 만히 와서 물난리가 낫지만은 경상도에는 도모지 비가 오지를 안어서 흉년 드럿다고 눈물 만큼한 물만 잇서도 내 논으로 쓸겟다 내 밧으로 가저다 대겟다 하고 처처에서 싸홈이 크게 난 판이엿는대 마츰 석규 씨 집하고 그 채색 임자집 하고는 물싸홈으로 크게 싸호고 난 판인 고로 서로 원수가티 녁이면서 인사도 안하고 지내는 중이엿슴으로 다른 째 가트면 아모말 업시 지낼 일이것만은 트집거리가 잘 생겻다고 "그놈의 집이 도적놈의 집이니" "부모가 그러닛가 자식도 고읍지 못하지" 하고 왼 동리를 들먹거리도록 "등쑵추 애가 도적질하여 갓다"고 광고하고 도라다녓슴니다.

그러니 석규 씨 집 식구가 오작이나 마음이 괴로왓겟슴닛가. 귀여운 아들이 병신된 것도 불상하(이상 65쪽)고 학교에 못 다니는 것도 슯흔 일인대 도덕놈이란 말짜지 드르니 오작이나 슯흐고 분하겟슴닛가. 화푸리를 할 곳이 업서서 그냥 매를 들고 가련한 석규 씨를 두들기기 시작하엿슴니다.

"너 가튼 병신이 살아 잇스면 무슨 영광을 보겟느냐. 아저녁에 죽어버리지 왜 살어서 어미아비짜지 도덕 성명을 잡히게 하느냐"고 짜리는 이도 을

음 맞는 애도 울음 가슴에 매친 설흠은 매굿으로 쏘다저서 어린 병신 몸에 휘휘 감겻습니다. 맛다 못하야 불상한 석규 씨는 그만 밧그로 쮜여나가 산쪽닥이로 도망을 해 가고 그러케 안탁가운 정성으로 그리여 노은 그림 두 장은 어머니가 찌즈려다가 둑거워서 찟지도 못하고 그냥 건는방 아궁이 속에 너어 버렷습니다.

그런대 그 밤에 오래 기다리던 비가 쏘다지기 시작하엿습니다.

비는 쏘다지는대 그림 임자는 산으로 도망가서 도라오지 안이하니 비나 맛지 안는지 어데서 저녁밥이나 어더먹엇는지 집에 잇는 누의는 건넌방 속에서 혼자 늣기여 울고 잇섯습니다.

그러나 처녀의 가슴에 더욱 슯흔 일은 동생이 그러케까지 안탁갑게 그린 그림이 면람회에 가기는 커냥 그냥 무참히 아궁이속에 드러간 일이엿습니다. 그린 사람은 뭇사람에게 욕을 먹고 산으로 도망가고 업고 그가 그린 그림은 헛되이 아궁이속에 잇고 내일 아츰에 붓처 보내지 못하면 九月 二十五日 안에 도착 되기는 바랄 수 업는 일인 고로 그것이 더욱 안탁가웟습니다.

비는 쏘다지고 밤은 그냥 작고 깁허갓습니다.

생각다 생각다 못하야 처녀는 아버지 어머니의 잠드르시기를 기다려 몰내몰내 긔여나가서 아궁이속에 잇는 그림을 집어내여서 재를 터러서 보자기에 싸 가지고 치마속에 감추어 달고는 그 길로 나서서 무서운 줄도 모르고 쏘다지는 비를 마즈면서 지옥길가티 어두운 속을 三十 리를 거러 갓습니다.

사나운 비 무서운 밤 그래도 무릅쓰고 처녀가 혼자 도망하기는 동생의 그림을 면람회에 보내주려는 까닭이엿습니다. 읍으로 읍으로 三十 리길을 걸어가서 간신히 잇흔날 새벽에 읍에를 차저 들엇난대 그때는 물속에서 긔여나온 미친 녀자(이상 66쪽) 가탯습니다.

그러나 동생의 정성 하나를 위하는 일편단심은 그대로 우편국을 차저가서 그 정성의 그림 눈물의 그림을 서울 어린이사로 보냇습니다.

여러분. 이 글을 닑는 독자 여러분. 눈물을 씻고 깃버하십시오. 그 그림이

九月 二十五日에 본사에 도착이 되여서 이번 굉장한 뎐람회에 진렬되엿습니다. 그리고 그중에 한 장은 더욱 잘 그린 그림으로 뽑히여 가작(佳作)이라는 표짜지 부터서 명예 잇는 상을 밧게 되엿습니다.

이 이약이를 듯고 그 그림을 볼 째에 우리는 그 석규 씨의 누님 되는 처녀에게 백 번 천 번 절을 하고 십습니다. 그 거룩한 노력이 웃지 자긔 동생 한 사람만의 감사할 일이겟습닛가.

이 그림과 이 그림 속에 잠겨 잇는 아름답고도 눈물겨운 이약이는 영구히 영구히 어린이들의 세상에서 찬란히 빗날 것임을 우리는 굿게 밋습니다.

이 이약이를 듯고 우리들에게 더욱 생각 되는 일은 조선에는 얼마나 만흔 텬재가 가난한 째문에 그냥 무치여 썩고 잇느냐 하는 뎜입니다. 이런 일을 생각할 째에 우리는 그냥 소리처 울고 십습니다.

그냥 끗까지 모르고 지나갓슬 이 이약이를 우리가 듯게 된 동긔는 뎐람회 준비할 째에 넘어 복잡하야 밤을 새워 하는 통에 잘못되야 그 그림이 경상도 부분에 진렬되지 안코 당치도 안케 널—니 썰러저서 황해도 부분에 진렬된 것을 우리도 모르고 잇섯는대 그 대학생 주 씨가 "첫날 둘잿날 잇흘 동안을 차저도 그림이 보이지 안는다고 어린이사 사무실에 차저와서 질문하시는 고로 본사에서도 곳 됴사하야 황해도 부분에 끠여 잇는 것을 발견하엿난데 그째에 주 씨에게서 이 이야기를 드 고[176] 그 후에 리석규 씨에게서도 편지가 와서 자세히 알게 되엿습니다.(이상 67쪽)

---

176 '드럿고'(들었고)의 오식으로 보인다.

牛耳洞人, "童謠研究(一)", 『중외일보』, 1928.11.13.[177]

緒 言

> 달아달아 밝은달아
> 리태백이 노든달아
> 저긔저긔 저달속에
> 계수나무 백혓느니
> 옥독긔로 찍어내고
> 금독긔로 다듬어서
> 초가삼간 집을짓고
> 량친부모 모서다가
> 천년만년 살고지고

이 童謠는 朝鮮 十三道 어느 고을 어느 地方에 가던지 어린이들의 입에서 불너저 나오는 것을 들을 수 잇게 그만큼 廣布된 有名한 童謠다. 우리 朝鮮서 新文學이 發展되기 前 時代에는 이러만 노래를 어린이들이 널리 불럿지만 그것이 童謠인지 民謠인지 詩인지 무엇인지 童謠에 대한 槪念조차 업섯다. 곳 다시 말하면 "이 노래는 우리 어린이들이 부르는 童謠다" 하고 確實한 定義를 세우지 못하얏다. 그러나 우리 朝鮮도 世界의 風潮로 말미암아서 朝鮮 固有의 新文學運動이 發興함을 짜라 最近 우리 文壇에 兒童文學의 運動과 樹立이 長足의 趨勢로 進展 隆盛하야 童謠에 대한 知識이 普及된 것은 勿論이요 몃 사람의 童謠作家도 出現하게 되엿고 兒童 自

---

177 '牛耳洞人'은 이학인(李學仁)의 필명이다. 이 글은 14회(『중외일보』, 28.12.6)까지만 수록되었다. 현재 『중외일보』는 한국사테이터베이스, 국립중앙도서관, 한국언론진흥재단에서 원문이 제공되고 있다. 1928년 12월분 『중외일보』는 국립중앙도서관에서만 제공되고 있는데, 그마저도 12월 6일자까지만 제공되고 있다. 그래서 우이동인의 「童謠研究」는 현재 14회까지만 확인할 수 있다.

身의 童謠도 만히 創作됨을 新聞 雜誌를 通하야 知得할 수가 잇다. 그러기 째문에 兒童을 指導하는 任務를 가진 사람과 또는 兒童文學運動에 努力하는 사람이면 다른 文學運動보다도 第二世 國民의 노래인 童謠運動을 닐으키지 안으면 안 된다. 이 運動이야말로 文壇을 비롯하야 民族的으로 歡喜할 만한 偉業이라고 안이 할 수가 업다. 이것을 絕實히 늣긴 筆者는 童謠가 무엇인지 알녀는 사람과 童謠를 엇더케 지을가 하고 苦心하는 同志들을 爲하야 昨年에 『中外日報』에 發表하얏던 것[178]을 改作해 볼가하고 붓을 든 배다.

童謠란 무엇인가

우리는 먼저 童謠란 무엇인지 그 定義를 알지 안으면 안 되겟다. 그러면 童謠란 무엇인가.

"童謠는 어린이들이 불르기 쉬운 놀애"이다. 말은 처음으로 배우는 젓먹이 어린이라도 부를 수 잇게 쉬운 말로 지은 노래다. 자세히 말하면 "兒童自身이 創作한 詩"의 意味다. 곳 "兒童들이 自己의 感情을 何等의 形式에든지 拘束하지 안코 自己 스스로의 音律을 마추어 부르는 詩"의 意味다.

요사이 朝鮮서 小學校나 普通學校에서 兒童들이 부르는 唱歌는 大部分이, 아니 全部가 功利的 目的을 가지고 지은 散文的 노래이기 째문에 無味乾燥한 노래뿐이어서 寒心하기 짝이 업다. 우리들은 곳 童謠에 뜻을 둔 이들은 藝術美 豐富한 곳 어린이들의 空想과 곱고 깨끗한 情緒를 傷하지 안케 할 童謠와 曲調를 創作해 내지 안흐면 안 될 義務가 잇다고 생각한다.

從來의 唱歌라는 것은 全部 露骨的으로 말하면 教訓 乃至 知識을 너허 주겟다 目的한 功利的 歌謠이기 째문에 兒童들의 感情生活에는 何等의 交涉도 가지지 안흔 것을 遺憾으로 생각하고 그 缺陷을 補充하기에 滿足한 內容形式보다도 藝術的 香氣가 잇는 新唱歌를 創作하겟다는 이 童謠運動의 目的이라고 생각한다. 그리하야 新興童謠의 定義는 藝術美가 豐富한 詩라고 할 수 잇다.

---

178 우이동인의 「童謠研究(전8회)」(『중외일보』, 27.3.21~28)를 가리킨다.

이제 나는 日本 詩人의 三木露風[179] 氏의 童謠觀을 紹介하겠다. 三木露風 氏는 童謠集 『眞珠島』의 序文 中에 말하기를

童謠는 역시 自己自身을 表現한다. 自己自身을 表現하지 안흐면은 조흔 童謠가 아님니다. 創作態度로써는 童謠를 創作하는 것도 自己自身을 놀애하는 것이라고 생각함니다. 童謠는 곳 天眞스러운 感覺과 想像이란 것을 쉬운 말로써 놀애한 詩임니다. 쉬운 어린이의 말은 그것은 정말 詩와 다르지 안흔 것을 쉬운 어린이의 말로 나타낸다는 意味임니다. 그리하야 童謠는 詩임니다.

牛耳洞人, "童謠硏究(二)", 『중외일보』, 1928.11.14.

다음엔 三木露風 化[180]와 西條八十[181] 氏와 함께 日本 兒童들에게 尊敬을 밧는 有名한 民謠詩人이며 童謠詩人인 北原白秋[182] 氏의 童謠論을 紹介하겠다.

童謠는 結局에 어린이말노 쓰것동[183] 이름이겟다. 나는 童謠를 지을려면 먼저 어린이게로 돌아가라고 늘 말햇스나 그럴 必要는 업고 童謠를 쓸 째에 어린이말 그대로 쓰기만 하면 童謠가 된다고 말하고 십다.

童謠는 어린이 마음을 어린이말노 쓴 歌謠다. 그러치만 純粹한 藝術價値가 잇서야 참으로 童謠의 香氣와 生彩가 保持된다. 童謠도 詩 中에 한아다. 이 詩를 바르게 自覺하고 바르게 나아가는 사람이라야만 眞情한 童謠詩人으로써의 地位가 作定된다. 이 地位의 童心에 常住한다고 하는 것은 容易하지 안타. 詩人으로써 가장 속김흔 生活이라고 생각한다.

---

179 미키 로후(三木露風, 1889~1964)는 일본의 근대 상징주의 시인이자 동요 작가이다.
180 '三木露風 氏'의 오식이다.
181 사이조 야소(西條八十, 1892~1970)는 일본의 시인, 작사가, 불문학자이다.
182 기타하라 하쿠슈(北原白秋, 1885~1942)는 일본의 시인, 동요작가이다.
183 맥락상 '쓴 것을'의 오식으로 보인다.

다음에 西條八十 氏의 童謠觀을 보기로 하자. (本文은 同化[184]의 『現代童謠講話』에서 參考하야 쓴 것이 만타는 것을 미리 한마듸 하여 둔다.) 그러면 西條八十 氏의 童謠觀은 엇더한가.

童謠는 詩라고 할 수 잇다. 世上에는 이 明白한 事實을 알지 못하고 地位를 쓴 사람이 매우 만타. 童謠라고 하면은 오즉 調子의 아름다운 文句와 어린이들의 조와할 題材를 늘어노코 甘味가 만타고 하야 쓰이는 놀애만 써도 조타고 생각햇다. 그 외 藝術的 氣韻이란 것은 족음도 생각하지 안는 作者가 만하다. 그것을 注意할 것이라고 생각한다. 나의 意見으로는 童謠는 어대까지든지 詩人이 써야 될 것이라고 말하는 詩人을 가르치는 것은 아니다. 참으로 詩人의 魂이 엇는 사람으로써 붓을 잡아야 한다. 그리하지 안흐면 우야 從來의 唱歌란 名稱을 童謠라고 불르는 것을 고칠 必要가 어대 잇슬가? 從來의 敎育家이 손에서 지어진 어린이 놀애를 詩人이 대신 마타서 創作하는 것이야말로 新興童謠의 意義를 確立한 것이다.

童謠는 어대까지던지 純眞하고 自由스럽고 快活한 어린이의 아름다운 마음이 表白되여야 한다. 어린의 눈으로 본 것과 어린이 생각을 表現하지 안으면 안 된다. 어린이가 본 世界, 幻想, 空想, 見解, 等을 表現한 곳에야 말노 純情이 잇고 美가 잇고 選善 잇고 眞이 잇다. 童謠에는 普通 詩와 가티 技巧도 必要치 안타. 오즉 單純하게 어린이 말노 어린이 마음 곳 어린이 靈魂을 그리지 안으면 안 된다. 나는 여긔에 어린이 마음을 잘 表現한 童謠 몃 篇을 들어보겟다.

장례
尹福鎭
—— 一 ——

마른나무입사귀 훗날리는날
뒷집에귀연도령 죽엇습니다

---

[184] '同氏'의 오식이다.

넘어가는붉은해 빗긴절간엔
구슯혼종짜앙쌍 울엇습니다.

—— 二 ——

가을해빗힘업시 쬐는저녁째
도령님실은상여 써나갑니다
쓸쓸한공동묘디 호젓한길로
어린도령장례가 써나갑니다

—— 三 ——

길가에혼자섯는 마른나무닙
지나가는바람에 슯허울고요
산넘어엿보든 저녁햇님은버[185]
슯흔눈물먹음고 도라갑니다.

(一九二七. 一○. 二六)

봄비내리는법

金尙憲

보스락 보스락
　　봄비가와요
고요한 이밤을
　　비가내려요
뜰우에 집웅우
　　속살거려요
나그네 밤만도
　　외로울것이
비조차 내리는
　　나그네의밤
얼마나 고향생각
　　간절할가요

(金尙憲 君은 金億 氏의 長男인 것을 말해 둔다.)

---

185 '버'는 오식으로 잘못 삽입되었다. 윤복진의 원작 동요 「장례」(『중외일보』, 28.4.6)를 보면,
　이 행(行)이 '먼산넘어엿보든 저녁햇님은'으로 되어 있다.

아버님[186]

玄東濂

하로살기가난한
　　　우리집에는
내아버님참으로
　　　불상하지요
해만쓰면일버리
　　　나가섯다가
해가저야쏘다시
　　　도라오서선
매일살길걱정에
　　　잠못자시는
내아벗님만은요
　　　불상하지요
　　　×
구차스런살림인
　　　우리집엔요
나늙으신아버님
　　　불상하지요
철모르는우리들
　　　버러먹이려
죽도록고생하신
　　　그괴론얼굴
넘우나도불상해
　　　볼수업지요

---

186 현동렴(玄東濂)의 동요 「아버님」(『중외일보』, 28.3.30)을 가리킨다.

이제는 이만하고 처음에 現在 學校에서 가르키는 唱歌에 대하야 簡短
이 말한 일이 잇거니와 이제 나는 唱歌와 童謠에 對하야 差異點을 말해
보겟다.

朝 起
닐어나오 닐어나오
맑은긔운 아츰날에
새소리가 먼저나오
닐어나오 닐어나오
아츰잠을 일즉째면
하로일에 덕이라오

닐어나오 닐어나오
아즉잠을 늦게째면
만악(萬惡)의본이라오
닐어나오 하는소리
놀라서 꿈을째니
상쾌하다 이내마음

반 달
푸른하늘銀河물
하얀쪽배엔
桂樹나무한나무
토기한마리,
돗대도아니달고,
삿대도업시,
가기도잘도간다
西쪽나라로

銀河물을건너서
구름나라로
구름나라지나서
어대로가나
멀리서반짝반짝
비추이는것
샛별도燈臺란다
길을차저라

　우리는 「朝起」와 「반달」을 創作한 作者의 心理가 퍽 다른 것을 볼 수
잇다. 이러한 놀애는 두 가지로 난홀 수 잇다. 「朝起」를 쓴 作者는 아모
感興도 업는 것을 "어린이에게 일즉 널어나게 하기 위하야" 쓴 것이요 「반
달」을 尹克榮 氏는 이러한 功利的 目的이 하나도 업시 詩的感興이 널어나
서 쓴 것이다. 「朝起」와 가튼 類의 놀애는 어린이들이 學校에서 强制로
배워 주면 할 수 업시 불르지만 絕對로 學校 以外에서는 불르지 안는다.
불를내야 別로 잘 記憶도 안 될 것이다. 그러나 「반달」은 學校에서도 가르
켜 주지 안흔 놀애이지만 現下 全 朝鮮에 퍼젓다. 「반달」이란 童謠가 짓기
도 잘 지엇거니와 더욱이 曲調가 조하서 筆者도 「반달」을 놀애하는 것을
들을 째에는 "工夫고 事業이고 다― 집어치우고 이 놀애만 늘 들엇스면"
하고 忘我的 恍惚을 感覺한다. 筆者도 심심할 째에 「반달」과 「작은 갈매
기」를 불르고 한다. 우리 朝鮮에서도 小學校에서 以前 唱歌라고 하는 것을
唱歌 全科目으로 하지 말고 童謠를 가르켜 주지 안흐면 안 될 것이다.
　그리고 童謠에는 거츠른 文句가 업시 아름다운 말노 써야 하나니 암만
훌륭한 童謠라 할지라도 읽든지 노래부르던지 할 째에 입에 거슬니면 그
童謠는 아모 價值 업는 것이 되고 만다. 그리기 째문에 外國童謠를 飜譯하
는 境遇에 더욱 注意하여야 한다. 年前에 엇썬 사람이 『世界童謠集』인가
무엇인가를 飜譯한 것을 보니까 全部 거츠른 말노 直譯을 하여서 全部 作品
을 버려 노은 것을 보왓다. 飜譯하는 境遇에는 平常時에 創作하는 態度로
飜譯하지 안으면 안 된다.

작은갈매기

둥근달밝은밤에 바다가에는
엄마를차즈려고 우는물새가
南쪽나라먼故鄕 그리울째에
늘어진날개까지 저저잇고나

밤에우는물새의 슯흔신세는
엄마를차즈려고 바다를건너
달빗밝은나라를 허매다니며
엄마엄마부르는 작은갈매기

이 놀애의 말이 얼마나 아름답슴니까. 붓잡으면 살아질 듯한 놀애다. 암만 잘된 童謠라 할지라도 맘이 보들압지 못하고 거칠고 구든 마듸가 잇스면 眞實한 童謠가 될 수 업다. 이 「작은 갈매기」는 現在 朝鮮童話界의 "王"이라고 부르는 方定煥 氏가 日本 童謠 「濱千鳥」란 것을 「갈매기」라고 題目을 고치어서 飜案한 것이다. 그러면 「濱千鳥」란 原文은 엇더한 것인가.

青い月夜の　濱邊には
親をさがして　鳴く鳥が
海の國から　生れ出る
ぬれたつばさの　銀の色

夜なく鳥の　かなしさは
親をたづねて　海を越え
月ある國は　消えて行く
銀のつばさの　濱千鳥

朝鮮서 「작은 갈매기」가 全 朝鮮에 퍼진 거와 가티 이 「濱千鳥」도 日本 全國. 아니 日本 사람 사는 곳에는 어느 곳이든지 퍼진 것이다.

아마 우리 朝鮮 小學生 中에서도 이 「濱千鳥」를 別로 모를 이가 업슬 줄로 생각한다.

作家로 안저서 어쩌한 感興을 어덧스면 "이것은 어린이가 부를 것이다"란 생각을 니저서는 안 된다. 그리하야 童謠作家로 안저서는 "어린이"들과 동무가 되여서 "어린이"들의 말에 注意하야 듯고 童謠 創作할 째에는 어린이의 말로 쓰지 안흐면 안 될 것을 니저서는 안 될 것이다.

그러고 또 어린이들의 고은 마음을 상치 안흘——곳 어린이들에게 낫븐 影響을 줄 作品인가? 조흔 影響을 줄 作品인가를 區分해 보지 안흐면 안 될 것이다.

牛耳洞人, "童謠研究(四)", 『중외일보』, 1928.11.17.

童謠의 起源

童謠는 어느 째부터 잇섯느냐 하면 "어린이"가 人間世界에 存在하얏슬 그째부터 잇섯다고 하겟다. 그의 拙著 「民謠研究」 文의 "民謠 起源을 말하엿는데 童謠도 民謠의 起源과 同一한 過程을 過程하얏다." (此項으로부터 「作者의 感動」 「藝術이란 무엇인가」 「童謠도 詩일가」 「童謠의 種類」 等은 改作할 必要가 업써서 그냥 둔다.)

童謠의 分類

나는 以上에서 童謠의 여러 가지 種類를 말하엿스나 이것을 簡單히 分類한다고 하면 두 가지로 分類하는 것이 조타. 卽 敍事童謠와 抒情童謠 두 가지이니 以上에 記入한 "俚語로써의 童謠"라던가 "寓話로써의 童謠"라던가 等 童謠는 全部 抒情童謠이요 「정직한 나무꾼」과 「쌈안 종희」 等 童話詩는 敍事童謠라고 하겟다. 現在 敍事童謠를 "童話詩"라 함은 不完全한 말이니 今後부터는 "敍事童謠"라고 쓰기를 바란다.

우편통 (南應孫 作)
길가에 웃득섯는 쌀간우편통

한달에 월급이 얼마나되나
비오나 눈오나 사시장춘을
멀니 입벌니고 웃득서잇네
                  ✕
멀거니 웃득섯는 빨간우편통
빨간옷 한해한번 가라입고서
무엇을 월급으로 밧고서잇나
편지를 바다먹고 웃득섯다네

사람들아
사람들아 사람들아
나라잇는 사람들아
일하여라 일하여라
나라위해 일하여라
제나라를 위하여서
죽엄을야 두려말고
도라가신 어버이가

　이것은 七八年 前에 筆者가 習作한 所謂 童謠란 것인데 前篇과 比較하여
보면 童謠인지 民謠인지 토막글인지 알 수가 업다. 現在 朝鮮에도 童謠가
만히 流行하여 所謂 唱歌라는 것이 어린이 입에서 불러지지 안는 代身에
童謠가 만히 불려진다. 그런데 現在 朝鮮에서 童謠 짓는 이가 童謠라는
것을 아지 못하고 짓끼 째문에 어린이에게는 맛당치 안는 童謠가 생긴다.
쉽게 말하면 戀愛詩나 雜歌 가튼 種類의 노래를 지어서 "童謠"라고 내여놋
는다. 이러한 노래는 어린이의 마음을 傷하게 할 뿐만 아니라 아조 어린이
의 마음을 버리는 것이다. 사람의 心理란 이상하야서 조흔 것은 배우기
어려워도 나쁜 것은 얼는 배와지는 것이다. 어린이들도 조흔 童謠는 얼는
배우지 못해도 나쁜 童謠는 얼는 배운다. 배우지 안어도 나쁜 童謠는 어린
이들이 얼는 배운다. 그러기에 作家가 童謠를 지어 놋코 "이것이 어린이에
게 必要한 童謠인가" 생각해 보고 發表하지 안으면 안 될 것이다.

달노래[187] (火魂 作)

달아달아 밝은달아
부듸부듸 가지마라
네가가면 날이새고
날이새면 해가쓴다
해가쓰고 달쓰는데
인간세월 다라난다
인간세월 가건말건
그야알것 업지만은
우리인생 놀고보면
검은머리 희여저서
썩은세상 남겨놋코
속절업시 죽고만다

이 童謠는 나쁜 童謠라 하야 記載한 것은 아니다. 이 童謠는 말은 어린이의 말이지만 어린이의 마음이 表現되지 안엇다.

牛耳洞人, "童謠硏究(四)", 『중외일보』, 1928. 11. 18.

어린이로서는 사람의 生死問題를 생각할 頭腦를 갓지 안헛다. 歲月이 如流하야 늙어서 죽는지도 몰를 것이며 病이 나서 죽는 것도 몰를 것이다. "죽엄" 그것이 무엇인지도 모를 것이다. 그러니짜 이러한 어린이의 마음에 不適當한 童謠를 어린이에게 부르게 하는 것은 넘우나 過度한 일이다. 어린 사람에게는 人生問題가 必要치 안타. 어린이에게는 神秘로운 것이 必要하다. 卽 事實과는 正反對로 神秘로운 것을 노래한 童謠라야 어린이들의

---

187 정규명(丁圭冕)의 「달노래」(『매일신보』, 25.12.6)와 동일한데 지은이 이름이 다른 것은 확인이 필요하다.

好奇心을 산다. 在來 어린이들은 人間世上을 觀察할 째에 全部 神秘하게
만 생각하기 째문에 神秘로운 것을 노래하야 어린이들이의 마음에 印象이
잘 되고 쪼는 어린들의게 歡迎을 밧게 된다.

반 달 (尹克榮 作)

푸른하날銀河물
하얀쪽배엔
桂樹나무한나무
톡기한머리
돗대도아니달고
삿대도업시
가기도잘도간다
西쪽나라로
　　　×
銀河물을건너서
구름나라로
구름나라지나선
어대로가나
멀니서반짝반짝
비초이난것
샛별도燈臺란다
길을차저라

　어린이들은 이러한 童謠를 얼마나 조와지는지[188] 모른다. 이런 童謠의
內容이 事實과는 넘우나 쩌러저 잇는 童謠이지만 어린이들은 이러한 것을
事實로 認定하고 조와하는 것이다.

새봄에게[189] (開城 趙弘淵)

봄아봄아 새론봄아
바람에야 몬지털고
가는비에 목욕하고
솟동모와 풀동모로
산이든지 들이든지
오날날을 마즈련다

봄아봄아 새론봄아
아지랑이 電報하고
버들닙흔 눈쩟하고
나비동모 버들동모
學校든지 집이든지
오늘날을 노래하마

이와 가티 어린이들은 봄을 單純하게 보지 안코 普通人으로는 생각지도 못하리만큼 有意하게 보는 것이다. 어린이들은 무엇이든지 어른들과는 다르게 觀察하고 짜라서 그럴 뜻하게 批判하는 것이다.

형데별 (『어린이』所載)

날저무는 한울에 별이삼형데
반짝 반짝 정답게 지내더니
웬일인지 별하나 보이지안코
남은별이 둘이서 눈물흘린다.

이 가티 어린이들은 별리 쌘짝쌘짝 빗나는 것을 눈물 흘리며 우는 것으로 본다. 바다 갓에서 갈맥이가 짜짜하며 소리 지르는 것을 어린이들은 엄마를

---

189 1924년 『매일신보』 현상문예에 2등으로 당선된 개성(開城) 조홍연(趙弘淵)의 동요 「새봄에게」(24.1.1)이다.

일은 새가 엄마를 차차즈며 우는 우름소리로 보는 것이다.

> 엄마새 (『어린이』 所載)
> 우리아가 잇느냐고 부르는참새
> 쩍징 쩌착 부르는 참새
> 애기새는 산등성이아즈랑이속
> 애기새는 골짝이의 안개의속의
> 우리아가 잇섯다고 부르는참새
> 착착 쩍쩍 부르는참새

새가 쩍쩍 하고 나라 단니가 이것을 엄마새가 애기새를 차자서 단니며 애기새 부르노라고 쩍쩍 쩍쩍 한다고 어린이는 본다. 作家는 이러한 어린이 의 像想力과 判斷力을 잘 아러야 할 것이다. 그리하야 조흔 童謠가 엇써한 것인지 나쁜 童謠가 엇써한 것인지 알 것이다.

牛耳洞人, "童謠硏究(五)", 『중외일보』, 1928. 11. 19.

「世界一週童謠集」을 보고

내가 童謠作家로 認定하는 文秉讚 君이 『世界一週童謠集』[190]을 發行하 엿다는 新聞廣告를 보고 나는 퍽 반가워하엿다. 그러나 今日에 그 童謠集 을 손에 들고 一篇式 읽어 보니 不正한 點이 發見됨에 不快한 感情을 참을 수 업다. 먼저 나는 題目부터 자미업게 생각한다. 일즉이 나의 親友 李定鎬 君이 『世界一週童話集』[191]을 내인 일이 잇다. 그런데 그 童話集 첫머리에 두 "어린이"가 世界一週 旅行을 하는 形式을 꿈이여 노코 한 나라에서

---

190 문병찬의 『세계일주동요집(世界一週童謠集)』(永昌書舘, 1927)을 가리킨다.
191 이정호의 『세계일주동화집(世界一周童話集)』(海英舍, 1926; 以文堂, 1926)을 가리킨다.

한 가지 童話를 골나서 니야기하는 것으로 쑴이엿다. 그러나 文 君의 童謠集엔 그러한 形式도 업시 『世界一週童謠集』이라 햇스니 차라리 『世界童謠集』이라 햇스면 얼마나 조화슬가 한다. 童謠集과 童話集과는 區別이 잇지만 文 君은 넘우나 前 題目 가튼 것을 模倣하기에 애쓴 點이 보인다. 쏘는 文 君의 世界童謠를 모와 노은 努力 感謝한 일이나 譯文이 너머나 不自然하게 되엿다는 것이다. 假令 英國童謠 「자장가」 一面을 보면

    애기야울지말고잘자거라
    당신은점점잘아난다
    얼마안되여서누님이될터이지
    아름다운世界에잇는것은
    모디당신의것이요

햇스니 이런 譯文이 어대 잇는가. "애기야 울지 말고 잘 자거라" 햇스면 "애기는 점점 잘아난다" 하든지 "너는 점점 잘아난다" 하여야 될 터인데 "애기야" 한 사람이 갑짝이 "당신"이라고 햇스니 讀者는 "애기"와 "당신"을 두 사람으로 보기 쉬울 것이다. 이것만이 아니다. 여러 가지 童謠를 飜譯한 것을 보면 섯투른 筆才가 露出되엿다. 그리고 쏘한 가장 우수운 것은 文 君이 "자장가"에다 "子長歌"라고 註를 내엿스니 그런 어린애 짓이 어대 잇는가.

牛耳洞人, "童謠研究(六)", 『중외일보』, 1928.11.20.

자장가는

"자장, 자장, 우리 애기 참 잘 잔다"라고 부르는 노래이기 때문에 "자장가"라고 일홈을 지은 것이다. 그러나 "子長歌"라는 일홈은 업는 것이다. 漢文으로는 "子守歌"라는 것이 "자장가"가 아닌가 한다. 쏘 한 가지 고약한 일홈은

「설날」이란 童謠는 尹克榮 氏의 名作의 하나인데 이것을 作者 일홈도 안 부치고 記載하얏스니 이 「설날」이 古來로부터 流行하는 童謠란 말인지 文 君 自身이 지엿다는 意味인지 그 本意를 알 수가 업다. 「설날」의 作者가 멀리 가 잇스니까 "관계치 안으려" 하고 挾雜을 햇는지 모르나 나는 文 君의 良心을 疑心한다. 더군다나 方定煥 氏 創作童謠 「허잽이」를 徐三得이란 일홈을 부처서 記載하엿스니 그런 良心 업는 짓이 어대 잇는가. 文 君은 언제인가 方定煥 氏가 徐德出이란 어린이 童謠를 도적햇다고 거짓말을 新聞에 내엿슬 째에 方定煥 氏가 自己의 創作童謠라고 明白하게 말한 일이 잇지 안은가. 더욱히 徐德出이란 어린이가 『어린이』雜誌에다 "文秉讚이란 사람이 내가 짓지도 안한 童謠를 내 것이라고 方 先生님을 욕을 햇스니 퍽 이상한 일이다"고 쓴 것을 보지 못하엿는가. 그런데도 불구하고 "徐三得" 이란 일홈을 부처 노앗스니 文 君은 精神에 異狀이 생겻는지 모르나 좀 實際 잇게 나아가기를 바라는 바이다. 더군다나 「허잽이」란 童謠가 『朝鮮 日報』에 曲譜와 아울러 낫든 것이니 文 君보다 讀者가 「허잽이」란 童謠가 方定煥 氏 作品인 것을 더 잘 알 것이다. 나는 「허잽이」란 童謠를 諸君에게 한 번 더 보이기 위하야 여긔에 記載해 둔다.

牛耳洞人, "童謠研究(七)", 『중외일보』, 1928.11.21.

허잽이

누른논에 허잽이
우습고나야
입은벌려 우스며
눈은 성내고
학생모자쓰고서
팔을 벌니고
장대들고 섯는꼴

우습고나야

누른논에 허잽이
맘이조와서
적은새가 머리에
올나 안저서
이말저말 놀여도
모른체하고
입만벌려 웃는 꼴
우습고나야
(以上에ㅅ것은 昨年 夏期에 京城 갓슬 째 改作하야 두엇든 것이다.)

「童謠作法」을 읽고

日前 筆者는 엇쓴 親舊의 집에 갓다가 그의 책상에서 鄭烈模 著『童謠作法』[192]을 잠간 보왓다. 나는 만흔 期待를 가지고 一讀하여 보왓스나 너머나 文字 羅列에 不過하엿지 童謠作法이라고 할 수가 업섯다. 一言으로 評하면 金錢이나 얼마 모화 볼려는 野卑한 생각으로 『童謠作法』이라 題名하야 어린이들에게 넑키는 것이라고 할 수 잇다. 筆者는 이『童謠作法』이 조금이라도 價値가 잇스면 默過하겟스나 너머나 無用한 無價値한 것을 일키여서 童謠를 짓는 어린이들에게 童謠를 잘못 알게 하는 폐단이 잇기에 여긔에 멧 마디 하려 한다.

著者는 아직 童謠라는 것부터 모르고『童謠作法』[193]을 著作하엿스니 너머나 우습지 안은가 한다.

나무군과작은잔나비

절룩바리의작은잔나비가

---

192 정열모(鄭烈模)의 『동요작법』(신소년사, 1925)을 가리킨다.
193 원문에 '(童謠作法)'으로 표기되어 있으나 오식이 분명해 모두 단행본을 표시하는 『童謠作法』'으로 고쳤다.

무슨지적을햇는지
무슨지적을햇는지
술감탁이의나무군에게마저죽어
모래우푸른재빗의펜키발는
鐵橋의아레地球의끗과끗에쇠힌
칙줄에苦笑의얼골로매달려잇다

이 作品은 黃錫禹 氏의 詩인데 이 것을 著者는 "童謠"로 取扱하엿다. 此
一篇만도 아니다. 그냥 詩와 民謠를 童謠로 取扱한 것이 만히 잇다. 그러면
서도 童謠의 良不良을 말햇스니 쏘한 一笑를 禁치 못할 일이 아니냐

귀곡새

새가운다 새가운다
놉흔공중 안개속에
적은몸을 감추고서
「고이」「고이」 슯히운다

저와가티 구슬푸게
밤깁도록 우는새는
제몸속에 죽지못한
처녀의혼 귀곡새라
밤은깁허 고요한데
두날개를 벌니고서
안개속을 헤매이며
「고이」「고이」 슬퍼운다

이것은 벌서 한 三四年 前 普成專門學校에서 發行하던 『時鍾』誌에 筆者
가 習作으로 發表한 것인데 著者는 이것을 가르처
"萬一 意味도 모르는 어른들 말을 그대로 본보와 맵시 잇게 진 童謠가
잇다 하면 그것은 마치 魂 업는 흙부처가 되고 말 것이다"라고 말하얏다.
勿論 이 作品은 習作이여서 童謠의 價値가 업다. 하나 著者는

사마구
저애기
사마구
울사마구

거리술집
갈적에
제비가
한쌍
오늘저녁
저 달이
푸르기도 하여라

한 童謠는 조흔 童謠라 햇스니 讀者도 이 童謠가 참 價値가 잇는가 업는 가 알 것이며 이 童謠의 意味가 무엇인지 알는지 모르겟다. 筆者는 盲人이 되엇는지 이 童謠의 意味부터 理解하기 어렵다. 이것쑨만 아이다. 이와 가튼 非詩 非童謠를 童謠라 하야 列擧한 것이 여간 만치 안타.

牛耳洞人, "童謠研究(八)", 『중외일보』, 1928.11.25.

아마 著者는 自身의 習作童謠를 되엿던지 안 되엿던지 버리기가 아까워 서 모조리 주서 모와 놋치 안엇는가 疑心한다. 그리하고도 所謂 童謠 定義 에다가 曰 "兒童性이 잇고 가장 高尙한 藝術的 價値가 잇고 語韻까지 音樂 的인 것을 眞正한 童謠라 할 것이다. 다시 말하면 童謠란 것은 藝術的 냄새 가 놉흔 아희들 노래이니 아름답고 가당찬은 맛 짠 世界에 對하여 無限히 憧憬하는 맘이 아희들 興味에 쏙 들어마저서 그것이 그냥 한 덩어리가 되고 巧妙하면서도 짓지 안은 생긴 대로여서 마치 들새가 맑아케 개인 하날을

볼 째 아름다운 소리로 노래 부르지 안코는 잇슬 수 업는 것가티 제절로
부른 아희들 詩를 童謠라 한다"란 사람이 그래 되지 안은 意味도차 아지
못한 토막글과 普通 詩를 주서 모와 노코도 그것이 "가장 高尙한 藝術的
價値가 잇는 童謠인가"고 다시 著者에게 뭇고 십다. 적어도 所謂 "作法"에
引用하는 童謠는 가장 優秀한 作品을 적어 노아야 할 것이다. 그래야 讀者
가 얼는 아러보지 되지 안은 童謠, 詩, 民謠 等을 區別도 업시 童謠로 引用
하엿스니 讀者는 "作法"을 일고도 엇던 것이 참말 童謠인지 알 수가 업슬
것이다. 筆者는 『新詩壇』에 連載하는 「新詩硏究」[194] 中의 一部인 "詩魂에
對하야"란 項目을 써야 될 터인데 朱요한 氏 飜譯한 '번스'의 民謠 "내 마음
가는 곳은 하일낸드이지 이곳은 아니다"란 內容을 가진 것 二篇을 引用하여
야 되겟기에 지금까지 四方으로 편지하여 求하엿스나 아직 求하지 못하야
"詩魂에 對하여"서라는 것을 쓰지 못하고 잇다. 鄭 氏와 가트면 아모것이든
지 引用하겟지만 "作法" 等類에다 그와 가티 輕率이 아모것이던지 引用하
면 그 "作法"을 버리는 것이다. 그러기 째문에 단 一篇이라도 引用하는 경우
에는 퍽 注意하여 選擇하지 안으면 안 된다. 鄭 氏의 『童謠作法』에서 理論
은 한가지도 거리ㅅ김 업시 되엿다고 본다. 하나 著者는 아직 詩, 民謠,
童謠를 區分할 줄도 모르고 쏘는 조흔 童謠와 나쌘 童謠를 仔細이 모르기
째문에 『童謠作法』을 버리여 노왓다. 이제라도 이러한 點을 注意하여 引用
한 안 된 童謠들을 다- 내버리고 참으로 藝術的 價値가 잇는 童謠만을
골나서 記入하면 가장 完全한 『童謠作法』이 되겟다. 著者는 將來의 童謠
作家를 위하여 하로밧비 그 作法을 改作하기 바라며 이것으로 끗막는다.
다음은 嚴弼鎭 編 『朝鮮童謠集』[195]에 對하여 말해 볼가 한다.

『朝鮮童謠集』을 읽고

近來 우리 朝鮮文藝界에 兒童文藝運動과 樹立에 長足의 趨勢로 發展隆

---

194 이학인(李學仁)의 필명인 이성로(李城路)란 이름으로 발표한 「新詩硏究-藝術이란 무엇
　　인가?」(『新詩壇』, 1928년 8월호)를 가리킨다.
195 엄필진(嚴弼鎭)의 『조선동요집(朝鮮童謠集)』(彰文社, 1924)을 가리킨다.

盛한 것은 朝鮮民族으로써나 文藝運動者로써나 다— 慶賀할 일이다. 成人等의 文藝보다도 將來의 朝鮮 志士 淑女가 될 兒童의 心靈의 糧食인 兒童 文藝運動을 하는 것이야말로 民族的으로 反壇的으로[196] 誠實할 偉業이다. 그러나 現在까지 兒童文藝에 對하야 積極的으로 活動하는 사람이 업서서 朝鮮童謠 民謠 童話 等屬이 업는 此際에 兒童藝術敎育에 最高 部門의 特效를 가진 童謠集을 더욱이 朝鮮童謠集을 嚴弼鎭 氏의 손을 거처서 發行된 것은 朝鮮兒童 敎化運動에 劃期的으로 助長할 일이다.

牛耳洞人, "童謠硏究(九)", 『중외일보』, 1928.11.28.

日本 사람들은 우리 朝鮮 童, 民謠, 童話 等 諸般 文藝를 根本的으로 硏究 批評하며 쏘는 그 硏究의 結晶이라고도 할 朝鮮童話 等 朝鮮民謠硏究, 朝鮮童謠集 等 書冊을 自己나라 말로 飜譯 論述하야 世上에 公布하얏다. 그러나 朝鮮서 所謂 文學 云云 藝術 云云하는 사람들은 西洋의 文學藝術은 잘 안다고 '톨스토이'를 말하고 '유고'를 말하고 '쉐쓰피어'를 말하면서도 朝鮮文學藝術에 關하야서는 盲目이어서 아즉까지 朝鮮童話集 民謠集 하나를 못 꿈이여 노왓다. 이런 것을 遺憾으로 생각하든 筆者는 嚴弼鎭 氏의 努力에 感謝를 表하는 바다. 그러나 『朝鮮童謠集』을 全部 훌터보면 誤錯된 것과 缺陷된 部分이 적지 안타. 무엇이냐 하면 童謠와 民謠를 確實하게 區別하야 노치 못한 失手이다. 卽 『朝鮮童謠集』이면은 童謠만 모엿서야 될 터인데 朝鮮民謠가 間間이 석기여 잇다는 것이나 「榮華롭게」「일아이들」「쌀나커든」「편지오네」「쏭」「주머니」「쏫할애」「밤」「싀집살이」 等은 全部 純全한 民謠다. 만약에 이 『朝鮮童謠集』을 鄕土文學 硏究者의 硏究 材料를 收集한 것이면 모르지만 兒童들에게 말하려고 한 것이면 너머

---

196 '文壇的으로'의 오식으로 보인다.

나 不注意하지 안엇나 한다. 筆者는 現在『朝鮮民謠集』을 刊行하려고 計劃 中에 잇지만 童謠는 童謠, 民謠는 民謠란 것을 明白하게 區別하지 안으면 안 된다. 그러지 안코 童謠集에다가 民謠를 석거노으면은 單純한 兒童들의 머리에 民謠도 童謠로 認識하게 되면 그 째서 더 큰 誤錯이 업다고 생각한 다. 嚴弼鎭 氏에게 바라는 것은『朝鮮童謠集』을 成時 再刊하게 되면 上記 한 民謠 等 "安貧樂道歌는 朝鮮民謠라고 表名햇스니가 關係치 안타고 생각 한다"을 째버리고 그 代身으로 童謠를 記入하면 이『朝鮮童謠集』은 퍽 完 全하게 될 줄 안다. 以上『世界一週童話集』『童謠作法』『朝鮮童謠集』에 對하여 一言하여 둔 것은 너머나 쪽 愚鈍한 말가치 보기 쉽겟스나 童謠研究 에 注意하지 안으면 안 될 點이여서 지나가는 말로 한마듸씩 한 바나 絶對 로 그 □種 □□을 評하기 위하여 이 붓을 □□하엿다는 것을 理解하여 주면 多幸이겟다.

牛耳洞人, "童謠研究(十)",『중외일보』, 1928. 12. 1.

童謠를 지을라는 兒童을 爲하야

日本 童謠詩人 北原白秋 氏가 말한 바와 가티 童謠의 世界에는 무엇이 잇는가. 한울이 잇다. 푸르듸 푸른 한울이 잇다. 太陽이 잇고 달이 잇고 별이 잇고 구름이 잇고 쏘 여긔서부터 季節의 바람과 빛이 잇고 비가 잇고 눈이 잇고 안개가 잇고 쏘는 地球가 잇다. 우리들의 사는 둥글듸 둥군 地球 가 잇다. 地球에는 산이 잇고 바다가 잇고 섬이 잇고 내가 잇고 강이 잇고 沙漠이 잇고 湖水와 습이 잇고 그리고 都會와 農村이 잇고 들이 잇다. 들에 는 나무가 잇고 풀이 잇고 이끼가 잇고 野菜가 잇고 꼿이 피고 꼿이 진다. 쏘 새가 잇고 즘승이 잇고 버러지가 잇고 貝類가 잇다. 녯날녯적 니야기가 잇고 동으로 맨든 통이 잇고 집으로 맨든 집이 잇고 제사 지내는 것이 잇고 과자가 잇고 람프가 잇다. 飛行機와 航空船이 잇다. 붉은 벽돌 西洋館이

잇고 안테나가 잇다. 學校가 잇고 家屋이 잇고 아이들의 生活이 잇다. 아아 또 그 낫이 잇고 밤이 잇고 活動寫眞이 잇고 꿈이 잇다. 여러분 童謠의 世界에는 업는 것이 업습니다. 여긔에서 諸君은 본 대로 드른 대로 늣긴 대로 마음 움즉이는 대로 쓰면은 眞實한 童謠가 될 것이외다. 諸君에게는 童謠가 가장 쉬운 文藝作品이외다. 어른들은 제 아모리 詩를 잘 쓴다 할지라도 詩의 一種인 童謠는 여간 해서는 쓰기 어렵습니다. 그러나 諸君에게는 童謠가 머리속에 가득 찻기 째문에 느끼는 그대로 쓰면 童謠가 될 것이외다. 諸君은 絶對로 童謠를 잘 지을려고 남의 童謠를 본바다 지을려고 애쓰지 말고 諸君 自身의 感動을 쓰지 안으면 안 됩니다. 저 英國에 有名한 詩人 '색쓰피어'라는 사람은 어렷슬 째에 나쁜 어린이들 류에 석겨 노랏는대 그 나쁜 어린이들은 남의 집 羊을 도적하여 내다가 主人한테 들켜서 혼인 낫다고 합니다. '색쓰피어'는 그런 나쁜 마음은 업지만 그들 가운데 석겻던 關係로 큰 봉변을 당하고 집에 와서 곳 詩를 卽 童謠를 썻다고 합니다. 勿論 主人에게 원수 갑는 것을 童謠에다가 쓴 것이지요.

牛耳洞人, "童謠研究(11)", 『중외일보』, 1928.12.2.

이 童謠가 '색쓰피어'가 가장 어렷슬 째에 왼 처음으로 쓴 詩라고 쓴 엇던 冊에서 본 생각이 남니다. 이와 가티 諸君은 남한테 아모 죄도 업시 욕을 먹엇다든가 매를 마젓다든가 쏘는 남이 욕먹는 것을 본다든가 매맛는 것을 본다든가 할 째에 諸君의 고요하든 마음은 여러 가지로 뒤끌케 될 것이외다. 슯흔 일도 잇고 억울한 일도 잇고 우수운 일도 잇고 여러 가지 마음이 움즉이는 대로 그대로 쓰면 됩니다.

> 하 날
> 하날아 하날아

너는무엇으로되엿느냐
흰떡으로되엿느냐
구름으로되엿느냐
좀가르켜다오

가마귀

가마귀야 가마귀야
검은옷입은가마귀야
쩌러진다 조심해라
바다우에쩌러진다 조심해라

적은새

이가지에서 저가지로
날아가는 적은새는
찍찍쌕쌕난다
아아 입부구나적은새야

고양이

양옹양옹고양이
두러누어자는내얼골을할탓다
놀나서이러나서꼬렁지를잡아서
번적들어더니 양옹양옹하고
내손에서 쌔저다라낫다

　　以上 四篇의 童謠는 벌서 五六年 前에 基督教에서 發行하는 『靑年』 雜誌에 엇던 어린이가 썻든 것인데 얼마나 어린이의 용어이 童謠에 나타난 것인지 알 것이외다. 이것이 별로 조와 보이지 안치만 어른들의 눈으로 보면 가장 훌륭한 童謠외다. 그리하야 나는 아즉까지 이것을 가지고 잇섯든 것이외다. 바빠서 諸君에게는 이것으로써 끈습니다.
자장歌에 對하야
　　나는 각금 방안에서 冊을 본다든가 글을 쓰다가도 겻집에서 자장歌 부르는 노래가 들리면 窓門을 열고 귀를 기울일 째가 만타. 나 잇는 집 겻집은 食堂인데 食堂 主人 여편네는 각씀 어린애를 안고 웃슴에서 왓다갓다 하며 자장歌를 부른다. 나는 자장歌라고 特別히 조와하여 그러케 귀를 기울이는 것은 아니다. 日本에서 만히 流行하는 이 「자장歌」는 別달리 曲調가 아름다워서 조와함이다. 이제 그 「자장歌」를 原文대로 記錄하고 飜譯하여 봅니다.

　ねんねやねんねや　おねんねや
　坊やはよい子だ　ねんねしな
　坊やのお守は　どこへ行た
　あの山越で　里へ行た
　里のみやけに　何もちた
　でんでんたいこに　しまうのふゑ
　だねにやるのに　かつてきた
　坊やにやるのに　かつてきた
　坊やはよい子だ　ねんねした[197]

　자장자장우리애기잘도자누나
　우리애기착한애기잘도자누나
　우리애기보는아이어대로갓나
　저건너산을건너서마을에갓다
　마을에갓던선물로무엇사왓나

---

[197] 이 자장가는 일본의 전통적인 자장가(子守唄, こもりうた)로 에도(江戶) 시대부터 시작되어 각지에 전해진 것으로 알려져 있다. 가사는 다양하게 전해지는데 널리 불리는 것은 다음과 같이 본문과 조금 다르다.
江戶子守唄
ねんねんころりよ　おころりよ。
ぼうやはよい子だ　ねんねしな。
ぼうやのお守りは　どこへ行った。
あの山こえて　里へ行った。
里のみやげに　何もろうた。
でんでん太鼓に　笙の笛。

뎅뎅하는적은북에피리사왓나
누구에게줄려고 가지고 왓나
우리애기주려고 가지고 왓다
우리애기착한애기잘도자누나

이 노래 曲調는 엇지나 아름다운지 아모리 울던 어린아이라도 이 노래를
들으면 가만히 조용하게 꿈나라를 차자가게 됩니다. 나는 각금 이 노래가
조와서 부르다가 남한테 비우슴도 바덧습니다만은 너머나 아름다운 노래
여서 심심하면 自然히 이 노래가 불러짐니다.

얼마나 이 노래를 조와하는지 種種 친구들더러 작난으로 잔등을 쓰러
주며

"울지마러라 애기야 여긔 아버지가 잇지 안흐냐. 어듸어듸(ドレドレ)"
하고 이 노래를 부르면 처음엔 웃다가도 아름다운 노래 曲調에 친구는 가만
히 귀를 기우리는 것을 각금 봅니다.

牛耳洞人, "童謠研究(12)", 『중외일보』, 1928.12.4.

자장자장 잘도잔다
우리애기 입분애기
잘도잔다 자장자장
아직밤이 안샛스니
조흔꿈을 만히쑤라
입분애기 울지말고
잘자거라 자장자장

자장자장 잘도잔다
우리애기 입분애기
잘도잔다 자장자장

해질째에 꼿봉오리
올치는듯 자장자장
입분애기 울지말고
자장자장 잘도잔다

이 자장歌는 嚴弼鎭 氏의 『朝鮮童謠集』에 日本 「子守歌」로 記入되엿스나 他 地方에서 流行되는지는 모르지마는 東京에서는 이런 「자장가」를 어더 들을 수 업슴니다. 日本에서는 全國을 通하야 上記한 「자장歌」가 代表的이며 또는 大流行된다고 함니다. 이제 朝鮮 「자장歌」를 이야기해야겟슴니다. 나는 京城에서는 七八年 間이나 살어스나 「자장가」를 어더 들은 생각이 나지 안슴니다. 오직 "자장 자장 우리 애기 잘도 잔다" 뿐인가 함니다. 그리고 平北 地方에서는

자장자장잘두잔다
우리애기 잘두잔다
건너집애기는 울기만하는데
우리집애기는 자기만 하누

란 것이 만이 流行함니다. 이제 나는 여긔에 全 朝鮮 各 地方에서 流行되는 「자장가」를 例擧해 볼가 함니다.

자장가

워리자장 워리자장
이애눈에 잠오너라
우리애긴 잘두잔다
짓는개도 짓지말고
나는새도 나지마라
워리자장 워리자장
이애눈에 잠오너라
우리애긴 잘두잔다

자장가

자장자장 자장자장
우리애기 잠잘잔다
우리애기 잠자는데
압집개도 짓지마소
뒷집개도 짓지마소
자장자장 자장자장

자장가

자장자장 잘두잔다
우리애기 잘두잔다
우리애기 잘두잔다
압산에는 범이울고
뒷산에는 새가운다
자장자장 잘두잔다
우리애기 잘두잔다

자장가

아가야자장자장 어서자거라
저즌자린버리고 마른자리에
아가야자장자장 잘두자누나
쉬웁다얼는자라 어서소학교
기뿌다어느시에 벌서대학교
학사몸이되고서 박사몸이되여라
아가야자장자장 잘두자누나

자장가

아가야자장자장 어서자거라
서산에지는해도 잠을자누나
잠만들면자미잇는 꿈의나라에

가마귀는짜우짜우참새는쌕쌕

날즘생도제집을 차자들도다
아가야울지말고 어서자거라
지는해가내일아츰 뜰째까지

내 손에 모인 「자장가」는 이것뿐인데 朝鮮 全國을 通하야 代表的 「자장
가」라고 할 것은 이것인 줄 안다. 아직 曲調는 못 들어 보왓지만 意味가
퍽 조와 보인다.

자장가

자장자장 잘두잔다
우리애기 잘두잔다
銀子童아 金子童아
壽命長壽 富貴童아
은을주면 너를살가
金을주면 너를살가
國家에는 忠信童이
父母에겐 孝子童이
兄弟에겐 友愛童이
一家親戚 和睦童이
洞內坊內 有信童아
泰山가티 굿세여라
河海가티 깁고깁어
有名天下 하야보자
두리둥둥 잘도잔다
우리애기 잘두잔다

牛耳洞人, "童謠硏究(13)", 『중외일보』, 1928.12.5.

너머 짓거린 感이 잇스나 民衆的 意思가 包含된 點을 보아서 代表的

「자장歌」라고 안이 할 수 업다. 그리고 엇썬 어버이든지 어린 아기를 對하야 이러한 希望과 期待를 가질 것은 말할 것도 업겟지만 어린 애기에게는 이러한 功利的 意味를 가진 「자장가」보다는 自然과 神道를 意味한 「자장가」가 더 조흘 줄 안다. 웨 그러냐 하면 어린 애기에게 功利的 意味가 包含된 「자장가」를 제아모리 불러도 意味도 모를 것이다. 하나 自然과 神道는 어린애기가 直接 體驗하고 잇다고 해도 過言이 안이다. 그러니가 될 수 잇는 대로는 이 方面에 □□하고 가장 아름다운 曲調가 必要할 줄 안다. □□『中外日報』紙上에 金思燁 氏의 「자장가」란 것이 한편 記載되엇는데 퍽 곱게 되엇기에 여긔에 적어 놋슴니다.

자장가 (金思燁 作)

압산절에 종이울여 해다저믈면
참새참새 꿈나라로 춤추며가고
나무나무 나무닙도 잠을잔단다
우리애기 착한애기 잠을자면은
꿈동산에 어엿븐 착한아씨가
압집닭이 울째까지 춤을춘단다
꿈동산의 꿈바다에 온배가쓰고
수정궁속 황금합이 화려하단다
우리애기 착한애기 어서자거라

이 「자장가」를 作曲만 해서 부르면 퍽 조흘 줄 압니다. 「자장가」에는 意味가 좃턴 낫부던 不顧하고 曲調가 아름다워야 할 줄 압니다. 웨 그러냐 하면 울던 어린 애기라도 「자장가」의 意味에 잠드는 것이 아니요 自然스럽게 곱게 울니여 나오는 그 멜로디에 취하야 不安을 니저버리고 노래 곡조의 方向을 싸라 꿈의 나라로 가게 되는 까닭이외다. 英國 「자장歌」에는

애기야울지말고 잘도자거라
울지말고자면은 점점큰단다

오래잇지안어서 색씨가된다
아름다운세계에 잇는것들은
무엇이든지모다 네것이란다

란 것이 잇는데 이것은 日譯에서 重譯하고 意譯하야서 本 意味는 半分도 表現되지 못하얏슬 줄 암니다. 한데 이 「자장가」의 意味는 別로 神奇하지 못하지만 曲調가 아름다워서 英國의 代表的 「자장가」라고 합니다. 나지막하게 (20여자 해독 불가) 하고 曲調가 第一 重要한 問題임니다. 內容에 들어가서 말하면 必然的으로 民族主義者는 「자장歌」에다가 民族主義를 表現할 것이며 社會主義는 宗敎家는 自然主義者는 다— 各各 自己의 主義를 表現하기 되는 것이외다. 『新人間』十一月號에 나는 天道敎의 主義主張의 意味를 取하야 이러한 「자장가」를 지여 낸 일이 잇슴니다.

자장가 (牛耳洞人 作)

자장자장우리애기 잘두나잔다
동무들과놀때에는 성내지말고
한울님벗을섬기여 공경하면서
의표케소곤소곤 노려야한다
자장자장우리애기 잘두나잔다
울지말고얼른자라 어른이되여
대신사의본쯧대로 마음을먹고
쌈흘리며피흘리며 일을하여라

자장자장우리애기 잘두나잔다
이세상에사람들은 바다에쌔저
건저달라소리치며 애원하는데
목숨바처건질사람 한사람업다

자장자장우리애기 잘두나잔다
아가야울지말고 어서자라서
궁을기단매를저어 힘을다하야

가련한세상사람들 건저주어라

天道敎人으로써는 全體가 어린애들에게 期待하는 것이 이 밧게는 아모
것도 업다고 해도 可하다. 이제 基督敎의 「자장가」 二篇을 紹介해 볼가
한다.

牛耳洞人, "童謠硏究(14)", 『중외일보』, 1928.12.6.

자장가
자장자장 워리자장
님사너화 자리보와

무수한복 너희머리
예수께서 세상으로
내려오셔서새아희째
후렴　너와가티보은함은
　　　밧지못하엿도다
너희자리 평안하나
주의자리 가련해
마구의 그 어린예수
강보싸하 뉘엇네
너는친구 무수해도
예수원수만어서
십자가에죽인 것을
참아생각못하리

자장자장 워리자장
너를아는 사람은
사랑하는 어머니니

가만이서 자거라
너는예수주로알고
평생밋고섬기라
종시주와열일홈을
동거동락 바라네

자장가

옥반같이 잘난애기
울지말고 잘자거라
수박같이 부른내젓
량것먹고 잘자거라
우리애기 잠잘째에
예수너를 품으시사
모든원수 물니치니
넘려말고 잘자거라

우리애기 수복동이
(한줄 해독 불가)
너의목숨 강과갓고
너의복은 산과같이
사랑하는 예수께서
네게주실 것이니
우리애기 수복동아
째지말고 잘자거라
부모님쩨 화목동아
째지말고 잘자거라
온순하기 양과갓고
여엽부기 고추가테
여호와의 허락한복
네가누릴 지로다
부모님게 화목동아
째지말고 잘자거라

이것을 보아도 基督教人은 어린아이에게 이런 마음을 안 가질 수 업는 것이다.

자장가

자장자장착한애기 잠잘자거라
뒷동산엔눈이와서 회기도하다
한올에서내리온 눈님의애기
소리업시누어서 잠도잘잔다
자장자장착한애기 잠잘자거라

이것은 開闢社에서 年前에 發行하던 『婦人』 第八號에 "外國童謠"란 題目까지 붓처서 記載하얏던 것인데 우리는 이 作品에서 自然을 엇쩌케 곱게 描寫하얏는지 알 수가 잇다. 다시 말하거니와 「자장가」의 內容에는 엇쩐 意味를 包含시켯던지 關係할 것 업시 曲調가 가장 아름다워야 한다. 암만 몸이 압흔 어린 아기일지라도 가만히 잠을 일우게 할 그러한 고흔 보드라운 曲調를 選擇하지 안으면 안 된다.

童謠는 어쩐 사람이 지어야 될가.

童謠는 兒童의 歌謠이니까 勿論 兒童이 지어야 될 것이다. 하나 童謠에는 넷날부터 지금까지 遺傳하여온 口傳童謠와 兒童 自身이 지은 童謠와 詩人이 지은 童謠의 三部門이 잇는 以上 兒童 自身이 지은 것이야만 童謠라고 말하기도 困難하다. 그럿치만 嚴密히 말하면 童謠 그 어대까지던지 兒童이 지어야 된다고 나는 斷言한다.

"왜 그러냐 하면 兒童은 엇던 兒童이던지 詩人이다. 兒童의 □□行動은 곳 情緖的이 되며 律動的이 되여서 藝術的 □□을 表示한다." 卽 쉽게 말하면 어린이들이 된 말이고 안 된 말이고 중얼거리며 쏘는

"어머니, 홍, 나 눈깔사탕 사줘 응─ 어머니"
"아버지, 뒤집 복남이가 날 째려."
라던가,

日常生活의 말이 모다 詩語로 된다.

그리고 몸짓 손짓이 모다 舞踊에 가깝게 되기 째문에 그들의 말은 詩요 그들의 몸짓은 舞踊이다. 더구나 그들은 自然□□에 對해서 直覺的, 直感的 內面生活을 詩에다가 表現하기 째문에 兒童作品은 自然의 □□다. 成人의 童謠는 노래할려는 創作意識으로부터 지은 創作의 技巧이지만 兒童의 童謠는 內容으로부터 □하야 스사로 □□의 形式이 되고 成人의 것은 形式에 依하야 內容을 統一할려고 하기 째문에 아모리 苦心하야 지여도 兒童 自身의 것만큼 지을 수 없다. (한줄 해독 불가)

童謠는 어대짜지던지 兒童自身의 歌謠인데 成人으로써 童心 童謠의 歌謠를 짓는다는 것은 참으로 容易한 일이 안이다.

잠자는 애기

밧머리에 콜콜콜 잠자는애기
잠자는 애기겻혜 개가한마리
작심이로 썻서논 누역우에는
날느든 잠자리도 쉬여간다네
엄마압바 김매어 세상산다고
□종일 잠자는 귀여운애기

鄭寅燮, "兒童藝術敎育(一)", 『동아일보』, 1928.12.11.

우리가 一般 社會文化를 爲하야 一의 事件을 現出시킬 때 거긔엔 必然의 理論的 動機가 잇서야 하고 그리하야 그것이 終結될 때까지 一般社會의 區區한 檢討에 비최여 主觀에 對한 客觀的 吟味가 업지 못할 것이다. 이것은 歷史進展의 過去 階段이 到來에 參酌되기 爲한 現代的 消化의 意義를 가진 것이니 進行形 中에 있는 一의 主格이 어쩌한 形容詞로서 限定되고 具象化됨으로 다음에는 어쩌한 推測으로 '프레디케이트' 될가 하는 것이 向者 "世界兒童藝術展覽會"를 마치고 나서도 업지 못하든 簡單한 나의 所感이엇다.

新敎育의 理論的 主張이 實際敎育으로 具體化 될 때 거긔에는 여러 가지 形式을 取하게 되지만 그 根本의 共通 思想은 盲目的 服從이 아닌 人格的 自由에 잇는 것이다. 强制的 順從은 奴隸이오 眞正한 意味의 道德的 行爲가 아니다. 不得已한 服從에서가 아니고 必然의 意義를 自己 스스로가 認識하야 비롯오 歸納的으로 斷定된 바 行爲는 當然의 義務 行動이 된다.

在來의 敎育 精神은 始終이 如一한 注入的 服從이엇스며 어쩌한 旣成된 社會의 保守케 하는데 方便的 有爲이엇다. 都會와 地方을 勿論하고 學校 自身이 往往히 學校 以外 사람들의 體面을 尊重히 하기 때문에 學校 全體의 兒童의 敎育을 等閑히 하는 수가 업잔햇다. 더욱이 學校 運用의 機能 形式에서 이러한 例를 흔히 發見할 수 잇거니와 在來 使用되는 敎科書란 것이 兒童의 全人的 敎育 思潮를 尺度하야 생각해 볼진대 그것이 얼마나 兒童을 爲함보다 實은 兒童 以外 사람을 爲한 것이 한 장 한 줄에서라도 檢討하야 指摘할 수 잇든 것이다. 이와 가티 어른을 爲하든가 人間 本然의 敎養意義 以外의 功利的 附屬的 第二的 方便을 써나 兒童自身의 發達을 爲한 敎育 理論이 하로밧비 實踐化 되기를 期待 안흘 수 업는 것이 아닌가?

그럼으로 新敎育의 特色으로 생각한 바 한 가지 目標를 提唱할진대 그것은 다름 아니라 어른이 準備해 둔 方向으로 强制的 服從을 要求할 것이 아니라 兒童 自身 가운데 잇는 힘으로써 自然히 發達케 하는 態度를 가저야 하겟다는 것이다. 그리하야 兒童 自身의 世界를 開拓하는 創造性을 培養해야 될 것이니 여기에 비롯오 兒童의 全人的 人格을 가진 自律的 人物이 現出할 것이요 다시 말하면 兒童 自身의 自由意志에 依하야 敎育者는 그들의 論議 對象이 되고 동무가 되어야 하겟다는 것이다.

다음에 新敎育의 特色을 하나 들면 그것은 主知主義의 反動이니 十九世紀 後半 以來로 物質文明의 發達은 全 世界의 産業을 鼓吹하야 그 結果 '헤르베르트'가 말한 바 主知主義는 全 世界를 風靡하는 程度의 큰 힘을 가지게 되엇다. 그러니 이 主知主義는 人間의 知的 方面을 偏重한 까닭이요 人間의 意志라든가 感情이 全人格的 獨自存在에 얼마나 만흔 活動力을 가젓는가를 沒覺한 弊害를 가지고 잇는 것이니 이와 가튼 理知偏重은 사람을 不具로 하야 여러 가지 欠陷된 文明을 보이게 되는 것이다. 知育은 사람을 槪念化 하야 모든 것에 人間生活의 具體的 意識을 가지지 못하고 다만 槪念的 抽象에 빠지는 힘업는 性格을 갓게 되는 수가 잇슬 쑨더러 一面에 잇서서는 사람을 機械化하고 物質化함으로 社會에서는 功利 偏見에 빠지게 되는 可憐한 知識階級이 얼마나 만흘가? 존손 여사가 『Dramatic method of teaching』라는 冊에서 다음 가티 말하얏다.

우리들은 人間性의 敎育을 돌보지 안코는 科學者도 업고 藝術家도 맨들 수 업다. 그리고 一般은 이 重大한 『人間性의 敎育』을 要求할 줄 몰른다. 그러나 우리들은 少年少女의 天性의 熱烈한 마음을 認識하고 이것을 機械的인 環境에서 分離시키는 대서 적어도 少年少女를 도와 갈 수 잇슬가 한다.

그다음에 新敎育의 特色을 그 方法에서 觀察하건대 兒童自身의 體驗에 맺겨 自己들의 "實際에 依하야 배우게 하는 것"이니 在來에는 知識의 傳達만을 主로 하야 兒童은 恒常 被動的 地境에서 機械的 暗記의 權化가 되어 잇섯다. 記憶의 成績이 반듯이 人間의 實際 能率을 表示하는 것이 아니다. 推理, 判斷, 創意들을 並行하기 爲하야 兒童으로 하야금 硏究케 하고 批判

케 하고 創作케 하는 것이다. 將次 어른이 되어서 有效할 것이라고만 해서 兒童이 必要치도 안홀 것을 强制的으로 注入할 것이 아니라 兒童 自身 心中으로 要求하는 바를 理解하야 거긔에 指導如何를 區分할 것이니 이는 곳 兒童으로 하야금 自立的 獨唱人으로 誘引케 하는 것이 된다.

鄭寅燮, "兒童藝術敎育(二)", 『동아일보』, 1928.12.12.

以上에 말한 바 特色을 가진 敎育論은 곳 所謂 말하는 最近의 藝術敎育이니 人間의 自由性의 見地에서 본다 하드라도 藝術의 創作가티 作者의 自由를 必要로 하는 것은 업다. 作者의 精神的 自由 업시 眞正한 藝術은 到底히 創造치 안는다. 그리고 主知主義에 對한 反動으로 藝術敎育이 主張됨은 勿論이어니와 知識偏重에 빠지지 안는 全人的 敎育의 見地에서 본다 하드라도 藝術敎育은 만흔 效果를 가젓다 할 수 잇다. 또 新敎育의 方法論으로 생각해 본다 하드라도 "體驗과 作業"은 藝術敎育의 生命이요 圖畫, 音樂, 演劇, 이 모든 것은 그 本質上 兒童의 體驗과 創作을 發揮하는 것이다. 한걸음 더 나아가서 生活指導의 立場으로 생각한다 하드라도 兒童의 生活 그것이 벌서 藝術이요 繪畫, 音樂, 舞踊, 劇을 그 專門으로 가르치지 안는다 하드라도 兒童의 生活을 指導하는 方便으로서 얼마나 큰 힘을 가젓든가는 모든 이 方面의 學說에서 能히 肯定되어 잇는 바이다.

그러면 이 藝術敎育이란 것이 무어냐? 하면 狹意로 말하면 藝術의 創作과 鑑賞이니 卽 繪畫, 彫刻, 工藝建築, 音樂, 文藝, 演劇, 舞踊 等 모든 藝術의 鑑賞과 創作을 敎育함이다. 그러나 廣義로 解釋하면 藝術的 精神, 藝術的 方法에 依한 모든 敎育을 意味하나니 이것은 곳 美的 體驗을 通한 人間敎育이다. 이 美的體驗 乃至 藝術活動이란 것은 精神과 感覺의 兩者가 有機的으로 調和된 것이니 거긔는 生命의 表現이 잇다. 人間性으로서의 偉大를 構成하려면 知識 技能만이 全人格이 아닌 以上 가장 生命的인 藝術

을 基礎로 하야 敎育을 樹立하는 것은 重大한 意義를 가젓다. 藝術은 感情의 所産만이 아니오 거긔에는 理知도 잇고 意志도 잇는 普通의 經驗 普通의 意識보다 더 놉고 크고 깁흔 것이다. 藝術은 官能的이오 美는 一種의 快感이지만 그것은 決코 官能的 快感에 始終하는 것이 아니다. 그것을 通하야 靈感의 地境에 니르게 하는 것이다.

우리에게는 各各 個性이 잇다. '라스킨'은 말하얏다.——

人間의 大小는 絕對的으로 날 째부터 決定되어 잇다. 一의 果實이 葡萄냐 살구냐 決定되어 잇는 것과 마찬가지로 嚴密히 決定되어 잇다. 勿論 敎育 境遇 決心 努力은 큰 힘을 가젓다. 다시 말하면 살구 열매가 東風 째문에 妨害되어서 푸른 열매 그대로 쌍에 떨어저 발에 짓밟히거나 或은 잘아서 黃金色의 '배르멛'가튼 아름다운 것이 된다는 것은 이러한 힘에 依한다. 그러나 葡萄에서 살구 小人物에서 偉人이 나게 하는 것은 技術 努力도 成功치 못하는 것이다.

鄭寅燮, "兒童藝術敎育(三)", 『동아일보』, 1928.12.13.

이와 가티 自我發展을 爲한 敎育은 어른의 暴虐을 爲한 功利的 手段에 依할 것이 아니라 兒童 自身의 滿足과 幸福을 그들의 個性에 依하야 充實케 하는 藝術的 指導에 依할 것이다. '죤슨' 女史는 말하얏다——

兒의 時代는 人生의 가장 幸福스런 째가 되고 십다——아니 恒常 그래야 될 것이다——라고는 누구든지 一致하는 생각이다. 이 時代는 한번 지내가면 무엇을 일흔 것이 다시 돌아오지 안는 것 가태서 그에 連續되어 오는 幸福이 그것을 代償할 수는 업다. 만일 그러타고 하면 兒童의 時代는 將次 到來한 暗黑 時代에 對하야 光의 빗남을 吸收하려는 時代가 아니면 안 된다. 이러케 내가 主張하는 것은 과연 틀린 말일가? 그러고 나의 말하는 日光 그 物件의 힘에 依하야서라야 自然은 우리들의 마음의 가장 尊重한 部分에 우리들 天然의 欲求를 심어 준다. 우리는 우리를 둘러 잇는 산 世界의 美를 알고 그 神秘를 取하야 깃버하고 世界에 둘 업는 우리 文學의 傑作에 共鳴 同感할 수 잇는 깃븜 美術의 美에 漸次 親熟해지는 맛, 이 모든 것은 靑年의 마음을 태워 업새고 그들의 속에 솟아나는 "가티 하려는" 欲求로 맨들어 技術 傳習의 魂을 죽이는 單調와 束縛에서 써나 그것의 設或 하욤업는 少年의 꿈일지라도 그 少年의 熱烈한 마음의 覺醒을 이르킨다. 이것은 眞實로 헤알일 수 잇는 事實이다.

兒童이 實驗과 硏究를 깃버한 째는 그들의 慾望에 쌀하 시키는 것이 조타. 그리하야 그것에 對하야 技術上의 必要를 그들 自身이 깁히 늣길 째는 그째 처음으로 必要한 技術敎育을 주라. 그들의 불가티 熱烈한 意氣를 써서는 안 된다. 이 世界를 進展케 하는 것은 實로 그들의 힘이 아닐가? 이 모든 夢想家들은 畢竟에는 實行者이다.

藝術敎育은 여긔에 큰 힘을 가젓다. 그들의 自由畵를 보라. 그들의 工藝 手藝를 보라. 그들이 遊戲하며 놀애하고 춤추는 것을 보라. 어쎠한 獨唱 어쎠한 깃븜이 잇느냐? 이것은 藝術의 自然스런 表現 行動이다. 藝術은 表現이다. 自我發展을 爲하야 表現을 要求한다. 그럼으로 表現에 依하야 自我發展을 圖謀하고 表現에 依한 兒童 自身 生活의 滿足과 幸福을 給與하는 것이 重大한 일이다.

社會制度 習慣 施設을 改善하야 合理된 世上을 現出하는 努力도 努力이려니와 그 內面에 잇서서 人類의 根本精神을 改造치 안코는 不完全한 것은 勿論이다. 掠奪의 生活에서 合理的 社會生活을 하게 되는 데는 그 根本精神에 잇서서 "일 그 自體 가운데 自己의 生命을 發見하며 일 그 物件에 몸을 바치는 깃븜을 가지는 대"서 出發하야 되는 것이니 이것은 곳 生活을 藝術에 接觸시키는 것이다. 일 그 自體에 興味를 가지고 生活 그 속에 自身을 맛보는 人生의 態度는 곳 藝術家가 創作을 할 째와 鑑賞을 할 째와 마찬가지의 心的 過程이 잇는 것이다. 이것은 곳 生活에 藝術을 附加하는 以上 生活態度에 藝術的 綜合的 統一 感情을 가저야 한다는 것이니 이리하야 生活의 表現이 實社會에 잇서서 여러 가지 束縛 째문에 純粹치 못한 데 對하야 藝術上의 表現의 根本 感情인 純粹 感情이 浸透할 째 거긔에는 生活이 純化가 成立되는 것이다. 그리하야 社會를 根本으로 改造하는 그

自體의 目的 意識으로 轉換되는 수가 업쟌하 잇다.

以上에 말한 바 藝術教育이란 것이 人間教育으로서 自我發展으로서 쏘는 社會教育으로서 만흔 效果를 가진 以上에 한 걸음 더 나아가서 그것이 經濟的 方面으로 進展될 째 産業에 關聯되는 것이 잇스니 이는 곳 賞品의 美術化 藝術的 試鍊이 必要하다는 것이다. 쏘 廣告術로 陳列로 販賣行動의 美的 素養 等을 생각하면 工藝에 對한 鑑賞力과 創作力이 發達될스록 나라의 産業은 興旺케 되는 것이라 할 수 잇다.

이러케 생각해 볼 것 가트면 兒童 藝術의 教育的 價値가 個人의 立場으로서나 社會的 立場으로서나 쏘는 精神的 見地와 物質的 見地를 區別할 것 업시 적지 안흔 意義를 갓고 잇는 것이다.

朝鮮에 잇서서도 兒童을 自由로운 處地에 두어서 自我를 發達시킨다는 意味로 童話, 童謠, 童劇, 童舞, 그리고 童畵 乃至 自由畵가 幼年 教育에 重大한 地位를 占케 되엇스되 一般 學校 方面에서 보다 所謂 社會的 教育群에서 積極的으로 實踐되어 온 듯하다. 五六年 前부터 『어린이』를 爲始하야 만흔 兒童雜誌가 竹筍가티 솟아나고 各地에서 童話會 童謠會 歌劇會 等의 行事가 新聞上에 顯著한 程度의 盛旺을 連續하고 잇는 것은 누구나 다 記憶하고 잇다. 그러나 大體로 보아 一般 家庭 父兄과 學校의 一部는 最近 藝術教育的 效果에 沒覺한 까닭인지 積極的으로 兒童들의 그러한 感謝로운 自發的 自己表現의 感銘을 妨害케 하는 수가 許多함을 종종 듯는 배 잇다. 이러한 現象은 實로 遺憾스러운 일이요 아모리 無理하게 兒童을 形式的 教育 乃至 偏重的 束縛에 逐入케 한다 하드라도 時代의 必然性과 兒童의 天性은 結局 나가는 대로 나아갈 것인가 생각한다.

"꿈결 갓흔 空想을 理想에 善導-넘치는 생명력을 됴졀한다 ◇…童話의 本質", 『매일신보』, 1928.12.17.[198]

最近에 이르러서는 童話가 아조 民族的으로 되얏슴니다. 지금으로부터 七年 以前에 童話協會가 成立되엇는데 當時에는 童話는 結果 거즛말을 가르치는 것이 됨으로 童話는 엇덧튼 科學的이 안이고는 아니 된다는 말까지 잇섯스나 그러나 이는 科學과 藝術과 意味를 잘 理解치 못하는 誤解라 하겟다. 밧구어 말하면 童話의 美와 童話의 興味는 藝術的이다. 萬若 우리들의 生活로부터 藝術이 써난다 하면 그 生活이 限업시 寂寞할 것과 갓치 兒童의 生活로부터 童話를 업새인다 하면 兒童의 世界는 말할 수 업는 寂寞한 世界가 될 것이다. 元來 童話는 空想的이라는 것을 根本으로 한다. 그는 空想이 가득한 世界가 곳 兒童의 世界인 까닭이다. 兒童이 七八歲 되고 보면 恰似히 적은 풀의 싹이 흙덩이를 깨치고 나옴과 갓치 非常한 生長力으로 心身이 發達된다. 그러나 兒童은 그 生命力을 충분히 쓸 도리를 몰으고 쏘 그를 쓸 곳조차 적음으로 조치 못한 작란으로 몸을 맞칠 사이 업시 活動케 한다. 그리하야 선모슴[199] 때의 兒童들은 병신이 아니면 어른들과 갓치 잠시라도 조용히 잇지는 못한다. 이 潑溂[200]한 兒童은 精神的으로도 자라고자 하는 精力이 非常히 旺盛하다. 그러나 이를 表現할 知識 經驗이 업슴으로 結局 兒童은 限定 잇는 範圍에서 自己의 힘 잇는 대로 낫하내이고자 하는 째문에 째로는 얼토당토아니한 空想을 할 째가 만타. 이 나희에 잇는 兒童으로서 萬若 어른이 生覺하는 것을 生覺한다 하면 그 兒童은 精神的으로 弱한 아해이다. 兒童은 어대까지 兒童 갓허야 한다. 그 幼稚한 空想과 想像力을 漸漸 引導하야 아지 못하는 가운대 人生을 알

---

198 전문(全文) 일본어 독음(讀音) 후리가나(ふりがな)를 단 것과 같이 한자 위에 한글로 음을 달아 놓은 형태다.

199 '선머슴'의 오식이다.

200 '潑剌'의 오식이다.

게 하는 것이 가장 適切한 것일가 한다. 다음에는 兒童은 食物을 特히 要求한다. 이는 生理的으로 必要한 것으로서 兒童의 구하는 바에 應하야 童話에는 반드시 먹을 것의 이야기가 잇서야 한다. 童話는 兒童을 對象으로 지은 것으로서 처음에는 兒童이 지은 것이 아니고 녯날에 農夫와 산양군이 지은 것이라 한다. 童話에는 먹을 것의 이야기가 씨임과 함께 寶物이야기도 쏘한 만타. 西洋에서 第一 오리된 이야기는 原始的의 것으로 漸々 想像이 進步된 것이 「寶物의 指環」 쏘는 「寶物의 燈」과 갓흔 自由自在한 想像을 한 것으로서 童話는 空想을 實地와 갓치 表現한 것이기 兒童으로 하야금 空想으로 理想으로 先導함이 가장 適當하다.

尹石重, "(旅行記)선물로 드리는 나그네 '색상자'－(南國旅行을 맛치고)", 『어린이』, 제6권 제7호, 1928년 12월호.

  산ㅅ골 속에 깁히깁히 파뭇처 잇는 "우슴"과 "눈물"의 열매를 캐내여 가슴에 품은 조고만 "색상자"에 한 개 두 개 모아 담으면서 나는 "朝鮮의 南國"을 차차 두루두루 도라다니다 왓습니다.

◇

  이제 나는 쓰거운 사랑과 넘치는 깃븜으로 濟州 못헤 조개 줍는 도련님 아가씨로부터 豆滿江ㅅ 가 피리 부는 도련님 아가씨에 이르기까지 조선 十三 도에 골골이 훗터저 잇는 헐벗은 나의 벗들에게 이 조고만 "색상자"를 선물로 드립니다.

◇

  어린 나그네의 가슴 속에 길이길이 간직해 품ㅅ고 다니든 이 조고만 "색상자"의 쑤껑을 여러분은 우스며 벳겨 주소서. (戊辰年 八月 남쪽 려행을 맞막는 날에)

(此間 二十一行 削除)………汽車의 유리 한 겹을 통하야 두 눈압헤 어른거리는 달밤의 "조선의 얼골"은 왜 저다지도 햇슥한 지요. 말러 비트러저 찍으러진 산들──한 껍질 벳겨 낸(이상 60쪽)듯 말쑥한 들판──가물에 여터진 강들……. (이상 61쪽)

(중략)[201]

◇

  자동車로 順天에 와서 사흘 밤을 자고 곳 晋州로 써낫습니다. 진주에 잇는 깃븜社 同人 소용수 씨가 馬山 누님 댁에서 그곳 同人 리원수 씨와 기달리마 한 고로 그냥 馬山으로 써낫습니다. 그러나 용수 씨와 길이 아기자기하게 어긋낫습니다. 내가 진주를 써나 마산에 닷자 용수 씨는 마산을

---

201 이 글은 비평문이 아니라 기행문이지만 윤석중이 진주의 소용수(蘇瑢叟), 이원수(李元壽), 서덕출(徐德出), 신고송(申孤松) 등을 만난 내용이 나와 당대 아동문단의 사정을 이해하는 데 일정한 도움이 되기 때문에 수록하였다. 아동 문단과 무관한 내용은 생략하였다.

쩌나 진주로 갓습니다.

원수 씨 댁에서 하로밤 〈깃븜사〉 이약이를 하며 묵어 가지고 긔렴사진을 찍은 뒤 彦陽 同人 申孤松 씨를 차자 써낫습니다.

언양 사람들은 엇지나 모질고 독하던지 "언양 태생"이 안젓다 이러난 자리엔 다시 풀이 안 난다 하는데 이럿케 놀기 좃코 설겅설겅한 동무 우슘 속에 사는 동무 申 씨가 언양 쌍에 태여난 것은 참말 희한한 일이지요. 신 장군 만세!

(F) 해마다 모여드는 사람

　　◇ 蔚山 徐德出 氏 宅에서

不具의 동무 덕출 씨를 차자 해마다 요맘째(녀름방학 째)면 모여드는 사람―― 우리들은 올봄에도 덕출 씨의 「봄편지」를 밧고 석 달 동안 별너서 지금에야 강남제비를 짜라 날러 들엇담니다.

수박과 참외를 벡겨 먹고 六尺 將軍 신 군은 두 억개를 웃줄거리며 덕출 군의 동생들을 다리고 "바지랑째 춤"을 춥니다. 나는 신 군의 "비밀 잡긔장"을 몰래 훔처 내여 가슴을 두근거리며 뒷겻혜 숨어 보다 앗차차! 고만 들켜서… 쌔슬냐 안 쌧길냐 들낙날낙 이리 쒸고 저리 쒸고 야단법석을 피는 바람에 마루쌍이 덜컥! 숫갈통이 쩔렁!! 애기참외가 쎅쎄굴! 이러케 수선을 피워도 괜찬케 우리는 이 집에 親햇든 것(이상 64쪽)임니다. 웃고 쒸고 내 집가티 내 사람가티 한데 엉크러저서 왁자직걸 써들며 놀 째 아아 어머니도 누이도 동생도 아모도 업시 고적하게 자라는 나에게도 보드라운 인간미(人間味)의 한 조각을 맛보여 주는 것이엿슴니다.

(E) 작년 그달 그날 밤

낫선 객을 보고 왼종일 짓든 동내 집 개들도 덤불에 고개를 트러박고 잠이 드럿습니다.

지금은 밤―― 고요한 밤이외다.

짧은 여름밤 안탑갑게 흐르는 十분 二十분! 아아 이 어둠이 거치고 날이 밝으면 千里 밧그로 百里 밧그로 다 각각 훗터저 써나갈 몸이거니……새하얀 촛불 압헤 우리는 세 머리를 맛대고 업드럿습니다. "이 피와 이 쎠가 새 나라를 건설함에 한줌 흙이 되여지라"고 빌엇습니다. 주먹을 부루쥐여 마음속으로 든든히 결심하엿습니다.

지금은 새로 두 時. 밤. 무섭게 고요한 밤이외다. 이 입 저 입에서 쉴 새 업시 터저 나오던 우 소리. 이약이 소리도 이젠 차차 그 수효가 적어 갑니다. 申 군은 벌서 문풍지가 붕붕 울 만치 코를 드르렁드르렁 골며 잠이 드럿습니다. 徐 군도 벼개로 가슴을 고이고 괴로운 듯이 깃브게 숨을 쉬며 잠이 드럿습니다.

"덕출 씨" "덕출 씨!" "덕출 씨 자우?" 하고 세 번이나 거듭 불러 보앗것만 아모 대답이 업스니 정말 잠이 드럿나 봅니다. 저 얼골 저 파리한 얼골…… 저 숨소리 저 갓븐 숨소리……아아 아모 데도 가지 말고 늘 이럿케 그의 엽헤서 우순 소리나 해 가며 살고 십헛습니다.

다음날 아츰——신 군 하고(그리고 이 곳 朴지문 씨와 金순연 씨도 동반하야) 울산 명물 "호박쩍"을 싸들고 학산公園에 가서 놀고 왓습니다.

점심째——다 각각 검은 테 안경을 쩍 벗틔여 쓰고 압뜰에 안저서 긔럼 사진을 찍엇습니다. 우리가 쓴 이 안경이야말로 동무의 참 마음을 쌘-히 들여다볼 수 잇는 "마음의 안경"이랍니다. 안경 쓴 얼골이 서로 마조칠 째 더더 정다움을 째다랏(이상 65쪽)습니다.

덕출 씨 어머ㅅ님한테서 "점북 썹덱이" 두 개를 선물로 바더 차고 오후 네 시에 정든 울산. 정든 집 정든 사람들을 두고 서울로 기어 올라가는 긔차를 탓습니다.　　　(此間 三十七行 削除) (이상 66쪽)

윤석중, "덕출 형을 찾아서-스물 두 해 전 이야기", 서수인 편, 『(서덕출동요집)봄편지』, 자유문화사, 1952.[202]

이 글은 지금으로부터 스물 두 해 전, 즉 1927년, 내 나이 열일곱 살 때, 동무들과 더불어 울산 서덕출 형을 찾던 때의 기행 일기문이다. 이제 묵은 『어린이』 잡지 축에서 이 글을 베껴 내어[203] 『봄편지』 노래책에 선사하게 되매, 옛 생각에 깊이 잠기는 바 있으며, 한 번 맺은 사람과 사람의 인연이란 끝끝내 풀리지 않음을 새삼스럽게 느끼게 되었다.

1949.9.1. 서울 종로, 일자리에서

윤　석　중

얼굴도 보지도 못하고 편지로만 친해 오던 동무를 찾아서, 8월 7일 울산까지 무사히 도착되었읍니다. 덕출 씨 댁에서 언양서 오신 신 형을[204] 뜻밖에 만나 가지고, 이날 밤, 참외를 먹어 가면서 밤 깊는 줄 모르고 재미있게 놀았읍니다.

×　　　　×

8월 9일

아침부터 비가 오기 시작했읍니다. 점점 비는 더 몹(이상 1쪽)시 퍼붓는데, 그 비를 주룩주룩 맞으면서 걸어 들어오는 사람이 있읍니다.

"누굴까?"

하고 모두들 내어다 보니, 아아, 그이는 우리가 이곳에 모인 것을 알고,

---

202 이 글은 서덕출의 동생 서수인이 편찬한 동요집 『봄편지』(자유문화사, 1952년 7월)에 실린 것이다. 1952년에 발간된 책에 수록되었지만 필자 윤석중이 1927년 『어린이』에 수록된 것이라 하였으므로, 관련된 글인 「(旅行記)선물로 드리는 나그네 "색상자"-(南國旅行을 맞치고)」(『어린이』, 제6권 제7호, 1928년 12월호) 뒤에 수록하였다.

203 『어린이』 잡지에는 「덕출 형을 찾아서」라는 제목의 글이 확인되지 않는다.

204 '언양서 오신 신 형'은 '신고송(申孤松)'을 가리킨다.

없는 돈에 노비를 마련해 가지고 대구에서 일부러 찾아온 윤복진 씨였읍니다. 자기 몸을 자기 마음대로 못 놀리는 불우의 동무를 그리워하는 마음에 대구, 언양, 서울 세 곳 동무가 모여 든 것입니다.

×   ×

밤-비 오는 밤. 뜰 앞에 심은 오동나무 가지가 비에 부대껴 울음 우는 밤! 비 쏠리는 소리. 귀뚜라미 우는 소리……

"이렇게 또 모이기는 졸연ㅎ지 않은 일이니, 이번 이 모임을 기념하여 노래를 짓자"

그리하여 손에 손에 붓과 종이를 들고 모여앉아서 기침 하나 아니 하고 있는 중에 새로 한 시를 쳤읍니다.

슬픈 밤

오동나무 비바람에 (이상 2쪽)
잎 덧는 이 밤
그리우던 네 동무가
모였읍니다
이 비가 개이고
날이 밝으면
네 동무도 흩어져
떠나 갑니다

오늘 밤엔 귀뚜라미
우는 소리도
마디마디 비에 젖어
눈물 납니다
문풍지 비바람에
스치는 이 밤
그리우던 네 동무가
모였읍니다.

×   ×

8월 10일 아침

그렇게 몹시 퍼붓던 비가 밤사이에 그치고 씻은 듯 부신 듯 산뜻하게 개인 날 아침.

그러나 우리는 기념사진을 찍고는 덕출 씨만 남겨 두(이상 3쪽)고, 이곳 박영명 씨와 함께 네 사람이 언양으로 물놀이를 떠났읍니다.

(중간 약함)

오후에 나는 따로 떨어져 영명 씨와 함께 자동차로 울산에 닿았읍니다.

서울로 떠나가는 차 시간을 마침 10분 앞두고 정거장에 닿았건만은 천리 타향 이곳까지 일부러 찾아왔다가 갈 때 인사도 못하고 가는 것이 얼마나 섭섭한 일이겠읍니까.

달음질하여 덕출 씨 댁에 가서, 떠나는 인사를 하고 있는 동안에, 벌써 기차가 떠나가 버렸읍니다. 떠나고 싶지 않은 동무가 있음을 기차도 짐작하고 슬며시 저 혼자 달아나 버린 것이었읍니다.

덕출 씨는,

"참 잘 되었다"

고 손목을 끌어들였읍니다.

× × ×

이튿날 새벽차도 또 놓지고 둘째 차에 정말 울산을 뒤에 서울로 달아가는 기차 속 사람이 되었읍니다.

나는 지금 애기차(경편차)를 타고 논둑 사이를 닫고 있읍니다.(이상 4쪽)

덕출 씨! 지금 턱을 고이고 앉아 덕출 씨를 점점 멀리 떠나가면서 생각을 하니 참말 눈물이 흐릅니다그려.

× × ×

"노래를 좋아도 하고 또 많이 짓고도 싶어 하지만은…….

그 넓은 하늘도 한 번 시원스럽게 바라보지 못하고 이렇게 언제든지 방구석에만 들어 누워 있으니 무슨 좋은 노래가 나오겠읍니까"

하실 때,

"오실 때에도 못 나가 뵙고 또 가실 때에도 못 나가 뵈오니……."

말끝을 못 맺고 눈물을 머금던 일……

그때 그 일이 자꾸 눈앞에 떠올라서 눈물이 저절로 흐릅니다그려.

차라리 이 먼 곳까지 아니 찾아와 뵈왔든들 형님도 좋고 또 저도 좋았을 것을…… 그러나 내년 이 방학에는 기어이 또 찾아나 뵈올랍니다.

— 1927. 8. 9 — (이상 5쪽)

洪銀星, "少年文藝 一家言", 『조선일보』, 1929.1.1.

一. 序言

少年文藝가 朝鮮에 存在하기는 벌서 二十餘年 前 六堂의 『少年』 雜誌로 비롯된 것은 이제 다시 論할 必要도 업슬 줄 안다.

그런데 六堂의 『少年』 雜誌 創刊時代에 잇서서는 實로 보잘것업는 混沌型의 靑少年雜誌이엇든 것이다. 짤아서 오늘의 少年雜誌와는 넘우나 距離가 먼 것이다. 그것은 그 時代에만 가졋든 少年雜誌라고 할 수밧게 업다. 그러나 좃튼 글튼 少年雜誌가 비롯됨이 二十餘年 前 일인 것만은 否定할 수가 업는 것이다.

이제 내가 말하고저 하는 것은 少年雜誌가 비롯된 지 二十有餘年 前이라든가 或은 그보담 더 먼저이엿다는 것을 말하자는 것은 아니다. 다만 이 新年을 마지하야 우리는 過去 少年에게 엇더한 作品을 늙켜 왓는가. 또는 今後에 엇더한 作品을 늙켜야 하겟는가. 아울러는 昨年 以來로 囂囂히 써들어 오든 方向轉換이 가장 올흔 것인가 엇던 것인가에 對하여 數言코자 하는 바이다.

多幸히 이 一文이 우리 同志라든지 少年文藝 同好者 間에 도움이 된다면 그마만큼 깃분 일이며 설사 도움이 되지 못한다 하더라도 우리가 少年文藝에 對하야 엇더한 □照, 思想, 方針을 가지고 잇는가를 알 수 잇리랴고 생각한다.

二. 在來의 少年文藝

以上에도 暫間 말한 바와 가티 六堂의 『少年』 雜誌에 잇서서는 우리가 그것을 考察함에 벌서 그것은 少年雜誌가 아니오 混合型的 그 무엇이엇든 것을 알 수 잇기 째문에 그째의 실엇든 作品(글)은 지금에 우리가 論할 여지도 업고 그 後 맷 해를 지나 方定煥 君의 『어린이』 創刊이라든지 盧永鎬 君의 『새소리』 創刊으로부터 最近 二三年 前까지를 한 期間으로 하야 본다면 그에서는 우리는 可히 생각할 바가 잇는 줄 안다.

卽 一九二〇年으로부터 一九二五年까지의 少年雜誌는 分明히 純粹 少年雜誌라고 볼 수 잇고 또 少年에 對한 思想 感情을 맛추려고 애쓴 것을 잘 알 수 잇다. 딸아서 一九二〇年代의 少年雜誌는 朝鮮文을 基礎로 한 少年雜誌이며 또한 十歲 以上 朝鮮文을 體得할 수 잇는 兒童이면 能히 通讀할 수 잇섯다.

그리하야 六堂의 『少年』이라는 少年雜誌와는 그 體裁에 잇서서라든지 內容에 잇서서 純粹한 少年雜誌라 하겟스나 그러나 그것도 亦是 弊가 만엇든 것은 事實이다.

그러면 그 弊는 果然 무엇일가. 純粹 少年雜誌이면 그 만히 이든 거긔에 弊가 잇다고 할 것이 무엇인가.

그것이 勿論 朝鮮 少年을 根底로 하야 編輯한 것이 잇지만은 그것은 日本의 그것을 그대로 模倣하야 온 그것이엇다. 그때의 少年雜誌——『새동무』, 『새소리』, 『어린이』 等——은 擧皆 日本의 童話를 飜譯하고 日本의 情操, 感情을 그대로 그린 것이 만헛섯다. 이에 잇서서 이것은 模倣이라는 鐵條網을 넘지 못한 것이엇섯다. 그러나 누구하나 大膽한 飛躍을 試하야 본 사람이 업섯다. 그리하야 오늘날에 少年들이 넑고 잇는 少年雜誌가 아즉도 日本의 直輸入物을 未脫한 境地에 잇는 편이 만타.

三. 昨今의 少年文藝

그리하야 一九二〇年代 以後로부터 오늘날까지 日本의 少年雜誌의 손등을 헐고 잇는 朝鮮의 少年雜誌는 厚顔의 少年文藝作家들에게 아즉까지 引用되며 使用되고 잇는 것이다.

그러면 在來의 少年文藝作品 그대로의 舊殼에서 헤매이고 잇느냐 하면 純然히 그런 것이 아니다. 日本의 少年雜誌가 發達됨과 함께 이들도 亦是 進步的 直輸入을 하고 잇는 것이다. 그러나 그것이 日本의 直輸入物인 것 만치 少年文藝 讀者들은 相當히 日本 少年雜誌 知識을 所有하게 되어 二重的의 朝鮮 少年雜誌를 넑느니보다는 直接 日本의 少年雜誌를 넑는 便이 돌이어 멧 倍가 낫게 되엇다. 그것은 卽 價格에 잇서서든지 內容에 잇서서든지 모다 朝鮮의 그것보다는 훨신 싼 까닭이다.

於是乎 朝鮮의 少年雜誌는 危機에 墮하게 되엇든 것이다. 딸아서 그 情勢는 童話라든지 童謠라든지 一般 少年讀物에 잇서서 熱烈히 創作을 要求하야 마지안케 되엇다.

이리하야 昨今의 少年文藝는 直輸入的 飜譯宗으로부터 朝鮮的 創作宗으로 건너가랴는 一大 轉機를 짓고 잇는 것이다. 卽 在來의 直輸入 或은 模倣으로부터 脫出하야 엇더한 飛躍으로던지 獨唱의 舉措에 나가랴 하게 되엇다.

그 好例로 一九二九年의 『새벗』 新年號를 본다면 거의 創作으로 썻다 하여도 誇言이 아닌 것이다. 그리고 그것이 多少 在來의 飜譯作品보다 內容이라든지 技巧에 잇서서 못한 點이 업지 아니할 뿐만 아니라 그것이 創作이라는 意味 아래에서 벌서 우리에게 建設的 一步를 내며 듯게 하는 것이다. 그리하야 우리는 一九二八年에서 一九二九年으로 건너오는 동안에 分明코 在來의 飜譯宗을 退治하고 創作宗에 入한 것을 볼 수 잇는 것이다.

그러면 今後에 創作宗이 엇더한 發展을 하여야 할 것인가.

四. 方向轉換의 是非

一般 少年의 實際運動에서 問題된 거와 맛찬가지로 少年文藝運動에 잇서서도 方向轉換에 對하야 비록 斷片的이엇스나 問題된 것은 事實이다.

그러면 우리는 이 少年文藝에 잇서서도 果然 方向轉換할 것인가?

勿論 轉換하여야 할 것이다. 그것은 客觀的 情勢로 본다든지 內在的 發展으로 본다든지 어느 편으로 보던지 반드시 轉換치 안흐면 안 될 時期에 達한 까닭이다. 말하자면 우리가 在來에 잇서서 엇더한 偶像을 假設하고 쓰든 作品으로부터 轉換하여야 한다는 것이다. 다시 말하면 在來의 "호랑이 담배"式의 作品으로부터 가장 現代性을 把握하고 쓰지 안흐면 안 된다는 말이다.

딸아서 世界的으로도 '안더슨'童話라든지, '끄림'童話, '홉'童話 等으로부터 '톨스토이'童話, '켈오센코'童話, '뮤렌'童話, 이렷케 階段을 밟지 안흐면 안 된다. 卽 朝鮮의 文化 標準을 가장 잘 表現하고 쏘한 가장 最低的의 標準을 세우고저 함에 이 等의 少年讀物이 가장 必要하고 가장 實際的인 것이다.

짤아서 少年으로 하야금 쏘는 最下層 文化階級으로 하야금 좀 더 昇華시키고 좀 더 發展시키고저 하면 우리는 在來의 人道主義?的 '돈키호데-' 氏의 作品은 낡히지 말어야 한다. 거긔에는 勿論 外的으로 어려운 事情도 업지 안흔 것이다. 그러나 그 事情이 許諾하는 最大 限度 안에서 우리의 理想을 끌고 가지 안흐면 안 될 것이다.

崔寺谷[205] 琴徹 等 諸君이 多少의 新傾向的 作品을 飜譯 紹介하고 쏘한 그러한 傾向의 作品을 쓰고 잇는 것은 우리가 무엇보다도 깃부게 생각하는 바이며 쏘한 必然을 그러하여야 할 것이라고 생각한다. 이곳에서 우리는 少年文藝는 반드시 方向을 轉換하여야 할 것이라고 主張하는 바이다.

五. 今年 少年文藝의 展望

今年의 少年文藝는 果然 엇더할 것인가? 今年의 少年文藝는 在來의 封建的 排他的 主調의 少年作品으로부터 좀더 現實的이오 進取的 步武를 내여딋게 되리라고 생각한다. 그러나 問題는 그러케 簡單하게 긋치고 마는 것이 아니다. 一九二八年代의 그것보다도 더한 質的 變換을 가저와야 할 것이다. 먼저도 말한 바와 가티 이째까지에 新傾向的 作品이 若干 나왔다 하더라도 그것은 飜譯이 만흘 쑨 아니라 우리 朝鮮에 잇는 少年들의 實生活과 距離가 먼 것이엿다.

少年의 讀書 '레-벨'이 올으고 少年의 思想이 가장 急進하야 그 긋칠 바를 아지 못하는 이째 우리는 그것을 如何히 指導하여야 할 것인가 쏘는 그것을 如何히 批判하여야 할 것인가를 생각하여야 할 것이다. 짤아서 우리의 한번 돌아가는 붓끗이 만흔 少年 讀者大衆에게 엇더한 影響을 줄 것인가를 생각하여야 한다.

卽 一九二九年代의 少年讀物은 아즉도 封建層에 잇고 小市民層에 잇는 쏘는 無執着한 少年讀者로 하야금 가장 合理的이오 進取的 情緒를 너허주어야 할 것이라고 생각한다. 그럿키 爲하야 한 개의 作品이라도 疏忽히

---

205 '崔靑谷'의 오식이다.

쓸 수 업슴은 勿論 그보다도 더 作者 自身의 깨끗한 批判 冷情한 態度를 갓기를 힘써야 할 것이다. 卽 少年과 少年讀物의 關係 少年讀物과 作者의 關係를 가장 深刻하게 가장 깨끗하게 따明하고[206] 批判하고 製作하는 데가 비로소 우리는 完全한 少年의 意識大衆을 어들 수 잇슬 것이다. 먼저도 잠간 이야기한 바이지만 우리는 販賣政策에 흘으는 作者가 되어서는 決코 少年의 思想的 眞趣와 意識的 行動을 敎示할 수 업슬 것이다.

이 點에 잇서서 우리는 販賣政策을 쓰는 少年雜誌는 執筆을 禁할 뿐 아니라 서로 勤愼하여야 할 것이다.

그러치 아니하면 少年文藝作者로 하야금 墮落을 免치 못하게 할 것이요 讀者大衆의 길을 그릇틔리고 말 것이다.

六. 結 論

元來 나의 생각으로는 昨年의 少年文藝를 總評하고저 한 것이다. 時間關係와 紙面關係上 가장 斷片的이오 散漫的한 이 글을 쓰고 만 것이다. 그러나 우리 少年文藝運動은 우리 少年作家 自身으로부터 製作되는 作品에 問題되어 잇는 것임으로 나는 「少年文藝一家言」이라는 題下에 모든 少年文藝作家로 하야금 엇더한 觀點을 가질 것을 말하고저 함에 지나지 안는다.

쯔트로 簡單히 한마듸 하거니와 엇잿든 우리는 이 一九二九年代에 잇서서 가장 만흔 少年大衆을 獲得하기에 힘써야 할 것이며 쏘한 그들로 하야금 封建層 쏘는 少市層에서 脫키하여야[207] 할 것이다.

---

206 '糾明하고'의 오식이다.
207 '脫皮하여야'의 오식이다.

麗水, "當選된 學生 詩歌에 對하야", 『조선일보』, 1929.1.1.

應募된 學生詩歌의 篇數는 豫想하든 바와 가티 非常히 만헛다. 지금 그 正確한 篇數는 記憶하지 못하나 六七百篇이 훨신 넘은 것만은 事實이다. 그러나 한 가지 遺憾인 것은 그 量에 잇서서 豊富한 대신에 그 質에 잇서서 預期를 저바린 感이 업지 아니하엿든 것이다. 勿論 當選된 諸氏의 詩 가튼 훌륭한 것도 잇섯지만은 一般的으로 보아 應募된 詩의 成績은 그리 조치 못하엿다고 할 수 잇다.

平壤 光成高普 車순철[208] 氏의 「曉鐘」은 새 時代의 到來를 暗示하는 조흔 作이다. 單純한 中에도 希望에 찬 情緒를 볼 수 잇다.

第二高普 安柄璇 氏의 「前進」도 조타. 「曉鐘」과 가튼 가러안진 詩가 아니라 어듸까지든지 激動的인 것이 그 特色이다.

"화살을 견우어 月光을 죽이라. 哀憐 感傷은 우리의 敵이니"

이 두 行이 全篇의 精神을 잘 說明하고 잇다.

元山中學 李貞求 氏의 「삶의 光輝」는 그 構想과 그 技巧가 다 조타. 좀 抽象的이라고 할 수 잇스나 그것쯤은 關係치 안을 줄 안다. 三 氏의 佳作을 어든 것은 愉快한 일이다.

이 以外에도 조흔 作이 몃 篇 잇섯스나 그것은 엇더한 不得已한 事情으로 發表를 못하게 되엇다. 그것은 作者에게 未安한 일이나 우리의 現在 境遇로는 엇지할 수 업는 일이다. 李燦 氏의 것도 그中의 하나이다. 作者와 讀者의 諒解를 바란다. ─ 十二月 三十一日 ─

---

208 '차순렬'의 오식이다.

李定鎬, "사랑의 學校(一) 『쿠오레』를 번역하면서", 『동아일보』, 1929.1.23.[209]

『쿠오레』는 어린이 독물 가운데에 가장 경전(經典)의 가치를 가젓는 편이 세계덕으로 잇섯습니다. 이것을 우리 어린이와 일반 가뎡에 소개하고자 하야 사년 전 녀름부터 본지 삼면 아동란에 『학교 일기』라는 뎨목으로 삼십오회까지 번역한 것을 이번에 다시 소년문학에 만흔 취미를 가진 리뎡호(李定鎬) 군의 손을 빌어 번역을 계속하게 되엇습니다. 우리 어린이와 일반 가뎡에서 만히 읽어주기를 바랍니다. (긔자)

『쿠오레』는 이태리(伊太利)의 문학자(文學者) '에드몬드 · 데 · 아미틔쓰' 선생—— (一八四六年에 나서 一九○八年에 돌아간)——이 맨든 유명한 책인데 이 책을 맨든 '아미틔쓰' 선생은 원래 이태리의 한 무명군인(無名軍人)으로 특별히 어린 사람들을 위하야 이 책을 맨든 후에 그 이름이 세계덕으로 유명해진 어른입니다.

'아미틔쓰' 선생이 이 책을 맨들기에 얼마만한 고심과 얼마만한 노력을 하얏다는 것은 이 책을 넑어 보서도 아시겟습니다마는 우선 이 책이 한번 세상에 나타나자 이태리 자국에서는 물론이요 세계 각국에서도 에로[210] 다투어 가며 자긔나라말로 번역하야 자국의 『어린이讀本』으로 쏘는 『어린이經典』으로 써 오는 것만 보아도 이 책이 얼마나 갑잇다는 것을 잘 알 수 잇습니다.

그러나 우리 조선에서는 아즉도 이 귀중한 책의 존재를 모르고 지냇스며 이 귀중한 책을 내노아 세계 어린이 문학운동(文學運動)에 다대한 공헌(貢獻)을 끼치고 세계 어린이들의 가장 존경의 관역이 되어 잇는 '아미틔쓰'

---

209 「사랑의 學校(一)」에는 실제 작품 내용은 없고, 「『쿠오레』를 번역하면서」만 있다. 「사랑의 學校(二)」(『동아일보』, 29.1.24)부터 본 내용이 시작된다.
210 '서로'의 오식이다.

선생의 이름까지 모르고 지낸 것은 넘우도 섭섭한 일이엿습니다.

여러분은 동화로 유명한 독일(獨逸)의 '쯔림 하우프 뮤흐렌' 선생이나 뎡말(丁抹)의 '안다센' 선생이나 영국의 '오-쓰카 와일트' 선생이나 로국 '톨쓰토이' 선생의 이름을 아는 이는 비교뎍 만흘 것입니다. 쏘 동요(童謠)로 유명한 영국의 '스틔븐손' 선생이나 「파랑새」 연극으로 유명한 백이의(白耳義)의 '메텔링크' 선생이나 우화(寓話)로 유명한 희랍(希臘)의 '이숩프' 선생의 이름을 아는 이는 만하도 이태리의 소년문학자 '아미틔쓰' 선생의 이름을 아는 사람은 거의 업다고 해도 과언이 아닐 만치 전혀 모르고 지냇습니다.

이 책은 다른 이가 맨든 동화나 소설(小說)과 가티 그저 재미잇게 닑히기만 위해서 맨든 헐가의 아동독물(兒童讀物)이 아니라 어쩌케 햇스면 어린 사람을 가장 완미(完美)한 한목 사람을 맨들어 볼가 하는 가장 존귀한 생각으로부터 '아미틔쓰' 선생 자신이 열두 살 먹은 '엔리코'라는 소년이 되어 어린이의 교육(敎育)을 중심으로 하고 세상의 수만흔 어린이들을 지도하고 조종하는데 가장 바르고 조흔 방편을 그의 독특한 필치(筆致)로 암시하야 노흔 장편독본(長篇讀本)입니다.

그런 까닭에 이 책은 그저 닑어서 재미만 잇슬 쑨 아니라 어린 사람을 중심으로 하고 학교(學校)와 가뎡(家庭)과의 관계라든지 학생에 대한 선생의 고심과 애정이라든지 선생에 대한 부형의 리해(理解)와 동정(同情)이라든지 가뎡과 사회(社會), 학교와 사회의 관계라든지 모든 계급에 대한 관계라든지 애국사상(愛國思想)과 희생뎍 정신(犧牲的 精神)이 그야말로 책장마다 숨여 잇서서 닑는 이의 가슴을 쮜놀게 하는 가장 지존지대(至尊至大)한 책입니다.

그리기 쌔문에 나는 여러 가지 아동독물 중에 특별히 이 한 책을 선택하야 남류달리 불행한 환경 속에서 가엽게 자라는 여러분에게 단 한 분이라도 더 닑혀 들이고 단 한 분이라도 더 유익함이 잇서지기를 바라는 충정(衷情)에서 『동아일보(東亞日報)』를 통하야 이 귀중한 책을 번역하얏습니다.

본래 번역에 재조가 업고 더군다나 이태리의 본국어(本國語)를 모르는 까닭에 일본(日本) 사람이 번역한 것을 다시 중역(重譯)하는 것이라 원작(原作)을 흠집 내지 안코 가장 완전하게 잘 번역이 될는지 그것은 말슴하기 어려우나 하여간 내 마음썻은 결코 원작을 흠집 내지 안는 동시에 또한 여러분이 넑기에 싫증나지 안토록 특별한 정성을 다하려 합니다.

ㅈㄱ생, "少年의 旣往과 將來", 『신소년』, 1929년 1월호.

우리 『新少年』도 벌서 일곱살이란 나흘 맛게 되엇습니다. 七年이란 歲月이 쨜으다면 쨜으지만 길다면 길다고도 할 수 잇습니다. 愛讀者 여러분 中에서도 創刊號를 익던 十三歲의 어린 少年이 벌서 二十歲의 成年이 되엇슬 것이오 普通學校 六年生이던 이가 벌서 中等學校를 마치고 엇던 大學 專門學生이니 或은 實社會에 나서 活動하는 일군이 되엇슬 이도 만흘 줄 생각합니다.

그리는 동안에 우리 『新少年』을 말연하야 直接間接으로 關聯되신 어른들도 쾌 만치마는 돈도 相當히 드럿습니다. 努力하신 어른들의 努力 갑슬 품삭스로 換算한다면 참 만흘 것이올시다.

쭐 갓지 못하나마 이 雜誌 한 권 쓰는 冊 한 권을 만흔 사람이 일글 마큼 만드는데도 如干한 힘이 들지 안습니다. 原稿를 쓰고 그것을 박이고 冊을 매고 피봉에 싸고 郵便통에 넛는 것은 모다 돈과 힘의 結晶으로 되는 것이 올시다.

　　　　　　×　　　　　　　　　　　　　×

우리들의 發願은 이러하엿습니다. "우리 朝鮮 사람도 잘살랴면 모다 有識한 사람이 되어야 할 것이오 모다 有識한 사람이 되랴면 글을 배우고 글을 일글 줄 알어야 할 것이올시다. 그 글을 배우고 익는데 소용되는 冊을 供給하자"는 것이올시다.(이상 52쪽)

이것이 우리들의 發願이엿습니다. 우리 『新少年』과 『少年叢書』도 그 發願의 一端으로 생겨난 것이올시다. 귀여운 우리 少年少女들의 讀書熱을 鼓吹하자는 것이올시다. 그리고 무식덩어리로 되어 잇는 男女 일군들을 爲하야 『勞働敎科叢書』의 發行에 말과 힘을 오로지하엿고 우리글을 사람사람이 쓰고 익는데 쉽고 편하며 規則 잇는 글이 되게 하기 爲하야 "한글"을 만드러 왓습니다. 世宗大王의 訓民正音 原本의 發行 가튼 것은 如干한 애와 힘을 쓴 것이 안입니다.

이것은 우리들의 所願을 發表하는 一端이 되는 同時에 始初이엇습니다. 우리들의 압길은 멀고 소임은 무거운 것을 잠시라도 잇지 안습니다.

그러나 우리들은 旣往도 그랫지마는 只今도 그럿습니다. 정말로 힘이 弱하고 아는 것이 업습니다. 只今으로부터 六年 前 어느 가을인가 합니다. 志友 申 先生과 쾩하고 조그만 活版機械 한 臺와 活字 몃 萬 字를 사드리고 "펜" 한 개 原稿紙 몃 장 가진 것이 우리들의 살림 미천이엇습니다.

그러나 그것을 가지고 엇더케 합닛가. 나제는 짜로 하는 일이 잇섯고 밤이면 글을 쓰고 여가에는 쏘 일을 하엿습니다. 오늘까지 그러합니다. "세상에 되는 일도 업고 안 되는 일도 업다"는 것이 우리들의 쓰라린 經驗이엇습니다. 우리 新少年社를 中心하고 제 밥 제 옷을 먹고 입으면서 만흔 힘과 애를 태우신 이들이 부지 數十名이엇습니다. 그들 中에는 오늘날 南으로 北으로 헛터저 가 섬나라 瘴氣와[211] 북만주 차운 바람에 헤매는 분도 잇습니다. 지금은 어느 곳에서 무엇을 하는지 消息조차 頓絶하니 寒窓孤枕에서 夢魂을 수고롭게 할 쑨이올시다.(이상 53쪽)

우리들의 갈 길과 할 일은 다맛 努力쑨이올시다. 우리들은 暫時라도 落心한 적이 업습니다. 機械와 活字가 늘어가고 冊이 만허지고 도타운 同情으로 익글고 돌보아 주신 이가 생겨짐은 무엇보다 깁븐 일이올시다.

우리들은 소거름으로 한 자국 한 자국 압흘 나가면서 所志所望을 實現하여 보겟습니다. 그中에도 强한 쯧과 든ㅅ한 미듬을 갓게 하는 것은 申明均 李喜錫 두 先生이 게심이니 그네의 崇高한 人格과 不斷한 誠熱은 나로 하여곰 頑을 廉케 하고 懶를 立케 할 쑨이올시다.[212]

나란 사람은 어느 시골 窮僻한 村 貧寒한 家庭에서 生長한 一 無名少年이올시다. 나히는 少年을 지냇슬 망정 맘과 行動은 철업고 고집 센 少年이올시다. 이 少年은 父母의 德澤으로 書(4~5자가량 해독 불가)을 배우고

---

211 장기(瘴氣)는 "축축하고 더운 땅에서 생기는 독한 기운"을 이른다.
212 "頑을 廉케 하고 懶를 立케 할 쑨이올시다."는 미련하고 둔한 것을 살피고 나태함을 일으켜 세울 뿐이라는 뜻으로 보인다.

學校工夫도 暫時동안(7~8자가량 해독불가)는 父祖曾 三世가 다 有識한 사람이 안이엇슴애 家藏으로 冊 한 권 업섯슴은 勿論이올시다. 그럼으로 어린 쌔로부터 冊에 對하여 가진 설음을 겻거 왓스며 그 뒤 桑東에 놀매 萬 가지 書籍들이 곳々마다 엄청나게 싸여 잇는 것을 보고는 놀나고도 부러웟슴니다. 그네들은 어린이, 일군, 婦人네 할 것 업시 다 글을 일글 줄 압니다. 그네들이 오늘과 가치 文明하고 잘살게 된 것은 모다 原因이 거게 잇는가 합니다. 우리도 엇더케 하든지 글을 배우고 일거야 할 거시올시다. 유식한 사람이 되어야 할 거시올시다. 다시 살아 갈 길이올시다. 오늘날 우리 朝鮮 少年으로 나와 가치 冊에 주린 쓰라린 눈물을 흘리는 이가 얼마나 만흘는지요? "ㅈ ㄱ"(이상 54쪽)

편집급사, "(編輯實)스켓취", 『少年朝鮮』, 1929년 1월호.

소년조선사의 편집실 이야기를 편지로나 면화로나 물으시는 여러분 독자에게 일일히 대답하여 드리는 대신으로 주간 선생님에게 졸느고 졸너서 이 귀한 란을 엇어 말슴드리게 되엿슴니다.

"대체로 편집실은 엇더케 생긴 곳이고 여러 선생님들은 쏘 엇더한 인물인가?" 이것이 여러분의 뭇는 말이고 늘 궁굼해 하는 것인 듯함니다.

그럼 이것부터 내 재조썻 힘 밋치는 대로 그려 볼 작뎡임니다.

"소년조선사"란 간판 부튼 문을 열고 들어서면 좌우편으로 쏘 한 분이 잇는데 오른편 문에는 "영업부"라 씨여 잇고 외인편 문에 "편집부"라고 씨엿슴니다. 이 편집부 문을 열고 드러오면 편집실이 될 것은 말할 것도 업슴니다.

편집실에는 테-불이 여들 의자가 열 개 노여 잇슴니다. 의자가 두 개 더 남는 것은 손님 차지임니다. 그리고 책 넛는 서상(書箱)이 닐곱 개 노엿고 벽에는 면화 한 개 괘종(掛鐘) 한 개 달력(月曆)과 일력(日曆)이 한 개씩 걸녀 이슴니다. 뒤와 좌우는 조고만 들창이 둘 이슬 쑨 압픈 유리 영창임니다. 앗차 하마트면 내 테불 우에 노여 잇는 타이푸라이터를 쌔칠 쩐하엿슴니다. "얘 이것 타이푸라이터가 다 잇구 괜찬쿠나?" 하실 터이지오. 그러나 실상은 등사판(謄寫版)이라든가요?

자 그럼 실래(室內)는 이만하고 선생님들 관상(觀相)으로 넘어감니다. 사장 되시는

崔順貞 先生 님은 저편 영업부에 게심니다. 우리 사 안에서 뎨일 나만으신 선생님으로 니마와 볼에 줄을 그은 듯이 줄음살이 잡혓슴니다. 수염은 윗수염만 넉 사 자(四字)로 남기고 면도를 샛파랏케 하섯지오. 밧부신 몸이라 원고는 쓰실 사이도 업스려니와 하로에도 이 사장 선생님을 차저오시는 손님이 엇지 만은지 잔심부름하기에 나 혼자 귀찬을 지경…… 키익 사장 선생님 드르시면 쑤중을 내리실 터이니 최 선생님 말슴은 이만하고

주간 되시는

金永鎭 先生으로 넘어가지오.

"아유 퍽 무섭게 생긴 선생님 얼골을 좀 보아요." 눈섭과 눈섭 사이에는 내 천 자(川字)를 그리시고 얼른 보기에 노하신 듯 엄숙한 빗이 가득하서서 져편 하이카라 테-불을 차지하시(이상 114쪽)고 하로에도 몃 백 장을 쓰시는지 원고만 쓰심니다. 종일 가야 말슴 한마듸도 업고 담배는 피엿다 썻다 세 개만 가지시면 온종일 피우심니다. 그러나 처음 보기에는 여간 무섭게 안 보이지만 실상은 사내(社內)에서 뎨일 친절하시고 다정하신 선생님임니다. 다음 차례는 조선서 소설을 뎨일 잘 쓰시는

崔獨鵑 先生님임니다. 김 선생의 바로 엽헤 안저 게신데 날마다 아침에 드러오섯다 볼일을 치우시고는 도서관에 가서 원고를 써 가지고 져녁쌔야 드러오섯다가 댁으로 도라가시지오. 이 최 선생님은 선생님들 중에서 뎨일 어엽분 얼골을 가지신 에누리를 좀 보태여서 얌전하신 선생님이지오. 그리구 이 선생님 테불 우에는 언제든지 편지니 원고이니 책이 헛트러져 잇서셔 그것을 치우기에 나만 애를 탄담니다. 그리고 여러분이 아러 두실 것은 이 선생님은 아침 다섯 시면 꼭꼭 일어나서 신문에 내이시는 소설을 쓰심니다. 여러분이 짜르지 못할 조긔(早起) 선생님이외다. 여러분! 여러분이

劉道順 先生님을 그리실 째 아조 얌전하고 순하고 아름답게 생기신 분으로 아르실 터이지오? 쳔만의 말슴임니다. 이 유 선생님은 그림(油繪) 그린 사람갓치 우락부락하고 키가 썽충하고 눈이 방울갓치 어리어리하고 얼골은 인도인(印度人)처럼 검어서 그야말로 남자답게 생기신 선생님이지오. 운동은 명구(庭球)를 썩 잘 하시고 잠시라도 한곳에 안저 게시면 발에 녹이 난다고 원 서울 거리를 혼자 헤매신다나요. 익키 흥만 보다가 그 큰 주먹으로 한 대 앙기면 엇더케 해요. 그만두고

崔曙海 先生님 관상을 하지오. 이 최 선생님도 조선에서 소설을 잘 쓰시기로 유명한 문사(文士)이시지요. 우슬 째는 코부터 먼저 찔룩ㅅㅅ 입을 벌리시면 누런 니가 쑥 내밀고요. 잘못 아르섯다는 안 됨니다. 양치질을 안 해서 누런 게 아니라 본시 누런 닛발이 잇는 우에 쏘 금니를 해 박어서

말요. 조선 텬하의 일은 혼자 맛흐섯는지 밧버서 엇지할 줄을 모르시고 우리 소년조선사에 오섯는가 하면 벌서 신문사로 다라나시고 신문사에 게신가 하면 쏘 다른 곳으로 '마라손'을 하시지오. 이 선생님도 아츰 다섯시에 조긔(무起)를 하심니다.

李章熙 先生님은 여러분도 잘 아시지만 한 달에도 멋 백 편씩 드러오는 동요를 골으서서 평(評)을 써 주시는 선생님이외다. 이 선생님은 흥을 좀 속 시원히 보아만 할 터인데 도모지 흠집이 잇서야 차저내이지오. 아침에 오실 째 나가실 째나 아장아장 암닭의 거름갓치 점잔히 거르시고(이상 115쪽) 웃을 째는 햇죽하고 눈춤을 춘다고나 할는지오. 하여간 착한 선생님 고운 선생님 정잔은²¹³ 선생님이라고밧게는 다른 할 말이 업습니다. 다음은

朴淚月 先生님의 차레이지오. 닷자곳자로 말하면 눈물 만은 선생님이고 한 만은 선생님이외다. 키는 작달막하고 머리는 뒤로 넘기시고 얼골은 검은 편인데 오-바를 닙고 묵도리²¹⁴ 하고 것는 모양은 댕굴댕굴 굴러가는 것 가타서 쌩굴々々 선생이란 별명까지 어덧지오. 선생님은 단성사 일로 밧부신 중에 쏘 우리 잡지의 원고 쓰시기에도 밧부시다고 집에만 쏙 드러 잇지오.

李庚 先生님은 우리 소년조선사에서 뎨일 일 만은 선생님임니다. 이 선생님 한 분이 보시는 일만 해도 여러분이 놀래이실 것임니다. 아츰부터 밤까지 그저 영업부로 편집부로 도서관으로 발이 달토록 분주히 단이시지오. 얼는 보기에는 샛님 가트시고 선생님들 중에서 홋쩍대장이지…… 익키 큰일 나리다. 점잔은 톄면에……

朴世赫 先生님은 아직도 졀무신 어른이 머리칼이 반백(半白)이나 되섯다고 최 선생 말이 "少白"이라고. 그러나 우리끼리 이슬 째는 "알녕감"이라고 흥을 본담니다. 주간 선생님을 달멋는지 쏙 해야 할 말이 아니면 언제까지나 입을 담을고 잇지오.

---

213 '점잔은'('점잖은')의 오식이다.
214 '목도리'의 오식이다.

아이구 벌서 주간 선생이에게 엇엇든[215] 지면이 넘어스니 엇더케 함닛가.
아직도 여러 선생과 그리고 편집실 주인어른인 내[216] 양반도 남엇는데 그뿐
인가요. 벅실々々 쓸으며 밧비 일하는 영업부 이야기며 출장 단이는 자미잇
는 선생님들은 할일업시 다음에 주간 선생님을 쏘 졸너서 할 줄 모르는
스켓취나마 하여 보겟습니다.

그러나 한 가지 마음 안 노이는 일은 이걸 보고 내종에 선생님들이 나
무르시면 엇더케 할가요. 걱정은 걱정이나 안 햇다면 그만이니 여러분이
변명(辨明)에 증인이 되여 주어야 됩니다. 자 그럼 다음에 뵙지오 이만.

(이상 116쪽)

---

215 '선생님에게 엇엇든'('선생님에게 얼었던')의 오식이다.
216 '네'의 오식으로 보인다.

編輯委員, "序", 朝鮮童謠研究協會 編, 『朝鮮童謠選集－
一九二八年版』, 博文書舘, 1929.1.

己未年 以後 朝鮮에도 新進童謠運動이 이러나서 오늘까지 지내온 童謠 中 가장 優秀한 作品을 收集하야 이에 第一版이 完成되엇습니다.

우리는 이것을 傳統으로라도 짓고 이로써 普及이 될가 하는 心願에서 出發하야 이만큼이나마 힘껏 짜아 논 것입니다.

아름다운 마음으로 過去 童謠界를 紀念 삼아 뜻잇게 보아 주심을 致誠껏 바라옵나이다.

一九二八年 九月 一日(一週年 紀念日)
朝鮮童謠研究協會
年刊 『朝鮮童謠選集』

編 輯 委 員

牛耳洞人, "童謠 研究의 斷片", 朝鮮童謠研究協會 編, 『朝鮮童謠 選集－ 一九二八年版』, 博文書舘, 1929.1.

— 머리말 略 —

◇ 童謠의 起原

童謠가 어느 쌔브터 불넛는지 알 수 업는 일이나 어린아이들을 가만이 注意하야 보면 암만 말하줄[217] 모르는 아이라도 무어라 웅얼웅얼하는 것을 볼 수가 잇다. 이것만 보아도 人類 歷史가 잇는 初始브터 童謠가 어린이의

---

217 '말할 줄'의 오식이다.

입에서 불려젓스리라고 생각한다.

달아달아닭은달아[218]
리태백이노든달아

란 이 童謠를 보면 分明히 李太白이가 달을 낙그다가 죽은 以後에 불른
것이겟다. 그런데 우리는 가끔 무슨 意味인지 알지 못할 童謠를 볼 수 잇다.

새야새야 파랑새야
너어하야 나왓느냐
솔닙대ㅅ닙 푸릇키로
봄철인가 나왓드니
백설이펄펄 헛날린다
저건너저-靑松綠竹이날속이엇네

이 童謠의 意味는 別로 神奇롭저지도 안홀 쑨 아니라 무슨 意味인지 좀
모호하다.

이 童謠는 甲午 動學亂 째에 全琫準 氏의 失敗를 弔傷한 意味에서 나온
것이라 한다. 다시 말하면 全琫準 氏가 째 아닌 째에 나왓다가 失敗當하얏
다는 슯흔 놀애이다. 쏘 東學亂에 對한 童謠가 하나 잇스니

갑오세 갑오세
을미적 을미적
병신되면 못간다

란 것은 甲午年에 東學亂이 빨리 成功하여야지 萬一 甲午年에 成功치 못하
고 乙未 丙申에 다달으면 東學亂이 失敗한다는 意味이다. 다시 말하면 꾸
물꾸물하지 말고 革命運動을 빨리 行하라는 뜻이다.

알ㅅ녁새야 웃녁새야 전주두도새야 두루박, 짝짝

---

218 '달아달아밝은달아'의 오식이다.

이 童謠는 甲午 東學亂에 金介南[219]이란 사람이 全琫準과 함께 닐어나다
가 頭(이상 211쪽)流山(智異山)下 朴姓某에게 敗한다는 意味라 한다. 이것이
東學史에 記錄되어 잇는 것인대 우리는 이러한 童謠를 보면 過去의 童謠가
어쩌케 起原이 되엇는지 짐작할 것이다.

◇ 童謠의 意義

童謠는 어린이들이 불르기 쉬운 놀애이다. 말을 처음으로 배우는 젓먹이
어린이라도 부를 수 잇게 쉬운 말로 지은 놀애다. 자세히 말하면 "兒童 自身
이 創作한 詩"의 意味다. 곳 "兒童들이 自己의 感動을 何等의 形式에든지
拘束하지 안코 自己 스스로의 音律을 마추어 부르는 詩"의 意味다.

요사이 朝鮮서 小學校나 普通學校에서 兒童들이 부르는 唱歌는 大部分
이 아니 全部가 功利的 目的을 가지고 지은 散文的 놀애이기 때문에 無味
乾燥한 놀애뿐이어서 寒心하기 짝이 업다. 우리들은 곳 童謠에 뜻을 둔
이들은 藝術美가 豊富한 곳 어린이들의 空想과 곱고 깨끗한 情緒를 傷하지
안케 할 童謠와 曲譜를 創作해 내지 안흐면 안 될 義務가 잇다고 생각한다.

從來의 唱歌라는 것은 全部 露骨的으로 말하면 敎訓 乃至 知識을 너허
주겟다 目的한 功利的 歌謠이기 때문에 兒童들의 感情 生活에는 何等의
交涉도 가지지 안흔 것을 遺憾으로 생각하고 그 缺陷을 補充하기에 滿足한
(이상 212쪽) 內容 形式보다도 藝術的 香氣가 잇는 新唱歌를 創作하겟다는 것
이 童謠運動의 目的이라고 생각한다. 그리하야 新興 童謠의 定義는 "藝術
的 味가 豊富한 詩"라고 할 수 잇다.

◇ 唱歌와 童謠

朝 起

닐어나오 닐어나오
밝은긔운 아츰날에

---

219 구한말의 동학 접주 김개남(金開南, 1853~1895)의 오식이다. 김개남은 전봉준 다음가는
남접(南接)의 지도자로, 한때 남원을 점거하여 동학 군정(軍政)을 실시하였으나, 일본군과
합세한 관군에게 잡혀 처형되었다.

새소리가 먼저나오
닐어나오 닐어나오
아츰잠을 일즉깨면
하로일에 덕이라오
닐어나오 닐어나오
아츰잠을 늣게깨면
만악(萬惡)의 본이라오
닐어나오 하는소리
놀라서 꿈을깨니
상쾌하다 이내마음 (이상 213쪽)

반 달
푸른하늘銀河물 하얀쪽배엔
桂樹나무한나무 톡기한마리
돗대도아니달고 삿대도업시
가기도잘도간다 西쪽나라로.

銀河물을건너서 구름나라로
구름나라지나선 어대로가나
멀리서반짝반짝 비춰이는건
샛별燈臺란다 길을차저라.』

　우리는 「朝起」와 「반달」을 創作한 作者의 心理가 퍽 다른 것을 볼 수 잇다.
　이러한 놀애는 두 가지로 난흘 수 잇다. 「朝起」를 쓴 作者는 아모 感興도 업는 것을 "어린이에게 일즉 닐어나게 하기 위하야" 쓴 것이오 「반달」을 쓴 尹克榮 氏는 이러한 功利的 目的이 하나도 업시 詩的 感興이 닐어나서 쓴 것이다. 「朝起」와 가튼 類의 놀애는 어린이들이 學校에서 强制로 배워주면 할 수 업시 불르지만 絶對로 學校 以外에서는 불르지 안는다. 불를 내야 別로 잘(이상 214쪽) 記憶도 안 될 것이다. 그러나 「반달」은 學校에서도 가르켜 주지 안흔 놀애이지만 現下 全 朝鮮에 퍼젓다. 「반달」이란 童謠가 짓기도 잘 지엇거니와 더욱이 曲調가 조하서 筆者도 「반달」을 놀애하는 것을 들을 쌔에는 "工夫고 事業이고 다- 집어치우고 이 놀애를 들엇스면" 하고 忘我的 恍惚을 感覺한다. 筆者도 심심할 쌔에 「반달」과 「작은 갈매기」를 불르곤 한다. 우리 朝鮮에서도 小學校에서 以前 唱歌라고 하는 것을 唱歌 全科目으로 하지 말고 童謠를 가르켜 주지 안흐면 안 될 것이다.

◇ 創作 注意　省略

◇ 作者의 感動　省略

◇ 藝術이란 무엇인가

藝術이란 무엇인가. 이것은 참으로 어려운 問題 中의 하나다. 西條八十 氏의 말을 빌면 이러하다.

藝術은 人生의 觀照라고 불러도 관계치 안타. 人生의 觀照란 것은 우리 人間이 여러 가지 弛緩한 雜念을 버리고 緊張하고 眞摯한 마음으로 人生의 第一義를 생각하는 것이다. 皮相的이 아닌 點의 意義에 對한 人生――집히 全體的으로 人生을 생각하는 것이다.(이상 215쪽)

그리해서 이 一種 莊嚴한 心境으로부터 나온 것이 藝術이다. 그러한 고로 적어도 藝術이라고 이름 부친 作品에는 그 作者가 人生을 본 쌔의 眞實한 더할 나위 업는 感動이 나타나지 안흐면 안 될 것이다. 쏘 일편으로 말하면 人生觀照로부터 나온 藝術이 우리 人間에 주는 刺戟 乃至 印象이라고 할 心的 狀態를 總括한 이름은 "美"라 하야 一般으로 藝術의 目的은 美의 創造에 잇다고 말한다. 그것은 藝術을 이 裡側으로 본 쌔의 定義다. 곳 繪畵는 形과 色彩에 依하야 그 美를 創造하려고 하고 彫刻에만은 形에만 依하야 쏘는 普通은 音響에 依하야 그 美를 創造하라는 것이다. 그리하야서 詩는 人間의 言語를 그 表白의 媒介物로 하야 그 美를 創出하는 것이다. 米國에 有名한 詩人 '에도카아·아란·포'[220] 氏는 "詩는 美의 韻律的

創造라"고 말한 것도 이 意味다.

그런고로 一節의 놀애에 作者의 그 人生에 對한 眞摯한 感動이 가득한 境遇에는 그 놀애는 藝術的 價値가 잇는 것이 된다. 또는 藝術品이 되는 것이다. 만약 여긔 反對 되는 境遇에는 그 놀애가 如何히 아름답고 如何히 巧妙하게 썻다 할지라도 嚴重한 意味에 依하야 예술품이라고 불을 수 업다.

우에 筆者가 「朝起」와 「반달」에서와 가티 「朝起」는 藝術的 歌謠라고 할 수 업지만 「반달」은 훌륭한 藝術品으로 일러주는 것은 以上과 가튼 理由에 依함이다.(이상 216쪽)

◇ 三 詩人의 童謠觀

이제 나는 日本 詩人의 三木露風 氏의 童謠觀을 紹介하겟다. 三木露風 氏는 童謠集 『眞珠島』의 序文 中에 말하기를

童謠에는 역시 自己自身을 表現합니다. 自己自身을 表現하지 안흐면 조흔 童謠가 아닙니다. 創作態度로써는 童謠를 創作하는 것도 自己自身을 놀애하는 것이라고 생각합니다. 童謠는 곳 天眞스러운 感覺과 想像이란 것을 쉬운 말로써 놀애한 詩입니다. 쉬운 어린이의 말은 그것은 정말 詩에 다르지 안흔 것을 쉬운 어린이의 말로 나타낸다는 意味입니다. 그리하야 童謠는 詩입니다.

여긔 또 北原白秋 氏의 童謠觀을 紹介합니다.

童謠는 結局에 어린이의 말로 쓴 것을 이름이다. 나는 童謠를 지을려면 먼저 어린이에게 돌아가라고 말햇스나 그럴 必要는 업고 童謠를 쓸 째에 어린이의 말, 그대로 쓰기만 하면은 童謠가 되는 것이다.

西條八十 氏의 童謠觀은 어쩌한가.

童謠는 詩라고 할 수 잇다. 世上에는 이 明白한 事實을 알지 못하고 童謠를 쓴 사람이 매우 만타. 童謠라고 하면은 오즉 調子의 아름다운 文句와 어린이들의

---

220 미국의 시인, 소설가, 비평가인 에드거 앨런 포(Edgar Allan Poe, 1809~1849)를 가리킨다.

조하할 題材를 늘어노코 甘味가 만타고 하이꼬이는 놀애만 써도 조타고 생(이상 217쪽)각햇다. 그의 藝術的 氣韻이란 것은 죽음도 생각하지 안는 作者가 만핫다. 그것을 主義할 것이라고 생각한다. 나의 意見으로는 童謠는 어대까지든지 詩人이 써야 될 것이라고 말하는 것은 나는 世上에 흔히 잇는 職業的 詩人을 가르치는 것은 아니다. 참으로 詩人의 魂이 잇는 사람으로써 붓을 잡아야 한다. 그리하지 안흐면 왜 從來의 唱歌란 名稱을 童謠라고 불르는 것을 코칠 必要가 어대 잇슬가. 從來 이 敎育의 손에서 지어진 어린이 놀애를 詩人이 대신 마타서 創作하는 것이야말로 新興 童謠의 意義를 確立하는 것이다.

이 外에도 紹介할 童謠觀이 만치만 大槪 비슷한 것이어서 고만둔다.

   ◇ 童謠도 詩일가

童謠 藝術品이 될랴면 作者의 人生에 對한 眞摯한 感動이 닐어나서 創作하지 안흐면 안 된다고 이 우에서도 말햇다. 或은 歌謠가 藝術品이라고 하는 것은 곳 그 歌謠가 詩라고 하는 것이다. 그래서 新興 童謠는 從來의 唱歌보다도 만히 作者 自身의 感動이 가득 찬 고로 唱歌보담도 만히 藝術的 價値를 가지고 또 그보담 더- 만히 詩에 갓가운 까닭이다. 그러타고 "童謠는 詩"라고 斷言할 수는 업다. 왜 그런고 하니 純粹한 詩에 比較해 보고 童謠에는 한가지 남은 條件을 發見할 것이다. 그것은 詩와 꼭 가튼 것을(이상 218쪽) "平易한 어린이의 말로 나태내이자" 하는 條件이다. 詩는 무엇인가. 簡單히 이것을 말하면 "詩는 먼저 藝術의 目的으로써 敍述한 人生觀照를 作者가 그 表現에 가장 適當한 音樂的 넷말로써 나타내는 것이다. 곳 人生에 向해서의 作者의 率直한 感動을 言語의 音樂으로써 될 수 잇는 대까지 完全히 表現하는 것이다." 이것이 詩의 使命이다. 詩에는 以外 何等의 目的도 업고 附屬條件도 업다. 그런데 童謠는 이 以外 條件이 잇다. 詩人은 童謠를 쓸 째에 平常時의 作詩할 境遇와 달라 "이것은 어린이들에게 부르게 한 것이다" "어린이들께 놀애 부르게 할 것이니짜 쉬운 말로써 表現하지 안흐면 안 된다" 等의 副意識을 腦中에 두는 것이다. 그리해서 이 副意識에 依하야 作者의 感動은 어썬 程度까지는 束縛을 밧는다.

   結局 作者는 童謠에 對해서는 平常時의 作詩의 境遇보담 自由대로 그

感動을 披瀝하는 것이 되지 안는 것이다. 이 點에서 보면 童謠는 詩가 아니다. 이것은 從來의 唱歌에 比較하면 꼭 詩에 갓가운 것이라 하지만 詩와 全然 同一하다고는 하지 안는다.

"그러치만 現今 詩人들에 依하야 創作된 童謠는 어느 째든지 詩 部類에 들지 안흘가?"고 여러분은 물을 것이다. 나는 여긔에 "그러나 大部分에 對해(이상 219쪽)서 純粹한 詩는 업다"고 對答하고 십다.

"그러면 童謠는 딸하서 詩에서는 잇지 안흔가? 結局 第二義的 藝術 以上에 더 지나지 안흔가?"고 여러분은 다시 물을 것이다. 이 물음에는 나는 "아니"라고 대답하고 십다. 그리고 "今日에 童謠라고 부르는 作品 中에는 그대로의 훌륭한 詩가 存在한다"고 말하고 십다. 웨 그런고 하니 그 놀애를 짓는 作者의 態度 如何에 잇는 것이다. 다시 말하면 가튼 童謠라도 作者의 態度 如何에 依하야 詩라고 認定할 童謠도 잇고 非詩라고 否認할 童謠도 잇다.

童謠쁜만 아니라 詩에 잇서서도 억지로 쑤미어 노흔 詩는 언제든지 詩가 될 수 업스며 感興이 닐어나서 作者의 마음에서 한번을 퍼진 詩를 創作한다 하면 그것이야말로 藝術的 價値가 잇는 참된 詩일 것이다. 여긔에 한마듸 하야 둘 것은 詩나 童謠를 쓸 째에 作者가 實感을 엇고 構想하야 놀애로 불러 보아서 놀애가 되면 붓을 들어야 참된 詩品이 되리라고 밋는다.

◇ 童謠의 種類

— 以下 紙面 關係上 省略 —

(一九二七年 舊稿 中에서) (이상 220쪽)

秦長燮, "童謠雜考 短想", 朝鮮童謠硏究協會 編, 『朝鮮童謠選集― 一九二八年版』, 博文書舘, 1929.1.

童謠는 兒童의 歌謠란 뜻이다. 歌나 謠나 朝鮮말노는 노래라고 부르지만 억지로 區別하자면 歌는 樂器에 맛초며 부르는 노래요 謠는 樂器를 써나서 부르는 노래이다. 何如間 童謠란 넓은 意味에 잇서서의 노래의 한 分野를 일우고 잇는 것만은 確實하다. 그리고 謠와 歌와를 右記와 如히 區別한다 하면 勿論 謠의 起源은 歌의 起源보다 더 오래일 것이 分明하다.

그러면 謠의 起源은 언제나 될가. 아마 그것은 人類에게 言語가 生기々 前브터 存在하얏슬 것이다. 그것은 엇제 그러냐 하면 사람은 本來 노래하는 本能을 가지고 잇기 째문이다. 母胎에서 써러진 갓난 兒孩의 첫울음 그것을 우리는 울음이라고 흔히 부르지만 그것은 決코 울음이 아니요 一種의 노래이다. 아모리 한 言語나 思想을 가지기 前브터 오즉 노래할 줄을 알고 잇다는 事實은 아모도 否定할 수 업슬 것이다.(이상221쪽)

英國史家 <u>머코-리</u>(Maaculay)[221]의 말한 바 "文明이 進步할사록 詩가 衰退한다"의 一言을 無條件으로 容認할 수 업다 하야도 原始民族에 갓가우면 갓가워질사록 노래가 實生活 속에 重大한 地位를 차지하고 잇섯든 것만은 史實이 證明해 준다.

우리는 그것의 第一 큰 證據를 童謠에 잇서서 發見케 된다.

童謠는 正말 年齡을 가지지 아니한 地上의 天使(?)라고 할는지 언제브터 生겻는지 어데서 온 것인지를 正確히 알 바 길이 업는 것이다. 모-든 純粹한 在來의 童謠는 그 國土의 노래인 同時에 世界의 到處에 親戚을 가진 大家族의 한 갈내(겨레)이라고 볼 수 잇다.

(이것이 研究論文이 아님으로 繁雜을 避하야 實例를 略함)

　　　　　　○　　　　　　○

童謠가 어린이의 노래인 以上 어린이의 마음을 本位로 한 것이여야 될 것은 勿論이다. 在來의 唱歌와 갓치 어린이들이 노래할 것이면서도 어린이의 마음과 交涉이 업는 것은 童謠가 아니다. 어린이의 마음 깁히 쑤리박혀서 가슴 속에서 싹(芽)이 터 가지고 저절노 입으로 튀여 나오다십히 을퍼지

221　19세기 영국의 역사가이자 정치가인 토머스 매콜리(Thomas Babington Macaulay)를 가리키는 것으로 보인다.

는 것이야말노 眞正한 意味의 童謠일 것이다. 그리고 쏘 童謠는 어린이의
말노써(이상 222쪽) 된 것이 아니면 안 될 것은 더 말할 것도 업는 일이다.
近日 新聞紙上에 실니는 童謠의 엇던 것 中에도 우에 말한 條件을 具備하
지 못한 것을 間或 發見하게 된다.

童謠는 어린이의 노래이지만 그것이 반다시 어린이의 마음에만 맞고 어
린이의 靈만을 가만히 흔드는 것이여야 한다는 法은 업다. 아니 그래서는
아니 되는 것이다. 亦是 그것은 어른의 마음에도 通하고 어른의 靈까지도
흔드러서 다시금 어렷슬 째의 世界 — 그것을 나는 童心의 世界라고 부른다
— 로 도라가게 해 줄 수 잇는 것이래야만 쓴다. 그러치 아니하면 그것도
眞正한 童謠라고 하기가 어려운 것이다. 童謠를 생각하는 다른 사람들은
엇더케 생각하는지 모르나 나는 이 点을 퍽 重要하게 보고 잇다. 童謠로
말미암은 어룬의 童心에의 復歸 그것이 어룬들의 思想과 生活을 얼마나
淨化해 줄는지 모른다.

(丁卯 季冬 星月齋에서) (이상 223쪽)

**韓晶東, "童謠에 對한 私考", 朝鮮童謠研究協會 編, 『朝鮮童謠選
集— 一九二八年版』, 博文書舘, 1929. 1.**

童謠의 意義에 對하야는 筆者 自身도 童謠作法에 임이 말한 바요 쏘
牛耳洞人도 말한 바 잇고 其外에도 말한 이가 잇스니 지금 다시 重言할
必要는 업지만은 이제 이것을 分類하여 보자면 童謠란 單純히 童의 謠라는
쯧만이 아니고 첫재 아해들의 노래요 둘재 아해들을 爲해서의 노래요 셋재
鄕谷에서 아해들이 노래해 오는 누구의 作인지 모르는 在來의 노래 그것이
오 넷재 엇던 詩人이 自己의 藝術的 衝動에서 읇픈 詩라도 아해들이 吟味
할 만한 것이면 亦是 童謠라고 할 수 잇슬 것이다.

그런데 내가 지금 말하랴고 하는 것은 이 中에서 둘재와 넷재에 對하야

생각하는 바 적어볼가 하는 것이다.

그러나 成人된 우리(卽 어른)가 쓰는 童謠(特히 童謠 — 詩라고 하고 십다)는 作者가 各其 가지고 잇는 聯想의 실마리에 依하야 幼年時代 少年時代를 回想하야 싼 世上을 움켜내여 우리 두 아해와 갓은 世上을 만드러 노아야 한다.

그리한 後에 비로소 어린이들과 갓흔 맑고 純眞한 世上을 즐길 수 잇슬 것(이상 224쪽)이오 또 어린이로 하여금 그 世上에서 如實히 自己를 매양 할 수 잇슬 것이다.

그럼으로 日本의 有名한 童謠 作家 西條八十 氏는 일즉이 日本 童謠界를 評하야 "現代(約 四 年 前인 듯) 日本의 大部分의 童謠는 참으로의 童謠가 아니오 참 詩를 아해들의게 주기까지의 中間的 童謠요 越川的[222] 童謠라"고 말하엿다. 참말 調律이나 늣추고 말이나 좀 어린 듯이 하야 일부러 아해들처럼 써서 藝衛의[223] 意義를 굽히고 나추는 다만 달큼한 砂糖옷이나 닙혀 놋는 것 갓흔 것은 아해들이 詩에 눈뜸을 짜라 全然히 不必要하다고 한다.

이제 西條 氏의 「金紗雀」[224]을 보자.(다 잘 알리로들지는 아니함[225]) 이러한 象徵的 幻想詩의 吟味야말노 아해는 아해로 어룬은 어룬으로 얼마든지 感興 깁흔 鑑賞을 할 수 잇는 것이다. 참말 純全한 藝術의 詩요 또 童謠일 것이다.

이러한 童謠를 노코 지금 우리 朝鮮에 나타나는 童謠를 보자. 그저 題材나 어린이다운 것을 擇해 가지고 漠然하게 아모 意味도 업시 小曲처럼 또는

---

222 일본어 '越川' 곧 "川越し(かわごし)"를 가리키는 것으로 보인다. 그렇다면 "강 건너"라는 뜻에서 보듯이 아직 어린이들을 위한 진정한 동요가 아니라는 의미가 될 것이다.

223 '藝術의'의 오식이다.

224 '「金紗雀」'은 사이조 야소(西條八十)가 1918년 『赤い鳥』(11월호)에 처음 「かなりあ」로 발표하였다. 『赤い鳥』의 전속 작곡가였던 나리타 다메조(成田爲三)가 이 동요에 곡을 붙였고, 1919년 『赤い鳥』(5월호)에 악보와 함께 발표할 때 제명을 「かなりや」로 바꿨다.

225 '다들 잘 알지는 아니함'으로 보인다.

唱歌처럼 千篇一律의 것을 써서 미쓴⌒한 曲調로 을퍼 노코 한 것을 童
謠라고 하니 그 얼마나 誤解냐 假令 그것이 藝術的 엇던 衝動에서 을퍼진
것이라 하여도 그 얼마나 詩로서 卑屈하고 弱하고 無味한 것이냐. 더욱이
兒童雜誌(各 新聞紙의 것도 보잘 것 업지만)에 실니는 거의 全部가 "幼稚
한 노래"(어린이의 노(이상 225쪽)래란 말이 아니나 오이리다는 말이다[226])에서
지나지 안는 것은 참으로 寒心한 일이다. 그 亦 自稱 曰 童謠作家라 하고
藝術의 大道를 밟노라고 하는 이의 것이니 더욱이 무어라고 말할 餘地가
업다.

　어룬의 童心이라든지 어룬의 兒童心理라든지 兒童의 永遠性이라든지
兒童의 潛在性이라든지 兒童의 抵抗性이라든지 兒童의 空想이라든지 그
엇던 것을 나타내드래도 "幼稚한 노래"뿐으로서야 너무도 승겁지 안켓슴니
가. 거긔에 한 노래가 마음을 울녀 創造的 反應을 주는 무엇이 加味되지
아니하면 안 될 것이라고 굿이 말한다.

　如何間 나 亦是 初步生이라 지금 여긔에서 論爭하자는 宣傳布告가 아니
라 西洋의 有名한 童謠作家들의 作品은 이러하다고 몃 篇 紹介함으로 나의
생각하는 바는 다하리라고 생각한다.

　"이 아래 쓰는 西洋童謠는 日本 말에서 再譯하기 째문에 맛이 업다는
이보다 차라리 本 生命은 죽엇다고 하고 십슴니다. 그러나 大意만이라도
아라 주신다면 나의 뜻은 다할가 한다―"

　◎ 종다리와金부어 ― 英國 타테마 女史[227] (이상 226쪽)
　종달아놉히나는 종―다리야
　너는⌒언제나 실치안터냐
　고젹한하늘가에 다다를젹에

---

226 '어린이의 노래란 말이 아니라 어리다는 말이다'의 오식으로 보인다.

227 로렌스 알마 타데마(Lawrence Alma-Tadema, 1836~1912)를 가리킨다. 윤석중도 「종달
새와 금붕어」(『어린이』, 제11권 제5호, 통권108호, 1933년 5월호, 10쪽)를 번역하여 발표
한 바 있다.

구름이무섭지도 아니하드냐
혹시는맑은바다 맨－속에서
고히◠잠자는 엡분金부어
金부어가되고십지 아니하드냐.

金부어맑은바다 金－부어야
너는◠설은일 도재업드냐
찬물결이네몸에 다을그째도
네가슴은짜듯이 깁버지드냐
혹시는너도◠ 날개돗아서
종달처럼空中을 나라가면서
종달◠노래하고 십지안터냐. (이상 227쪽)

◎ 어룬이라면 — 英國 스테븐슨[228] 氏
내가내가어룬이 될것갓흐면
나는◠쫴자로 검방질터야
아해놈들한테요 자랑하면서
내작난감닷치면 큰일난다고

이 쌀막하[229] 네 句에서 아해들 世上의 純潔한 獨立權의 主張을 차즐 수
잇지 안슴니까. 참으로 아해들의 世上은 어룬들의 理解 업는 暴力으로 쌔
처버릴 것이 아님을 알겟다.

◎ 해님의旅行 — 仝 氏
나는요벼개베고 잠잘그째도
해님은아지안코 작구길가서

---

228 로버트 루이스 스티븐슨(Robert Louis Balfour Stevenson, 1850～1894)을 가리키는 것으
로 보인다. 작품으로 『보물섬』, 『지킬 박사와 하이드 씨』 등의 소설과 동요집 『어린이의
노래 화원(Child's Garden of Verses)』(1885)이 있다.
229 '쌀막한'의 오식이다.

둥군地珠[230]한번을 도라와서는
아츰⌢쏘아츰 만드러낸다.

나는은쓸가에서 노는낫(晝)에도 (이상 228쪽)
해님은쓸우으로 다름질하고
印度의쯔럭⌢ 졸든아해는
키쓰를다마추고 자리에들길

나는요저녁밥을 먹을그째면
大西洋바다건너 져편쫙에선
새벽닭이울어서 아츰됏다고
아해들이러나서 바지입겟지

이런 노래를 노래하는 아해들이야말노 부럽기 싹이 업다. 참말 아해들의 世上에 이러한 永遠性은 어룬이 되는 그째에도 이러바리지 안을 것이다. 쏘 國境을 넘어서의 時間과 空間의 無限을 征服하는 勝利야말노 오직 <u>스테-분슨</u> 한 사람의 꿈에 먹고 말 것은 決코 아니라고 밋는다.

◎ 엄마와아들 — 英國 셋티[231] 女史
엄마업는아들과
아들업는엄마를 (이상 229쪽)
한집에다데려다
의조케살고십허

◎ 羊의색기 — 仝 女史
엄마업는색기羊 혼자서들(野)에
치위에바들⌢ 썰고잇서도
싸스하게품어줄 아무도업네

---

230 '地球'의 오식이다.

231 '로셋티'의 오식이다. 로세티(Christina Georgina Rossetti, 1830~1894)의 작품은 일제강점기 신문과 잡지에 자주 번역 동시 형식으로 발표되었다.

들에가서설은羊 데려다가요
고히～길너서 키워줍시다
튼々한어룬羊이 되기까지요

◎ 네가지問答 — 소 女史
무거운것무－엇?
바다의모래와설음.
쌀은것은무－엇? (이상 230쪽)
오늘과쏘來日.

弱한것은무－엇?
꼿과靑春.
깁흔것은무－엇?
바다와참(眞)

어느 것을 보든지 率直하고 상냥하고 애닯은 氣分이 반질～ 나타난
것이 보인다. 참으로 흐리우지 아니한 아릿다운 맛이야 누가 보든지 가슴
속 깁히깁히 잠겨드는 눈물노 두 눈을 홈박 젓치지 안을 수 업슬 것이다.
쑨만 아니라 「네가지問答」에 드러가서는 人生의 奧義를 맛본 이의 뜻깁흔
말이 아니라고 할 수 업다. 그 참(眞)을 잡으랴고 애쓴 貴여움이야 同情한
찰나 애처러움을 늣기지 안을 수 업다.
― (一九二七年 夏) ― (이상 231쪽)

高長煥, "編輯 後 雜話", 朝鮮童謠硏究協會 編, 『朝鮮童謠選集－
一九二八年版』, 博文書舘, 1929.1.

編輯 後 雜話로 長文의 童謠에 對한 이야기를 쓰려 하얏스나 여러 가지
事情으로 因하야 못 쓰고 못 실이게 되엇습니다. 그리하야 웃절 수 업시

다음 機會로나 밀고 다만 멧 마디로써 맷멧을[232] 막으려 합니다.

이것이 元來 朝鮮에서 처음이고 처음 編輯인 만큼 뜻과 가티 圓滿히 못되고 遺感된 点이 만습니다. 內容에 對하야도 五分之四는 드러온 原稿이나 五分之一은 童謠選集을 爲하야 어듸에 發表된 것을 그대로 실흔 것이 잇슴니다. 童謠의 新展開 線上을 爲하야 一般은 이 점에 만흔 諒解를 주실 바입니다.

이 책의 出刊을 昨年 八月에 하려든 것인대 저의 不得已한 事情이 잇서 이제야 出刊되엇습니다. 그간 苦得하시든[233] 분에게 未安한 点을 용서하야 주십쇼. 編輯 以后로도 玉稿가 만이 드러왓섯스나 실이지 못하고 봄에 創刊되어 나오는 純 『童謠』 雜誌에나 실이겟습니다.

맷흐로 方定煥 氏의 「가을밤」(一三二 頁)은 譯謠이며 一七六페지의 「별이 삼형제」(原名 「兄弟별」)는 方 氏가 日本 留學 갓다 와서 처음으로 創作한 作謠인 것을 알아주십쇼.

童謠選集이나 童謠硏究協會에 對하야 무르실 것이 잇스시면 조금도 념려 마시고 만이 물어주시긔를 어듸짜지 바랍니다.(이상 232쪽)

---

232 '맷을'에 '멧'이 잘못 들어간 오식으로 보인다.
233 '苦待하시든'의 오식이다.

金石淵, "童話의 起原과 心理學的 研究(一), 『조선일보』,
1929. 2. 13.[234]

金石淵, "童話의 起原과 心理學的 研究(二), 『조선일보』,
1929. 2. 14.

例를 들면 西洋에서는 獨逸의 '야곱 그림'(1785~1863), 同 '윌헤롬 그
림'(1986~1859) 이 두 사람은 兄弟이다. 이 두 兄弟가 모은 童話集 『킨
더-, 운드, 화우스매헨』[235](只今은 『크림童話集』으로써 英譯 日譯 朝鮮譯
이 되어 잇다), 佛蘭西에서는 有名한 촬-스 페롤트(1628~1708)가 著作
한 『히스토리스, 오우, 콘테스, 쑤, 텔스, 파쩬』[236](卽 『過去時代의 歷史
及 이야기』, 그리고 露西亞 『알렉산터, 니콜라이, 에빗취, 아바나, 쎄
엡』(1826~1871)의 『포풀라, 텔스』, 東洋에서는 日本의 『今昔物語』, 朝
鮮의 『三國史記』, 이러한 책 속에 印度童話가 만히 包含되어 잇다.

一例를 들어 印度童話가 얼마나 널리 世界에 擴布되어 잇는가를 立證하
야 보자. 우리 朝鮮에 『별주부전』이란 이야기가 잇다. 이 이야기는 여러분
이 잘 아실 줄로 알고 畧하야 둔다. 이 이야기는 中國의 『朝庭事苑』이란
冊에도 잇고 日本에도 잇다. 그리고 西藏에도 阿弗利加의 土人 스와히리族
사이에도 傳播되어 잇다.

그럼으로 何如間 印度童話는 퍽 널리 世界 各國에 傳播되어 잇다는 것은
事實이다. 卽 "說話"라 하면 大體 神話 傳說 童話의 三種을 包含한 것인대

---

234 조선일보사에 문의해 본 바, 1, 3, 6회는 원문이 부재함을 확인하였다.
235 원어는 『Kinder und Hausmärchen』이다.
236 샤를 페로(Charles Perrault)의 『Histoires ou Contes du Temps Passé』를 가리킨다.

이 三種에 內在하는 性質의 하나로서 說話學上으로 所謂 "遊離性"이란 것이 잇는데 說話라고 하면 神話이든지 傳說이든지 童話든지를 勿論하고 다 그 發生한 原民族 或은 領土를 써나서 다른 民族 或은 다른 地方으로 傳播되어 가는 强한 힘을 가지고 잇다. 이것은 民族間의 交通 戰爭 掠奪 結婚 等의 여러 가지 文化的 事業이 仲介가 되어서 니러나는 說話的 現象이다. 이것을 說話上으로 說話의 遊離性이라고 부른다.

이 遊離性은 說話의 本質과 種類에 딸아서 그의 强度의 差異가 잇다. 卽 神話와 傳說에 잇서서는 이야기의 構成과 存立이 그를 내인(出生) 民族의 실제의 風習과 信仰에 支配되는 程度가 强한 까닭에 그 發生의 根源地를 써나 다른 地方에 傳播되는 힘이 比較的 强하다고 할 수가 잇다. 그러나 童話에 잇서서는 그와 反對로 遊離가 퍽 强하다. 그 理由에는 세 가지가 잇스니 第一童話에 잇서서 娛樂 또는 敎訓을 그 重要한 目的으로 한다. 그럼으로 民族의 宗敎思想이라든가 信仰이란 것에 基礎를 가지는 程度가 아조 薄弱하다는 것, 第二童話는 形式과 內容이 아조 素朴하고 簡純해서 記憶하기가 좀 쉬운 것, 第三童話는 人物과 一定한 時代와 場所(場所라기보다 地方)에 支配되지 안코 任意의 人物, 任意의 時代, 任意의 場所에 適合하게 되는 自由性을 가진 것, 이것이 즉 그것이다. 이 세 가지가 童話의 特色이라고도 할 수 잇다.

神話와 傳說은 比較的 遊離性이 弱하다. 傳說은 한 地方에서 뿌리가 나버리는 까닭에 다른 地方에 가지고 가기가 퍽 어려울 뿐 아니라 가저 간다고 해도 그 發生의 源地에 잇는 것보다 滋味가 적을 것은 두말할 것도 업시 여러분의 經驗이 이를 잘 證明할 것이다. 神話도 그럿타.

童話는 西洋 아니 어대 童話라도 朝鮮에 가지고 온다면 朝鮮의 古來童話 가티 만들 수 잇스며 吟味할 수도 잇다만은 傳說 가튼 것은 人物 場所 時代가 一定하야 잇슴으로 짠 나라의 그것을 朝鮮에 가지고 와서 朝鮮의 傳說처럼 하려면 넘우나 極端인지 모르나 洋服 입고 갓 쓴 것 가튼 늣김을 줄 것이며 調和性을 일허버리고 말 것이다.

룜言하면 神話와 傳說은 性質上 國民的이요 地方的임에 反하야 童話는

世界的 人類的 色彩를 만히 가지고 잇다. 그럼으로 童話는 說話 中에 第一 遊離性에 强하며 짤아서 그中 强한 擴布性을 가지고 잇다고 할 수 잇다.

神話學者들이 童話에 關하야 特別히 "擴布性" 或은 漂泊說 卽 童話는 發生한 源地를 쩌나 방방곡곡으로 漂流하여 단인다는 一個의 學說을 세운 것도 이러한 理由에서 니러난 것이다. 이가티 童話는 話中에 第一 强한 遊離性과 擴布性을 가지고 잇슴으로서 東洋의 古文明國이 童話文學을 통해서 世界 諸地의 民族과 握手하엿다는 것은 興味 잇는 事實이며 이 事實이 童話의 起原을 印度라고 하게 된 最大의 原因이 되엇다. 그러나 印度를 모-든 童話의 源泉地라고 하는 學說에는 이것을 否認하는 여러 가지 事實이 잇다. 이 事實은 아래와 간다.[237]

金石淵, "童話의 起原과 心理學的 研究(三), 『조선일보』, 1929.2.15.

金石淵, "童話의 起原과 心理學的 研究(四), 『조선일보』, 1929.2.16.

第二 神話 渣滓說

神話渣滓說이란 것은 神話 卽 어느 神格을 中心으로 하야 自然과 人生을 解釋하려는 이야기가 頹廢되어서 그의 正形이 不正形으로 되엇슬 째에 그의 殘留物로써 保存된 것이 卽 童話라고 하는 學說이다.

獨逸의 허-로만, 파울이란 사람도 神話의 殘滓란 말을 하얏스며 '막크

---

[237] '갓다'의 오식이다.

쉬뮈랴―'도 "古代神話의 神들이 古代史의 半神 及 英雄으로 變하얏다. 그리고 그들의 半神 及 英雄이 다시 後世에 이르러 우리들의 童話의 主要한 人物이 되엇다"고 말하얏다. 이런 것은 神話渣滓說의 代表的 學說이다. 그리고 케-벨 博士도 童話는 神話의 찍기(滓)라고 하얏스며 쏘 神話의 基礎가 되어 잇는 여러 가지 宗敎的 觀念이 民衆의 信仰의 對象이 되는 힘을 이저버리고 단순한 作爲 卽 단순한 空想의 對象이 되엇슬 째에 童話가 생긴다고 하얏다. 이것도 神話渣滓說이라고 하야도 過言은 아니다.

第二說은 어느 程度까지는 確實한 眞實性을 가젓다. 童話는 엇썬 째는 確實히 神話의 頹廢된 形式이라고 할 수 잇다. 第一 顯著한 例를 들어 이 說의 어느 程度까지는 眞實한 것을 立證하야 보자. 여러분도 아시는 바와 가티 基督敎와 異敎――羅馬人의 믿(信)는 敎나 希臘人의 믿는 敎나―― 何如間 基督敎와 基督敎 以外의 異敎와의 爭鬪――이야말로 歐洲 文明史上에서 第一 注目을 쯔으든 文化現象이다.

東洋 一隅에서 이러난 저 基督敎가 羅馬帝國을 風靡식혀 버린 뒤로 여러 가지 宗敎政策에 依하야 異敎徒를 몹시도 壓迫하얏스며 異敎徒를 基督敎化식히려고 無限히 努力하얏다. 卽 基督敎는 布敎人 或은 칼트人 ― 이러한 사람들을 예수敎를 傳道하러 가는 場所에서 만나기만 하면 異敎徒가 信奉하는 神의 表象과 威力을 여러 가지 方法으로 醜化墮廢식히려 하얏스며 이에 依하야 信仰의 對象 信仰의 主體가 될 만한 힘을 異敎의 神으로부터 剝奪하려고 힘썻다. 異敎의 神이 偉大하며 民衆의 이에 對한 崇仰이 盛하야 가면 예수敎를 擴布하려고 하여도 쯧대로 되지 안는 까닭에 그것 (異敎의 神)을 墮落식혀서 民衆으로 하야곰 自己네들의 神을 崇仰하기에 不足하다는 늣김을 품게 하도록 努力하얏다. 그러면 醜化식히는 手段方法은 如何하얏든가?

第一 異敎의 神을 惡魔化식힌 것이다. 이 手段에는 二個의 傾向이 잇섯다. 卽 異敎의 神이 男性인 째는 惡魔로 만들어 버리고 女性인 째는 巫女로 만들어 버렷다.

第二의 手段은 異敎의 神을 滑稽化하는 것이엇다. 智力이 조금도 업는 어리석기 싹이 업는 醜態를 가진 巨人의 表象으로 만들어 버리는 것이엿다.

　第三의 手段은 異敎의 神을 基督敎의 神 아래서 일하는 所謂 聖徒로 만들어 버리는 것이엿다. 그리하면 異敎의 神이 自己 宗敎中의 一員 — 特히 神 밋헤서 일하는 一員이 되는 까닭에 神으로써의 威嚴이 아조 퍽 縮少하여진다. 이가티 하야 異敎의 神은 或은 惡魔 或은 巨人 或은 聖徒가 되고 말엇다. 쉽게 말하면 始初에 異敎의 神이 가지고 잇든 高貴性 威嚴 卽 神으로써의 性質을 餘地업시 다 쌔앗쩌버리고 어쩐 우수움고 怪常스러운 人物로 만들어 버럿다. 그리고 惡魔, 巨人, 巫女 或은 聖徒라는 것은 童話가 그 속에 쓰러넛키를 조와하는 劇的 人物이엿슴으로 異敎의 神은 這般의 醜化作用으로 말미아마 信仰의 對象으로부터 童話의 對象으로 移轉되엇다.

金石淵, "童話의 起原과 心理學的 硏究(五), 『조선일보』, 1929.2.19.

　쌀아서 童話가 그 周圍에 모여 오게 되엇다. 이 文化的 宗敎政策的 流轉은 實例를 드는 것이 그中 알기 쉬울 것임으로 例를 들어 보자.

　第一 먼저 異敎의 神을 滑稽化 巨人化식힌 例로써 '토아'의 이야기를 들어보자. 이 이야기의 內容은 토아라고 하는 한 巨人이 큰 함머-를 들고 海邊에서 서 잇섯다. 그째에 배 한 척이 지나간다. 自己 압흐로 지나가는 배를 본 토아는 그 배에 태워달라고 말하얏다. 船人은 태워주마고 쉬웁게 許하얏다. 배를 타려고 할 지음에 토아는 배 속에 鍾이 들어 잇지 안는가 물엇다. 事實 船內에 鍾이 들어 잇섯다만은 船人들은 그것을 숨기고 업스니 安心하라고 타라 하얏다. 그래서 토아는 安心하고 배 우에 발을 올럿다. 그째에 한 사람의 船人이 鍾을 울럿다. 토아는 쌈작 놀라서 그만 다러낫다고 하는 것이다. 童話로서는 넘우나 그 內容이 貧弱한 것 갓다.

이 이야기에서는 토아-라는 學的 性格을 一個의 愚昧한 巨人으로 人間에게 飜弄을 당하고 잇스나 本來 토아라는 것은 쓰칸듸나비아 半島의 卽 北歐洲의 宗敎神話의 一大人物로서 異敎徒의 崇仰하는 一大中心이 되여 잇는 雷의 神이다. 그가 손에 쥐고 잇는 鐵椎란 것은 希臘의 宗敎神話에 잇서 雷霆神 아스가 쥐고 잇는 던더-볼트와 갓흔 雷의 神으로써의 一種의 特物이라고 한다. 이 神은 바람(風)의 神 오-듼과 가티 北歐洲 諸神 中의 二大人物이엿다. 그리고 오-듼이 貴族階級의 崇拜하는 對象임에 對하야 토아-는 農民階級의 第一 崇拜하는 神이라 한다. 그런데 우에 말한 이야기에서는 토아-는 神으로서의 威嚴과 高貴를 일허버리고 人間에게 愚弄을 밧는 巨人이 되엿다. 짤아서 그 이야기의 性質도 神話이든 것이 童話로 流轉되엿다. 第二에 異敎의 女神이 巫女 윗취 卽 魔法使의 女性이 되엿다는 例를 들어보자.

獨逸 어느 山中 큰 洞穴 속에는 淫蕩한 魔女가 살아 잇섯다. 이 魔女는 樂器를 긔묘하게 타서 그 소리를 들은 人間은 아모리 해도 그곳을 지나가지 못하고 드듸어 洞穴 속에 쓸리여드러가서 그 魔女와 同寢하면서 放蕩한 生活을 아니 할 수가 업섯다.

中世紀 傳說에 有名한 '단호이젤'²³⁸이라는 男子도 그 魔女의 樂音에 醉하야 쓸리어 들어가 얼마동안 그 洞穴 속에서 淫樂的 生活을 하얏다고 한다. 그러나 '단호이젤'은 이 淫樂的 生活이 조치 못하다는 것을 깨달앗다. 그의 마음속에 潛在하얏든 心靈이 覺醒한 것이다. 그래서 그는 곳 洞穴을 逃亡하야 나와서 羅馬 法王에게 가서 그 膝에 업대어 懺悔하엿다만은 羅馬 法王은 그의 懺悔를 拒絶하야 바렷다. 그리고 그러한 異敎의 魔女 卽 '윗취'와 同棲한다는 것은 基督敎에서 到底히 容恕하야 줄 수 업는 大罪惡이다. 萬若 내가 가지고 잇는 이 집행이(杖)에서 싹이 나오면 용서하야 주지만 그러치 안흐면 용서하야 줄 수는 업다고 宣言하얏다. 이 말을 들은 '단호이젤'은 悲哀에 싸여 嘆息을 마지 안타가 나중에는 自暴自棄에 빠저 쏘다시

---

238 탄호이저(Tannhäuser)로 독일의 연애 시인이자 음유(吟遊) 시인이다.

그 이상한 女性에게 가버렷다고 한다. 그런대 그 後 사흘 만에 法王의 집행이에서는 파-란 싹이 나왓다. 神의 恩寵에 놀랜 法王은 四方으로 '단호이 젤'을 차저보앗스나 그의 그림자도 차저볼 수가 업섯다고 한다.

이 이야기의 主人公인 洞穴 속의 魔女는 一個의 巫女로 妖幻한 超人間的 存在이다. 그러나 이 人物도 本來부터 醜惡한 그런 女魔가 아니라 그 根源을 살펴보면 그는 '캘만' 民族의 古 宗教 卽 基督教에서 보면 異教에서 民衆의 崇拜하는 '홀다'라는 女神이엇다. 그것이 基督教로 말미아마 魔法使의 魔女가 되엇슴으로 宗教神話의 中心人物이 될 만한 光榮을 일허버리고 우에 말한 것과 가튼 童話의 主人公으로 出演하게 되고 말앗다.

基督教徒가 産出한 藝術的 作品 가운대 魔法使의 女子를 그린 그림이 적지 안타만은 그 魔女는 大概 自己 엽혜 검은 고양이를 가지고 잇다. 이것은 검은 고양이는 女魔法使의 邪惡한 女質을 徵象하는 것이라고 基督教的으로는 解釋되어 잇스나 本來는 愛의 女神으로써의 '홀다'가 愛情象徵이라 하야 自己 엽혜 둔 動物이엇다. 그런 것을 基督教가 女神을 墮落식혀 버리는 同時에 그의 愛物까지 惡魔의 意義를 賦與한 것이다.

마지막으로 異教의 神을 聖徒로 만들어 버린 例를 들어보면 '쎄인트 디오늬시어쓰'가 第一 適例일 것이다. 이 '세인트 듸오늬시어쓰'라는 聖徒가 希臘의 '낙소스'에 가는 途中에 생전 보지 못한 珍奇한 植物 한폭이를 보앗다. '듸오늬시어쓰'는 이것을 쑤리채로 쑵아 가지고 가니까 시들어지려고 하얏다. 그래서 길가에 쩌러저 잇는 원숭이의 쎠를 주어 그 속에 쑤리를 박아 가지고 흙을 너허서 가지고 갓다. 한참 가니까 쏘 시들어졋다. 이번에는 獅子의 쎠를 주어서 원숭이 쎠채로 그 속에 너헛다. 그러나 쏘 한참 가니 시들랴 하얏다. 그래서 요번에는 도야지 쎠를 주어서 원숭이 쎠와 사자 쎠와 함께 그 속에 너헛다. 그리하야 '낙소스'에 그 나무를 죽이지 안코 가지고 오게 되어서 그것을 심어 두엇다. 그것이 잘 자라나 紫色의 아조 곱다란 열매가 매첫다. 그 열매를 짜니까 썩 맛잇는 술이 되엿다. 이것을 포도주라고 한다. 그래서 이 葡萄酒를 먹으면 처음에는 원숭이가티 쌀게지고 다음에는 獅子가티 狂暴해지고 나종에는 도야지처름 된다고 한다.

金石淵, "童話의 起原과 心理學的 研究(七), 『조선일보』, 1929.2.21.[239]

그러나 이 이야기의 主人公 '피오늬시어쓰'는 本來는 聖徒도 아무것도 안인대 基督教가 異教의 神의 한 사람을 이가티 만들어 버린 것이다.

希臘의 술(酒)의 神 '씌오늬'(羅馬의 '싸쎼후스')에 지나지 못하는 것을 國神의 威力을 削減하려고 一聖徒化시킨 뒤에 그의 일홈까지 '씌오늬소스' 神이 葡萄의 神이며 '낙크소스'가 國神崇拜의 一中心地이엇다는 것을 利用하야 이러한 童話를 만든 것이다.

이러한 까닭으로 "童話는 神話의 渣滓이라"라고 하는 見解는 어느 程度까지는 眞實하다만은 모든 童話가 神話의 渣滓라고 하는 學說은 確實性이 적다 하기보다 缺乏하엿다. 왜 그러냐? 하면 野蠻人과 未開民族 사이에는 相異한 二種의 宗教가 爭鬪한다는 文化的 現象은 일어나지 아니함으로써다. 딸아서 宗教政策에 依한 神의 墮廢醜化란 것은 그들 野蠻人과 未開民族에게는 未知의 事象일 것이다. 이러함에도 不拘하고 저들(野蠻人과 未開民族) 사이에는 만흔 神話와 그 以上 더 만흔 童話를 가지고 잇다. 이 事實은 神話渣滓로는 說明할 수가 업다.

神話가 變하야 童話가 된다든가 神이 墮落을 당한다든가 하는 것이 童話 發生의 妖人이 된다고 하는 것은 어쩐 特殊한 文化現象의 存在를 豫想치 안코는 可能性을 가질 수가 업다. 換言하면 特殊한 文化現象의 存在를 豫想한 然後에 비로소 可能性을 가질 수 잇다는 것이다. 그럼으로 그러한 特殊的 事情을 가지고 童話의 起原을 說明한다는 것은 넘우나 蓋然性이 적다고 아니 할 수 업다. 한입으로 말하면 "童話는 神話의 渣滓에 지나지 안는다" 하는 것은 어쩐 一部의 童話에 限하야서만 眞實性을 가질 수 잇스

---

239 5회(『조선일보』, 29.2.19)에서 7회(『조선일보』, 29.2.21)로 건너뛰었지만 내용은 바로 이어지고 있어, 횟수 매기기가 잘못된 것임을 알 수 있다.

니 童話 全部에는 適用할 수 업다는 것이다.

第三 自然現象記述說

이 學說은 童話란 것은 原始民族의 自然에 對한 經驗觀察의 科學的 記錄이라고 하는 것이다. 卽 原始民族이 太陽이라든가 새벽(曙)이라든가 비(雨)라든가 바람(風)이라든가 이런 모-든 自然 現象 及 自然 物素에 對하야 經驗한 것 觀察한 것을 如實히 記錄한 것이 時代가 오래 됨을 짤아 그 根本意義가 晦明케 되어 감을 짤아 科學的 記述이 이야기化 하야지는 流動이 童話 發生의 原因이라고 하는 것이다. 그러면 如何한 것이 自然의 經驗 觀察의 記錄이냐? 하는 것을 例를 들어 말해 보자.

보로- 스미쓰라는 사람의 『빅토리아 地方의 原住民』이라는 冊 中에는 이런 이야기가 잇다.

패리간鳥라는 것은 只今은 黑半白半의 빗을 가지고 잇스나 처음에는 全身이 眞黑이라고 한다.

어느 날 한 마리의 패리간鳥가 人間에게 감족가티 속히운 일이 잇섯다. 패리간鳥는 이것을 憤히 녁여 人間과 決鬪를 하야 이것을 復讐하려고 全身을 하얏케 무엇으로 칠하기 시작하얏다.(決鬪할 째에 몸을 하얏케 칠하는 것은 오-스토리아 土人의 風習이다.) 그 패리간鳥가 몸에 하얏케 칠을 반쯤 하얏슬 째에 동모의 패리간鳥가 놀러 와서 이것을 보앗다. 지금까지 半白半黑의 패리간鳥를 보지 못하얏는 까닭에 그 동무의 패리간鳥는 이를 妖怪인 줄로 알고 입주둥이(嘴)로 쏘아서 죽여 버럿다. 그러한 까닭에 패리간鳥는 오늘날에 半白半黑의 빗을 가지고 잇다 한다.

쏘한 例는 잣드손 女史의 『太平洋 北峰의 神話 及 傳說』이라는 冊 속에 잇는 이야기에 依하면 最初에 世上은 조그만한 光明도 업시 全然 暗黑이엇다. 그 까닭은 갈가마귀(鷗) 한 마리가 상자(箱) 하나를 가지고 그 속에다 빗(光)이란 빗은 다 너허 버럿다. 光明 업는 世上이 不便하다는 것을 새삼스럽게 길게 말할 必要가 업다.

金石淵, "童話의 起原과 心理學的 研究(八), 『조선일보』, 1929.2.24.

그래서 그 상자를 쌔아서 世上을 밝게 하려고 모-든 動物은 無限히도 努力하엿다만은 그 갈가마귀도 다른 動物이 努力하는 그만치 조심을 하얏다. 그럼으로 그 빗이 들어 잇는 상자를 쌔앗지는 못하엿다. 참다못해 크다란 새가 아조 妙한 謀策을 꿈여 머리까지 잇는 나무를 길바닥에 썬저 놋코 갈가마귀에게 가서 散步를 가자고 하얏다. 散步를 간 갈가마귀의 발에 가시가 드러간 것은 말할 나위도 업거니와 압흠에 못 견댈 가시를 쌔 달라고 그 새에게 애원하얏다. 그 妙策을 꿈인 새는 어두어서 보이지 안는다고 핑계하얏다. 그러면 빗(光)을 내어 줄 터이니……하면서 갈가마귀는 상자의 문을 조곰 열엇다. 그래서 빗은 조곰 나왓스나 그 새는 아직 가시가 보이지 안는다고 하엿다. 쏘 조금 열엇다. 그래도 아직 보이지 안는다고 하얏다. 갈가마귀는 빗이 나오는 것 몹시도 앗가웟다만은 가시 쌜 욕심으로 작고작고 상자를 열엇다. 그러는 동안에 빗이 전부 나와 世上이 환-하게 되엇다고 한다.

쏘 저 有名한 '아쓰로'와 '다후내'의 이야기에 依하면 '아쓰로'라는 太陽의 神이다. '다후내'라는 어엿분 아가씨를 戀慕하엿다만은 '다후내'는 그 사랑을 밧아 주지 안헛다. 그래서 '아쓰로'는 견듸다 못하야 그 아가씨를 붓잡으려고 쏘차갓다. '다후내'는 다러낫다만은 '아쓰로'에게 잡히게 되엇다. 그래서 '다후내'는 大地의 女神 '가이아'에게 祈禱를 올린 즉 大地에 큰 입(구멍)이 열리엿다. '다후내'는 그 열린 입으로부터 쌍속에 들어가 버렷다. 그러니 그 뒤에 月桂樹가 돗아 나왓다고 한다. 쏘 一說에는 '아보로'가 '다후내'를 안으니 '다후내'가 月桂樹로 變하엿다고 한다. 自然現象記述說을 主張하는 이들은 이런 이야기를 가지고 本來부터 童話라든가 神話라든 것이 아니라 天然現象의 實際 記述이라고 한다. 그 記述이 몃 百年 몃 千年 지난 뒤에 그 意味를 알 수 업게 되어 비로소 童話로 되엇다고 한다. 다시 말하면 우에 말한 '아보로'와 '다후내'에 잇서서 "아쎌로는 太陽이고 다후내는 曉라고 한다. 그리고 希臘人이 未開時代에 太陽은 曉를 쏫는다는 自然現象 記述을 한 것이 뒤에 일으러 그 意味를 일허버리고 쏫는다"는 말이 人格的 音響을 가지고 잇는 까닭에 "太陽이 一個의 人格을 所有한 男神으로 曉가 또 一個의 人格을 所有한 女神으로 變하야 드듸어 太陽의 神이 曉의 女神을 쏘차 단인다는 이야기로 變하엿다" 한다.

童話 發生의 起原을 如此히 自然現象의 科學的 記述의 頹廢라고 하는 것이 自然現象記述說이다. 이것을 한번 批判하여 보자.

우에 말한 새 낫의 童話 中에 第一 卽 패리칸鳥의 이야기는 動物學上의 說明이며 第二 卽 光明의 상자이야기는 自然現象의 說明이다. 二種의 例가 모다 一種의 學術的 설명의 色彩를 씨우고 잇다. 學術的 說明의 特色은 "原因을 모르는 一現象을 原因을 아는 一現象의 或種 가운대 組入한다"는 것이다. 그럼으로 第一 第二의 이야기는 原則에 잇서서는 學術的 說明이라고 할 수 잇다.

第一 第二에 例로 든 幼稚한 이야기를 貫하고 잇는 思考의 欲求——事物 現象의 原因을 考察해 보랴는 欲求는 文化時代에 잇서서 重大한 만흔 發見 或은 深遠한 洞察에 人類를 指導하는 思想과 그 根本法則을 가티하고 잇다. 패리칸鳥의 體色이 엇지하야 半白半黑일까? 思考해 보려는 欲求는 '아인수타인'의 相對性原因을 생각할 째의 心的活動과 同一할 것이다. 그러나 思考의 欲求 그것은 同一할지라도 思考의 方法은 相違할 것이다.

金石淵, "童話의 起原과 心理學的 硏究(九), 『조선일보』, 1929.2.27.

"學術的 科學的 論理에 잇서서는 相似"라는 것과 "必然的 合意"라는 것과의 사이에는 嚴密한 區別이 必要하지만 童話的 說明에 잇서서는 恒常 이 두 가지를 混同하고 잇다. 實例를 들면 이러한 迷信의 이야기를 우리는 들을 수 잇다.

엇던 사람이 自己가 미워하는 사람이 잇슬 째 그 사람을 죽이려 할 째는 그 사람과 가튼 집 人形을 만들어 아모도 모르게 深夜에 그 人形을 갓다가 커다란 나무에 부처 세워두고 그 人形의 머리와 가슴과 팔에다가 못(釘)을 처 두면 그 미워하는 사람의 가슴, 팔, 머리가 압허서 乃終에는 그 사람이 죽는다고 하는 것이다. 그것은 相似란 것과 必然的 關係란 것과의 混同한 것이다. 집 人形과 미워하는 사람과는 形體에 잇서서는 가트나 兩者 間에는 何等의 必然的 關係는 업다.

그럼으로 科學에 잇서서는 兩者를 混同하는 것은 決코 업다만은 民間信仰과 童話에 잇서서는 恒常 이것을 同一視한다. 이것이 科學的 記述과 童話的 記述의 本質的 差異의 하나이다.

그리고 다음에 學術的 科學的 說明에 잇서서는 어대까지든지 "空想"이란 것을 排除하려고 하지만 童話에 잇서서는 이 空想이란 것의 活動을 前者와 正反對로 어대까지든지 容認한다. 이것이 또 科學的 敍述과 童話的 敍述의 本質的 差異의 하나이라 하겟다.

또 하나는 科學的 說明에 잇서서는 美的 感情을 刺戟식히면 또는 그것을 保留식혀 두자는 目的을 無視한다. 動物 或은 植物의 本體를 科學的으로 說明할 째 讀者에게 美的 觀念을 닐으키려는 것을 主要 目的으로 하야서는 科學的 研究가 되지 안는다만은 童話에 잇서서는 그런 것——美的感情의 刺戟 保留——이 重要要素의 하나이다. 그럼으로 童話는 藝術的이며 詩的이래야 될 것이다. 이것이 第三의 差異다.

科學的 說明과 童話的 說明 사이의 이러한 差異를 먼저 머리속에 너허둔 後에 童話上의 自然現象記述說을 研究하야 보자.

童話 起原을 自然現象記述的이라고 主唱하는 이들은 童話를 自然에 對한 經驗觀察의 科學的 記述의 墮落한 變形한 것이라고 主張하는 까닭에 그 외 必然的 理論的 歸結로서 童話는 그 發生의 最初에 잇서서 다음의 세 가지를 包含하지 안흐면 아니 된다.

卽 第一은 相似란 것과 必然的 合意란 것에 對하야 童話는 最初에 區別되어 잇지 안흐면 아니 될 것이며 第二는 童話는 最初에 잇서서 空想의 潛入을 絶對로 排除하야 잇지 안흐면 아니 될 것이며 第三은 美的情緒의 刺戟 或은 保持란 것을 度外視 되어 잇지 안흐면 아니 될 것이다.

그러나 民俗學 民族心理學 人類學의 實際 證明하는 데 依하면 全 民族은 自然現象 自然物素를 科學的으로 觀察하며 記述하는 心的狀態에 니르기 前에 理論的 推理를 無視한 '메직크'라든가 '어늬메즘'이라는 信仰에 支配[240]

金石淵, "童話의 起原과 心理學的 研究(十), 『조선일보』, 1929.3.2.

'메직크'와 '어늬미즘'이란 엇던 것인가를 簡單히 말하면 '메직크'란 것은 類似聯想과 接近聯想의 그릇된 通用이다. 類似聯想의 그릇된 適用이란 것은 먼저 말한 집 人形과 實際의 人間과 形體上 類似하니까 本質的에도 必然的 關係가 잇는 것가티 생각하는 것이다. 그리고 接近聯想의 그릇된 適用이란 것은 손톱(爪)이라든가 머리털 가튼 것은 本來 人間身體의 一部分인 까닭에 이것을 불에다 태우면 本人이 熱病에 걸린다고 生覺한 것을 意味한다.

다음에 '에늬미즘'이란 무엇인가 하면 物件 그 自體에 一種의 精靈이 內在하야 가지고 그 精靈이 物件 그 自體를 自己 몸으로 만들어 가지고 活動하고 잇다는 信仰이다. 다시 말하면 大地 그 自體에 精靈이 잇서서 大地 그 自體를 自己 몸으로 한 一個의 生物을 만들어 잇다고 보는 見解를 '에늬미즘'이라고 한다.

---

240 신문 편집상의 오류인지 이하 내용이 끊어지고 없다.

阿弗利加 어느 部族의 信仰에 依하면 大地를 一個의 活物로 역이며 地震이 니러나면 大地가 깃버서 '짠스'를 하는 것이라고 解釋을 한다고 한다. 그래서 地震이 니러나면 土人들은 大地의게 지지 말게 '짠쓰'를 하라 하고 一齊히 '짠쓰'를 始作한다고 한다. 그리다가 地震이 넘우 甚하면 이래서는 큰일이라고 하고 요번에는 이곳저곳에 가서 풀과 나무를 힘껏 모다 잡아 단긴다고 한다. 이것은 大地의 頭髮을 쥐고 당신의 몸 우에 사람이 살고 잇스니 '짠쓰'를 그만 그치라고 願하는 意味라고 한다. 이와 가티 生覺하는 것이 '어늬믜즘'이다.

非文明한 民族은 科學的으로 事物現狀을 思考하는 心的 活動에 到達하기 前에 이러한 '메직크' '어늬믜즘' 가튼 理論을 無視한 生覺을 가지고 잇섯다.

그리고 童話는 這般의 反理論的 考察을 心的 活動을 特徵으로 한 時代부터 벌서 생겨 잇섯스니까 相似와 必然 合意를 混同하게 空想을 自由로 活動식힌 것—即 非科學的 思想은 말할 나위도 업시 童話의 重要한 本質이 되어 잇섯다. 그럼으로 童話를 科學的 自然現狀의 記述이라고 하는 第三說은 決코 學術的으로 妥當하다고 할 수는 업다.

第四 興味欲求說

童話란 것은 各 民族의 心理를 普遍的으로 支配하고 잇는 交話的 本能과 生命的 關係를 가진 興味欲求의 産物이다.

어느 學者는 人間을 支配하고 잇는 여러 가지 本能 가운대 "創造"에 힘을 주는 本能을 摘出하야

第一 交話的 本能

第二 探究的 本能

第三 構成的 本能

第四 藝術的 表現의 本能

의 四種으로 난우엇다. 그리고 이 本能 組織 如何에 依하야 藝術上의 여러 가지 形式이 藝術을 運動의 藝術과 靜止의 藝術로 分하얏다. 後者는 즉 繪畵 彫刻 詩 等이다.

이러한 本能 中 交話的 本能이 活動하는 곳에 童話가 이러난 것이다. 交話의 興味는 人類的이며 普遍的이며 世界的이어서 野蕃民族이고 文明한 民族이고를 勿論하고 이야기를 하고 듯는 데는 眞心으로부터 소사나는 愉悅과 牽引을 늣기게 된다. 더구나 野蕃民族 未開民族은 이야기를 하고 듯는데 對해서는 자못 陶醉的 興味를 늣긴다.

萬若에 그것이 熱帶地方 가트면 불이 부틀 만한 太陽이 西山에 넘어가고 서늘한 바람이 불어오는 저녁이 되면 野蕃民族 未開民族은 椰子樹 그늘 밋헤 모여 와서 어쩐 사람은 눕고 어쩐 사람은 안저 이야기의 幕이 열린다. 또 그것이 寒帶地方 가트면 窓外의 寒風寒雪은 念頭에 두지 안코 활활 붓는 불 엽헤 모여 안즈면 이야기가 始作된다.

金石淵, "童話의 起原과 心理學的 研究(十一), 『조선일보』, 1929.3.3.

우리 朝鮮서도 시골에서는 때가 여름이면 쓰거운 햇빗 아래 하로 일을 맛친 뒤 달 밝은 밤 내(川) 방천에 혹은 돌맹이를 깔고 或은 지적댁이를 깔고 둘러 안저서 때가 겨울이면 草堂에 모여 안저서 머슴들이 차레차례로 이야기하는 것을 볼 수 잇다.

이러한 現象은 只今도 시골에 가면 만히 볼 수 잇거니와 만흔 旅行者가 實際로 目擊한 바를 記錄하야 둔 것이 적지 안타.

一例를 들면 우리는 露西亞 童話에 熱熱한 蒐集者이엇든 '페스터 리부늬콥'을 들 수 잇다. 이 사람은 官吏엇다. 偶然한 機會에 自己가 駐在하는 村落에는 珍奇한 童話와 傳說과 民間 詩가 만히 傳하여 잇다는 말을 듯고 엇지하든지 그것을 蒐集하여 보려고 생각을 하엿다. 그러나 그 村落 사람들은 官吏에 對한 非常한 恐怖와 反感을 품고 잇슨 싸닭에 그는 드듸여 官服을 벗어버리고 純然한 一平民으로 變裝을 하야 가지고 熱心히 四方으

로 돌아다니며 童話 蒐集에 努力하엿다. 나는 우리 朝鮮에서도 이런 이가
나오기를 無限히 바란다.

이 피-다-란 사람이 어느 날 商船을 타고 어데 갓다 오는 길에 暴風을
만나 어느 조그만 섬에 나렷다. 그리고 어느 집에 들어가 자게 되엇는대
밤중 되어 사람 소리가 숙덕숙덕 들리기에 눈을 쩌 보니까 마을 사람들이
이글이글 타는 불가에 둘러안저서 이야기를 자미나게 하고 잇섯다고 한다.

피-다-도 그 이야기에 끌리여 조곰도 움죽이지 안코 가만히 누어서 듯
고 잇섯다는 것을 그가 모은 民間童話集 序文에 써 두엇다. 이러한 것은
어느 곳에서든지 볼 수 잇는 現象이다.

野蠻民族 未開民族 或은 文化民族의 三者에 亘하야 到處에 볼 수 잇는
光景이다. 그리고 民族에 普遍한 這般의 强熱한 交話的 本能 及 그것과
生命的 密接한 關係를 가진 興味欲求는 엇지하든지 某種의 이야기의 存在
를 要求하지 안코는 못 견된다. 그리고 그러한 本能과 그러한 欲求가 構成
本能과 藝術的 表現의 本能과 結合하는 곳에 集團情緖를 反映케 하며 或은
이를 깃브게 하는 어쩌한 種類의 이야기가 생긴다. 이것이 卽 童話의 起原
이라고 한다. 이것이 第一 適當한 學說 갓다.

그러나 끄트로 한마듸 하여 두지 안흐면 아니 될 것은 童話 起原을 硏
究하는 대도 여러 가지 各各 다른 立場이 잇스며 다른 方面이 잇스니 우
리는 이러한 것을 綜合하야 硏究함으로써 充分한 解釋을 내릴 수 잇다는
것이다.

童話의 科學은 새로운 學問이다. 아즉 充分한 體系와 充分한 組織이 成
立되어 잇지 안타만은 世界의 童話硏究者가 各各 그들의 조와하는 方面으
로부터 硏究를 하야 그 모-든 業績이 基礎가 되어서 멀지 안흔 날에 童話學
의 殿堂이 建設되기를 바라며 이 小論의 붓을 놋는다.

劉道順, "朝鮮의 童謠 자랑", 『어린이』, 제7권 제3호, 1929년 3월호.

우리는 남에게 이럿타고 써젓하게 내놋코 자랑할 만한 것을 만히 가지지 못하얏습니다. 그리하야 우리는 이 세계의 붓그러운 사람 가온대 한 사람임니다. 엇더한 사람이 우리에게 말을 하기를 "자랑할 만한 것을 가젓느냐" 하고 물으면 "세계 어느 나라의 것보다도 못하지 안은 것을 한 가지 가젓다" 하고 대답하겟습니다.

그것은 우리의 할어버지들이 녯날 불으든 노래임니다. 노래 중에도 어린이들을 위하야 생긴 동요(童謠)임니다.

우리의 녯 동요들은 어느 째 엇더한 사람이 지엿는지 그것은 자세히 알지 못하거니와 오늘까지 전해 나려온 동요를 보면 예술의 나라 불란서의 동요보다도 력사 오랜 중국의 동요보다도 못하지 안습니다.

노래의 생각 노래의 아름다움 이 밧게 엇더한 점으로던지 못하지 안습니다. 깃븐 노래면 춤이 덩실덩실 나오리 만치 깃브고 슬픈 노래면 눈물이 늣겨지리 만치 되어 잇고 노름의 노래면 힘드는 것을 니즈리 만치 되여 잇고 우슴의 노래면 허리가 쓴허지리 만치 되여 잇습니다. 한마듸로 말하면 노래로써 을퍼진 법이 털끗만치라도 부족(이상 51쪽)한 것이 업시 되엿다는 말임니다.

동요는 어린이들의 노래로만 뜻이 잇는 것이 안임니다. 나라를 가지고 족속(族屬)을 일운 백성의 고유(固有)한 성정(性情)이 품기워 잇습니다. 동요는 얼른 보면 어린이들의 알기 쉬운 말 갓지만 이 말속에 품겨 잇는 뜻은 그 시대(時代)의 살림 ─ 문물(文物) ─ 백성들의 생각을 은연중 표시(表示)하고 잇는 것임니다.

그럼으로 우리의 동요는 우리의 성정을 표시하는 영구한 존재(存在)가 될 것임니다. 짜라서 동요는 어린이들만의 보배가 안이라 그 나라 그 백성의 귀중한 보배일 것임니다.

나는 더— 말하지 안코 이 아래에 멧 가지의 노래의 실례를 들어 우리의 동요가 엇더엇더한 것이 잇다는 것을 말하겟슴니다. 그리고 내가 여기에 쓰는 외에도 조흔 노래가 만슴니다만은 지면이 넉넉지 못하야 짧은 노래로만 실례를 삼슴니다.

인경쌩! 바라쌩
삼경전에 쏘구마쩟다

이 노래는 경기도 일대에서 어린 아히들이 술레잡기 할 적에 부르는 것임니다. "잉경쌩 바라쌩" 한 것은 넷날에는 날이 저물 째는 잉경을 스물여들 번을 첫고 바라소리 설은세 번이면 날이 새엿는데 이째에 술라군이 각처로 도라단이며 도적놈들을 잡엇슴니다. 이것을 본써서 술레잡기 노름을 하며 그와 갓흔 노래를 불으든 것임니다. 이 노래에는 넷날 우리의 살림 모양이 남어 잇지 안슴니가.

왁새덕새 너오만이
속곳가래 불붓는다
쌀리가서 복짓개에
물을퍼서 끼언저라

이 노래는 평안도 방면에서 부르는 것임니다. 왁새(白鷺)라는 새는 날느는 것이 퍽 느립니다. 그래서 왁새더러 좀 쌀리 날라고 놀려 주는 뜻의 노래임니다. 어린이 나라에는 즘생들이 친애하는 벗들이 되여 잇는 것임니다.

동모동모 동갑동모
자네집이 어데멘가
대추나무 아홉이선 (이상 52쪽)
형제우물 겻집일세

이 노래는 어느 지방에서나 다 부릅니다. 이것은 동무와 동무 사이에 집이 어데냐고 뭇고 집이 어데라고 가르켜 주는 대화를 자미잇게 읊흔 것임니다. 이 노래에 나타난 가리켜 준 집의 광경은 말노 그림을 그린 것이엿슴니다.

> 별싸러가서 달싸러가세
> 장대들고 대래키차고
> 뒷동산에 올라가서
> 별을싸세 달을싸세

이 노래는 어린이들의 무궁한 상상력(想像力)이 표현되여 잇슴니다. 어린이의 생각에는 한울이 그리 놉지 안은 것가티 보임니다. 더욱이 산 우에 한울은 산과 맛대여 잇는 것갓치 보임니다. 장대만 들엇스면 별도 싸고 달도 쌀 것 갓슴니다. 얼마나 아름다운 꿈임니까. 이 생각의 힘이 업스면 사람은 크게 타락할 것임니다.

> 형님형님 사촌형님
> 우리형제 죽거들랑
> 앞산에도 뭇지말고
> 뒷산에도 뭇지말고
> 고개고개 너머가서
> 가시밧헤 무더주소
> 가지한개 열리거던
> 우리형제 넉시리니
> 우리들을 보는듯이
> 부모에게 친신해주

얼마나 슬푼 노래임니까. 이는 자살하는 사람의 유서보다도 더 슬푼 늣김을 줌니다. 이 노래를 을플 때 가련한 형제의 가이업는 정경이 눈압헤 써올라 가슴 깁히 소사나는 눈물이 목을 매게 합니다. 이 밧게도 조흔 노래는 얼마던지 잇슴니다.

이번은 이것만으로 하고 다시 기회가 잇스면 소개할까 함니다. 그리고 내가 우에 적은 외에도 우리의 노래의 특증은 더 만히 말할 수 잇슴니다. 이것도 훗 기회로 밈니다.(이상 53쪽)

崔鶴松, "(作文講座)글(文)", 『새벗』, 1929년 3월호.

우리가 글(文)을 쓰는 것은 말(言語) 대신으로 쓰(使用)려는 까닭이외다. 말이나 글이나 그 形式은 다르지만 우리의 思想과 感情을 表現하는데 잇서서는 조곰도 다를 것이 업습니다.

그러나 말에는 글보다 不便한 條件이 잇습니다. 그것은 時間과 空間의 制約을 밧게 되는 것이외다. 어쩌한 말이든지 그 말하는 그 사람의 生命이 잇는 동안에 만들을ㅅ 수 잇는 것입니다.

사람의 生命이란 늘 잇는 것이 아니닛가 그 生命이 끈허지는 날이면 그 말도 다시 들을ㅅ 수 업시 되는 것입니다. 만일 그 사람이 죽지 안코 이 世上에 살어 잇다고 하드라도 그 사람이 말하는 그때 그 場所가 아니면 그 사람의 말은 들을ㅅ 수 업는 것입니다. 한 사람의 말이 이 사람의 입과 저 사람의 입을 거처서 古今과 東(이상 4쪽)西에 傳하는 바가 업는 것은 아니지만 그러케 되면 自然히 그릇 傳하여지는 수가 만습니다.

여기서 글의 必要가 생기는 것입니다. 글은 實로 自己가 하고저 하는 말은 東西와 後世에 傳하여 주는 信便이라 할ㅅ 수 잇습니다. 이러케 글의 압헤서는 말의 압헤서 든든이 직히든 時間 空間의 制約도 스러지고 마는 것입니다.

그럼으로써 우리 人類는 글을 所重히 넉이는 것입니다.

글은 참말 우리 人類에게 잇서서 所重한 보배외다. 글이 업섯드면 우리는 얼마나 不便하엿겟습닛가? 또 우리 社會가 이만침 發達도 못 되엿슬 것입니다. 人類의 文化는 오로지 글의 힘으로 發達되엿다고 하여도 지나치는 말은 아닐 것입니다.

그러케 큰 것은 말고 우리의 日常生活만 보드라도 글의 貢獻이 얼마나 큼닛가? 千里를 격한 사람끼리라도 편지 한 장이면 서로 意思를 通할ㅅ 수 잇는 것이요 去來 關係라거나 其他 모든 것을 글로서 적어 노흐면 언제든지 닛지 안케 되는 것입니다. 이럼으로써 글은 決코 등한이 볼 것이 아니외다. 글에는 누구나 마음으로써 적는 것을 배와야 할 것이요 또 배호면 누구나 적을 수 잇는 것입니다.(이상 5쪽)

洪銀星, "少年雜誌에 對하야—少年文藝 整理運動(一)",
『중외일보』, 1929.4.4.

　　朝鮮의 少年運動과 그의 文藝運動은 벌서 八九個 星霜이라는 나히를 먹엇다. 곳 말하자면 方定煥 君의 〈天道敎少年會〉로부터 或은 盧永鎬 君의 『새소리』[241]로부터 우리는 少年運動과 그의 文藝運動의 對하야 첫 페-지를 잡을 수 잇다. 짜라서 이것으로부터 少年運動과 그의 文藝運動의 火□을 듸인 方 盧 兩君의 功效도 적지 안흔 것이다.

　　要컨대 朝鮮의 少年運動이라는 것은 벌서 崔六堂의 『少年』이라든지 『붉은 저고리』 『아희들보이』로부터 비롯된 것을 우리는 엿볼 수도 잇스나 그러나 그째의 그것들——『少年』, 『붉은 저고리』, 『아희들보이』는 벌서 少年運動의 그 무엇이라는 것보다도 靑年들의 갓가운 물건이엇섯다고 볼 수 잇는 것이다. 만약에 억지로라도 朝鮮少年運動과 그의 文藝運動을 三個로 分하야 본다면 崔六堂의 『少年』 或은 『붉은 저고리』 時代를 第一期라고 할 수 잇고 그 다음 (한 줄 가량 해독 불능) 少年會, 或은 『새소리』로부터 『어린이』의 創刊 時代를 第二期라고 할 수 잇고 昨今의 現狀을 第三期라고 할 수 잇는 것이다.

　　그러나 먼저도 잠간 말하엿것니와 崔六堂[242]의 『少年』 創刊 時代는 벌서 그 時代 그 社會環境이 달엇슴으로 論할 性質이 달너진다고 볼 수 잇다. 곳 말하자면 純粹少年運動과 그의 文藝運動은 『새소리』 創刊 以後라고 할 수밧게 업다.

　　내가 웨 이것을 말하는가 하면 우리 同志들 間에 少年問題를 研究하는

---

241 『새소리』는 노영호가 주간(主幹)이 되어 1920년 근화사(槿花社)에서 창간한 어린이 잡지이다. 노영호는 『普通學校 漢文 及 朝鮮語讀本 難句 文字 熟語 解釋』(1921), 『槿花唱歌』(1921), 『泰西雄辯集(第一集)』(1925) 등을 경성 근화사(京城 槿花社)에서 발간하였다.

242 '六堂'은 최남선(崔南善)의 호다.

사람이 이 起源論에 잇서서 曰可曰否하야 그 底止할[243] 바를 모르는 까닭이다.

이리하야 『새소리』 創刊으로 今日에 至하기까지 벌서 九個 星霜이다. 말하자면 一九二〇年代의 朝鮮少年運動은 비롯되엇다고 말할 수 잇는 것이다.

이와 가티 朝鮮少年運動과 그의 文藝運動은 方今에 이르러 놀라운 量的 增加를 보게 되고 多少 質的 轉換을 일으키게까지 되엇다.

『새소리』 以後에 나온 少年雜誌를 본다면 大槪 나의 아는 範圍 內에서 보드라도 『어린이』 『어린벗』 『半島少年』 『朝鮮少年』 『새별』 『少年新報』 『新進少年』 等等 것이 나왓다가 僅히 『어린이』가 存在해 잇고 그 後 『새벗』 『아희생활』 『별나라』 『무궁화』 『朝鮮少年』 『少年界』 『少女界』 『少年朝鮮』 『少年旬報』 等等이 나온 中에 『무궁화』少年, 少女兩界[244]가 다 休刊 或 廢刊케 되고 오늘날까지 구준히 나온다고 할 것은 『新少年』 『새벗』 『어린이』 『별나라』 『少年朝鮮』 『朝鮮少年』 『아희생활』 『少年旬報』 等等이 存在해 잇다.

그런데 이들 存在해 잇는 少年雜誌의 質的 轉換을 要求하야 마지안는 바는 엇던 少年雜誌를 내어노코 보든지 少年의게 對한 이러타 무엇을 너허준 것이 업다고 하야도 過言이 안일 만치 日本 少年雜誌의 것을 直輸入으로 통재게로 飜譯해 논 것이 半數 以上이다.

當今하야 우리는 이 少年雜誌들의 如斯한 行動에 잇서서 如何한 方法 如何한 運動으로써 整理할 것인가를 論하기에 이를 것이다.

勿論 一般文學上으로 보드래도 乃至 文化上으로 보드래도 外國의 것을 全혀 輸入치 안흔 나라이 업는 것은 잘 알 수 잇는 史實이다. 이것은 大槪 그 나라의 文化의 程度가 低級하고 非文明的인 째에만 可能한 것이기 째문에 늘 批評家의 붓으로 그것을 分析하고 批判해 내는 것이다. 여기에 批評

---

243 '底止'는 "벌어져 나가던 것이 목적한 곳에 이르러 그침"이란 뜻이다.
244 『소년계』와 『소녀계』를 싸잡아 말한 것이다.

家의 存在理由가 가장 크다고 볼 수 잇는 것이다.

우리는 分明코 少年運動과 그의 文藝運動도 偉大한 批評家를 기다리여 마지안코 또한 當今하야 散珠, 或은 亂麻 가튼 運動을 整理하야 마지안홀 째이다.

於是乎 우리의 觀點은 少年雜誌의 量的增加보다도 質的轉換을 부르지저 마지안케 되엇다. 그리고 우리들은 各自의 冷情한 머리로써 이것을 分析하고 批判해 내지 안흐면 안 되게 되엇다.

果然 우리는 이것을 잘 整理하고 잘 轉換식힘에 짤서서 우리의 少年運動과 그의 文藝運動이 가장 組織的이오 大衆的이오 學科的으로 될 수 잇는 것이다.

洪銀星, "少年雜誌에 對하야－少年文藝 整理運動(二)",
『중외일보』, 1929.4.8.

最近 數年來로 어린이 雜誌들은 만히 發展하야 온 것은 前項에서도 暫間 말하엿거니와 各 어린이 雜誌에 잇서서 所謂 「어린이讀本」이라는 것이 揭載되게 된다. 말하자면 이것은 分明코 學校의 그것과 가티 科外讀本으로 읽키려는 意圖에서 나온 것이다. 더 이것을 具體的으로 分析해 본다면 各 少年雜誌에 실니는 童話 童謠 少年小說 等보다 좀 더 效果를 내이자는 意圖일 것이다. 말하자면 이 「어린이讀本」이라는 것은 그들이 雜誌 初頭에 실는이만치 가장 重要히 取扱하고 잇는 것은 自他가 共認하는 바이다.

그런데 이 「어린이讀本」이라는 것이 果然 學科的 科外讀物에 適合하냐? 適合치 아니하냐?하는 問題에 일으게 된다.

나는 말한다. 이 「어린이讀本」이란 □□□□□□도 업는 것이라고 하고 십다. 그것은 웨 그러냐 하면 「어린이讀本」 될 만한 內容과 形式을 具備치 못하얏다.

勿論 그것을 上程하는 筆者들로서는 多少 滿足을 늣기는지 몰으지만 나로서는 그것을 볼 째 그들의 頭腦의 低劣한 것을 말하지 안을 수 업다.

첫재로『새벗』社에서 發行한『어린이讀本』[245] 이것은 다른 少年雜誌에서 卷頭에 실는 대신으로 單行本으로 出刊된 것이라고 볼 수 잇다. 그러나 이것의 內容 貧弱이라든지 形式은 나종 問題로 하고라도 그것을 編輯한 이의 常識의 不足을 늣길 수 잇다. 더 나가서 말하면 少年運動이 무엇이고 少年文藝運動이 무엇이고 어린이 讀本이라는 것이 무엇인지 全然히 몰으리의 작란이라고나 할가? 너무나 恨心치 안을 수 업다. 만약에 이것을 營利本位로 하엿다 하드라도 何必 少年 팔어서 私慾을 채워야 마음에 足할 것인가?

첫재로 少年讀物이라면서 적어도『어린이讀本』이라면서 "七十錢"이라는 것은 그 冊의 페-지로 보든지 內容으로 보아서든지 高價이며 그 內容에 들어서는 各 어린이 雜誌에 秩序 업시 나온 것을 모라 모하 놋코 그다음 形式에 잇서서는 길고 짜른 것을 區別치 안허서 닑기에 족음도 讀本이라는 맛을 늣기지 못하게 한다. 이 點에 잇서서는 찰아리『어린이』에 실리는 方定煥 君의「어린이讀本」이 멧 倍 價値가 잇고 組織的이다.

"새벗社"編輯 二十餘名 先生 執筆의『어린이讀本』이라는 것은 누가 編輯하엿는지 잘 모르거니와 失敗로는 完全한 失敗이다. 나의 希望으로는 組版을 갈든지 改編을 하엿스면 조흘 것 갓다.

그 다음『어린이』에 실리는 方定煥 君의「어린이」[246]라든지『별나라』에 실린「별나라讀本」에 잇서서는 다들 힘을 쓰는 것은 顯著하다. 짤하서 그들의 少年運動과 文藝運動에 對하야 애쓰는 것을 잘 알 수 잇스나 方 君의「어린이讀本」에 잇서서는 飜譯 風의 日本臭가 나고「별나라讀本」에 잇서서는 文章의 低劣과 粗雜함을 늣기게 된 讀者에 잇서서는 多少 組織的 思想的 指導的임에 對하야 後者에 잇서서는 非組織的 無主義的이라고 볼

---

245 『어린이讀本』(滙東書舘, 1928.7)을 가리킨다.
246 「어린이讀本」의 오식이다.

수 잇다.

要컨대 「어린이讀本」(一般 "어린이 讀本"을 稱함)이라는 것은 現今에 잇서서는 方 君의 編輯하는 「어린이讀本」이 가장 優秀한데 쏘한 이런한 排列 이러한 組織 이러한 思想(족음 뒤진 人道的이나)으로 한다면 學校에서 補充敎材로도 쓸 수 잇슬 것이오 私設 書堂 가튼 곳에서도 使用하야도 無妨하다고 생각한다.

그리고 『朝鮮少年』 『少年朝鮮』 『新少年』 等에 잇어 「어린이讀本」의 性質을 씌고 나온 몟 개의 것이 잇스나 評하기 足하지도 안흔 것임을 말하야 둔다.

이 點에 잇서서 少年雜誌 編輯者는 "讀本"이라고 하는 名稱, "무슨 科"라고 하는 名稱을 濫用하지 안키를 바란다.

洪銀星, "童話, 童謠, 其他 讀物─少年文藝 整理運動(三)",
『중외일보』, 1929.4.15.

다시 붓을 돌리어 各 少年雜誌에 실리는 "童話"와 "童謠"에 對하야 暫間 一言하야 두고 結語로 들어가겟다.

少年雜誌에 잇서서는 特히 朝鮮에 잇서서는──그 內容이라는 것의 過半數가 童話, 童謠이다. 童話, 童謠가 만흔 것은 好現象이라고 할 수 잇스나 朝鮮의 童話, 童謠에 對하야 時急히 整理하지 안흐면 안 된다.

童話, 童謠에 取하야 오는 題材는 第二次 問題로 하고 먼저 童話와 童謠를 쓰는 이들의 腦부터 掃除할 必要가 잇다고 본다.

方定煥 君이 少年運動과 그의 文藝運動을 振興식혀 온 것은 이곳에서 特記할 事實이다. 그러나 그의 腦는 創作的 機能이 不足하든 感을 이 글을 쓰면서 더욱더욱 늣기게 된다.

그것은 方 君이 一에서 十까지 그의 童話가 非創作이라는 것이다. 거의

岩谷小波의 그것을 그대로 옮겨 온 것이 만타. 이 流風은 日本의 少年雜誌를 譯하는 버릇을 가르첫다고 볼 수 잇다. 朝鮮에 少年運動이라든지 少年文藝運動이 透徹한 存在가 업슬 째에 日本의 그것이라도 가저다가 振興식힌 것은 고마운 일이다. 이것을 整理하고 쏘한 朝鮮의 것을 完成하도록 創造的 腦와 公正한 論評이 업섯든 까닭이라고 말하고 십다.

보라! 現今에 움지기고 잇는 所謂 少年雜誌에 실이고 잇는 童話 童謠가 日本의 그것을 飜譯하고 模作하야 된 것이 얼마나 만흔가. 童謠에 잇서서는 多少 模作을 지나 創作 氣分이 잇스나 童話에 잇서서는 아즉도 飜譯期를 버서나지 못하고 허덕이는 분이 잇다. 甚한 이는 朝鮮에 무슨 童話가 잇느냐고 한다. 죄다 飜譯이라고까지 하게 된다. 그리하야 乃至 朝鮮童話 否定論者까지 잇게 된 奇現象이다.

朝鮮人으로서 朝鮮的 童話를 못 지어낸다면 이는 分明히 低能한 頭腦를 所有한 분이라고 할 수 잇다. 이러한 분은 速히 少年運動과 그의 文學運動에서 물너가는 것이 少年運動을 爲하야서든지 그 自身을 爲하야 나흘 것이다.

그럼으로 少年讀物 執筆者는 지금부터는 飜譯을 될 수 잇는 대로 避하여야겟다. 그것은 少年運動과 그의 文藝運動의 效果로 보든지 建設로 보든지 그리하지 아니치 못할 當面에 다다른 任務인 까닭이다.

朝鮮의 少年은 나날히 進步하고 잇서서 普通學校 三四年 程度만 되면 日本 少年雜誌는 넉넉히 닑을 수 잇는 것이다. 그런데 멧 달이나 멧 해 前 것을 飜譯하야 가지고 少年을 瞞着하는 것도 첫재 안 된 일이고 우리 少年文藝振興에 잇서서도 자미업는 일이다. 同時에 少年 讀者大衆에서 隔離되고 販賣不振 經營困難에까지 이르게 될 것이다.

이와 마찬가지 理由로 創作이 되고 飜譯物보다도 못하게 하면 쏘한 不振, 隔離되고 말 것이다.

要컨대 우리는 創作이면서도 다른 나라의 作品보다 優秀한 成結을 가진 것을 내여노키 바라는 바이다. 近者의 發表病에 걸린 未熟 文學靑年은 거의 少年雜誌로 몰리는 現象이 잇다. 그리고 거의 童謠, 童話를 숭내 내고 잇다. 이것은 그리 조치 못한 現象일 뿐 아니라 그들에게 잇서서도 도리어 자미업는 일이다. 좀 더 鍊習하고 討究하야써 執筆하기 바란다. 少年文藝는 一般文藝보담은 더욱 困難한 것이다. 그 까닭은 少年의 思想, 感情에 마저야 할 뿐 아니라 少年을 끌고 올나갈 만한 指導的 精神이 보이지 안흐면 안 된다.

그리하야 비록 童話 一篇 쏘는 童謠 一篇이 허수룩하고 몃 페-지 되지 안는 것이지마는 큰 意義리 가지고 잇는 것이다.

그런데 한 가지 말하고자 하는 것은 少年 그 自身이 쓰는 것은 더욱 謹愼을 要하며 指導的 傾向을 엇도록 그들 自身의게 우리는 힘써 주어야 한다. 끗트로 結語 비슷이 말하고자 하는 것은 少年雜誌에는 少年少女의 思想感情에 맛는 讀物을 실고 指導的 精神과 進取的 精神을 鼓吹하지 안흐면 안 될 것이다 하고 말하고 십다. 짜라서 나는 少年運動과 그의 文藝運動의 整理를 提唱하는 바이니 만히 討議되기를 衷心으로 바라서 마지안는 바이다. (完)

社說, "兒童讀物의 最近 傾向-提供者의 反省을 促함-",
『동아일보』, 1929.5.31.

一

自由教育의 提唱이 熱烈한 今日에 잇서서 現今 兒童의 學校에서의 一律
教育을 萬一 批判한다면 그 效果를 疑心할 充分한 理由가 잇는 것은 勿論
이다. 主智的 教育의 餘弊로 情緒教育을 等閑視하는 것도 今日 教育上에
問題가 아니 되는 것이 아니다. 그러나 制度의 變改는 一朝一夕에 能히
할 배 아니오 다만 乾燥無味한 教科書 以外의 課外讀物이나 兒童雜誌 가튼
것으로써 이 缺陷을 얼마큼 補充하는 것은 반가운 事實이다. 그러나 朝鮮
의 現相은 반듯이 그러치도 못한 모양이니 兒童의 讀物이 量으로나 質로나
보잘것이업는 것은 教科書的 內容을 超越하여야 할 朝鮮兒童 一般 讀物界
를 爲하야 크게 遺憾으로 생각하는 바이다.

二

全 朝鮮 學齡兒童을 相對로는 兒童의 讀物을 提供할 수 업다 할지라도
적어도 五十萬에 갓가운 普通學校 兒童만을 相對한다면 雜誌의 種類로서
도 相對한 數에 達할 것은 無疑할 일이다. 그러나 朝鮮의 事情은 다른 社會
와 달러서 一般父兄의 兒童教育에 對한 沒理解와 理解는 한다 할지라도
經濟問題로 多大數의 兒童은 無味乾燥한 所謂 教科書 以外에는 知識을
求하랴도 求할 수 업스며 情緒를 淨化케 하랴도 淨化케 할 길이 업다. 이러
한 現實을 볼 때에 教育機關의 不滿으로 就學치 못하는 兒童을 爲하야 愛
惜하게 생각하는 가튼 程度의 愛惜感을 여긔에서도 가지게 된다. 이러한
意味에서 우리 朝鮮에도 朝鮮的 色彩를 띄고 朝鮮魂을 담은 兒童의 讀物이
다만 幾個라도 充實한 內容을 가지고 나와야 할 것이나 事實에 잇서서는
그러치 못하야 朝鮮의 兒童教育은 적지 안흔 憂慮가 새로워진다.

三

現在 朝鮮에 兒童의 讀物이 업는 바는 아니다. 그 數字에 잇서서는 그것

만 해도 內容만 充實하얏스면 當分間의 兒童讀物의 面目을 維持할 만큼 만타고도 볼 수 잇다. 그러나 可惜한 것은 群小 兒童雜誌가 이것을 어쩌게 兒童에게 보일 수가 잇나 嘆息할 만큼 內容이 貧弱하고 形式이 醜雜하다. 첫재는 雜誌 自體가 兒童을 標準함인지 어른을 標準함인지 分揀할 수 업게 된 것이 만흐니 童話에 잇서서, 童謠에 잇서서, 傳記, 史譚에 잇서서 兒童의 生活과 心理와는 何等의 交涉이 업는 것을 羅列하고 다만 갑 헐하다는 理由로써 兒童의 歡心을 사랴는 傾向이 確實히 보이니 이 얼마나 큰 兒童 敎育에 對한 錯覺이냐. 덥허노코 童話요 덥허노코 童謠라 하는 그러한 錯覺的 兒童讀物觀이 朝鮮의 兒童을 글홋된 方面으로 誘出함을 아는 以上 于先 朝鮮의 兒童讀物을 整理 淘汰할 必要도 切實히 늣기는 바이다.

四

쏘 하나 怪常한 것은 일업는 靑少年의 消日거리로 編輯된 兒童雜誌의 種類가 늘어갈스록 相當하다 認定할 만한 것도 玉石俱焚으로 世間의 嘲笑와 罵倒를 한가지 바들 뿐 아니라 짤해서 그 自體의 色彩조차 不鮮明하야지며 甚하면 쓸대업는 販賣政策의 競爭으로 그 存在까지 危懼를 늣기게 된다. 이것이 恰然히 惡貨幣가 流行하면 良貨幣는 차차 업서진다는 '크레샴' 法則이[247] 讀物에 行하는 것이 兒童을 둔 父兄들의 매우 注意를 要하는 바이다. 그럼으로 萬一 朝鮮의 兒童을 爲한다 함이 비록 營利의 탈 代身 노릇을 아니한다 하면 쓸대업는 幾百個 幾千個의 兒童雜誌가 잇는 것보다는 한 개의 完全한 一個가 잇는 것이 兒童의 將來를 爲하야서는 幸福이 될 것이다. 兒童讀物 提供者의 深甚한 注意를 要하고 反省을 促하는 바이다.

---

247 '그레샴의 법칙(Gresham's Law)'은 "악화(惡貨)는 양화(良貨)를 구축(驅逐)한다"라고 하는 법칙을 말하는데, 일반상품과 달리 화폐는 같은 액면가격으로 통용되는 두 가지 이상의 소재 가치를 달리하는 화폐가 동시에 통용될 경우에는 소재가 열등한 화폐만 유통되고 소재가 우수한 화폐는 주궤(鑄潰), 용해, 저장, 수출 등으로 유통계에서는 소멸된다는 것이다.

高長煥, "머리에 멧 마듸", 高長煥 譯, 『똥키호테-와 썰리봐旅行記』, 博文書舘, 1929.5.

똥·키호-테는 西班牙의[248] 文豪 미규엘·썰반테쓰(Cervantes)(一五四七年 生 ~ 一六一六年 死)가 五十八才 때에 쓴 不朽의 名著로 世界文學史上의 雄篇인 同時 보고 듯는 사람으로써 하야금 여간한 興味를 주어 萬人이 激贊하는 最大 傑作品을 이곳에 줄여 실흔 것입니다.

× ×

썰리봐旅行記는 英國 政治家이고 宗敎家인 죠나탄·스위프트(Jonathan Swift)(一六六七年 愛蘭에서[249] 生 一七四五年 死)가 지은 그의 空想的 理想의 別天地를 妙하게 그려낸 것입니다.

寫實的 心理的 作品으로 事實的으로 滋味잇고 進取的 冒險的 氣象을 부어주는 好讀物입니다.

이 亦 全 世界를 通하야 歡迎的 好評을 밧고 잇습니다.

이곳에 쓴 큰 사람나라, 작은 사람 나라 이외에 날으는 섬 말(馬)의 섬에 갓다 온 이약이도 잇지만 우의 두 가지만 장편을 줄여서 실흔 것입니다.

—— 더 자미잇게 읽어 주셋스면 감사할 뿐입니다. ——

一九二七. 一二. ——

編　　者

248 '西班牙'는 '에스파냐(España)'의 음역어이다.

249 '愛蘭'은 '아일랜드(Ireland)'의 음역어이다.

方定煥, "머리말", 皓堂 延星欽 編著, 『世界名作童話寶玉集』,
以文堂, 1929.5.[250]

이 책이 짜여젓스니 책은 비록 조고만 책이로되 여긔에 들어 잇는 정성과
힘을 생각하면 말할 수 업시 고귀하고 빗싼 갑이 잇는 것입니다.

동화는 쓰는 사람 자긔의 비위만 맛치면 어린 사람에게는 소용 못 되는
것인대 延 先生은 어린 사람들께 충실하게 친절하게 쓰기를 힘쓰는 이인
고로 더욱 이 책은 고대로 솔솔 낡는 이의 가슴에 숨여드러서 만흔 효과가
잇슬 것을 밋고 나는 깃분 마음으로 이 책을 마지하는 것입니다.

己巳年 四月　　　꼿 우에 비 오는 날
　　　　　　　　어린이 印刷 校正室 方定煥

李定鎬, "서문 대신으로", 皓堂 延星欽 編著, 『世界名作童話寶玉
集』, 以文堂, 1929.5.

"童話가 엇재서 어린이에게 필요(必要)하냐" 하는 것은 우리가 각금 각금
당하는 질문(質問)의 하나입니다.

"童話가 엇재서 어린이에게 필요하냐" … 이것은 질문을 밧게 되는 그
사람 그 사람에 짜라서 그 대답도 일정하지 안코 이럿케 저럿케 다를 것이
나 한마듸로 씃어 말하면 童話는 어린이의 심성(心性)의 각 요소(各 要素)
를 가장 완미(完美)하게 게양(啓養)하는데 절대(絕對)의 위력(偉力)을 가
젓기 째문입니다.

---

250 글의 제목에 해당하는 '머리말'은 원문에 없으나 성격상 글의 제목으로 삼았다.

【첫재】어린이들의 마음에 깃븜(愉悅)과 자미(興味)를 주어 이들의 심령(心靈)을 한업시 쎠더나게(成長) 하는 데도 童話 그것보다 더 나은 것이 업습니다.

【둘재】무수한 사건(事件)과 경우(境遇)와의 착종던개(錯綜展開)―(슯흔 것 우스운 것 무서운 것 용감한 것)―로써 어린이들에게 조흔 자극(刺戟)과 충동(衝動)을 주어 그들의 정서(情緖)를 시련(試鍊) 쏘는 계양(啓養) 식힐 뿐 안이라 일상생활(日常生活)에 단조(單調)한 경험(經驗)을 초월(超越)하야 초인간덕(超人間的) 초자연덕(超自然的)으로 그들의 상상력(想像力)을 무한히 발휘(發揮) 발달(發達)케 하는데도 童話 그것보다 더 나은 것이 업습니다.

【셋재】인간게(人間界)와 밋 자연게(自然界)의 모―든 사물(事物)의 현상(現像)을 이약이 속 세상에다 재표현(再表現)을 하고 쏘는 모―든 사물현상의 발생(發生)이라든지 성립(成立)의 긔원(起源)과 밋 그 리유(理由)를 과학덕(科學的)으로 쏘는 비(非)과학덕으로 설명 포함(包含)해서 어린이들의 지력(知力)과 관찰력(觀察力)을 계양(啓養)함에도 童話 그것보다 더 나은 것이 업습니다.

【넷재】각종의 사회덕(社會的) 관게를 이약이 속에 던개(展開)―(家族生活·社會生活·民族生活·動植物과 人類와 共存社會·經驗世界와 超經驗世界와의 交涉 關係)―식히여 인생(人生)의 관한 다면덕 견해(多面的見解)를 포착(捕捉)케 하고 사회덕 정황(社會的 情況)의 살어 움즉이는 국면(局面) 편편(片片)마다 깁흔 리해(理解)와 동정(同情)을 갓게 하고 그것의 필연덕(必然的)으로 귀추(歸趨) 되는 도덕관게(道德關係)―쏘는 그것의 접촉(接觸)으로부터 생겨지는 넓고도 강한 륜리감(倫理感)―그리하야 좁게는 가족생활(家族生活)을 통하야 량친(兩親)과 형자(兄姊)의 사랑(愛)과 보호(保護)와 밋 배려(配慮) 등을 실감(實感)케 하고 사회생활(社會生活)을 통해서는 동정(同情) 친절(親切) 공정(公正) 혹박(酷薄) 긔만(欺瞞) 등의 가치(價値)와 운명(運命) 등을 배호게 하고 초인간덕 세게(超人間的世界)와 현실세게(現實世界)와의 교섭(交涉)을 통해서는 용긔(勇

氣)와 지혜(智慧)와 인내(忍耐) 등의 존엄(尊嚴)을 리해(理解)하게 하야
그들로 하여금 사회감(社會感)과 도덕감(道德感)을 광범(廣汎)하게 쏘 강
렬(强烈)하게 머리 속에 집어너어 주는 데도 童話 그것보다 더 조흔 것이
업습니다.

　【다섯재】예술덕(藝術的)으로 미(美)에 풍만(豐滿)해 잇서서 어린이들
로 하여금 미감(美感)을 가장 예민(銳敏)하게 쏘는 세련(洗練) 되게 하는
데도 童話 그것보다 더 조흔 것이 업습니다.

　이상의 긔술(記述)한 것만으로도 우리는 童話 그것이 얼마나 어린이에
게 업서서는 안 될 주요한 것의 하나이라는 것을 잘 알 수 잇습니다.

　그런데 이번에 나의 가장 친애(親愛)하는 동모요 쏘 갓흔 생각으로 갓흔
길을 걸어나가고 잇는 동디(同志)의 하나요 쏘 만치 안은 조선의 동화(童
話) 작가(作家)의 하나인 연성흠(延星欽) 씨의 붓쯧으로 이『世界名作童
話寶玉集』이 짜여젓습니다.

　세게각국(世界各國)의 유명한 이약이만 골라서 씨 독특(獨特)의 달필
(達筆)로 번역한 것이요 쏘 이미 신문지상(新聞紙上)으로 쏘는 잡지상(雜
誌上)으로 발표되여 어린이들에게 만흔 유익을 준 것이라 내가 쏘 다시
찬사(讚辭)를 드릴 것은 업스나 하여간 이상에 긔술(記述)한 童話로서 반
듯이 가저야 할 모-든 요소(要素)를 가장 잘 구비(具備) 조화(調和)한 조
흔 독물(讀物)임을 밋는 동시에 이 한 책을 조선의 나 어린 동모들에게
권해드리기를 주저하지 안는 바임니다.

己巳年 初春에

開闢社에서 李　定　鎬

延星欽, "『世界名作童話寶玉集』을 내노흐면서", 皓堂 延星欽
編著, 『世界名作童話寶玉集』, 以文堂, 1929.5.

나는 여섯 해 전부터 어린이 여러분끠 넑히기 위하야 조곰이라도 어린이
여러분끠 유익(有益)을 들일 수 잇슬가 하는 주지(主旨) 아래에서 동화를
한두편식 신문지상 혹은 소년잡지에 써서 실닌 것이 어언간 수십여편에
일으럿습니다. 이 수십여편이나 모여진 동화 중에서 흥미(興味)와 유(有
益)을 주안(主眼)으로 하야 추려낸 것이 이 『世界童話寶玉集』입니다.

이 조고마한 책이 세상에 퍼지여 나가게 됨에 일으러 이 책을 넑는 어린
이 여러분끠 조고만한 유익이나마 잇슬 것 가트면 내가 이 책을 내노흐면서
바라든 소망을 일우엇다 할 수 잇습니다.

쯔트로 이 조고마한 책이나마 짜어내 노토록 내 마음을 북도아 주신 "어
린이社" 李定鎬 兄과 가지가지로 도와주신 여러 先生님끠 감사를 드리는
바이며 이 한 책이 여섯 해 동안 내 정력(精力)의 한 뭉텡이라는 것을 붓처
말슴해 둡니다.

己巳年 初春에

서울 별塔會에서

編 著 者 씀

金泰午, "童謠雜考 斷想(一)", 『동아일보』, 1929. 7. 1.

近來 新聞이나 雜誌上에서 童謠作品을 만히 對하게 됨은 실로 깃버할 現狀이다. 그런데 朝鮮에 童謠가 업지 안흔 바는 아니나 少年文學建設의 基礎가 되는 이 童謠를 이저버린 代身에 퍽으나 等閑視하야 왓다.

이것을 遺憾으로 생각한 朝鮮에 잇서서 童謠研究에 뜻 둔 몃 분들의 努力으로 一九二七年 九月 一日을 期하야〈朝鮮童謠研究協會〉가 創立된 以後로 그 氣勢는 자못 熾烈하야 新興童謠運動은 날을 거듭할스록 씩씩하게 展開되어 간다.

童謠는 童話와 함께 兒童心靈의 糧食이오 새 生命의 싹이다. 그리고 童謠는 兒童精神生活의 一要素가 될 뿐만이 아니라 兒童의 藝術이다. 우리가 人性的 敎養에 잇서서 藝術이 絕對的으로 必要한 것과 가티 兒童에게는 무엇보다도 童謠를 要求한다.

童謠는 "어린이의 놀애다." 놀애는 즉 情緖를 읍졸인 것이다. 各各 그 民族의 情緖를 읍픈 놀애는 오로지 그 民族만 가질 수 잇는 貴한 寶物 中의 하나이다. 더욱 童謠는 그 民族 中에도 가장 貴하고 希望 만흔 어린이들 놀애다. 어린이에게만 非常한 興味를 가지게 하는 것뿐 아니라 어른들께도 興味를 가지게 하는 것이니 至今 어느 童謠를 듯거나 부르거나 하면 쌈아케 이처버렷든 兒時쩍 생각이 은근히 가슴속에 쩌돌게 되는 것이다. 그러면 永遠히 업서지지 아니하는 兒童性이 잇고 가장 崇高한 藝術的 價值가 잇고 쌀하서 語韻까지 音樂的인 것을 眞正한 意味童謠로써의 價值가 잇는 것이다.

近年부터 이러케 朝鮮의 어린 마음을 읍플 수 잇는 다시 말하면 이 아름다운 寶物(童謠)을 차즈려고 쪼는 맨들려고 애쓰는 어린 동무들이 날로 旺盛해 가는 것은 實로 當來할 朝鮮 社會를 爲하야 欣喜하기 마지아니한다.

近間 朝鮮서 都會에서나 시골에서 어린이들이 손에 손을 서로 마조잡고

或은 街頭에서 或은 家庭에서 或은 野外에서 즐겁게 놀애(童謠)를 부르며
쒸노는 양을 보게 된다. 새와 가티 꼿과 가티 앵도 가튼 어린 입술로 그
天眞爛漫하게 부르는 소리 그대로가 自然의 소리이며 그대로가 한울의 소
리이다. 비듥이와 토끼와 가티 부드러운 머리를 바람에 휘날리면서 놀애하
며 쒸노는 모양은 그야말로 고대로가 自然의 姿態이오 한울의 그림자이다.

童謠는 참으로 어린이들의 作亂터에 꼿이라 할 수 잇스니 꼿 중에도 가장
아름다운 꼿이다. 맑은 作亂터에 아름다운 꼿 그 속으로 어린 벗들은 쒸놀게
된다. 그들에게 作亂터를 쌔앗고 꼿들을 짓밟혀 버린다면 얼마나 그네들의
慰勞와 希望을 끈어지게 할 것인가? 왜 그러냐 하면 어린이들은 作亂을 쩌
나서는 아모러한 깃븜과 希望을 주지 못한 까닭이다. 그러면 童謠는 어린
이를 쩌나 잇슬 수 업스며 어린이는 童謠를 한시라도 이저서는 아니 된다.

그러나 웨 조흔 童謠가 行치 못하는가? 이것은 童謠運動 하는 사람으로
써 머리를 썩이는 問題의 하나이다. 그것은 부르기에 조흔 놀애가 아니
된 까닭인지 모른다. 우리는 무엇보다도 現下 朝鮮의 客觀的 情勢에 잘
빗최어 보아 어린이들에게 "健全한 놀애"를 一層 만히 提供하여야 할 것이
다. 特히 朝鮮의 色彩와 朝鮮魂을 담은 것으로 供給함이 가장 注意할 點의
하나이다.

金泰午, "童謠雜考 斷想(二)", 『동아일보』, 1929.7.2.

童謠의 起源은 가장 먼 것이다. 그것은 人類에게 言語가 생기자마자 存在
하얏든 것이다. 왜? 그러냐하면 人間이란 本是 놀애하는 本能을 가젓기 째
문이다. 例를 들면 母胎에서 떨어진 갓난아이의 첫 울음소리 그것을 울음이
라 하지만 그것은 울음이 아니라 일종의 놀애이다. 더 나아가서 어린아이들
을 가만히 注意하야 보면 말도 잘 견우지 못하는 아이라도 무어라 중얼중얼

하고 놀애 부르는 것을 볼 수 잇다. 어쌨든 아모러한 思想이나 言語를 가지기 前부터 놀애할 줄 알앗다는 것은 否定할 수 업는 事實일 것이다. 이것만 보아도 人類歷史가 잇는 初始부터 童謠가 어린이의 입에서 불러젓슬 것은 分明한 事實이라고 생각한다. 그러므로 童謠는 檀君할배 以前부터 잇섯슬 것이오 단군할배도 놀애 불럿슬 것도 否認할 수 업는 事實일 것이다. 그러면 童謠는 참으로 年齡을 가지지 안는 地上의 꼿(天使?)라고 하고 십다.

◇

우리는 童謠를 硏究할 쌔에 먼저 "童謠가 무엇이냐?" 하는 疑問을 풀어야 할 것이다. 近來 新聞이나 雜誌上에서 童謠作品을 만히 對하게 되거니와 어쩌한 것이 眞正한 童謠라 하는 것은 確實히 알 사람은 적은 줄 안다.

童謠는 兒童의 歌謠란 뜻이니 歌나 謠나 조선말노는 다 놀애라고 부르지만 억지로 區別하자면 歌는 樂器에 맛초며 부르는 놀애요 謠는 樂器를 써나서 부르는 놀애이다.(絶對的은 아님) 그런데 童謠를 分類해 보자면 童謠란 單純히 童의 謠라는 뜻만이 아니고 첫재 어린이들의 놀애요 둘ㅅ재 어린이들을 爲해서의 놀애요 셋재 어린이들이 놀애해 오는 傳來의 놀애 그것이오 넷재 詩人이 自己의 藝術的 衝動에서 을픈 詩라도 어린이들이 吟味할 만한 것이면 亦是 童謠라고 할 수 잇다.

다시 말하면 童謠의 定義는 여긔에 잇다고 본다. 童謠란 것은 藝術的 냄새가 豊富한 어린이들 놀애이니 아름답고 쌔끗한 짠 世界(幻想世界)에 對하야 無限히 憧憬하는 마음이 어린이들 흥미에 쪽 들어마저서 그것이 그냥 한 덩어리가 되고 假裝하지 안흔 無邪氣하고 天眞한 그대로여서 마치 종달새가 맑아캐 개인 한울을 볼 쌔 놀애 부르지 안코는 견댈 수 업는 것가티 제절로 터저나오는 어린이詩를 童謠라고 한다.

쌀해서 永遠히 업서지지 아니하는 兒童性이 잇고 가장 高尙한 藝術的 價値가 잇고 語韻짜지 音樂的인 것을 眞正한 童謠라 할 것이다. 그리고 童謠는 어른의 靈짜지도 흔들어서 다시금 童心의 世界로 돌아가게 해 줄 수 잇는 것이라야 바야흐로 生命이 잇는 童謠일 것이다.

唱歌와 童謠의 區別은 어쩌한가? 童謠가 어린이의 놀애인 以上 어린이의 마음을 本位로 한 것이라야 할 것은 勿論이다. 在來의 朝鮮에서 幼稚園이나 普通學校에서 兒童들이 불르는 唱歌는 어린이의 마음과 交涉이 업는 大部分이 功利的 目的을 가지고 지은 散文的 놀애이기 째문에 無味乾燥한 놀애쑌이어서 寒心하기 짝이 업다. 唱歌와 童謠는 얼른 보면 어둥비둥 가튼 것 가트나 實上은 거리가 서로 먼 것이다. 世上에서 童謠를 니저버리고 돌아보지 아니한 代身에 읽어야 아모 滋味도 업고 不自然에 빠지거니 事理만 밝히거나 한 唱歌만을 억지로 小學校 課程에까지 너허서 배우게 한 것은 암만 생각해 보아도 異常한 일이다.

從來의 唱歌라는 것은 率直하게 말하자면 自己 少年時代의 單純한 空想과 곱고 째끗한 맘성을 돌아보거나 하지 안코 다만 理智에만 팔려서 마츰내 平凡한 手工品 가튼 것을 맨들어 내어서 敎訓 乃至 知識을 너허 주겟다 目的한 功利的 歌謠이기 째문에 兒童의 感情生活에는 何等의 交涉이 업섯다 하야도 過言이 아닐 것이다.

그럼으로 童謠硏究에 뜻 둔 우리는 그 缺陷을 補充하기에 滿足한 內容이나 形式보다도 藝術的 香氣가 잇는 健全한 新童謠를 創作하야 大衆으로 하야금 놀애 부를 수 잇게 하겟다는 것이 우리 新興童謠運動의 '모토'라고 생각한다. 다시 말하면 어린이들의 空想과 곱고 째끗한 情緖를 傷하지 안케 할 童謠와 曲譜를 創作해 내지 안흐면 안 될 義務가 잇다고 생각한다. 그럼으로 우리는 童謠를 硏究함에 꾸준히 努力하여야 할 것은 여긔에 새삼스러히 呶呶할 必要가 업슬 것이다.

金泰午, "童謠雜考 斷想(三)",『동아일보』, 1929.7.3.

그런데 童謠란 것은 읽어서 念量하기 보담 自由로운 曲調로 明快하게

놀애하며 질길 것이다. 그러타고 결코 읽어서 念量한다는 것을 니저서는
아니 된다. 童謠는 읽을 것인 同時에 놀애로 부를 것이라 하겟스니 그 意味
를 的確히 안 뒤가 아니면 決코 自由로 소리를 내어 놀애하지 못한다는
것을 니저서는 아니 된다. 그러나 어쨋든 童謠는 읽어 보기만 보다도 아모
런 曲調고 제 맘 나가는 대로——適當하게 놀애 불러서 귀로 듯는 便이
얼마나 월등한지 모르며 듯기만 하야도 그 意味를 分明히 알 수 잇고 텬연
스러운 어린이를 마음에서 울어나오는 것이 그 속에 가득찬 것이라야 정말
갑 잇는 童謠라 할 수 잇다.

童謠에 잇서서 짜른 것이 조흔가? 긴 것이 조흔가? 하는 문제도 업쟌하
잇스니 童謠는 놀애로 불을 것이기 때문에 넘우 긴 것이면 그 歌調 全部를
暗記하기에도 多少 困難이 잇다. 아모쏘록은 音調가 조하야 할 것이며 대
번 알기 쉽게 한 것이라야 할 것이다. 그리고 쓸데업시 기다라케 늘어놋는
것보다도 짜른 便이 훨신 낫다고 생각한다. 그러나 일쩐 조흔 詩想이 생겻
슬 쩨에 억지로 늘이거나 주리기 위하야 損傷된 힘업고 無價値한 놀애를
맨들지 말기를 바란다. 나는 朝鮮 童謠 中 曲調 부처 놀애하기에 適當한
것은 七五調 六五調 四四調 等의 三行 二三節이나 四行 二三篇이[251] 놀애
부르기에 朝鮮 民族의 情緒에 알맛다고 본다. 여긔에 벗어나면 暗記하기에
不便할 쑨만 아니라 놀애부르기에도 부들어운 맛이 덜하다.

童謠는 어쩐 사람이 지을 것인가? 여긔에 對하야 日本 童謠詩人 西條八
十 氏는

童謠는 詩라고 할 수 잇다. 世上에는 이 明白한 事實을 알지 못하고 童謠를
쓴 사람이 만타. 童謠라고 하면은 오즉 調子의 아름다운 文句와 어린이들의 조하
할 題材를 늘어노코 甘味가 만타고 꾀이는 놀애만 써도 조흔 것으로 생각하는

---

251 '二三節이'의 오식이다.

이가 만타. 그 藝術的 音韻이라는 것은 족음도 생각하지 안는 作者가 만타는 말이다. 그것을 注意할 것이며 쌀하서 나의 意見으로는 어대까지든지 詩人이 써야 될 것이라는 것을 主張하는 것은 나는 世上에 잇는 職業的 詩人을 가르치는 것은 아니다. 참으로 詩人의 魂이 잇는 사람으로써 붓을 잡어야 한다. 왜 그러냐 하면 從來의 唱歌란 名稱을 童謠라고 고칠 必要가 어대 잇슬가? 從來 이 敎育의 손에서 지어진 어린이의 놀애를 詩人이 代身 마타서 創作하는 것이라야말로 新興童謠의 意義를 確立하는 것이다.

하고 自己의 童謠觀을 말햇다.

나는 여긔에 잇서서 童謠도 藝術的 價値가 잇서야 하고 韻律이 音樂的이여야 한다면 얼른 듯기에 有名한 詩人이 지어야만 훌륭한 童謠를 지으리라고만 생각해서는 잘못된 생각으로 안다. 왜 그러냐 하면 眞正한 童謠는 그 놀애를 부를 少年少女를 눈에 빗친 것 쌀해서 그들의 맘에 늣긴 것을 兒童 各自가 日常 使用하는 어린이들 말로 지은 것이라야 할 것이니 萬一에 어린이고 보면 設使 詩人이라 할지라도 얼른 어린이의 맘을 가지게 되기는 매우 어려운 일이다.

그러므로 詩人가티 날카라운 想像力을 가지지 못한 사람에게는 훌륭하고 眞正한 童謠를 지으려 하야도 갑작히 좀처럼 잘 지어지기 어려운 일이다. 그러기 째문에 少年少女들이 이 童謠를 짓는다면 어른들보다 매우 容易한 것이라고 생각한다.

金泰午, "童謠雜考 斷想(四)", 『동아일보』, 1929.7.5.

어쩌한 童謠가 조흔 童謠며 後世까지 傳할 것인가? 여긔에 잇서서 日本 詩人 三木露風 氏는 말하기를

童謠는 亦是 自己自身을 表現함이다. 自己自身을 表現하지 안흐면 조흔 童謠가 아니 된다. 創作의 態度로써는 童謠를 創作하는 것도 自己自身을 놀애한 것이라야 바야흐로 生命이 잇다. 童謠는 곳 天眞스러운 感覺과 想像이란 것을 쉬운 어린이의 말로 表現하는 意味로써 童謠는 藝術的 냄새가 놉흔 詩라야 한다.

나는 여긔에 잇서서 누구든지 童謠를 지을 쌔 남에게 稱讚을 밧고 십흔 마음으로 表面만 잘 修裝한다거나 말만 솜씨 잇게 꾸민 것으로 쏘는 眞實치 못한 거즛으로 놀애 부른다 하면 讀者도 이것을 읽을 쌔 自然히 그 거즛임을 쌔닷게 되는 것이다. 무엇보다도 여긔에 注意하야 조흔 童謠를 지을려면 自己自身의 眞實한 맘에서 울어나오는 놀애라야 반듯이 힘이 잇고 남을 움즉이는 것이다.

거즛이 업는 참된 마음으로 울어나오는 것 가트면 設令 形式과 用語가 多少 不適當하다 하드래도 반듯이 남의 말을 힘 잇게 感動시키는 힘이 잇스며 眞實이란 그것에는 굿센 힘이 잇는 것을 누구나 다 늣기는 바이다.

쏘 한마듸 할 것은 童謠를 지을 쌔 自己와 짠 個性을 가지고 잇는 他人의 批評에 무서워서 自己만 가지고 잇는 그 個性을 抹殺시킨다고 하면 貴重한 作品이 되지 못할 것이다. 藝術的 良心으로 지은 藝術品이 얼마나 貴重하며 價値잇는 것인가. 或 一時에는 남에게 稱讚을 밧지 못한다 하드래도 歲月이 감을 딸하 그 作品은 은연중 漸漸 그 眞價가 그 作品을 通하야 나타나는 것이다. 웨 그러냐 하면 여러 번 말해 온 것과 가티 童謠는 亦是 藝術的 創作이기 쌔문에 自己라는 사람의 個性이 表現되어야 할 것이다.

쯔트로 한마듸 하야 둘 것은 이것은 처음부터 쓴 動機가 생각나는 대로 斷片的으로 —— 童謠의 斷想을 써 논 것이니 滿足치 못할 것은 말하지 안허도 알 것이다. 압흐로 얼마 아니 되어 우리 少年藝術을 建設하고저 하는 慾望을 가진 "童謠는 무엇이냐?" "童謠는 어쩌케 짓느냐?" 하고 물으신, 다시 말하면 童謠를 쓰실려는 분과 童謠硏究에 뜻 둔 여러분에게 指針이 될

『童謠硏究』란 冊子가 單行本으로 나올 것이니 그것을 參照하시면 조흘가
합니다.── (終) ……

一九二九. 六. 一五 雪崗 投

延星欽, "童話口演方法의 그 理論과 實際(一)", 『중외일보』,
1929. 7. 15.[252]

一. 童話는 催眠術的 育兒法

어린아기를 안ㅅ고

"자ー장, 자ー장, 우리 애기 자ー장"

하고 느릿느릿한 音調로 滋味잇게 句節을 맛치여 「자장가」 노래를 불으면
어린 아기를 勿論 어른까지라도 꿈나라로 쓸려 들어가는 듯한 늑김을 맛보
게 됩니다.

「자장가」는 確實히 一種의 催眠術이라 하야도 過言이 아닐 것입니다.

어린 애기를 재울 때 노래 불으는 風習은 東洋뿐 아니라 歐米에도 盛行
되는 것이니 그 曲調는 좀 달을지 몰라도 哀然한 音調는 東西洋이 한결갓
습니다.

녯날이약이를 듯고 그 意味와 趣味를 分明히 깨달을 줄 알 만한 나회에
일으른 兒童들이 잠들기 前에 「자장가」 代身 그 어머니가 머리맛테서 滋
味잇는 이약이를 들려주면 그 이약이를 듯는 동안에 슬몃이 잠이 들어버
립니다.

童話를 催眠術的 育兒法이라 하는 理由가 여긔에 잇는 것입니다. 童話
는 이 點으로만 본다 하드라도 敎育上 價値가 크다 할 수 잇습니다. 우리가
아침 일즉이 나가서 저녁까지 일을 하고 집에 도라와서 그 疲困함을 쉬이기
爲하야 잠ㅅ자리에 들어가 팔과 다리를 쭉 뻣을 그 瞬間은 極樂이라고도
할 만치 實로 地上의 平和는 다ー 그곳으로 모히는 것입니다. 兒童들도
이와 마찬가지로 쮜놀다가 잠ㅅ자리 (이하 4줄 해독 불가) 주면 어린 사람

---

252 현재 『중외일보』 1929년 7월 치 신문은 15일자까지밖에 확인이 안 되어, 「童話口演 方法
의 그 理論과 實際」는 이후 연재 여부를 알 수 없다. 1929년 9월에 「童話 口演方法의
그 理論과 實際(전18회)」(『중외일보』, 29.9.28~11.6)를 다시 연재하였다.

은 더한층 깃버할 뿐 아니라 그 이야기에 感化를 밧게 됩니다. 마음이 便치 안을 째보다도 喜悅의 情에 넘처 잇슬 째는 그 感化를 밧는 품이 더욱 甚한 것입니다. 訓戒의 秘訣은 "먼저 사람의 善良한 點을 稱讚하야 滿足식힌 뒤에 徐徐히 그 올치 못한 點을 깨우처 주는 것에 잇다"고 古人은 說하엿습니다.

잠자다 오줌 싸는 버릇이 잇는 어린이에게 잠들기 前마다 "인제 너는 오줌 싸지 안는 착한 애가 되엿다지 오줌이 마려우면 오줌 마렵다고 해야 한다" 하고 아조 適切하게 일러두면 얼마 잇지 안어서 오줌을 싸지 안케 될 것입니다. 이것도 一種의 催眠術이라 할 수 잇습니다. 어린 사람이 잠들기 前에 그 머리맛테서 넷날이야기를 들녀주는 것도 쏘한 一種의 暗示를 어린 사람에게 주는 것입니다. 더구나 밤낫으로 哀慕信賴하는 父母에게 이야기를 듯는 것이기 째문에 그 敎育上 感化도 쏘한 큰 것입니다. 그럼으로 「자장가」나 넷날이야기(童話)는 그 撰擇에 깁흔 注意를 하지 안으면 안 될 것입니다. 더구나 오늘날에 잇서서는 童話의 範圍가 極히 넓어저서 幼兒의 作亂에만 必要하지 안코 少年少女에게까지 歡迎을 밧게 되기에 일은 것은 兒童 敎育上 깃버할 만한 일이라 할 것입니다. 그러닛가 더구나 그 取捨精選이 絶對必要한 것은 두말할 것도 업는 事實입니다.

延春欽, "童話口演方法의 그 理論과 實際(1)", 『중외일보』, 1929.9.28.[253]

兒童은 엇지하야 童話를 조화하는가. 兒童의 知識은 幼稚한 것입니다. 記憶, 想像作用뿐이고 아즉 判斷이나 推理 가튼 高尙한 思考力은 업는 것이나, 그 記憶作用이라든 것도 일즉이 보고들은 것을 보고들은 고대로 생

---

[253] '延春欽'은 '延星欽'의 오식이다.

각해 내는 데 지나지 안코 完全한 記憶은 못 되는 것이며 想像作用도 이와 가티 自己生覺으로 지여낼 수는 到底히 업는 것입니다. 오즉 아모 생각업시 마음속에 써올으는 觀念과 觀念이 잘 連絡되여 생기는 일이 만흔데 이것을 所謂 受動作用이라 하야 幼稚하기는 한 想像이지마는 이 想像은 어럿슬 째에 만히 일어나는 것입니다.

이것이 녯날이야기 卽 想像으로 맨들어진 童話를 조화하는 한 理由입니다. 또 어린 사람은 現實과 空想의 區別을 할 줄 모르기 째문에 말 속에서 어린애가 나왓다거나 박 속에서 사람이 나왓다 하야도 조곰도 異常스럽게 생각지 아니하며 즘생들과 마조 안저서 서로 이야기를 햇다 하드라도 疑心을 품지 안이하며 자라를 타고 바다속으로 들어갓다거나 보자기를 타고 하눌 위로 올러갓다 하야도 그것이 잇슴즉한 實際의 일로 생각할 쑨만 아니라 그런 이야기를 混沌思想의 所有者인 兒童들이 歡迎하게 됩니다. 幼兒에게(特히 十二三歲 以下의 兒童) 들려줄 이약이 卽 童話를 分類하야 보면 다음과 갓습니다.

一. '이소프'와 가튼 寓話

二. 「해와 달」 이약이 「홍부놀부」 이약이 가튼 이약이로 傳해 나려오는 民族的 童話

三. 西洋童話를 骨子로 하야 飜案 或은 改作된 童話 새로 創作된 文學的 趣味가 包含된 創作동화

四. 歷史를 根據로 하야 지은 歷史傳記

五. 개(犬)의 이약이나 나무이약이 石炭이나 배(舟) 이약이 가튼 庶物譚
(以外에 主로 十七八歲 된 兒童에게 들녀줄 이약이로는 現實에 立脚한 現實的 童話가 잇습니다.)

幼兒에게 들녀줄 이약이로 以上의 다섯 種類 中에서 그들이 第一 조와하는 것을 記錄하자면 다음과 갓습니다.

一. 動物이나 食物이나 무엇을 勿論하고 人格化식히여 사람과 맛찬가지로 서로 이약이를 하게 되는 것에 큰 興味를 갓습니다.

二. 어린 사람이 中心이 된 이약이. 이약이의 主人公이 어린 사람인 것을

조와합니다.

三. 이약이 속에 나오는 人物이 적은 것을 조와하는데 이는 對話하는 境遇에 三人 以上이 一時에 이약이를 하면 混雜하야 精神이 얼쩔쩔 해지는 까닭입니다.

四. 아모리 敎育的 童話라도, 넘우 뻑뻑하거나 억세어서는 못씁니다. 마치 蛔虫菓子와 가티 달어서 먹기 조케 맨들어가지고 蛔虫을 업새게 하는 것이 좃습니다.

五. 넘우 極度로 虐待를 밧는 이약이나 慘酷하게 殺害를 當하는 것 가튼 殘酷한 이약이는 안하는 게 좃습니다.

먼저 以上에 列擧한 童話의 種類를 批評해 본다면 나무나 石炭이약이 가튼 庶物譚은 어린 사람들이 조하하지 안으며 歷史傳記 가튼 것은 關係지는 곳이 廣汎하고 談話 中의 人物이 만허지기 쉬움으로 어린 사람들은 잘 알어듯기 어렵기 째문에 그리 조화하지 안습니다. 그리고 '이소프' 寓話 가튼 것은 그 比喩해 말 것이 퍽 滋味잇기는 하나 그 뜻을 잘 몰으기 째문에 어린 사람들은 조와하지 안습니다.

그리고 現實에 立脚하야 지여진 現實的 童話는 이것을 理解할 만한 相當한 年齡에 일으면 몰라도 그러치 안코는 到底히 이런 것은 興味는 勿論 듯거나 읽기조차 실혀합니다. 그러면 이제 여긔 남는 것이라고는 녜전부터 傳해 내려오는 民族的 童話와 近來 西洋童話를 骨子로 하야 飜案 或은 改作된 童話와 文學的 趣味가 包含된 創作童話 이 몃 가지일 것입니다. 이것이 어린 사람에게 歡迎 밧는 理由는 이 우에도 말한 바와 가티 記憶, 想像時代에 잇서서 現實과 空想의 區別을 할 줄 몰으는 自己네들 思想에 適合하게 되는 까닭입니다.

延星欽, "童話口演方法의 그 理論과 實際(2)", 『중외일보』,
1929.10.1.

朝鮮童話와 西洋童話

西洋童話의 特長은 王子가 나오고 公主가 나와서 慶事롭게 那終에 結婚하는 것이 만흘 것입니다. 그러치 안으면 산양군과 나무군 等의 가난한 집의 아들이 이리저리 徘徊하면서 가진 困難과 波瀾을 격다가 드듸어 國王의 사위가 된다는 것 等이 만습니다. 그리고 그 活動하는 主人公은 男子가 만코 女子가 적습니다. 그러나 日本의ㅅ 것은 兒孩들이 活動하는 것이 적고 太牛이 老婆나 老爺입니다. 그리고 이야기의 줄거리는 여러 가지이지마는 그 末尾는 "그 가튼 일을 하면 그가티 罰을 밧는다" 하고 끗을 막어버린 것이 만습니다. 西洋童話는 積極的이지만은 朝鮮의 童話는 消極的의 것이 만습니다. 朝鮮사람은 그런 것을 하면 罰을 밧는다 하야 "罰을 밧는다"는 것으로 낫분 짓을 못하게 하라는 弊端이 잇습니다. 이것이 卽 消極的 敎育法입니다. 이것은 오늘날까지의 朝鮮 사람 氣質이 亦是 保守的이엿기 때문에 時代思潮를 表示하는 것이라고 볼 수 잇습니다.

西洋서는 벌서 前부터 兒童을 硏究하야 兒童의 世界를 幸福스럽게 맨들려고 애를 써 왓지만은 朝鮮서는 道德의 標準이 忠孝本位엿기 때문에 웃사람들을 쩌밧들어서 어쩐 사람들은 사람 목에도 가보지 못하고 지내왓습니다.

이 까닭에 어린 사람을 中心으로 한 文學이 듬을게 된 것이니 이약이속에 어린 사람이 나오지 안는 것도 이 까닭입니다.

西洋童話에는 鬼神도 나오지만은 女神과 魔術師가 만히 나옵니다. 女神은 朝鮮의 神靈과 가튼 것이라 볼 수 잇스나 大槪는 慈悲 깁흔 溫和한 性格을 가젓습니다. 이것은 朝鮮童話의 무섭기만 한 鬼神과도 달으고 또 부처(佛)나 헛개비와도 달음니다. 全體로 朝鮮의 부처라거나 幽靈은 넘어 威嚴스럽게만 보히여 "罰을 밧는다"는 이 한마듸로 어린사람들을 威脅하게 되기 째문에 무섭게는 생각할지언정 깃부게나 혹은 상랑스럽게는[254] 생각지 안 슴니다.

魔術師는 朝鮮의 鬼神이라고 할 수 잇스나 鬼神은 極惡하지만은 魔術師는 變怪스런 術法으로 사람을 못살게 굴지만은 間或 그 術法으로 病者를 도웁는 일이 잇슴니다.

朝鮮의 鬼神은 蠻力 蠻行쑨이라 할 수 잇지만은 西洋의 魔術師는 智慧롭고 慈悲스런 點도 잇슴니다. 鬼神의 强盜라면 魔術師는 詐欺師라고나 할가요. 또 西洋童話에는 戀愛의 意味가 包含되여 잇스니 公主의 重病을 곳치여 논 째문에 公主와 結婚하게 되엿다든가 아름다운 公主와 結婚하고 십허서 魔術師에게 請하야 꾀꼬리(鶯)가 되여 大關 뒤뜰 古木나무에 안저서 날마다 고흔 목소리로 울어대기 째문에 公主의 마음에 들어 王子가 되엿다는 니약이 가른 것이 잇슴니다. 朝鮮에 紹介되여 잇는 것은 大槪 改 或은 添削을 加하엿지만은 原文으로는 낡기조차 거북할 만치 戀愛의 色彩가 濃厚한 것이 잇슴니다. 이것은 西洋風俗이 그런 關係도 잇겟지만은 어린 사람은 예나 지금이나 가른 어린 사람인 以上 戀愛 가른 것을 알 理가 업슴니다. 이런 것은 斷然히 排除해야 할 것입니다.

延星欽, "童話口演方法의 그 理論과 實際(3)", 『중외일보』, 1929.10.2.

東西洋을 勿論하고 이약이의 材料가 共通되여 잇는 것은 繼母의 이약이입니다. 그리고 그 아들을 虐待하는데 一致되여 잇스니 이것은 一般으로 어린 사람에게 들녀주어 害는 될지언정 有益은 업다는 말이 잇는데 아모리 善良한 繼母의 이약이라도 들녀주지 안는 것이 조흘 줄 압니다.

---

254 '사랑스럽게는'의 오식이다.

朝鮮童話와 西洋童話에 各各 달은 點이 퍽 만흔데도 不拘하고 繼母의 이약이만이 一致한 것은 女子의 偏狹한 氣質이 同一한 것을 表示하는 것일 것입니다.

敎育上 엇더한 童話를 取할가

敎育的이라는 말은 이를 넓은 意味로 解釋하지 안이하면 안 될 것입니다. 萬若 이것을 좁은 意味로 解釋한다면 어린 사람들이 깃버서 들으며 닑기 滋味잇서 하는

한갑 진갑 다- 지내서 허리가 꼬부라진 꼬부랑 할머니가 꼬불꼬불 꼬부라진 꼬부랑 집행이를 잡고 꼬부랑 고개를 넘어가다가 똥이 마려우닛가 다 쓰러저서 꼬부라진 꼬부랑 뒷간으로 긔여들어가서 똥을 누는데 꼬부랑 똥을 눕니다. 무엇? 꼬부랑 똥이 어듸 잇느냐고? 할머니의 허리가 꼬부라젓스닛가 똥도 꼬부라저서 꼬부랑 똥이 나오지…… 자미잇지 안어요. 그래 꼬부랑 고개 우에 꼬부랑 뒷간에서 꼬부랑 할머니가 꼬부랑 똥을 누는데 그째 마츰 허리가 꼬부랑진 꼬부랑 강아지가 뒷간 밋으로 드러와서 꼬부랑 똥을 먹슴니다. 그러닛가 꼬부랑 할머니가 그것을 보고 더러워서 꼬부랑집행이를 집어들고 꼬부랑강아지의 꼬부랑허리를 싹- 째렷지요. 그러닛가 꼬부랑강아지가 꼬부랑 뒷간에서 꼬부랑할머니의 꼬부랑 똥을 먹다가 꼬부랑 집행이에 꼬부랑허리를 어맛고 "꼬부랑 쌩" "꼬부랑 쌩" 하면서 다러낫슴니다.(『어린이』 今年 三月 '朝鮮자랑號' 所載)』

「꼬부랑 할머니」라는 이 가튼 이야기는 어린 사람들에게 들려줄 必要가 잇겟느냐 업겟느냐 하는 議論이 勿論 생길 것입니다. 普通學校 修身書를 보면 一學年이라는 가장 어린 兒童이 入學하는 그 처음부터 "學校"라는 것을 가르칩니다. 그 說話 要領으로 敎師用 第一卷 第二課에 明記한 것을 보면

……여러분- 우리 學校에 入學한 사람은 學校에서 직혀 갈 事項을 仔細히 들어두시오. 學校는 무엇하는 것인지 여러분은 다- 알겟지요. 學校는 生徒를 가르처서 착한 사람을 맨들기 爲하야 設立한 것이요 여러 生徒가 깃쎠하야 活潑히 學校에 오는 것도 제各其 착한 사람이 되고저 하는 것이요 쏘 여러분의 아버

지와 어머니께서도 여러분을 가르처서 착한 사람을 만들기 爲하야 學校에 보내
는 것이요…… 그런즉 여러분은 恒常 父母의 마음을 바다서 先生님의 가르치시
는 말슴을 잘 듯고 學校規則을 잘 직히며 學問을 힘써 착한 사람이 되도록 決心
하지 안으면 못쓰오……

라고 씨여 잇습니다. 또 그 注意事項 中 "目的"이란 題下에 "學校는 生徒를
敎育하야 善良한 人材를 養成하는 곳임을 知케 하며 學校에 잇슬 째와 先
生째 對할 째에 注意할 事項을 敎授함이 本課의 目的이니라"라고 씨여 잇
습니다. 여섯 살 남짓한 어린 兒童이 入學한 지 二三個月도 못 되여 東인지
西인지 아지도 못할 째부터 "어렷슬 째에 工夫를 잘하지 아니하면 자라서
엇더케 되느냐?" 하고 뭇습니다. 이 가튼 四角四面의 敎訓만이 兒童敎育이
된다 할 것 가트면 以上에 이야기한 「쇼부랑 할머니」 가튼 이야기는 勿論
何等 敎訓이 包含되여 잇지 아니하닛가 곳 却下되고 말 것이니 果然 兒童
敎育이란 것이 이가티 範圍가 좁은 것인지 아닌지를 좀 생각해 보아야 할
것입니다.

延星欽, "童話口演方法의 그 理論과 實際(4)", 『중외일보』, 1929.10.3.

「쇼부랑 할머니」 가튼 이야기는 一種 웃으운 이야기입니다. 別로 勸善懲
惡의 意味는 包含되지 안으나 웃으운 趣味와 얼마만한 文學趣味는 맛볼
수가 잇는 것입니다. 좁은 意味의 敎育的은 말고 넓은 意味로 말한다면
敎育的 價値를 認定할 수가 잇슬 것입니다. 그러닛가 敎育的은 말고라도
趣味로 兒童에게 들리기나 닑힐 만한 것입니다.

이러케 되고 보면 兒童에게 들녀줄 談話의 範圍가 퍽 넓어집니다. 엇던
이는 말하기를 "童話는 學校敎育의 不足을 補充하는 것이닛가 家庭에서
늘 들녀주는 것이 조타. 學校에서는 도모지 이야기할 餘暇도 업거니와 그

리 必要도 업다"고 하는 것까지 들엇습니다. 그러나 兒童을 敎養하는데 學校와 家庭을 두 쪽으로 딱 갈러야 하겟습닛가?

學校敎育은 學校에서 가르치기 째문에 家庭敎育은 家庭에서 가르치기 째문에 이가티 일홈을 달리 말하는 것이지 決코 그 가르치는 것이 무슨 差가 잇서서 그러케 일홈한 것은 안인 듯 십습니다. 學校에서 이약이를 들려줄 餘暇가 업다는 것이나 必要가 업다는 것은 修身敎科書를 敎授하기에 넘우 밧분 탓일 것입니다. 이는 修身敎科書만 가르치면 고만이지 直接 敎訓도 안 되는 이약이는 해 무얼 하느냐 하는 意味로 그러는 것이겟지마는 實로 이 論議는 넘우 幼稚하다 할 것입니다. 特이 어린 兒童만 모힌 一二學年 生徒에게는 그 修身書보다 童話가 어느 意味로 보든지 適切하다고 생각합니다. 그러나 事實上 修身時間을 全部 童話로 하기는 事情이 許諾지 안을른지도 알 수 업는 일이닛가 그 修身書를 가르치는 一方 童話를 들려주는 것이 조흐리라고 생각합니다.

그러면 童話를 廣汎한 意味의 敎育的 讀物로 取한다면 엇더반[255] 範圍를 가지고 標準을 삼어야 할는지 그 注意 數項을 적는다면 다음과 가튼 것입니다.

一. 滋味잇는 것이 좃습니다. 勿論 이약이가 滋味잇고 업는 것은 이약이 하는 口演者의 익숙하고 익숙지 못한 데에 달인 것이지만은 먼저 이약이의 줄거리를 愉快한 것으로 選擇해야 할 것입니다.

二. 넘우 敎訓的이라는 것에 기우러지지 말 것입니다. 無害하고 淡泊한 깨끗한 이약이이면 무엇이든지 조켓습니다.

三. 敎訓的 이약이면 그것이 積極的이여야겟습니다.

四. 넘우 몹시 슯흔이약이나 넘우 끔찍스럽게 무서운 것은 取하지 안는 것이 조켓습니다.

五. 목을 매여 죽인다거나 넘우 慘酷한 이약이는 取하지 안는 것이 조켓습니다.

---

255 '엇더한'의 오식이다.

六. 勿論 繼母이약이는 쎄일 것입니다.

쯧으로 내가 經驗한 一例를 말슴하겟습니다.

『世界童話集』에 잇는 「여호(狐)의 裁判」이란 이약이 이 이약이의 槪要는

　　마음새 낫분 쐬 잇는 여호가 自己 知慧를 밋고 곰(熊)을 속이고 고양이(猫)를
속이여 九死一生의 危險한 境遇를 當하게 하고 톡기(兎)를 속이고 날즘생을 쐬
여 모조리 잡아먹엇슬 쑨 아니라 이리(狼)와 決鬪를 하야 敗하면 降伏하겟다고
속이여 이리의 精神업는 틈을 타서 덤벼들어 죽이는 等 殘忍暴惡한 짓을 모조리
하고 돌아단이다가 動物界 大王인 獅子까지 여러 번 속이엿스나 最後로 여호가
悔改하겟다고 盟誓하는 것을 밋고 獅子가 男爵을 封하얏다.

는 것입니다. 그 童話集 編者도

　　이 이약이는 못된 便을 올려 세우고 착한 便은 못되게 하는 것 갓지만은 其實
은 이 世上에서는 智慧업는 자는 敗北한다는 것을 比∥해[256] 말한 것이지 못된
짓만 하면 꼭 出世한다는 意味는 決코 안입니다.

고 말하얏습니다.

나도 그 編者의 말을 理解하고 이약이를 幼年班 어린 사람에게 들녀주엇
섯습니다. 그 후 몃 날 뒤에 動物들을 그린 그림책을 보면서 쌀쌀대고 조와
하는 어린 兒童 한 쎄가 "내가 여호다. 내가 여호다" 하고 서로 닷투어가면
서 여호가 되고 십허 하는 것을 보앗습니다. 그래서 나는 "왜 여호가 되고
십허 하느냐?"고 물으닛가 "사자나 곰은 미련하지만 여호가 약으닛가 나두
여호가 되고 십허요" 하고 對答하는 사람이 만헛습니다. 나는 이 對答을
듯고 퍽 놀랏습니다. 이것이 卽 어린 兒童의 判斷力이 不足한 싸닭이니
여호가 곰, 고양이, 이리를 속이고 톡기, 날즘생을 잡아먹은 그 惡行 全部
가 어린 사람들 눈에는 모도 成功으로 보인 것이 事實 (한 줄 해독 불가)
愛慕의 念을 일으키게까지 된 것입니다. 이런 것은 但只 어린 사람들쑨만

---

256 '譬喩해'에서 '喩'가 탈락한 것으로 보인다.

안이라 思慮 잇는 大人이라도 間或 惡感化를 밧게 되는 일이 잇습니다. 이는 맛치 投機業者가 一攫千金을 꿈꾸고 잇다가 긔어히 成功한 것만 보고 한便에 敗家亡身한 사람이 잇는 줄 알면서도 一攫千金을 꿈꾸고 거긔에 投足하는 사람이 만흔 것과 가튼 것입니다. 何如간 「여호의 裁判」은 消極 的이라 할 수 잇습니다. 그리고 그 이약이의 主人公은 詐欺漢이요 暴漢임 으로 이런 것은 어린 사람에게 들녀주어 百害는 잇슬지언정 一利는 업슬 것이닛가 避하는 게 조켓습니다.

延星欽, "童話口演方法의 그 理論과 實際(5)", 『중외일보』, 1929.10.4.

童話 口演者의 먼저 準備할 것

以上에 말슴한 것은 童話의 理論에 對한 部分입니다만은 이제부터는 童 話口演하는 이를 爲하야 몃 가지 注意할 만한 點을 말슴하려 합니다.

演說에는 朗讀演說이란 것이 잇습니다. 이것은 聽衆에게 그리 큰 感動을 주지 못하는 것이 常例입니다. 또 朗讀은 안이나 草稿를 卓上에 올녀 놋코 조금 듸려다보다가 이야기를 하고 또 조금 듸려다보다가 이야기하는 일이 잇습니다. 이것은 全然히 草稿에 依하야 演說하는 것이니 이것도 또한 聽 衆에게 感動을 주기 어렵습니다. 演說 草稿는 演壇에 올으기 前에 充分히 넑어 가지고 그것을 잘 記憶하도록 準備하지 안으면 안 됩니다. 더구나 어린 사람들에게 들녀주는 童話는 口演하는 사람 自身이 그 이야기 속의 主人公이 되여 가지고 이야기 그것이 聽衆 압헤 事實과 가티 나타나도록 하지 안으면 안 됩니다. 萬若 口演者가 草稿를 한 손에 들고 連해 드려다 보면서 "응…… 그래서……" 하고 군소리 석거 가며 중얼거렷다가는 큰일입 니다.

엇던 사람은 "어린애들에게 들녀주는 이야기닛가 그저 얼음얼음해 버리면 그만이겟지" 하는 妄領ㅅ된 생각을 가지고 登壇하는 일이 間或 잇는데 이것은 어린 사람을 輕蔑하는 點으로만[257] 생각하드래도 容恕 못할 것입니다.

平素부터 어린 사람에게 늘 이야기를 들녀주어서 아조 익숙해진 사람이면 몰라도 그러치 안코 準備 업시 달녀들다가는 十中八九는 적지 안은 失敗를 하게 될 것입니다.

大人을 相對로 演說하다가 잘못하면 羞恥이지만은 어린애들을 相對로 이야기하다가 좀 失手하기로 무어 係關할 게 잇겟느냐고 생각해서는 큰 탈입니다. 이 가튼 사람은 "어린이를 敬愛하는 民族이나 國家는 繁榮하고 어린이를 輕蔑하는 民族이나 國家는 衰滅한다"는 것을 몰으는 사람입니다. 어린 사람에게 敬意를 表하지 안는 사람은 人格이 低劣한 사람입니다. 말이 意外로 脫線이 되엿는지도 몰으나 何如間 이 가튼 妄想과 誤見은 當然히 除外해야 할 것입니다.

米國 大統領 候補者로 有名하든 '쑤라이안' 氏는 一世의 雄辯家로 有名하든 사람이엿습니다. 그는 日曜日이면 늘 日曜學校에 가서 少年少女에게 演說을 하야 들녀주엇습니다. 그 草稿는 그 夫人과 함끠 熱心으로 맨들어 가지고 이만하면 滋味잇게 이약이할 수 잇겟다는 自信이 생길 째까지 再三再四 練習을 하엿다 합니다.

어린 사람에게 이약이를 들녀주기는 어른에게 主旨가 明確하기만 하면 이약이가 좀 서투르드래도 참ㅅ고 듯지만은 어린 사람은 이약이의 意味가 明確한 外에 滋味잇지 안으면 잘 듯지 안습니다. 엇던 英文學士 한 사람은 當代의 雄辯家로 有名한 사람이엿섯는데 한번은 어린 사람 會合에 招待를 바다 이약이하기로 되엿섯습니다. 그는 相當한 老練家엿든 만치 二三日 前부터 여러 가지로 苦心을 하야 草稿를 맨든 뒤에 充分히 練習해 가지고 演壇에 올너 서서 이약이를 始作하엿스나 겨우 十分도 못 되여서 어린 사람들이 뒤써들기 째문에 이약이를 繼續할 수가 업게 되여 준비햇든 이약이를

---

257 '點으로만'의 오식이다.

半도 못하고 그만두엇습니다. 그래서 "나는 오늘가티 準備를 充分히 한 일도 업거니와 오늘가티 失敗한 일도 업다"고 長嘆을 하엿다 합니다. 익숙한 雄辯家로도 이러햇스니 그러치 안은 사람이야 더 말해 무엇하겟습닛가? 充分한 準備가 必要합니다.

原稿를 보면서 이약이를 하게 된다면 이약이의 活氣를 일흘 뿐만 안이라 興味를 喚起식힐 수도 업습니다. 그러닛가 登壇하기 前에 이약이를 미리 暗記는 勿論이요 練習을 充分히 해야 합니다. 엇던 有名한 童話口演者가 繼母의 이약이를 한 일이 잇섯는데 처음부터 얼마동안은 깁흔 注意로 快活하게 이야기해 내려가다가 거의 이약이를 다— 맛치게 되자 "繼母 슬하에서 苦生하든 두 아들이 한울 우에서 내려와 보닛가 뜻밧게 그곳에 繼母의 무덤이 잇는 것을 보고 아— 우리를 못살게 굴든 못된 이의 무덤이 잇구나. 그여히 극성을 부리드니 죽엇구나. 아이그 조와라 하면서 손벽을 첫습니다" 하고 이약이를 하엿습니다. 繼母의 이약이를 어린 사람에게 들녀주는 것이 조치 못하다는 것은 前章에도 말슴햇거니와 이 童話를 들녀준 그 口演者도 平素에는 繼母의 이약이를 들녀주는 것이 조치 못하다고 唱導하든 사람이엿든 것이 틀님업습니다. 그런데 繼母가 죽엇스닛가 조타고 손벽을 첫다고 이약이한 것은 實로 큰 失策입니다. 이 이약이는 퍽 滋味잇섯지만은 이 한마듸 말 때문에 繼母에게 孝養을 다— 하려는 것가티 이약이하려든 苦心이 水泡에 돌아가고 말엇습니다. 繼母가 죽은 것을 조와하엿다고 이약이 햇기 때문에 孝子를 맨들녀다가 全혀 그 反對인 不孝子를 맨들고 말엇습니다.

延星欽, "童話口演方法의 그 理論과 實際(6)", 『중외일보』, 1929.10.6.

이 失言은 이약이 全部를 破壞한 것은 勿論이요 따라서 큰 害毒이 包含

되게 맨들엇습니다. 어른은 論旨의 可否를 分別할 줄 아닛가 一二의 失言이 잇다드래도 그리 큰 害毒은 업게 되지만은 童話를 듯는 사람은 어린 사람입니다. 그리고 더구나 童話口演하는 이를 紹介할 째에 아모 先生님이라는 敬語를 쓰게 되닛가 어린 사람들도 亦是 登壇하야 이약이해 주는 이를 自己들을 가르치는 先生님과 가티 信任하게 됩니다. 이가티 信任하는 先生의 입에서 繼母가 죽은 것을 깃버하엿다는 말이 나오게 되엿스니 이는 兒童敎育上 큰 害毒이라고 안이할 수 업습니다. 이러한 失策도 먼저 準備가 不充分한 罪이니 童話口演者는 반드시 細密한 注意와 充分한 準備를 게을리 말어야 할 것입니다.

童話 口演者의 服裝

어린 사람들의 觀察力은 퍽 機敏하기 째문에 어른들이 精神 못 차리는 點까지 觀察하는 일이 잇습니다.

이 觀察은 퍽 細密한 故로 그中에 적은 缺點이라도 잇스면 그 적은 缺點을 가지고 全體를 論評해 버리고 맙니다. 어린 사람들이 어썬 이약이든지 듯고 그 이약이한 사람은 이약이하는 法이 퍽 서투르다고 한번 생각한 이상에는 그 생각을 挽回할 수는 잇스나 그것이 그리 容易한 일이 안입니다. 엇겟든지 演說家의 第一 條件은 風采가 조와야 할 것이니 여긔에 對하야 一例를 든다면 "키 크고 몸집이 큰 사람에게 이약이를 듯는 것이 조타"고 어린 사람들이 말하는 것을 보아 얼는 알 수 잇는 것입니다. 그러나 本是 키가 적고 몸집이 적은 것을 갑작이 크게 하거나 쑹쑹하게 할 수는 업는 것이나 강말은 몸집 적은 키의 所有者는 이 缺點을 補充하기 爲하야 服裝을 擇하는 것이 必要한 것입니다.

服裝은 平服보다 洋服이 조흐나 洋服이면 후록코트나 普通 洋服이나 아모거나 좃습니다. 엇재서 洋服이 조흐냐 하면 洋服은 平服보다 얼는 보기에 快活해 보히며 平服보다 주체하기가 便하니까 말슴입니다.

洋服에 對하야 두세 가지 注意할 點은 첫재 演者 自身은 몰나도 聽衆의 눈에 잘 씨는 '넥타이'가 빗두러젓거나 '카라'가 잘못되지 안토록 注意할 것이며 둘재 구두를 닥거 신을 것 셋재는 와이샤쓰 소매가 洋服 소매 아래에 추윽 느러지지 안토록 미리 注意할 것입니다. 萬若 넥타이가 엽흐로 빗두러지거나 카라가 싸지거나 하면 聽衆의 눈에 퍽 우습게 보이며 구두를 닥거 신스지 안엇스면 게을은 사람으로 指目됩니다. 와이샤쓰 소매가 洋服 소매 아래로 추윽 느러진 것을 작구 치켜올리면서 이야기를 하게 되면 演者 自身도 성이 가시지만은 어린 사람들의 視線이 그리로만 集中되여 이야기 에 對한 注意가 分散되게 됩니다.

延星欽, "童話口演方法의 그 理論과 實際(6)", 『중외일보』, 1929.10.9.[258]

이런 境遇에는 어린사람들이 "저것 쏘 흘러나린다" 하고 놀리는 일까지 잇습니다. 그래서 一同이 웃어대기 째문에 이야기 全體가 全部 蹂躪되고 맙니다.

쏘 머리에다 싸루(기름) 가튼 것을 넘우 만히 발러서 쌘지르르하게 하면 모양만 내이는 先生이라는 感을 어린 사람들에게 주어 도로혀 輕薄한 생각 을 갓게 합니다. 쏘 이러타고 머리를 넘우 어푸수수하게 하야도 못씁니다.

머리나 수염은 勿論 싹가야 합니다. 카라는 새로 싼 것이나 째뭇지 안은 것 上衣는 단초 有無까지 잘 삷혀보고 下衣(쓰봉[259])는 반다시 다리미로 다려서 줄을 곳게 해 두는 것이 좃습니다. 西洋서는 쓰봉에 줄이 업서저서 둥그럿케 불숙 나온 것을 第一 실혀할 쑨 아니라 紳士의 體面上 關係가 된답니다.

平服이면 째끗이 싸러 입을 것은 勿論 옷고름까지도 잘 매여 남 보기에 凶치 안케 할 것입니다.

---

258 횟수 표기가 '(6)'으로 되어 있으나 '(7)'이 맞다.
259 프랑스어 jupon의 일본어식 발음 '주본(ズボン)'(양복 바지)이다.

登壇하기 前 準備

먼저 演壇에 올으기 前에 注意할 것은 食事입니다.

普通 째 배가 八分쯤 불너야 談話하기 조흔 사람이면 演壇애 올으게 될 째는 六七分쯤 먹으면 조흐나 萬若 食事 後 곳 이약이하게 될 境遇에는 普通 째의 半分만 먹는 것이 좃습니다. 空腹으로 이약이하는 괴로움보다도 배불을 째 이약이하는 괴로움이 몃 倍나 더한지 몰읍니다.

쏘 登壇 前에는 아모리 勸하드래도 酒類나 濃厚한 茶水나 菓子나 實果 가튼 것을 먹지 안는 게 좃습니다.

배 속은 아모조록 좀 비여두는 게 조흔 째문입니다.

목소리를 곱게 하기 爲하야 鷄卵 가튼 것을 臨時해서 먹는 이가 잇지만은 이것은 空然한 짓입니다. 普通 이약이 잘하는 이의 말을 들으면 朝飯 먹을 째 날鷄卵 二三個를 먹는 것이 有效하다 하는데 이것이 도로혀 有利한 짓이라 할 것입니다.

다음에는 衣服을 잘 삷혀볼 것이니 단초가 싸지지나 안엇는지 쏘 革帶가 늘어저서 洋服 아래통이 넘우 처젓거나 쏘 넘우 팽팽하게 치켜올려지지나 안엇는지 注意할 것이요 革帶를 넘우 느슨히 매엿스면 흘러내려 거북하고 넘우 밧작 졸엿스면 動作에 거릿기는 일이 만흐닛가요. 옷이나 裝身具에 거릿기는 일이 或時 잇스면 精神을 거긔에 쌔앗기기 쉬웁기 째문에 이약이 하는데 障碍가 생기게 됩니다.

카라, 넥타이, 쏘기, 쓰봉, 時計에 일으기까지 ——히 잘 整理하야 聽衆의 눈에 거북살스럽게 보히거나 或은 우습게 뵈이지 안토록 할 것입니다. 이것이 威儀를 갓초는데 重要한 條件이 되닛가요.

그리고 될 수 잇는 대로 손발을 말정히 씨슬 것입니다. 맘과 몸을 쌔끗이 하야 爽快한 마음으로 이약이를 하게 되면 이약이도 自然히 快活해지고 아모 支障이 업게 되여 이약이를 맛친 뒤에라도 自己 스스로 滿足한 생각을 갓게 됩니다. 自己 스스로 充分히 이약이가 잘 되엿다고 마음속으로 깃버하게 되는 그째에야말로 聽衆을 感動식혓다고 볼 수 잇습니다.

豫定한 時間에 느저서 演士가 숨을 헐너벌썩어리면서 演壇에 쒸여올나

가지고 "時間 前에 올 豫定이엿스나 急한 볼일이 生겨서 不得已 느젓습니다. 容恕하십시요" 하고 인사를 하게 된다면 그 熱心은 大端히 感歎할 일이나 그리 조흔 일이라고는 할 수 업습니다.

萬若 豫定한 時間에 느젓스면 急히 오너라고 흘너내린 땀이라도 정하게 씻고 登壇하는 便이 口演者 自身에게도 좃코 聽衆에게도 조흘 것입니다. 萬若 땀투성이와 몬지투성이를 해 가지고 演壇으로 쒸여올은다면 어린 사람들은 애써서 쒸여온 演士를 同情하기는커냥 땀과 몬지에 더러워진 얼굴을 보고 웃을 것입니다.

延星欽, "童話口演方法의 그 理論과 實際(8)", 『중외일보』, 1929.10.10.

다음에는 會合 場所가 脫靴해야 할 곳이라면 미리 더럽지 안코 성한 洋襪을 준비해 신을 것이니 萬若 해여진 것이나 더러운 버선을 신은 境遇에는 다시 밧구어 신을 수도 엄는 일이닛가 昌皮[260]스러운 點이 만키 째문에 口演에 支障이 만케 됩니다.

또 登壇하기 前에 먼저 前 順序에 잇는 演士의 이약이를 半 以上 들어두는 것이 좃습니다. 첫재 이약이를 巧妙하게 하야 聽衆이 熱心히 들엇는지 그러치 안으면 失敗를 하엿는지 그것을 잘 觀察하야 미리 이약이의 作戰計劃을 꾸며 놋치 안으면 안 됩니다. 萬若 이 가튼 생각이 업시 그대로 失敗하는 境遇면 自己自身의 威信은 둘째요 會合 全體를 不成功으로 맛치게 맨들어 놋코 마닛가요.

엇던 演士는 어린 사람들이거나 말거나 그것은 不關하고 自己의 豫告한 이약이를 扁平으로 하는 것을 보앗습니다. 이러케 되고 보면 이약이를 들으

---

260 '猥披'의 오식이다.

러 온 어린 사람도 가엽거니와 그 會合에도 影響이 만습니다. 豫定한 演題를 變更하는 것은 누구나 조와할 일은 못 되나 境遇에 싸라서 變更하는 것도 좃켓습니다. 萬若 變更해도 쇠원치 안을 境遇에는 짧은 이약이로 擇하야 하는 것이 좃습니다. 이 演題 變更 가튼 것을 쉽게 하랴면 먼저 登壇한 演士의 이약이를 얼마큼 들어두는 것이 퍽 必要합니다.

演壇에 올은 一瞬間

司會者가 "이제부터 아모 先生님이 나오서서 童話를 하시겟습니다" 하고 紹介를 하면 어린 사람들은 엇던 사람이 나오는가 하야 演士席을 바라보게 됩니다.

紹介 바든 演士는 자리에서 일어나 한거름한거름 演壇으로 向하야 갓가히 갑니다. 이 刹那에 가슴이 울넝거리게 되는데 이 가슴이 울넝거리는 그 鼓動의 大小가 그날 이약이의 運命을 支配하게 됩니다. 그러타고 이 가슴의 鼓動을 맘대로 抑壓하기는 어렵습니다. 이 一瞬間에 滿堂한 聽衆을 自己 眼中에 모와 넛코 快活하게 이약이할 생각을 굿게 가저야 합니다.

"내 퍽 滋味잇게 이약이하리라. 어린 사람에게 큰 感動을 주리라"는 等의 大望은 가질 것 업시 自己가 準備하야 練習한 대로 아모 裝飾함이 업시 無邪氣하게 술술 이약이하겟다는 樂天主義的 생각이 퍽 必要합니다. 그러면 근심이나 쏘는 괴로움 업시 힘 안 들이고 이약이를 잘 맛칠 수 잇슬 것 임습니다.[261] 登壇할 째는 沈着하고 점잔케 하야 左右를 휘휘 둘러보는 等의 輕忽한 行動은 하지 말 것입니다. 그러나 고개를 숙이고 登壇하여서는 안 됩니다. 이것은 남보기에 意氣가 쩍긴 것가티 보히니까요. 그러타고 쏘 넘우 傲慢한 態度로 기우러지게 되면 도로혀 輕蔑을 밧기 쉬우니 注意하지 안흐면 안 됩니다.

姿勢는 端正히 갓는 것이 조코 相對者가 貴여운 兒童들이니 무엇에나 無邪氣한 態度를 取하는 것이 좃습니다.

---

261 '잇슬 것임니다'에 '습'이 불필요하게 더 들어간 오식으로 보인다.

延星欽, "童話口演方法의 그 理論과 實際(9)", 『중외일보』, 1929.10.12.

演卓 압헤 서서 머리를 숙여서 하면 聽衆은 저절로 머리를 압흐로 숙이게 되는데 이째야말로 演士의 態度나 顔色이나 눈이 向하는 곳에나 兒童의 注意를 把握할 千載一遇의 조흔 機會입니다.

이 機會를 노치고 講談이나 私話를 始作하게 만들어 노흐면 場內가 靜肅해지기 퍽 어렵습니다.

엇던이는 壇上에 올라서 人事가 씃난 뒤에 휴지를 쓰내 들고 긔탄업시 코를 푸는 것을 보앗는데 이것은 좃치 못한 짓입니다. 이런 일은 각금 어른들을 相對로 하는 講演會에서 잇는 일이지마는 어린 사람 會合에서는 크게 삼가야 할 것입니다.

물(水)은 될 수 잇는 대로 자조 마시지 안는 것이 좃습니다. 부득이 물을 먹게 되면 컵에다 조금 짤어서 한 목음에 마셔버리는 것이 조을 줄 압니다. 넘우 자조 먹거나 넘우 여러 목음을 마시게 되면 어린사람들 눈에 좃치 안어 보이는 것은 勿論 威信에도 關係가 됩니다.

經驗者의 말을 들으면 물은 □□에 그리 큰 효과가 업다 합니다.

물은 冷水보다 微溫水가 조흔데 끄린 물이 더욱 좃습니다. 이 쓸은 물을 드리마시는 게 아니라 吸入器로 □氣運을 吸入하듯키 컵에서 올러오는 水蒸氣를 드리마시는 것이 좃탄 말입니다.

그리고 演卓 압헤 조금 쩌러저서 右手로 卓上을 若干 집고 左手를 허리에다 대이는 것이 演說中 一般 姿勢인 모양입니다. 그러나 이것은 넘우 □□로 쑤미는 것가티 보이닛가 좃치 못한 줄 압니다. 兩手에다 힘을 주지 말고 極히 自然스럽게 泰然히 兩手를 演卓에 대이고 섯는 게 조흘 줄 압니다. 그리고 얼골 모양은 눈을 부릅쓰고 니를 악물어서는 무서워 보힙니다. 그럿타고 넘우 지내치게 웃는 얼골을 지여서도 안 되고 그저 빙그레 웃는 態度를 짓는 게 조흔데 이것이 所謂 笑顔입니다. 눈은 自然히 얼골에 짜라

서 부드러워 보히겟지만은 그 着眼點은 演壇 우에서 □□의 七分 可量 되
는 곳이라야 할 것이니 會場이 十間쯤 된다면 七間쯤 되는 곳이라야 할
것입니다. 그러나 이약이하는 동안에 처음부터 씃까지 압쪽만 바라보면
視線이 돌아오지 안는 쪽에 잇는 兒童들은 속으로

"웨 우리 잇는 쪽은 보질 안어" 하고 不平을 吐한다. 그러닛가 會場의
四方은 勿論 二層이나 三層까지 둘러보면서 이약이해야 할 것입니다. 그리
고 이약이를 쓰내는 맨 처음에는 얏고 적은 목소리래야 합니다. 가늘고
적은 목소리로 口演하게 된 □□나 演題의 說明 가튼 것을 먼저 몃 마듸
해 노읍니다. 그러면 兒童들은

"애- 始作이다. 이약이 始作이다. 그런데 목소리가 넘우 적어서 어듸
들녀야지. 써들지 말고 저 이약이 좀 들어-"
하고 서로 써들지 말라고 일러 가면서 귀를 기우리게 될 것입니다.

처음부터 큰 목소리를 내여서는 안 됩니다. 以上은 登壇한 뒤 一瞬間
童話口演하는 이의 注意할 點입니다.

×   ×

延星欽, "童話口演方法의 그 理論과 實際(10)", 『중외일보』,
1929.10.13.

聽衆이 싯그럽게 써들 째 登壇은 엇더케 할가

어른들 演說會에는 反對派도 잇고 야지[262]하는 사람들도 잇습니다.
論旨가 조커나 언짠커나 演說 솜씨가 익숙지 못하거나 익숙하거나 그것
은 關係하지 안코

"올소!" "아니요!" "그만두시오!" 하고 뒤써들어서 演說을 中止하게 맨드

---

262 '야지(やじ)'는 "やじうま"의 준말로, "야유, 놀림, 또는 그 말"이란 뜻의 일본어이다.

는 일이 間或 잇는 것을 보앗습니다. 이런 일은 어린 사람 會合에도 絶對 업는 일은 안일 것입니다. 어른들의 演說會가티 演說하는 사람을 向하야 直接으로 反對 或은 贊成, 야지 가튼 것을 하지도 안코 故意의 妨害를 하지는 안으나 口演者의 목소리가 적어서 들리지 안커나 이약이가 몹시 썩썩하야 잘 알아들을 수 업스면 조용히 안저서 귀담어 들으랴고 하지 안습니다. 自己네와 짝이 맛는 同伴들과 함께 처음은 속은속은 속살거리지만은 나종에는 泰然하게 막우 써들어댑니다. 이것도 한두 사람에 지나지 안으면 問題 업겟스나 써들어대는 것이 傳染이 되면 場內가 몹시 싯그러워집니다. "써들지 맙시다" 하고 소리치는 外에는 조금이라도 조용하게 할 方策이 업습니다. 그러나 이런 境遇에 "써들지 맙시다" 하고 罪업는 어린 사람들을 윽박지르는 것은 아조 안 된 것입니다. 이러케 場內가 싯그러워진 그 허물은 演士에게 잇스니짜 찰하리 演士가 責任을 갓고 降壇하는 外에는 다른 수가 업슬 것입니다. 어른들의 演說會에서 야지가 일어나고 反對가 일어나는 것은 大槪 그 演說을 中止식히려는 故意에서 생기는 일이지만은 어린 사람 會合에서 어린 사람들이 뒤써들어대는 것은 興味 업는 이야기에 실증이 난 까닭에 생기는 일입니다. 이가티 그 이야기에 실증이 나서 뒤써드는데도 不拘하고 다른 이야기를 繼續해 들녀줄 생각이 잇스면 聽衆의 머리를 새롭게 해 노아야 할 것입니다. 態度를 壯重하게 가질가 快活하게 가질가 視線은 어느 쪽으로 向해야 하며 音量은 크게 해야 할가 적게 해야 조흘가 하는 것을 새로히 登壇하는 사람이 登壇하는 그 一瞬間에 잘 생각을 하야 온갓 態度를 돌려 갓는 것이 퍽 必要합니다. 그러기 째문에 이 우에서도 말슴한 바와 가티 自己보다 먼저 이야기한 演士의 이야기하는 態度와 이야기 듯는 어린 사람들의 狀態를 잘 삷혀둘 必要가 여긔에 잇는 것입니다.

먼저 이야기하든 演士의 失敗한 原因이 이야기가 길기 째문이엿다면 얼른 짧은 이야기를 생각해 가지고 登壇하야 "내가 할 이야기는 퍽 짧은 것입니다" 하고 미리 宣告해 놋코 이야기를 끄내는 게 좃켓고 목소리 적은 것이 失敗의 原因이엿스면 "자미잇는 이야기를 지금 시작하겟습니다" 하고 목소리를 높히여 이야기하는 게 좃켓고 이야기의 意味가 어렵고 쏘 말을 알어들

을 수 업는 것이 失敗의 原因이엿다면 "자- 이번에는 내가(形容 손구락
하나로 자긔의 코를 누름) 자미잇는 이야기를(形容 右手로 쌤을 가볍게
한번 짜림) 짧막하게 하겟습니다(形容 둘째 손구락 긋츨 엄지손구락으로
눌너 짧다는 뜻을 보임) 하고 빙그레 웃으면서 이야기를 쓰내는 것이 조흘
것입니다.

延星欽, "童話口演方法의 그 理論과 實際(11)", 『중외일보』,
1929.10.16.

말과 목소리

童話口演할 째 말은 아조 쉽게 해야 합니다. 間間히라도 어려운 말을
쓰게 되면 아모리 그 이약이가 滋味잇고 어린 사람들에게 適當한 이약이라
하드래도 도모지 알어듯지를 못합니다.

요즈음 出版된 童話集에는 말을 어렵게 쓴 것이 업지 안습니다.

열두세 살쯤 된 少年이 읽으면 意味는 엇더케든지 아지만은 그것을 이약
이하고자 할 째는 意味를 몰을 곳이 만습니다. 더구나 열 살 以下의 어린
사람이 읽는다면 도모지 그 意味를 몰을 것입니다.

例를 들어 말하자면 "王子가 臣下를 引率하고 餓鬼城을 征伐하기 爲하야
出發하얏습니다" 하는 文句 가튼 것은 冊을 읽을 줄 아는 어린 사람은 그
뜻을 알 수 잇스나 열 살 以下의 어린 사람은 도모지 모를 것입니다. 이
말을 "王子가 臣下들을 다리고 餓鬼城을 치러 나갓습니다" 한다면 알기 쉬
울 것입니다. 童話의 말을 쉽게 하기 째문에 失敗 보는 일은 決코 업습니다.

어썬 口演者의 口演하는 것을 들으면 어린 사람은커녕 어른들로도 알어
들을 수 업는 말을 쓰는 일이 間或 잇습니다. 쏘 넘우 文學的으로 이약이하
는 이도 잇는 것을 보앗습니다. 어린 사람에게 文學的 趣味를 길러 주는
點으로 생각한다면 조흔 일이나 열 살 以下의 어린 사람이 엇지 알어들을

수가 잇겟습니까? 例를 들면

黑雲에 가리엿든 十五夜 明月이 中天에 걸리여 잇습니다. 夜深하야 流水까지 잠이 든 것 가튼데 冷風은 强하야 心身을 얼리는 듯합니다. 福童의 집에는 아즉도 燈火가 꺼지지 안엇습니다. 來日 팔 집신을 삼人고 잇는지 ――

하고 쓰느니보다

날은 몹시 참습니다. 얼른 집으로 가서 잠이나 자야겟습니다. 바람이 엇지 몹시 부는지 帽子가 몃 번이나 불려 날려 갓습니가. 그런데 福童네 집에는 아즉 썻 불이 꺼지지 안엇슴니다. 來日 팔 집신을 삼人고 잇는지…….

하고 쓰는 便이 얼마나 부드럽고 알기 쉽슷닛가?

童話口演者는 이 點에 特히 着眼을 하야 愼重히 注意해야 할 것입니다.

登壇의 態度는 壯重하게 말은 輕快한 것이 좃코 視線은 四面八方으로 보내일 것입니다.

내가 지금(形容 잠간 손구락 쓰트로 코를 가르침) 급히 이곳을 오려닛가 저-건너편 언덕으로 뭇척 큰(形容 두 팔을 左右와 上下로 버림) 짐을 실은 무거운 구루마를 사람 하나 개 한 마리 모도 단 둘이(形容 손구락 둘을 내여밀음)서 쓸고 올라가랴고 애를 쓰나 짐이 너무 묵어워서 좀처럼 끌려 올러가지를 안엇습니다. 개도 긔운이 지처서 하- 하-(形容 엇개를 조곰 올은쪽으로 두 번 기우러트리고 기우러트릴 때마다 한숨을 크게 쉬임) 하고 몹시 숨이 갑버하는 짜닭에 내가 좀 밀어 주랴고 이 洋服(形容 두 손으로 洋服 아래 위를 만저거림)을 입은 채 영차! 영차(形容 兩쪽 손을 안흐로 내여밀어서 밀어주는 形容을 지음) 하고 구루마 뒤를 밀어 주랴닛가 지나가든 사람들이 저 사람이(形容 左便으로 若干 向하고 서서 올흔쪽 손구락으로 가르침) 밋첫나 보아 하면서 웃어 대엇슴니다만은 남이야 무어라고 하든지 상관할 것 잇나 弱한 사람을 도와주는 것은 힘 센 사람의 依例히 할 일인데! 하고 나는 줄것 언덕쪽닥이에까지 밀어 주엇습니다.

延星欽, "童話口演方法의 그 理論과 實際(12)", 『중외일보』, 1929.10.17.

　그러닛가 구루마쑨은 참말 고맙습니다. 하고 (形容 右手로 帽子 벗는 모양을 지으면서 고개를 압흐로 조곰 숙임) 인사를 하닛가 엽혜 잇든 개도 쑈리를(形容 올흔쪽 둘재 손구락을 움즈김) 흔들면서 멍멍! 짓드니 인사를(形容 머리를 가볍게 얼른 숙으림) 하엿습니다. 그래서 나는 조흔 일을 하엿구나 하는 생각에 지금 싸지도 마음이 깃붐니다. 웃덧습닛가! 이약이가 퍽(形容 머리를 얼른 가볍게 숙엿다 치여듬) 자미잇지요.

하고 이약이하면 어린사람들은 이것이 조곰 전에 잇든 일이요 더구나 정말 그런 일을 하고 온 사람이 目前에 잇슬 쑨 안이라 개가 압장서서 間或 自己 主人을 助力하느라고 구루마를 쓴다는 것은 이약이로도 들엇고 쏘 目睹하기도 햇기 째문에 스스로 想像에 파뭇치여 이약이 속의 사람이 되어 버리고 말다니 이 가튼 種類의 簡單한 이약이를 미리 몃 가지式 準備해 두는 게 便利함니다.

　青山 속에 뭇친 玉도 갈아야만 광이 나네 落落長松 큰 나무도 싹거야만 棟樑 되네.

이 가튼 唱歌보다도 어린 사람은

　푸른하눌 은하수 하얀 쪽배엔 계수나무 한 나무 톡기 한 마리

이 가튼 노래를 더 잘 불읍니다.
　몸짓발짓의 온갓 形容을 어린 사람化 하는 것보다 먼저 말을 어린사람化 식혀야 합니다.
　목소리는 옷감을 찌저 내는 것 가튼 날카로운 목소리를 내지 안는 것이 좃습니다. 이 목소리는 귀가 쌩쌩 울리여 듯는 사람을 얼른 疲勞하게 맨들

기 째문에 大禁物입니다. 목소리는 사람의 天性에 따라서 나는 것이지만은 이런 목소리는 내지 안토록 注意해야 합니다.

목소리의 제일 緊要한 點은 쪽쪽하고 맑은 것임니다. 그다음으로는 音量이니 큰 목소리가 一時에 나와도 썩썩 목이 말으지 안케 되고 繼續해서 큰소리가 나와서 넘우 듯기에 괴롭게 되는데 이것은 體格의 大小 與否에 따라 差異가 잇는 것입니다. 그러닛가 自己의 音量을 잘 생각하야 會場의 貌樣과 形便에 따라 처음부터 소리를 내여가지고 程度를 加減하지 안으면 안 됩니다.

延星欽, "童話口演方法의 그 理論과 實際(13)", 『중외일보』, 1929. 10. 19.

京城서 이약이하기 第一 조흔 곳은 내가 이야기해 본 곳으로는 中央青年會舘, 公會堂, 光熙門 안 禮拜堂, 崇一洞禮拜堂 이 몃 곳이요 이야기하기 힘드는 곳으로는 侍天教堂, 天道教紀念館입니다. 그中에 侍天教堂은 집이 몹시 울녀서 크게 목소리를 내이면 아조 안 들리고 쏘 적게 내이면 무슨 소리인지 몰으게 되기 째문에 이야기하기 몹시 어렵고 天道教紀念館은 엔간히 큰 목소리가 안이면 견듸여 백이지 못하겟는데 이것도 經驗과 口演方法 關係도 잇겟지만은 紀念館서 童話口演으로 成功한 이는 小波 方定煥 氏뿐일 것입니다.

何如間 목소리는 쪽쪽하고 맑고 活氣가 잇서야 할 것입니다.

목소리에 活氣가 잇는 것은 맛치 그림(特히 人物)을 그리고 나서 마즈막 눈을 그려 놋는 것이나 맛찬가지입니다. 活氣 업는 목소리로 이야기를 하게 되면 아모리 그 이야기가 자미잇드래도 졸음이 오게 됩니다. 반드시 목소리는 高低 大小 緩急 以外에 活氣가 必要하다는 것을 니저서는 안 됩니다.

다음으로 問題되는 것은 이야기 속에서 活動하는 여러 種類의 人物의 목소리를, 할머니 목소리, 할아버지 목소리, 계집애 목소리, 사나히 목소리, 어머니 목소리 가튼 것을 흉내 내여야 할가 흉내를 내지 말어야 할가 하는 것입니다.

日本의 講談하는 사람이나 落話[263]하는 사람은 흉내 내여 하지만은 童話口演에는 이 假聲을 내지 안는 것이 조흘 줄 압니다. 그 理由는 첫재로 練習하기가 어렵고 둘재로는 넘우 專業的으로 기우러지기 쉬우닛가 말입니다. 兒童敎育의 責任을 진 사람들은 愼重한 態度를 가질 必要가 잇스닛가 목소리의 活氣와 形容으로써 이약이 속의 人物을 살리도록 努力하는 것이 조흘 줄 압니다.

談話 中 人物의 位置

말만 가지고서는 到底히 이약이의 意味를 充分히 나타내기 어려울 뿐 안이라 깁흔 感興을 주기 어려운 때가 往往 잇습니다. 그래서 눈쩟, 顔色, 手足 等 形容을 빌어서 說明을 完全히 感銘을 深刻하게 하랴고 애를 쓰는 것입니다. 그럼으로 이 希望을 滿足케 하랴면 이약이와 一致되는 그림을 내여 부처서 보히는 것이 必要하다고 생각하는데 再昨年에 日本의 優秀한 童話口演家 멧 사람이 京城에 와서 이 그림 童話로 훌륭히 成功한 것을 본 일이 생각납니다. 그림을 그려서 이약이하랴면 그 이약이의 主要한 部分을 그려야 하는데 몹시 긴 이약이를 두 張이나 석 張 되는 그림을 가지고는 이약이의 興味를 늣기게 할 수가 업스닛가 되도록 여러 張을 그리는 것이 조흐나 事情이 許諾ㅅ지 안으면 이약이 始初와 이약이 最終 場面만 두 張 그려서 보히는 것도 조흘 줄 압니다.

講演할 째 形容은 主로 自己思想을 言語에 連結식히여 發現하기만 하면 그만이지만은 童話口演할 째 形容은 이와 달라서 口演者는 이약이 속의 人物과 人物과의 活動을 媒介하는 職責을 가젓습니다.

---

263 '講談'은 일본어로 고단(こうだん)이라 읽는다. "寄席 연예의 하나인 야담(野談)"을 말한다. '寄席'은 "사람을 모아 돈을 받고 재담·만담·야담 등을 들려주는 대중적 연예장"이다. '落話'는 '落語'의 오식으로 보인다. 落語(らくご)는 "만담(漫談)"이란 뜻이다.

延星欽, "童話口演方法의 그 理論과 實際(14)", 『중외일보』,
1929.10.20.

方面이 넓고 퍽 多忙한 同時에 坐 어렵습니다. 甲이 뭇고 乙이 對答하며
丙이 뭇는 形狀을 明瞭하게 나타내야 할 것이니 어렵지 안습닛가? 이 가튼
對話에 익숙하지 안으면 이약이가 混雜해지닛가 익숙지 못한 사람은 勿論
이요 익숙한 사람이라도 對話는 簡單하게 三人 以下의 人 것을 取하는 것이
좃습니다. 다음으로 問題되는 것은 標題와 가티 對話 人物의 位置를 定하
는 것입니다. 母子 두 사람이 이약이하는 境遇에 演士 自身의 位置를 어머
니로 定하고 右便을 아들로 定하엿다 하면 어머니가 말할 째는 右便으로
머리를 돌리고 이약이할 것이요 아들이 말할 째는 左便을 向하야 이약이해
야 할 것입니다.

坐 夫婦와 아들 세 사람이 이약이할 境遇에 演士 自身의 位置를 主人으
로 定하고 妻를 左便, 아들을 右便으로 定하엿다 하면 主人이 그 안해에게
이약이할 째는 左便으로 고개를 돌리고 아들에게 이약이할 째 右便으로
고개를 돌려야 할 것입니다. 안해가 主人에게 이약이할 째는 右便, 아들이
아버지한테 이약이할 째는 左便으로 고개를 돌려야 할 것입니다. 坐 어머니
와 아들들이 이약이하는 境遇에는 어머니의 位置를 演士의 左便, 아들은
右便, 演士에게서 조곰 갓가운 곳을 兄, 먼 곳을 아오로 定할 것입니다.
엇던 境遇에든지 이가티 左便을 上坐로 定하는 것이 좃켓습니다. 이 位置
關係가 明確지 안으면 對話가 混雜하게 되여 그저 自問自答하는 것가티
보히기 째문에 이약이의 意味가 不明瞭하게 됩니다.

形容 멋 가지

여긔에 짧은 童話 한 가지를 들어 悲哀, 失望, 恐怖, 驚愕, 嘆願, 思索,
決斷, 感謝, 憤怒, 制止, 嘲笑, 喜悅, 戲謔, 感嘆 等 여러 가지 形容을 써
보겟습니다.

兄 "어머니는 그만 돌아가시고 더구나 불이 나서 말짱 탓스니 이제는

먹을 것도 업고 닙을 것도 업구나. 우리의 신세가 이리 긔박하냐? 혼자
여긔서 좀 기다려라. 내 곳 아젓시 댁에 가서 사정이나 좀 해 보고 올 테니"
　누의同生은 광속에서 혼자 그 옵바를 기다리고 잇습니다. 밤은 점점 깁
허 가고 멀리 절의 鍾소리가 쌩―쌩 울려옵니다. 妹 "아이그 무서워"
　그쌔 문을 탕탕 두드리는 소리가 들럿습니다. 누의동생은 옵바가 돌아왓
나 하야 쒸여나가서 희미한 람푸불에 바라보닛가 옵바는 안이고 곰 한 마리
가 왼 몸에 피투성이를 하고 서 잇습니다.

延星欽, "童話口演方法의 그 理論과 實際(15)", 『중외일보』, 1929.10.23.

　이 童話의 主要한 部分마다 그 表情 卽 形容을 붓친다면 아래와 갓습
니다.
　＝어머니는 그만 돌아가시고＝
　(悲哀의 表情) 목소리는 적고 얏게 쏘 느리고 묵업게.
　얼골은 압흐로 약간 숙이고.
　눈은 스르르 감시고 입은 가만히 담을고. 몸은 上體를 압흐로 조곰 굽히
고. 손은 左手를 편 체 左便에 대이든지 左便 귀에다 若干 대이고. 발은
두 발을 다- 모읍니다.
　＝우리의 신세가 왜 이리 긔박하냐＝
　(失望의 表情) 얼골은 처음에는 위를 치여다보다가 점점 숙이여 那終에
는 고개를 左便으로 기우러트리고.
　눈은 아래로 내리 쌀고.
　입은 若干 담을고 몸은 上體를 조곰 압으로 기우러트리고 고개를 움추려
트리며. 손은 팔을 엇걸어 팔장을 씨고 발은 왼발을 압흐로 조곰 내여노읍
니다.

＝아이그 무서워＝

(恐怖의 表情) 목소리는 적고 얏고 느리고 묵업게.

얼골은 찡그리고. 눈은 周圍를 둘러보고. 입은 담을고 몸은 목과 억개를 움추럿트리고. 손은 두 손을 부르쥐고 배ㅅ 근처에 대이고 발은 가만가만 뒤로 退步.

＝에그머니 곰이 왼 거야＝

(驚愕의 表情) 목소리는 크고 놉게 쌀고 强하게. 얼골은 조곰 右上으로 向하고 눈은 크게 쓰고. 입은 벌리고. 몸은 조곰 뒤로 제치고 손은 두 손구락을 쩍 벌이고 손구락 끗치 억개 언저리에 알맞질 만콤 치여들고 발은 뒤로 조곰 물러섭니다.

＝제발 좀 살녀줍시요＝

(嘆願의 表情) 목소리는 적고 얏고 느리고 묵업게. 얼골은 最初에는 左上으로 向하얏다가 次次 압흐로 숙이고 눈은 얼골에 쌀아 그대로 입은 가볍게 담을고

몸은 上體를 압흐로 기우러트리고 손은 左右 손을 마조 잡고

발은 뒤로 退步.

＝이 노릇을 웃더케 해야 조와＝

(思索의 表情) 목소리는 적고 얏게 느리고 묵업게. 얼골은 머리를 左右로 기우러트리고 눈은 내리 쌀고 입은 담을고. 몸은 머리에 쌀아서 그냥 압흐로 기우러트리고.

손은 팔을 엇가러 팔쌍을 씨고 발은 머리를 左便으로 기우려트릴 쌔는 右足을 뒤로 돌립니다.

＝오-냐 살녀주마＝

(決斷의 表情) 목소리는 크고 놉게 쌀으고 强하게. 얼골은 흔들며. 눈은 쌱 쓰고. 입은 스르르 담을고. 몸은 上體를 조곰 압흐로 기우러트리고. 손은 急히 무릅을 치며. 발은 前進.

＝참말 고맙습니다.＝

(感謝의 表情) 목소리는 적고 얏게 느리고 묵업게. 얼골은 머리를 숙이

고. 입은 가볍게 담을며. 몸은 허리서부터 압호로 굽흐리고 손은 左右 兩손
구락을 가지런히 하야 左手로 右手를 잡고 무릅 近處에 다이고. 발은 모흠
니다.

＝얼른 이 門을 열어라.＝

(憤怒의 表情) 목소리는 크고 놉게 쌀으고 强하게. 얼골은 머리를 조곰
左便으로 기우러트리고 눈은 눈섭을 치켜올리고 눈동자를 中央으로 모으
며 입은 단단히 담을고 몸은 뒤로 제치며 손은 右手를 굿게 쥐여 急히 내여
밀고 발은 굴읍니다.

＝그 누군데 나의 집 門을 요란스럽게 이리 두드려＝

(制止의 表情) 목소리는 크고 놉게 쌀으고 强하게. 얼골은 양미간을
썹흐리고 머리를 左右로 내여저으며 눈은 右便을 보고 입은 단단히 담을고
몸은 뒤로 조금 제치며 손은 왼쪽 손구락을 버린 채 손을 가슴 근처에서
左右로 흔들고 발은 두발을 모흡니다.

**延星欽, "童話口演方法의 그 理論과 實際(16)", 『중외일보』,
1929.10.26.**

妹 "에그머니 곰이 왼 거야" 熊 "제발 좀 살녀줍시요. 지금 산양꾼의 총알
에 다처서 이럿케 손만 닷치고 쫏겨온 길이올시다."

妹 "좀 도아주고는 십지만 덤벼들어 물면 웃저게. 이 노릇을 웃더케 해야
조와……."

하고 잠깐 생각하는 모양이더니 몸이 썰리는 목소리로 얼른 살려달라고
애걸하는 것을 보고

妹 "오냐 살녀주마."

하고 곰을 광속으로 쓰러드리고 門을 단단히 닷첫습니다.

熊 "아가씨 참말 고맙습니다……."

하고 感謝한 人事를 하고 잇스랴닛가

　獵師 "이리로 곰이 온 모양이야. 얼른 이 門을 열어라."

하고 門을 막우 두드립니다. 門은 쪽애질 것 갓습니다.

　妹 "그기 누군데 남의 집 문을 요란스럽게 이리 두드려."

　獵師 "흥! 어서 門 열어!"

　산양쑨은 밤이 밝거든 다시 오리라 決心하고 돌아갓습니다.

　이번에는 옵바가 돌아왓습니다.

　妹 "아이그. 조와라. 옵바가 돌아오섯구나. 옵바가 그 帽子를 써 노닛가 웃지 웃으워 보히는지 몰라……."

　兄 "오- 네가 닷친 곰을 살녀주엇다고?── 하하 참 조흔 일을 하엿다."

　＝흥! 어서 門 열어!＝

　(嘲笑의 表情) 목소리는 적고 얏게 느리고 묵업게. 얼골은 조곰 左便으로 기우러트리고 턱을 내여 밀며. 눈은 아래로 내리 쌀고. 입은 담을고 몸은 조곰 뒤로 제치고 손은 량쪽 둘재 손구락으로 튀기는 形容을 하며. 발은 단단히 붓침니다.

　＝아이그 조와라! 옵바가 도라오섯구나.＝

　(喜悅의 表情) 목소리는 크고 놉게 쌀으고 가볍게. 얼골은 웃음을 먹음고. 눈은 저절로 가늘고 적게 쩌서 左上을 向하며. 입은 조곰 벌이고 몸은 꼿꼿이. 손은 가슴 압헤서 左右 손이 相對 되도록 하야 가볍고 速하게 흔들며. 발은 쌍충쌍충 씁니다.

延星欽, "童話口演方法의 그 理論과 實際(17)", 『중외일보』, 1929.11.2.

　＝옵바가 그 帽子를 쓰닛가 엇지 우스워 보히는지 몰라.＝

　(諧謔의 表情) 목소리는 크고 놉게 쌀으고 가벼웁게. 얼골은 웃음을

먹음은 체 고개를 右便으로 기우러트리고 눈은 가늘게 視線을 이로 向하며. 입은 벌리고. 몸은 고개와 가튼 方向으로 기우러지고 손은 右便 둘재 손구락으로 左上便을 가르치며. 발은 조곰 退步.

＝하하! 참 조흔 일을 하엿다.＝

(感嘆 表情) 목소리는 적고 얏게 느리고 묵업게. 얼골은 조금 左便으로 기우러트리고 눈은 나리쌀고. 입은 가볍게 스르르 담을고 몸은 조금 뒤로 제치고. 손은 가볍게 흔들고 右手로 左手를 퍽 가볍게 치며. 발은 두 발을 뒤꿈치만 모읍니다.

以上 열 네 가지 表情을 다- 말슴하엿습니다마는 쏙가튼 表情이라도 째와 境遇에 짜라 男子와 女子, 大人과 兒童에 짜라 나타내는 表情이 다르고 同一한 表情을 다- 記錄하자면 限定이 업슬 것이니까 여긔에는 普通 씨워질 만한 것으로 골라서 써 논 것에 지나지 안습니다. 何如間 表情은 自然스러워야 할 것입니다.

演士 自身이 自己 몸을 이야기 속에다 집어너흘 수만 잇다면 이약이 속 人物이 自己自身 가튼 생각만 들게 된다면 自然히 울음도 나오고 웃음도 나오고 怒여운 생각이 불현듯 나서 聽衆에게 眞實한 感動을 줄 수가 잇는 것입니다.

參考事項 一束

童話口演方法에 對한 것은 微弱하나마 以上으로 끗을 막고 以下에 童話 口演上 參考될 만한 事項 몃 가지를 말슴드리고 이 글을 맛치려 합니다.

童話에 誨辭가 必要할가

童話는 이약이 全體가 敎育的일 것이 틀님업스닛가 짜로히 誨辭를 添加할 必要는 업슬 줄 압니다. 그러나 口演上 形便에 依하여 不得已 誨辭를 添加할 必要가 잇슬 境遇에는 이약이를 始作하는 初頭에 極히 簡單히 하는 것이 조켓습니다. 이약이하다가 中間에 誨辭를 느러놋커나 이약이를 맛친 뒤에 誨辭를 느러놋는 것은 일것 興味 잇게 感激에 넘치여 들은 이약이의 興味를 消滅하는 것이라고 認定할 수밧게 업습니다. 이것은 맛치 맛잇는 砂糖을 먹이여 마음을 깃부게 해 놋코 쓴 것을 먹이는 것과 가튼 짓입니다.

童話는 徹頭徹尾하게 砂糖의 使命만을 다-하여야 합니다.

砂糖도 잘 料理만 하면 藥이 되는 수가 잇스닛가요.

動物을 人格化하는 是非에 對하야

童話에 動物을 人格化하야 이약이하는 것은 어린사람들에게 거짓말을 하는 것이라 하야 批難하는 이가 적지 안은 모양입니다.

그러나 이 批難은 誤解로 認定할 수밧게 업스니 어찌- 그러냐 하면 "兒童은 엇더한 童話를 조하하는가" 하는 題下에 詳論하얏습니다만은 西洋서는 動物이 사람과 가티 言語를 말하는 것가티 幼兒時代부터 이약이해 들녀주는 故로 自然히 動物이 人格化되여 動物을 가엽슨 동무로 넉이게 되고 짤아서 愛護의 念이 깁허지기 때문에 그것을 獎勵하는 現實입니다. 西洋서는 獅子색기를 兒童들이 안어 주거나 업어 주면서 다리고 놀 뿐 아니라 코끼리가 小兒科病院으로 病兒를 慰問하러 가서 菓子를 어더먹는 일도 잇다 합니다. 動物을 愛護하는 것은 人情上 업지 못할 일이며 이 點으로만 본다 하드래도 動物을 人格化하야 動物愛護의 念을 길러 주는 것은 兒童敎育上 업지 못할 일이라 생각합니다.

延星欽, "童話口演方法의 그 理論과 實際(18)", 『중외일보』, 1929.11.6.

兒童이 울도록 感動시키는 利點

五六歲 된 幼兒는 아모리 슯흔이약이를 들어도 우는 일이 업습니다. 그러나 十歲 以上 된 兒童은 슯흔이약이를 들으면 大槪 눈물을 흘닙니다. 내가 經驗한 바에 依하면 「가슴에 핀 紅牧丹」이라는 이약이를 듯고 우는 兒童이 만흔 것을 보앗습니다. 사람이란 슯허야만 꼭 울음이 나오는 것이 안입니다. 끗업시 勇敢스러워도 울고 後悔하는 생각이 나도 울고. 무서워도 怒여워도 넘우 깃버도 슯허도 웁니다. 몹시 感激이 되여 엇절 줄 몰을

境遇에는 自然히 울음이 나옵니다. 더구나 血氣旺盛한 少年少女는 그 時期가 感情에 銳敏한 時期이기 째문에 울기를 잘합니다. 어느 程度까지는 感情을 修養식히기 위하야 울음 날 만한 이약이를 들녀주는 것이 좃습니다.

그러나 兒童이 울 만치 感動식히기는 퍽 어려운 일인 줄 압니다.

童話 中에 노래를 揷入하는데 對한 可否

어른이 이야기하는 境遇라도 이야기 中間에 音樂 가튼 것을 집어넛는다면 듯는 사람이 一層 興味를 늣길 것은 事實입니다. 童話에도 間間히 唱歌謠曲이나 하모니카나 싸이요링 가튼 것을 집어넛는다면 그 노래가 다른 音樂을 잘하고 못하는 것은 不問하고 歡迎을 바들 것입니다. 特히 이 點에 關하야 내가 經驗한 바로 밀우어본다면 적지 안은 效果가 잇슬 줄 아는데 昨年 三月 十四日에 내가 放送局에서 「아름다운 마음」이라는 童話에다 바이요링을 집어너허 放送한 일이 잇섯는데 그째 □中間에나 쏘는 들은 사람에게 퍽 感激을 바덧다는 말을 들은 일이 잇습니다. 何如間 童話 中에 間間히 音樂을 너흐면 자못 새로운 興味를 늣기게 할 수가 잇습니다. 그런데 萬若 童話 中에 唱歌를 넛케 된다면 兒童들이 잘 아는 唱歌를 넛는 것이 조흔데 兒童들이 다- 알고 잇는 唱歌를 불으면 騷亂해진 會場이라도 一時는 靜肅해질 수가 잇습니다.

談話의 句節은 엇더케?

이약이 句節을 쓴엇다 니엇다 하는 것은 웃우운 일 갓지만은 事實은 퍽 必要한 것입니다. 글을 알어듯기 좃케 넑으랴면 쌀막쌀막하게 쓴허 넑으면 조치만은 이약이는 그럿케 쉬운 것이 안입니다. 이 이약이 句節을 씌이고 씌이지 안는데 싸라서 感興이 크게 左右되는데 一瀉千里의 氣勢로 술술 이약이하지 안으면 안 될 境遇에 萬若 아- 음- 하고 군소리만 吐하게 된다면 聽衆에게 感動을 秋毫도 줄 수 업게 될 것인가 特히 感情이 激發한 째는 句讀長短에 極히 注意할 必要가 잇습니다.

聽衆을 엇더케 웃켜야 할가?

聽衆을 웃키는 것은 表情과 말에 달녓지만은 奇拔한 이약이를 하야 웃키는 것도 조흘 줄 아는데 가령

學校에 단녀온 어린애한테 들으닛가 "나하고 한 반에 잇는 福吉이가 算術 時間에 잠이 들어서 冊床에 업드려 코를 드르렁드르렁 골겟지요. 그러닛가 先生님이 얘 福吉아! 둘에다 셋을 너흐면 멋치냐?" 하고 물으시닛가 福吉이는 깜짝 놀라 눈을 휘둥그럿케 쓰고 "아이 어머니! 벌서 저녁을 먹어……" 하고 이약이하엿습니다 하고 말한다면 一同은 쌀쌀 웃을 것입니다.

이 가튼 웃운 이약이는 眞實한 態度로 이약이하지 안으면 안 되는데 이 가튼 웃우운 이약이를 하는 演士는 決斷코 웃지 말아야 합니다.

慘酷한 이약이는 엇더케

독씨로 말머리을 찍어서, 骸骨이 으스러저 싯뻘건 피를 흘리며 죽엇습니다 할 이약이를 독씨로 머리를 처서 말은 죽어 넘어젓습니다 한다면 意味는 變치 안코 쏘 듯기에 먼저 말보다 끔찍스러워 들리지 안습니다. 慘酷한 이약이는 넘우 露骨的으로 이약이하지 안는 것이 조흘 줄 압니다.

(筆者 附記) 以上으로써 쓰랴든 것은 대강 다- 쓴 모양입니다. 特히 口演方法 實際에 들어가서 童話 몃 篇을 써 가면서 表情과 口演에 對한 注意를 附記해 내려가랴 하엿사오나 넘우 지루한 것도 갓고 時間도 업서서 簡單하나마 이것으로 끗을 맷고 다음 期會에 짜로히 詳細히 써 볼가 합니다. (끗)

韓晶東, "(어린이 講座, 第四講)童謠 잘 짓는 方法", 「어린이세상」 其 31, 『어린이』, 제7권 제7호 부록, 1929년 9월호.

첫재 童謠는 무엇인가?

이것은 여러 번 한 바도 잇서서 되푸리되는 듯도 함니다만은 널리 여러분에게 알리들이기 위하야는 여러 번 겹처 말슴하야도 결코 해된 것은 업스리라고 밋습니다.

누구의 마음을 가릴 것 업시 그 마음속 한구석에는 언제나 무엇이라고 가르켜 낼 수 업는 아름답고도 고흔 물건이 반듯이 숨어 잇는 것임니다.

사람은 깃부면 웃지요. 슯흐면 울지요. 근심되면 찡그리지요. 성나면 눈을 부릅쓰지요. 이와 가티 감정(感情)이 뭊헤 가 달 째는 자기도 알지 못하는 중에 다른 사람에게 자긔 마음의 구석까지 드려다보이는 것임니다.

그러면 이제 여러분께서 알고 십허 하시는 여러분의 노래 즉 "童謠" 이약이를 하겟습니다.

童謠는 "여러분들이 가지고 게신 감정(感情)을 고대로 단순(單純)하게 바로 나타내는 '노래'임니다. 다시 말하면 여러분의 감정(感情)이 다을 대로 다앗슬 째의 소리가 곳 감격(感激)의소래 감동(感動)의 부르지즘임니다."

수태 깃불 째 수태 슯흘 째의 여러분의 마음은 결코 고요할 것은 안임니다. 모양으로라도 밧게 나타내고야 말 것임니다. 가령 앗가 말한 것처럼 웃는다든지 운다든지 날뛴다든지 몸을 움추린다든지 엇더케든지 표정으로 혹은 말로 행동으로 나타내고 마는 것임니다.

여기서 童謠는 생기는 것임니다. "아― 깃브고나" "아― 슯흐고나" 하면 벌서 이것은 童謠라고 하여도 틀릴 것은 안임니다. 그러나 이것만으로는 童謠의 참다운 감(藝術的 價値)은 업습니다. 다 가튼 슯흠 다 가튼 情이라도 다른 사람의 깃븜 서름 情보다 달는 그째의 그 사람의 깃븜 서름 情이 안이면 그 무슨 참다운 감이 잇겟슴닛가.

다시 말하면 童謠에는 꼭 자아(自我＝자긔)가 필요하다는 것임니다.

자긔 안이고는 읊흘 수 업는 자긔 독특의 것이 안이면 안 될 것입니다.

둘재 童謠는 엇더케 짓나?

우리는 감정(感情)을 가지고 잇습니다. 그 누가 감흥(感興)이 업스며 감개(感慨)가 업겟슴닛가. 그리고 누구나 童謠를 쓰지 못할 이가 잇겟슴닛가. 그러나 나서부터 열리는 능금나무가 어데 잇겟슴닛가. 맛찬가지로 童謠를 씀에 잇서서는 단련(鍛鍊)이 잇서야 합니다.

그 단련(鍛鍊)하는 법은 첫재 만히 읽고 만히 아라 두는 것입니다. 만히 읽는 동안 저절로 여기 대한 눈이 열려서 이것은 엇쩌코 저것은 엇쩌타 하는 판단(判斷)하는 힘이 생김니다.

이러케 되면 나도 써 보겟다 하는 생각이 나서 쓰기를 시작하게 됩니다. 그러나 첫 솜씨라 훌륭한 것이 되지 못할 것은 사실임니다. 그러닛가 둘재로 흉내(模倣＝모방)가 생겨남니다.

이것은 내가 지어내는 말이 안임니다. 엇더한 텬재(天才)라도 처음에 모방(模倣)을 버서날 수는 업는 것입니다. 모방(模倣)을 붓그럽게 생각하는 이가 잇으나 결코 그러치 안슴니다. 이것은 다만 완성(完成)하기까지의 경로(經路＝길)올시다. 그러타고 일생을 두고 흉내만으로 지내도 조흘가 할지도 모르겟지오만은 그것은 그러치 안슴니다. 만일에 그런 이가 잇다면 그이는 하로밧비 노래 쓰기를 고만두고 달리 조흔 길을 차저가야 할 것임니다.

먼저도 말한 것처럼 엇더한 것을 읊흘 째든지 다른 사람으로서는 쓸 수 엄는 자긔 독특한 마음의 나타남이라야 비로소 갑잇는 노래(童謠)입니다. 이러케만 되면 남의 것을 흉내 내인 것일지라도 그것은 그 사람의 참된 늣김이요 참된 정이요 참된 흥일 것입니다.

그 다음 셋재로 만히 지어야 합니다. 그래서 노래의 혼(魂)을 삼도록 힘쓰고 격조(格調＝격)가 맛도록 힘써야 할 것입니다.

그러기에 될 수 잇는 대로 만히 지어서 동무동무 사이에 평(評)도 밧고 곳침도 밧고 한거름 나가서 자긔보다 선배(先輩)의 평과 곳침을 숨김업시 바다서 만흔 단련(鍛鍊)을 싸어야 할 것입니다. 이러케 되면 이째의 흉내

(模倣)는 정말의 흉내가 안이고 찰아리 자긔의 풍(風)과 격(格)을 짓는 데의 엇던 영향(影響)을 밧앗다는 데 지나지 안는 것입니다.

우의 말한 것을 주리여서 말하면 첫재로 만히 읽어서 만히 알아 둘 것.

둘재로 자긔의 독특한 풍을 짓기 위하야는 대가(大家)의 본을 바들 것.

셋재로 만히 지어서 자긔의 순정(純情)의 표현(表現)을 자유(自由)롭게 할 것.

들입니다.

그리고 끗흐로 바라는 것은 언제든지 말 배우는 어린아이처럼 엄마 압바 하지만 말고 하로밧비 모방(模倣)의 지경(地境)을 넘어서서 독창적 자긔풍 (獨創的自己風)을 내이도록 힘쓰십시요. 쏘 한 가지 우리는 조선 사람이라 는 의미에서 모다가 조선의 예술(藝術)이닛가 조선맛 나는 향토적 동요(鄕 土的童謠)를 읇허 주십시요 하는 것입니다.

여러분은 조선이라는 큰 고향(故鄕)이 잇지요. 그리고 다 각각 조고만 고향(故鄕)이 잇지요. 그리면 큰 고향은 조선의 童謠인 동시에 적은 고향은 디방적(地方的) 童謠라야 할 것입니다. 다시 말하면 방언(方言＝사투리) 속언(俗諺)들 그 디방의 특별한 맛이 들어 잇는 뜻깁흔 말을 적당한 곳에 적당히 써서 그 말이 안이면 나타낼 수 업는 독특한 것을 짓도록 하여 주십 시요. (끗)

金思燁, "(文藝作品 讀後感)童謠作家에게 보내는 말", 『조선일보』, 1929.10.8.

紙面 制限 關係上에 길게 쓸 수는 업습니다. 다만 總括的으로 멋 마듸 朝鮮童謠界에 對한 平素 所感 되는 바를 적어 볼가 합니다.

朝鮮童謠

지금까지는 참으로 朝鮮童謠를 볼 수가 업섯고 大概가 外國童謠 輸入한 舶來品 가튼 童謠이엇습니다.(다 그런 것은 아니지만)

보름달 왼달

보름달 왼달
할멈은
어대갓슬가

보름달 왼달
동생은 멀리
시골갓다오

보름달 왼달
어머니 언제
쏘다시볼가

作家는 알 수 업스나 鄭烈模 氏가 지은 『童謠作法』에 잇는 것입니다.[264] 이것은 日本 童謠作家인 野口雨情[265] 氏가 지은 「十五夜 お月せん」[266]이란

---

264 「보름달 왼달」은 정열모의 『童謠作法』(新少年社, 1925, 21~22쪽)에 수록되어 있다.
265 노구치 우조(のぐちうじょう, 1882~1945)는 일본의 시인이자 동요・민요 작사가이다.
266 원문 가사는 다음과 같다.
　十五夜お月さん
　　十五夜(じゅうごや)お月(つき)さん 御機嫌(ごきげん)さん

童謠를 고대로 옴겨 썻습니다. 日語로 읽을 째는 藝術의 價値가 잇지만 조선말로 곳친 것을 읽을 째는 조금도 童謠답지 안습니다. 이것을 읽는 第三者로는 참으로 童謠界를 돌아볼 째 寒心한 것이 업지 안습니다. 그러나 그 內容을 取하는 點에 잇서 外國童謠가티 짠 境地를

建設하지 말고 朝鮮 색동저고리 입고 집신 신은 朝鮮心 가진 朝鮮童謠를 求합니다. 그러면 大體 엇더한 것인가? 나는 이러케 말하고 십습니다. 獨特한 環境에 處한 朝鮮 少年들에게 朝鮮의 周圍를 입으로 부르도록 할 것입니다. 그리하야 어릴 적부터 朝鮮이란 것을 알닐 것입니다. 이리하야 指揮者도 쏘한 朝鮮의 周圍 卽 어린이의 生活을 부르도록 할 것이며 이런 童謠를 獎勵하여야 할 것입니다. 그러나 어데까지나 童心을 잇지 마러야 할 것은 勿論입니다.

이런 노래의 例를 들면

아버지　　尹福鎭 作[267]

婆(はあ)やは お暇(いとま)とりました
十五夜お月さん 妹(いもうと)は
田舍(いなか)へ 貰(も)られて ゆきました
十五夜お月さん 母(かか)さんに
も一度 わたしは逢(あ)いたいな

[267] 원문은 다음과 같다.(『중외일보』, 29.2.21)
　아버지
　　一
초열흘밤 쏘각달이
　열자나소사
순이엄마 뵈틀소리
　잠드럿구나
　　○
산과들엔 하연눈이
　길길히싸혀
사람업는 논길산길
　뵈지안는데
　　○

초열을밤 쪼각달 열자나솟아
순이엄마 베틀소리 잠드럿고나
새벽날에 나무가신 늙은아버지
서쪽산에 달아저도 안이오시네
도시쌕에 점심밥을 지개에달고
　　　　(中畧)
압산골에 터벅터벅 나가시드니
눈바람에 손시럽고 발은어는데
날저무러 도라올길 이저바럿나
　　　　(下畧)

　句節句節 解剖하야 所感을 쓸 必要도 업슴니다. 이것이 조선노래임니
다. 이것은 決코 外國人의 흉내도 낼 수 업는 노래임다.[268] 그리고 쏘 하나
지금까지 童謠는 (大槪가) 十四, 五歲의 少年少女를 標準한 노래이엿슴니

새벽날에 나무가신
　늙은아버지
서쪽산에 달이저도
　안이오시네
　　　二
도시댁에 점심밥을
　지개에달고
압산골로 터벅터벅
　나가시더니
　　　○
눈바람에 손시럽고
　발은어는데
날저므러 도라올길
　이저바럿나
　　　○
뒷집처자 자장노래
　꿈속에숨고
먼동리엔 첫닭소리
　들녀오는데
268 '노래입니다'의 오식이다.

다. 그러니 幼稚園 어린이도 불러 뜻을 알 수 잇는 쉽은 노래를 期待합니다. 그리고 少年少女가 부르기 조흔 曲調를 作曲하야 주엇스면 합니다. 이것은 童謠作家에 對한 부탁이 아니라 作曲家에게 부탁하는 바입니다. 이것도 朝鮮 童謠發展上 當面 重大問題일 줄 압니다.

想涉, "(學生文壇)'學生文壇'의 本意 ─ ◇ ···投稿諸君에게 囑望하는 바", 『조선일보』, 1929.10.10.[269]

朝鮮은 넘어나 만히들 諸君에게 要求한다. 그러나 그 가운데에도 가장 人格的 土臺로서 健全과 誠實과 率直과 眞純과 協助를 要求한다. 健全, 誠實, 率直, 眞純, 協助──이러한 美德을 具備히 가진 者에게라야 무슨 일이든지 한모통이를 미덤성스럽게 맛길 수가 잇기 째문이다. 그러면 이 네다섯 가지 美德은 어대서 무엇으로 養成되는가? 諸君은 學校에서 修身을 배호리라. 勿論 조흔 일이다. 吾人은 그 배호는 修身이 다못 學科에 쓰치지 안코 實踐의 뿌리가 되기를 切望한다. 그러나 普遍的 社會的 그리고 무엇보다도 自發的 自律的으로 그 德性을 涵養할 機會가 잇다면 敎科의 修身과 아울러 完美完成을 可期할 바이다.

藝術은 사람으로 하야금 卑屈케 하고 懦弱케 함이 아니다. 萬一 그러하면 그것은 엇더한 藝術이 特히 不健全한 것이엇거나 그 讀者의 心性이 不健全하얏든 것일 것이다. 藝術의 本來의 使命은 사람을 健全 誠實 率直 眞純 協助에 쓰으는 것이다. 또 그리함으로 諸君이 勉學의 餘暇를 割하야 藝術境에 逍遙하기를 바라고 아울러 그 機會를 誠意를 가초아 提供하는 바이다.

그러나 吾人은 決코 諸君이 반듯이 藝術家되기를 바라지는 안는다. 朝鮮이 諸君에게 "만히" 企待하되 다만 한 가지 藝術만을 期待치 안키 째문이다. 차라리 藝術보다는 科學을 力勸하고 십다. 現下의 朝鮮은 조흔 詩보다 조흔 機械를 要求하기 째문이다. "지금 朝鮮"은 自己를 樂園에 태어다 줄 機關車가 언제나 나오나?──하고 턱을 고이고 애처러히 苦待하고 잇다. 그러

---

269 '想涉'은 염상섭(廉想涉)이다.

나 이 機關車의 工作夫가 될 諸君의 意氣와 活力과 誠勤을 도웁는 것은 藝術에 잇다고 밋는 바이다. 거듭 말하거니와 『朝鮮日報』의 "學生文壇"은 諸君에게 文學者 되기를 그다지 願치 안는다. 將來 文學者 될 十分의 天分을 가진 분은 되지 말라고 하지 안는 同時에 그러치 못한 분에게까지 반듯이 되어 달라고 쏘차가며 付托도 하지 안는다. 朝鮮은 諸君에게 여러 가지를 囑望하기 째문이다.

쏘한 諸君은 朝鮮語로 쓸 줄을 모른다. 諸君이 將來에 工業家가 되든 農業家가 되든 實業家가 되든 그 蘊蓄한 知識을 同族을 爲하야 記錄코저 할 제 먼저 엇던 말 엇던 글을 擇하랴는가? 쏘 擇하여야 할까? 오늘날 무슨 學士 무슨 博士라고 行世하는 사람이 조고만 所感 몃 行을 적어도 正確한 朝鮮文을 記錄치 못하고 私信一張이라도 自己의 遊學한 나라의 말을 빌지 안흐면 所懷를 펴지 못하는 事實을 볼 제 吾人은 將來 諸君까지 그러케 될까 보아 두려워한다. 吾人의 이러한 老婆心을 諸君이 도리어 괴롭다 하는가? 괴롭다 할 진대 後日에 吾人을 怨罔치 말라. 하여간 이러한 老婆心으로 "學生文壇"은 생긴 것이다.

選者는 近日 이 "學生文壇"을 爲하야 큰 苦役을 한다. 巨擘의 詩文이라도 남의 글을 잘 읽지 안는 나로서 寸暇를 비집어 諸君의 詩文을 每日 數百篇式 내 눈을 거처 나가야 겨우 一二篇이 紙面에 나타나는 實際 事實을 諸君이 안다면 苦役이라는 말이 功치사가 아님을 알리라. 그러나 選者는 決코 이 努力을 헛되다 하지 안는다. 반드시 여러분의 우에 씨가 매즐 줄을 밋기 째문이다. 쏘 朝鮮日報社로서 貴重한 紙面을 諸君에게 公開한 本意가 여긔에 잇슴은 啾啾할 배 아니다. 오즉 懇望하노니 諸君의 淸新하고 雄健한 筆鋒이 썰칠지어다. 그러나 한 가지 付托은 十分 自信 잇는 詩文을 寄送하라 함이다. (想涉)

夕鐘, "(文藝作品 讀後感)韓 氏 童謠에 對한 批判", 『조선일보』, 1929.10.13.[270]

나는 아모것도 모르는 農村에 파묻친 한 사람이외다. 그러나 今般 朝鮮日報社 學藝部에서 文藝作品 讀後感 募集을 機會로 韓晶東 氏의 創作인 「별나라」(一九二八年度 『朝鮮童謠選集』에 所載된 것)를 읽은 所感을 적어 볼가 합니다.

                    ×

나는 晶東 氏의 創作인 「별나라」에서 이런 句節을 發見하엿습니다.

　　쏘다시南北에도 금은못반짝
　　하나는王子시오 하나는公主

右記의[271] 后 句節을 볼 째 나는 읽기는 퍽 順調롭게 잘되엿스나 "하나는 王子시오 하나는公主"라 하얏스니 이것은 獸類로 比하고 노래함인가! 사람을 헤일 적(普通 사람이라도)에는 하나둘이 가티 못 헤인다는 것을 毋論 업슬 줄 斟酌하시겟기에 更論치 아니합니다. 그런데 더군다나 王님을 形容하야 表示하는 노래이니 만큼 尊敬詞가 必要할 것입니다. 어린아희들을 爲하야 創作한 童謠가 어린이들에게 言語에 對한 矛盾이 宣傳되어 잇슴니다. 어린이의 將來에 잇서서 이 用語의 問題가 퍽으나 影響을 끼칠 것입니다. 별을 헤이니까 그러케 하낫 둘 썻다고도 하겟스나 王子와 公主를 쓰러내는 다음에는 그러치 안흘 것입니다. 그러고 晶東 氏뿐만 아니라 現下의 童謠作家가 모다 이 用語에 對하야 十分 注意키를 바라는 바입니다.

---

270 원문에 '新高山 夕鐘'이라 되어 있다. '夕鐘'은 남응손(南應孫)의 필명이다.
271 일제강점기 신문 편집은 "위에서 아래로, 오른쪽에서 왼쪽으로" 방식이어서, '右記'는 오늘날 "위의"라는 의미이다.

申孤松, "童心에서부터 - ◇旣成童謠의 錯誤點, 童謠詩人에게 주는 몃 말(一)", 『조선일보』, 1929.10.20.

一. 序 言

朝鮮에 新童謠運動이 닐어나고 童謠壇이라는 것이 漠然하나마 形成된 것은 已久의 事實이다. 그리는 동안에 童謠詩人도 百出하엿스며 作品도 絶對的 大量産出을 하야 謠壇의 形成에 童謠의 民衆化에 힘썻든 것이다. 짤해서 거긔에 만흔 功獻을 奏한 것도 否定할 수 업는 事實일 것이다.

그러나 우리가 여긔에 批判眼을 括開하야 冷情하게 反省한다면 얼마나 撞着된 作品行動을 해왓스며 얼마나 曖昧한 理論을 支持하고 왓다는 것을 自覺할 것이며 그 自體가 얼마만치 畸形的으로 發育되엿다는 것까지도 認識할 것이다. 또 一般大衆에게 童謠는 이러하다는 것을 誤傳하야 大衆을 잘못 指導한 重한 犯罪까지 하엿다는 것을 깨달을 것이다. 筆者는 이 모든

現狀을 痛嘆하고 마지안는 者의 하나이다. 一例를 들어 보자. 어린이에 게 가장 平易하고 喜悅을 줄 童謠가 至極히도 難澁의 律句가 되어 바리엇스며 六七才의 幼童이라도 能히 童謠를 製作할 수 잇는대도 그 能力을 剝奪해 버리고 말앗다. 그 밧게도 多數의 例가 잇스나 그는 後項에서 論할 것이니 여긔서는 잠간 두자. 이와 가티 謠壇에는 一大 低氣壓의 掩襲을 밧고 잇다. 이 低氣壓이 얼마나 繼續될 것이냐. 未久에는 이 低氣壓을 뚤코 光明의 해쌀이 새어나올 것은 當然의 일이다. 그러나 우리에게는 時日의 不待로 이 低氣壓을 뚤코 하로밥비 光明을 보게 할 勇士를 時急히 要求하는 바이다. 뿌리를 잘못 박은 謠壇을 整栽하고 잘못 指導된 大衆을 바른 길로 引導할 理論이 出現할 것을 企待하는 것이다.

우리의 理論은 事實로 曖昧한 것이엇다. 過多의 理論도 나오지 안헛지만은 數三 發表되엇다 할지라도 그것이 絶對로 깁흔 硏究에서 나온 的確한 理論이라고는 못할 것이다. 大槪가 日本의 그것을 譯案한 것에 지나지 못

하고 依支한 것에 지나지 못하엿다. 日本의 理論이 誤錯된 것이 아니로대 特殊性이 잇는 朝鮮 兒童이 불늘 童謠이니 거기에 特殊한 무엇도 잇서야 할 것이다. 압헤도 말헷지만은 가장 急한 것이 理論確立일 것이다. 더욱이 는 墮落되여 가고 邪道로 疾走하는 우리의 童謠壇에 잇서서 말이다. 筆者 는 이 小論으로써 絶對로 正確한 理論이라고 固執하는 者가 아니다. 停滯 된 水面에 小石을 던짐에 不過하다. 이 던진 小石으로 말미암아 世上에 輿論을 니르키어 排擊 아니면 同意의 論說이 잇게만 된다면 나의 本意를 다하는 것이다.

二. 그릇된 童心

어룬은 童謠를 創作하지 말라고 하고 십다. 그것은 往往히 그릇된 童心 을 그리어 어린이로서는 到底히 感得할 수 업는 것을 描出하는 것이 만흠으 로써 말이다. 정말로 어룬으로서 어릴 째의 가장 純眞한 童心에 도라갈 수 잇는 이가 얼마나 될 것인가. 大槪가 世俗에 물들이여 魔醉된 過去를 解釋함에 지나지 못할 것이다. 여긔에 조금도 汚穢 업시 童心에 歸化할 수 잇는 이가 잇다면 그는 世上에서 最大의 幸福한 이일 것이다. 그러나 絶對로 어룬은 童謠를 짓지 말라는 것은 아니다. 純眞한 童心에 完全히 歸化치 못하는 이는 童謠 創作을 念頭에도 두지 말고 兒童의 世界에 가서 그들이 戲遊하는 것을 注視하고 觀察하는 것이 조흘가 한다.

童謠는 童心의 노래이기에 그릇된 童心으로 불르는 째는 그릇된 童謠의 出現을 볼 것이다. 巡査가 長劍을 차고 大路를 지난다. 이것을 본 어린이가 소리 업시 쮜다러가서 그 칼을 쑵어 보고 십흘 것이며 뜰에 졸고 잇는 고양 이의 긴 수염을 하나쯤 쑵아 보고 십흔 것이 眞正한 童心의 流露가 아니고 무엇이냐. 兒童은 絶對로 夕陽에 田園을 漫步하야 林樹 사이로 隱隱히 흘 러오는 寺院의 暮鍾聲에 귀를 기우리는 自然을 讚歎하는 自然詩人輩가 아니며 夜半에 잠을 안 자고 기력의 소리와 遠犬 소리에 孤獨을 노래하는 센치멘탈이스트가 아님을 말하고 십다. 어린이는 靜的 物體가 아니고 적어 도 躍動하는 動的 存在이다. 그들이 夕陽에 鍾소리를 듯고 잇슬 것인가 아니면 해볏에 쏘이는 고초쌩아를 잡고 쒈 것인가는 贅言할 餘地조차 업다.

數三 實例를 들어 말하자.

들국화　李久月

갈곳나는느진가을 쓸쓸한들에
늦게피인들국화 외로운나무
지나가는찰바람에 연약한몸을
이리굽성저리굽성 몸짓합니다.
　　　　×
밤이면갈닙소리 잠못니루어
한을에별세기에 잠못니루고
나제는차자주는 사람이업시
한을만바라보고 눈물이래요
　　　　×
남모르게고이고이 자란들국화
이밤새면찬서리에 꼿닙시들고
쏘한밤에나무닙 풀닙과함께
남몰으게이들에서 말라진대요

얼마나 漠然한 同情이냐. 사람에게는—어린이에게도 同情이 잇다. 悲哀는 悲哀를 誘起하고 恐怖는 恐怖를 喚呼하며 喜怒는 喜怒를 惹起하는 것이다. 다른 어린이가 우는 것을 보고 한 가지 울며 가여운 사람이 잇다면 마음 편에 悲哀의 情을 니를킬 것이다. 그러나 廣漠한 들 가운데 더욱이나 밤에 한 폭이 들국화의 피고 난 나머지가 찬 서리에 썰고 잇는 것을 想像하야 이에 同情하는 早熟하고 沈鬱한 兒童은 업슬 것이다. 이것으로 보아 이 作者가 얼마나 兒童에 對하야 低劣한 嘆詞를 던지는 이란 것을 알 것이다.

申孤松, "童心에서부터 - ◇ 旣成童謠의 錯誤點, 童謠詩人에게 주는 몃 말(二)", 『조선일보』, 1929.10.22.

二. 그릇된 동심(續)

풀배　　(梁雨庭)
시내가에욱어진 풀을쓰더서
곱게곱게적은배 꿈여가지곤
굼주리고헐버선이 모다실고서
눈물업는그나라를 차저서가자
　　　×
어기어차노저어라 삿대저어라
부러오는갈바람에 돗을올려라
은남아너도가자 수동이너도
설음업는그나라를 차저서가자
　　　×

作者는 무엇을 어린이에게 가라치려고 햇는가. 비록 이 짱의 百姓이 굼주리고 헐벗고 눈물과 설음으로 산다 해도 어린이에게 이것을 敎示한다는 것이 父母된 自體가 얼마나 붓그러운 말이냐. 얼마나 矛盾됨을 가라침이냐.

敗北! 敗北 하는 어린이보다 우리의 어린이는 意氣 잇게 싸훌 어린이로 指導하여야 할 것이 아닌가. 그뿐 아니라 長成할 그들에게 現實의 沒落과 幻滅을 알릴 必要가 무엇이냐. 이것을 아울러 이 童謠가 何等의 實感이 업고 얼마나 그릇된 童心을 그리엇는지 一見에 알 것이다. 이것을 童謠라고 내여놋코 詩人然하고 主義者然하는 小兒들은 좀 더 自制하야 우리의 어린이에게 敎導할 바가 무엇이며 어린이란 얼마나 넓고 좁고 크고 적은 것이란 것을 硏究하는 것이 조흘가 한다.

申孤松, "童心에서부터 - ◇既成童謠의 錯誤點, 童謠詩人에게 주는 몇 말(三)", 『조선일보』, 1929.10.23.

二. 그릇된 童心(續)
　×

잠자는 미럭님　　(尹福鎭)
쏘불쏘불읍내가는 곱은길가에
천년만년미럭님은 잠을잡니다
간들간들낡은마차 소리질러도
콩밧가의미럭님은 잠을잡니다
　×
가을해빗짜스한 잠든얼골에
고초쌩아모여안저 놀려봅니다
수수밧헤외눈쌀이 허잽이봐라
빩가벗고춤추는꼴 우습지안나
　×
쏘박쏘박콩밧가의 잠든미럭님
천년만년자는잠은 언제째려오
에라에라어사삿도 달리든길에
낫서투른자동차가 지나갑니다.

兒童은 思想이 單純하고 生活은 限업시 端的이다. 複雜한 思慮와 聯想作用은 하지 못한다. 複雜한 事件일지라도 兒童은 單純化해 버리고 마는 것이다. 이 미럭님을 싸고도는 事物이 얼마나 만흔가. 낡은 마차 콩밧 고초쌩아 수수밧 허잽이 어사삿도 자동차의 多數가 잇다. 참으로 兒童이 콩밧가의 이 미럭님을 보고 이러한 複雜한 聯想을 할 수 잇슬 것인가도 疑問이고 어사삿도 지나치든 傳統的인 녯일을 追想할 能力도 업슬가 한다. 作者가 나히 만흠으로 이짜위 생각이 나는 것이지 兒童은 敢히 이런 追想 쏘는

聯想을 하지 못할 것이다. 여긔에 純心無垢한 어린이다운 어린이가 잇서 콩밧 가의 미럭님을 보고 純眞한 童心의 流露가 여긔에 잇섯다면 그 미럭님의 쏙지를 잡고 쒸여 줄 것이며 말 타 주고 얼골에 풀칠 흙칠을 해 주엇을 것이다.

이런 類의 童謠를 例擧하랴면 限이 업슬 것이니 그만두고 그 因됨이 作者가 넘우나 童謠에 對한 研究가 업고 認識이 不鮮明한 微弱한 儒弱한 思想을 가젓슴에 잇슬 것이다. 좀 더 어린이의 眞實한 生活을 注視하며 그들의 生活이 如斯히도 端的이고 單純하다는 것을 쌔달을 것이고 童謠라는 것은 絕對로 低劣한 嘆詞를 羅列해서 되는 것이 아니고 未熟拙劣한 點이 잇더라도 眞實味가 잇고 어린이다운 生活相이 表現되어 잇서야 되는 것을 짐작하라는 것이다.

申孤松, "童心에서부터 – ◇旣成童謠의 錯誤點, 童謠詩人에게 주는 몃 말(四)", 『조선일보』, 1929.10.25.

×

파리　（文福永）
검은옷을닙은 파리쎄들은
살랑살랑영감처럼 잘도것는다
밤낫업시손비비는 파리쎄들은
내생일밥상우에 올라안저서
어머니와마주서 손을비빈다
나는나는손비비는 파리를보고
조하라춤추고 노래하얏네
　　　×　　　×

生日날 아츰이다. 喜悅과 滿足으로 이날을 맛는 그의 마음이 뵈인다. 파리를 通하야 그의 生日을 찾는 질거움이 完全히 表現되엇다. 실증이 날 듯이 달려들든 파리조차 "어머니와 가티 손을 비빈다"라고 善意로 解하며 조하라 춤추고 노래하얏네. 이것으로 그는 橫溢하는 깁븜을 다 말하엿다. 이 作者는 小學生이다. 童心다운 童心으로 노래하엿다.

×　　　　×

博覽會　　(尹元求)

촌한아버지 싀골한머니
서울박람회 구경하려고
오신게지요 촌한아버지
시골한머니 고향사투리
듯고서보니 부모님생각
문득납니다.

×　　　　×

서울에서는 博覽會 騷動이 낫다. 시골서는 날마다 數萬의 구경꾼이 모인다. 學校 가든 어린 作者는 시골 한아버지 꼴이 하도 우습길래 뒤짜러가다가 시골 사투리를 들은 것이다.

申孤松, "童心에서부터 ─ ◇旣成童謠의 錯誤點, 童謠詩人에게 주는 몃 말(五)", 『조선일보』, 1929.10.26.

作者는 일즉 시골서 살다가 父母를 여윈[272] 것이다. 갈 바 업시 된 作者는 서울 일갓집에서 다려다 길리운 바 되어 서울生活 數年에 시골 사투리는

---

272 '여읜'의 오식이다.

다 니저버리고 서울말이 되여 버렷다가 博覽會 구경 온 한아버지 한머니의
하는 말에 刹那的으로 도라가신 아버지 어머님의 얼골이 그리워진 것이다.
愚劣하고 委折한 筆致로 달밤에 강가를 거닐며 天國에 계신 父母님을 생각
하는 實在 以上의 哲學化한 센치멘탈이스트類의 童謠와 이 童謠를 比較해
보아라. 비록 말은 "부모님 생각 문득 납니다"의 十字에 限해 잇스나 어린이
로써는 父母를 生覺하는 悲絶한 嘆詞라 할지라도 이박게는 업슬 것이다.
만약 이보다도 더 低劣한 虛飾을 햇드랴면 이 童謠에는 普校 四年生이라는
作者의 生命을 차저볼 수 업슬 것이다.

三. 그릇된 童謠 몃 가지

詩는 槪念이 아닐 것이다. 짤아서 童謠도 槪念은 아닐 것이다. 新聞雜誌
에 發表되는 童謠를 쏠 때 그것이 擧皆가 槪念을 노래한 것이다. 그 原因을
차즈니 그는 "첫제" 童謠는 짓는 것으로 아는 까닭이다. "둘제" 童心에 도라
가서 노래하지 안는 까닭이다. "셋제" 作者가 어린히가 아니고 어른인 까닭
이다. 童謠로 노래할 아모 "쇽크와 實感이 업는대도 不顧하고 나도 童謠를
하나 짓겟다"는 虛慾으로 된 말 안 된 말 집어 쓰고 보니 어린이로서는
아모 興味를 갓지 못할 槪念에 지나지 못하는 것이 되고 만다. 童謠는
아모 말이나 格調만 마즈면 되는 것으로 알어서는 아니 될 것이다. 봄은
쌋듯하다, 꼿이 핀다, 새가 운다, 三月 삼질날은 제비가 江南서 온다, 九月
九日날은 江南으로 간다, 가을엔 落葉진다, 귀쓰람이가 운다, 이것들이 무
슨 實感을 노래한 것인가. 그것은 봄을 說明하고 제비는 江南에서 三月
삼일날 와서 九月 九日날 江南으로 간다는 것을 說明하고 가을을 說明하고
限定햇슬 다름이다.

　　　　×　　　　×

　　　가을　(金永一)
　비나리든한울은 가을바람에
　깨끗이도개이어 날은조흔데
　강남에서차저온 제비동무는

날이추워갓는지 보이지안코
북국나라찬나라 기럭이들만
구슯흐게울면서 날너다녀요
△
무성하든나무닙 락엽지구요
찬서리만나리어 춥게맨드니
매암이의노래는 어대로가고
귓드램이배쌩이 노래소리만
가을꽂밧화려히 피인속에서
쓸쓸히된가을을 위로합니다

×   ×

江南서 오고가는 제비, 北國서 오고가는 기럭이, 가을바람에 지는 落葉,
귓드램이, 배쌩이,이 모든 것이 얼마나 詩趣를 가졋는지는 몰으지만은 비
록 詩趣가 잇다 해도 童謠는 詩趣를 노래하는 것이 아님으로 漠然한 아모
實感 업는 것에 지나지 안는다. 가을에 對한 完全한 槪念이다. 어느 句節에
어린이다운 生命이 숨어 잇는가. 나는 차저볼 수 업다. 아모리 美辭麗句로
써 自然을 讚嘆한다 해도 童謠로서는

완전히 落第이다. 이것이 아니더라도 純眞한 어린이다운 가을노래가 잇
지 안흘 것인가. 남의 밧 콩대를 뽑아다가 콩사리하는 꼴, 밤 짜라 손톱
밋혜 가시 든 이야기 가튼 어린이다운 것이 잇지 아니한가.
槪念을 노래한 童謠의 例는 至極히 만타. 더 말할 것도 업다.

×   ×

藥지어오는밤   李元壽
약지어러갓다가 길이멀어서
혼자오는산길에 해가저무네
아즉도길은멀고 날은어둔데
죽어가든어린누의 엇지되엿다

고개를넘어서니 달이소삿네
멀-리우리집에 불이보이네
洞口에어머님이 불너시누나
누이의약을매고 다름질칠세

×   ×

作者의 體驗이다. 집에는 最愛의 누의가 알코 잇다. 途中에서 날은 저물고 길은 아즉 멀고 발은 제자리에서 발버둥질치고 길이 닷지를 안는다. 고개를 넘어서니 달이 썻다. 집의 불이 뵈인다. 어머니가 불은다. 여긔에 어린이다운 歡呼가 잇다. 이제는 발자욱이 빨리 쩨여진다. 어느 句節에 느릿한 槪念을 볼 수 잇는가.

×   ×

쑬쑬돼지　　(尹石重)

붓두막에글거논 누룽갱이를
들락날락다먹고 도망가지요

욕심쟁이우리옵바
쑬-쑬- 돼지

설탕봉지일부러 쏫쩔르고선
엉금엉금기면서 할터먹지요

울기쟁이우리옵바
쑬-쑬-쑬돼지

보글보글잘쓸는 찌개국물을
찡긋찡긋열번식 맛을보지요

심술싹지 우리옵바
쑬-쑬-쑬돼지

×　　　　×

表現方法이 妙하고 自由롭다는 것은 뒤두고라도 욕심꾸럭이 옵바에 對한 누이의 어린이다운 批判이 조타. 거긔에 곳 살아질망정 엿든 嫉妬가 잇는 것도 邪惡이 업서 조타.

申孤松, "童心에서부터 - ◇ 旣成童謠의 錯誤點, 童謠詩人에게 주는 몃 말(六)", 『조선일보』, 1929.10.27.

詩는 語句의 羅列이 아니고 情緒의 躍動일 것이다. 童謠도 美辭麗句의 羅列이 아니고 어린이다운 衝動과 感情의 躍動이 잇서야 될 것이다.

×　　　　×

　　　가을바람　　(고긴빗)
쌍짜라당 쌍짜라당
　바람이불어오드니
돌도로돌돌도로돌
　밤송이굴러가고요
으으스스으으스스
　갈닙이떨어집니다
　　　×
쌍짜라딩쌍짜라딩
　바람이건느오드니
붕쌔라붕붕쌔라붕
　갈닙이나라쓰고요
닐나라리닐나라리
　갈닙이춤을춥니다
　　　×
한울나라먼곳사는

가을의선들바람
무궁화의가을날이
꽂다워그리웁다고
갈닙들을그더차며
쌀쌀히지나갑니다

× ×

쌍싸라당, 돌도로돌, 으으스스, 쌍다라딩, 붕바라붕, 닐나리리. 이 무슨 미지근한 形容詞의 羅列이냐. 作者는 이 말들에서 얼마나 자미난 어린이다운 感興이 잇서 童謠가티 羅列해 봣는지는 몰으겟스나 듯고 보는 사람은 귀에 거슬려 도모지 들을 수 업슬 만치 惡感을 주며 內容에서도 槪念에 지나지 안는 것이다. 童謠는 말의 連結, 羅列이 아니라는 것을 알아야 할 것 갓다.

× ×

제비 (金思燁)
새로온제비님 고이길르자
흙으로동구란집 엽부게짓고
버들닙짜모으고 할미꼿썩고
개나리꼿진달내 꼿모다썩거
붉웃붉웃꼿문을 지여새우고
피리피리불면서 제비님맛자 (下畧)

× ×

좀 더 童謠는 簡潔하게 쓸 것이며 率直하게 表現하여야 할 것이다. 이 童謠야말로 槪念덩이요 虛飾의 標本이다. 이러한 美辭麗句 속에는 童心이 到底히 깃들릴 수 업다는고나. 그리고

쓸대업는 對句를 避하여야 할 것이다. 내가 躍動이 잇서야 한다고 하엿다. 그 躍動이 산속을 그리든 한울을 그리든 마음이 갑작히 집 압내를 그리

는 大飛行式 活躍을 말하는 것이 아님을 짐작할 것이다.

×　　　　×

돌맹이　　(尹福鎭)
산우의돌맹이는 묘한돌맹이
나무꾼이차저와 귀에하구요
바닷가돌맹이는 이쁜돌맹이
조개줍는색시가 반겨하구요
냇가의돌맹이는 귀연돌맹이
빨래하는아씨가 주어가구요
길가의돌맹이는 가연돌맹이
오는이가는이가 차고간대요

×

한 어린이의 마음이 지금 飛行機를 타고 一週를 하는 셈이다. 산 우에서 바닷가로 바닷가에서 냇가로 내ㅅ가서 길가로 이다지 委曲한 連想을 하지 안 해도 "산우에 돌맹이는 묘한돌맹이 나무꾼이 차저와 귀해줍니다"로써 完全한 童謠가 되지 안느냐. 이 네 가지의 比較가 넘우나 支離하며 羅列과 對句가 너무나 委細하다. 보리밧헤 종달새에 同情을 하다가 금시에 첨하꼿 鳥籠 속의 새를 同情하는 類는 博愛일는지는 몰으나 어린이로써 넘우나 好事家며 부지런하다고 하엿스면 조켓다.

童謠에는 單純한대 味와 美가 잇는 것이다. 이 單純이 童謠의 生命이다. 前項에서도 말햇지만은 兒童의 思想이 單純 以上 더

單純한 것인대 大字典을 내노코 물 먹어가며 읽어야 할 童謠가 엇지 兒童心理에 適合한 것이라고 하겟는가.

申孤松, "童心에서부터 — ◇ 旣成童謠의 錯誤點, 童謠詩人에게 주는 몃 말(七)", 『조선일보』, 1929.10.29.

尹福鎭 氏 七月에 發表한 童謠 中에 「늙은 느틔나무」라는 最大 長篇이 잇다. 節數는 五節이요 行數는 總四十行이며 語數는 無慮 二百五十語를 算하는 氏의 所謂 破格한 自由詩體의 童謠이다. 內容은 꿈꾸다 잠고대 하는 소리를 羅列해 잇다. 이 무슨 어리석은 作亂이뇨. 贅句를 展開해서 紙面을 占하지 아니하면 天才詩人이라고 해 주지 안는단 말인가. 좀 더 體面이 잇스란 말이다. 이싸위 童謠를 發表하기 前에

長篇 敍事 童謠에 對한 論文부터 發表해 놋코 하는 것이 조흘 것 같다.

이 박게도 無數한 그릇된 童謠가 만흐나 到底히 全部에 손을 대일 수 업서 後日에 밀우고 다음 格調——定型律에 對하야 檢討하자.

四. 定型律의 弊害

朝鮮에 처음 童謠運動이 니러날 쌔 童謠라는 것은 格調와 句節이 마저야 된다는 것을 宣傳하얏든 싸닭으로 지금은 極少數의 自由詩體의 童謠—— 童詩를 내여노코는 어느 新聞紙 어느 雜誌 어느 누구가 짓든지 童謠라고 일홈 한 것은 모두가 七五, 八五, 四四, 又는 四三 等의 格調에 맛초어서 노래하얏스며 이것이 定型律이 되고 말엇다. 妙한 手法과 技巧로 格調를 맛초아 노래한 것은 詩想의 內容도 充分히 感受할 수 잇스며 거긔에 쌀으는 音樂的 氣分도 맛볼 수 잇는 것이다. 後日 童詩에 對한 小論을 쓰기로 하고 여긔서는 主로 定型律로 말미암아 생기는 弊害를 檢討코저 한다.

格調類에 쌀아 거긔에 氣分이 달르다. 四四調는 傳統的 氣分이 잇스며, 七五調는 輕快하며, 八五調는 悲哀의 情을 자아내며, 八七調는 壯嚴 氣分이 잇는 것들이다. 이 固有의 氣分들을 善用하야 씀에 그 以上 더 바랄 것이 업스나 形式보다 內容이 더 重한 童謠를 形式을 均齊하랴다가 內容의 想을 削減하는 弊가 생긴다는 것을 짐작할 것이다. 七五調로 쓰다가 한 字쯤 모자라면 거긔에 얼토당토안흔 요 字類의 充字를 하고 보면 語感이라

는 것이 달라지는 것이며 四行一節로 맛초다가 一行의 不足을 늣길 째 거기에 必要업는 贅句를 너어 本質 詩想에 험집을 너흐며 一行쯤의 過剩이 잇스면 그를 削除하고 想을 壓縮함으로 詩想의 削感을 하게 될 것이다.

다음에 이보다도 더 重大한 弊害가 잇스니 그것은 압헤서 말한 바 童謠가 이로 말미암아

難澁의 律句가 되어 버렷다는 것이다. 定型律에 맛초어 쓰랴면 技巧가 能하지 못한 이는 到底히 잘되지 안는 것이며, 熟達과 練習을 要하는 고로 技巧家가 아니고 詩人이 아닌 어린이들은 童謠는 반다시 定型에서 一字一行이라도 剩餘가 잇스면 안 된다는 誤錯된 認識下에 童謠創作을 斷念하며 조흔 '쇽크'와 어린이다운 題材가 잇서도 定型의 苦澁에 興味를 喪失하며 倦怠가 생겨 到底히 童謠 製作을 못하게 되는 것이다. 이를 原因하여 朝鮮에는 어린이의 — 十歲 未滿의 어린이의 創作童謠를 볼 수 업스며 짤아서 新聞 雜誌에 許多히 發表되는 童謠의 作者를 알어보면 모두가 수염이 가지가지 벌고 魔醉된 意識의 所有者인 것이다. 이러고 보니 朝鮮의 童謠가 모다 그릇된 童心을 그린 것이며 實感이 업고 미직은한 槪念과 說明에 지나지 안 하며 虛飾과 羅列 又는 對句와 錯雜을 가지게 하는 것이다.

定型律에 對한 實例는 들지 안 해도 新聞 雜誌에 發表되는 것이 實例이니 눈쓰고 批判해 보기를 바란다. 여긔에 한 가지의 例를 들어 보자.

×   ×

　　코쓰모쓰　　金月峰
가을바람 살랑사랑
화단우에부러와
시드른요 코쓰모쓰
그가지 한들한들

힘업시도 숙인고개
요조리 흔더는양
봉오리에 이슬지든

그아츰꿈꾸는가

×　　　×

作者는 八七調에 맞추노랴고 無限히 애를 쓴 痕跡이 잘 보인다. 詩는 一點集中을 爲하여 助詞의 削除와 用語의 緊縮을 한다. 그러나 이 童謠類의 助詞 削 外는 것이 아니다.[273]

申孤松, "童心에서부터 - ◇旣成童謠의 錯誤點, 童謠詩人에게 주는 몃 말(八)", 『조선일보』, 1929.10.30.

넷제 줄에 "시드른요"의 '요' 字를 보라. '시드른'의 다음에 '요' 字를 써서 效果과 잇다면 모르거니와 이 '요' 字의 適用은 語感을 납부게 한다. 다섯제 줄 "힘업시도"의 '도' 字를 보라. 이 亦是 充數에 쓴 것이다. 둘제 줄 "부려와"의 '와' 字는 그 다음에 '서'가 들어야만 다음과 連結도 되고 語感도 조흘 것이다. 여섯제 줄 "요조리"란 것을 보라. 이것이 "요리조리"란 말인데 "요리조리"라면 一字가 남어

八七의 定型에 들지 안흠으로 '요조리'라는 不具의 말을 쓴 것이다.

우리는 어린이 作家를 誘導하여 내기 위하여 이 定型律의 難澁을 一掃하여 버리고 童詩의 길로 들어가야 할 것이다. 筆者는 이 童詩에 對하야 後日 提唱하는 理由와 誘導의 方法을 論코저 한다.

五. 童語

童謠를 創作함에 當해서 用語問題도 쉽사리 녁여서는 아니 되는 것이다. 우리들의 말과 어린이들의 쓰는 童語와는 거기에 判然한 區別이 잇슬 것이다. 어룬의 말은 어려웁고 만흠에 對하여 어린이의 말은 쉽고 單純하며

---

273 맥락상 '助詞를 削除 하는 것이 아니다.' 정도의 의미로 보인다.

語彙가 좁다. 어룬의 말은 맵시내고 修飾하고 俗되고 느릿하지만은 어린이의 말은 粗雜한 가운데도 無邪氣하며 逆出하는 刹那的 言語이며 快活한 言語일 것이다. 어룬의 말 가운대 어린이가 解할 수 업는 것이 잇는 것과 가티 어린이의 말에도 어룬들이 몰을 말이 잇슬 것 갓다. 이런 意味에서 童謠에 반드시 標準語를 쓰지 아니하여도 될 것이다. 言語統一에는 矛盾이 될는지 몰으나 어린이의 世界에 쓰는 말이 반드시 標準語라야 된다는 것은 不自然한 것이다.

어린이의 感情을 어린이에게 알리기 위해서 불르자면 거긔에 쓰는 말은 어린이의 말이라야 될 것은 重言할 必要도 업다.

그런데 現下에 잇서서 童謠作家들의 用語 例를 보면 만은 誤錯이 잇고 硏究를 要하는 것이 만타. 그들은 童謠를 말의 連結로 알고 말 맵시를 내려고 無限히 애쓰고 잇다. 그 말이 어린이로써 쓸 말인가 아닌가는 뒤두고 제 뜻에만 맛고 듯기 조코 好感을 주면 곳 그 말을 童謠 創作에 써 보려한다. 童謠는 言語의 結合이 아니다. 童謠는 感情의 表現이라야 할 것이다.

나의 小論은 이것으로 긋치려고 한다. 써 노코 보니 前後가 倒置된 것도 잇고 連結이 업는 것도 잇다. 이것은 모다 짐작해 넑어 줄 것이고 나는 나의 이 論旨가 어듸까지든지 正當한 길을 가는 것이라고 自信한다. 그리고 이 小論 가운대 多數의 問題를 提出해 노핫다. 나는 그 어느 것도 完全히 解決 못한 것을 慚悔하며 뒤니어 硏究할 것을 約하야 둔다. (끗)

金南柱, "(어린이 講座, 第五講)小說 잘 쓰는 方法", 「어린이세상」 其32, 『어린이』, 제7권 제8호 부록, 1929년 10월호.

소설(小說)을 엇더케 하면 잘 쓰나── 하는 것을 말슴하기 전에 나는 몃 가지 평소에 늣긴 바를 먼저 말슴하고자 합니다.

대체 소설을 사람들이 무엇 째문에 즉 무슨 목적(目的)과 동긔(動機)로서 이것을 쓰고저 하는가? 이것부터 생각해 볼 필요가 잇슬가 합니다.

내가 생각해 보건대 사람은 누구나 남이 쓴 훌륭한 작품(作品)을 읽고는 그 아름다움에 감복합니다.

이렇게 감복한 다음에는 누구나

"나도 이럿케 훌륭한 소설을 써 보앗스면─" 하는 욕망이 이러나는 것은 극히 당연한 일일 줄 생각합니다.

더욱이 남녀간에 소년긔(少年期)에서 청년으로 넘어갈 째이면 제각의 자긔의 사상(思想)이 엄이 돗는 것입니다.

이러한 째에는 현재 자긔의 눈압혜 보이는 여러 가지를 자긔의 주관적 관념(主觀的觀念)으로 이러케 저러케 새로 건설 (建設)도 해 보고 쏘 되여 잇는 것을 파괴(破壞)도 해 보고 십흔 것은 당연한 일입니다.

즉 자긔의 세계(世界)를 창조(創造)해 보고 십흐다는 말슴입니다.

이러한 욕망이 붓긋을 빌어 낫하지는 것이 즉 소설이라는 것인데 이상에 말한 것은 가장 조흔 동긔와 목적으로서 소설을 써 보고 십흔 것의 하나입니다.

그러나 흔히 소설을 쓰려는 이들 중에는 소설을 쓰면 갑작이 자긔의 명예(名譽)가 올나간다거나 쏘는 그 외에도 여러 가지로 아름답지 못한 소위 허영(虛榮)에 들쩌 잇는 마음을 만족식히기 위하야 이것을 쓰려고 하는 사람이 만히 잇는 모양입니다.

조선에서 직업(職業)으로 소설을 쓰는 것은 여러 가지로 미루어보아 절대로 불가능(不可能)한 일이라고 여러 사람이 말하고 잇슴니다.

사실 그럿슴니다. 직업으로는 할내야 할 수도 업스며 쪼 조치 못한 동긔와 일시덕 흥미(一時的興味)로 이것을 써 보는 사람들도 결코 이일에 성공하지 못하엿슴니다.

그러닛가 소설을 쓰려는 이는 반듯이 이러한 모―든 것을 초월(超越)한 가장 진실하고 아름다운 생각으로 시작하지 안으면 안 되는 것임니다.

그리고 쪼 한 가지 말슴할 것은 자긔가 아모리 진실한 생각을 가지고 조흔 소설을 만들녀 하여도 남이 읽어서 감탄(感歎)할 만한 그러한 훌륭한 작품을 써 내여놋키는 결코 쉬운 일이 안임니다.

그러나 소설을 쓰기가 우에 말한 바와 갓치 그럿케 어렵기만 한 것이냐 하면 그럿치도 안슴니다.

사람이면 누구를 물논하고 붓과 조희만 잇스면 쪼는 입으로 말만 하여서 엽헤 사람에게 필긔로 하더라도 넉넉히 소설은 써지는 것임니다.

그러고 보니 이보담 더 쉬운 일이 세상에 쪼 어대 잇겟슴닛가만은 소설은 시작하기는 쉬워도 성공하기는 어려운 것임니다.

세상에 얼마나 만흔 사람이 소설을 써 보려 하엿스며 쪼 써 보앗스릿가만은 오늘 우리가 손을 꼽아서 가장 훌륭하다 할 만한 것은 얼마가 못 되는 것임니다.

소설은 쉽고도 어려운 것으로 성공하기가 진실노 어려운 것임니다.

쪼 이것을 잘 써서 일홈 잇는 작품을 내여 보랴면 마음과 정신에 참으로 만흔 고통이 잇어야 하는 것임니다.

엽헤 사람이 이것을 보아 잘 알 수 업슬 것이나 당자가 되여 이것을 쓰기에는 더욱이 마음에 만족한 것을 맨드러 내자면 참으로 고심참담하여야 하는 것임니다.

소설을 엇더케 하면 잘 쓰나? 그 방법은 한 가지로 말슴을 할 수가 업는 것임니다. 세상에 흔히 (소설을 짓는 법)이라거나 혹은 (이러케 하면 소설을 잘 지을 수 잇다)는 등 여러 가지로 만들어 노은 책을 볼 수가 잇지만은 이것은 극히 것만을 말한 것이요 실제로 소설을 지을 째에는 하등의 필요도 업는 것임니다.

소설을 짓는 사람은 이 방면에 특별한 천재(天才)를 요하는 것임니다. 다음에 부즈런하여서 남의 사상을 만히 연구하고 여러 나라의 말을 알어서 고금동서(古今東西)의 훌륭한 소설과 쏘 그 비평(批評)을 한 번식은 보아야 할 것임니다.

그리고 자긔가 한 가지의 사상이 잇서 사회(社會)와 인생(人生)에 대하야 엇더한 비평을 게을니하지 안어야 할 것임니다.

이런 것을 처음으로 소설을 쓰려 하는 이에게 그냥 요구한다면 결코 되지 못할 것임니다.

그럼으로 초보로 이것을 써 보고자 하는 이는 먼첨 소설을 읽고 늘 마음으로 생각하여서 한 가지 소설이 써질 것인가 확실한 자신(自身)이 생겨지거던 그째에 비로소 붓을 들어 써 보십시요.

그 방법은 대강의 형식(型式)만 갓추면 절대로 자유일 것임니다. 반듯이 이러케 해야 한다는 형식이 업슴니다. 소설은 내용이 가장 중요한 것이닛가 내용만 충실한 것을 선택(選擇)하야 재조껏 긔묘하게 드리맛추(組織)기만 하면 그만임니다.

소설을 처음부터 쓰기는 어려운 것이나 그 준비로 일긔 감상 편지 가튼 것을 힘드려서 잘 쓰도록 애쓰는 것이 더욱 필요할 줄 압니다.

사람이면 누구나 자긔의 사상과 감정(感情)을 류창하게 붓으로 쓰는 것은 결코 무용한 일이 안임니다. 그러니 압흐로 소설로 출세하지 안을 사람이라도 이것을 련습하여서 해될 것은 결코 업는 것임니다.

그러는 동안에 문장(文章)도 느러 가고 문법(文法)도 익숙해진 뒤에는 엇더한 사건(事件)과 사상을 한데 짜고 얽어서 이야기를 만들어 보는 것도 조흘 것임니다. 이것이 즉 소설일 것이며 압흐로 련습과 그 사람의 재조로 얼마던지 훌륭한 작품을 나을 수 잇는 것임니다. ― 끗 ―

丁洪教, "少年文學運動의 片想 - 特히 童話와 神話에 對하야",
『朝鮮講壇』, 제1권 제2호, 1929년 11월호.

朝鮮의 少年文學運動이 일어난 지 임의 十年餘가 되엿다. 少年文學은
무엇을 가리치여 하는 말인가. 이것은 어린 사람을 相對로 하는 "童話" 와
"童謠"라고 하겟다. 그리하야 朝鮮에도 이것을 記載하는 少年讀物이 雜誌
로 近十餘種이나 되며 短篇集으로는 近三十餘種이나 되는 것이다.

그러나 아즉까지 朝鮮 民衆은 少年文學에 잇서서 傍觀的 態度를 가지고
잇스며 여긔에 批判을 나리지 안코 잇는 것이다. 이 얼마나 寒心할 바이랴
——더욱이나 童話運動에 잇서서 이것을 옛날에 流行되든 것이나 쓰는
것갓치 생각하고 잇는 것이 現實의 朝鮮人이라 하겟다.

童話와 옛이야기는 全然히 틀니고 잇는 것이다. 童話는 童話로히 옛이야
기는 옛이야기로히 分別치 안으면 안이 될 것이다. 여긔에 잇서서 童話를
說明한다는 것보담도 먼저 옛이야기에 대한 歷史를 말할여고 한다.

世界 어느 나라를 勿論하고 나라나라마다 各々 神話가 잇는 것이니 이
神話는 天地가 創造되며 人間의 葛藤味가 內存하고 잇는 것이다.

朝鮮의 神話로 나타나는 高句麗 始祖 檀君이 太白山 檀木下에서 降生하
야 人民을 教化하엿다는 것이며 支那의 神話로는 하늘과 쌍이 생긴 後 天皇
氏의 아들 十二人이 各々 一萬 二千年의 壽命을 持續하야 나려온 後周
文王과 武王 時代까지 天子의 位를 누구든지 밧지 안코 "해 쓰면 일하고
저녁 되면 쉬이자. 그리고 우물을 파서 물 마시고 밧 가러서 먹자" 하는
標語 밋헤서 政治도 다 必要치 안타는 것을 재미잇게 써서 잇스며, 이外에
堯가 自己의 位를 許由라는 사람에게 讓與하고자 한 즉 許由는 天子가 되
랴는 말을 들은 것이 自己로써 재미 업다 하야 들은 귀(耳)를 川邊에 가서
쓰々며 그 川邊에서 소(牛)에게 물 먹이는 農夫에게 말한 즉 이 말을 들은
農夫는 별안간에 소를 짠 데로 끌고 가서 조치 안은 물을 먹이엿다고 입을
씨기엿다고 하는 神話가 잇스며 이 外 日本, 印度 等 世界 各國에는 이러한

神話가(이상 57쪽) 다 ― 各々 잇는 것이다.

이러한 神話는 그 나라 國民 間에 自然的으로 流說된 것이고 그 누구라는 作者가 업는 것이다. 이것을 宗教的으로 말하게 되면 神의 啓示에 依하야 생긴 것임으로 이것은 現代의 思想과 知識에 비치여서 批判할 것이 업슬 것이라고 생각한다.―― 왜 ―― 그러냐 하면 이것은 其 國民의 歷史的 根源이며 宗教的 根源이며 思想的 根源인 싸닭이다.

萬一 朝鮮에서 朝鮮의 神話를 除外한다면 朝鮮의 對한 固存한 宗教가 업스며 朝鮮의 獨特한 歷史가 업는 것과 가치 여긔에 잇서서 日本이나 支那이나 '유다야'에서 그 나라 神話를 除外한다면 日本이나 支那이나 '유다야'의 宗教도 歷史도 업게 되는 것이다. 이와 가치 神話라는 것은 前 國民[274]의 깁흔 關係를 가지고 잇게 되는 것이다.

그러고 여긔 잇서서 이 神話와 갓흔 것이 잇스니 이것은 널이 全國的으로 流說되는 것이 안이고 적게 그 地方〳에 흐터저 잇는 것이 잇다. 이것은 傳說이라 하는 바 朝鮮만 보드라도 地方〳이 孝子 烈女의 이야기며 或은 놉흔 山이나 깁흔 늡(沼)에 對한 이야기가 잇는 것이다.

이것은 檀君의 이야기와 달나서 地方的 傳說이라고 하겟다.

그러고 坯한 地方的으로 ― 公州에 곰나루(熊川)의 이야기라든가 靈岩의 女將軍의 이야기 갓흔 것은 傳說보담 한거럼 나아가서 民謠라고 하겟다.

여긔에 잇서서 人智發展에 짜라서 이야기로써의 事實 精確한 이야기를 要求하는 時代가 온 것이다. 그래서 神話, 傳說, 民話 가튼 것을 잘 골나서 한 개의 이야기를 創作하게 된 것이다. 이것을 옛이야기(昔話)라고 하는 것이다. 李舜臣의 幼年時代라든가 鴨綠江 上에 뱃사공 노릇하든 金春培의 이야기 갓흔 것이라고 하겟다. 이것을 두 가지로 난을 수 잇스니 한아는 어른들이 들을 '稗史小說'[275]로 되고 한아는 어린아희들이 들은 옛이야기 그대로히 分離식킬 수 잇는 것이다. 여긔에 잇서서 稗史小說은 內容이 近

---

274 '全國民'의 오식이다.
275 '稗史小說'의 오식이다.

世的 材料를 갓고 잇게 되는 것이다. 그럼으로 이러한 이야기는 歷史의
對한 이야기가 만음으로 或은 學校에서 修身教科로 使用케도 되는 것이다.
그리하야 지금에 잇서서는 이것을 가지고 어린 사람의 教化運動을 하고
잇는 것이다.

여긔에 잇서서 한 가지의 問題는 생기게 되는 것이다. 前者와 갓흔 옛이
야기는 過去의 자라난 朝鮮의 어린 사람에게 適合하다고 보겟다. 이것을
가지고 只今의 자라나는 朝鮮의 어린 靈들의게 들니여주게 된다(이상 58쪽)는
것은 電燈 밋헤 油燈이다. 여기에 잇서서 우리는 現代 쏘한 將來에 잇서서
過去 自然生長的에 이야기를 벌이고 우리가 要求하며 우리 손에 자라나는
少年少女가 要求하는 무엇을 産出치 안으면 안이 될 것이다. 이것은 "童話"
이라고 하겟다.

그럼으로 童話는 修身時間에 使用하는 修身談도 안이오 옛날이야기를
改作한 것도 안이다. 童話는 世態의 應한 어린 사람의 窒術[276]이며 少年指
導上 指針이라고 하겟다. 그리하야 이것은 一個의 獨立한 創作品이다. 여
긔에 잇서서 童話는 널니 全 世界的으로 어린 사람을 相對로 하는 理想은
가지엿지만 各々 自國的 現實을 抱容하야 그 나라〜의 少年을 指導케
될 것이다.

그러나 朝鮮에 잇서서는 一般的으로 이 童話運動에 잇서서 無關心할
쑨 아니라 童話를 쓴다는 童話家로도 너머나 寒心한 일이 만은 것이다.
이것은 朝鮮少年들에게 適合한 創作的 童話는 업고 十分의 八은 外國의
것이나 옛이야기를 譯하는 데 쓰치는 것이다. 옛이야기라고 반듯이 옛이야
기가 안이고 現代人의 作品이라고 반듯이 童話라고 할 수 업는 것이다.
만일 現代人의 作品이라고 하여서 童話라고 하는 것은 너무 無定見한 말이
라고 하겟다. 옛이야기와 童話는 形式이 相異한 것이 안이고 精神的으로
서로서로 相異하여야 될 것이다.

옛날이야기라도 童話로 볼 수 잇는 것이 잇스며 近日에 新作品으로도

---

276 '藝術'의 오식이다.

옛이야기로 볼 수 잇슬 것이다. 맛치 演劇하는 사람들이 갓(笠)쓰고 상투
틀엇다고 하여서 그 사람을 舊劇 俳優로 볼 수 업스며 洋服 입엇다고 하여
서 新劇 俳優라고 볼 수 업슬 것이다. 그 作品과 思想에 짜라서 左右하고
잇슬 것이다. 그럼으로 朝鮮에 잇서서 自己 個人으로 期待하는 바는 참다
운 新興 童話作家가 만히 出陣하엿스면 한다. 그리고 一般的으로 이 少年
運動과 아울너 少年文學 運動에 잇서서 만흔 援助가 잇슴을 바라는 바이
다.(이상 59쪽)

洪曉民, "今年에 내가 본 少年文藝運動－反動의 一年",
『소년세계』, 第一卷 第三號, 1929년 12월호.

朝鮮의 少年이 잇고 짤아서 그에 붓좃는 少年運動이 잇고 少年文藝運動
이 잇는 것은 내가 말하지 아니하여도 여러분이 더 잘 알고 잇는 것이라고
생각합니다.

그런데 過去 一年 동안에 朝鮮少年文藝運動은 果然 엇더케 되엿는가?
한번 생각해 볼 것이라고 생각합니다.

童謠가 몃 百篇 나왓고 童話가 數十篇 나왓고 美談 少年小說 童話劇
傳說 等 어린이들의 머리를 식그럽게 할 만하도록 만히 나왓다고 봅니다.
勿論 어느 편으로 본다면 돌이여 적을는지도 모릅니다. 그러나 『새벗』이라
든지 『어린이』라든지 『별나라』든지 『少年世界』 가튼 어린이들이 읽는 雜
誌에 숫하게 나온 것을 몰아놋코 볼 째에는 이것도 果然 적지 안흔 것이
누구나 하는 생각이 나는 것이올시다.

그런데 더더구나 新聞紙에 실닌 것까지 친달 것 가트면 실노 몃 千으로
헤일 수 잇는 作品이 나왓다고 볼 수박게 업습니다. 이러케 수만흔 作品이
어린이에게 얼마나 만흔(이상 2쪽) 영향을 주엇슬가요? 한번 생각해 볼 問題
입니다.

作者가 쓰고 십허 그야말노 創作熱이라든지 創作興이 나썻다고 한다든
지 어린 사람을 위하야 마지못해 썻다든지 그들 作品이 이 세상에 發表될
째에는 만커나 적거나 독자의 눈을 것치지 안코는 못 백일 것입니다.

이와 同時에 독자 그들 自身이 벌서 얼마만한 評價와 採點을 하고 잇슬
것이요 쏘한 그 作品(엇더한 作品이든지) 그 갑엇치가 벌서 진여지고 잇는
것임으로 "내가 본 一年間의 朝鮮 少年文藝"라는 것이 별노히 신통할 것도
업슬 것은 勿論이어니와 이 적은 紙面에 누구 것은 엇더코 누구것은 엇더타
고 말할 수 업는 것이올시다.

그러나 이곳에 다만 한 가지 말하고자 하는 것은 막연하나마 그 作品의

思想傾向이 엇더타고 하는 것은 우리가 볼 수 잇는 것이올시다. 먼저도 이 말을 하고자 하야 기다막하게 느러논 것이지만 朝鮮 아니 全 世界가 거의 武裝的 平和 가운데서 徐徐히 崩壞作用을 하고 잇기 째문에 모든 것 이 反動이 되고 잇슴니다.

勿論 어린이를 지도하는 정신이 各個의 作者를 짤하 달느겟지만은 우리 가 이 世紀와 이 處地에 안저서는 엇더한 方面으로 指導하여야 하겟다는 것은 거의 共通되엿다고 봄니다. 짤해서 이에 반드시 잇서야만 할 모든 作品의 骨子가 쑥 빠지고 다만 哀傷的이요 隱遁的이요 조곰 낫다는 것이 人道主義的이다.

이 世紀 이 時代 사람으로서는 반드시 가저야 할 共通된 思想! 새 思想 進步的 思想에 共通되며 共鳴되여야 그것이야 말노 가장 즐거운 일이며 가장 압흐로 써더나가는 일이라고 말할 수 잇슴니다.

그러나 보라! 朝鮮少年文藝가 얼마만한 進步的 思想이든가? 얼마만한 進取的 運動이 잇든가? 나는 過去 一年의 朝鮮少年文藝運動은 陰으로 陽 으로 날노 反動하고 反動해 가며 잇다고 봄니다.(이상 3쪽)

朴仁範, "내가 본 少年文藝運動", 『少年世界』, 제1권 제3호,
1929년 12월호.

一九二九年 첫 새벽 붉은 햇발을 마즈면서 만흔 생명들과 모든 운동들은
머리를 들고 파리한 주먹이나마 하눌 놉히 처들며 부르지젓다.

"우리는 기운차자! 우리는 쓷잇고 더 큰 발길노 거러가자. 나는 이리⌒
민중을 위하리라! 나는 저러케⌒ 대중(大衆)을 위하리라" 하며 희망(希
望)이 가득 찬 태산이라도 쑤르고 나갈 만한 용기가 두 눈에 빗취이엿다.
이제 이러케 하기를 그중에서도 더 힘차게 브르짓든 소년문예운동에 잇서
서도 이제는 이래저래 써나 온 뒷길을 도라보게 되엿다. 맛치 샛기(繩)를
쏘든 사람이 쏘아 논 샛기를 도라볼 째에 엇던 곳은 가늘고 통⌒하며 거칠
⌒한 곳과 얌전한 곳도 잇는 것을 발견할 수가 잇는 것과 가티 이 소년문
예운동에 잇서서(더욱 금년)는 만흔 굴곡과 파문을 이르키엿다.

요전까지도 오즉 기분(氣分)에서만 휘돌며 안개 속에 잠기인 산과 갓흔
운동이엿다. 그러나 지나온 今年에에[277] 만나온 이 문예운동이 눈에 낫타난
것만을 보자! 순서는 모르겟스나 『반도소년』『종달새』『아동화보』『소년
세계』 갓튼 것이 쏘다저 나오지 안엇는(이상 4쪽)가. 말쑥하게 참다운 소년문
예운동이 엄청나게 자라나는 아름다운 지난 一年의 거둠(收穫)이 아닌가
말이다. 이제 다시 이 거둠이 다 아름답고 원만하다고 만족을 늣기엿스면
더욱 좃켓스나 그럿치 못함이 이제 곳 내가 말하고저 하는 것이다.

아희들과 어른이 먹는 음식이 짜로⌒이며 아희들의 옷은 적고 어른의
옷은 큰 것이다. 가난한 집 아희들은 부자집 아희들이 가지고 작난하는
작난감 중에서도 일홈 모르는 것도 만타. 이런 의미에 잇서서 소년문예운동
이란 "소년"이 짜르게 되는 것이며 조선소년문예운동이라는 "조선"도 입히
게 되는 것이다.

---

277 '今年에'의 오식이다. '에'가 불필요하게 한 번 더 들어갔다.

지나온 일 년 동안 뿌리 고은 우리들 소년문예운동에 잇서서는 어른에 밥을 아희도 주엇고 만히 멕이고 굼기기도 하엿스며 일본(日本)밥 서양에 (西洋) 엇던 썩은 밥도 주서 먹엿다.

째를 짜라서 서양과자(西洋菓子)도 먹어야고 일본 팟죽도 먹어야 한다. 그러나 우리는 내 동생을 위하야 나를 위하야 손으로 잘 만들 줄 아는 조선 밥을 지여 먹어야겟다. 불량대로! 형세에 붓치지 안케 알맛게 먹어야 한다.

번역이 만엇다. 소년에게는 과한 것이 만엇다 해도 되는 것도 잇섯다.

지나온 소년문예운동은 기운찬 것이엿다. 씩々한 것이엿다. 그러나 너무 물과 불 쪼는 처지를 몰낫고 그야말노 예술을 위한 예술이며 소년이라거나 어린이들을 표준 못한 今年의 소년문예운동이라고 생각한다. 더 자서히 버려서 말을 쓰고 십흐나 지면 관게로 이만큼 쓰고 끗을 막는다.

— (끗) — (이상 5쪽)

方定煥, "序文", 李定鎬 譯, 『사랑의 學校』, 以文堂, 1929.

『쿠오레』! 이것은 내가 어릴 째에 가장 애독하든 책임니다. 나의 어릴
째의 일긔에 가장 만히 적혀 잇는 것도 이 책에서 어든 늣김입니다.

　나에게 유익을 만히 준 것처럼 지금 자라는 어린 사람들께도 만흔 유익을
줄 것을 밋고 나는 한업시 깃븐 마음으로 이 책을 어린 동모들께 소개 쏘
권고합니다.

긔사년 가을

方　定　煥

曹在浩, "序", 李定鎬 譯, 『사랑의 學校』, 以文堂, 1929.

　原作者 伊太利 文學家 에드몬도 데 · 아미-치스(Edmondo De Amicis)
는 二十一歲 째부터 文筆에 從事하야 數十冊의 作品이 잇스나 그中에서도
이 『쿠오레』(Cuore)는 作者 四十五六歲 째에 이미 人間의 妙味를 體得하
야 사랑(쿠오레)을 人生活動의 本源으로 '앤리코' 一年間의 學校生活을 通
하야 伊太利의 모든 어린이로 하야금 가장 사람답게 國民답게 그리고 가장
完全하게 길느고저 하는 誠心으로 흘너나오는 愛情으로 世上에 보내는 참
다운 사랑의 선물인 만큼 이 『쿠오레』가 伊太利에 잇서서 이미 八百餘版을
거듭하야 讀書界의 大歡迎을 밧는 것은 오히려 當然할 뿐더러 世界 各國이
다투어 飜譯하야 어린이 讀物로서 經典的 權威를 가지게 된 것도 참으로
偶然이 안인 줄노 生覺하는 바이올시다.

　우리 어린이의 깨끗한 넉을 그대로 純眞하게 사람답게 북도다주고 우리
父母와 先生의 眞實한 愛情을 限업시 感激식히여 말지 안을 世界的으로
일홈 놉흔 '앤리코'의 日誌-『쿠오레』가 우리 朝鮮에 再生하엿습니다. 나는

限업시 그 光榮에 넘치는 前途를 祝福할 섇더러 일즉이 『世界一周童話集』을 世上에 보내고 우리 어린이를 爲하야 恒常 努力하야 말지안이하는 譯者에게 마음으로 感謝하는 바이올시다.

京城師範附屬學校　曹　在　浩

延星欽, "序文 대신으로", 李定鎬 譯, 『사랑의 學校』, 以文堂, 1929.

이태리(伊太利)의 일홈 업든 한 군인(軍人) '아미치쓰'는 이 『쿠오레』 한 책을 지여 내 노흔 이후로 그 일홈이 왼 세게에 썰치게 되엿습니다.

이는 다른 짜닭이 안이고 이 『쿠오레』라는 한 책 속에 씨여진 글이 재미만 잇슬 섇 안이라 어린 사람을 중심(中心)으로 하야 가정(家庭)과 학교의 관게 —— 학생과 선생 사이의 애정(愛情)과 동정(同情) —— 사회(社會)와 학교에 대한 관게는 물논 애국사상(愛國思想)과 희생적 정신(犧牲的精神)이 책장 속 줄마다 숨여 잇서서 이 책을 닑는 이의 가슴을 쮜놀게 하는 어린이의 존귀(尊貴)한 경전(經典)이 되엿기 째문입니다.

세계적으로 일홈난 이 귀한 책이 나의 가장 친애(親愛)하는 동지(同志)인 리정호(李定鎬) 씨의 곱고 세련(洗練)된 붓끗흐로 옮기여 출판(出版)되게 된 것은 조선의 어린 동모들을 위하야 참으로 깃버할 일인 줄 압니다. 이 책이 이미 세게 각국 말노 번역되여 어린이들의 존경(尊敬)의 관역이 되여 잇는 것으로만 미루어 보아도 더 길게 찬사(讚辭)를 느러놀 필요(必要)가 업슬 줄 압니다. 끗흐로 이 책 속에 어린 사람으로 하야금 가장 완미(完美)한 한 목 사람이 되게 하기 위하야 어린 사람의 교육(敎育)을 중심 삼고 어린 사람 교양(敎養)의 정대(正大)하고 순량(純良)한 방편(方便)을 암시(暗示)하야 노은 것으로 보아 어린 사람을 교육하는 학교의 훌륭한 수신독본(修身讀本)임을 밋는 동시에 이 한 책을 조선의 어린 동모는 물논

각 학교 여러 선생님 아페 권해 드리기를 주저치 안습니다.

己巳年 初秋

京城 培英學校에서　　延 星 欽

李定鎬, "이 책을 내면서", 李定鎬 譯, 『사랑의 學校』, 以文堂, 1929.

이 책!(原名 Cuore)-은 이태리(伊太利)의 문학자(文學者) '에드몬도・데・아미치쓰'-(Edmondo De Amicis)-선생-(一八四六年에 나서 一九○八年에 도라갓다)-이 만든 유명한 책인데 '아미치쓰' 선생은 원래 이태리의 한 무명군인(無名軍人)으로 특별히 어린 사람들을 위하야 이 책을 만든 후에 그 일홈이 세계적으로 유명해진 어른입니다.

'아미치쓰' 선생이 이 책을 맨들기에 얼마만한 고심과 얼마만한 노력을 하엿다는 것은 이 책을 닑어 보셔도 아시겟습니다마는 우선 이 책이 한번 세상에 나타나자 이태리 자국에서는 물논이요 세계 각국에서도 서로 다투어 가며 자긔 나라말노 번역하야 자국의 『어린이 讀本』으로 쏘는 『어린이 經典』으로써 오는 것만 보아도 이 책이 얼마나 갑잇다는 것을 잘 알 수 잇습니다.

그러나 우리 조선에서는 아즉도 이 귀중한 책의 존재를 모르고 지냇스며 이 귀중한 책을 내노아 세계 어린이문학운동(文學運動)에 다대한 공헌(貢獻)을 끼치고 세계 어린이들의 가장 존경의 관역이 되여 잇는 이 '아미치쓰' 선생의 일홈까지 모르고 지낸 것은 너무도 섭섭한 일이엿습니다.

이 책은 다른 이가 맨든 동화(童話)나 소설(小說)과 갓치 그저 재미잇게 닑히기만 위해서 맨든 헐가의 아동독물(兒童讀物)이 아니라 어쩌케 햇스면 어린 사람을 가장 완미(完美)한 한목 사람을 맨드러볼가 하는 가장 존귀한 생각으로부터 '아미치쓰' 선생 자신이 열두 살 먹은 '엔리코'라는 소년이 되여 어린이의 교육(敎育)을 중심으로 하고 세상의 수만흔 어린이들을 지도하고 조종하는데 가장 바르고 가장 조흔 방편을 그의 독특한 필치(筆致)로 암시하야 노흔 장편(長編) "어린이" 독본(讀本)입니다.

그런 까닭에 이 책은 넑어서 재미만 잇슬 뿐 아니라 어린 사람을 중심으로 하고 학교(學校)와 가정(家庭)과의 관게라든지 학생에 대한 선생의 고심과 애정이라든지 선생에 대한 부형의 리해(理解)와 동정(同情)이라든지 가정과 사회(社會) 쏘 학교와 사회의 관게라든지 모든 게급(階級)에 대한 관게라든지 애국사상(愛國思想)과 희생적 정신(犧牲的精神)이 그야말노 책장마다 숨여 잇서서 넑는 이의 가슴을 쮜놀게 하는 가장 지존지대(至尊至大)한 책입니다.

그러기 째문에 나는 여러 가지 아동독물 중에서 특별히 이 한 책을 선택하야 남류달니 불행한 환경 속에서 가엽게 자라는 조선의 어린이들에게 다소라도 유익함이 잇서지기를 바라는 충정(衷情)에서 이 귀중한 책을 번역한 것입니다.

己巳年 中秋에

서울 開闢社에서　　譯　編　者

社說, "創作力의 發揮와 兒童作品展 開催", 『동아일보』, 1929.7.22.

一

新秋를 期하야 本報가 開催를 計劃하는 兒童作品展覽會는 兒童의 創作力을 發揮케 하는 敎育上 가장 重要한 一面을 發揮케 하는 데 意義를 가젓다고 생각한다. 敎室에서의 藝術科目의 敎授, 學藝會의 開催 等이 單調한 智識 注入의 弊를 幾何間 더는 데 有效한 것은 두말할 것 업겟거니와 이의 範圍를 全國的으로 잡아 十三道의 成績을 一處에 糾集한다 하는 것이 創作性의 薰育을 刺戟하는 點에서 또는 藝術科目 敎授上 조흔 參考꺼리와 조흔 衝動을 供給할 것을 疑心치 아니한 배다. 從來에 東洋의 擧가 間或 잇섯슴도 이러한 意義下에서 開催되엇스려니와 더욱이 進하야 鄕土의 特色을 競하며 짤하서는 生長意識의 結成을 더욱 促進하며 새로운 氣魄의 表現을 널리 鑑賞할 機會를 잇는 것도 所得의 큰 것이라 할 것이다.

二

朝鮮民族의 創作力은 幾許의 歷史의 遺跡으로서 우리에게 물리인 배 잇서 或은 이를 世界文化上에 자랑을 삼으면 或은 이로써 今日의 衰殘을 超越한 希望과 理想의 一 炬火로서 看做됨이 적지 아니하거니와 民族的 天稟을 너나 하고 比較할 意思가 잇는 것이 아니라 오즉 우리 自體만을 가지고 볼 째에 無限한 發展의 可能性 又는 潛在性이 잇는 것은 不誣의 事實일 듯하다. 우리는 社會의 公器로서 이를 培育하고 그 發展을 助長하야 朝鮮의 文化로서 世界에 貢獻함이 잇게 함이 當然의 任策으로 생각하는 바이다. 過去를 回顧함보다도 現在로부터 未來의 生長發展을 圖함이 우리의 義務인가 한다. 우리의 處한 環境이 兒童의 機能의 發育을 圓且滿하게 못 함이 事實이라 할찌라도 何如間 最善의 努力을 加함이 우리의 할 일이라 한다. 그러면 本報의 此擧에 對하야 敎育家 父母 一般公衆의 熱烈한 支持가 잇슬 것을 確信하는 바이다.

소년운동

崔靑谷, "方向을 轉換해야 할 朝鮮少年運動(一)", 『중외일보』, 1927.8.21.

一方에서 少年運動의 方向轉換이 提案됨에도 不拘하고 이것이 少年運動論 上에서만도 論議되지 안이하는 것이 現狀임으로, 이 一文은 問題의 正當한 解決이라느니보다 單純히 "問題의 提出"로서 一般의 注意를 喚起하고 熱烈히 討議되기를 編者로서 希望한다…… 군대군대에 意味가 鮮明치 못한 곳을 編 者 任意로 省略 或은 文句의 修正을 敢行하야 發表하는 所以이다. 筆者의 諒解 를 비는 바이다. —— 編者

一. 朝鮮少年聯合會의 任務

朝鮮의 少年運動이 그 根本的 意義가 少年愛護運動이오 少年解放運動 이오 修養運動에 잇슴은 再次 論議할 必要까지 認치 안흐나 現階段의 少年 運動을 少年運動者로서 觀察할진대 無限히 悲慘하며 말짜지 하기 極難한 處地에 入하얏슴으로 簡單하나마 意見을 말하는 것이다.

八個年이라는 長久한 歲月을 보내면서 少年愛護 路線에 入하야 소리를 치며 날카로운 理論! 主義主張으로 布告하면서 全心全力하얏다고 하는 것 은 分明한 事實이며 時間의 餘裕가 업슴에도 不關하고 少年運動을 위하야 몸을 내어노신 분에게는 무엇이라 하얏스면 조흘지 感謝함을 마지안는다.

그러나 現階段에 니르기짜지의 收穫은 무엇인지 그것을 생각해 볼 必要 를 늣기는 바이다.

朝鮮少年運動을 必要로 認하고 그의 主義主張을 布告한 以來에 이 貴重 하고 참된 運動은 朝鮮人 全般의 運動이 못 되고 五百萬이라 稱하는 少年 中에서 겨우 三萬名 內外가 動員하얏섯스나 날을 거듭함에 짤하 完全한 統計를 일우지 못하고 잇다.

그의 原因은 經濟問題라고도 말하는 者가 잇스나 大體는 少年運動者 自身이 根本的으로 運動의 意義를 알지 못하고 多角多形으로 少年運動을

對한 것이 無理라고는 못할 말이며 其中에도 未來朝鮮을 左右할 이 少年運動을 一種의 娛樂物로써 取扱해 온 일도 全無하다고는 斷言하기가 難하고 指導者가 社會運動者라는 口實下에 齷齪하게도 少年들의 모임까지 禁止하며 급기야 解散까지 斷行하는 것은 보기가 실토록 보앗다고 할지라도 過言은 안일 줄 안다.

事實이지 地方少年會는 社會團體가 存在하는 地方에 多大數가 잇는 것이다. 그러고 쪼 그 團體의 援助가 업스면 維持하기가 어느 程度까지 어려운 것도 事實이다.

아모리 指導者 或은 少年運動者가 社會團體에 關係가 잇고 쪼한 主義主張이 달르다 할지라도 그의 意識을 가지고 少年運動을 對할 理는 萬無할 것이다.

(此間省畧)

長久한 歲月에 滿載하얏든 不滿과 不平을 써나 正統 朝鮮少年運動의 最大事命을 일우기 위하야 〈朝鮮少年聯合會〉 創立準備委員은 全 朝鮮에 散在하야 全 朝鮮의 少年運動團體를 集中하고 잇스니 이 얼마나 아름다운 일이랴. 少年運動者 全體는 〈朝鮮少年聯合會〉를 中心으로 五百萬 朝鮮少年을 圓滿히 動員시키기 위하야 (此間略) 그째엔 우리 朝鮮少年運動은 正堂한 局面으로 展開될 줄 밋는 同時에 多角多形의 各自各位로 된 現少年運動의 方向은 轉換되어 根本的으로 少年運動의 眞意義를 發揮하기에 니르를 것이라 밋는 바이다.

崔靑谷, "方向을 轉換해야 할 朝鮮少年運動(二)", 『중외일보』, 1927.8.22.

二. 朝鮮少年軍의 任務

두말할 必要도 업시 朝鮮少年運動은 一般으로 誤解를 아니 사지 못할 만큼 되어 잇다. 그리하야 그 眞意를 알기 前에는 兵隊運動으로 取扱하는 同時에 小資本主義의 運動으로 認定하는 사람이 만흐며 同時에 이를 가지고 우리는 그리 妄論이라 할 수는 업게 되엇다.

또한 그의 事業은 準警官이라는 別名까지 듯고 잇다. 그러나 이것은 責任者로 잇는 趙喆鎬 個人問題로 돌릴 수밧게 업다. 何如間 至今으로부터 〈朝鮮少年軍〉은 在來의 不美한 運動에서 收穫한 不祥事의 總決算을 新任 全栢 氏로 하야금 斷行케 하며 急轉直下로 方向轉換을 하기 위하야 爲先 地方虎隊의 狀況을 視察하기 始作한다는 말을 들엇다.

朝鮮少年運動을 誤解한 분은 날카로운 눈동자로 〈朝鮮少年軍〉 運動의 方向轉換에 對하기를 希望한다.

方向轉換을 斷行한 以後의 〈朝鮮少年軍〉 運動은 果然 어쩌케나 될른지? 다만 나는 생각하기를 '삐오네르'[1] (中略) 萬一 내가 생각한 대로 施行이 된다면 더 말할 수 업시 깃븐 일이겠다. (中略) 何如間 〈朝鮮少年軍〉은 朝鮮少年運動에 如斯한 大衆的 貢獻이 잇서야 할 것이며 이것이 任務라 생각한다.

三. 朝鮮少年文藝聯盟의 任務

朝鮮少年運動의 文化路線에 立脚한다고 大言하면서 創立된 團體가 잇스니 이는 곳 〈朝鮮少年文藝聯盟〉이다. 朝鮮少年은 朝鮮 國文을 그야말로 시시하게 녀긴다. 그러나 朝鮮 少年雜誌는 만흔 犧牲을 拂하면서도 國文保存運動을 부르지즈며 숨찬 것을 어찌할 수 업는 것가티 허덕허덕하면서 잇다.

勿論 世界語가 國際的으로 實施하기 前에는 國文運動이 必要하는 것은 事實이나 朝鮮에 잇서서 國文保存에 全力하는 그 少年文藝는 오히려 利롭지 못하다고도 할 수가 잇스니 그 大體가 現生活(貧寒한 것)을 否認하는

---

1 '삐오네르(пионéр)'를 가리킨다. 삐오네르는 "개척자, 선구자, 탐험가"라는 뜻으로 옛날 사회주의 국가에 있었던 소년단을 지칭한다.

째문이다. 넘우나 뒤떨어진 낡은 文藝를 紹介하는 데 씀치는 째문이다. 이러케 말하면 "無産文學을 少年째부터?" 하고 反問할른지는 몰르겟스나 沒落過程에 잇는 特權階級 愛護文學이 新進少年에게 必要하다 할 理由는 족음도 업다 하는 바이다.

文學은 언제든지 行動을 生하는 것인 만큼 時代와 아울러 處地를 살펴 어느 째든지 必要타 認定하는 째는 (下畧)

쓰트로 少年文藝聯盟은 오로지 그 綱領에서 벗어나지 안흘 程度 以內에서는 그의 事業이 展開되어야만 될 것이다.

멀지 안해서 〈朝鮮少年文藝聯盟〉의 宣言書가 一般社會를 차저갈 것이니 그째에 少年文藝聯盟의 正當한 任務는 再議되기를 기다린다. (完)

八月 十日

社說, "少年團體 解體에 對하야", 『동아일보』, 1927.8.26.

　　　　一

조고만한 일이라 할는지 모른다. 그러나 다시 생각하면 重要한 問題다. 朝鮮 사람이 다 말하여야 할 問題다. 咸南 洪原郡 龍源面에 各 洞里少年會를 網羅하야 一個의 少年聯盟이 組織되엇다. 同會가 成立된 지 不過 數日인 지난 二十日에 洪原警察署에서는 同盟 執行委員을 召喚하야 其 綱領 中 "新社會를 建設할 役軍이 되자" 하는 條目이 "不穩"하다 함과 쏘는 少年들의 背後에 "煽動者"가 잇서 "惡思想이 傳染" 된다는 理由로 同 聯盟과 加盟된 細胞團體의 解體를 "命令"하엿다.

翌日인 二十一日에는 江原道 華川에서 〈華川少年會〉가 發起되엇는 바 該地 公立普通學校 校長 長久保山 氏는 學生들을 召集하고 "學生들은 學校의 指導를 바들 것이지 少年會에 들 必要가 업다" 하며 "少年會에 入會하려면 學校를 退學하고 하라"고 訓示하엿다 한다.

朝鮮人이 그 生活을 向上식히는 데 하여야 할 努力의 範圍와 기피를 알리는데 잇서서 上記한 兩 個의 小事件은 典型的이라 할 수 잇다.

　　　　二

典型? 무엇의 典型을 우리는 보는가. 彼所謂 "惡思想"의 浸透의 速度와 堅靭力도 볼 쑤 잇다. 彼所謂 "背後"의 "煽動者"의 組織과 用意도 볼 수 잇다. 그러고 여긔 對峙한 勢力의 用意의 周到함도 볼 수 잇다. 思想運動에서 勞動運動에서 靑年運動에서 學生運動에서 쏘 잇섯다 하면 政治運動에서의 兩 勢力은 少年運動에까지 相對하게 된 것이다. 겨오 한 小地方의 事件에 不過한 듯하나 誤認하여서는 아니 된다. 넘어 나추 評價하면 失手다. 이것은 病源을 다치는 것이기 쌔문에 苗床을 蹂躪하는 것이기 쌔문에.

朝鮮의 政治的 空氣는 逆轉 途中에 잇다. 이러케 吾人은 부르짓는 지 오래다. 暗黑한 寺內主義로 恐怖的 사벨主義로 그 以後의 그리워진 '커브'를 急角度로 屈曲식혀 逆轉을 試하고 잇다.

群衆의 勢力이 侮蔑키 어렵다고 생각한 警官은 그 態度를 緩和하려고 하엿스나 지금은 다시 本然에 도라가려고 애를 쓰고 잇다.

우리는 敎會堂의 祈禱會와 中學生의 討論會에 警官의 立會를 要하던 時代를 回想한다. 運動競技와 兵式體操와 雄辯會와 親睦會까지 禁止를 當하던 當時의 學生生活을 回起한다. 그리하고 現在의 朝鮮少年이 그 先輩들의 지나온 苦味의 經驗을 다시 맛보지 안을 것을 壯談할 수 업다. 이미 그들은 少年會에 加入할 것을 退學의 "威脅"으로 禁止當하지 안엇는가.

이런 空氣가 少年들을 包圍하려고 할 째에 그들의 天眞爛漫한 態度는 어대가서 차저보아야 할 것인가? 차랄히 그들로 하여곰 活活潑潑하게 行動하게 하는 것이 조치 아니할가? 그리하야 그들로 하여곰 사람을 親하고 밋고 그러하야 그 心情이 바로 자라나게 하는 것이 조치 아니할가? 그와 가치 되는 째에 人類의 社會에는 우숨이 잇고 快樂이 잇고 歡喜가 잇고 쌀어서 사람의 社會는 모든 달은 生物들이 부러워하는 것이 되지 아니할가? 少年들의 行動을 넘우 拘束할 것은 아니라고 생각하는 바이다.

社說, "少年運動의 指導精神－少年聯合會의 創立大會를 際하야",
『조선일보』, 1927.10.17.

一

오래 前부터 準備 中이든 〈朝鮮少年聯合會〉의 創立大會는 豫定과 如히
昨今 兩日間 市內 慶雲洞 天道敎紀念館에서 開催 中이다. 五個 聯盟과
百餘 細胞團體의 加盟으로 全 朝鮮 各地에서 多數의 代議員이 參集하야
大盛況을 일우게 되엇다. 靑年運動의 總本營인 〈靑年總同盟〉과 勞農運動
의 總本營인 〈勞農總同盟〉을 발서 四年 前에 가지엇고 民族的 單一黨인
〈新幹會〉女性運動의 總本營인 〈槿友會〉衡平運動의 總本營인 〈衡平社〉
總本部까지도 이미 가지게 된 우리로서 少年運動의 總機關이 이제야 出現
됨은 晩時의 嘆이 적지 안커니와 딸아서 그에 對한 一般의 期待를 甚히
크다 할 것이다.

二

少年은 第三國民이라 한다. 靑年은 第二國民이라 함에서 由來함이 勿論
이다. 그러나 朝鮮과 가튼 經濟的 落後民族에 잇서서는 靑年이 第二國民
인 同時에 事實上으로 社會的 支柱가 됨에 딸아 少年은 第三國民인 同時에
第二國民으로서 任務를 가지게 된다. 여기에 必然的으로 初期 運動의 中心
이 靑年運動이 되는 同時에 少年運動의 任務가 甚히 重大하여지는 것이다.
더구나 改革的 任務에 잇서서 그러 하나니 中國의 國民革命運動이 아직까
지도 學生運動을 그의 가장 重要한 部門으로 하고 잇고 勞農 露西亞에서
少年 及 幼年의 敎養 訓練에 가장 細心의 注意를 하고 잇슴은 우리의 잘
아는 바이다.

三

그러면 朝鮮의 少年運動에 잇서서 그의 指導精神은 어쩌하여야 할 것인
가? 우리는 여기에 張皇히 말코저 안커니와 다른 모든 運動에 잇서서와
가티 少年運動에 잇서서도 그의 指導精神을 樹立함에 잇서서 무엇보다도

留念하여야 할 것은 民族의 現實的 環境이 될 것이다. 或者는 少年運動의 本意가 天眞性의 涵養에 잇다 하야 現實에 置重함을 反對한다. 그러나 少年運動의 任務가 第二國民으로의 敎養에 잇고 現實을 써나서 民族的 生活이 不可能하다면 現實을 써나거나 쏘는 現實을 無視하는 少年運動은 民族的 一部門運動으로의 少年運動의 任務를 遂行하지 못할 것이다. 이 點에 잇서서 우리는 靑年運動과 少年運動에 對하야 그의 根本的 指導精神에 잇서서 어쩐 特殊한 差別을 두고저 하지 안는 바이다.

四

그런데 이제 朝鮮少年運動의 一般的 傾向을 본다면 이와 가튼 指導精神에 對하야는 別로 留念함이 업시 오직 趣味만을 目的하는 童謠 童話 童謠劇 等으로 그의 一時的 興趣를 쯔음에 그치고 마는 것 갓다. 勿論 少年과 幼年은 靑年과 달라서 趣味로써 쯔을고 그의 天眞性을 涵養함이 不絶히 留意하여야겟거니와 여기에만 執着됨으로 指導精神을 閑却하고 말은 根本을 이젓다 하지 아니할 수 업슬 것이다. 그럼으로 吾人은 이제 少年聯合會의 創立大會를 際하야 特히 이와 가튼 指導精神에 留念할 것을 少年指導者 諸氏와 代議員 諸氏에게 바라고 쏘 밋는 바이다.

社說, "朝鮮의 少年運動", 『동아일보』, 1927.10.19.

　　一

〈朝鮮少年聯合會〉가 지난 十六日에 成立을 告하게 되고 니어서 그 翌日 十七日에는 그 臨時大會를 보게 되엿다. 그리하야 幹部의 選定과 部署의 作定이 임의 긋나고 여러 가지 進行方針에 對하여서 各히 委囑 或 決定한 바 잇섯다. 이와 가치 하야 少年運動에 잇서서도 全 朝鮮的으로 統一機關 의 出現을 보게 된 것은 매우 慶賀할 일이라고 하지 아니할 수 업스니 우리 는 그것이 成長되여 가기를 雙手를 들어 祝禱하는 바이다.

　　二

少年은 靑年보담 한거름 더 느저서 將來에 잇서서 社會經營의 責任을 擔當할 이들이다. 俗談에 "사람 될 것은 쩍닙부터 안다"고 하는 것과 가치 어렷슬 때에 한번 精神이 바로 백히면 그것이 퍽 힘잇게 그 一生行路를 決定하는 것이니 이러한 點을 생각할 째에 社會의 將來에 對하야 向念하는 사람이면 누구나 그 敎養指導를 겨울리하려고 할 수 잇스랴? 그럼으로 우 리는 어느 곳에 잇서서던지 初等敎育이라는 것이 國民敎育으로 되여서 或 은 義務的으로 或은 勸誘的으로 되여 그 普及에 向하야 努力하여지지 아니 하는 곳이 업는 것을 보는 것이니 그것은 참으로 當然한 일이라고 하지 아니할 수 업는 것이다.

　　三

그럼으로 少年을 敎育하는 機關이 完備되면 特別히 少年運動이라는 것 이 그 必要가 업슬이라는 것도 어느 意味에 잇서서 主張될 수 잇는 것이다. 그러나 學校敎育 以外에서 바더질 少年의 訓練이라는 것이 多少間 그 餘地 를 남겨서 少年運動이라는 것을 일으킬 수 잇게 하는 것이니 '쏘이·스커트' 가튼 것은 그러한 意味에서의 少年運動이라고 볼 수 잇는 것이다. 그것은 整頓된 社會에 잇서서 보는 바 少年運動이라고 할 수 잇는 것이니 그것은 社會의 現狀에 對하야 別로 難問題를 提出하야 懷疑的 態度를 가지게 될

것이 아니라고 할 것이다. 그러나 朝鮮에 잇서서의 少年運動이라는 것은
그 指導的 精神이 '샏이·스커트'와는 顯著히 달을 것이 잇서야 할 것을
밋는 바이다.

四

이와 가치 하야 朝鮮의 少年運動은 民族的으로 社會的으로 世界 大勢의
必然에 應하야 人類解放의 浩大한 精神에 依하야 指導되지 아니하면 아니
될 것이니 朝鮮에 잇서서의 少年의 環境은 그것에 그대로 順應해 나갈 性質
의 것이 아니요 人類의 最高 理想으로부터 흘러 내려오는 光線으로 그것을
비최여 보아서 갈 길을 차저내지 아니하면 아니 될 것이다. 現下 朝鮮의
狀態下에 잇서서 그것이 얼마만한 活動을 할 수 잇슬가 하는 것은 今後의
經過에 徵하여 보지 아니하면 알 수 업는 바이겟지마는 何如間 그 指導精神
을 確立하야 참으로 眞正한 意味에 잇서서 解釋된 世界의 平和와 人類의
幸福을 爲하야 努力하는 것이 되여 만할² 것이다. 그와 갓흔 重大한 使命을
가지고 나아갈 運動이 여러 가지 難關에 逢着할 수 잇슬 것도 쪼한 豫想할
수 잇는 것일 것이나 우리가 엇더한 큰 事業이 困難업시 成就되엿는가를
생각하여 볼 때에 그 指導者들이 決코 落心하지 아니할 것을 미들 수 잇는
바이다.

---

2 '되여야만 할'에 '야'가 빠진 오식이다.

劉東敏, "(學藝)無産兒童 夜學의 必要(一)", 『중외일보』, 1927.11.10.

날과 달을 쌀하 漸漸 굴러저 가는 朝鮮의 사람들은 果然 이 가을을 當하야 어쩌케 할가? 어쩌케 마지하며 어쩌케 利用할 것인가? 어쩌케 消化하여야 할가?

秋夜月 긴긴 밤이라——燈燭을 도두고 글을 닑을가? 或은 동무들을 모아 녯날이약이와 時事나 討論하야 볼가? 그러치 아니하면 淸凉한 바람을 쌀하 輕衣를 휘날리며 郊外로 山으로 散步나 다닐가? 깁흔 밤 皎皎한 달알에 벌레의 소리 처량하다——懷古의 설은 술잔이나 들어볼가? 아아! 朝鮮의 兄弟여——여러분이어! 참으로 이 자리에 處한 우리로서는 이런 일은 넘우나 못할 일이다. 急轉直下로 굴엉텅이를 向하야 구을러 들어가는 朝鮮의 現局面을 觀察할 쌔엔 奮然히 주먹을 부르쥐고 닐어설 것이다. 우는 이는 달래고 썩굴어진 이는 닐으키고 나아가는 이는 붓돕고 이리하야 ××民族의 處地에 잇서서는 閑暇한 쌔는 許치 아니하는 것이다.

丁卯年의 가을! 이 가을을 當하야 우리는 그러면 무슨 일을 할가? 나는 이러케 부르짓는다.

"기나긴 가을밤을 利用하야 農村에 돈 업서 글 못 배우는 兒童들을 둘러 안치고 글을 배워 주자!"

이 일은 적어도 現下 우리 運動의 모든 點에 잇서서 必要 또는 當面한 大問題인 것이다.

"朝鮮이 亡하얏다"는 말은 "朝鮮의 農村이 亡하얏다"는 말과 마찬가지다. 우리의 咽喉며 우리 生命의 源泉인 農村은 朝鮮의 農村은 참으로 말 못 된 狀態를 갓고 잇다.

現下 社會制度의 根本的 缺陷으로부터 밧는 그네들의 衣食住 問題는

사랑하는 兒童들까지 글을 배워주지 못하게 하얏다. 文化의 惠澤도 敎育의
向上도 그네들에게는 한 푼어치 關係를 가지지 못하얏다. 새벽에 닐어나서
해가 저야 집에 돌아오고 온終日 過度한 勞働에 피곤하야 저녁에 막걸리나
한잔 먹고 나서는 잠자리 우에 그냥 잠이 들게 된다. 이것이 現下 朝鮮의
農村 사람이 反覆하는 日課다. 淳實한 生活의 解決策인 그 日課는 비롯오
그네들에게 文盲을 招致하게 되엇다. 그리고 貴해 하는 그들의 兒童들까지
文盲이라는 이름으로 잠을쇠를 찻다.

　　三面一校! 이것은 朝鮮總督府의 朝鮮에 對한 敎育政策 中의 하나이다.
우리는 구지 朝鮮總督府의 敎育政策을 批評하려는 者— 아니려니와 다만
지 朝鮮의 農村 現狀을 考察할 째에 넘우나 無責任하다는 것을 感하게 된
다. 三面이라는 넓은 版圖 안에다 普校를 하나 設立해 노코 모다 와서 배우
랴고 한다. 이것이 마치 歲欄掛肉格으로 가서 배울 생각은 잇지만 그러치
안 해도 어려운 無産兒童들은 距離가 或은 二三十里 或은 그 以上까지 되
고 보니 學費問題가 壓頭하고 만다. 그리하야 이것은 마치 그림 안의 쩍밧
게 되지 못한다. 總督府의 좀 더 誠意 잇는 施設이 잇기 前에는… 아니
그네들은 일상 經費問題를 가지고 말한다. 하지만 오늘날 總督府의 □察費
와 敎育費를 對照하야 볼 적에 이것은 한 怪辯임을 알게 된다.
　　"朝鮮의 農村을 復活하려면?"
하고 생각할 째에는 언제든지 "敎育을!" 하고 斷案을 나리우게 된다. (中略)
　　"朝鮮의 '안다'는 사람들아! 모도다 農村으로 돌아가라!"는 말은 이곳에
意義를 가진 것이다.

劉東敏, "(學藝)無産兒童 夜學의 必要(二)", 『중외일보』,
1927.11.11.

배울 곳이 업서 배우지 못하고 먹고 살아갈 일로 하야 배우지 못하고
실상 배울 곳이 잇다 하드라도 머나먼 곳이라 — "돈" 째문에 그냥 쓸어버리
게 되엇다.

農村에 잇서서도 돈 잇는 사람들의 아들들은 더 말할 거리도 못 되거니와
無智한 아버지를 갓고 또한 돈이 업는 關係로 글 못 배우는 그 兒童들의
마음은 果然 어쩌하랴. 第三者로서 생각하야도 可히 짐작할 수 잇는 것이
다. 새벽에 닐어나서는 아버지를 쌀하 소를 몰고 바트로 가고 집에 잇게
되면 아이를 보고 그러치 아니하면 지게를 걸머지고 山으로 나무하러 가고
들로 꼴 비러 가는 그 農村의 아이들은 都市의 아이들이 책을 엽헤 끼고
學校로 活潑히 쒸면서 가는 것을 볼 째에 얼마나 부러웟스랴. 얼마나 자긔
아버지를 원망하랴.

적어도 朝鮮의 將來의 主人公이오 重大한 豫備軍的 役割을 마튼 朝鮮
少年學童이 無知에 處하얏다면 우리의 責任感은 어쩌할 터인가.

確實한 統系를[3] 갓지 못하야 자세히는 알 수 업지만 우리의 想像으로도
能히 얼마나 되리라는 것은 알 수 잇슬 것이다. 나는 대개 相當한 學童
年齡에 達한 兒童으로서 글을 배우지 못한 兒童이 적어도 六七割은 되리라
고 생각한다.

아! 참으로 답답하고 가슴 압흔 일이다. 民族도 社會도 돌보지 안는 오늘
날 朝鮮의 有産者들이어. 더이를 爲하야 無産兒童敎育을 爲하야 施設을
云云하는 것은 한울의 별짜기보담 더 어리석은 일이매 이에 그네들의 反醒
할[4] 째를 기다린다는 것은 안 된 수작이다. 째가 째인지라 우리는 먼저 가갸

---

3 '統計를'의 오식이다.
4 '反省할'의 오식이다.

거겨나 아는 우리는 먼저 全 朝鮮 窮僻한 農村으로 總動員을 하자! 자긔
마을에 잇는 사람은 자기 마을을 가르치고 그러치도 못한 마을에는 조차
가서──그리하야 그네들로 더불어 벗이 되며 짤하서 새맑안 山村 空氣를
마시기로 하자!

太陽은瑞山에걸리우고
한終日 헤매든바람이
내품으로 안겨들째
落葉긁는소리를들엇노라

그소리가 가슴에매칠제
누구냐 하고 돌아보앗드니
아!빨겅저고리!
짱을치며 울고십헛네

이것은 普校에 다니는 某少女의 「어린 樵夫」라 題한 글이니 前日 某紙에
서 본 것이다. 우리는 이것을 가지고 詩的價値를 批評하려는 者─아니려
니와 우리는 적어도 이에서 學校에 다니는 學童으로서 가튼 處地에 잇고
가튼 쌍에 살면서 자긔는 공부하는 데 자긔네와 가티 공부 못하는 어린
樵夫인 그 少年을 보고 同情을 마지아니하며 무엇을 達觀하고 설어워한
것을 엿볼 수 잇는 것이다. 우리는 이에서 무엇을 생각하게 하는가.

**劉東敏, "(學藝)無産兒童 夜學의 必要(三)", 『중외일보』,
1927.11.12.**

農村 老父들로 그러커니와 쏘한 우리가 적어도 未來를 생각하는 者라면
쏘는 二重의 壓迫을 밧는 朝鮮의 現狀을 達觀하고 責任을 늣기는 者라 하

면, 朝鮮의 모든 運動이 바야흐로 農村을 中心하고 움즉이는 것을 생각하는 者라 하면 現下 自己의 利害를 모르며(階級的) 또한 利害를 모르게 될 朝鮮의 배움이 업는 農村無産靑年과 無産學童을 冷情히 볼 수 업는 것이다.

째는 바야흐로 왓다. 農村에 잇서서는 가을이 閑暇한 째라 낫이 길고 밤 짜른 봄이나 녀름은 일분의 餘裕 閑暇한 째도 업지만 낫이 짜르고 밤이 긴 가을철은 잇는 農事 以外의 일을 할 수 잇는 것이다. 우리는 丁卯의 이 가을도 그러커니와 언제든지 農閑期를 利用하야 알지 못하는 그네들에게 多少間 도음이라도 되게 가르칠 義務가 잇는 것이다.

"아? 아모개는 언문(國文)을 다─ 알드라."

"언문을 알어? 그것은 어대서 배웟슬가?"

"글세. 저 뒷마을 學校 다니는 그 애 말이야. 그 애네 집에 놀러 다니드니만"

"그것! 실로─"

"전일에는 집에서 학교에 아니 보내어 준다고 온종일 울면서 투정을 다─ 하얏단다."

이것은 農村의 아이들이 가을밤 깁흔 째 화로에 돌러안저서 하든 이약이 엿다.

우리는 이 事實을 어써케 생각하여야 될 것이며 어써케 取扱하여야 할가? 그 아이의 아버지는 얼마나 이 社會를 咀呪하얏스랴. 우리의 생각하는 바 理想的 社會가 돌아온다면 몰르겟거니와 아즉 그러치 아니하다면 그째까지는 無産兒童의 苦情은 우리가 慰撫하지 아니하면 안 될 것이다.

우리는 이 가을부터 뜻잇게 맛고 보내지 모든 閑暇한 일은 넘우나 우리의 가슴을 압흐게 하며 嘲笑를 避치 못할 것이다. 爲先 우리가 꼭 해야 하며 하되 時急한 問題인

無産兒童 敎育問題를 先頭로 어르만지자. 卽 國文敎養運動을 닐으키자. 이 目的을 達키 爲하야 全 朝鮮에 亘하야 兒童 夜學을 시작하자.

이리하기 爲하야 農閑期인 가을철을 利用하자.

　都市 無産兒童도 그러커니와 朝鮮의 未來에 大多數의 力量을 含有하고 잇는 農村兒童들을 모아 노코 가갸거겨라도 가르킨다는 일은 그네들에게 얼마나 幸福이며 朝鮮 全體의 얼마나 多幸한 일일 것이냐!
　朝鮮의 坊坊谷谷 어대를 勿論하고 이 일이 퍼저서 그리하야 처량한 설음에 겨워 우는 三千 里 싸에 글소리를 가득하게 하자!
　이 일은 적은 일 갓지만 참으로 큰일이다. 이리하는 동안 해마다 거듭한다면 우리의 압헤 빗이 될 것이다. (尾)

十月 二十日 松中里에서

洪銀星, "少年運動과 그의 文藝運動의 理論 確立(一)", 『중외일보』, 1927.12.12.

一. 序論 = 問題의 提出

일즉이 지난 五月에 同志 丁洪教 君이 五月一日 "어린이날"을 機會하야 少年運動의 方向轉換論을 簡單하나마 쓴 줄 안다.[5]

그 後 少年運動에 잇서서는 〈少年運動者協會〉라든가 〈五月會〉가 在來의 派閥的 '이데오르기'를 揚棄 乃至 克服하야가지고 지난 十月에 니르러는 全 運動을 總體化, 集中化 하기 爲하야 以來의 軋轢, 中傷을 超越하야써 少年運動의 總 本營인 〈朝鮮少年聯合會〉를 組織하얏다고 본다.

이것은 두 말을 기다리지 안코 必然的으로 그러케 過程하고 온 것이니 卽 〈五月會〉 對 〈少年運動協會〉가 必然的으로 닐어나는——少年運動의 刷新派 또는 中間派——大勢는 이 두 對立의 存在를 內的으로 必要치 안케 되엇고 또 全 朝鮮解放運動이 社會主義 對 民族主義의 兩立으로 必要로 늣기지 안코 돌이어 이것을 合한 單一運動이 展開됨에 딸하 必然的 또는 決定的으로 少年運動의 '모토-'도 在來의 兒童生活의 繁榮——兒童의 趣味增進——으로부터 教養 또는 社會的 進出을 要求하게 되엇다.

말하자면 少年運動도 朝鮮 모든 社會運動과 가티 '구로조크'[6] 運動에서 大集團運動으로 '모토-'를 轉換하게 되엇다는 말이다.

從來 『어린이』 『어린 벗』의 時期, 말하자면 自然生長期로부터 今年 五月一日을 最高 派閥運動의 總決算으로 하고 意義잇는 組織的 運動期에 들어 왓다. 다시 말하면 自然生長期로부터 目的意識期로 들어왓다는 말이다.

---

5 정홍교(丁洪教)의 「少年運動의 方向轉換 — '어린이날'을 당하야」(『중외일보』, 27.5.1)를 가리킨다.

6 러시아어 크루쇼크(Кружок)로 '서클'이란 뜻인데, 고려인 조선어 어휘이다. 모스크바 외국문서적출판사(издательство литературы на иностранных языках)의 조선문판 출판물에 나타난다.

그러나 少年運動에 잇서서는 正確히 自然生長期——組合主義運動——
——에서 目的意識期——大集團的 또는 社會的 進出, 弱小民族의 解放運
動의 一部門 運動——로 왓지마는 그의 表現機關이라고 하는 모든 少年少
女雜誌는 在來의 自然生長期——趣味時代, 또는 組合主義時代——의
것으로 그대로 잇다.

그런데 한 가지 最近의 可笑로운 것은 少年運動의 展開 또는 理論을
無視하고 各自의 主見을 너흔 거진 主觀化한 小評이 마치 雨後의 竹筍과
가티 나와서 正體 모를 批評을 함부로 하고 甚至於 感情에 흐른 者는 句節
句節이 남을 中傷하고 또는 自己 혼자 少年運動 또는 그 文藝運動을 하는
것가티 말한다.

그 조흔 例로는 赤兒, 果木洞人[7] 等과 이러한 正體 모를 匿名者들이 晝出
魍魎 모양으로 나온 것이다.

이에 짤하 吾人은 少年運動과 또는 그 文藝運動에 잇서서 理論鬪爭을
高調하려 하는 바이며 아울러 確乎한 理論을 樹立하야 글흣된 方向을 取치
안케 하고자 하는 바이다.

問題의 展開에 잇서서 한 가지 더 말하고자 하는 것은 少年運動이 지난
十月을 劃하야 方向을 轉換하얏다고 할 수 잇는 것은 多言을 要치 안흘
것이다.

그와 同時에 必然的으로 方向을 轉換하지 안흐면 안 될 少年運動의 表現
機關인 少年少女 雜誌는 勿論 當局에 檢閱 關係도 잇지마는 新聞紙上의
揭載되는 評論 또는 批評만은 少年運動의 集中的 表現, 總體的 機關인 〈朝
鮮少年聯合會〉를 根據로 한, 또는 基準으로 한 辨證法的 交互作用의 批評
또는 評論이어야 할 것이 盲人占象의 以上의 것임으로 不得已 또는 少年運
動 全體를 爲하야 이것을 上程한다.

---

7 '果木洞人'은 연성흠(延星欽)의 필명이다.

洪銀星, "少年運動과 그의 文藝運動의 理論 確立(二)",
『중외일보』, 1927.12.13.

二. 少年運動과 그 文藝運動의 社會的 價値

少年運動과 그 文藝運動의 社會的 價値를 말하기 전에 一般社會에서 少年運動을, 아니 少年에게 對한 待遇를 如何히 하야 왓는가를 말할 必要가 잇다.

李朝 五百年 以來, 班常의 區別과 똑가티 少年에게 對하야서도 "在下者 有口無言"이란 階級的 汚點 쏘는 侮蔑을 바다 왓다. 다시 말하면 絶對 封建 社會 制度 미테서 存在를 否認할 만치 되어 잇섯다. 만약에 억지로라도 그 存在를 차저보고저 할진댄 父母나 祖父母의 玩弄物, 쏘는 才弄거리로만 녀기어 自家의 牛馬와 如한 所有物로 알앗섯다.

그러나 少年은 원래 다른 勞働階級이나 農民階級과 갓치 안 해서 反抗力 쏘는 自衛術에 아모런 保障이 업섯다.

以上과 如히 少年은 封建社會에 잇서서 全 存在가 抹殺되엇슴에 不拘하고 近代 資本主義的 自由思想은 어느 程度까지는 少年의 地位를 容許하야 줄 것이엇스나 이것도 그러치 아니하야 學校라든가 쏘는 學生 가튼 資本主義的 '리알리슴'을 鼓吹하는 機械的 成人敎育을 너키에 결을이 업섯다.

말하자면 前者는 少年을 玩弄物, 傳統物로 待遇하는 一面 그에게 주는 敎育은 極히 非衛生的이오 非組織的이엇든 것은 지금도 書堂이라는 것을 보면 잘 알 수 잇는 것이며 쏘 後者, 學校 敎育은 ××地的 敎育政策을 밧는 資本主義 '리알리슴'인 것은 두말할 必要가 업지만 그 制度에 잇서서는 衛生的이오 組織的이오 訓練的이다.

그리하야 一部는 머리 싸코 筆囊 차고 書堂에 가는 少年과 쏘 一部는 帽子 쓰고 冊褓 끼고 學校에 가는 少年이 잇게 되엇다. 말하자면 ××地 敎育者 政策을 밧는 곳에 義務敎育 云云은 거진 妄論에 갓가운 소리가 되고 말앗다. 그리고 世界에 比有가 업는 畸形의 敎育을 밧게 되엇다.(이

點에 잇서서는 日前 『朝鮮日報』 所載 金振國 氏 「朝鮮人의 普通敎育」[8]을 닑어 주기 바란다.)

이러한 情勢 미테서 자라 나오든 朝鮮의 少年은 왼 社會가 물쓸 듯하고 三千里 半島江山이 울든 己未運動을 지내 朝鮮民族 各層의 解放運動은 猛烈하얏섯다. 이에 딸하 少年運動 先驅者 同志 方定煥 君의 다만 少年을 한 人間으로 存生□□□해 주는 同時에 未來社會의 國民── 第二世 國民 ──의 人間다운 人間이 되기 爲한 漠然한 運動이 닐어낫다.

말하자면 少年도 人間인 것을 認識하자는 것마치 衡平運動이나 女性運動의 初期(지금은 그러치 안타)와 가티 먼저 人間的 存在로부터 出發하기 비롯하야 왓든 것이다. 그러나 그 少年 保護運動이 내가 말하는 自然生長期 쏘는 組合主義 時代라고 말하는 것이다. 그러기 째문에 그 運動은 各自의 意見을 添附한 '그루쏘크'로 全 朝鮮에 彌滿하얏섯다. 그리고 何等 集團的 意義라든가 組織的 '푸로그람'이 업시 그저 童話를 輸入하얏고 童謠를 振興시켯다. 그와 함께 必然的으로 要求되는 것은 少年을 뭉둥그린 集團, 곳 少年會를 必要로 해 왓다. 그리하야 먼저도 말한 바와 가티 各自의 意見을 添附한 '그루쏘크'가 全國的으로 熾烈히 닐어나게 되엇다.

더 말할 것 가트면 少年會는 少年保護를 必要로 그들에게 趣味를 增長시키기 爲하야 童話會 童謠會 쏘는 遠足, 野遊會를 하얏슬 쑨이오 何等 民族解放을 意味한 朝鮮 少年으로의 밧는 ××에 對한 ××運動은 아니엇든 것이다.

於是乎 少年運動과 그 文藝運動은 社會的 存在를 엇게 되어 少年會는 學校 輔導機關, 그 文藝運動은 課外讀物로 取扱되엇다. 아즉까지도 一般 世人은 少年運動과 그 文藝運動을 그러케 보는지 몰르겟다. 그러나 少年運動과 그 文藝運動은 社會的 價値가 그러치 아니하고 朝鮮民族의 가지고 잇는 特殊한 處地를 얼른 運動 곳 解放運動의 一部門으로 社會的 價値가

---

8 김진국(金振國)이 쓴 「今日의 問題, 朝鮮人과 普通敎育(전20회)」(『조선일보』, 27.10.19~ 11.11)을 가리킨다.

決定되게 된다. 그러치 안코는 少年運動과 그 文藝運動은 現 階段의 朝鮮 社會運動에 對하야 何等의 價値가 업게 된다.

이러기 爲하야는—社會的 價値를 振作—먼저 在來의 自然生長的 少年運動을 揚棄하여야 된다. 이것을 揚棄함에는 果敢한 理論 鬪爭이 아니면 不可能하다. 果敢한 理論鬪爭과 함께 方向轉換도 될 수 잇는 것이다.

洪銀星, "少年運動과 그의 文藝運動의 理論 確立(三)", 『중외일보』, 1927.12.14.

三. 方向轉換

지난 五月 一日 同志 丁洪教 君이 方向轉換論을 簡單하나마 쓴 줄 안다. 이제 그 論文이 잇스면 그 論文을 檢討하면서 내가 提出할 方向轉換論을 더욱 完實히 맷고저 하얏스나 그 論文이 이곳에 업고 쏘한 나의 記憶에도 何等의 남을 바이 업스니 나의 方向轉換論을 이곳에 그대로 展開시키겟다.

먼저도 말하얏거니와 少年運動 쏘는 그 文藝運動의 先驅者 同志 方定煥 君은 少年保護運動을 積極的으로 高調하얏다.

그리하야 李定鎬, 張茂釗, 丁洪教, 延星欽 等 만흔 同志가 或은 少年會 組織, 或은 雜誌 刊行, 一言으로 말하면 少年保護運動의 積極 進出을 하얏 다는 말이다.

그러나 그들 運動은 何等 思想이나 主義를 加味하지 안흔 純然한 少年의 趣味增長, 學校教育의 補充教養을 하야 왓다. 다시 말하면 少年運動으로 하야금 社會的 存在를 알렷다. 그러나 問題는 이곳에서 벌어저 〈五月會〉와 〈少年運動者協會〉가 對立되도록 되엇다. 勿論 裡面에 個的 關係도 多分 잇겟지마는 그 重大한 原因은 思想的 差異다. 同志 方定煥 君의 民族主義 를 加味한 思想이라든가 同志 丁洪教 君의 社會主義를 標榜한 運動은 初期 의 必然으로 잇는 分裂이 잇게 된 것이다.

"結合하기 前에 먼저 째끗이 分離하여라."[9]

와 가티 必然的으로 分離되어 〈五月會〉對 〈少年運動者協會〉는 對立鬪爭을 하야 왓다. 말하자면 派閥運動이다. 지난 五月 一日 어린이날가티 醜態를 極度로 暴露시킨 적은 업스리라고 생각한다.

그러나 各 地方의 熾烈한 두 團體——〈五月會〉, 〈少年運動者協會〉——에 對한 反對運動과 朝鮮少年軍 밋 中間派의 活動은 다시금 大築□運動을 닐으키어 지난 十月에 〈朝鮮少年聯合會〉날 出生되엇다. 이것은 少年運動 自體에 對한 內的 發展이다.

그러나 少年運動을 그러케 規範하도록 社會的 條件, 外的 條件은 朝鮮 社會運動이 政治運動으로 方向轉換을 하얏다.

다시 말하면 社會主義 對 民族主義의 구든 握手는 또한 全 運動의 一部門이라고 할 수 잇는 少年運動까지도 規定하게 된 것이다.

그러면 方向轉換의 實證的 産物은 이 〈朝鮮少年聯合會〉임이 틀림업다. 그러나 〈朝鮮少年聯合會〉가 創立되기 前 果敢한 理論鬪爭이 잇섯드라면 오늘에 내가 이러한 붓도 아니 들엇스려니와 쏘한 理論鬪爭 展開가 必要치 안흘 것이엇섯다. 그러나 〈朝鮮少年聯合會〉는 創立 當日의 中間派 同志와 新派의 理論鬪爭으로——全柏, 崔奎善, 曹文煥 同志——의 理論에 克服 되엇다.

이와 가티 完全치 못한 理論鬪爭 미테 組織된 〈朝鮮少年聯合會〉는 必然 的으로 理論鬪爭을 再開하게 되는 것이다.

그의 好例로는 果木洞人의 小市民的 批評과 赤兒 君의 少年運動을 忘却한 藝術批評답지 안흔 藝術批評이다.[10]

우리는 理論이 업는 實踐은 妄動이오 實踐이 업는 理論은 空論인 줄 잘 안다. 그와 함께 理論 樹立을 高調하는 바이다.

---

9 일본의 공산당 간부이자 이론적 지도자로 활약했던 후쿠모토 가즈오(福本和夫)가 한 말 이다.

10 과목동인(果木洞人)의 「十月의 少年雜誌(전5회)」(『조선일보』, 27.11.3~8)와 적아(赤兒) 의 「十一月號 少年雜誌 總評(전8회)」(『동아일보』, 27.12.3~11)을 가리킨다.

한 말로 말하면 在來 自然生長期 運動으로부터 目的意識期에 到達한 것은 속일 수 업는 事實이다.

그럼으로 우리는 少年運動을 如何히 하여야 社會的 一部門으로 아니 全 朝鮮 民族運動의 一部門으로 運動할 것인가. 또는 그 指導精神을 如何한 方向으로 突進하여야 될 것인가가 問題된다.

나는 여긔에 잇서서 우리 少年運動으로 하야금 轉換할 方向은 두말을 기다리지 안코 〈朝鮮少年聯合會〉의 綱領을 貫徹함에 잇다고 본다. 그러나 그 綱領이 어느 程度까지 全然 是認될 物件은 아니다.

少年運動은 〈朝鮮少年聯合會〉의 綱領이 少年運動의 方向이다.

洪銀星, "少年運動과 그의 文藝運動의 理論 確立(四)",
『중외일보』, 1927.12.15.

四. 少年運動과 少年文藝運動과의 關係

少年運動이 少年에게 對하야 核心的, 正常的 運動이라고 할 것 가트면 또한 少年文藝運動은 少年의 文化的 向上 또는 敎養運動으로의 必要不可缺한 것이다. 그리하야 少年會가 存在 아니 創立됨에 따라 會報라든가 機關紙는 반드시 잇서야 할 것이다.

이리하야 少年運動에 잇서서는 그 文藝運動이 全的으로 效果를 □奏하게까지 된다. 少年會에서 하는 童話口演 또는 童謠口演도 必要할 배가 아닌 것은 아니다. 그러나 이것은 그들로 하야금 直接 敎養運動의 맛과는 性質이 다르게 된다. 따라서 童話口演은 必然的으로 趣味를 包含한 또는 口演人의 技術을 必要로 하게 된다. 그러치 안흐면 少年은 今時에 倦怠를 늣기게 된다. 그와 함께 그 口演은 必要가 업시 된다.

於是乎 紙上을 通한 文藝作品을 提供하게 된다. 그리고 그에 짤하 思想注入이라든가 또는 指導精神의 暗示를 할 수 잇는 것이다.

한 말로 말하자면 少年運動과 그 文藝運動은 彼此의 交互關係를 가지고 잇서서 맛치 藝術, 哲學, 宗敎 等等 이러한 것이 全 人民層에 上部構造인 것과 가티 이도 쪼한 少年運動의 上部構造이다.

그런데 이곳에 한 가지 問題되는 것은 少年文藝運動이 少年運動의 上部構造임과 가티 文藝運動으로의 特殊體系가 잇는 것이다.

이리하야 赤兒 君 가튼 論者는 特殊體系만을 가지고 論하야 藝術 云云하게 된다. 勿論 少年文藝가 存在해 잇는이 만큼 藝術性을 云謂하지 안흘 수 업다. 그러나 少年運動을 쩌난 藝術性은 無用의 것이다. 왜 그러냐 하면 全體性을 通한 特殊性이 아닌 까닭이다. 말하자면 藝術을 爲한 藝術이라든가 理論을 爲한 理論과 맛찬가지다.

이 點에 잇서서는 筆者가 變名으로 『朝鮮日報』 紙上에 發表한 (宮井洞人의 「十一月 少年雜誌」)[11] 小評이 비록 小評일지나 그것은 少年運動을 通한 小評인 것을 말한다. 그것은 무엇이 證明하는가 하면 나는 나오지 안흔 雜誌에 對한 小評이라든가 쯧헤 兒童圖書館에 對한 것으로써 足히 짐작할 줄 안다.

이와 가티 少年運動을 쩌나서는 少年文藝이고 少年에 對한 一切가 存在해 잇지 안흔 것이다.

이곳에 죽음 더 말할 것은 赤兒 君과 果木洞人의 小評이니 이것은 近者 少年運動 方向轉換 以後(나는 朝鮮聯合會 創立을 整理期에 入한 쪼한 目的意識期에 入한 方向轉換으로 본다.)의 申孤松, 果木洞人, 赤兒 君 等의 비록 짧은 短文의 序說이 나와 理論을 展開한 것임으로 보아 少年文藝運動의 理論 確立이 만흔 □옴이라고 말하지 아니할 수 업다.

그럼으로 우리의 問題—— 少年文藝——는 반듯이 〈朝鮮少年聯合會〉의 綱領에 어그러지지 안는 쪼는 그를 補佐할 만한 文藝가 아니고는 排擊 又는 拒否를 躊躇치 안코 理論鬪爭으로써 그 正鵠을 어더야 한다.

---

11 궁정동인(宮井洞人)의 「十一月 少年雜誌(전5회)」(『조선일보』, 27.11.27~12.2)를 가리킨다.

五. 結論

稿를 結함에 臨하야 넘우나 槪念的 또는 非具體的인 것을 늣긴다. 그러나 少年運動이 漸次 新展開를 압세고 잇는 오늘날임으로 別로히 걱정은 아니 된다. 이 一文이 元來의 意義가 赤兒 君의 鑑賞批評, 또는 藝術批評 이러한 것을 云謂하고 歷史現象批評──社會的 批評──을 몰음으로 (알고도 몰으는지는 몰으지마는) 이것을 抄한 것이다.

그러기 때문에 槪括的으로 運轉해 내려오게 된 것이다.

쯔트로 한 말 하고자 하는 것은 이 一文으로서 赤兒 君 또는 만흔 同志의 理論 展開가 잇슬 것 가트면 더욱 좃타. 그러나 나는 나의 身邊이 多忙한 關係, 또는 時間上 問題로 이곳에서는 그만 擱筆한다.

洪銀星, "在來의 少年運動과 今後의 少年運動(一)",
『조선일보』, 1928.1.1.

一. 서론

소년운동이 조선에서 일어난 지는 불과 삼사년의 지나지 안습니다. 그러나 그 운동에 잇서서는 장족(長足)의 발달을 보게 되어 이제는 어느 도(道) 어느 고을(郡)을 물론하고 거의 다 소년회(少年會)라는 것이 잇게 되엇습니다.

그런데 우리의 소년운동이 이마만큼 발전되엇고 쏘한 이보담 더 발전될 것을 우리는 부단히 노력하며 활동하야 마지안는 바이나 우리는 다만 소년으로 하야금 취미(趣味)를 엇게 하엿고 쏘는 소년이라는 것도 크나 적으나 사람의 한목이 잇다는 것만을 만히 배양해 왓습니다. 다시 말하면 우리는 안으로 잇서서는 질서(秩序) 업시 막우 노는 어린이를 질서 잇게 하엿고 소국민(小國民) 되기에 노력하엿스며 밧그로는 어린이 사회이라는 곳 사회덕으로 가치가 잇다는 것을 일반사회에 알렷슬 뿐입니다.

그러나 오늘날 — 일천구백이십팔년을 맛는 오늘날에 잇서서는 좀 더 재래의 해 오든 모든 소년의 대한 운동을 정리(整理)하는 일면 지금 조선 사람이 다 요구하고 잇는 무엇 쏘는 지금 조선 사람으로써 반드시 알어야 할 조선 사람의 특수(特殊)한 처디 곳 남다른 처디를 일반 어린이들이 깨닷도록 하자면 엇지하여야 할가 하는 문뎨로 한 개의 범론(汎論)에 갓가운 것이나 다 이에 초하고자 하는 바입니다.

二. 재래 소년운동 개관

일즉이 들음애 조선소년운동에 첫 고등 맨 처음으로 일으킨 것은 경상남도 진주(晋州)라고 합니다. 그러나 하등의 효과를 잘 내이지 못하고 유야무야 중에 뭉크러지고 텬도교(天道敎)에서 동지(同志) 방덩환(方定煥) 군이 일천구백이십이년에[12] 〈텬도교소년회〉를 조직하고 그 다음해 즉 일천구백이십삼년에 『어린이』라는 소년 잡지를 창간하엿습니다.

그리하야 소년운동은 차차 긔반을 닥게 되어 각 도 각 군에 벌 쎄와 가티 일어나게 되엇습니다.

아즉까지도 필자의 긔억에 잇처지지 안는 것은 동지 장무쇠(張武釗) 군의 열렬한 운동으로 조선에 처음으로 명진소년회관(明進少年會館)을 건축한 것입니다. 그 다음에 『어린 벗』이라는 등사판으로 된 잡지와 쏘 이와 거진 자매지(姉妹紙)라고 할 만한 『朝鮮少年』과 쏘 개성에서 발행하는 『샛별』이라는 잡지가 잇섯습니다. 그리고 〈반도소년회(半島少年會)〉에서 발행하든(이것도 등사판) 『반도소년(半島少年)』이란 잡지가 잇섯고 각 디방에는 소년회 소녀회가 창립되며 그곳에 각자의 그 회의 긔관으로 혹은 등사판으로 혹은 필긔로 돌러보는 곳까지 잇섯습니다.

그리다가 『어린 벗』 『朝鮮少年』 『샛별』 『半島少年』은 경비 곤난 혹은 경영자의 무성의로 업서지고 이것들이 채 업서지기 전에 『새벗』 『별나라』 『少年界』 『少女界』 『무궁화』 『아희생활』 등 여러 잡지가 나와서 이즈음은 진실로 서뎜이 어린이 잡지로 판을 채릴 만치 되어 잇습니다.

그리고 소년 단톄(少年團體)에서 동화회(童話會) 동요회(童謠會) 원유회(園遊會) 등산회(登山會) 등 등산(山)에서 들(野)에서 강(江)가에서 봄은 봄이라고 "봄노리"를 하고 가을은 가을이라고 "추석노리" "가을노리"를 자미있게 하야 아즉까지 개와장, 조갑지, 팽이 등등 작난감답지 안흔 작난감을 가지고 "비사 잡기" "사방치기" "팽이 굴이기", "짝지 치기" 등 이러케 헤알릴 수 업는 작난 비조직뎍(非組織的)의 작난을 조직뎍으로 하도록 우리는 학교(學校)을 주례로 소년회(少年會)를 보조긔관(補助機關)이라고 할 만큼 하야 왓습니다.

좀 더 말하자면 우리는 소년으로 하야금 재래의 "在下者有口無言"이라는 절대 압박 밋테서 "어린이도 크나 적으나 한 개의 사람입니다. 그러면 우리도 사람의 한목을 줍시오. 우리를 당신데의 재롱거리로만 보시지 마십시오" 하는 일종 인격(人格)운동이엇습니다.

---

12 '일천구백이십일년에'의 오식이다. 천도교소년회(天道敎少年會)는 1921년에 조직되었다.

그러나 결국 녀성운동(女性運動)이나 형평운동(衡平運動)과 가티 적극
덕(積極的)으로 반항하는 운동이 아니고 얌전하고 조신한 소극덕(消極的)
운동이어서 말하자면 겸손하면서 어른에게 대항하는 정신을 길너 왓습니
다. 한 가지 전례로는

"발을 밟히고 未安합니다!"

가튼 스사로 겸손하며 그의 반성(反省)을 촉하는 순한 듯하면서 강한
무저항주의(無抵抗主義)로써 저항해 나왓든 것입니다.

좀 더 구톄로 말한다면 소년에게 한편으로는 교훈(敎訓) 되도록 힘쓰며
어룬에게 대하야 어룬의 아름답지 못한 덤을 반성해 오도록 구해 왓든 것입
니다.

이에 일반사회에서 소년운동을 한 개의 교육의 대한 보조긔관으로 생각
하야(지금도 그러케 생각하는 분이 만흘 것입니다.) 소년으로 하야금 소년
회에 가도록 권고하신 부모도 계셧습니다.

洪銀星, "在來의 少年運動과 今後의 少年運動(二)", 『조선일보』,
1928.1.3.

이러케 자미롭게 또는 조직덕으로 전조선에 퍼저 왓섯는데 소년운동의
암초(暗礁)라고 할 만한 〈소년운동자협회(少年運動者協會)〉와 〈오월회
(五月會)〉라는 두 단톄가 딱 대립(對立)해 잇게 되며 전국의 소년운동은
혹은 〈소년운동자협회〉의 계통(系統)으로서 잇게 되고 혹은 〈오월회(五月
會)〉 계통으로서 잇게 되어 맛치 가튼 줄기 물이 두 갈내로 난운 것가티
되엇섯습니다.

더욱이 일천구백이십칠년 오월 일일에 잇서서는 〈소년운동자협회〉에서
는 〈소년운동자협회〉 계통의 아동(兒童)을 다리고 큰길거리로 시위운동
(示威運動)을 하고 〈오월회〉는 또 〈오월회〉의 계통에 잇는 소년을 다리고

큰길거리로 시위운동을 하엿습니다.

말하자면 이것이 량파(兩派)의 암투(暗鬪)의 최고 표현(最高表現)이엇든 것입니다.

이리다가 조선 전국덕으로 일어나는 신진 소년운동자는 이 두 파로 하야금 자연히 합하지 아니치 못할 만큼 그들에게 위압해 오게 되엇습니다.

그리하야 〈조선소년련합회(朝鮮少年聯合會)〉를 동지 최규선(崔奎善) 고장환(高長煥) 등 십여인이 발긔하야 〈텬도교소년회〉를 발긔 단톄로 가입(加入)시키게 되매 비로서 량파의 파벌(派閥)은 침식이 되고 더 나가서 십월의 창립대회 때는 원만히 단란하게 창립이 되엇습니다.

이것이 일천구백이십이년 오월 이후로의 간단히 보아온 력사입니다. 곳 말하면 개관(槪觀)이라는 것입니다.

三. 방향전환(方向轉換)

일천구백이십칠년 오월에 동지 뎡홍교(丁洪教) 군이 로동자(勞働者)의 달인 '메-데이'와 어린이날이 서로 충돌될 념려가 잇다는 론(論)으로부터 재래의 운동을 방향(方向)을 돌이자는 극히 간단하고 막연한 것을 썻섯습니다. 그러나 그때에 잇서서는 아무런 효과(效果)가 업섯지마는 〈조선소년련합회〉를 준비하게 됨으로부터 방향을 밧구게 되는 '푸로크람'을 내세우게 되엇습니다.

그때 준비회 강령은 주로 파벌(派閥)을 타파하는 것으로써 잇섯습니다.

그리자 완전히 〈조선소년련합회〉가 창립되자 다시금 강령이 문뎨 될 것입니다.(아즉 강령은 발표되지 안헛습니다.)

말을 다시 돌여서 리론(理論)을 갓겟습니다.

먼저도 말하엿거니와 우리는 소년으로 하야금 학교 교과에 충실하며 쌀아서 한 인간으로서 인간이라는 것을 인식(認識)해 달나는 운동을 해 왓습니다. 그러나 이것이 조선 소년으로 꼭 가저야 할 것은 아니엇습니다. 아니쏘 몰으겟습니다. 그 시긔에 잇서서는 그것으로도 족햇슬는지 몰릅니다. 그러나 시대는 변합니다. 쌀아서 사상(思想)은 고정해 잇슬 것이 안입니다. 그리고 모든 운동도 계단(階段)이 잇습니다.

그러기 때문에 우리는 일천구백이십이년으로부터 일천구백이십칠년 구월까지를 자연성장긔(自然成長期)라고 봅니다. 그리고 일천구백이십 칠년 십월 이후를 정리긔(整理期) 진출긔(進出期) 목뎍의식성뎍(目的意 識性的)이라고 하는 것입니다. 이제 순차로 이 정리긔 진출긔를 잠간 말 하겟습니다.

◇ 정리긔(整理期)

우리는 소년으로 하야금 취미를 엇고 쏘한 소년회라는 것을 엇던 것이라 는 것을 알리기 위하야 외국의 동화를 번역하고 조선 안에 파뭇처 잇는 동요를 진흥시키엇습니다.

그리하야 이제는 소년운동을 직접 간접으로 돕는 소년잡지가 십여 종이 생기게 되엇고 쏘한 소년을 위하야 동화집(童話集) 동요집(童謠集) 모든 소년에게 대한 서적이 오십여 종이나 나오게 되엇습니다.

그러나 그 만히 나오는 소년잡지 쏘는 동화집 동요집이 필요하냐 하니까 만흔 문뎨가 일어나게 됩니다.

다시 말하면 소년을 위하야 동화집이나 동요집을 출판한다 쏘는 소년 을 위하야 소년잡지를 경영한다 하는 아름다운 일홈을 씌우고 사리(私利) 를 탐하는 서적상도 잇스려니와 시대 뒤써러진 낙듸 날은 여항(閭巷)에서 잡담으로 구을너단니는 것을 동화집 혹은 동요집 운운하고 쏘는 동화 개 작(童話改作)이니 동요 개작이니 하는 무뎌건하고 자미잇고 우슴 웃게 되 면 쏘는 정서(情緖)를 늣기게 되면 동화이요 동요이요 소설이요 하게 되 엇슴으로 우리는 하로밧비 소년잡지로부터 단행본(單行本)으로 나오는 서적을 〈조선소년련합회〉 일홈으로서 정리(整理)하지 안흐면 안 되게 된 째입니다.

쏘 단톄로 말하오면 년령을 제한하지 안코 막우 밧고 혹은 공이나 치고 작난만을 위주하는 소년 단톄도 적지 안흠으로 급히 정리하지 안흐면 안 될 줄로 암니다.

이것이 지금 〈조선소년련합회〉로서는 당면 문뎨(當面問題)인 줄로 생각 함이다.

◇ 진출긔(進出期)

재래의 운동은 사회에서 알거나말거나 소년을 단합하기 위하야 "사회"라는 것에 대하야는 거진 맹목(盲目)이라고 하여도 과언이 아닐 만치 소년운동 자톄로서도 등한시하여 왓고 쏘한 사회에서도 그러케 하여 왓섯습니다.

말하자면 피차(彼此)에 아모 유긔뎍 련락(有機的連絡)이 업시 너는 너고 나는 나라는 싸로싸로의 관념으로 지내 왓섯습니다.

그러나 이제 모든 운동이 〈신간회(新幹會)〉를 목표로 하고 민족뎍 단일운동(單一運動)이 일어나는 오날 이 마당에서 재래와 가티 너는 너고 나는 나다 하는 싸로싸로의 관렴을 가저서는 안 된다고 생각한 것입니다.

말하자면 〈조선소년련합회〉로서도 반드시 참가하여야 될 신간 운동[13] 즉 민족뎍 단일운동입니다. 이제 리론상으로 보아서는 꼭 이러함에도 불구하고 현실주의(現實主義)를 가진 몃몃 동지는 반대합니다.

---

13 '신간회 운동'의 오식이다.

金泰午, "丁卯 一年間 朝鮮少年運動(一) – 氣分運動에서 組織運動에", 『조선일보』, 1928. 1. 11.

◇ 緖論

朝鮮의 少年運動이 잇슨 後 過去 一年과 가티 熾烈한 째는 일즉이 업섯다고 본다. 熾烈하엿다는 것보다도 思想上의 分野가 잇서 그저 朦朧하야 무어라 指名키 어렵든 過去의 少年運動이 彼我이 分別이 明白해지고 좀더 徹底한 意味가 보이게 되엇다.

一九二六年에 陣容을 整制한 朝鮮少年運動이 一九二七年에 至하야는 그에 一步를 더하야 組織的이엇고 深刻味가 잇섯다. "그저 되나 보자구나" 하든 過去의 氣分 乃至 切利心에 依據하엿든 少年運動이 적어도 一定한 方式 압에서 具體的 打算案을 가지고 當하게 되엇든 것이다.

實로 一年間의 朝鮮의 少年運動은 質로던지 量으로던지 적지 아니한 收獲을 어덧든 것이다.

混沌, 缺裂, 紛亂의 渦中에서 彷徨하든 朝鮮의 少年運動이 全朝鮮少年聯合會를 一線으로 하야 階段을 넘어 그 歸着點을 發見하게 되엇다. 아니 할 수 업스며 짤아 氣分運動에서 組織的 運動으로 方向이 轉換됨에 對하야 確實히 우리는 자랑할 바이며 쏘한 少年團體의 郡同盟이 各地에 組織되고 道聯盟을 일으키게 된 것이라던지 쏘는 職業別의 勞働少年團體가 생긴 것으로 보아 그 얼마마한 長足의 進步를 하얏다 할가!

一九二七年의 朝鮮의 少年運動은 一九二六年 그것에 比하야 實로 隔世의 感이 잇다 할 것이며 더욱히 紀念할 만한 事實이 陰으로 陽으로 發生 쏘는 發育되엇다고 볼 수 잇는 것이다.

이제 過去 一年間의 朝鮮의 少年運動을 至極히 簡單하나마 其 大體만을 分裂에서 統一 —— 方向轉換 —— 實際運動 —— 理論鬪爭의 順序로 論하야 보고저 한다.

◇ 分裂에서 統一로

우리는 一九二七年을 少年의 ××的 結成過程으로 본다. 우리의 唯一한 武器는 團結이다. 團結이란 싸로 생기는 것이 아니요 大衆 自體의 間斷업는 奮鬪에 依하야 戰取되는 것이니 運動이 出發하자 말자 곳 結成될 수 잇는 것이 아니오 여러 가지 大小過程을 지내야 비로소 結成되는 것이다.

그런데 朝鮮少年運動은 미처 그런 過程을 過程하지 못한 것이니 所謂 分裂이 單一 黨線의 編成을 妨害하여 왓다. 그 結果는 實로 運動의 前進을 沮喪하엿나니 一九二七年은 드듸어 運動 自體로 하여금 分裂에 對한 大膽한 開戰을 命하엿든 것이다.

그러나 其後 少年運動에 잇서서는 〈少年運動者協會〉라던가 〈五月會〉가 從來의 派閥的인 '아이쯰'를 揚棄 乃至 克服하고 七月 三十日에 이르러 全 運動을 總體化 執中化하기 爲하야 從來의 軋轢中傷을 超越하야 少年運動의 最高機關인 〈朝鮮少年聯合會〉 發起大會를 六十八個 團體와 四個 聯盟의 承認으로써 六十餘名의 代議員이 侍天教堂에 모힌 알에에 發起大會를 無事히 마치고 創立準備委員 十五人을 選定하야 各其 任務에 當케 되엇섯다.

이것은 두말을 기다리지 안코 必然的으로 그럿케 된 것이니 卽 〈五月會〉對 〈少年運動者協會〉에 對하야 必然的으로 일어나는 刷新派 中間派의 大勢는 이 두 樹立의 存在를 內的으로 必要치 안하얏고 쏘 全 朝鮮 解放運動이 社會主義 對 民族主義의 兩立으로 必要를 늣기지 안코 單一運動으로 展開됨에 쌀아 少年運動의 '모-토'도 決定的으로 社會的 進出을 要求하게 되엇든 것이다.

換言하면 在來의 自然生長期로부터 昨年 七月은 最高 派閥運動의 總決算으로 하고 意義 잇는 組織的 運動期에 들어왓섯다.

十月에 들면서 懸案으로 내려오든 朝鮮少年運動의 總力量을 集中化한 最高本營인 〈朝鮮少年聯合會〉 創立大會는 豫定과 가티 天道教紀念館에서 十六, 十七 兩日間의 會議가 創立되엇나니 이 會集이야말로 朝鮮少年運動

의 歷史的 會議라고 하지 안흘 수 업는 것이다.

그리고 이야말로 離散으로부터 統一에 氣分運動으로부터 組織的 運動에 轉換할 絶對 必要의 當面的 確然性을 가저온 것이다.

◇ 方向轉換

過去의 少年運動은 氣分的으로 少年會 組織 쏘는 雜誌 刊行——卽 다시 밧구어 말하자면 少年保護運動의 進出에 不過하얏든 것이다. 그리하야 이 運動은 何等 思想이나 主義를 加味치 안코 純然한 少年의 趣味增長 學校敎養의 補充敎材를 하여 왓섯든 것은 事實이다.

朝鮮의 社會運動이 自然生長的 組合主義的 ××으로부터 政治運動으로 方向을 轉換하얏다. 다시 말하면 社會主義 對 民族主義의 握手는 쏘한 全 運動의 一部門이라고 할 수 잇는 少年運動까지도 波及케 되엇다. 말하자면 少年運動도 朝鮮 모든 社會運動과 가티 '클라식' 運動에서 大集團的 運動으로 '모토'를 轉換하게 되엇다. 卽 自然生長期로부터 目的意識期에 들어 왓다는 것이다.

〈少年運動者協會〉와 〈五月會〉의 對立은 其 裡面에 엇더한 衝突이 잇섯슴을 말하기 前에 其 重大한 原因은 思想的 分野가 잇섯든 것이라고 볼 수 잇다. 卽 民族主義를 加味한 思想이라든가 社會主義를 標榜한 運動이 엇다. 그럼으로 初期의 必然으로 잇는 分裂이 잇섯다. 卽 五月 一日 "어린이날"을 두고 보더래도 其 醜態를 알 수가 잇섯든 것이다.

客觀的 情勢란 무서운 것이다. 〈五月會〉 對 〈少年運動者協會〉에 對한 各 地方團體의 熾烈한 反對運動이 蜂起하야 그의 中間派는 다시금 大集團 運動을 일으키어 〈朝鮮少年聯合會〉를 創立하엿나니 이것이야말로 少年運動 自體의 內的 發展이라 하겟다. 그리면 方向轉換의 實證的 産物이란 卽 〈朝鮮少年聯合會〉 그것이다.

金泰午, "丁卯 一年間 朝鮮少年運動(二)－氣分運動에서 組織運動에", 『조선일보』, 1928.1.12.

◇ 實際運動

五月 一日의 全 朝鮮의 어린이날 紀念은 每年 宣傳하야 왓스나 丁卯年가티 盛大하게 擧行하기는 過去에 잇서서 일즉이 보지 못하얏다. 京鄕 各地에서 旗行列, 童話會, 講演會, 園遊會 等, 中止, 禁止, 解散裡에 그래도 盛旺하게 擧行되엇다.

京城에서는 五月 三日에 旗行列에 參加한 少年小女가 實로 五千餘名에 達하여 京城 天地를 뒤흔들엇스며 映畵大會 或은 演藝大會는 자못 前에 보지 못하던 盛況이엇다.

그리고 往年 米國人 許時模의 少年 私刑事件[14]을 비롯하야 釜山 大邱 咸興 等 各地에서 發生하얏던 私刑 事件에 對한 各 少年團體의 蹶起는 자못 非常한 氣勢를 보히엇다. 그리고 쏘 少年團體 解體에 對하야는 咸南 洪原事件이 잇섯고 江原道 〈華川少年會〉件에 對하여는 積極的으로 擁護 又는 對抗策을 講究하는 한편 特派員을 派送하야 事件 顚末을 調査하야써 大衆에게 說明 又는 公布하여 어느 程度까지 好結果를 보히엇다. 그뿐만 아니라 大邱 光州 等地의 製糸工場의 少年盟罷事件에 잇서서도 相當히 收獲이 잇섯다고 볼 수 잇는 것이다.

七月에 들며 〈朝鮮少年文藝聯盟〉이 創立되엇고 九月 一日에 朝鮮에 優秀한 童謠作家를 網羅하야 〈朝鮮童謠硏究協會〉가 創立되엇다. 그리고 十月 下旬에 들어가서는 朝鮮兒童에 對한 敎養問題와 根本策이 되는 兒童圖

---

14 허시모(許時模)는 1925년 4월 9일 조선으로 와 安息敎 平南 平原郡 順安病院長이 된 자인데, 병원 내 능금을 아이들이 따 가자 그중 金明燮을 붙잡아 초산은(硝酸銀)으로 양 뺨에 '도적'이라 새기는 사형을 가한 바가 있고 이 사건으로 기소되었다.(論說, 「許時模私刑事件에 就하야－우리 所感의 一二」, 『매일신보』, 26.7.8), (「私刑을 한 許時模 傷害罪로 遂起訴－평양지방법원검사국에서」, 『매일신보』, 26.7.14)

書館을 멧멧 同志들의 손으로 發起하게 되엇다. 이 모든 것을 보아 一九二六年에 比하야는 隔世의 感이 업다고 할 수가 업는 것이다.

◇ 理論鬪爭

理論이 업는 實踐은 妄論이오 實踐이 업는 理論은 空論인 줄을 우리는 잘 안다. 그리고 理論이란 社會運動쑨만이 아니라 少年運動에 잇서서도 絶對不可缺의 것이다.

그러커늘 朝鮮에 잇서서는 從來에 理論이 等閑視되어 왓다. 그러나 그 잘못의 決定的 原因은 少年運動者에게 돌리는 것보다 其 運動自體의 發展 階段이 幼稚하엿다는 것에 돌리는 것이 正當할 것이다. 그러나 過去 一年間의 理論은 相當히 展開되엇다고 볼 수가 잇다.

일즉히 丁洪敎 君이 五月 一日 어린이날을 期하야 方向轉換論을 簡單하나마 쓴 적이 잇는 줄 안다.[15] 仔細히 記憶되지는 아니하나 氣分運動에서 組織運動으로의 方向을 轉換하는 同時에 派別主義를 除去하야 統一的 方向으로 展開하여 나아가자는 것이 그 骨子인 듯십다.

그리고 筆者도「朝鮮少年聯合會 發起大會를 압두고」[16]란 題目下에 일즉히 멧 마듸 쓴 일이 잇섯다.

其 大要는──

朝鮮少年運動은 方今 一大轉換의 必要에 다다랏나니 分立으로부터 統一로의 劃時期的 飛躍이 卽 그것이다. 小黨分立은 運動의 幼稚한 째에만 잇는 것이니 運動의 發展에 딸아서 그것은 쏘한 必然的으로 統一로의 轉換을 要求하게 된다. 漸漸 有力하게 展開 되는 朝鮮의 少年運動은 "分裂에서 統一로"이 重大한 轉換이야말로 全 生命에 關한 一大 重要問題이다. 이 重大한 轉換을 速히 實現시키기 爲하야 傳來의 모든 精神과 싸워서 統一의 旗발로 하여금 우리의 陣頭에 날리게 하자!

---

15 정홍교의「少年運動의 方向轉換 —'어린이날'을 당하야」(『중외일보』, 27.5.1)를 가리킨다.
16 김태오의「全朝鮮少年聯合會 發起大會를 압두고 一言함(전2회)」(『동아일보』, 27.7.29~30)을 가리킨다.

換言하면 朝鮮의 少年運動은 統一的으로…… 組織的으로 —— 計劃的으로 하자는 理論의 展開이엇다.

八月에 崔靑谷 君은 「方向을 轉換해야 할 朝鮮少年運動」[17]이란 題下에 簡單히 中外 紙上에 發表한 것이 잇섯다. 나는 이것을 記憶한다. 其 大意는……

〈朝鮮少年軍〉의 任務 〈朝鮮少年文藝聯盟〉의 任務(其外 一은 생각나지 안는다) 엇재든 朝鮮少年大衆이 無産者인 만큼 小資本主義의 運動으로부터 換言하면 沒落過程에 잇는 少年運動의 '모토'를 轉換하야 無産文學을 少年에게 紹介하자는 것이다.

九月에 들며 申孤松 君의 少年雜誌 讀後感을 비롯하야 果木洞人, 筆者의 兒童讀物 選擇에 對한 論文이며 宮井洞人과 赤兒 君의 雜誌 總評이라던가 實로 볼만한 것이 만헛섯다.[18]

年終에 臨迫하야 洪銀星 君의 「少年運動과 그의 文藝運動의 理論確立」[19]이란 論文을 發表한 것을 안다. 그리고 同 君 對 赤兒 君의 理論鬪爭이 엇섯다. 筆者는 무엇보다도 洪 君의 意見이 나와 가틈을 보고 未知의 健實한 同志임을 밝혀둔다. 꾸준히 努力하기를 바란다.

◇ 結論

여러 가지 環境이 少年運動을 일으키게 한 것은 確然한 일이지마는 그러케도 ×××의 高壓이 잇슴에도 不拘하고 反動分子(灰色分子)이 沮害가 잇

---

17 최청곡의 「方向을 轉換해야 할 朝鮮少年運動(전2회)」(『중외일보』, 27.8.21~22)을 가리킨다.

18 신고송의 「九月號 少年雜誌 讀後感(전5회)」(『조선일보』, 27.10.2~7), 과목동인의 「十月의 少年雜誌(전5회)」(『조선일보』, 27.11.3~8), 김태오의 「(學藝)心理學上 見地에서 兒童讀物 選擇(전5회)」(『중외일보』, 27.11.22~26), 궁정동인(宮井洞人, 洪銀星의 필명)의 「十一月 少年雜誌(전5회)」(『조선일보』, 27.11.27~12.2), 적아의 「十一月號 少年雜誌總評(전8회)」(『중외일보』, 27.12.3~11)을 가리킨다.

19 홍은성의 「少年運動과 그의 文藝運動의 理論 確立(전4회)」(『중외일보』, 27.12.12~15)을 가리킨다.

슴에도 不拘하고 얼마 되지 안는 짧은 동안에 今日의 延展을 보게 된 것은 그 얼마나 반가운 일이냐.

經濟的 政治的 ××××의 ××에 ××하는 朝鮮 ××은 恒常 生活不安과 思想의 苦痛으로 不滿의 氣分과 態度를 取치 안홀 수 업섯다. 이러한 生活을 背景으로 한 우리는 오로지 少年 及 幼年의 敎養, 訓練에에 가장 細心의 注意를 가지고 少年運動을 일으키어 왓다.

不過 六七年의 歷史를 가진 朝鮮의 少年運動이 偉大한 形跡은 업섯스나 過去 一年의 朝鮮少年運動을 總觀하면 氣分에서 組織으로 ── 分立에서 統一로 ── 運動의 陣容이 整頓된 點이 업지 안타. 이에 轉換期를 넘는 朝鮮의 少年運動이 小數 思想家의 손을 써나 農村에서 工場에서 街路에서 實際的으로 展開되어야 할 것이니 이곳 少年運動의 民衆化가 그것이다. …(完)…

金泰午, "少年運動의 指導精神(上)", 『중외일보』, 1928. 1. 13.

朝鮮의 少年運動이 잇는 後 過去 六七年間 어느 程度까지는 發展이 잇섯스나 넘우나 混沌 缺裂 紛亂의 渦中에서 彷徨하얏든 것이 事實이다. 그러나 過去 一年間의 少年運動은 質로든지 量으로든지 적지 아니한 收穫을 어덧다고 아니할 수 업스며 一九二六年의 그것에 比하야 隔世의 感이 잇다 할 것이며 더욱이 紀念할 만한 事實이 陰으로 陽으로 發生 又는 發育되엇다고 볼 수 잇다.

氣分에서 組織運動으로, 自然生長期로부터 目的意識期로 왓다. 다시 말하면 過去의 自然生長期로부터 昨年 七月 三十日을 期하야 最高 派閥運動의 總決算을 하고 意義잇는 組織的 運動에 들어왓다는 것이다.

從來의 朝鮮少年運動에 잇서 其 指導精神이 넘우나 混沌狀態에 沒落되어 아모 主義主張이 업시 理論確立을 볼 수 업섯든 것이 九月에 잡아들어 漸次 理論鬪爭이 展開되어 各自의 意思別論으로 少年運動과 兼하야 少年文藝運動에 對한 理論이 展開됨에 싸라서 만흔 興味를 끌게 되엇다.

現下 朝鮮少年의 指導精神에 對하야 나는 이제 簡單하나마 적어 보려고 한다.

少年은 靑年보담 한거름 더 느저서 將來에 잇서서 社會經營의 責任을 擔當할 이들이다. 俗談에 "사람 될 것은 쩍닙부터 안다"고 하는 것과 가티 어렷슬 째에 한번 精神이 바로 박히면 그것이 퍽으나 힘잇게 그 一年生 行路를 決定하는 것이니 이러한 點을 生覺할 째에 社會의 將來에 對하야 向念하는 사람이면 누구나 그 敎養 指導에 等閑視할 수 잇스랴!

그럼으로 우리는 어느 곳에 잇서서던지 初等敎育이라는 것이 國民敎育으로 되어서 或은 義務的으로 或은 勸誘的으로 되어 그 普及에 向하야 必然的으로 努力할 것이니 그것은 참으로 當然한 일일 것이다.

그리고 第二國民으로써 任務를 가지게 된 少年은 여긔에 必然的으로

初期運動의 中心이 靑年運動이 되는 同時에 少年運動의 任務가 甚히 重大하여지는 것이다. 더구나 改革的 任務가 잇서서 그러하나니 中國의 國民革命運動이 아즉까지 學生運動을 그와 가장 重要한 部門으로 알고 잇고 勞農露西亞에서 少年 及 幼年의 教養訓練에 가장 細心의 注意를 하고 잇슴은 우리의 잘 아는 바이다. 그러면 朝鮮의 少年運動에 잇서서 그 指導精神은 어쩌하여야 할가! 여긔에 나는 長遑히 말코저 안커니와 現實을 無視하는 少年運動은 民族的 一部門으로의 少年運動의 任務를 遂行하지 못할 것은 明白한 事實이다.

金泰午, "少年運動의 指導精神(下)", 『중외일보』, 1928.1.14.

이 點에 잇서서 우리는 靑年運動과 少年運動에 關하야 그의 根本的 指導精神에 잇서서 어쩌한 特殊한 差別을 두고저 아니한다. 다시 말하면 少年運動도 다른 모든 運動과 가티 그의 指導精神을 樹立함에 잇서서 무엇보다도 留念하여야 할 것은 朝鮮民族의 現實的 環境이 되어야 한다.

或者는 少年運動의 本意가 天眞性의 涵養에 잇다 한다 하야 現實에 置重함을 反對한다. 그러나 少年運動의 任務가 第二國民으로의 教養에 잇고 現實을 써나서 살 수 업는 民族的 生活이 不可能한 것은 누구나 否認치 못할 事實이기 때문이다.

朝鮮의 情勢는 時時刻刻으로 變한다. 階級과 階級의 戰線은 나날이 急迫해 온다. 이때에 다만 情緒運動에만 安住할 수는 업는 것이다. 過去의 運動은 일로써 淸算해 버리고 다시금 新方向을 展開하지 아니하면 안 될 것이다.

朝鮮의 少年이 八, 九割은 無産者인 만큼 그들은 農村에서 都會의 工場에서 過重한 勞役과 酷毒한 危險 알에 울고 부르짓고 잇지 안흔가? 그날의

糊口의 糧을 免치 못하여 조밥이나마 변변히 어더먹지 못하는 오늘날의 現實을 어더캐 보는가? 現實 그것이 달려드는 것이다.

勿論 少年과 幼年은 靑年과 달라서 趣味로써 쓰을고 그의 天眞性을 涵養함에 不絶히 留意하여야 할 것이다. 그러나 여긔에만 執着됨으로 指導精神을 閑却하고 말은 根本精神을 이젓다 아니할 수 업슬 것이다. 그럼으로 우리는 戊辰年[20]을 際하야 特히 이와 가튼 指導精神에 留念할 것을 少年指導者 諸氏에게 말하야 둔다.

或者는 少年을 敎養하는 機關이 完備되면 特別히 少年運動이라는 것이 그 必要가 업스리라 한다. 그것도 어느 程度까지는 主張될 말이다. 그러나 學校敎育 以外에서 어더질 少年의 訓練이라는 것을 이르킬 수 잇는 것이니 '샌이스카우트' 가튼 것은 그러한 意味에의 少年運動이라고 볼 수 잇다는 것이다. 그러나 現下 朝鮮에 잇서서의 少年運動이라는 것은 그 指導精神이 '샌이스카우트'와는 顯著히 다를 것이 잇서야 할 것은 重言할 必要가 업다는 것이다.

朝鮮의 少年運動은 民族的으로 社會的으로 世界大勢의 必然에 應하야 人類解放의 浩大한 精神에 依하야 指導하지 안흐면 안 될 것이니 換言하면 人類의 最高 理想으로부터 흘러 내려오는 光線을 비롯하야 그것을 비최어 보아서 갈 길을 차저내지 안흐면 안 될 것이다.

朝鮮少年의 環境은 그것에 그대로 相應해 나갈 性質의 것이 아니다. 何如間 그 指導精神에 잇서서 만흔 理論鬪爭이 公開되어야 하겟고 쌀하서 指導精神을 確立하야 참으로 眞正한 意味에 잇서서 解放된 世界平和와 人類의 幸福을 爲하야 努力하는 것이 되어야만 할 것이다.

그럼으로 이와 가튼 重大한 使命을 지고 나갈 鬪士들은 모든 難關을 물리치고 꾸준히 싸와 나아감에 반듯이 成功이 잇슬 것으로 밋는다.

一九二七. 一. 二〇

---

20 1928년을 가리킨다.

洪銀星, "少年運動의 理論과 實際(一)", 『중외일보』, 1928. 1. 15.

一. 序論

나는 일즉이 『中外日報』 紙上에 「少年運動과 그의 文藝運動의 理論 確立」[21]이라는 것을 써썻다. 그것을 쓸 때에 結論에 잇서서 完全한 結論을 짓지 안코 조금 模湖히 中斷한 것을 요지음 더욱 늣기게 되엿다.

그때에 그 本文에도 後日을 期約하기로 하얏지마는 나는 그 論文에 잇서서 만흔 同志들의 理論鬪爭이 잇기를 바래섯다. 그리고 그와 함께 우리 少年運動과 그의 文藝運動이 具體的 理論이 確立하기를 企待하얏섯다. 그러나 于今것 엇던 同志의 새로운 理論도 업고 또한 나는 그 먼저의 抄한 一文이 未備한 點이 만흔 것을 새삼스럽게 더 깨닷는 것보다도 쓰지 안흐면 안 된다는 一種 義務感이라고 할 그 무엇이 잇기 때문에 鈍한 붓, 쏘는 粗雜한 붓을 쏘 드는 바이다.

그리고 이제 抄하는 一文이 지난번 『中外日報』 紙上에 上程하얏든 論文——「少年運動과 그의 文藝運動의 理論 確立」——과 連鎖的 關係를 가지고 잇는 것을 알어주어야 한다.

이제 우리의 모든 運動——朝鮮에서 일어나는 一般 解放運動——은 方向을 轉換하면서 整理期 組織期에 한거름 한거름 내놋는 째임으로 결코 少年運動이라고 等閑視하야서는 안 된다. 누가 等閑視하고 잇는 바는 아니지마는 내 自身에 잇서서는 少年運動을 等閑視하는 것 가티 늣겨지는 때가 만타. 그것은 直接 少年運動者로서 或은 理論만을 置重하는 이도 잇고 或은 實際만을 置重하는 이도 잇서서 그 正確이라고 할 만한 理論과 實際를 못 볼 째에 더욱이 同志들이 참되게 少年運動의 研究를 안이한다는 게 늣겨지며 쌀하서 等閑視하게 보는 것 가티 된다는 말이다.

---

21 홍은성의 「少年運動과 그의 文藝運動의 理論 確立(전4회)」(『중외일보』, 27. 12. 12~15)을 가리킨다.

그럼으로 나는 이 一文을 抄함에 잇서서 반듯이 우리는 少年運動의 對하야 엇더한 理論 엇더한 實際를 갓지 안허서는 안 된다. 곳 말하자면 우리는 반듯이 正確한 理論 正確한 實際를 찾지 안흐면 안 된다. 그것은 우리가 늘 말하는 少年運動도 社會的 情勢 쏘는 內在的 矛盾에 依하야 方向을 轉換하지 안흐면 안 될 過程에 잇기 때문이다. 말하자면 다른 一般 우리의 運動과 가티 우리의 少年運動도 가장 貴重한 '모멘트'에 섯기 째문이다.

그러면 우리는 如何히 이 貴重한 '모멘트'를 認識하야 把握하겟는가. 이것이 내가 屢屢히 말하는 바와 가티 同志들의 不屈의 努力과 勇敢한 理論 鬪爭이 아니면 아니 될 것이다.

그러기 째문에 우리는 한 問題에 對하야 얼마든지 싸워야 한다. 지난번 나의 發表한 論文이 決코 完全한 論文이 아니라는 것을 認識把握하야 가지고 果敢히 鬪爭하는 곳에 우리의 少年運動의 對한 □平한 理論이 잇스며 쏘한 進展이 잇다고 하는 말이다.

이에 쌀하 이 論文이 쏘한 □平한 指導理論이 되기를 나는 企待하야 마지안흐나 나 個人으로는 그러나 이것도 正鵠이 아니라는 反撥의 理論이 잇서 鬪爭할 時는 우리의 그만큼 硏究力이 클ㅅ지며 彼此의 把持하고 잇는 바 各自의 見解가 누가 올코 누가 그른 것이 나올ㅅ지며 쌀서 主體의 理論이 잇을 줄 안다.

洪銀星, "少年運動의 理論과 實際(二)", 『중외일보』, 1928.1.16.

조금 脫線에 가까운 序論을 느러노앗다. 그러나 나는 把握하고 잇는 바 '이데올노기'에 依하야 論文이나 말에 展開될 것임으로 別로히 脫線된 잘못은 잇지 안흐리라고 생각한다. 자 그러면 本論으로 들어가자.

二. 少年과 幼年의 反別[22]

이 小題目──少年과 幼年──은 조금 뒤지고 날근 듯한 늣김이 들지만은 우리의 少年運動에 잇서서 —— 在來의 少年運動 —— 늘 少年과 幼年을 混同해 너엇다.

그리하야 少年도 幼年으로 取扱밧을 째도 잇고 幼年이 少年의 取扱밧을 때도 잇섯다. 말하자면 뒤죽박죽 범벅이라고 할 만치 混亂狀態에 잇섯다.

그리하야 나는 이 小題目이 조금 뒤느진 늣김을 먹으면서도 아니 쓸 수 업게 되엇다.

文學上 乃至 作品上에는 問題가 되지 안치만치 直接 少年을 쓸게 필째 問題되는 것이다. 例하면 우리가 童話口演이라든가 童謠口演을 할 째 問題되는 것이다. 말하자면 實際 運動上에 큰 問題되는 것이다. 그째에 짜라서 童話나 童謠나 乃至 童詩 對話劇을 變하겟지마는 그러케 쉬웁게 師年과[23] 少年이 갈나저서 모히는 법이 업다. 그리고 童話作家나 童謠作家가 통트러 少年作品 쓰는 이가 그저 漠然하게 少年에게 넑히는 것이다. 쏘는 나의 藝術感도 아주 無視할 수 업다 하야 作者 各個가 아는 少年 —— 偶像 —— 을 세워 놋코 自己가 感興된 藝術慾을 그 속에 너허 發展하게 된다. 말하자면 少年과 幼年이 區別되지 안이함에도 不拘하고 或은 少年의게 맛게 혹은 幼年의게 맛게 써 논는다. 이러기 째문에 우리의 少年運動과 그의 文藝運動은 水平線 以下에서 놀게 된다.

우리는 무엇보다도 核心問題가 年齡에 잇다. 이 年齡을 反別[22] 整理하지 안코는 少年運動이 如何히 힘을 들일지라도 아무런 效果를 내일 수 업는 것은 贅論을 不待할 것이다. 그러면 우리는 如何히 하여야 우리 少年運動의 核心問題인 年齡問題를 解決할가 論議되지 안홀 수 업다.

이러기 째문에 우리는 먼저 어느 곳 —— 멧 살 —— 이 幼年이고 어느 곳까지가 少年이라는 것을 階段的으로 嚴正히 쏘는 正確히 세우지 안흐면 안 된다. 그러자면 아즉까지 朝鮮에는 幼年에게 對한 一部 階級에 盲目的 態度, 甚한 이는 "재농거리"로만 아시는 父老에게 이것을 그러치 안타는

---

22 일본어 '단베쓰(たんべつ[反別, 段別])'로 보인다. "구별, 나눔"의 뜻이다.
23 '幼年과'의 오식이다.

幼年의 社會的 地位를 確立식혀야 한다.

우리가 少年問題를 論議할 째 얼버무린 것도——幼年을——잘못이다. 그것은 반듯이 區別해내지 안흐면 아니 될 것임에 不顧하고 얼버무린다.

나의게 생각으로는 五歲로부터 十歲까지를 幼年期로 하야 이들로 하야 文學上보다도 입으로 童謠이라든가 童話를 만히 들녀줄 必要가 잇다. 아니 꼭 그래야 할 것이다. 그리고 日本의 그것과 가티 (꼭 그것과 가티 하라는 말이다. 그것보다 나어도 좃코 그것 비스름하야도 좃타.) 繪本[24]을 맨드러서 보히는 것이 반드시 잇서야 하겟다.

이제 엇써한 少年雜誌를 내놋코 보면 幼稚하기 짝이 업는 것도 실여 잇슬려니와 高尙하기 짝이 업는 것이 실여 잇다. 말하자면 먼저도 말한 것과 가티 뒤범벅이다. 小學校 一, 二學年生도 닑을 수 잇게 된 것도 잇고 高普校 一, 二學年도 닑을 만한 것도 잇다.

勿論 朝鮮은 義務敎育이 업는 以上 골고루 文化가 普及되리라는 것이 問題 되는이만큼 農村에서는 三十이나 된 이도 少年雜誌를 닑고 잇다. 이것도 모든 것이 特殊한 朝鮮에 社會制度에 關連된 일이겟지만 우리는 우리로서의 主體가 되어서 이것을 校正해 놋치 안흐면 안 된다. 그러기 爲하야는——이것을 整理, 校正——먼저도, 곳곳이 말하얏거니와 幼年이라는 짠 部門을 쩨어 노하야 한다. 그러고 넘우들 少年雜誌 云云하고 少年雜誌만을 經營하지 말고 幼年雜誌——繪本 가튼 것——를 發行하고 그 다음 現今 少年雜誌 編輯者는 幼年 닑기에 갓가운 것은 실지 안는 것이 조켓다.

—— (續) ——

---

24 '에혼(えほん)'은 일본어로 "그림책"이란 뜻이다.

洪銀星, "少年運動의 理論과 實際(三)", 『중외일보』, 1928.1.17.

이곳에 굿하여 어느 少年雜誌의 것은 少年讀物이 아니고 幼年讀物이라
는 것을 指摘하고 십지는 안타마는 너무 만흔 것은 事實이다. 그의 整理方
法으로는 우에 말한 것을 要約하야 말하면 年齡을 區別하야 모든 作品 또
는 集會까지 짜로 짜로 하야 混同이 업고 發展에 支障이 업다는 것을 말하
고 이 項은 맷것다.

　　　三. 少年文藝의 基準

　在來에는 少年文藝의 對한 基準이 업다고 하야도 過言이 안일 만치 粗雜
하얏섯다. 甚한 例로는 戀愛小說 또는 이와 類似한 種類를 것침업시 실고
도 泰然自若하얏다. 그러든 것이 지난해부터 우리의 運動이 組織期에 드러
오니만치 이런 것들을 等閒히 볼 수는 업게 되엇다. 이 點에 잇서서 어린
同志 申孤松 君의 讀後感[25]이라는 것이 얼마마한 보배이며 또한 壯擧인지
도 모를 것이다. 그리고 그 뒤밋처 果木洞人, 赤兒[26] 等等의 것이 다들 一面
一面의 批評基準은 잇섯든 것이다. 굿태여 그들 批評이 鑑賞批評이니 藝術
批評이니 하고 評에 對한 評을 하고 십지 안흘 뿐 아니라 紙面關係도 잇스
니 그것은 고만두거니와 그들 批評이 少年雜誌 經營者 또는 그의 編輯者의
게 만흔 反省과 改良을 준 것은 속일 수 업는 事實일 것이다.

　그러나 아즉 少年運動이 組織期에 드러가자마자 하는 過程에 잇는이만
큼 少年文藝에 對한 基準이 正確하지 못하며 딸하서 그의 批評基準도 正確
하지 못한 것은 否定할 수 업는 일이다. 그러면 우리는 組織期에 드러오는
一方便으로 또는 묵은 모든 것을 整理하는 方便으로 少年文藝의 基準을
세우는 것도 無謀의 일, 無用의 일은 안일 것이다.

---

25 신고송의 「九月號 少年雜誌 讀後感(전5회)」(『조선일보』, 27.10.2~7)을 가리킨다.
26 과목동인의 「十月의 少年雜誌(전5회)」(『조선일보』, 27.11.3~8), 적아의 「十一月號 少年
　雜誌總評(전8회)」(『중외일보』, 27.12.3~11)을 가리킨다. '果木洞人'은 연성흠(延星欽)의
　필명이다.

在來의 基準이 잇다는 사람들의 것이 勸善懲惡的 또는 趣味的이라고 하면 新生할 朝鮮 未來를 憧憬하는 理想的이라든지 또는 朝鮮人 一般의 共通된 主義의 基準을 要求하여야 할 것이다.

우리가 藝術이라는 것이 社會를 써나 存在해 잇지 안흐니만큼 少年大衆을 써난 運動 乃至 文藝는 必要를 늣기지 안흘 것이다. 아니 업서도 조흘 것이다.

그러면 우리는 十歲 以上 十八歲 乃至 二十歲까지를 少年의 年齡으로 標準 삼고 그 다음 新生할 朝鮮, 更生할 朝鮮의 國民이 될 만하게 하지 안흐면 아니 될 것이다. 이러기 爲하야는 在來의 것으로부터 우리가 解決할 수 잇는 範圍 안에서 좀 더 一步를 내켜 드듸여야 하겟다.

말하자면 社會現象을 主로 한 文學과 가티 우리는 少年大衆의 現象을 먼저 考察하야 이곳에 맛는 文學이어야 한다. 어느 째이든지 問題는 大衆이나 民衆을 主體로 하고 論議됨과 가티 少年問題에 잇서서도 또한 그런 것이다.

그러나 指導者 卽 前衛에 잇서서는 또한 前衛의 對한 自體의 敎養이 업고는 墮落하고 말 것은 누구나 다 알 것이다. 그러면 우리는 가장 最善의 方便, 또는 手段은 少年大衆을 일치도 안코 또한 自體의 敎養도 밧어야 할 만한 그러한 方向 우에 스게 된다.

그러기 째문에 우리는 少年文藝現象에 잇서서 먼저 基準을 세워야 된다. 決코 永久不變의 基準이 아니다. 적어도 組織期에 드러온 少年運動으로서 가저야 基準이다. 우리는 戀愛라든가 그 우에 戀愛의 類似한 讀物을 排擊하자는 議論이라도 集團的 大團의 名義로 制約해 노아야 한다. 그리고 짜로히 少年文藝의 基準이 될 만한 것을 〈朝鮮少年文藝聯盟〉에서 자조자조 討論하지 안흐면 안 된다.

洪銀星, "少年運動의 理論과 實際(四)", 『중외일보』, 1928.1.18.

우리는 반드시 橫的으로 〈별塔會〉〈색동會〉〈꼿별會〉 무엇무엇하는 少年
文藝運動의 指導的 地位를 가지고 잇는 小集團을 한곳으로 모아야 한다.
그러치 안코는 少年文藝의 基準을 세울 수도 업는 것이오 세워지지도 안는
것이다. 쏘한 少年文藝 執筆者가 따로따로 헤여저 잇는 만큼 少年雜誌의
對한 影響이 크다. 말하자면 少年雜誌 經營者에게 私利나 競爭的 販賣政
策에 올너 안게 된다. 우리는 먼저 少年運動을 如何히 하여야 될가. 그다음
少年運動을 하자면 少年雜誌에 對한 우리의 前略을 如何히 세워야 할가
問題되는 것이다. 우리는 主體가 少年運動에 잇고 쏘한 少年大衆에게 잇고
一二個의 雜誌에 잇는 것이 아닌 것을 알어야 한다. 그러기 爲하야는 小集
團의 〈꼿별會〉〈별塔會〉〈색동會〉를 當然히 解體하고 반드시 〈朝鮮少年文
藝聯盟〉을 支持하여야 된다.

그의 따라서 우리는 少年文藝의 基準을 完全히 正確히 세울 수 잇는 것
이다. 나는 늘 主張하야 마지안는 바이지마는 在來의 모든 一切의 것은
〈朝鮮少年聯合會〉와 〈朝鮮少年文藝聯盟〉으로 結合 集中되지 안흐면 完全
한 方向, 完全한 基準을 세울 수 업는 것이다. 우리는 모름직이 在來의
小市民的 小集團을 버리고 〈朝鮮少年文藝聯盟〉으로 結合하야 完全한 少
年文藝의 基準을 세우기를 論하야 마지안는다. 그러치 안흐면 完全한 基準
은 바랄 수 업는 것이다. 그리고 우리는 지금부터도 少年文藝가 少年大衆
의 現象을 主로 한 基準인 것을 이저서는 안 된다. 이것을 좀더 組織的
俱體的에 잇서서 반드시 大團을 要求한다는 말이다.

四. 少年과 家庭

在來의 少年과 家庭과의 關係는 隨處에서 呶呶히 말한 바도 잇지마는
"在下者有口無言"이라는 마치 鐵則 가튼 嚴格한 律法 밋헤서 지내 왓고
비록 現今에 思潮를 多少間이라도 안다는 분도 曰 "學校工夫도 다 못하는
데 少年會란 무엇이냐. 少年雜誌란 무엇이냐. 네가 만약에 優等을 하고

그것을 본다면 或是 許諾할는지 몰으지마는 밤낮 及第끌지, 落第만 하는 주제에 少年會이니 少年雜誌이니 하는 게 다 무엇이냐 하는 바람에 아무 抗拒도 못하고 쥐 죽은 듯이 자저진다. 이만침 少年에게 對한 理解가 不足한 以上 少年雜誌를 父兄이 사다 준다고 하면 이것은 마치 奇蹟的의 것일 만치 드문 바이다.

우리가 그리고 우리가 얼는 쉬웁게 發見할 수 잇는 것이 또 하나 잇스니 그것은 鐘路 네거리나 쏘 그 外 다른 큰길거리에서 幼年이나 少年을 爲하야 玩具商이 업는 것이다. 近年來에 '부테풀' 商會라든가 무엇무엇하는 것이 잇지만 이것은 日本의 작난감 西洋의 작난감을 混合해 논 外來種의 玩具商이다. 純粹한 朝鮮式의 玩具는 차저볼내 차저볼 수 업는 것이다. 만약에 억지로라도 朝鮮 幼少年의 玩具를 찾는다면 "조갑지" "쌈팽이" "기와장" "바둑돌" 이따위 것뿐이다.

洪銀星, "少年運動의 理論과 實際(五)", 『중외일보』, 1928.1.19.

이런 것을 보드래도 朝鮮 父老가 子弟敎育에 잇서 實際 方面은 조금도 着眼치 안엇다고 하야도 過言이 안일 만치 等閑하얏다. 그저 五六歲만 되면 『白首文』『類合』『童蒙先習』『孝經』 等만을 强制 注入하얏고 버더 나갈 힘 쏘는 兒童에게 趣味 實益을 줄 만한 것은 除外되엇든 幼年 少年은 敎養不足보다도 自然히 몰으는 결을에 "골샌님"이 되어서 셋만 모힌 데를 가도 얼골이 밝개지고 넷만 모힌 데 가도 말을 못하고 나려오다가 學校敎育이란 新制度의 敎育을 밧게 되며 多少 "골샌님" 範圍에서는 脫却된 세음이다. 그러나 이번에는 前者와 正比例로 學校 敎科書 萬能主義다. 甚한 분은 自己自身이 學校敎育을 改良하야 하느니 革新하여야 하느니 하면서 自己 아들 보고는 少年會나 少年雜誌 보는 것을 禁하는 분도 잇다.

내 自由를 尊重히 알면 남의 自由도 尊重히 알어야 될 것이다. 이런 말과 가티 어린이도 한 個의 人間인 以上 이를이[27] 監督하는 範圍 안에서는 少年會나 少年雜誌를 넑도록 하여야 할 것이오 幼年에게는 人形 한 게라도 사도[28] 줄 만하여야 할 것이다.

前述한 情勢를 鑑하야 우리는 眞實과 誠意로써 少年을 對함과 가티 少年의 父母의게 對하여서도 그러하여야 할 것이다. 在來의 "어러니 大會"[29] "아버지 大會"의 方式도 조키는 좃치마는 우리는 좀 드러가서 直接 少年의 父母 되는 이를 차저보고 不斷히 宣傳하고 理解 식히지 안흐면 안 된다. 그러기 爲하야는 在來의 少年이 或是는 家庭을 隱匿식히고 少年會니 少年雜誌를 오거나 넑다가 叱責을 當케 하지 말고 少年會를 오면 오고 少年雜誌를 넑으면 넑게 少年의게 父母의게 잘 아시도록 指導하지 안흐면 안 된다.

이러기 째문에 우리는 少年과 家庭을 區別치 말고 家庭을 少年보다도 더 宣傳에 努力하여야 한다. 이것이야말로 少年大衆의 모듸고 안 모히게 하는 關鍵을 가진 곳이다. 그리고 우리는 힘자라는 데까지는 幼少年이 가지고 놀 만한 玩具와 이와 類似한 意義 잇는 遊戲는 만히 創案 硏究하지 안흐면 안 된다.

五. 結論

나는 이번은 좀 다른 째보다 具體로 論하려고 매우 힘썻다. 그러나 나는 언제든지 그러치마는 써 놋코 보면 未備하고 性急히 한 구석이 만히 잇다. 그리하야 어쩐 째는 不快를 늣기는 적도 잇다. 그런데 이번 쓴 것이 썩 具體的으로 못된 것을 또 恨하지 아니할 수 업다. 그리하야 이다음 좀 더 具體로 論하려 하고 이곳에는 이만 두거니와 우리는 自然生長的 少年運動으로부터 組織期에 드러온 것으로 이저서는 안 될지며 少年運動이 朝鮮民族 解放運動의 하나인 만큼 그 任務를 이저서는 안 된다.

---

27 '이들이'의 오식으로 보인다.
28 '사다'의 오식으로 보인다.
29 '어머니 大會'의 오식이다.

더 자세히 말하면 朝鮮 少年만으로 뒤에 처질 必要도 업거니와 少年만으로의 解放 되는 것도 안임으로 普遍 妥當性을 몰나서는 아니 되며 또한 그와 함께 少年運動은 少年運動의 特殊體系가 잇서서 少年運動으로부터 脫線한 理論과 實際가 있는 때는 果敢하게 鬪爭하지 아니하야서는 아무런 進展이 업는 것이다.

짤하서 이 理論이 同志 諸君의게 만히 論議하기를 바라고 擱筆한다.

—— 冷房 무궁화社에서 ——

崔靑谷, "少年運動의 當面 諸 問題(一)", 『조선일보』, 1928.1.19.[30]

一. 序 ─ 이 問題의 意義

조선소년운동은 가장 약하고 약한 진영(陣營)을 형성하고 잇습니다. 조선 모든 운동─맨 밋층에서 자라는 만침 진실로 이 운동을 위하야 노력하는 분은 적으나 공헌히 시시비비 하시는 분은 매우 만습니다.

소년운동이 소년의 막연한 의사와 막연한 주장을 그 운동자로 대신하야 운동이 전개(展開)되는 줄을 몰으고 자긔의 독단과 소년운동의 근본사명과 내지 계단(階段)은 조곰도 돌보지 안코 대담하게 운동을 전개한다고 하면서 한 사람 두 사람의 무지하고 계획 업는 행동은 금방 소년운동에 해를 박게 하니 이것이 소년의 의사를 어느 정도까지 시인하고 한 노릇인지는 몰으겟습니다.

분명한 의식과 주장으로 대한다면 몰으겟는데 맹목뎍이요 독재뎍이요 전재뎍인 소년운동자가 얼마나 잇슬른지 구구히 이곳에서는 말삼을 피하나 소년운동을 위하신다는 말 조케 운동자의 양심의 고백을 희망하길 마지안습니다.

얼마만한 그 진영으로 얼마만한 그 주장으로 얼마만한 성의로 소년운동자의 행세를 하는지 조선 모든 운동을 통하야 소년운동은 진실로 한심하기 마지안습니다. 팔구년이란 소년운동으로써 조선은 매우 북그러운 뎜이 만습니다. 혹은 자긔의 변명의로 구구한 수작도 할 수는 잇스나 조선 전례로 보면 소년운동은 진실한 일꾼이 그리 업섯씀으로 이 사람 손에서 저 사람 손으로 그야말로 조선의 희망과 세계의 희망을 좌우하고 일어나는 맨 밋층 운동이면서도 맨 웃층 운동이라고 할 수가 잇는 "소년운동"은 운동이라고 말까지 붓치기 황송할 만치 가엽고 억울한 과정을 과정해왓습니다.

---

30 '崔靑谷'은 최규선(崔奎善)의 필명이다.

소식(局外內)통은 매일 수십 까지의 국내외에서 질의를 하나 그중에서 사실 몃 가지를 실행을 하엿는지 어린 소년을 대하기 미안하고 일반사회를 대하기 쏘 미안스런 일이 만헛습니다.

특별이 우리로써 능히 할 수 잇는 가장 좁은 범위를 가지고 긔분과 긔분에서 헤매이는 그 운동자는 수십 가지의 결의를 짝 맛치고 그 다음에는 엄몰엄물하는 곳도 업섯다고는 할 수 업슬 것입니다.

지금에 와서 지난 것을 되푸리한다고 한들 아모 소용이 업슴으로 "지난 것은 모도 다 이지고 압날을 준비하자!" 하는 의미에서 몃 가지쯤 쓰려고 합니다.

물론 지금 쓰는 것이 조선소년운동으로써 가장 필요하다고 인증 밧을 전톄덕 됴건은 아니나 현실주의 입장에서 쓴다고 하는 것은 미리 말슴해 둠니다.

쏘한 조선 전톄의 소년 운동정세(運動情勢)를 구톄덕으로 종합은 못하얏스나 몃 군대의 것을 표준으로 전톄덕으로 언급함을 마지안습니다.

분렬파 리론가 여러분은(一部分) 조선소년운동에 현실주의란 대톄 무엇 하시면서 성급하신 반박도 미리 생각하면서 자신의 의사로만 쓰렵니다.

"소년운동의 역활이 역활인 만침 그에 언급하실 분은 누구를 물론하고 소년운동의 특수성 (特殊性)을 이저서는 안 됩니다. 소년운동은 아즉 정통덕 리론 확입이 못 되고 산산조각인 리론을 가지고 잇는 운동인 만큼 매우 주의를 해야 할지며 '맹목덕 좌익 소아병[31]'을 퇴치해야 할 것이 가장 급한 문톄의 한아라 할 수가 잇습니다."

---

31 1920년 레닌(Vladmir Lenin)이 발간한 『공산주의에 잇어서의 좌익소아병(The Infantile Sickness of 'Leftism' in Communism)』에서 처음 사용한 말이다. 공산주의 혁명 활동에는 어떤 타협도 있을 수 없다고 하는 좌익 편향을 일컫는 용어다.

崔靑谷, "少年運動의 當面 諸 問題(二)", 『조선일보』, 1928.1.20.

二. 細胞組織의 根本的 再組織

세포 진영은 일개 소년 단톄의 말슴입니다.

경성에서 디방에싸지 그 소년 단톄의 수는 통계를 꾸밀 수 업슬 만치 만흐며 대외로 표시는 안 하나 몃 소년의 가(假)집단도 매우 만습니다.

그러나 금일싸지에 엇더한 조직톄로 나려온 것인가 하는 것은 매우 주목할 바입니다.

지금에 잇서서 좀 더 우리의 소년운동을 널리기 위하야서는 위선 이 조직톄를 아니 말슴할 수가 업습니다.

사실상으로 소년운동의 근본적 사명과 근본덕 의식을 가지고 나온 소년회가 얼마나 만흐며—맹목덕이요 아모 주견과 주장이 업시 단지 어린 소년이 모히니싼 소년회라고 일홈을 부친 곳이 얼마나 만흔지—이것은 두말할 것 업시 맹목덕이요 무주견으로 소년단톄를 조직한 곳이 나는 더 만흐리라고 밋습니다.

이것이 우리 소년운동자로서의 솔즉한 량심의 고백일지며 긔운찬 운동을 전개하기 위하야서는 숨길 수 업는 뎐통덕인 사실일 것입니다.

그쑨 아니라 이 운동이 아모 탓 업시 학대와 구박으로 자라는 조선 소년! 갈스록 추악성은 그대로 자라며 어린 소년의 인간성을 축방하는 것이 비법이며 도저히 용서할 수 업는 일이라 하면서 몃 동지의 의견은——少年解放——少年擁護——를 불으지즈며 이러난 소년운동이엇슴으로 봉건사상에서 신음하는 가뎡과는 하등의 관계를 맺지 안코 소년운동이 오늘싸지 널으럿든 것이 아마 유리한 말슴일 줄 압니다.

그러나 종교(宗敎) 방면의 일홈 준 소년운동은 지금 우리가 부르짓고 나려온——少年解放——少年擁護——의 근본정신이 업는 것이나 텬도교와 시텬교(天道敎 及 侍天敎) 이 두 종교계의 그 소년운동은 우리와 한가지로 나려왓다고 하는 것은 미리 알어 두서야 합니다.

외뎍(外的)으로는 다소의 심하실 분도 계실 것이 사실이나 우리 소년운동 전톄와 한결가티 발을 마추며 〈조선소년련합회〉를 지지하고 나가는 현상입니다.

소년운동이 발서 칠팔년 동안을 지내온 것이 지금에 잇서서 엇더한 효과를 매젓느냐고 뭇게 되면 나는 이러케 대답하렵니다.

朝鮮少年運動은 封建的 思想과 抗爭함으로써 出發한 것이나 何等의 家庭과 아모 連絡을 못하고 그 家庭의 눈을 避하야 少年을 容納하엿스니싸 情勢는 出發 當時보다도 보잘것이업스며 눈쓴 知識階級조차 이 運動을 眞實로 認識치 아니함으로 第一線에선 그 運動者도 할 수 업시 機會主義로 化하려는 것 갓습니다. 그리고 好果로는 第一線에 선 그 運動者의 苦痛밧는 그것뿐이지요 할 싸음입니다.

우리의 소년운동이 그래도 장구한 력사를 가지고 잇느니만치 오늘에 잇서서는 소년 단톄의 조직을 근본뎍으로 새로 편성하는 것이 가장 급합니다.

지금의 소년 단톄의 조직으로는 도뎌히 엇지할 수가 업습니다.

다소 운동이 퇴보(氣分的이나마) 되드래도 새로운 운동을 전개하기 위하야——少年과 그 家庭을 本隊로 이 운동을 전개하는 분은 前衛隊로 이러케 그 가뎡과 쩌나면 안이 될 만치 우리 소년 단톄의 재조직이 필요합니다.

집안을 몰래 나와서 소년회로 오는 그 소년으로 목뎍의식이니 방향전환이니 하는 말을 듯고 볼 째 엇지도 무지한지 아니 우슬 수가 업습니다.

급히 말슴하면 靑年運動에 잇서서를 소년운동에 잇서서——단지 청년을 소년으로 글자만 박구어 사상서적에서 번역하기에 애를 쓰며 소년운동의 실제를 무시하는 망론자도 만흔 것이 사실입니다.

"〈조선소년련합회〉 교양부 위원인 金泰午 氏의 행동도 그러하니 소년운동을 좀 더 연구한 뒤에 교양부 위원이 되엇스면 합니다."

제 아모리 쩌든다 할지라도 소년운동이 요구하지 안는 것은 소용이 업습니다. 우리는 가뎡과 소년을 본대로——그 운동자를 전위대로 소년 세포 진영을 새로 편성하는 것이 무엇보담도 급하다고 밋습니다.

崔靑谷, "少年運動의 當面 諸 問題(三)", 『조선일보』, 1928.1.21.

三. 中央機關에 再組織

세포진영(個體團體)을 소년과 그 과정을 본대로——운동자를 전위대
——재편성을 하는 것이 절대로 필요하다는 것은 우에 말한 것이나 그 세
포단톄를 모아 논 그 중앙긔관도 스사로 재조직이 될 것은 물론이나 지금에
잇서 중앙긔관에까지 언급하기가 매우 골난한 것이 온갓! 사실임으로 중앙
긔관은 차차 실행하드래도 중앙긔관으로서는 이것을 필셜덕으로 인식하고
운동을 일으키여야 할 것이나 지금까지 〈조선소년련합회〉는 창립한 지가
불과 멋 달이 못 되나 세포진영으로서 막연하나마 불평을 가지고 잇슴으로
세포단톄를 용납지 못하는 그 중앙긔관은 맛치——中國政府와 가틈으로
세포단톄가 중앙긔관을 중심으로 운동을 전개할 수 잇슬 만한 수정 정책을
수립해야 할 째입니다.

〈조선소년련합회〉는 사실상으로 말하면 조선 소년단톄를 모아 논 데에
끈첫스며 아모 의의를 갓지 못한 것도 사실입니다. 전 조선의 소년단톄가
모힘으로써 경성에 잇서 아모 주장 업시 분립을 고집하든 〈朝鮮少年運動
協會〉〈五月會〉의 싸홈을 죽인 것이 오로지 〈조선소년련합〉[32]의 창립일 것
입니다.

어느 분은 이러케 말슴합니다.

"〈朝鮮少年聯合會〉는 〈朝鮮少年運動協會〉와 〈五月會〉가 在來의 分立을
克服하고 形成 乃至 創立하엿다고."

이것은 분명이 발긔과정(發起過程)을 모르고 그러켓지 하는 자신의 주
장을 토하는 것이나 발의만은 〈오월회〉가 한 것은 사실일 것이지마는 발긔
대회를 맛칠 째까지의 모든 사정은 兩 곳의 분도 아마 몰을 것입니다.

대단한 소리 갓흐나 〈오월회〉와 〈운동자협회〉[33]가 합침으로(어느 정도까

---

32 〈조선소년련합회〉의 오식이다.

지는 그럿치만) 〈조선소년련합회〉가 창립된 것은 아니고 전조선소년단례가 엉킴으로써 그 대세에 극복하고 자긔네의 무주견을 반성하고 진실한 운동 단례로 난온 것이 〈朝鮮少年聯合會〉 發起大會에 참석한 것입니다.

그것은 발긔대회를 열기까지에 복잡한 내용은——過去는 一切 否認——이라는 표어 밋헤서 고만두는 것이 필요할 줄 밋습니다.

그리고 〈조선소년연합회〉는 복잡하고 복잡한 그 가온대에서 몃 동지의 독단덕 전횡(專橫) 밋헤서 회의를 맛첫슴으로 第二 — 第三 — 의 중앙집행위원회는 고만 류회를 먹음고 去年 十月 十六, 七日의 대회가 맥킨 것을 금년 초닷샛날에 이르러 중앙상무위원회의 결의를 보앗스니 그중에는 英雄的 心理運動을 橫切하는——無智한 동지도 간혹 잇겟스나 대다수는 그 째 창립대회 당시의 불평으로 일절 중앙긔관의 명령을 우서 바림으로 인한 초긔의 운동은 더 보잘것이업습니다.

그러면 엇더케 하면 조흘 것인가? 하여간 창립대회에서 불평을 사게 할 것은——準備委員이면서 現委員——인 경성의 간부 전례가 총사직(總辭職)을 단행하고 비간부파로 하여금 〈조선소년연합회〉를 재조직케 함이 우리 소년운동 초긔에 잇서서 가장 큰 문례의 한아입니다. 몰으고 그러는 곳도 잇겟스나 소위 리론가를 가진 그 단례도 중앙긔관을 등한시하고 독단으로 취하는 행동은 참아 현 경성의 잇는 위원으로서는 볼 수가 업습니다.

연합회를 조직(創立大會)할 쑤 업는 깁흔 사정이 잇서 그대로 창립만 하여 두자 하는 경성창입위원의 현실주의파와 현실주의란 대례 무엇하는 파냐는 수머 잇는 불평은 대회 그 이튼날부터 폭발된 것 갓습니다.

디방에서 오신 분으로는 상당한 주장이나 일단 가입을 맹세하고 가튼 길로 나가자고 한 이상에는 철두철미 중앙긔관을 상대로 싸워야 할 것이며 외덕으로 남의 일가티 비평만 하는 그 심사를 버리기 바랍니다.

례일회의 명긔대회가 금년 삼월 중순이면 열릴 것이니깐 일반 가맹 단례는 이 그릇된 행동을 곳치기 위하야 힘 잇고 굿세고 용감한 리론덕 전개가

---

33 〈조선소년운동자협회〉가 온전한 명칭이다.

잇기를 마지안슴니다. 초긔에서 신임을 못 밧는 경성 재적의 위원은 소년운동의 실천덕 전개를 위하야 지금까지의 모든 책임을 지고 총 사직으로 〈소년연합회〉를 재조직할 의무가 잇슴을 인식해야 합니다.

崔靑谷, "少年運動의 當面 諸 問題(四)", 『조선일보』, 1928. 1. 22.

三. 無智한 方向轉換의 意味

일즉이 조선의 모든 운동에 잇서 방향전환론이 일어나자 그 방향전환의 의미는 소년운동에까지 언급하게 된 것은 넘우나 새삼스런 말슴 갓슴니다.

일명한 시긔를 기다려 방향전환을 주창하는 것은 대톄 무엇인지 방향전환긔 하고 써드는 소년운동자의 망동은 참으로 아니꼬아 못 견듸겟슴니다.

조선의 모든 운동이 방향을 전환하니까 우리 소년운동도 방향을 전환해야 하겟슴니다 하는 그 정톄는 미리 짐작할 수는 넉넉하오나 얼마만한 소년운동의 조직을 가지고 방향전환을 의미하고 포고하는지 재래의 소년운동이 어는 것이 民族主義 社會主義로 보엿는지 나는 반문하길 마지안슴니다.

어는 때든지 주의라는 것은 필요하지마는 소년운동에 잇서서 대담스런 少年運動의 方向轉換 하고 불으짓는 그분이 얼마나 소년운동의 정세와 그 대세를 인식하고 하는 말인지 福本[34] 氏의 方向轉換을 읽고 그것을 少年에게 빗취여 말슴하십니가? 하고 나는 반문할 책임을 갓고 잇슴니다.

지금에 와서 달은 운동이 말한다고 소년운동도 가티 말할 수는 업슬 것이지요.

소년운동은 아즉것 정통덕 조직톄를 못 가젓스며 진실한 그 운동도 업다

---

34 '후쿠모토 가즈오(福本和夫)'이다. 루카치(G. Lukacs)의 영향을 받은 후쿠모토가 '方向轉換 (redirection)'이란 용어를 처음으로 사용했다.

고 싣어 말할 수 잇는 이째에 目的運動期 方向轉換期 이것이 무슨 말슴에
요. 이것은 미래에 잇서 우리가 마지할 것이고 지금에 잇서서는 우에서
말슴한 것과 가티—家庭과 少年이 本隊로—運動表를 前衛隊로—힘 잇
게 조직을 아니하고서는 아모 소용이 업슬 것입니다.

소년운동은 달은 운동과 특수한 것이 만흐나 그중에 중한 것은 이 운동은
소년으로써 막연하게 깨닷고 막연하게 요구하는 것을 그 전위로 사명을
하는 것인 만큼 소년운동자 소년 가운데로! 소년 가운대로! 들어가 소년의
전톄 의사를 넉넉키 대표할 수가 잇서야 합니다.

방구석에 안저서 책이나 읽엇다고 무엇이 엇더니 무엇이 엇더니 하는
實際를 몰으고 소리치는 英雄 行動은 단호히! 물리칠 것입니다.

아모리 소년운동에 나슨 분이라 하드라도 소년운동의 계단!을 무시하고
독재덕! 주견은 쓸대가 업슴니다.

지금의 소년운동이 붓으짓고 싸워야 할 것은 오즉 소년운동의 조직 문데
에 잇슬 뿐입니다.

소년은 저만쯤 잇는대 운동자만이 방향을 전환한다고 하면 엇지한단 말
슴임니까?

우리는 위선 소년을—獲得—할 구톄덕 조직을 힘써야 할 것입니다.

공현한 공상에서 버서나 실제덕으로 그리고 대중덕으로 우리 소년운동
을 전개하기 위하야—組織問題—로 리론덕 전개가 잇기를 무엇보다도
질겨 하는 바입니다. 엇째짜고 소년운동이 방향전환?

四. 結論

소년운동으로서 당연이 가저야 할 "當面 諸問題"는 이것쑨만이 아닐 것
입니다. 운동자의 태도조차 선명치 못하고 빈 간판으로 작난 삼아 직키고
잇는 단톄도 업지는 안켓지요. 그중에 잇서서 번역주의 리론은 소년운동에
까지 언급하는 이째라 매우 소년운동에 당면한 분으로서는 가장 주의를
하서야 할 것입니다.

"新聞에 글 쓸 時間은 잇스나 會議 參席 與否의 通信하실 時間은 업스시
겟지요. 某 同志여!

이 압으로 우리의 할 일은 만흐니 만침 운동을 전개하겟다고 나온 여러 동지는 될 수 잇는 대까지 힘을 쓸 의무가 잇기를 항차! 영웅심리를 그대로 가지고 잇는 심사는 무엇인가? 소년운동의 현상이야말로 한심한 처디에 잇슴이니 즉— 人物難 財政難—이것이일 것이다. 지금이 어느 째인 줄 몰으고 넘우 지나치는 그 리론! 내지 본 바를 대중에게 발포함은 자긔의 죄를 감춤이나 조선의 맨 밋층인 소년운동에서부터 철뎌덕이요 규측덕으로 성의것 이 운동을 길으길 全小年運動 同志에게 眞心으로 哀訴합니다!" ＝ 씃 ＝

方定煥, "天道教와 幼少年 問題", 『新人間』, 1928년 1월호.[35]

特히 우리 教內 幼少年 指導教養 問題에 關하야 늘 생각하는 바 意見을 쓰려고는 오래 前부터 벼르면서도 점점 손이 적어지고 점점 더 밧버지는 開闢社의 일에 부닥기노라고 時間을 엇지 못해 오던 次 이번 『新人間』의 新任 主幹 春坡[36] 兄의 感謝한 催促을 밧아 그 一端을 쓰려 하면서 亦是 年終 가장 밧븐 때이라 塞責으로 題目만 써 밧치게 되는 것을 여러분과 쏘 春坡 兄께 謝합니다.

第一 첫재 어린 사람에게는 어른(成人)의 세상과는 全혀 짠판인 조곰도 갓지 안코 짠판인 世上 하나가 짜로히 잇는 것을 幼少年 對하는 사람은 잘 알아야 합니다. 이것을 모르고 어른이 어른 自己 世上읫 것으로 어린 사람을 對하는 故로 十이면 十 모다 失敗하고 마는 것임니다.

五六歲의 어린 사람에게 사람을 하나 그려 보라 하십시요. 그 아해는 반듯이 이 그림처럼 얼골 밋에다가 목아지 가슴 배를 다 쌔버리고 직접 얼골 밋헤 두 다리와 두 팔만 그림니다. 사람은 목아지가 업스면 죽슴니다. 팔이 업거나 다리가 업시는 살 수 잇서도 가슴이나 배가 업스면 살지 못합니다. 그런데 어린 사람은 것침업시 그것들을 쌔버리고 두 팔꼿 손가락(手指) 다섯씩은 정성스럽게 그려 놋슴니다. 이것이 무슨 까닭인지 이 까닭을 잘 알어야 어린 사람을 對할 자격이 잇는 것임니다. 어른도 그럿치만 어린 사람의 생명은 움즉(活動)이는 것임니다. 그들의 생활로 움즉이는 것뿐임니다. 그러기에 어른은 한 時間이라도 감안히 안젓슬 수 잇지만 어린 사람은 잠이 들기 전에는 단 一二분 동안도 바스럭대지 안코는 못 견듸는 것임니다.

---

35 원문에 '어린이 主幹 方定煥'이라고 되어 있다.

36 '春坡'는 박달성(朴達成)의 필명이다. 박달성은 〈천도교청년회(天道教青年會)〉를 주도한 사람 중의 하나이다. 『개벽(開闢)』의 창간 동인이었고 『학생(學生)』과 『신여성(新女性)』의 편집 겸 발행인이었으며 『어린이』 편집에도 참여하였다.

그런데 얼골에 눈섭과 귀와 코는 움즉이지를 안는 고로 어린 사람의 세상에서는 존재의 인정을 밧지 못합니다. 그러닛가 눈이나 입이 보일 째 눈섭도 코도 보이지만 어린 사람은 그것을 긔억하지 안는(이상 34쪽) 고로 그림 그릴 째에 나오지 안는 것이요 눈은 부즈런이 쌈박쌈박 쌈작어리고 입으로는 부즈런히 사탕이나 엿을 먹어 드리는 고로 활동을 하는 것인 고로 그 긔억이 무엇보다도 분명할 것입니다. 목아지와 가슴과 배가 아모리 중하여도 그것은 어른들의 말이지 아모 활동이 업는 고로 어린 사람에게 렴려업시니 저버림을 밧는 것입니다. 팔과 다리는 부즈런이 움즉이는 것이요 그中에도 손가락은 다섯 개가 신통스럽게 쉴 새 업시 움즉이는 고로 무엇보다도 그것을 정성스럽게 그리는 것입니다.

행실 낫븐 女子가 남편에게 들켜서 내외싸흠 하는 것을 처음브터 긋까지 말그럼이 구경하고 와서도 어른 갓흐면 "아모개의 녀편네가 외입을 하다가 들켜서 그 남편에게 두들겨 맛드라고" 가장 흥미 잇게 이약이할 터인데 어린 사람은 서방질이니 외입을 햇느니 하는 소리를 모다 듯고 와서도 말을 옴기되 "복동이 어머니가 복동 아버지의 심브림을 아니햇다 막 째려 주어요" 합니다.

서방질이니 외입이니 하는 말을 귀가 압흐게 듯고 왓지만 그런 것은 어린 사람의 세상에 아모 상관업는 것이닛가 아모리 들엇서도 그의 머리속에 들어가지 안흔 싸닭입니다.

이약이가 저절로 기러젓습니다만은 어린 사람의 세상에 통용되지 안는 말은 암만 소중한 이약이라도 그 머리에 들어가지 안는 것입니다. 드를 째에는 눈을 쌈박―쌈박 모다 듯고 잇는 것 갓지만은 하나토 그 머리에는 안 드러가는 것입니다. 교회에서 시일(侍日)날 강도를[37] 좀 쉬웁게 하면 부인네짜지도 알아드를 수가 잇슴니다. 그러나 어린 사람에게는 절대로 드러가지 아니합니다.

---

[37] '시일(侍日)'은 "천도교에서, '일요일'을 달리 이르는 말"이고, '강도'는 '講道'로 "교리를 알기 쉽게 설명하는 일"이란 뜻이다.

그러닛가 아모리 우리의 욕심이 급하여도 교리나 교회 력사가 그대로 어른이 자긔 지식만 가지고 그냥 해 주는 것이 그들의 머리속에 들어가지 아니하는 것이요 그것을 억지로 너어주잔 즉 하폄만 하다가 다라나고 그 다음브터 오기를 질기지 아니함니다. 그러닛가 우리로서 第一 급한 것은

敎理와 敎會史의 童話化

임니다. 우리가 우리의 교리를 가지고 남의 나라에 가서 포교를 하려면 그 나라 말을 배호고 그 나라 말로 번역해 가지고 가야 할 것과 맛찬가지로 어린 사람의 세상의 통어를 배호고 그 세상식으로 꿈여가지(이상 35쪽)고 가야 할 것임니다. 쓴 약이 病에 이(利)롭다고 그냥 퍼 먹이려면 먹지도 안코 억지로라도 퍼 먹이면 금시 토해 버려서 아모 소용도 업시 됨니다. 그러닛가 아모리 조흔 약이라도 어린 사람에게 먹일 째에는 사탕칠을 하거나 엿에 다 싸서 먹여야 함니다.

금년 一년에 우리는 무슨 방법으로던지 특별한 위원(委員)과 특별한 시간을 작만하야 교리와 교회사를 동화(어린 세상의 論文)로 꿈여야 하겟슴니다. 그럿치 안코는 어린 사람의 侍日學校나 少年會가 正말 실속 잇게 시작되기 어렵슴니다. 아모리 힘을 써도 대신사, 해월신사, 의암성사가[38] 어린 사람과 친해질 수가 업슴니다.

우리 교리 더구나 파란 만흔 東學史를 童話化해 노앗스면 오작 좃켓슴닛가. 그럿케 되면 어린 사람뿐 아니라 鄕村 婦人네와 鄕村 農民 포교에게도 만히 리용될 것임니다. 되나 못 되나 그럿케 좀 꿈여보려고 생각은 하지만은 나는 開闢社의 밧븐 책임을 진 몸이요 쏘 그 일이 달달이 쫏기고 쫏기여 씃날 날이 업는 일인 故로 도뎌히 되지 못하고 잇스나 금년 새해 一년 쏘 어물어물하다가는 참말 안이 되겟슴니다. 여러분과 함께 특별 위원과 특별 시간을 억지로라도 지여볼 도리를 연구해야겟슴니다.

---

38 '대신사'는 동학의 창시자인 최제우(崔濟愚)를 높여 이르는 말이고 '해월신사'는 동학의 2대 교주 최시형(崔時亨)을, '의암성사'는 3대 대도주(大道主) 손병희(孫秉熙)를 가리킨다.

幼少年 年齡 問題

그 다음에는 년령 문뎨인데 나는 열 살까지는 普通 童話로 그냥 해야겟고 敎會的 指導는 氣分으로만 해야 할 줄 암니다. 그 以上은 절대로 무효임니다. 氣分的이란 그냥 텬덕송[39]을 깃븐 마음으로 갓치 부르게 한다던지 天日, 地日, 人日[40] 긔념을 퍽 조흔 명절로 알게 한다던지 세상은 텬도교 판이요 텬도교가 第一인 줄 알게 하는 것임니다.

그리고 열 살까지에 이약이를 잘 드를 수 잇는 버릇(基礎 밋천)을 지여 가지고 十一歲부터 童話化한 敎理와 敎會史를 너어 주기 시작하여야 할 것임니다. 그러면 절대한 효과를 볼 것을 불보다 더 확실히 밋고 봄니다.

발서 밤 새로 두 時임니다. 다른 것이 밀려 잇스니 이번에는 이걸로 용서를 밧고 氣分 지도에 관한 말슴은 요다음에 해 보겟슴니다. (끗) (이상 36쪽)

---

39 천덕송(天德頌)을 가리킨다. 천덕송은 "천도교에서 한울님의 덕을 찬송하는 노래"이다.
40 '천일(天日)'은 천도교의 창건을 기념하는 날로, 교조 최제우가 도를 깨달은 날인 4월 5일이고, '지일(地日)'은 '천도교의 제2세 교조 해월(海月) 최시형이 제1세 교조에게 심법을 이어받았음을 기념하는 날로, 1863년 8월 14일'이며, '인일(人日)'은 '천도교에서, 제3 교조인 손병희가 제2 교조에게서 도통을 이어받은 기념일로 12월 24일'을 가리킨다.

洪銀星,"少年聯合會의 當面任務－崔靑谷 所論을 駁하야－(一)", 『조선일보』, 1928.2.1.

一. 緒論

나는 隨處에서 少年問題에 對하야 論文을 發表하엿다. 그것은 少年問題를 새로히 喚起하자는 쯧은 아니엇섯다. 다만 在來의 少年問題에 對하야 이제는 自然生長期를 지나 目的意識的 組織期에 들어왓다. 이 말은 곳 우리 朝朝少年運動을[41] 方向을 轉換하지 안흐면 안 된다는 말이엇섯다. 그러나 今年에 접어들어 金泰午 氏의 「丁卯 一年間의 朝鮮少年運動」이라든가 쏘는 同 氏의 論文 「少年運動의 指導精神」[42]을 論할 째 나는 그의 만흔 誤謬를 發見하엿다. 그러나 그의 大體의 體系에 잇서서는 그리 脫線치 안헛고 쏘한 어느 程度까지 是認할 點도 잇서서 나는 그것을 그대로 默過하엿다. 만약 이러한 것이라도 그냥 默過하엿다는 것이 過失이 아니냐 하면 나도 少年運動을 하겟다! 하는 信念에 잇서서는 過失이라고 늣겨진다.

그런데 近間 『朝鮮日報』 紙上에 崔靑谷 氏의 「少年運動의 當面 諸問題」[43]가 上程 되엇섯다. 나는 일즉 崔 氏에게 對한 企待가 만헛는이만큼 그의 論文을 熟讀하엿섯다. 그러나 그의 論文이 小市民性的이오 無體系이오 一種 中傷的 形態도 씌인 것이 잇서서 나는 다시금 그것 —— 崔 氏의 論文 —— 을 檢討하면서 더 나가서는 駁하면서 그의 無體系的 쏘 小市民性的 觀念을 째트리며 한편 그의 觀念에 바로잡힌 同志를 救出하지 안흐면 안 될 것을 늣기엇다.

그리고 내가 以來 發表한 論文에 잇서서 大槪는 汎論을 써 왓다. 다시

---

41 '朝鮮少年運動을'의 오식이다.

42 김태오의 「丁卯 一年間 朝鮮少年運動－氣分運動에서 組織運動에(전2회)」(『조선일보』, 28.1.11~12)와 「少年運動의 指導精神(전2회)」(『중외일보』, 28.1.13~14)을 가리킨다.

43 최청곡의 「少年運動의 當面 諸問題(전4회)」(『조선일보』, 28.1.19~22)를 가리킨다.

말하면 直接 組織體 (〈朝鮮少年聯合會〉 또는 〈朝鮮少年文藝聯盟〉)에까지
는 言及한 일이 업섯다. 그리하야 나는 直接 組織體까지 論義하려든 次에
崔 氏의 所論이 發表되엇슴으로 밧븐 중임에도 不拘하고 鈍筆을 또 들엇
다. 그리고 나는 늘 말하는 바이지만 나의 論文에 잇서서 體系가 업다거나
現今에 當面한 少年運動에 對하야 正視 또는 正論이 못 될 것 가트면 具體
的으로 檢討하야 주기를 誠心으로 바라서 마지안는 바이다. 그러나 世間에
서는 往往히 自己의 實力 如何는 不問하고 그저 후려째리면(體系가 잇든
지 업든지) 그는 무슨 凱旋將軍 가튼 늣김을 가지는지 몰으겟지만 좀 더
考察하고 좀 더 硏究하야 讀者로 하야금 우슴을 사지 안케 하고 또한 論文
은 責任이 잇는 것을 알어서 그 다음 그 다음 나올 順序를 定해 두어야
한다. 나는 나의 性急한 것을 스스로 鞭撻하야 마지안흐나 間或 性急을
表現하게 됨으로 뉘우치는 째가 만다. 그러나 世間에는 나 以上으로 性急
하고 나중에는 輕擧妄動하는 사람이 만허서 近來의 論文은 論文다운 氣分
이 거의 업다고 하야도 過言이 아닐 만치 辱論文이 發表된다.

洪銀星, "少年聯合會의 當面任務 – 崔靑谷 所論을 駁하야 – (二)",
『조선일보』, 1928.2.2.

우리는 決코 주먹과 辱으로 익이려고 하여서는 匹夫之勇에도 尤甚한 者
일 것을 認知하여야 하겟고 또한 誠意잇는 運動者의 態度가 아니다. 우리
는 늘 反省하야 참다운 運動者 되기를 힘써야 한다.
또한 同志 間에 잇서서는 自尊心보다도 謙遜하는 態度가 만허야 할 것이
다. 그와 反面에 理論이나 實踐을 다른 사람보담 만히 하기를 힘써야 할
것이다. 말이 만히 線 박그로 흐른 곳이 만타. 그러나 나로서는 이러한 말을
아니 쓸 수 업는 그러한 늣김을 자아내기 째문에 쓴 것이다. 그러면 本論으
로 드러가서 우리는 果然 如何히 하여야 朝鮮少年運動을 現今의 境地로부

터 잘 展開할가. 다시 말하면 在來의 自然生長的 運動을 揚棄하고 目的意識性的 組織期에 運動을 할가 함이다.

이러기 爲하야서는—— 目的意識性的 運動을 하기 爲하야는—— 在來 諸氏의 發表된 諸 論文과 崔 氏의 所論「少年運動의 當面問題」를 駁하여서 順次 具體로 論議하고자 한다. 그러면 本論으로 드러가겟다.

二. 方向轉換의 再論

前項 辯論에도 말하엿지만 崔 氏의 所論의「少年運動의 當面 諸問題」는 처음부터 現階段의 少年運動을 規定치 안헛다. 元來의 崔 氏의 認識錯誤는 現階段의 少年運動이 如何한 것이라고 規定치 안헛기 째문에 그의 論文은 體系를 일엇다. 그의 認識은 그의 論文(少年運動의 第二項 ‘細胞組織의 根本的 再組織’(‘細胞團體의 根本的 再組織’일 것이다. 傍點 洪)이라는 곳에 崔 氏는 말한다. "朝鮮少年運動은 封建的 思想과 抗爭함으로써 出發한 것이나 何等의 家庭과 아모 連絡을 못하고 그 家庭의 눈을 通하야 少年을 容納하엿스니까 情勢는 出發 當時보다도 보잘것이업스며 눈뜬 智識階級조차 이 運動을 眞實로 認識치 아니함으로 第一線에선 그 運動者도 할 수 업시 機會主義로 化하려는 것 갓습니다. 그리고 結果로는 第一線에선 그 運動者의 苦痛밧는 그것 쑨이지요 할 짜음입니다."

이곳에 發露된 그의 小市民性的 認識錯誤된 點을 우리는 볼 수 잇는 것이다. 勿論 처음에 朝鮮少年運動이 外來的 資本主義 近代 自由思想으로 出發하야 封建 舊習의 저진 父老에게 抗爭하엿는 것이다. 그리하야 朝鮮의 輸入된 少年會運動은 自主國 運動으로 볼 것 가트면 ‘쏘이 스카우트’가 될 것이엇스나 朝鮮의 經濟的 形態는 必然的으로 ××××× 리알리즘을 少年會라 畸形的 形態로 낫타나게 된 것이다. 그러나 現今에 朝鮮의 客觀的 情勢는 資本主義의 ××인 近代 勞働者가 産出됨과 짤아 勞働 少年을 낫게 되엇든 것이다. 그러면 그 本質에 잇서서 客觀的 情勢는 崔 氏가 말한 바와 가티 보잘것업스며 分散的인 것은 事實이다. 그러나 氏의 認識은 이러치 안코 少年만을 解放하려는 少年을 爲한 少年運動을 하려고 한다. 그 것은 少年運動 가트나 少年運動은 아니다. 卽 朝鮮의 客觀的 情勢는 朝鮮

人이 ××××××××××이니만큼 이 ××로부터 ×××××되지 안흐면 決코
朝鮮 少年만이 ××될 수 업는 것이다. 그러기 째문에 우리는 朝鮮少年을
보는 觀點을 朝鮮人이라는데 出發하여야 한다. 마치 女性運動이나 白丁運
動이 人間的 待遇 奪還으로부터 運動하는 그런 運動——人間的으로 認識
해 달나는——으로부터 一步前進한 運動이다. 그러기 째문에 朝鮮少年
도 朝鮮 天地에 써러지자마자(出生되자마자) ×××階級의 子息이다. 이리
하야 普遍 安當性的 ××은 少年에게도 밋치는 것이다. 例하면 現今 ××學
校의 政策的 ××이 그것이 ×××××이냐. 이러한 普遍的 ××을 不拘하고
다만 朝鮮人 封建 勢力에서 脫却하자는 運動은 벌서 現階段에 와서는 아
무런 價値가 업다는 이보다도 그 鬪爭에 對像이 朝鮮 父老階段에 잇는 것
이 아니라 더 나가서 ×××××의 對한 ××이기 째문에 우리는 在來의 運動
을 自然生長期的 運動이라고 보는 것이다.

다시 말하면 처음에는 封建主義에 對한 抗爭이엇스나 이제는 封建主義
에 對한 抗爭이 아니라 ××主義에 對한 抗爭이다. 決코 少年이라고 少年을
拘束한다고 하는 一念에만 着眼하여서는 아무런 效果가 업는 것이다. 다만
少年을 保護하는(極히 消極的) 말하자면 少年 擁護가 少年을 趣味增長식
히고 少年의 氣槪를 기흔다는[44] 것보다도 少年이 버더나갈 바 길을 열어야
할 것이다. 이것을 崔 氏는 左翼小兒病이라고 하는 거은 모르나 決코 朝鮮
人이 ××되지 안코는 한 部分에 朝鮮 少年만히 ××되는 것이 아니오. 쏘한
朝鮮만이 ××되엇다고 世界平和가 到來하는 것은 아니다. "肝要한 問題는
世界 ××에 잇다"는 말과 가티 決코 朝鮮 少年의 目標는 다만 少年會로
少年을 모아 노키만 하는 것이 問題가 아니다. 少年을 如何한 意識으로
모하 노흘가 如何한 意識으로 모흘가이다.

---

44 '기른다는'의 오식이다.

洪銀星, "少年聯合會의 當面任務－崔靑谷 所論을 駁하야－(三)", 『조선일보』, 1928.2.3.

그러기 째문에 먼저 우리는 粗雜한 頭腦를 所有한 少年運動 前衛隊를 깨끗이 分離 克服시킬지 안흐면 안 된다. 우리는 少年을 모흐기 前에 理論을 세워야 하고 쏘한 現階段이 朝鮮에 對한 如何한 階段인 것을 認識하여야 한다. 먼저도 말하엿거니와 우리는 在來의 資本主義的 自由思想에서 ××××××思想으로 飛躍한 것을 몰나서는 안 된다. 家庭과 少年과의 關係 究明도 반드시 在來의 그 父老를 對抗하는 自體 認識의 運動이 아니라 그 父老階級과 連絡된 ××××運動의 一部門이라는 것다.

이곳에 崔 氏의 認識이 在來 自由思想에서 움지긴 少年指導者의 態度라는 것이다. 더 자세히 말하면 在來의 運動을 一切 否認한다고 하면서 새로운 理論을 가진 것이 아니라 在來의 運動을 새로운 形態로 되푸리하는데 不過하는 것을 아는지? 崔 氏에게 뭇고 십다.

이리하야 우리는 在來의 運動을 漠然한 非組織的 少年運動이라는 卽 自然生長期 運動이 라는 것이오 現今의 運動을 目的意識期 運動 卽 在來의 것으로부터 方向을 轉換하여야 할 運動이라는 것이다.

三. 少年聯合會의 任務

少年運動의 當面問題라는 崔 氏의 〈朝鮮少年聯合會〉의 任務를 볼 것 가트면 一. 細胞團體의 再組織과 二. 中央總機關의 再組織을 要求하엿다. 그 理由로는 一은 七零八落의 少年會와 朝生暮死的 少年會 例하면 夏期放學時 가튼 째는 웃적 늘럿다가 다시 開學 時期가 되면 우수수 解體하는 말하자면 眞正한 少年會가 못 되고 假字 少年會가 만흐니짜 다시 再組織을 하야 참다운 堅實한 少年會를 만들어 統計表 하나이라도 完全히 쑴이자 하는 말이며 二은 이러한 것을 包容하고 잇는 것은 반드시 解體하고 새로운 참다운 組織을 밟자 함이다.

余는 이 再組織 問題에 잇서서는 多少 同意하는 바이다. 그러나 우리는 늘 잘 알고 잇는 事實이 잇지 아니한가. 卽 우리는 理論이 업는 實踐은 妄動이오 實踐이 업는 理論은 空論이란 것이다. 그리기 째문에 崔 氏의 理論이 업고 다만 實踐만이 잇다. 實踐만을 高調하는 그분들에게 잇서서는 必然的 妄動이 되기 쉬운 것이다. 우리는 먼저도 말한 바와 가티 理階段을 究明하고 그 다음 客觀的 情勢를 斟酌하야서 이곳에서 理論을 가저오는 것이다.

다시 말하면 우리는 少年運動을 如何히 定義할가. 그다음 우리는 少年運動을 如何히 展開시킬 것인가. 또 그다음 우리는 少年運動을 如何히 하여야 成功할 것인가 하는 것을 몰나서는 아니 된다는 말이다. 그러면 余는 이제 少年運動에 잇서서 다른 朝鮮의 모든 ××運動과 가티 被××階級 被××××이라는 것을 몰나서는 아니 된다. 그 ××의 程度에 잇서서는 靑年이나 壯年과는 다으다. 그러나 普遍性에 잇서서는 마찬가지다. 그러면 우리는 이 少年運動이라는 것과 全 ××××運動과 連鎖關係가 잇는 一環에 堂堂한 것이다. 그리하야 나는 靑年運動과 少年運動을 ×× 程度로 區別하야 國際的 民族的의 ××은 小할지나 少年에게 잇서서는 弱少民族 또는 ×××階級이라는 것은 맛찬가지다. 그리고 靑年에게 對해서 밧는 ×× 또는 父老에게서 對하는 壓迫은 特殊한 朝鮮임으로써 그것이 잇는 것이다. 다시 말하면 아즉도 封建的 因襲에 저진 少年에게 대한 迫害는 잇는 것이다. 이것을 崔 氏는 主體로 말하고 한 말이나 實相 主體는 그것이 아니다. 더구나 現階段에 와서는 그것이 主體커녕 問題도 아니 될 만한 境遇에 잇는 것이다. 이러기 째문에 余는 崔 氏를 小市民性的 理論이오 同時에 小市民性的 實踐이라고 하는 것이다. 더 나가서는 崔 氏는 資本主義 '리알리슴'에 갓가운 것이라고 하고 십다.

洪銀星, "少年聯合會의 當面任務－崔靑谷 所論을 駁하야－(四)", 『조선일보』, 1928.2.4.

다시 問題를 돌러서 方今의 少年運動의 定義를 말하면 그것은 必然的으로 ××××××에 對한 抗爭的 運動이다. 同時에 ××××××의 共鳴하는 父老階級에 對抗하는 運動이다. 그리하야 그 主體의 對象이 少年으로서는 넘우 唐突하다고 볼는지 몰으나 ××××××에 잇는 것이다.

그다음 우리는 少年運動을 如何히 展開할가 함에 잇서서는 우리는 먼저 말한 바 少年運動의 定義 밋해서 그것을 展開하여야 할지니 우리는 堅實하고 努力的인 少年會를 組織하야 먼저 ××主義의 對한 ××××가 되는 敎育을 그들에게 ××시키지 안흐면 안 된다. 崔 氏은 ××에 눌여서 그러케 할 수 업다고 하리라.

그러나 우리는 어느 範圍까지는 그러케 할 수 잇는 것이다. 우리는 表面으로 무슨 運動 무슨 團體하고 看板보담은 實際의 少年大衆에게 이러한 意識이 浸透만 되면 그때는 如何한 것이라도 두려울 것이 업다.

中國이 國民運動이 決코 처음부터 團體를 모으고 看板을 내걸고 싸윗다는 것보다도 모르는 가운데 가만히 가만히 그들은 ××에 對한 意識을 길넛는 것이 마닌가.[45] 우리는 무엇보다도 少年敎養 問題에 잇는 것이다. 卽 敎養은 朝鮮이 如何한 特殊 地境에 잇다는 것을 잘 알도록 하여야 된다. 만약에 崔 氏의 意見으로 본다면 少年의 情緖를 涵養하고 그리고 그 깨끗한 少年意識을 말하엿다. 그러나 이것은 資本主義的 自主國에서나 할 소리이지 決코 現今에 朝鮮에 對한 少年의 것은 아니다. 우리는 集會 ××가 무서운 것이 아니라 또는 少年會 解體가 무서운 것이 아니라 少年大衆을 일는 것과 組織的 敎養을 못 주는 것이 크게 무서운 것이다. 그럼으로써 우리는 崔 氏의 少年의 情緖를 涵養한다는 것을 政策的으로 是認한다. 그

---

45 '길넛던 것이 아닌가'(길렀던 것이 아닌가)의 오식으로 보인다.

러나 主體的으로는 是認하지 안는 것이다. 이곳에 問題는 둘노 나누이게
된다. 그리고 崔 氏의 細胞團體의 再組織과 中央機關의 再組織도 意味가
둘노 나누이게 되는 것이다. 卽 하나는 情緒 涵養을 基礎로 한 少年敎養과
쏘 하나는 社會意識을 基礎로 한 少年敎養이 될 것이다. 그러나 우리는
이것을 各各 쩔어트려 二元論的으로 보지 안는다. 一元的으로 보되 社會意
識이 先이오 情緒涵養은 政策的 乃至 戰術上의 것으로 副次作用이라는
말이다. 이것으로 보면 崔 氏의 理論은 主客顚倒의 感이 잇는 것이다.

그러기 째문에 現今 〈朝鮮少年聯合會〉는 必然的으로 社會意識을 基礎
로 한 少年運動으로써 各 地方 細胞團體의 再組織에 必要는 이리하야 늣겨
지는 것이다. 그러나 中央機關에 잇서서는 再組織에 必要를 늣기지 안는
다. 만약에 細胞團體가 再組織을 하엿스니 너도 再組織을 하여라 하는 것
은 넘우나 機械的 公式主義다. 나는 이 點에 잇서서 細胞團體의 再組織은
必要하다. 中央機關은 再組織할 必要가 업시 그것들이 細胞團體가 再組織
되면 次期大會에는 반드시 變動이 必然的으로 잇스리라는 말이다.

**洪銀星, "少年聯合會의 當面任務 - 崔青谷 所論을 駁하야 - (五)",
『조선일보』, 1928.2.5.**

이러기 째문에 나는 現今의 〈朝鮮少年聯合會〉의 任務는 먼저 現階段에
맛도록 綱領을 세워야 할지며 그다음 全 運動의 總集中體인 〈新幹會〉의
有機的 連絡을 지어야 할 것이다. 그러기 爲하야는 깨끗히 ××××的 '리알
리슴'을 止揚하지 안흐면 안 된다. 어느 極端에 意味로는 情緒 云云은 抛棄
하여도 좃타. 少年이 意識에 어리다고 情緒로 움지기게 한다는 것은 一種
政策的 手段에 不過한 것이다.

이러기 째문에 나는 말하는 바이지만 먼저 現階段을 完全히 把握한 綱領
으로써 〈新幹會〉에와 有機的 連絡이 잇서야 하겟다는 것이다.

四. 結論

나는 具體로 〈朝鮮少年聯合會〉의 任務를 말하려고 하엿다. 그러나 내가 〈朝鮮少年聯合會〉에 幹部에 한 사람이 아닌 以上 細目細目히 말하는 것을 나 自身으로는 避하지 안흘 수 업다. 그러치 안코 이것이 쏘 新聞紙上으로 發表되는 以上 넘우나 公式을 버리는 것은 이것이 敎授的 三段論法이 되겟 슴으로 避하는 바이다.

씃트로 한 말 하고자 하는 바는 崔 氏의 今般 「少年運動의 當面 諸問題」 로는 먼저도 말한 곳이 잇거니와 無體系 無定見의 글노써 甚하게 말하면 乃至 感情으로 되나 안 되나 썻다고 본다. 그와 함께 "無智한 方向轉換의 意味"라는 項은 現今 社會에서 쩌들고 잇는 張日星[46] 氏 系에 論文에 感染 된 듯한 늣김을 알 수 잇는 것이다.

朝鮮 全 運動에 잇서서는 在來의 運動을 組合主義的 經濟鬪爭이냐 그러 치 안흐면 漠然한 非組織的 自然生長性的 政治鬪爭이냐 하는 問題이다. 이 問題에 잇어서는 前者는 福本和未의 飜譯的 直譯的 運動이라고 排斥할 는지 몰으나 少年運動에 잇서서 在來의 運動이 決코 한 덩어리로 自然生長 性的 政治鬪爭에 잇섯든 것이 아니다. 쏙바로 말하면 ××主義的 '리알리슴' 에 支配된 ××××××× 곳 말하자면 "在下者有口無言"을 一蹴한 "나는 사 람이다. 다 가튼 人間으로 의××를 주시오" 하는 運動이다. 그러기 째문에 自然生長性的 運動이라는 性質이 判異히 달은 것이다. 그러기 째문에 方向 轉換이라는 것도 한 줄에 쏘인 方向轉換이 아니라 한 飛躍 過程을 過程하 고 온 것이다. 마치 自主國에 잇서서 組合主義的 經濟鬪爭으로 飛躍하야

---

46 張日星(1894~?)은 필명이고 본명은 신일용(辛日鎔)이다. 1920년대 초반 사회주의 사상을 활발하게 소개하였다. 이후 『조선일보』와 『동아일보』에 「帝國主義 時代의 民族運動의 進 化」(『조선일보』, 27.3.11), 「當面의 諸問題(전13회)」(『東亞日報』, 27.11.7~30), 「新幹會 와 그의 任務에 對한 批判-盧正煥 氏의 理論을 排擊함-(전5회)」(『조선일보』, 27.11.29 ~12.2), 「民族問題-當面의 諸問題의 續(전12회)」(『동아일보』, 27.12.6~26), 「認識 錯亂 者의 當面 諸問題 批判-GH生의 無知를 嘲함-」(『조선일보』, 28.1.13) 등의 글을 발표하면 서 청산론자라는 비판을 받기도 하였다. 위에 언급된 洪銀星의 말은 청산론자로서의 장일성 을 지칭하는 것으로 보인다.

全體的 集中的의 政治鬪爭으로 轉換하는 것과 가티 資本主義的 '리알리슴'
으로부터 飛躍하야 ×××××××××으로 轉換하는 것이다.

아즉까지도 在來의 少年運動과 가티 趣味增長, 情緒涵養 等 이러한 甚
하게 말하면 一種 體面保持의 道樂的 運動 쏘는 雜誌에 글 실는 것 等等에
感染되어 少年運動을 指導하고 少年運動 云云하는 것을 나는 만히 본다.
이러한 것을 깨끗히 分離해 내지 안흐면 안 된다. 곳 말하자면 排擊해 내지
안흐면 안 된다는 말이다.

나는 今番 崔 氏의 所論에 잇서서 매우 〈朝鮮少年聯合會〉에 結合하기
前에 깨끗히 分離치 못하야 問題 만흔 것을 잘 窺知하엿다. 그와 同時에
굿건히 努力의 人이 主體가 되어 排擊해 내기를 바라는 바이다. 그러나
崔 氏의 理論이 今般 發表한 것이 그 理論이라면 우리는 그를 餘地업시
克服하여야 한다. 그는 小市民性的 中間派를 假裝하엿스나 在來의 그것과
조금도 變함이 업는 싸닭이다. 쌀아서 "無智의 方向轉換의 意味"라는 것은
崔 氏의 自身으로 되돌일 말일가 한다.

余는 余 自身에게 잇서서는 不充分하나마 大綱 그를 檢討하엿고 쏘한
具體의 나의 理論을더 알고자 하면 『朝鮮日報』 今年 一月 一號 以來 所載
한 「在來의 少年運動과 今後의 少年運動」[47]이라는 拙論을 參照하야 주기
바란다.

一九二八. 一. 廿四日 稿了

---

47 홍은성의 「在來의 少年運動과 今後의 少年運動(전2회)」(『조선일보』, 28.1.1~3)을 가리
킨다.

金泰午, "少年運動의 當面問題-崔靑谷 君의 所論을 駁함(一)", 『조선일보』, 1928.2.8.

◇ 辯 論

近日 『朝鮮日報』를 通하야 崔 君의 「少年運動의 當面 諸問題」[48]라는 커-다란 標題를 걸고 文章의 =雜한 것은 그만두고라도 要領不得의 잠고대 가튼 소리를 羅列해 노앗다. 그런데 이 問題가 重且大한 問題인 만큼 가장 愼重하게 嚴正한 態度와 冷情한 頭腦로써 觀察 又는 理論을 展開할 것임에도 不拘하고 적어도 過去 七八年間의 歷史를 가진 朝鮮의 少年運動을 一切 否認 云云하고 自己 以外에는 少年運動者가 업는 것처름 大言壯語하얏다. 무슨 運動이나 더욱이 少年運動에 잇서서는 그야말로 同志들의 擧動一致的 努力에 依하야 促成된 것이오 決코 一小 클럽의 獨占的 功績이 아닌 것은 勿論이다. 獨斷과 偶然을 論하는 觀念論者가 아닌 以上에 全體의 功績을 一部에서 騙取自誇하야 傍若無人의 態度를 取할 者는 업슬 것이다. 적어도 唯物史觀을 알고 因果關係에서 事物을 理解하고 辯護法으로써[49] 現狀을 分析 肥握하는[50] 우리로써는 決코 그와 가튼 妄斷을 敢行하지 못할 것이다. 만일 그러한 徒輩가 잇다 하면 그들은 虛榮的 反動輩와 妄自尊大 者로써 徹底히 排擊치 아니하면 안 될 것이다.

이제 張皇히 말치 안커니와 나는 崔 君의 頹廢한 論을 읽고서 黙過할 수 업슴으로 이제로부터 崔 君의 論文을 引用하야 나의 主見을 樹立하는 同時 崔 君의 少年運動에 對한 誤謬 認識의 錯誤를 條目을 들어 檢討하려고 한다.

崔 君은 이러케 말하얏다.

---

48 최청곡(崔靑谷, 崔奎善)의 「少年運動의 當面 諸問題(전4회)」(『조선일보』, 28.1.19~22) 를 가리킨다.

49 '辨證法으로써'의 오식이다.

50 '把握하는'의 오식이다.

분명한 의상과 주장으로 대한다면 모르거니와 맹목덕이오 독재덕이요 전재덕인 소년운동자가 얼마나 잇슬런지 구구히 이곳에서는 말삼을 피하나 소년운동을 위하신다는 말 조케 운동자의 양심의 고백을 희망하길 마지안습니다. 얼마마한 그 진영으로 얼마마한 그 주장으로 얼마마한 성의로 소년운동자의 행세를 하는지 조선 소년운동을 하야 소년 운동은 진실로 한심하기 마지안습니다.』

以上의 嚎言을 나열해 노앗다. 君은 아지 못하는가? 朝鮮의 少年運動이 잇슨 후 過去 七八年間 어느 程度까지 發展이 잇섯스나 넘우나 混沌 紛亂의 渦中에서 彷徨하얏다는 것은 누구나 다 아는 否認치 못할 事實이다. 一九二六年에 陣容을 整制한 朝鮮少年運動이 一九二七年에 至하야는 그에 一步를 더하야 組織的이엇고 深刻味가 잇섯다. "그저 되나 보자굿나" 하는 過去 氣分 乃至 功利心에 依據하얏던 少年運動이 적어도 一定한 方式 알에 具體的 打算案을 가지고 일에 當케 되엇던 것이다. 全朝鮮少年聯合會를 一界線으로 하야 其 歸着點을 發見하게 된 것이라던지 氣分運動에서 組織的 運動으로 方向이 轉換됨에 對하여 質로던지 量으로던지 적지 아니한 收穫을 어덧다 아니할 수 업스며 確實히 우리의 자랑할 바의 事實이 아닌가 말이다.

一九二七年의 朝鮮의 少年運動은 過去 七八年 그것에 比하야 隔世의 感이 잇다 할 것이며 더욱히 記念할 事實이 만타 하는 것이다. 換言하면 氣分運動에서 組織的 運動으로—— 自然生長期로부터 目的意識期로 왓다.

金泰午, "少年運動의 當面問題－崔靑谷 君의 所論을 駁함(二)", 『조선일보』, 1928.2.9.

崔 君은 現下 朝鮮少年運動의 情勢를 잘 알고 말햇스면 조켓다 함에도 不顧하고 眼下無人格으로 獅子가 잠잘 째 호랑이 제멋에 짓처 덤비는 셈으로 그야말로 脾胃가 傷하지 안홀 수 업다. 君의 말과 가티 아모 意識과

主張이 업시 일에 對한다고 하면 그야말로 몰으겟다마는 적어도 누구나 意識이 업시 덤비는 사람은 업슬 것이다. 그리고 盲目的이오 獨裁的이오 專橫적인 少年運動者뿐이라고? 過去 녯날에 잇서서는 몰으겟다. 또 運動의 幼稚한 째에는 小黨分立 傳制 獨斷은 必然的으로 잇슬 過程임을 우리는 잘 안다. 그리고 運動의 發展에 짤아서 必然的으로 統一로의 轉換를 要求하게 되는 것이다. 漸漸 有力하게 發展되는 朝鮮少年運動은 分裂에서 統一로의 全 生命에 關한 一大 重要問題가 이미 昨年 一年을 通하야 其 歸着點을 보지 안헛는가 말이다. 君으로써 이제야 이 말을 늘어놋는 것은 넘우나 時代의 뒤ㅅ써러지는 소리로 看做할 수밧게 업다는 말이다.

나는 君에게 反問하려 한다. 君은 大關節 얼마만한 主張으로 如何한 誠意로 少年運動者의 行勢를 하엿는가 말이다. 그대의 良心의 숨김업는 告白을 公開하여 짜고… 君이야말로 實踐을 爲한 理論이 아니고 理論을 爲한 妄論에 不過한 말이다.

地方에 잇는 執行委員 乃至 代議員을 君의 獨占的으로 無視한다고 왼눈이나 쌈작할 배 萬無하지만 君과 가튼 少年運動의 妄動者에게는 ××를 내리지 안흘 수 업다. 그러타고 놀라지 말 것이다. 끗까지 鬪爭을 하여야 한다는 말이다. 君의 處地로써 아즉 어린 少年運動者로 그처럼 輕擧妄動할 줄이야 뜻하지 아니하엿다는 말이다. 무엇 하나 내노흔 것이 잇스면 中央常務委員의 一人으로써 君의 言及한 以上의 條件을 남김업시 實踐하고 大言壯語하는 말인가? 이것이야말로 君의 人格上 큰 損失임을 마지안는가?

그리고 眞實한 少年運動者는 中央에서 功利心에 依據에 엄범덤벙하는 그네들보다(勿論 다 그러타는 말은 아니다) 참다운 少年運動者를 차저보랴면 모름직이 地方으로 農村으로 차저오라는 말이다.

◇ 細胞團體의 再組織

어느 運動을 勿論하고 其 組織體가 完全히 結成되어야만 일에 잇서 容易하게 運轉해 갈 수 잇는 것임을 우리는 잘 안다. 그리고 健全一格 (四字畧) 이야말로 少年運動의 重要한 要素일 것이다.

그럼으로 나는 일즉이 同志 멧 사람과 委員會 席上에서 우리 組織體를

完全히 함에는 從來 局部的이오 獨立的이오 封建的인 非組織體를 解體하는 同時에〈朝鮮靑年總同盟〉에서 樹立한 組織 原則上에 빗최어 一層 大衆의 總力量을 集中하고 現下〈朝鮮靑年總同盟〉의 組織體와 가티 少年運動의 指導와 統制를 敏活히 하고 單一 少年群同盟으로 組織을 擴大革新하자는 地方代議員 밋 同车들과[51] 가티 建議案을 提出 或은 力論 力說함에도 不拘하고 中央機關에 잇서 君 亦是 反對論者의 一人이 아닌가 말이다.

反對 理由에 잇서 裡面에 ××運動이 混在해 잇섯슴을 여긔에 구구히 말을 避하고 십다. 엇재튼 聯合會體이란 文句부터가 퍽 懦弱해 보이고 다시 말하면 何等의 熱情的 ××가 들어가지 안는다는 것이다.

그럼에도 不拘하고 君은 이제야 새삼스러히 멧 층이나 뒤ㅅ써러지는 소리를 내놋케 되니 얼마나한 時代的 錯覺者이냐? 君의 云云한 바 細胞團體의 再組織은 中央集權的 最高機關이 根本的으로 組織體를 總同盟體로 再組織을 하기 前에는 細胞團體는 짤아서 容易하게 實現될 수 업슬 것이 어느 程度까지 體驗한 바 事實이다.

金泰午, "少年運動의 當面問題－崔靑谷 君의 所論을 駁함(二)", 『조선일보』, 1928.2.11.[52]

그럼으로 나는 組織問題에 잇서 朝鮮少年運動의 總力量을 集中化한 最高 本營인〈朝鮮少年聯合會〉그것을 總同盟體로 今年 三月 定期大會를 期하야 새로히 組織體를 變更하여야 되겟다는 것을 再三主張하며 力說하고 십다. 그러면 全 朝鮮 各地에 散在한 細胞團體는 自然히 必然的으로 그대로 實行될 것은 여긔에 呶呶한 說明을 要치 안는 것이다.

---

51 '同伴들과'의 오식이다.
52 횟수가 '三' 회의 오식이다. 이하 횟수는 순차적으로 한 회씩 늘려야 한다.

그리고 綱領과 規約을 새로히 制定하야 하겟고 무엇보다도 緊急한 것은 오늘날 朝鮮少年運動의 指導精神을 確立하고 모든 父兄 게게와 大衆에게 公布하여 우리 少年運動을 民衆化하게 努力할지며 在來의 運動보다 一層 今年 戊辰年에 잡아들어 새로운 面面으로 새 運動의 陣營을 展開해 나아가지 안흐면 안 될 絕對必然性을 가지엿다. 君은 쏘 左記와 가튼 말을 하얏다.[53]

> 조선소년운동은 봉건덕 사상과 항쟁함으로써 출발한 것이나 하등의 가명과 련락을 못하고 그 가명의 눈을 피하야 소년은 용납하얏스닛가 정세는 출발 당시보다 보잘것이업스며 눈뜬 지식계급조차 이 운동을 진실로 인식치 아니함으로 데일선에선 그 운동도 할 수 업시 긔회주의로 화하려는 것 갓습니다. 그리고 효과로는 데일선에선 운동자의 고통 밧는 그것뿐이지요 할 짜름입니다.

하엿다.

筆者 亦是 어느 程度까지 君의 論을 是認 안 하는 바는 아니나 이 말은 벌서 할 말을 이제 햇다는 것이다. 오늘날 朝鮮의 모든 運動의 現階段에 잇서서 過去의 自然生長期로부터 目的意識期로 轉換함에 우리 모든 運動의 總力量을 集中化한 民族的 單一黨인 〈新幹會〉가 잇지 안흔가?

現下에 잇서 우리 社會運動의 一部門인 少年運動을 否認하며 反對할 이는 업스리라고 思惟한다.(萬若 잇다고 하면 別人物 問題로 말하고) 오늘날 ×× 運動을 함에 少年運動을 가장 重要한 部門으로 알고 잇고 少年 及 幼年의 敎養指導에 細音의 注意를 가지고 잇슴은 우리의 잘 아는 바의 事實이다.

쏘 君은 左記와 가튼 要領不得의 말을 敢行하얏다.

> 집안을 몰래 나와서 소년회로 오는 소년으로 목덕의식이니 방향전환이니 하

---

53 일제강점기 신문의 편집은 "위에서 아래로, 오른쪽에서 왼쪽으로" 방식이었다. 따라서 "左記와 가튼"은 "아래와 같은"의 의미이다.

는 말을 듯고 엇지 무지한지 아니 우슬 수가 업습니다. 급히 말슴하면 靑年운동
에 잇서서들 少年운동에 잇서서 단지 청년을 소년으로 글자만 밧구어 사상서적
에서 번역하기에 애를 쓰매 소년운동의 실제를 무시하는 막론자도 만흔 것이
사실입니다. 〈조선소년련합회〉 교양부 위원 김태오 씨의 교양부 위원을 맛헛스
면 합니다.

하엿다.

筆者는 君의 頹廢한 論에 잇서 其 骨子를 차저볼 수 업다는 것이다. 누가
少年을 向하야 目的意識이니 方向轉換이니 하엿다는 말인가? 누구나 그
말이 잇섯다 하면 指導者에게 하는 말일 것이다. 君은 글을 對함에 웨―
그리도 觀察力이 不足한가 말이다. 참으로 進行의 아모 計劃이 업서 막
써드는 것으로 일이 될 수 업고 함부로 일을 저질러 놋는 것으로 成功할
수 업는 것을 알어야 한다.

그리고 君은 目的意識이 잇다는 것을 否認하는가. 萬一 否認한다면 君
의 態度가 尤甚 模湖하다. 宇宙의 모든 事物의 一擧一動이 모다 目的이
잇다는 말싸지 否認하겟는가?

그럼으로 觀念我가 假像의 觀照에 沒入하얏다고는 할 수 업는 것이고
그것이 必然性을 가저야 目的意識이다. 그리하야 우리의 하고야 말 少年運
動도 반드시 目的意識을 세워 노코 일에 當케 되어야 한다.

**金泰午, "少年運動의 當面問題－崔靑谷 君의 所論을 駁함(三)",
『조선일보』, 1928.2.12.**

君은 쏘 方向轉換 反對論者이다. 오날에 잇서 모든 運動을 通하야 이러
한 人物은 要求치 안는다. 우리는 徹頭徹尾 이러한 分子는 排擊하여야만
하겟다. 君은 쏘 "靑年運動에 잇서서를 … 少年運動에 잇서서……" 하고
云云하얏다. 그리면 思想家로 看做하는가? 君은 確實히 灰色分子이다. 派

閥運動자이다. 君아—— 보아라. 오늘날 少年運動은 民族的 一部門으로 의 現實을 無視하는 少年運動은 少年運動의 任務를 遂行하지 못할 것임니 틀임업다. 그럼으로 少年運動은 全××運動의 正統的 連鎖的 機關임이 否 認치 못할 事實이다. 그래서 少年運動을 짜로 孤立하여 외ㅅ짠길을 取하며 짠 方向으로 進行할 수 업는 必然的 條件이 눈압헤 擡頭하여 잇다.

그뿐 아니라 目下 朝鮮少年運動者(指導者)들은 擧皆 靑年運動者임이 틀임업다. 中央에 멧사람을 除한 外에는 地方에 잇서서는 十分之九割은 靑年運動者임이 숨길 수 업는 事實이다. 君은 言必稱 靑年運動者로써 少 年運動에 발을 멋추는[54] 사람은 反動分子로 看做할 수밧게 업다고 햇지만 그것을 現下 朝鮮의 運動을 沒覺하고 하는 말이다. 길게 말하지 안커니와 朝鮮의 모든 運動—— 少年, 靑年, 勞働, 農民, 衡平, 女性 各 運動을 〈新幹 會〉로 總力量을 集中하여야 할 것은 지금에 呶呶히 說明치 안트라도 다 아는 正統的 事實이다.

"君은 쏘 나더러 少年運動에 만흔 硏究를 한 後에 敎養部 委員을 맛흐라 고 하얏지?"

君의 冷情한 忠告라면 달게 밧겟다. 그러나 敎養部에 잇서서 自稱해서 責任을 맛흔 것도 아니오 衆望에 依하여 委員들이 選擧함에 不得已 職任에 當케 되엇든 것이다.

그런데 아즉 君의 處地로서 아즉 어린 少年運動者로써 이 말을 敢發함은 넘우나 지나치는 일일 것이다. 말이 나왓스닛가 말이지 나 亦 少年運動을 爲하야 싸워 온 지가 모름직이 十餘 星霜의 長久한 歲月이엇슴을 말하지 안홀 수 업다. 一九一八年 여름에 光州 楊波亭에서 同志 十餘人이 會集하 여 呱呱의 聲을 發하야 少年團을 組織하고 씩씩한 同志를 糾合한 後 各其 任務에 當케 되어 오늘까지 모름직이 꾸준이 싸워 왓섯든 것이 事實이다. 朝鮮少年運動의 最初 發産地를 晋州라고 하지만 그 實은 光州일 것이다. 其 當時 新聞에 發表는 안헛슬 뿐이라 ××運動을 實際的으로 展開하여

---

54 '맛추는'(맞추는)의 오식이다.

나아가면 그만이다는 信條와 主張을 가지기 째문이다.

그리고 君은 만흔 硏究를 하라고 고마운 말이다. 그러나 나는 實際運動에 모름직이 꾸준한 奮鬪를 해 온 줄은 光州뿐 아니라 朝鮮을 두고 아는 이는 다 안다. 그리고 五六年間이나 少年敎養運動의 敎鞭을 잡고 잇섯다. 그러타고 誤解해서는 안 된다. 나는 英雄的 心理運動을 橫切하는 無智한 同牟[55]들을 抗爭하려고 하는 나로써는 沈默을 직히고 잇슬 뿐이엇다.

君은 아직 나이 어린 少年運動者의 同志로써 少年運動에 발길을 너헛다면 넉넉잡고 不過 四五年이엇슬 것이다. 그럼에도 不顧하고 過去의 少年運動과 指導者를 함부로 中傷 乃至 惡評함은 君으로써 지나치게 果敢한 行動이라고 말하지 아니할 수 업는 것이다.

金泰午, "少年運動의 當面問題 - 崔靑谷 君의 所論을 駁함(四)", 『조선일보』, 1928.2.14.

그러타고 傳統的 思想이나 過去의 盲目的 少年運動者를 擁護한다는 意味로 解釋해서는 誤謬이다. 君이 千萬번 모든 일에 着實히 하고 責任 履行을 遺憾업시 하엿드라도 좀 더 沈重한 態度로 붓을 들엇드라면 한다. 그러나 多幸히 理論 展開만큼은 반가운 일이다.

中央機關에 再組織

우리는 少年運動이 그래도 長久한 歷史를 가지고 잇는이만치 오늘날에 잇서서는 朝鮮少年運動의 最高 本營인 中央機關과 各 細胞團體를 根本的으로 새로히 編成 組織하는 것이 運動의 根本問題 中 하나일 것이다. 崔君은 細胞陣營을 새로히 組織 編成하면 其 細胞團體를 모하 논 中央機關도 스스로 再組織이 된다고 力說하얏지만 그것도 어느 程度까지는 主張될 말

---

55 '同侔'의 오식이다.

이나 그러나 朝鮮靑年運動의 歷史와 過程을 回顧하여 본다든지 目下 少年 運動의 現過程을 考察하여 본다면 君의 立論이 不成立될 것을 늦길 것이 다. 보라! 組織 原則에 비쳐어 從來의 分散的이오 非組織的인 少年會를 斷然 解體하고 少年運動의 指導와 統制를 敏捷히 할 單一群 少年同盟으로 組織된 곳이 光州, 大邱, 開城, 安州 全鮮을 通하야 同盟體는 그곳뿐이다. 그래도 道聯盟이란 全南聯盟이 겨우 잇슬 뿐이다. 이러케도 組織運動이 遲延케 됨은 中央機關의 根本的 組織이 글는 까닭이다.

다시 말하면 "대가리"가 튼튼한 組織的으로 되어야 其 細胞機關은 自然 容易히 支配 運用할 수 잇슴은 틀임업는 體驗談일 것이다. 卽 쑤리가 든든 히 백혀야만 枝葉 及 細胞組織에 잇서서도 活氣를 펴고 모든 養分이 쑤리 로 集中될 것은 植物學上으로 보더라도 明若觀火한 事實이다.

그리고 執行委員會 組織에 一任하야 速히 組織體를 變更하자는 建議案 과 討議가 잇섯슴에도 不拘하고 아즉것 아모 消息이 업스며 常務委員會를 멧 번이나 召集햇지만 大會에서 一任한 提議 案件에 잇서서 하나도 解決은 姑捨하고 具體的 理論조차 업섯다 하니 이래서야 될 일일가? 實로 少年을 對하기 북그러움을 마지못하겟다.

그리고 〈朝鮮少年聯合會〉는 複雜하고 混沌된 그 가온대에서 멧 同志의 獨斷的 專橫 밋테서 會議를 마첫기 째문에 이러한 結果를 보게 되엇든 것이 다. 짤아서 創立大會 席上에서 地方代議員의 京城 在籍委員에 對한 不滿을 품고 내려왓섯기 째문에 지금 中央機關을 相對로 新任을 못 밧을 것은 豫想할 일일 것이다. 짤아서 地方團體에서 常務機關에 問議가 잇섯슴에도 아모 解決의 通知조차 업슴으로 더욱 疑心하길 마지안헛다.

初期에 信任을 못 밧는 京城 在籍委員은 少年運動의 實踐的 展開를 爲하야 지금까지의 모든 責任을 지고 總辭職을 하고 少年聯合國를 再組織할 義務가 잇 슴을 認識해야 할 것이다.

崔 君의 此論에 잇서서는 나 亦 同感이다. 나는 京城 常務委員뿐 아니라 中央執行委員은 全體가 總辭職을 斷行하고 非幹部派로 하여금 〈朝鮮少年

總同盟)을 새로히 再組織하여야 될 것이다.

第一回 定期大會가 三月 二十五日頃에 開催될 것이니 地方에서 올나오는 代議員 여러분은 相當한 主張과 加盟을 期約하고 가튼 步調를 마처 나아가자고 한 以上에는 少年運動의 힘 잇고 긔운찬 展開를 하기 爲함에는 實踐를 爲한 果敢한 理論的 鬪爭이 잇기를 마지안는다.

金泰午, "少年運動의 當面問題－崔靑谷 君의 所論을 駁함(五)", 『조선일보』, 1928.2.15.

筆者는 이제 崔 君의 未備한 것과 又는 提出되지 아니한 것을 一般 少年運動者 同志들에게 나의 管見을 簡單하나마 公開하여 理論的 展開를 하려한다.

一. 少年運動의 根本方針

이것은 問題가 問題인 만콤 具體的으로 論하여야 할 것이나 지금 나의 몸이 不便한지라 粗雜하나마 簡單히 理論만 展開하랴고 한다. 그리고 여러 同志들의 具體的 理論鬪爭으로 理論確立을 세우지를 아니한다. 根本方針에 잇서서는 먼저 少年運動의 指導精神을 確立해 노아야만 될 것이다. 崔 君은 내게 對하야 말하기를 아즉 少年運動이 組織期에 잇슴으로 벌서 少年運動의 持導精神[56] 云云은 兄으로써 性急한 것이라고 말햇다.

그러나 이 얼마나한 認識錯誤이며 뒤ㅅ떨어진 말이랴! 如何한 運動을 莫論하고 指導精神을 確立치 못하고 뒤범벅으로 運動을 展開하며 나아갈 수 업는 것이니 軍士가 어쩌한 成算計劃이 잇슨 然後에야 動할 것이고 그러한 方法을 取함에 반드시 ××의 月桂冠이 到來할 것이다. 그리고 싸움에 반드시 目的意識을 確立하고 싸운 그 싸움이 價値 잇는 싸움일 것이다.

---

56 '指導精神'의 오식이다.

그럼으로 우리는 如上 길을 밟은 然後에 統一된 戰術과 正確한 指導精神과 眞正한 指導者와 쏘 ×××××××××도 結晶 收穫할 수 잇는 것이다. 먼저 이것을 確立하고 實踐에 나아가자는 것이다. 少年運動의 指導精神에 잇서서는 筆者가 일즉이 『中外日報』紙上에 發表한 일이 잇스니 그것을 多少 參酌하기를 바란다.[57]

그런데 其 問題에 對하야 同志들의 理論 展開를 企待햇스나 아즉것 업슴을 遺憾으로 思惟한다. 組織問題에 잇서서는 이미 前述하얏스니 再論을 하고저 아니한다.

二. 敎養問題

이 問題 亦是 少年運動의 根本問題 中 하나인 枝葉問題이다. 그럼으로 少年運動의 指導精神과 敎養問題는 連鎖的 關係를 가지고 잇다. 過去의 少年運動은 氣分的으로 少年會 組織 쏘는 雜誌 刊行 다시 밧구어 말하자면 少年保護運動의 進出에 不過하얏던 것이다.

그리하야 이 運動은 何等 思想이나 主義를 加味치 안코 純然한 少年의 趣味增長, 學校敎養의 補充敎材를 하여 왓섯든 것이 사실이다. 말하자면 지금의 少年運動은 朝鮮 모든 社會運動과 가티 '클라식' 運動에서 大集團的 運動으로 '모토'를 轉換하게 되엇다. 卽 自然生長期로부터 目的意識期로 들어왓다는 것이다.

崔 君은 이 말을 듯고 쏘 目的意識이니 方向轉換이니 햇스니 思想書籍에서 번역하얏다고 말할 것인가? 쏘 怵낼 것인가? 그리고 쏘 君의 實際運動을 無視한다고 혼자서 날쒸니 어쩐 것이 實際運動인 것이나 알고서 말하는 條件인가 말이다. 나는 쏘 現下 朝鮮 少年의 敎養問題를 말하랴닛가 過去의 敎養運動을 말하지 아니할 수 업기 째문에 以上의 簡單한 轉換을 말한 것이다.

그럼으로 오늘날 朝鮮少年運動의 敎養運動은 過去 그것과는 顯著히 달러야 할 것은 重言을 要치 안는다. 或者는 少年運動의 本意가 天眞性의

---

57 김태오의 「少年運動의 指導精神(전2회)」(『중외일보』, 28.1.13~14)을 가리킨다.

涵養에 잇다 하야 現實에 置中함을 反對한다. 그러나 少年運動의 任務가 第二×民으로의 敎養에 잇고 現實을 떠나서 살 수 업는 ××的 生活의 不可能한 것을 누구나 否認치 못할 事實이기 째문이다.

보라! 朝鮮少年의 八, 九割은 無産者이다. 그들은 農村에서 都會와 工場에의 過重한 勞役과 酷毒한 ××일에 울고 부르짓지 아니한가? 그날의 糊口의 難을 免치 못하여 조밥이나마 변변히 어더먹지 못하는 오늘날이 現實에 잇서서 情緖敎養에만 安住할 수 업다는 것이다. 날이면 날마다 男負女戴하고 저— 荒蕪地 가튼 쓸쓸하고 遙遠한 人間社會의 벌판인 西北間島와 쓸쓸한 玄海灘을 건느는 이가 하로를 두고도 얼마나한 數字를 計算하게 되는가?

金泰午, "少年運動의 當面問題—崔靑谷 君의 所論을 駁함(六)", 『조선일보』, 1928.2.16.

우리는 무엇보다도 無産者 少年敎養運動에 積極的으로 徹頭徹尾하게 硏究 又는 實際運動에 步調를 가티 하여 싸워 나아가야만 될 것이다. 우리 ××少年은 넘우도 勇氣가 죽엇다. 풀이 죽엇다. 精神은 混沌狀態에 沒落되엇다. 무엇 하나 것잡을 수 업슬 만큼 되엇다는 것이다.

그럼으로 이 危境에서 呻吟하는 그네들을 참다운 길을 일너 줄 敎養指導에 等閑視하여서는 안 된다. 이것은 모든 問題 中 가장 重大한 部門을 占領하고 잇기 째문이다. 白衣少年에게 잇서서 무엇보다도 좀 더 活氣 잇는 열 번 싸워도 너머지지 안는 ××意識을 너허 주어야 하며 남에게 굴하지 아니할 만한 勇氣를 길러 주어야 한다.

三. 年齡 問題

이 問題는 創立大會 席上에서 大綱 討議되다가 執行委員會에 一任한 것이다. 이 年齡問題도 重大한 問題의 하나이다. 創立大會 席上의 代議員

들은 한번 觀察함에 中老人, 靑年, 若干의 少年 이러케 混沌狀態이엇다. 엇재쓴 初期의 大會集인 만콤 可觀이엇다. 이러케 되고서야 少年運動을 水平線으로 整制할 加望이 茫然하얏다. 思想上의 分野가 相當히 잇슬 것이오 理論鬪爭에 잇서서도 아즉 意識이 서지 못한 理論이라던가 各其 意思가 千層萬層일 것이니 今年 第一回 定期大會를 期하야 반드시 討議 條件으로 너허서 年齡을 嚴正히 制限하여야 되겟다는 것을 再三力說하고 십다.

나의 主見은 年齡 制限을 한다 하면 滿二十一歲까지 하여야만 適當한 줄로 思惟한다. 그리고 그 후 滿二十二歲 以上이 된 이는 새로히 被選된 委員會에서 決議하여 從來로 少年運動에 功勳이 만흔 이로 推薦하여 評議員制를 둔다거나 或은 顧問으로 選擧하여 指導를 바덧스면 한다. 그리고 그들은 積極的으로 後援하여야 될 것이다.

創立大會 째 年齡 超過者에 限해서 發議權이니 決議權 與否니 選擧權 又는 被選擧이니 하고 或은 可不可의 論難이 만헛슬 째 멋멋 나 만흔 同志들의 反駁이며 더욱이나 우수은 것은 其 當時 司會하던 그이부터 功利心 乃至 英雄的 心理運動을 橫切함에 넘우 다 말할 수 업는 북그러움을 마지 못하얏다.

靑年運動도 그러하거니와 더욱 少年運動에 잇서서 아직 時機尙早니 運動이 幼稚하니 하는 口實로 그러켓지만 지금 이 時代가 必然的으로 그러케 要求하는 대야 엇절 것인가! 반드시 年齡을 制限하지 안흐면 씩씩하고 긔운찬 少年運動은 언제던지 活潑하게 展開되지 못할 것은 否認치 못할 事實일 것이다.

四. 少年文藝運動

文藝運動도 亦 重且大한 問題이다. 이것은 敎養指導 問題와 連結的 性質을 가졋다. 兒童을 敎養指導함에 心靈의 糧食이 되는 讀物이 잇서야 한다. 우리가 人性的 敎養에 잇서 藝術이 絶對的으로 必要한 것과 가티 兒童에게는 무엇보다도 讀物을 要求하게 된다. 딸아서 兒童讀物 選擇의 問題가 生起는 것이다.

兒童讀物 選擇에 對한 問題는 筆者가 일즉히 『中外日報』紙上에 發表[58]

한 일이 잇기 째문에 묷하거니와 俗惡한 讀物은 非敎育的 活動寫眞과 가티 兒童의 마음을 毒殺시키는 害가 적지 안타. 그럼으로 〈朝鮮少年聯合會〉 敎養部와 〈朝鮮少年文藝聯盟〉의 任務가 적지 아니함을 우리는 잘 안다.

身體의 營養은 雜多의 沌食이 必要하다. 그대로 身體에 適當한 植物만이 身體를 잘 길으는 것과 가티 精神의 要求에 適當한 讀物 그것이 精神을 잘 길으는 것이다. 그럼으로 目下 朝鮮 少年에 잇서 現實이 要求하는 ×× 를 너허 주어야만 될 것이다. 그리고 '센틔멘탈' 그런 이야기는 지금에 잇서 서 좀 避하고 좀더 '유모아'가 흐르는 것과 又는 科學的 讀物을 要求한다.

그런데 小集團인 〈색동會〉〈별탑會〉〈꼿별會〉等의 少年敎養 指導團體 를—— 한데 集中化하얏스면 한다. 卽 〈朝鮮少年文藝聯盟〉으로 總集團을 일으키어 나아갓스면 한다. 이 點에 잇서서 同志 洪銀星 君과 同感이다. 그쑨 아니라 政策이라던가 政見이 나와 同一함에 잇서서 堅實한 同志임을 말하고 십다.

그런데 모든 雜誌에 잇서도 偏見을 바리고 一致相應主義로 나아갓스면 한다. 그리고 同志 高長煥 君의 『世界少年文學集』[59]과 其外 朝鮮 少年이 要求하는 適當한 讀物을—— 그리고 外國에서 收入한 것이라도 우리 少年 에게 消化가 잘될 것으로 〈少年總同盟〉에서 推認하며 兒童에게 읽히게 하 는 것이 가장 完全할 것이다. 짤아서 朝鮮兒童圖書館의 創立 促成을 企待 하는 바이다.

◇ 結 論

前者의 論한 以外에도 問題의 問題가 업지 안헛 잇는 것도 알지마는 筆 者의 생각에 時急問題이며 緊急하다고 생각하는 것만을 추려서 簡單하나 마 理論을 展開해 노앗습니다. 多幸히 同志 崔靑谷 君의 理論展開는 반가 운 일입니다. 그리하야 崔 君을 相對로 政見이 다름에 짤아 條目을 들어

---

58 김태오의 「(學藝)心理學上 見地에서 兒童讀物 選擇(전5회)」(『중외일보』, 27.11.22~26) 을 가리킨다.

59 고장환(高長煥)이 편찬한 『세계소년문학집(世界少年文學集)』(博文書舘, 1927)을 가리 킨다.

檢討하면서 나의 主見을 公開해 노앗스니 다른 同志들의 理論을 듯고 십습니다. 如何間 우리 少年運動의 當面問題에 잇서서 敎養指導 問題에 對하야 具體的 理論鬪爭으로──理論 確立을 세운 後에 實際運動에 나아가 싸워야만 될 것입니다. 稿를 脫함에 具體的으로 못 됨을 筆者도 늣기는 바입니다. 나의 身上이 多事로울 쑨만 아니라 지금 不便한 中에 잇슴으로 다음 機會로 미루며 이만하고 펜을 놋습니다. ── (쯧) ──

曹文煥, "特殊性의 朝鮮少年運動－過去 運動과 今後 問題－(一)",
『조선일보』, 1928.2.22.

◇ 序 言

朝鮮의 少年運動이 지금으로부터 이미 八九年間의 長久한 歷史를 가지게 되엇스니 卽 一九一九年 三月의 朝鮮 三一運動이 일어난 後 各 部門運動을 具體的으로 이르키게 되자 여긔에 少年運動도 그中의 하나이엇다. 그리하야 過去 八九年의 運動은 그 成果에 잇서 全 朝鮮 坊坊谷谷에 散在한 少年團體 數가 約三百餘個를 算하게 되엇스나 그러나 그 三百餘個를 超過한 運動이 넘우나 無意識的이엇고 分散的 運動에만 局限되엇든 것이 事實이다. 여긔에 잇서 先驅者 諸氏는 좀 더 具體的 運動이요 組織的 運動 그리고 目的意識的 運動을 展開하기 爲하야 客年 七月 三十日 京城 侍天敎堂에서 近七十個의 細胞團體와 四個 聯盟 八十餘名의 代議員으로 朝鮮少年聯合發起大會를 開하엿고 客年 十月 十六日, 十七日 兩日間에는 天道敎紀念館에서 百餘 參加團體와 全 朝鮮 各 地方에서 雲集한 百十餘名의 少年運動指導者의 會合으로 (朝鮮少年運動의 統一機關이라고 볼) 〈朝鮮少年聯合會〉를 誕生시켯든 것이다. 그리하야 過去 分散的 運動에서 統一的 組織的 運動에로——無意識的 運動에서 目的意識的 運動

(이하 9줄 가량 신문지 탈락)

하고 잇는 □時期라고 볼 수 잇섯다. 그럼으로 〈朝鮮少年聯合會〉 綱領으로는 一. 本會는 朝鮮少年運動의 統一的 組織의 充實과 實現을 圖함 二. 本會는 朝鮮少年運動에 관한 硏究와 實現을 圖함이라고 하엿다. 이와 가티 過去의 分散的 運動을 統一 集中케 하며 無意識的 運動을 意識的 運動으로 轉換——指導할 重且大한 使命과 役割을 지고 나오게 된 것이다. 卽 〈朝鮮少年聯合會〉라고 볼 수 잇다. 그럼으로 우리는 여긔에서 發展을 차질 수 잇는 것이며 또한 〈朝鮮少年聯合會〉가 組織됨으로써 우리로서의 展開 發展 目的意識性 모-든 것을 여긔에서 차저낼 수 잇는 것이다. 或者는 말하기를 錯覺的 誤解로 〈朝鮮少年聯合會〉를 幾個 分子로서 또한 指導者 幾個 分子의 擧動一致로서 紐帶케 되엇다는 말을 하게 된다. 다시 말하자 면 現實이 要求치도 안는 것을 紐帶하엿다고 한다. 그러나 그는 넘우나 主觀的 卽 念慮者인 同時에 純全히 客觀的 情勢를 無視한 理論에 不過하 며 全然 現實을 忘却한 觀念論者라고밧게 볼 수 업는 것이다. 그는 또한 朝鮮에 잇서서의 特殊性을 沒覺한 者라고 볼 수 잇스며 조금이라도 實舞臺 에 나와서 싸워 본 者로서는 그러한 愚論은 敢히 내놋치 못할 것이다. 그럼 으로 이것을 所謂 運動者 中의 一分子라고 自處하는 筆者로서도 袖手傍觀 할 수 업는 事實이며 拙筆이나마 貴여운 紙面을 비러 一般에게 筆者의 意 思를 多少 表示코저 하는 바이다. 그런데 客年에 〈朝鮮少年聯合會〉가 組織 된 以後 우리 少年運動에도 各 新聞紙上으로 理論鬪爭이 百出하게 되엿 다. 筆者로서도 여기에는 픽으나 感激을 늣기는 바이며 有力한 諸 同志의 理論이 잇섯스니 그中에는 方法論까지도 提出한 바 잇섯다. 그러나 넘우나 具體的이지 못 되엇스며 充分한 指導的 理論이 못 되엇슴을 筆者로서는 픽도 遺憾으로 역기는 바이며 또한 一般이 다― 늣기는 바일 것이다. 그러 나 筆者 亦是 敎養이 不足함으로써 筆者의 意思를 완전히 發表할 수 업스 며 一般 讀者에게 小毫의 認識이라도 주지 못할 것을 無限히 늣기는 바 잇스니 筆者로서는 一般 讀者 諸氏에게 먼저 만흔 容許가 잇기를 바라고 이제 멧 마대 쓰고저 합니다.

◇ 過去 運動 及 運動의 發現

從來에 잇서 朝鮮少年은 家庭에 잇서서나 社會에 잇서서나 조고마한 自 由와 地位가 업섯스며 그들의 人格은 蹂躪되고 情緒는 枯渴되고 聰明은 흐리우고 康健은 耗損되고 社會性은 痲痺되어 말하자면 形容할 수 업는 處地에 빠저 잇섯스며 더욱이 나날이 朝鮮 사람의 經濟生活이 破滅의 地境 에 이르게 됨을 짤아 우리 朝鮮少年 大多數의 運命이야말로 말할 수 업는 處地에 빠지게 되엿다. 그리하야 生活難으로 因하야 學校에 가 工夫하는 幼年 約 七十六萬餘名을 除한 外에는 約 五百萬餘名의 幼少年은 거저 文盲 이 되어 버릴 뿐 아니라 그들은 목숨을 求하기 爲하야 大槪는 工場 及 農場

에 목을 매고 勞力을 팔게 되엿스니 그들의 聰明과 健康은 冒瀆되고 마는 것이다. 그럼에도 不拘하고 朝鮮에서는 몃 해 前까지도 이를 問題조차 삼지 안헛던 것이 事實이다. 이리 하다가 朝鮮의 三一運動이 잇슨 後 비로소 뒤밋처 少年運動이 일어나게 되엿섯다. 그리하야 朝鮮에 잇서서의 第一 처음 少年團體가 誕生되기는 一九二〇年 冬期에 慶南 晋州에서 有志 十數人의 發起로 〈晋州少年會〉가 創立되어 이 消息이 비로서 新聞紙上에 올으게 되엿든 것이다.

曹文煥, "特殊性의 朝鮮少年運動－過去 運動과 今後 問題－(二)",『조선일보』, 1928.2.24.

그러나 〈晋州少年會〉는 創立된 지 不過 얼마 되지 안 해 업서지고 말 事情이엿든 것이다. (事情 理由는 뢌) 其後 一九二一年 四月에 京城에서 〈天道敎少年會〉가 創立되엿스며 其後로 全 朝鮮 坊坊谷谷에 우렁찬 소리를 부르짓고 나오게 된 것이 少年團體이엇다. 그리하야 今日까지의 全 朝鮮 各地에 散在한 少年團體 數는 무릇 三百餘 團體를 超過함에 이르럿스며 全 朝鮮少年運動의 統一機關인 〈朝鮮少年聯合會〉를 百餘 細胞團體와 四個 聯盟으로서 묵게 되엿섯다. 그러면 아즉도 半數 以上이 參加치 아니하엿스니 果然 過去 運動 傾向이 엇지나 되엿든가 말하자면 過去 運動은 分散的이엇고 無意識的이엇다는 것은 두말할 餘地조차 업는 것이다. 그럼으로 統一的이 못 되엿스며 組織的이 못 되고 그리고 無意識的이엇든 運動은 一年 一次 五月 一日을 朝鮮 幼少年 自祝 記念日로 定하고 一九二二年 五月 一日부터 비로서 實行하게 되엿다. 그리하야 一九二二年으로부터 四年만인 一九二五年에야 비로소 全 朝鮮 幼少年 五百二十萬餘名 中 約三十萬이란 幼少年만이 五月 一日 卽 어린이날 記念에 參加하게 되엿든 것이다. 呶呶치 안터라도 一般이 더－ 詳細히 아는 바와 가티 京城에 잇서서

〈少年運動者協會〉와 〈五月會〉라는 兩個 團體가 恒常 分離와 軋轢을 圖하엿든 것이 事實이다. 그럼으로 五月 一日 어린이날 紀念에 잇서서도 統一되지 못하고 언제나 兩便이 짜로 짜로히 紀念式을 擧行하게 되엇든 것이다. 또한 이 紀念뿐이 아니엿든 것이랴? 모-든 運動에 잇서서도 恒常 對立性을 가지고 나왓든 것은 속일 수 업는 事實이다. 그리다가 運動은 漸漸 發展함에 이르며 客觀的 情勢 밋 現實에 잇서서 分離와 對立을 必然的으로 要求치 안흠에 잇서 客年 七月 二十九日를 最終의 分離 軋轢, 對立性의 期로 하고 客年 同 七月 三十日인 朝鮮少年運動의 統一機關을 불르짓고 나오게 된 〈朝鮮少年聯合會〉 發起大會 席上에는 가티 參席하게 되엇섯다. 이야말로 朝鮮에 잇서서는 劃時期的이라 아니할 수 업스며 우리 少年運動 歷史上 얼마나 記錄과 銘心될 일일가. 그러면 이제 〈少年聯合會〉가 誕生될 째까지의 運動이엇스며 指導精神은 엇더하엿슬가. 筆者가 呶呶치 안터라도 一般이 다- 잘 아는 바이지마는 우리는 언제나 過去를 無視할 수 업는 데서 또한 矛盾 가운대서 發展을 차질 수 잇는 것이니 過去 運動에 잇서서 圓滿한 批判이 잇기 前에는 또한 우리의 새로운 戰術을 取할 수 업는 것도 事實일 것이다. 그러면 過去 運動의 傾向을 大略 말하자면

一. 엇더한 階級에 屬한 少年임을 不問하고 少年이면 少年會員이라는 覺悟 밋테서 純然히 少年의 情緖涵養과 人格保育에 主力하는 便 二. 엇던 少年을 勿論하고 會員으로 하는 點은 前者와 同一하나 運動의 目標를 더 좀 現實的으로 하야 (가) 少年의 人格擁護 (나) 少年의 情緖涵養 (다) 少年의 文盲退治 (라) 少年의 社會生活 等을 主張하는 便 三. 少年을 어대까지던지 法律的 軍隊的으로 訓練하야 社會에 對한 善良한 市民을 짓기로 目的하는 便 四. 純然한 階級的 見地에서 露西亞의 삐오닐(少年探險隊)[60]式을 取하야 少年敎導를 取하는 便 五. 이도 저도 아니오 半好樂的, 半敎養的으로 少年感情을 길으랴는 便

이러케 運動에 잇서서 여러 갈래로 나누어 갓스니 이것을 말하지 안트라

---

60 '삐오네르(пионéр)'를 가리킨다. 삐오네르는 "개척자, 선구자, 탐험가"라는 뜻으로 옛날 사회주의 국가에 있었던 소년단을 지칭한다.

도 다— 잘 알 것이다. 쏘한 組織에 잇서서도 우에 말한 바와 가티 運動方法에 잇서서 다 各各 달은 組織體를 가젓슬 것이니 엇던 것을 보면 幼稚하기 짝이 업시 一村落에서 어린아희 五六名의 少年을 모아 노코 아모 하는 것 업시 지내는 그것에도 少年會라는 名稱을 부치게 되엇스며 쏘한 年齡이 훨신 超過한 二十餘歲 된 靑年들이 모아 묵거 논 것도 少年會라는 名稱을 갓게 되엇섯다. 이쑨만 아니라 이外에도 여러 가지 이런 組織體를 가진 團體가 全 朝鮮을 通하야 無數의 만헛슬 것이니 이 組織을 가진 團體가 運動을 하엿스면 얼마나 하엿겟스며 쏘한 이에 指導者들은 얼마나 만흔 意識을 가진 指導者라고 볼 수 잇슬가. 組織 原側에 비최어 根本的으로 組織다운 組織을 가지지 못한 朝鮮少年運動에 잇서서 그 얼마만한 成果를 어덧겟스며 쏘 이 少年運動에 對한 一般民衆 及 父兄에 誤解를 사게 된 것에 對하야 責任을 아니 질 수 업슬 것이니 過去에 잇서서 虛榮心과 優越感과 地位慾을 다— 버려야 할 것이며 그 氣分行動에서 自體의 敎養과 訓練을 充分이 바든 後에 우리로서는 참다운 少年大衆이 要求하는 運動 그리고 少年本位인 運動에로의 새로히 발길을 드듸어야 것이다.[61]

曹文煥, "特殊性의 朝鮮少年運動—過去 運動과 今後 問題—(三)", 『조선일보』, 1928.2.28.

말하자면 過去運動은 少年運動者이면 運動者 그리고 指導者면 指導者의 運動과 指導에만 局限되엇다 할 수 잇다. 그럼으로 少年大衆으로서는 스스로 쌀아오지 못할 것은 事實이엇스며 쏘한 少年 自身으로는 쌀아올 수도 업섯든 것이다. 그리하엿슴으로 八九年間의 長久한 歷史를 가진 運動이엇스나 果然 그 얼마나한 發展과 成果를 어덧겟는가. 過然 寒心한 少年

---

61 '할 것이다'의 '할'이 탈락되었다.

運動 일이라 아니 할 수 업는 것이다. 全 朝鮮 各地에 團體數로는 三百餘個나 잇스나 이는 오즉 表面上 看板뿐이엇고 또한 事實上 看板만이라도 維持하고 잇는 少年團體라 할지라도 其實에 少年 自身으로서는 한사람도 업다 하여도 過言이 아닐 것이다. 이와 가티 우리 少年運動에 잇서서 浸滯 또 休息狀態에 잇는 現狀이며 現階段에 잇서서 〈朝鮮少年聯合會〉이나마 細胞가 튼튼치 못한 統一機關으로서 組織만 되어 잇슬 뿐이오 아즉 그의 役割을 履行하기에는 넘우나 힘이 밋치지 못할 것이며 이 압흐로 展開될 問題에 잇서서 매우 愼重한 立地에서 考慮치 안흐면 안 될 것이다.

　　◇ 現階段의 諸問題

　朝鮮少年運動의 總本營이라고 볼 수 잇는 〈朝鮮少年聯合會〉가 創立된 以後 未解決 問題도 만흘 뿐더러 現階級에 잇서서의 우리로서 반드시 解決하지 아니하면 아니 될 諸 問題가 宿題로 남어 잇다. 朝鮮無産階級運動이 過去의 自然生長的 運動에서 目的意識的 運動으로——部分的 運動에서 全體的 運動으로——그리고 經濟鬪爭으로부터 全面的인 政治鬪爭으로의 方向을 轉換하야 이제 民族의 單一黨 結成을 全 民族的으로 부르짓고 잇스며! 全 民族的 單一黨의 媒介形態인 〈新幹會〉를 全 民族的으로 支持하고 잇는 過程에 잇다. 그럼으로 우리 少年運動에도 過去의 分散的 運動 그리고 無意識的 運動에서 統一集中的이고 意識的인 組織運動으로서의 方向轉換하려는 過渡期的 過程을 過程하고 잇다고 볼 수 잇는 것이다. 여긔에 잇서서 先驅者 諸氏의 一層 精神的 緊張과 現階段으로서의 指導者 諸氏의 任務의 重且大함을 늣기는 바이다.

　또한 우리 少年運動에 잇서서 統一的 理論이 確立되지 못한 此時期인 만큼 全 朝鮮的으로 運動이 休息狀態에 잇다 하여도 過言이 아닐 것이다. 그런데 近來에 와서 所謂 運動者라고 自處하는 분들은 朝鮮少年聯合를[62] 가르처 方向轉換의 實際的 産物이라고 부르짓는다. 筆者는 이런 생각할 째 엇더한 意味에서 〈朝鮮少年聯合會〉를 가르처 方向轉換의 實證的 産物

---

62 '朝鮮少年聯合會를'의 오식이다.

이라고 하는지? 그 意義가 那邊에 在한지를 疑心치 안홀 수 업는 것이다. 참으로 漠然한 理論으로서의 方向을 轉換하엿느니 쏘는 氣分에서 組織運動으로—— 自然生長期에서 目的意識期에 들엇다느니 한다. 이러한 理論은 自己主觀뿐일 것이오 도모지 外的 情勢를 無視한 妄動的 理論일 것이니 이런 理論을 貴여운 新聞紙上에 올닌 純觀念論者들은 좀 더 考慮할 必要가 잇다고 할 것이다. 過去 運動이 무슨 運動이엇고 이제는 무슨 運動으로 方向을 轉換하엿다는 말인지 알 수가 업다. 그리고 方向轉換에도 여러 가지 意味가 잇는 것이니 이 方向轉換論은 現實에는 도모지 맛지 안는다. 그저 漠然한 말로 方向轉換을 부르지즈며 〈朝鮮少年聯合會〉를 가르켜 方向轉換의 實證的 産物이라 하니 무슨 말인지를 알 수 업는 것이다. 社會運動이 方向轉換을 高調하얏스니 少年運動도 方向을 轉換하여야 하겟다는 漠然한 觀念으로 하는 것이 아닌가? 그러나 少年運動은 政治運動이 아니오 階級運動이 아닌 것만을 認識하여야 할 것이다. 認識한다고 할진대 敢히 그런 말이 안 나올 것 갓다. 무엇이 自然生長期로부터 目的意識期로 들어왔다는 것인가? 그러면 어느 時期를 自然生長期로 보며 어느 時期를 目的意識期로 보는가. 쏘한 過去의 무슨 運動으로부터 무슨 運動에 轉換하엿길래 少年聯合를 가르며 方向轉換의 實證的 産物이라고 보는가. 過去는 分散的 運動으로만 局限되엇든 것이 統一을 부르지짓고 나오게 된 〈少年聯合會〉가 誕生되니까 그것을 目的意識期로 들어왔다고 보며 方向을 轉換하엿다고 보는가. 이런 現實을 沒覺한 妄動的 理論은 아니 내노는 것이 조흘 것이다.

曹文煥, "特殊性의 朝鮮少年運動－過去 運動과 今後 問題－(四)", 『조선일보』, 1928.2.29.

이런 妄動的 理論을 내놋키 째문에 우리 運動에 만흔 損失이 되며 運動

者들의 頭腦를 空然히 괴롭게 한다. 말하자면 이처럼 말할 수 잇는 것이다. 現階段은 過去의 氣分運動 乃至 分散的 運動 그리고 無意識的 運動으로부터 統一集中的이며 組織的인 意識的 運動으로의 過渡的 過程을 過程하고 잇는 時期라고 할 수 잇는 것이다. 그럼으로 이러한 過程에 處한 〈少年聯合會〉는 自己의 役割을 履行치 못하고 잇스며 全 朝鮮 各地에 散在한 細胞團體조차 아즉 少年聯合 旗幟下로 모라 넛치 못하야 過去 少年運動은 그대로 持續되고 잇슬 뿐 아니라 그나마 浸滯狀態에 빠저 잇는 데가 全牛이라고 볼 수 잇다. 그리고 新聞紙上으로 每日 보는 바 지금 現實이 要求하지도 안는 組織體의 少年團體가 各處에서 일어나게 됨을 본다. 이럼에도 不拘하고 이 時期를 가르켜 目的意識期 云云하며 方向轉換 云云할 수가 잇는가? 쏘 한 가지는 이런 말이 잇다. 過去의 〈五月會〉와 〈少年運動者協會〉는 派閥團體이라고 그리하야 이 兩派閥主義者들이 〈少年聯合會〉 創立 當日에 中間派 同志, 新派 同志의 理論鬪爭으로 全栢 崔奎善 曹文煥 同志의 理論에 克服하엿다 한다. 이런 말은 좀 더 깁히 생각하고 내노을 말이다. 무엇을 가르켜 過去運動을 派閥運動으로 보겟는가? 그리고 누가 中間派다 하엿스며 누가 新派라 하엿든가? 참으로 이야말로 派閥을 助長시키는 理論이라고 보겟다.

이에 對하야서는 過去 우리 運動에 빗최어 보와 一般이 더 仔細히 알 것임으로 더 말하지 안흐나 見解가 다른 點이 잇다면 얼마든지 理論으로 싸워 주기를 바란다. 그런데 〈少年聯合會〉에 對하야도 좀 더 깁히 考慮하여야 할 것이다.

組織만은 되엇스나 아즉것 立法이며 行政을 못하고 잇스니 이것은 將次에 적은 問題라고만 볼 수 업는 것이다. 말하자면 〈少年聯合會〉가 創立 以後 四五次나 中央執行委員會를 開催하려고 召集까지 하엿스나 畢竟은 이때까지 一次도 열지 못하엿스며 去般 常任委員會에서 不法인 줄 알면서도 한 것 갓다. 이만치 아즉도 完全한 組織을 가지지 못하엿스며 압흐로의 展開問題에 잇서서도 매우 어려운 가운대 잇다고 보겟다. 그뿐만 아니라 全 朝鮮에 散在한 細胞團體도 아즉 半數 以上도 集中시키지 못하고 잇스며 더욱 第一 問題 되는 指導的 機關紙가 하나도 업는 것이다. 지금 少年雜誌로 數十種이 發刊된다고는 하나 거긔에는 特殊環境에 處한 우리 朝鮮 少年으로서의 맛당히 볼 만하고 쏘 보아야 할 雜誌는 하나도 업다 하여도 過言이 아니다. 이것만으로 보더라도 過去에 잇서서의 運動者이며 指導者들로서 넘우나 責任感이 全無하엿스며 自己의 私利를 爲하야 쏘는 그 무엇을 爲하야 모-든 것에 잇서 少年本位를 忘却하고 少年大衆을 쩌난 行動을 取하엿다는 것이 속일 수 업는 事實일 것이다.

〈少年斥候隊〉! 이는 世上이 다- 아는 바와 가티 英米의 '샏이스카우트'式으로 組織된 것이니 '샏이스카우트'는 一九〇七年 英國 陸軍 中將 '쌔덴파월' 氏가 一九〇〇年間 南阿戰時에 少年斥候를 使用해 본 것을 動機로 組織된 것인 바 一九二二年 秋에 우리 朝鮮에도 비로소 이것이 組織된 것이다. 卽〈少年斥候隊〉라 하는 것은 基督敎 其他 宗敎 便의 少年을 中心으로 하야 指導者인 鄭聖采 氏를 通하야 가지고 組織된 것이니(一九二五年) 現在 全 朝鮮에 허터저 잇는 隊數가 十九隊에 約四百餘名의 隊員으로서 〈全朝鮮少年斥候聯盟〉은 京城 中央基督敎靑年會舘 內에 그 事務所를 두엇스니 그 存在한 根本理由요 具體的 綱領으로는

一. 神과 國家社會에 對한 自己의 義務를 다하는 것 二. 언제든지 他人을 도아주는 것 三. 自己 團體의 準律에 順應할 것

等을 指摘한다.

曹文煥, "特殊性의 朝鮮少年運動－過去 運動과 今後 問題－(五)", 『조선일보』, 1928.3.1.

그 大體가 英米式의 그것을 輸入한 것인 만치 그 訓練方式으로는 秩序

잇는 行進과 野營生活과 其他 自己 及 他人을 爲하야 當面의 善을 實行할 技能을 가르킨다. 그러나 그와 가티 漠然한 意味로서의 神과 國家 或은 自己와 他人에 對한 盡忠할 義勇을 가르키는 것은 그 結果가 正히 現下 小數 支配級의 斥候軍 되는 데에 使命을 마추게 되는 것이니 '쏘이스카우트'의 名稱과 方式 그것이 問題라는 것보다도 實際로 해 나가는 指導精神 그것이 問題될 것이다. 여긔에는 筆者 亦 無限한 遺憾을 늣기는 바이며 쏘한 朝鮮에 잇서서의 少年運動이 可及的 成果를 보지 못한 것은 이런 곳에서 적지 안흔 影響을 입게 되는 것이다. 그러나 時期인 만치 當者들의 分解 批判이 잇기를 발아며 쏘한 反省을 促하는 바이다. 萬若 朝鮮의 特殊性을 忘却하며 現外的 情勢를 沒覺하고 꿋꿋내 그러한 反動的 行動을 取한다는 것은 우리 運動에 잇서서 利롭지 못한 것이다. 그리고 朝鮮 사람인 精神으로 觀察하여 보라. 現下 政治的 經濟的으로 二重三重의 ×××××
×××× 朝鮮의 民衆은 破滅의 洞窟 속에서 허매이고 잇스며 朝鮮少年의 八九割 以上이 文盲과 健康에 주리고 잇는 現象이다. 文盲과 健康에 주린 八九割 以上이나 되는 少年大衆이 그러한 運動을 要求치 안흘 것은 勿論이다. 쏘한 그 指導者들의 主觀으로는 正當한 運動이며 그 運動이라야만 ××한 運動일 것가티 認識하는지 몰으겟스나 설사 그럿타고 하자. 그럿타 할지라도 大衆이 要求치 안흐니 現實에 背馳되는 運動이면 그만두는 것이 조켓다. 하물며 現實과 大衆이 要求치 안코 朝鮮의 特殊性을 認識치 못함에 잇서서이랴?

그럼에도 不拘하고 朝鮮의 現實과 特殊性을 無視하고 自己들의 地位慾, 虛榮心, 優越感을 固持하고 그리고 쏘 極少數임에도 不拘하고 그러한 反動的 對立 反逆的 行動을 꿋까지 取한다면 筆者 個人으로는 何等의 責을 하지 안켓스나 그러나 筆者가 朝鮮 사람의 한 사람인 以上 朝鮮의 마음을 代身하야 그 反省을 促하는 바다. 當者들이여! 깁히 생각하라! 그리하야 反省의 意를 表하도록 하라! 그리하야써 우리 少年運動의 統一을 불지즈며 所謂 目的을 達키 爲하야 손목을 맛잡고 힘 잇게 나가자! 團結은 弱者의 武器다. 이제 筆者로서 最後로 一言을 하겟다. 諸君이 꿋꿋내 反省함이 업시 特殊環境인 朝鮮 안에 잇서서의 그런 態度를 取한다면 차라리 米國이나 英國 日本 等地로 가서 그런 行動을 取하기를 바란다.

少年軍! 이도 亦是 '쏘이스카우드'로 組織되엇나니 一九二二年 秋에 趙喆鎬 氏를 通하야 組織된 것이다. 그리하야 今日에 잇서서는 七十餘隊에 約六百餘名의 隊員을 가지게 되엇다. 그런데 現指導者로는 少年聯合 敎養部 幹部인 全栢 同志가 少年軍 總司令의 責任을 負하고 指導하고 잇다. 그런데 이 少年軍도 〈少年聯合會〉 創立 當時에까지는 퍽 問題가 되어섯다. 그러나 〈少年聯合會〉 發起 當時 卽 客年 七月 三十日에 이르러 少年軍의 責任者인 全栢 同志와 議論한 結果 少年軍을 解體치 안코는 그대로 〈少年聯合會〉에 加入할 수가 업게 되엇다. 왜 그러냐 하면 少年軍도 一最高 陣容인 同時에 쏘한 同一한 最高機關인 〈少年聯合會〉에 그대로는 들어올 수가 업엇든 까닭이다. 그러나 形式보다도 일을 爲하야 實際를 把握하기 爲하야 少年軍 그대로가 〈少年聯合會〉에 들어오게 되엇든 것이다. 그리하야 將次 創立大會까지에 少年軍을 解體하고 〈少年聯合會〉로 全部 드러온다던지 그러치 안코 當分間 〈少年聯合會〉와 少年軍 間의 合同委員會를 둔다던지 하고만 말엇던 것을 〈少年聯合會〉 創立大會에 와서는 筆者와도 百方으로 討論도 하엿스며 여러 同志와 議論한 結果 理論이 合致되어 結局 少年軍은 解體를 하고 〈少年聯合會〉에 全部 드러와서 더욱 힘 잇게 一致한 步調로 統一을 부르짓자는데 問題는 落着되고 말엇든 것이다. 그리하야 거긔에 對한 諸 問題는 거의 解決되엇스나 〈少年聯合會〉에 對한 組織問題에 잇서서는 創立大會에 決定치 못하고 今年 三月 定期大會까지 保留됨으로서 이 問題만도 確實한 決定을 보지 못하고 그대로 現今까지 나려온 것이다. 그러나 責任者인 全栢 同志가 少年軍을 解體하겟다고 言明까지 하엿고 쏘한 自己로서 訓練方式만은 〈少年聯合會〉에 一部門을 두고 그 訓練方式을 實現 持續하겟다고까지 責任진 말을 하엿섯다. 그럼으로 이 少年軍에 對하야는 別問題가 업슬 것이며 쏘한 今年 三月 定期大會에서는 모-든 問題가 圓滿히 解決될 것은 今年 三月 定期大會를 비롯하야 우리 少年運動도 具體的이며 組織的이며 意識的이니 質的 運動으로의 한 거름 두 거름식

내여드릴 것이며 만흔 發展에 成果가 잇슬 것을 밋는 바이다.

曹文煥, "特殊性의 朝鮮少年運動－過去 運動과 今後 問題－(六)",
『조선일보』, 1928.3.3.

◇ 今의 展開와 少年聯合會의 當面任務

今後 展開에 잇서서는 매우 問題가 만흔 것 갓다. 그러나 第一로는 組織
問題일 것이다. 過去의 分散的 組織——그것으로부터 統一的 組織으로의
機關이 잇서야 할 것이다. 그런데 客年 十月 十六, 十七 兩日間에 組織된
〈朝鮮少年聯合會〉가 그 役割과 任務만은 가지고 나왓다고 보겟스나 그러
나 그 組織만은 아즉도 全 朝鮮에 散在한 細胞團體를 그 組織 陣容 營內에
지버넛치 못하고 잇스며 쏘한 그 組織體는 自由聯合體임으로써 完全한 意
識的 組織運動을 일으키지 못하며 指導하지 못하게 되는 것은 事實이다.
그럼으로 우리는 現段階에 잇서서 組織다운 組織을 가저야 할 것이며 쏘한
不斷의 努力과 敏活한 活動이 잇서야 할 것이다. 그럼으로 〈朝鮮少年聯合
會〉도 必然的으로 組織體를 變更하여야 할 것이며 今年 三月 定期大會에
서는 반드시 變更하여야 할 것이니 名義부터 〈朝鮮少年總同盟〉이라고 하
여야 할 것이다. 그럼으로 이 압흐로의 組織은 一郡府를 單位로 한 郡府
單一 少年同盟을 組織하야 그 郡府 單一 少年同盟으로써 全 朝鮮少年運動
總本營 機關인 〈朝鮮少年總同盟〉을 結成케 하여야 할 것이니 이리하고야
우리 運動은 中央集權制로 展開될 것이다. 그리하야 道에는 行政機關으로
道聯盟을 두며 郡同盟에는 各 面에 支部를 두고 쏘 各 洞里에는 班을 두어
야 될 것이다. 府同盟에서는 地域別로 支部를 置하며 各洞, 里, 町으로
쏘는 工場 內까지 職業別로 班을 置하여야 할 것이다. 이리하고야 비로소
우리 運動은 組織的이며 意識的으로 展開될 것이다. 우리는 이 組織을 急
成키 爲하야 不絶의 努力과 獻身的 活動을 할 것이다. 그럼으로 〈少年聯合

會〉自體로서도 內的으로나 外的으로 만흔 活動을 開始하야 今年 三月 定期大會 時는 이 組織體를 完成시켜야 할 것이며 또 이리하여야만 任務를 履行한 것으로 볼 수 잇는 것이다. 組織問題를 말하자니 여긔에 關聯된 年齡 問題까지 말하지 아니할 수가 업게 된다. 그러면 年齡 問題에 잇서서는 어느 限度까지 制限하여야 할 것인가. 過去 우리 運動이 急進的으로 發展치 못한 것은 이 原因이 만히 年齡 關係에 잇섯다. 그리하야 二十歲를 超過한 靑年들을 갓다가 少年會員이라 하엿스며 十歲 未滿된 幼年에게도 少年會員의 資格을 주엇든 것이 事實이다. 그럼으로 過去 運動은 말하자면 少年 自身의 本位인 運動이 아니엇든 것이다. 그리하야 二十歲 以上의 所謂 少年運動者들은 恒常 現實을 無視한데서 自己들의 獨斷 乃至 專制的 行動을 取하얏스며 그 行動과 意識을 揚棄하지 못함에 우리 運動은 發展을 보지 못하야 大衆은 이저버려지고 大衆을 써나서 나왓든 것이 事實이다.

**曺文煥, "特殊性의 朝鮮少年運動 － 過去 運動과 今後 問題 － (七)",
『조선일보』, 1928.3.4.**

우리는 반드시 이에 年齡 制限이 잇서야 할 줄 밋는 바이다. 〈朝鮮少年聯合會〉 創立大會 時에 十二歲로부터 十八歲까지로 하자는 意見이 今年 三月 定期大會까지 保留되고 말엇든 것이다. 筆者 亦 언제나 그 必要를 늣기는 바이다. 國際上으로 보아서는 十一歲로부터 十五歲까지를 少年으로 하얏스면 조흘 생각이다. 그러나 우리 朝鮮은 特殊性을 씌인 만치 그만치 아즉은 十二歲로부터 十八歲까지로 하는 것이 조흘 것 갓흐며 筆者도 여긔에는 별 異議가 업다. 그리고 우리 少年運動에 잇서서 敎養 及 指導問題를 퍽으나 等閑視하여 왓다. 過去의 指導的 敎養으로는 냄새나는 童話 等이며 그리고 또 純全히 天眞性을 敎養함에 끈치엇고 도모지 現實性을 把握하지 못하얏스며 特殊環境에 處한 朝鮮으로의 少年運動과 靑年運動에 對하야

特殊한 差別을 取하려 하엿든 것도 事實이다. 그리고 朝鮮에 잇서서의 少年運動의 任務가 重且大하다는 것을 認識하지 못하엿스며 또한 少年運動이 民族的의 一部門으로의 運動 任務를 遂行하지 못하엿든 것도 明確한 事實일 것이다. 그럼으로 이런 말을 主張한 사람이 잇다. "少年運動은 獨立하여야 쓴다"고—— 이는 少年運動의 本質을 아지 못하는 者의 말이니 朝鮮의 現實과 特殊性조차 沒覺한 者라고 볼 수 잇슬 것이다. 보라—— 中國에 잇서서의 ××運動이 學生運動을 重要視하며 勞農 露國이 幼少年 敎養訓練에 가장 置重하고 잇슴을—— 일로써 보더라도 小年에 對한 問題가 如何히 重要한가를 알 것이다. 우리는 여긔에 잇서서 보다 더욱 敎養指導 問題에 置重하여야 할 것이다. 兼하야 指導的 理論을 確立하여야 할 것이다.

그리하야 우리 少年運動은 民族的으로 社會的으로 世界大勢의 必然에 應한 意義가 잇슬 것이다. 그러나 過去의 所謂 指導者나 運動者 自身부터 敎養과 訓練을 바더야 할 것이며 우리 少年 大衆이 要求하는 機關紙다운 機關紙를 하나라도 爲先 가저야 할 것이다. 筆者는 여긔서 더 張皇히 말하고저 하지 안는다. 〈朝鮮少年聯合會〉의 第一會 定期大會가 急迫하야 오니 모-든 問題는 大會 席上에서 解決될 것이며 少年運動 또한 筆者가 呶呶하기 前에 諸 同志로서 有力하고도 만흔 理論을 新聞紙上에 發表한 바 잇섯스니 여긔서 더 말할 必要도 업겟고 또한 時間關係로 보더라도 그만두려고 한다. 그러나 붓을 놋키 前에 더 한마대 쓰고저 하는 것은 少年斥候聯盟이며 少年軍이 모다 解體를 하고 少年運動의 統一 陣營 內로 드러와 참다운 精神下에서 一致한 補助로 나아가기 前에는 우리 少年運動의 急進的 發展과 圓滿한 成果를 엇지 못할 것이다. 그리고 다음과 가튼 標語를 내놋코 십다.

一. 從來의 ××××的인 頑昧한 迷信的 少年運動에 對하야 抗爭하자!
一. 우리는 靑年運動 前衛隊의 充實한 後備軍이 되자!
一. 分散的 運動에서 統一 組織的 運動으로 方向을 轉換하자!
一. 無意識的 氣分運動으로부터 意識的 目的運動을 展開식히자.
一. 少年 文盲을 退治하자!

一. 우리는 少年의 政治的 經濟的 社會的 利益 獲得을 爲하야 運動을
　　일으키자!
一. 少年의 社會的 地位를 찾자!
一. 三百二十餘萬이나 되는 우리 少年들을 하로라도 速히 統一 旗幟下
　　로 集中시키자!
一. 우리 二百三十萬餘 幼年의 指導에 눈쓰자!
一. 우리는 中央集權制인 群府 單一同盟을 單位로 한 最高 機關 總同盟
　　을 結成하자!
一. 우리는 十二歲부터 十八歲까지로 年齡은 制限하자!
一. 少年運動은 少年 自身이 하자.
一. 우리는 無産兒童을 絶對 保護하자!
一. 우리는 勞働少年 及 農村少年 敎養에 注力하자!
一. 우리는 世界大勢에 順應하자.
一. 우리는 〈新幹會〉와 靑總의 指導下에서 나가자!

　　　◇ 結 論

　이제 筆者로서도 이 우에 별로히 쓸 것이 업다. 그러나 問題인 것은 十二
歲부터 十八歲까지의 少年이 約三百二十餘萬이나 되는데 그들을 엇더한
方式으로써 統一陣營 內로 集中시키며 쏘한 訓練과 指導를 할가! 그리고
쏘 지금도 各處에서 少年團體가 일어나기는 하나 大概가 다 朝設暮解의
傾向이 업지 안흐니 組織問題에 잇서서도 特히 急速한 解決을 지어야 하겟
다는 것을 力說하고 십다. 그리고 運動者 및 指導者 諸氏도 過去의 희미한
意識을 揚棄하고 새로운 意識을 갓는 同時에 自體의 敎養과 訓練을 爲하야
만흔 努力이 잇서야 할 것이며 運動 自體로도 質的 展開가 잇서야 할 것이
다. 그리고 遺憾으로 생각하는 것은 過去에 잇서서 靑年運動者나 社會運動
者들이 넘우나 等閑視——無關心하얏다는 것이다. 더욱 우리 少年運動을
指導하여야 쓸 靑總에서조차 少年運動에는 問題조차 삼지 안헛든 것이다.
그리고 우리 朝鮮에 잇서서는 무슨 運動을 勿論하고 經濟의 打擊을 밧는
바이지마는 더욱 經濟權이 업는 우리 少年에 잇서서 少年運動을 運搬하야

나가기에는 적지 안흔 힘이 들 것이다.

그러나 矛盾에서 眞理를 차즐 것이며 鬪爭에서 發展을 차질 수가 잇는 것이니 過去에 잇서서 그만한 鬪爭과 矛盾이 업섯드라면 지금에 이만한 發展을 보지 못하엿슬 것도 事實이다. 그럼으로 우리는 過去 運動을 批判하며 쏘한 不絶이 鬪爭하야 우리 運動의 發展을 圖할 것이다. 우리는 恒常 現實性을 잘 把握하는 同時에 朝鮮의 特殊性을 忘却하지 말고 少年大衆이 要求하는 少年本位의 運動을 展開시켜야 쓸 것이다. 그리고 우리 少年運動은 民族的 單一黨인 〈新幹會〉와 靑年運動의 總本營인 靑總의 指導를 바더야 할 것인 바 〈少年聯合會〉로서 〈新幹會〉와 靑總間의 有機的 ××下에서 指導를 바더 나가야 할 것이다. 모든 不足한 點에 잇서서 無量의 遺憾으로 생각하며 後日의 期會로 미루고 이만 끚친다. —— (끚) ——

田小惺, "少年運動에 對한 片感", 『新民』, 제34호, 1928년 2월호.

運動은 運動을 爲한 運動이면 안 된다. 쏘 理論이나 形式만 차저도 못쓴
다. 오즉 運動이 運動으로써 對象된 群衆의 向上과 發達에 實效를 收獲하
는 그것이라야 바야흐로 生命이 잇고 意義 잇는 運動이 될 것은 勿論이다.
그래서 나는 무슨 運動이던지 理論과 形式은 過程的 時期에 긋칠 것이요
언제던지 理論展開——外形 收拾만으로 하려는 運動은 排斥하고 십다.
쏘 누구라도 그런 運動을 즐겨서는 안 될 것이다. 이에 現下 朝鮮少年運動
에 對하야 數言의 片感을 말하기로 한 것이다.

理論의 收拾과 實效의 獲得

少年運動은 元來 少年運動 自體로써의 意義가 잇고 쏘 使命이 잇다. 그
러므로 少年運動은 政治運動이나 思想運動 그것뿐으로 보는 것은 偏見에
갓갑다.

이에 理論이 運動의 生命인 것만은 原則이지마는 過去 七八年間의 少年
運動은 그 奇形的 進步와 한가지 무던히 그 理論의 展開를 보게 되엿다.
그러나 그 理論은 大概가 少年運動의 意義와 價値를 思索하는대 긋첫고
或은 槪評的 必要論 乃至 그 檢討에 不過하엿던 것은 아마 事實일가 한다.
그러면 運動의 生命인 理論이 理論만으로써 運動의 實際的 收穫을 볼 수
잇느냐? 하면 그것은 空想이다. 다시 말하면 理論이 理論만에 긋친다면
이런바 卓上空論이고 마는 것이다. 故로 現下 朝鮮 少年이 아즉도 充分한
理論의 展開 乃至 그 綜合을 보지 못한 只今에 突然히 理論 展開를 排擊
乃至 否認하는 理論은 勿論 成立되지 못할 것이나 그러타구 理論을 停頓식
혀서 實踐할 判局을 열지 못한다면 그것은 우리로써 크게 考慮할 바 아니
랴. 於是에 나는 只今 理論을 收拾하야 實際 運動에 效果를 나타내는 努力
이 必要한 時期임을 主張하나니 이는 朝鮮 少年運動이 발서 八年의 沿革을
가젓고 다시 少年運動으로써의 劃期的 大勢가 顯著한 今日에서도 實際上
進展이 업슴을 痛歎치 안을 수 업스며 쏘한 理論은 實情을 根據로 한 者라

야 生命이 잇는 理論일 것이라는 意味에서 理論과 實踐을 並行식히자는 것은 오히(이상 27쪽)려 適切한 理論일 것을 밋는다.

더욱 理論의 對立은 그 對象인 群衆이 足히 感受할 수 잇고 쏘 適切한 그것이라야만 하는 것이다. 이로부터 우리는 指導級의 幾個人이나 第三者的 評論 갓흔 것만으로는 滿足할 수 없다. 적어도 少年群衆 自體가 體驗과 經綸에서 理論 그것을 判定할 自覺 乃至 意識의 發作을 보아야 할 것이며 實際的 苦鬼에서 더욱 理論을 要求하게 되는 見解를 確執케 하여야 할 것이다. 여긔서 나는 複雜長閑한 敍述을 避하기 爲하야 討究와 證論을 除하고 簡單히 對照的으로 數三 所見을 略記하기로 하겠다.

智的 敎養의 偏望과 그 弊害에 對하야

大體로 從來의 少年運動이라면 少年會 말이다. 쏘 少年會의 敎養이라면 大槪는 讀書, 映畵, 童話, 討議, 講演, 音樂 等이 그것이다. 그러면 이것은 知的 方面일 쑨이다. 卽 少年의 意識方面에 偏重된 運動일 쑨이니 이것이 우리의 注意할 바이다. 말하자면 意識은 觀念만이 아니 意識이 生活을 支配하기까지에 及到하여야 한다는 것이다. 設或 거긔까지는 못 간다 할지라도 覺得된 바 意識은 修練과 經論이 充足하여야 明瞭 確固해지는 同時에 活用性이 豊富해질 것이다.

그럼으로 一層 理性이 發達되지 못하고 感應性이 넘치는 少年으로써야 모처럼 覺得한 意識도 겨우 觀念的일 쑨이란 말이다.

今에 二三 例證을 들건대 講演을 듯고 난 少年 됴흔 말에 醉한 少年—— 이 그 말대로의 生活에 實行코저 한다고 假定하자. 그것은 確然追從에 不過하며 쏘 그 말대로 實行키 어려운 支障을 當한다면 勿論하고 말 것이 分明하다. 그러면 그 少年의 覺得한 바 所謂 意識이란 아모 것도 아니다 ——겨우 意識的 言論의 携帶者임에 不外할 것이다. 그래서 論壇에 當々한 雄辯의 能도 結局은 紹介 傳謁辭에 不過한 것이다. 쑨만 아니라 生活과 認識 乃至 觀念이 大異하야 自身이 矛盾撞着에 싸일 때는 漸々 墮落할 쑨일 것은 미더도 됴흔 것이다.

그래서 나는 此에 關한 改善의 一案을 말하려 하오니 今日 朝鮮少年運

動으로써의 敎養方法 그것을 改善할 것을 主張함이다. 그것은 理論과 實踐을 並行식히자는 것이니 이는 智育과 體育의 並行에서 그 方法이 쉬울 것이다.

要컨대 室內에서 覺得한 意識을 室外에서 實踐하자——意識 그대로의 生活을 必要로 함이다——쪼 體驗하자 그래서 意識은 生活에서 더욱 구더지고 生活은 더욱 意識을 求하게 되자는 것이다. 이제 그 方法으로 經驗의 數條를 들면

1. 會合에서 組織으로——會合과 組織을 區別하는 대는 適當한 討究를 要하는 것이다. 그러나 百名 二百名을 그대로 모아 놋코 會長이나 指導先生님이 무엇하고 가르키는 것은 아모리 생각해도(이상 28쪽) 組織으로 볼 수는 업다——그것은 會合이다——組織은 體系를 必要로 하나니 數百群衆이 烏合的 聚集을 하엿다고 그것을 組織이라고 못할 것이요 設或 帝王式 回章이 그 會合을 圓滿히 繰縱할 수 잇다 할지라도 그것은 威壓이요 組織의 效果는 아니다. 더욱 群合式 體裁를 말한다 할지라도 此等도 帝王的인 會首의 議會가 될 뿐이요 畢竟 少年群衆 自體로써는 何等의 內獲도 못 본다. 故로 單一體的 班制 組織을 主張하나니 그것은 總轄的 體裁가 同盟體와 달은 것을 말함이 아니요 最少數의 被敎養者數를 標準으로 班(patnol)을, 그래서 그것으로 一體로 構成식히는 組織이라야 할 것이다. 이것을 學說上 班制敎養(patnol sistum)이라 하고 다시 그 體裁를 가라처 單一體라는 것이며 이 體裁에 組織이 잇는 然後에야 充分한 敎養의 實施가 便宜 周到되는 것이다.

放牧的 自由에서 規律的으로——朝鮮少年은——文弱에 흐른다. 節制를 실터라고 法憲을 排斥한다. 그래서 浪漫的이요 徒食主義的 虛榮에 빠지는 傾向은 우리의 익게 認知한 바이지마는 이런 故로 嚴格한 規律的 訓練이 아니고는 그러한 文弱과 墮落性을 助長하는 것밧게는 안니 되는 것이다. 소위 人格 自由 云々 等이 곳 墮落과 頹敗를 意味하는 無秩序일 뿐이랴? 오히려 害毒이 甚한 例證을 살펴야 하는 것이다. 卽 非法의 産物은 非法일 뿐이란 것이다. 於是 平法適切한 法憲 節制를 써나서 統一과 向上

을 企待할 수 업다는 것이니 이로써 우리는 規律的 訓練을 渴求하는 것이다. 要컨대 嚴格한 規律은 鞏固한 團結의 産님을 否認치 못할 것이다. 생각건대 自由가 無秩序를 意味함이 아인 以上 巨身長驅의 群衆의 튼々한 團結이 卓的 壯嚴한 步武에 一致케 될 데 바야흐로 少年運動의 實效를 獲得할 것이요 運動의 究竟 目的도 여기서쑌 可能한 것이 아니랴.

過去 運動의 淸算에 對하야

解體는 組織이 잇고야 成立된다──淸算은 改善과 建設의 第一步이다. 淸算이 업시 過去의 運動 그대로써는 組織도 施設로 轉換도 아모것도 안 된다. 萬若 된다면 廢家 우에도 新築이 될 수 잇다는 말과 가튼 것이다. 그러면 엇더케 淸算할 것이냐? 이 淸算이란 意味에는 改善, 驅追, 收拾 等 여러 가지 意味가 包含된 것이니 勿論 現狀의 모든 實情을 보아서는 相當한 困難이 잇겟지마는 이 困難을 避하기 爲하야 淸算을 아니 하겟다는 忌避는 安協이다. 아니 破滅의 意味도 된다. 卽 退步 頹廢 乃至 睡眠인 것은 斷言해도 좃타. 故로 나는 淸算이 卽刻으로 實現되기로 絶執하는 同時에 事實上 時日를 要할 者가 잇스면 只今은 淸算에 準備만이라도 等閑치는 못한다는 것이니 그 方法으로의 若干 考究된 바를 말하자면 첫재 運動을 하나로 集中식히란 말이다. 勿論 現今의 우리들이 努力 中에 잇는 바이지마는 〈少年聯合會〉[63]는 一層 威信을 自認해도 좃타. 그래서 運動의 分散을 積極的으로 檢討, 料課할 수 잇는 것이니 그것(이상 29쪽)은 現下 朝鮮少年運動의 總聯機關이니만큼 萬若 거긔 不備한 點이 잇다면 散在한 少年運動 全般은 當然히 드러와서 그 改善, 完實을 圖謀하야 奮勵할 것이요 第三者的 評論이나 獨尊的 傲慢으로 淸白을 誇張하는 것들은 발서 그 自體는 別天地의 個人 乃至 局部的 家族主義者이며 따라서 大般的 一般運動의 見地로써 當然히 反動視할 바이다.

勿論 個人으로써 運動을 쩌나는 것은 別問題이다. 그러나 運動을 하고 잇고 또 運動을 爲하는 誠意가 잇다면 自身이 運動을 取扱할 勇力과 熱이

---

63 온전한 명칭은 〈朝鮮少年聯合會〉이다.

잇서야 할 것이다.

그럼으로 運動에 關하야는 가장 無慈悲한 態度로써 넉々히 그 種類의 淸算을 斷行할 수 잇슬 것을 밋는다. 다음 한 가지 方法으로는 少年運動의 獨立을 主張할 것이니 當初에 運動 自體로써 獨立을 主張할 必要조차 우리 社會에서쑨 볼 수 잇는 奇現狀이겟지만은 現下의 朝鮮少年運動은 可觀이다. 或 宗敎 學園 團體 等의 附屬이 아니면 個人의 遊戱的 虛榮的 弄物인 것이 그것이다. 이것은 問題를 起할 만한 餘地가 업는 일이지만 今日 少年運動의 情勢에 依照하야는 事實上 問題가 안 되는 것도 아니요 갑작이 處斷하기도 어려운 實情이 不少하니 此에 關하야 그 方法의 第一着으로는 그 獨立을 主張하야 爲先 그 附屬的 寄生的 形態에서 쩌나도록 할 것이임에 말이다. 쏘 셋재로는 指導者에 對한 것이니 이것은 勿論 相當히 討究해 볼 問題이다. 그러나 運動에 害毒을 끼치도록까지 甚한 者는 少年運動 自體로써 適當한 制度가 必要하다. 그것은 그 指導者의 意識이나 指導方法이 不足함에도 不拘하고 自己所有感的 僑漫은 못하도록 할 것이니 이에 對하야는 少年群衆 或은 그 周圍의 間接 關係者 間에서 어느 程度까지 干涉할 수 잇도록——그래서 指導者 自身의게도 持心이 되도록——規定이 잇서야 할 것인가 한다. 말하자면 검은 指導者는 붉은 群衆을 指導할 수 업다는 것이다.

片感은 元來 片々이다. 長閑한 細論을 避하엿기 쌔문에 理論과 考究가 성그런 點은 그 責任이 나에게 잇슬 쑨니지만 좀 더 充分한 論者은 後日 미룬다.(이상 30쪽)

金泰午, "認識 錯亂者의 排擊－曹文煥 君에게 與함－(一)",
『중외일보』, 1928.3.20.

緒 論

全 無産階級 藝術運動의 一翼的 部門運動인 少年運動 陣營 內에 잇서서 運動을 整理하기 爲하야는 먼저 自己 陣營 內에 潛在하야 잇는 不純分子를 無慈悲하게 排擊치 안흘 수 업다. 그것은 運動의 發展上 急務의 하나이기 때문이다.

그럼으로 우리 運動線上에 展開된 諸 問題를 正當히 分析 認識 把握하야 새로운 階段으로 規定치 아니하면 아니 되게 되엇다. 짜라서 小市民性的 —— 自然生長期 意識의 把持者를 克服하여야 하며 反動分子를 徹底히 排擊하여야 한다.

그런데 이제 가튼 陣營 內에서 反動的 錯亂을 새로히 비롯하는 同志가 생기엇슴을 우리는 보게 되엇다. 그것은 日前 『朝鮮日報』를 通하야 「特殊 朝鮮 少年運動의 過去運動과 今後問題」[64]이라는 論文을 쓴 曹文煥 君의 行動이 卽 그것이다.

나는 일즉 曹 君에게 對한 企待가 만헛는이만큼 그의 論文을 熟讀하얏섯다. 그러나 筆者는 落心치 안흘 수 업섯다. 그 論文은 混沌, 反動 그리고 無體系的, 小市民性的, 認識錯亂者임을 暴露하얏다. 짤하서 우리 少年運動線을 퍽으나 混沌케 하얏스며 그리고 朝鮮의 特殊性을 認識하는 듯하면서 小쑤르조아 乃至 折衷主義者임을 暴露하고 말엇다. 짤하서 그는 主觀的 觀念論者인 同時에 純全히 客觀的 情勢를 沒覺한 認識 錯亂者임이 틀림업다.

우리는 如此한 反動分子는 果敢한 理論鬪爭에 依하야 淸算해야 할 것은

---

64 曹文煥, 「特殊性의 朝鮮少年運動－過去 運動과 今後 問題－(전7회)」(『조선일보』, 28.2. 22~3.4)를 가리킨다.

勿論이다. 그런 가튼 陣營 內에도 意識的이던 無意識的이던 數多한 誤謬를 犯하고 잇는 同志를 發見할 수 잇다.

그럼으로 우리는 이 錯亂한 誤謬를 嚴酷한 科學的 立場에서 批判하야 그 誤謬를 矯正하여주지 안흐면 안 된다는 意識下에서 理論鬪爭이 가장 必要하다.

그리고 아즉 우리 運動 自體의 自體的 理論이 確立되지 못하고 딸하서 運動者로써도 植民地的 特殊事情인 朝鮮少年運動 自體에 對한 確乎한 '이데올로기'를 認識把握하지 못하고 다시 말하면 運動의 自體를 沒理解하고 運動의 方式과 方法을 全然 沒覺한 主觀的 觀念論者만을 辯護한 理論은 餘地업시 克服하여야 한다.

넘우나 말이 나의 쓰려고 생각한 바와 線 박그로 흐르는 것 갓다. 그러나 나의 생각한 主見을 提議하라면 먼저 以上의 □□을 말해 두는 것도 無意味한 일은 안일 것이다.

金泰午, "認識 錯亂者의 排擊－曹文煥 君에게 與함－(二)", 『중외일보』, 1928.3.21.

理論 淸算에 對하야

그러면 이제부터 本論으로 드러가서 그의 無體系的 ― 小市民性的의 認識錯誤된 點을 細細히 分析 檢討하기로 하자.

曹 君은 이러케 말한다.

過去의 分散的 運動에서 組織 運動에도 無意識的 運動에서 目的意識的 運動에로의 方向轉換할 過渡的 過程을 過程하고 잇는 劃時期的이라고 볼 수 잇다. 그럼으로 〈朝鮮少年聯合會〉의 綱領으로는 一. 本會는 朝鮮少年運動의 統一的 組織의 充實과 그 實現을 圖함 二. 本會는 朝鮮少年運動에 對한 硏究와 實現을

圖함이라고 하얏다. 이와 가티 過去의 分散的 運動을 統一執中케 하며 無意識的 運動을 意識的 運動으로 轉換 指導하고 重且大한 使命과 役割을 지고 나온 것이 卽 〈朝鮮少年聯合會〉 그것이다.

이러케 말하고 쒸어 가서

그들은 氣分運動에서 組織運動으로 自然生長期에서 目的意識期로 들어왓다 느니 한다. 이러한 理論은 도모지 外的 情勢를 無視한 妄動的 理論이다. (쏘 쒸어 가서) 過去 運動이 무슨 運動이엇고 이제 무슨 運動으로 方向을 轉換하얏 다는 말인가. 그저 漠然한 말로 方向轉換을 부르지즈며 〈少年聯合會〉를 實證的 産物이라고 하니 무슨 말인지를 알 수 업다.

여긔에서 君은 似而非的 少年運動의 誤謬된 認識의 正體를 暴露하기에 躊躇치 안헛다. 그야말로 要領不得의 "잠꼬대" 가튼 소리로 看做할 수밧게 업다는 것이다.

曹 君은 現下 朝鮮少年運動의 方向轉換을 혼자서 是認하얏다가 否認하 얏다가 하면서 自問自答式으로 混沌錯亂하니 그야말로 主體 업는 妄動的 理論이다. 그리고 君은 現實에 맛지도 안는 創立大會 째 그 構圖를 只今ㅆ 지 圓滿히 生覺하는 모양이다. 君은 쏘 〈少年聯合會〉는 方向轉換의 實證的 産物임을 證明하면서도 排擊한다. 이 얼마나한 錯覺的 認識이며 理論 遊戱 를 일삼는 분인가! 그리고 쏘——

新聞紙上으로 每日 보는 바와 가티 現實이 要求치도 안는 組織體의 少年團體 가 各處에서 일어나게 됨을 본다. 이럼에도 不拘하고 目的意識期 云云하며 方向 轉換 云云할 수가 잇는가?

目的意識期 及 方向轉換에 對하야는 曹 君이 임의 前項에 잇서 明確히 證明하얏스니 더 말할 것이 업다. 보라! 쏘 君은 現實을 沒覺한 主觀的 觀念論者임에 틀림업다. 一九二八年 新年 劈頭를 비롯하야 君의 錯誤된 認識과 十分 十二分 判異한 現實이 要求하는 理論的 運動인 單一 卽 少年

同盟體로만 七八處가 組織이 되엇다. 이야말로 少年運動의 實踐的이라고 할 수 잇다.

金泰午, "認識 錯亂者의 排擊 - 曹文煥 君에게 與함 - (三)", 『중외일보』, 1928.3.22.

君은 卽接 이와 가튼 愚論을 吐하야 君의 自體를 君 스스로가 餘地업시 暴露하고 말엇다.

一般이 더 詳細히 하는 바와 가티 〈少年運動者協會〉와 〈五月會〉라는 兩側 團體가 恒常 分離와 軋轢을 圖하얏든 것이 事實이다. 五月 一日 어린이날 紀念에 잇서서도 統一되지 못하고 언제나 兩便이 짜로 짜로히 紀念式을 擧行되엇든 것이다. 또한 이 紀念뿐만 아니라 모든 運動에 잇서서도 恒常 對立性을 지고 나왓든 것이 속일 수 업는 事實이다.

또 건너서

畧……過去의 〈五月會〉와 〈少年運動者協會〉는 派別運動이라고? 그리하야 兩派主義者들이 〈少年聯合會〉 創立 當日에 中間派 同志 全栢, 崔奎善, 曹文煥 理論에 克服하얏다고 한다. 이런 말은 좀 더 깁히 생각하고 내노홀 것이다. 무엇을 가르처 過去 運動을 派閥運動이라 하는가?

曹 君은 이러틋 過去의 派閥運動임을 認識하얏다가 또 섭섭하던지 —— 否認하얏다가 하면서 矛盾 攪亂 混沌 속에서 헤매이니 도모지 頭緖를 잡을 수 업스며 無定見한 妄動의 理論이라고 말하고 십다. 過去의 派閥運動을 君 스스로가 雄辯的으로 證明하고 그처럼 錯覺하는가? 新派 中間派 云云은 同志 洪銀星 君이 性急히 쓴 듯하나 그러나 어느 程度까지의 否認치 못할 事實이다.

於是乎 우리는 空然히 되지 못한 粗雜한 文句만 늘어노코 理論인 척하다가 自己自身만 民族 압헤 暴露식힐 것이며 或은 理論을 爲한 理論을 吐하기 쉬운 것이다.

그럼으로 무엇보다도 모든 것을 愼重히 考察하야 어쩌한 意識을 確實히 把握한 後에 말하란 말이다.

方向轉換 再論

曹 君은 쏘 全 無産階級 解放運動에 잇서서 特殊性이 잇는 現下 民族問題의 現階級問題에 들어가서 이러한 方向轉換論을 主張하얏다.

朝鮮의 無産階級運動이 過去의 自然生長的 運動에서 目的意識的 運動으로 — 그리고 經濟的 鬪爭으로부터 全面的인 政治鬪爭으로의 方向을 轉換하야 이제 全 民族的 單一黨의 媒介 形態인〈新幹會〉를 全 民族的으로 支持하고 잇는 過程에 잇다. 그럼으로 우리 少年運動도……以下 略——

云云하얏다.

君의 誤謬가 百出하는 病源이 여긔 잇다. 무엇을 보아서 全 朝鮮의 無産階級 解放運動이 局部的인 經濟鬪爭으로부터 飛躍하야 全體性的 政治鬪爭으로 方向을 轉換하얏는가 말이다. 其 意義가 那邊에 在한가! 君이야말로 殖民地的 特殊事情과 沒交涉하고 客觀的 情勢를 無視한 쏘는 現實을 妄覺한 主觀的 觀念論者이다.

君은 아마도 日本 福本 一派와 G.H. 生의 論文에 感染 乃至 中毒된 모양이나 말이 나왓스니 말이지 우리는 이것을 徹頭徹尾 把握하야 反動的 理論을 徹底히 排擊하여야 할 것이다. 君이여 말로 資本主義 國家와 理論이라고 正當히 直譯하얏스면…… 그러나 日本의 福本이슴의 左翼小兒病的 思想을[65] 잘 모르고 盲目的으로 輸入하는 것은 可憐한 일이다.

---

65 1920년 레닌(Vladmir Lenin)이 발간한 『공산주의에 있어서의 좌익소아병(The Infantile Sickness of 'Leftism' in Communism)』에서 처음 사용한 말이다. 공산주의 혁명 활동에는 어떤 타협도 있을 수 없다고 하는 좌익 편향을 일컫는 용어다.

그런데 그들은 이러한 弱小民族運動의 特質의 認識——그 歷史的 發達의 特殊性의 認識 把握함이 업시 機械的으로 日本運動의 理論을 斷斥的으로 直譯하여다가 方向轉換이라는 것을 거의 自己自身과 가티 朝鮮에 適用하려고만 햇다.

金泰午, "認識 錯亂者의 排擊－曹文煥 君에게 與함－(四)", 『중외일보』, 1928.3.23.

그리하야 快痛한 '슬로간'의 無意味한 反對, 福本 一派의 難澁怪常한 獨逸文藝流 文句의 修辭的 羅列로써 科學的 假裝을 해 가지고 今春 以後 그의 熱狂的으로 理論鬪爭을 高調하면서 一種의 '센세－슌'을 짓고 잇다.

보라! 確實히 純然한 政治的 ××意識에서 鬪爭한 朝鮮 運動者의 '이데올로기'를 억지로 組合主義, 經濟主義라고 器械的으로 公式的으로 規定하는 그녀들의 머리는 確實히 '압노말'이다.

於是乎 經濟鬪爭만 하다가 비로소 처음으로 政治鬪爭 "압흐로 갓"을 불러서 於是乎 처음으로 開始된 것이 안이다. "어둔 밤에 홍두씨도 분수가 잇지……"

우리 少年運動 陣營 內에까지 이러한 不滿分子가 暗暗裡에 潛在하야 우리의 陣營을 覺醒식히고 짜라서 그 陣營의 發展에 적잔은 防害을 줄 것이니 우리는 組合主義 經濟鬪爭에서 政治鬪爭으로 方向을 轉換하자는 格의 追隨的 傾向을 가진 新中間派들이 少年運動 陣營 內에까지 들어와서 巧妙한 手段으로 運行하며 '헤게모늬' 戰取를 하려는 如此한 反動輩는 果敢한 理論鬪爭에 依하야 淸算할 것은 勿論이다.

그럼으로 元來 少年運動은 少年運動으로의 特殊性이 잇는이만치 自主國 '푸로레타리아' 階級에 잇서야 할 方向轉換을——殖民地的 特殊環境이 잇는 少年運動에까지 直譯的…또는 現實은 沒覺한 方向轉換을 適用하랴고 함은 純全히 觀念論者이다. 少年運動에 잇서서 方向轉換을 한다면 現實을 把握한 少年運動으로서의 方向轉換을 要求하는 것이다.

◇ … 쏘이스카우트의 **處置**

斥候隊의 少年團은 元來 一九二二年 가을에 於是乎 朝鮮에도 이것이 組織되엇다. 그의 具體的 理論이오 綱領으로는……

一. 神과 國家社會에 對한 自己의 義務를 다하는 것

一. 언제던지 他人을 도아주고 自己團體의 準律에 順應할 것

等을 指摘한다. 그리하야 그 大體가 英米式의 그것을 輸入한 것이다.

斥候隊는 鄭聖采 氏, 少年軍은 趙喆鎬 氏가 指導하게 되엇다. 그러나 이 兩個 團體는 恒常 (가튼 陣營임에도 不拘하고) 分離軋轢을 圖하야 對立性을 가저온 것은 속일 수 업는 事實이다.

이러한 째문에 우리는 特殊性의 少年運動에 對한 正當한 認識이 업시 더욱이 그 運動의 歷史的 發達의 特殊性에 對한 愼重한 考慮와 理解도 업시 純全히 客觀的 情勢에서 遊離된 先進國의 地에서 米國 또는 英國에서 展開하고 論議된 理論을 朝鮮에다가 直譯的으로 移植하야다가 非正常的으로 發達된 우리 少年運動을 比較的 正常的으로 發達된 自主國 資本主義 社會에서 實行하고 잇는 '쏘이스카우트'를 輸入하여 器械的으로 規定하는 머리는 確實히 '앱노말'이 아니고 무엇인가?

보라! 그네들이 조금이라도 朝鮮의 特殊性과 客觀的 情勢를 考究하여 認識하고 把握하얏다면 斷然 解體하고 時急히 現實이 要求하는 全 朝鮮少年運動의 最高 機關의 統一 旗幟下로 集中하여야 할 것이다.

그런데 曹 君은 이 '쏘이스카우트'를 批判함에 넘우나 偏狹的 乃至 重傷을 거듭하얏다. 이 '쏘이스카우트'(斥候隊, 少年軍)은 가튼 主張과 綱領 또는 精神으로써 政策을 樹立하야 展開하는 것임에도 不拘하고 斥候隊에 잇서서는 重傷 乃至 惡評까지 하고는 少年軍에 對하야는 辯護 或은 辨解式의 折衷主義의 小뿌르조아的 理論을 敢行하얏다.

金泰午, "認識 錯亂者의 排擊－曹文煥 君에게 與함－(五)",
『중외일보』, 1928.3.24.

曹 君은 少年軍에 잇서 辯護하는 말이──

　略……그러나 責任者인 全栢 同志가 少年軍을 解體하겟다고 言明까지 하얏고 또한 自己로서 訓練方式만은 〈少年聯合會〉 內에 一部門을 두고 그 訓練方式을 實現 持續하겟다고까지 責任진 말을 하얏스니 少年軍에 對하야는 別問題가 업슬 것이다.

　이러케 云云하얏다. 果然 그러타. 理論만이야 조타. 그러나 實踐과 分離된 理論은 한잣 觀念的 空想的이 되고 말 것이다. 왜? 理論이야 아모리 써든다 하드라도 實行치 못하면 회계가 업슴으로써 그럼으로 우리는 어제나 理論과 實踐이 並行하여야 한다.

　보라! 全栢은 일즉히 少年軍을 解體하겟다고 하고…… 只今까지 少年軍 陣營 內만 날로 擴張하노라고 地方에 巡廻하며 宣傳 또는 組織하러 다니기에 沒頭한 行動을 보지 못하는가? 그와 가티 〈朝鮮少年聯合會〉 敎養部 委員임에도 不拘하고 何等의 事業設計는 그만두고라도 敎養問題에 對한 何等의 役割을 못하얏다. 또는 그가 訓練方式을 맛터서 實現 支持하겟다고 責任진 말을 敢行하얏스니……이 말이 事實이라면 嘲笑하지 안을 수 업다. 그러면 特殊 朝鮮少年運動의 敎養訓練을 다시금 '쏘이스카우트'式으로 하자는 말인가? 이 말은 盲目的으로 是認한 追隨者의 行動이나 이 말을 敢行한 ××은 보기 조케 理論만으로는 客觀的 情勢를 理解한다고 하면서 小부르조아 乃至 折衷主義의 中間派的 妄動者가 우리 少年運動 陣營 內에 暗暗히 潛在하야 運動線을 攪亂케 함은 우리 陣營 內에 적지 안은 混沌과 發展上 莫大한 防害를 주는 것이다.

　그리고 아모리 帝國主義 國家式 '쏘이스카우트'라 하기로 적어도 七十餘隊의 約六百餘名이나 되는 그 運動 自體를 帝王式 專制下에 혼자서 解體

與否 云云은 少年軍에서만 볼 수 잇는 現象이다.

우리는 徹頭徹尾 이러한 反動輩나 盲目的으로 現下 朝鮮少年運動의 特質을 把握하지 못하고 '쏘이스카우트'式 運動을 于今껏 持續하고 잇는 團體는 積極的으로 排擊하여야 한다. 그럼으로 그런 分子를 淸算하여야만 우리의 運動은 힘 잇게 긔운차게 展開되리라고 밋는다.

結 論

우리는 朝鮮少年運動의 集中的 表現 總體的 機關인 〈少年聯合會〉를 根據로 한 批評 또는 評論이 잇서야 한다. 그럼에도 不拘하고 定見이 업는 無體系的──全然 現實을 忘却하고 客觀的 情勢를 無視한 또는 朝鮮에 잇서서 特殊性을 沒覺한 主觀的 觀念論者의 理論은 餘地업시 克服하여야 한다.

마즈막으로 曺 君이 事實에 잇서서 錯覺的 誤解를 犯하엿다 하면 科學者의 態度로써 그를 取調할 것이다──筆者는 曺 君의 그 無體系的 小市民性的──主觀的 觀念論을 餘地업시 깨트리며 짤해서 그의 論文을 檢討하여 한편 觀念에 바로잡힌 同志를 救出하지 안흐면 안이 된다는 義務感을 자아내기 째문에 拙筆을 또 든 것이나 끗흐로──여러 同志의 꾸준한 努力과 奮鬪를 빕니다.

金泰午, "理論鬪爭과 實踐的 行爲－少年運動의 新展開를 爲하야(一)", 『조선일보』, 1928.3.25.

　　◇……序 言

　朝鮮의 모든 運動이 一九二七年을 過程하는 동안에 일즉히 보지 못하던 激烈한 理論鬪爭으로 一貫되엇다는 것은 누구나 否認치 못할 事實이다. 그에 쌀아서 全 無産階級運動의 一部門인 少年運動 陣營 內에 잇서서도 客年 十月을 基礎로 하야 果敢한 理論鬪爭이 展開되엇섯다.

　於是乎 理論鬪爭은 理論確立을 爲하야 敢行되엇고 理論確立은 全體性的 運動을 爲하야 遂行할 수 잇게 되는 것이다. 過去의 理論의 提議가 모다 一 實踐과 背馳되지 안흔 理論이엇스며 우리의 特殊한 事情에 잇는 朝鮮의 客觀的 情勢를 細密히 考察하고 여긔에 符合되는 眞正한 理論이엇든가? 毋論 어느 點에 잇서서는 우리 特殊事情과 背馳되지 안흔 理論도 잇섯스나 이 모든 것을 沒覺하고 自己의 主觀的 觀念論만을 網羅한 小市民性的 無體系의 論文도 업지 안허 잇섯다. 그러면 이와 가티 殖民地的 特殊事情과 沒交涉하고 實踐과 分離한 理論은 한갓 觀念的 空想的이 되고 말 것이다. 왜? 그러냐 하면 理論이야 아모리 써든다 하더래도 實踐이 업스면 회계가 업슴으로써이다. 그럼으로 우리는 언제든지 理論과 實踐이 並行하여야 할 것을 慾望한다.

　理論이 先行하고 實踐이 遲緩한다던지 實踐이 先行하고 理論이 遲緩한다던지 하야서는 안 된다.

　元來 無産階級 ××運動은 그 自體의 實踐過程에서 抽出한 經驗을 全體性에서 集約한 새 意識을 獲得하지 아니하면 發展할 수 업는 것이다. 이러한 ××理論에 依하야 指導되지 아니한 實踐은 잇슬 수 업다. 우리는 언제나 理論을 써난 實踐이나 實踐을 써난 理論 卽 理論을 爲한 理論을 認定치 안는 理論과 實踐은 二個의 別立物이나 同一物은 아니다. 이 兩者의 不可分的 關係에서 理論과 實踐의 價値를 判斷하는 것이 우리의 任務다.

理論 업는 實踐은 盲目的 動作에 不過할 것이오 實踐 업는 理論은 觀念的으로 되지 안흘 수 업는 것이다. 그러타고 公然히 理論을 過重評價한다든지 實踐을 過重評價하는 것은 運動 自體를 沒理解하고 運動의 方法과 方式을 全然 沒覺한 錯誤된 認識이다.

◇……理論의 收拾

於是乎 나는 지금 理論을 收拾하여 實際運動에 效果를 나타내는 努力이 가장 必要한 時期임을 主張하나니 이에 理論이 運動의 生命인 것만은 原則이지마는 過去 七八年間의 少年運動은 그 畸形的 進步와 한가지 무던이 客年 以後로 그 理論의 展開를 보게 되엇다.

그러나 그 理論은 大槪가 少年運動의 意義와 價値를 思索하는데 긋첫고 或은 槪評的 必要論 乃至 檢討에 不過하얏든 것이 어느 程度까지의 事實이다. 그리면 運動의 生命인 理論이 理論만으로써 運動의 實際的 收穫을 볼 수 잇는가? 하면 그야말로 卓上空論에 不過하고 마는 것이다.

金泰午, "理論鬪爭과 實踐的 行爲－少年運動의 新展開를 爲하야(二)", 『조선일보』, 1928.3.28.

그럼으로 現下 朝鮮少年이 아즉 充分한 理論의 展開 乃至 그 綜合을 보지 못하는 지금에 突然히 理論展開를 排擊 乃至 否認하는 理論은 勿論 成立되지 못할 것이다. 그러하고 理論을 展開식혀서 實踐할 判局을 열지 못한다면 그것은 우리로써 愼重히 考慮할 바가 아니랴!

이는 朝鮮少年運動이 발서 八年의 沿革을 가젓고 다시금 少年運動으로써 劃期的 大勢가 顯著한 今日에도 實際上 進展이 업습을 痛嘆치 안흘 수 업스며 쏘한 理論은 實際를 根據로 한 者라야 生命이 잇는 理論일 것이라는 意味에서 理論과 實踐을 竝行식히자고 한 것은 오히려 適切한 理論일 것을 밋는다.

우리는 指導級의 幾個人이나 第三者的 評論 가튼 것만으로는 滿足할수 업다. 적어도 少年群衆 自體가 體驗과 經綸에서 理論 그것을 判定할自覺 乃至 意識의 發作을 보아야 할 것이며 實際的 苦衷에서 더욱 理論을要求하게 되는 見解를 確執하여야 할 것이며 딸아서 徹底한 理論의 收拾을삼가 規範하는 '이데올로기'를 把握하여야 한다.

◇……鬪爭의 檢討

朝鮮의 全 無産階級××××이 發生한 以後로 激烈한 理論鬪爭이 展開됨에 딸아서 그의 一翼的 部門運動인 少年運動에 잇서서도 現下 朝鮮의 客觀的 條件이 必然的으로 運動의 展開를 爲하야서는 理論을 要求하게 되엇던것이다.

그래서 客年 十月에 잡아들어 同志 宮井洞人 果木洞人[66] 筆者 等의 理論展開와 다시금 年末에 至하여 洪銀星 同志의 「少年運動의 理論 確立」[67]에對한 論文은 우리 少年運動線上에 가장 힘 잇는 '힌트'를 주엇다. 그리고同志間의 論戰은 始作되엇던 것이다.

一九二八年 新年 劈頭에 洪銀星 君의 「在來의 少年運動과 今後의 少年運動」[68]이며 筆者의 「丁卯 一年間 朝鮮少年運動」과 또는 「少年運動의 指導精神」[69]의 論文이 發表되자 그 뒤를 니어 同志 崔靑谷 君의 「少年運動의當面 諸問題」[70]가 上程되엇섯다. 그 論文이 끗을 막자마자 뒤를 니어 同志洪 君과 筆者의 駁文[71]이 崔 君의 理論을 餘地업시 克服식히는 그 사이에

---

66 '宮井洞人'은 홍은성(洪銀星), '果木洞人'은 연성흠(延星欽)의 필명이다.

67 홍은성의 「少年運動과 그의 文藝運動의 理論 確立」(『중외일보』, 27.12.11~15)을 가리킨다.

68 홍은성의 「在來의 少年運動과 今後의 少年運動(전2회)」(『조선일보』, 28.1.1~3)을 가리킨다.

69 김태오의 「丁卯 一年間 朝鮮少年運動─氣分運動에서 組織運動에(전2회)」(『조선일보』, 28.1.11~12)와 「少年運動의 指導精神(전2회)」(『중외일보』, 28.1.13~14)을 가리킨다.

70 최청곡의 「少年運動의 當面 諸問題(전4회)」(『조선일보』, 28.1.19~22)를 가리킨다.

71 홍은성의 「少年聯合會의 當面任務-崔靑谷 所論을 駁하야-(전5회)」(『조선일보』, 28.2.1~5)와 김태오의 「少年運動의 當面問題-崔靑谷 君의 所論을 駁함(전7회)」(『조선일보』, 28.2.8~16)을 가리킨다.

다시 宋完淳 同志의 「空想的 理論의 克服」[72]이란 評論이 洪 君에 對한 理論의 排擊이 잇섯다. 그러나 이러타는 效果는 주지 못하얏다.

엇재쯘 가튼 우리 少年運動의 陣營 內에 잇서서 同志間의 果敢한 論戰은 始作되엇던 것이다. 於是乎 特殊 朝鮮少年運動을 規範하기 爲한 論戰은 일즉히 보지 못하든 理論鬪爭이엇다. 少年運動에 잇서서 主體的 指導確立을 爲하야 意識的으로 움직이는 同志들의 活動 實踐的 行動을 넉넉히 엿볼 수 잇섯다.

이와 가튼 過程을 過程하는 지금에 少年運動 陣營 內에는 나날이 全體性的 運動과 合流되어 나가는 새로운 進展이 보이엇다. 엇재쯘 其外 여러 同志들의 發表한 論文 等은 우리가 반드시 過程하여야만 할 過程에 잇서 重大한 役割을 敢行하얏다.

다시 말하면 少年運動으로써 方向轉換을——機械的 公式的으로 發行하지 안키 爲하야 理論鬪爭을 展開하얏고 運動者는 여긔에 對하야 意識的으로 努力할 '모맨트'에 섯다.

金泰午, "鬪爭과 實踐的 行爲—少年運動의 新展開를 爲하야(三)", 『조선일보』, 1928.3.29.

나는 同志들의 諸 論文을 具體的으로 檢討하려고 하얏스나 그에 對한 文獻이 具備치 못하고 또는 아즉 이른 感이 업지 안헛스며 三月 二十五日 定期大會에 모-든 理論이 여러 同志들 사이에 論議되겟기……다음 時間을 利用하여 具體的으로 究明하며 把握한 後에 다시금 拙筆을 들려고 한다.

넘우나 말이 問題에 脫線이 되어 間隔이 멀어진 것 갓다. 그러나 나의

---

72 송완순의 「空想的 理論의 克服—洪銀星 氏에게 與함(전4회)」(『중외일보』, 28.1.29~2.1)을 가리킨다.

생각한 問題를 題議하랴면 以上의 要領을 말해 두는 것도 無意味한 일은
아닐 것이다.

　於是乎 우리는 씩씩하고 긔운찬 少年運動을 힘 잇게 展開하기 爲함에는
果敢한 理論鬪爭이 잇서야 할 것이며 特殊環境에 處한 少年運動을 究明하
야 敎養 及 指導問題에 對한 理論確立으로써 우리의 特殊性과 現實性을
잘 把握 認識하여 指導的 理論을 確立하여야 할 것이다.

　그러자면 우리는 不斷히 鬪爭을 繼續하여야 할 것이다. 그러타고 理論
만을 過重評價하야서는 못 쓴다. 우리의 特殊事情과 沒交涉하고 實踐과
分離한 理論── 쪼는 少年運動의 體系를 버서난 理論은 排擊하여야 될
것이다.

　그러면 우리는 理論鬪爭을 함이 가장 冷情한 頭腦로써 現實을 잘 把握
料理한 然後에 붓을 들어야 한다. 하면 鬪爭이란 얼마마한 價値가 잇스며
行動體系인가를 分析하며 把握할 必要가 잇다는 것이다.

　鬪爭은 手段이오 目的이 아니다. 鬪爭은 歷史의 副産物이오 先天的 旣
存體가 아니다. 그럼으로 鬪爭은 鬪爭 그것이 目的이 아니라 어느 다른
××을 定하고 그 ×××××하기 爲하야 取하는 方法이며 經過다. 그러나
鬪爭 그것을 것치지 아니하면 그 生存에 絶對的 條件이 되는 (一行 畧)
그 鬪爭이 目的이 되는 째가 잇다. (以下 十餘行 畧)

　複雜한 社會일스록 必然的으로 鬪爭이 進展하게 되는 것이다. 짤아서
그 鬪爭의 戰術도 單純하지 못하고 戰術에 잇서서도 그만큼 複雜한 故로
한 가지 行動에 對하야 여러 가지의 觀察이 可能하고 細末의 是非에 끌니
어서 大局에는 着目하지 못하는 弊害가 흔이 생기는 것이니 特히 注意를
가저야 할 것이다.

　鬪爭은 歷史上 繼續된 事實이오 避치 못할 運命인 以上 그 鬪爭의 價値
를 否認할 수가 업다. 그러나 鬪爭이면 모조리 價値를 가지는 것이 아니라
그것이 社會 進化 쪼는 그 運動 發展에 貢獻이 잇지 아니하면 그는 한갓

暴行이오 害毒이 되고 마는 것이다.

우리는 現下 모든 運動線上에 鬪爭을 만히 보게 된다. 그러나 그 鬪爭
中에 小쑤르조아的 無體系的으로 運動線을 混沌케 하는 理論鬪爭도 種種
發見되나니 우리는 그 機會마다 此를 指摘하여 究明하고 論評하여 왓고
쏘는 現段階에 對한 認識錯誤 認識不足한 同志의 理論을 克服하여 왓다.
지금도 하는 中이라 하면― 우리는 理論을 爲한 妄論보다도 實踐을 爲한
果敢한 理論鬪爭이 잇서야 한다.

金泰午, "鬪爭과 實踐的 行爲―少年運動의 新展開를 爲하야(四)",
『조선일보』, 1928.3.30.

◇……發展 過程

우리 少年運動은 從來로 어쩌한 集團的 全線的 統一的이 못 되고 分散的
孤立的 局部的 地方運動에만 끈치엇기 쌔문에 具體的 理論이 確立되지
못하고 쌀어서 運動者로써도 運動 自體에 對한 確乎한 意識을 把握하지
못하는 同時에 그의 運動은 派閥運動이엇슴이 否認치 못할 事實이다.

그러나 此等의 派閥的 紛糾는 結局 조흔 成績을 주지 못하는 것이다.
在來의 派閥的 意識을 揚棄하고 集團的 總本營인 〈朝鮮少年聯合會〉를 創
設하야 가지고 組織 團結을 鞏固히 하는 同時에 一步 나아가 全線的 運動
으로 進出하게 되엇나니 이와 가티 局部的 自然生長期에서 全線的 或은
組織的―集團的 目的意識期로의 方向轉換을 試하게 되자 거긔에 쌀어서
멧멧 少年運動의 同志들의 理論의 提議를 보게 되엇던 것이다.

朝鮮의 少年運動은 ××××××××과 함께 반드시 過程하게 만콤 發展過
程을 意識的으로 過程하야 現階段에까지 進出하게 되엇다. 朝鮮 特殊事情
이란 客觀的 情勢는 全體的 部分運動인 少年運動에까지 多大한 影響을
끼치고 잇는 것이 明確한 事實이다.

◇

이러함에도 不拘하고 우리 運動 自體를 相當한 實質에 잇서서 이러타 할 만한 機能을 發揮하지 못하고 소리칠 만한 效果를 나타내지 못하엿다는 것이다. 그럼으로 過去의 少年運動은 無意識的 行動인 自然生長期의 運動이니만치 運動 自體의 誤謬와 缺陷이 存在하얏슴으로……이것이 究明된 目的意識的 行動인 第二期의 運動을 促進하게 되엇다.

이와 가티 第一期인 自然生長期의 運動으로부터 第二期인 目的意識期로의 質的 轉換을 敢行하게 되엇다. 나는 願컨대 三月 定期大會는 必然的으로 第二期的 任務를 遂行하기 爲하야 同志들의 激烈한 理論鬪爭이 잇서야만 할 것이다.

以上에 指摘한 發展過程이 少年運動 陣營 內에 얼마마한 影響을 주엇는가? 또한 同志間에는 如何한 方法으로 如何히 意識的 行動을 敢行하얏든가? 이것을 具體的으로 論議하야 보는 것도 運動의 發展上 無意味한 일이 아닐 것이다. 다시 말하면 過去의 少年運動을 回顧하야 定期的 大會 째에 充分히 討議하며 一九二八年의 運動을 加一層 組織的으로 效果 잇게 움즉여 나가자는 것이다.

◇……實踐 過程

運動은 運動을 爲한 運動이면 안 된다. 또 理論이나 形式만 차저서는 못 쓴다. 오즉 運動이 運動으로써 對象된 群衆의 向上과 發展에 實效를 收獲하는 그것이라야 바야흐로 生命이 잇는 意義 잇는 運動이 될 것은 呶呶할 必要도 업다.

그럼으로 나는 무슨 運動이든지 理論과 形式은 過程的 機械에 쓴칠 것이나 언제든지 理論 展開만으로 하려는 運動은 排斥하고 십다. 또 누구나 勿論하고 그런 運動을 즐기지 안흘 것이다.

運動은 進展하고 發展하지 안흐면 안 된다. 그럼으로 運動은 進展한다. 成長하는 運動의 進展은 그 自體의 發展을 爲해서 運動의 各 階段을 過程하는 것이다.

段階를 過程하려면 ×××××의 客觀的 條件은 分析하고 究明하여야 할

것이다. 그 實踐을 組織的으로 統一的으로 한―段階를 過程함으로써의 必然의 理論이 잇게 된다. 勿論 實踐의 理論의 것도 아니다. 理論과 實踐은 相互關係에 잇다. 그럼으로 實踐의 體系化를 爲한 理論의 展開 업시 實行的 過程의 體系的 展開를 보기 어렵다. 쌀아서 理論 업는 實踐은 盲目的 動作에 不過할 것이나 實踐 업는 理論은 觀念的으로 되지 안흘 수 업다. 理論과 實踐의 辨證法的 交互作用에 依하야서만 산 理論과 힘 잇는 鬪爭이 展開될 수 잇는 것이다. 이러한 산 鬪爭理論만이 能히 大衆運動의 戰鬪物 指南이 되는 것이다.

金泰午, "鬪爭과 實踐的 行爲―少年運動의 新展開를 爲하야(五)", 『조선일보』, 1928.4.3.

◇

이러한 意味에서 特殊性의 朝鮮少年運動은 運動의 各 發展過程을 過程하며 새 階段을 넘는 重要한 '모맨트'에 섯다. 이 貴重한 '모맨트'를 如何히 認識 把握하겟는가? 하면 同志들의 不斷의 努力과 過去 運動을 淸算하는 果敢한 理論鬪爭이 잇서야 한다. 淸算은 改善과 建設의 第一步이라고 말할 수 잇다. 淸算이 업시는 過去 運動 그대로써는 組織도 施設도 轉換도 아모것도 안 된다. 萬若 된다면 廢家 우에도 新築이 될 수 잇다는 말과 가튼 말이다. 그래서 運動의 分散을 積極的으로 檢討 過程할 수 잇는 것이니 現下 朝鮮少年運動의 最高 本營인 〈少年聯合會〉에 들어와서 散在한 少年運動 全般은 當然히 드러와서 改善 完實을 圖謀하야 奮勵할 것이오 努力하여야 할 것이다.
　　◇……少年運動의 機關紙
運動과 機關紙 이것은 참으로 써날 수 업는 連鎖的 關係가 잇는 것이다. 우리 少年運動은 이 運動 自體의 統一的 指導的 戰爭과 戰術의 實踐으로서 우리의 機關을 갓지 안흐면 안 될 것이다. 그리하야 우리는 이 機關紙를 通해서 特殊朝鮮無産少年運動을 하며 그에 쌀아 敎養指導함에 둘도 업는 指針이 되어야 할 것이다. 그리고 우리 運動의 歷史的 任務와 現階段의 ×와 金力 모든 것의 窮乏하기 째문에 우리의 少年運動이 八年이라는 長久한 沿革은 가지고 잇지만 한 개의 機關紙가 업섯다. 이 點에 잇서서는 一般 同志들도 퍽으나 느끼는 바일 것이다.

役割을 하지 안흐면 아니 될 것이다.

金泰午, "鬪爭과 實踐的 行爲 ─ 少年運動의 新展開를 爲하야(六)", 『조선일보』, 1928.4.5.

하기 째문에 少年運動에 잇서서 理論이 等閑視하여 왓스니 發展의 遲延이 여기에 잇는 것이다. 우리는 定期大會에 이것을 討議條件의 하나로 하고 期於 施行하도록 하여야 할 것이다. 우리의 意識과 힘만 合한다면 못할 리가 업슬 줄 안다. '판푸렛트'를 못한다면 '리프래트'라도 月刊으로 發行하여 少年運動의 指導的 任務의 役割을 지고 나아가야만 될 것이다. 그리하여야만 씩씩한 運動을 展開해 나아갈 줄 밋는다.

　　　　◇……結 論

少年運動의 陣營 內에 잇서서 實踐的 新展開를 意識的으로 敢行하려고 努力하여야 할 것이다. 理論이 업는 實踐은 妄動이오. 實踐이 업는 理論은 空想임을 우리는 잘 안다. 偉大한 實踐을 낫키 爲하야는 그 理論的 根據가 明確하여야 하겟고 理論的 根據가 明確하랴면 理論確立을 爲한 不斷의 理論鬪爭이 잇서야 할 것이다.

理論의 價値評價를 하기 爲하야는 그 理論의 規範한 實踐의 檢討를 必要하며 그 實踐의 檢討를 正을 일치 안키 爲하야는 批評家의 客觀的 態度를 要하는 것이다.

少年運動 陣營 內에서 理論確立에 依한 實踐的 行爲가 업시는 運動의 機能을 全혀 發揮할 수 업는 同時에 全體性 運動을 爲하야 潑剌한 鬪爭을 할 수 업는 것이다.

이러한 理由下에 우리는 新年 劈頭부터 實踐的 行爲를 敢行하지 안허서는 안 된다는 理論의 展開가 百出하얏다.

그러면 一九二八年 三月 定期大會를 期하야 나타날 것이며 짤아서 그를 爲한 理論鬪爭이면 어대까지던지 激烈한 論戰을 展開식혀 맑쓰主義的 方法論에 依한 指導理論 確立에 努力해야만 할 것이다.

그런데 우리 少年運動에도 特殊性의 朝鮮少年運動의 認識──그 歷史的 發達의 特殊性의 認識──把握함이 업시 器械的으로 公式的으로 理論을 斷片的으로──移植하여다가 痛快한 '슬로간'의 無意味한 反響──福本 一流의 難澁 怪常한 同志가 暗暗裡에 擡頭하고 잇다. 곳 그러면 運動의 核心에 흐르는 '이데올로기' 곳 運動의 指導精神의 運動者의 鬪爭意識이 公式的으로 運動을 實踐에서 遊離해서 恒常 學問的으로만 解釋하랴고 애쓰며 實際 運動의 具體的 發展을 無視하는 그들은 少年運動뿐만이 아니라 어느 運動에 잇서서던지 徹頭徹尾케 排擊하여야 할 것이다. 또는 그것이 理論이라면 餘地업시 克服식혀야 한다.

우리는 恒常 現實性을 잘 把握하는 同時에 朝鮮 特殊性을 忘却하지 말고 우리 少年運動은 ×××××× 〈新幹會〉와 〈靑年總同盟〉[73]과 有機的 連絡으로 現下에 잇서서 少年大衆이 必然的으로 要求하는 少年本位의 運動을 展開하여야만 할 것이다.

---

73 온전한 명칭은 '〈朝鮮靑年總同盟〉'이다.

社說, "朝鮮의 少年運動", 『동아일보』, 1928.3.30.

　　一

　意識的으로 少年을 賤待한 社會와 時代가 어대 잇섯스랴마는 愛護하고 信賴하자는 好意가 結果로는 돌이어 그들로 하야금 撥刺한[74] 氣品과 天眞한 態度를 일허버리게 하는 일이 往往이 잇섯스니 이것은 朝鮮 少年이 正히 그 가운대 被害者의 하나이엇다고 할 수 잇다. 在來 우리 社會의 글홋된 訓育方針과 變通性 업는 倫理觀이 그들의 知能의 啓發과 品性의 陶冶를 意識치 못하는 中에서 妨害를 하야 온 것은 事實이다. 往昔과는 조금 달라 젓다는 今日에 家庭에서 兒童을 如何히 取扱하는지 그것을 보아도 前日의 우리 少年의 社會的 待遇가 어쩌하얏든 것은 넉넉히 像想할 수 잇다. 如何 튼 朝鮮 少年처럼 一般 家庭과 社會에서 理解 못 바다 온 것은 文化를 가진 社會로서는 極히 少數의 例라 할 것이다.

　　二

　그러한 現像이 時代의 進步와 함께 漸次로 업서질 運命下에 잇는 것은 勿論이나 그러나 이 運命을 促進하게 한 것은 八九年 前부터 움돗기 始作한 少年들 自體에서 發生한 運動이니 이 運動이 發生될 初期는 極히 微弱하얏지만 今日에 와서는 全 朝鮮的으로 澎湃한 勢力을 가지고 坊坊谷谷에 少年의 團體가 簇生하게 되엇다. 그리하야 每年 五月의 어린이날의 主催가 잇게 되엇고 昨年에는 各 少年團體를 聯合한 〈朝鮮少年聯合會〉가 出生하 얏스며 今年에 와서는 다시 그 組織을 〈朝鮮少年總同盟〉으로 變更하야 여러 綱領을 發表하고 이러한 同盟體가 잇슴으로써 朝鮮 少年의 할 일이 어 쩌케 多大하다는 것을 보여주엇다.

　　三

　吾人은 兒童을 잘 理解치 못하는 朝鮮에서 少年運動이 이와 가티 勃起

---

74 '潑剌한'의 오식이다.

한 것은 自然한 現像으로 생각하는 同時에 朝鮮 少年을 爲하야 또한 慶賀하는 바이다. 그러나 이 少年運動이 朝鮮에서는 첫 試驗인 故로 前途에 障碍와 失敗가 업스리라 할 수 업스며 그리고 또한 크게 問題 될 것은 指導者이니 少年運動의 主體는 말할 것도 업시 天眞한 兒童들임으로 그들은 自己의 意思를 行한다는 것보다 다른 사람의 指揮와 引導를 기다리어 비롯오 行動하는 것인 만큼 指導者에게 絶對의 權威가 잇다 할 수 잇다. 그럼으로 少年運動이 永遠한 生命을 가지고 發展하야 나가는 것도 指導者에게 잇고 中途에서 瓦解하고 路程을 글흐치는 것도 指導者에게 잇슬 뿐이오 少年 自體에는 何等의 責任을 지어 줄 수 업다 하겟다. 어린이들은 無能力者인 까닭이다.

四

그리고 少年運動의 出發과 目的을 分明히 하야 運動의 實蹟을 나타내어서 一般社會가 그 功績을 認定케 되도록 하야 할 것이다. 萬一 그러한 運動이 何等의 實效를 보이지 안코 헛된 宣傳을 일삼는다면 社會의 輿論은 運動 自體의 存在까지 否定하게 될 것은 分明한 일이다. 少年運動의 存在를 意義 잇게 할 實績을 보임에는 學校에서나 家庭에서 어들 수 업는 또는 訓練될 수 업는 여러 方面의 敎養을 少年 그들로 하야금 스스로 엇도록 하여야 될 것이오 兒童으로 理解할 수 업는 運動은 兒童으로는 할 수 업는 것이니 指導者의 가장 自重할 點은 兒童本位로 어쩌한 運動이든지 進行시킴에 잇슬 것이다.

方定煥, "일 년 중 뎨일 깃쁜 날 '어린이날'을 당하야─가뎡에서는 이러케 보내자", 『동아일보』, 1928.5.6.

일 년 중에 뎨일 깃븐 날이 왓습니다. 무슨 긔념보다도 무슨 명절보다도 이날은 우리들의 생명을 축복하는 날인 까닭으로 우리들의 래일 희망을 기다리는 날인 까닭으로 달은 아모런 깃븜으로도 비기지 못할 뎨일 깃븐 날입니다.

五月! 나무가 커 가고 풀이 자라고 벌레까지 커 가는 온갓 생명이 커 가는 五月. 五月은 어린이의 달입니다. 이 세상 온갓 것의 생명이 새파랏케 커 가듯이 새××의 생명이 웃줄웃줄 커 갈 것을 생각할 째에 우리들 전톄의 희망이 새로 살아나고 우리들 전톄의 생명이 새로 춤을 추게 됩니다. 어쩐 들 이날의 깃븜이 한이 잇슬 것이겟습니까.

그런 까닭으로 결코 결코 "어린이날"은 어린 사람 자신들뿐의 명절이 아 니오 소년운동자뿐만의 명절이 아닙니다. 한아버지 한머니 아버지 어머니 아저씨 아즈머니 왼 집안사람 왼 나라 사람이 다 가티 이날을 마지하고 이날을 지켜서 우리들 전톄의 새 생명을 축복해야 할 것입니다. 이날을 마지하는 전날부터 왼 집안 식구가 가튼 마음으로 새 생명 새 복을 가저오 는 날을 마지하고 다 가티 손을 이끌고 이날의 축하식장에 참례하여야 할 것입니다. 이리 하는 것이 결코 어린이를 위해서만 하는 것이 아닌 것을 알아야 하겟습니다.(한 가지 례를 들면 전 경성의 조선 사람 상민 대운동회 가 어린이날을 니저버린 듯이 이날에 개최되게 된 것은 지극히 섭섭한 일입 니다.)

이날에 집집에 어린이날 등(燈)을 달기로 된 일은 우에 말한 덤으로 생각하야 대단히 조흔 일입니다. 깨끗한 조히로 어여쁜 등을 맨들고 오색 글자로 어린이날이라고 써서 불을 밝히어 마루 우 첨하 쓰테 다는 그것 한 가지로도 왼 집안 식구의 정성스러운 마음과 즐거운 마음을 한데로 모으는 데에 대단히 효과 잇는 일이오 어린 식구의 마음을 더한층 즐겁게 씩씩하게 하야 주는 데에도 크게 효과 잇는 일입니다. 만일 그 등을 어린이날 전날 밤에 미리 달고 불을 밝히어 노흐면 더욱 조켓고 그 등 미테 명함지만한 조히에 어린 식구의 이름을 써서 매달되 어린 사람이 세 식구면 석 장 네 사람이면 넉 장을 매달면 더욱 조켓고 그리고 그 밤에 그 등불 미테 왼 집안 식구가 한자리에 모혀 안저서 그날 소년 단테에서 배포한 쎄라에 씨어 잇는 것을 랑독하면 더할 수 업시 조코 유익한 일이 잇겟습니다.

이러케 하야 우리는 모든 정성을 어린이에게로 모으고 어린이를 잘 키우는 데에 필요한 모든 조건과 생각을 가뎡 안에 철저히 하는 일은 한 집안을 위하야 한 사회를 위하야 또는 전톄의 큰 생명을 위하야 절대한 효과를 가즈는 일입니다.

압흐로 더 이날의 정신을 더 일반덕으로 펴고 더 철저히 하기 위하야 희망 되는 멧 가지를 말슴하면 내년부터는 이날에는 집집에 어린이날 긔를 쏘잣스면 조켓고 집집에서 이날에 어린사람에게 옷을 새로 싸러 입혓스면 조켓고 더 될 수 잇스면 이날 한쌔만은 흰밥을 짓고 어린 사람이 평생에 즐겨하는 반찬을 한 가지씩이라도 해 주엇스면 합니다. 이러케 하는 일이 가뎡덕으로 이날의 긔념을 철저 시키기 위해서 필요한 일인 까닭입니다.

밧브기도 하거니와 마음이 어린 동모들과 함께 들뻐서 더 쓰고 십흔 말이 조용히 씨어지지 아니합니다. 다른 말은 이날 배포되는 조히에 잇스니까 여긔에 중복하지 아니합니다.

崔靑谷, "'어린이날'을 어쎄케 대할 것인가?", 『동아일보』, 1928.5.6.

오늘은 조선에 잇서서 오십여만의 소년이 긔운 잇게 불으짓고 움즉이는 "어린이날"이올시다.

일즉이 우리 소년운동에 잇서서 "어린이날"이라는 것이 잇고 그것을 명절로 지키어 온 것은 부인할 수 업는 사실입니다마는 금년도에 거행되는 "어린이날"은 소년운동의 최고 본영인 〈조선소년총련맹〉을 조직한 후 첫재 번 "어린이날"인 만큼 전년도 "어린이날"에 비할 것이 되지 못하며 아울러 소년 아닌 소년으로써 거행되든 것이 소년의 소년운동으로 참다운 운동으로 들어가는 초긔인 만큼 더욱 가볍게 볼 것이 아닙니다.

그럼으로 녜전에 잇서서 소년운동이라든가 "어린이날" 긔념 그것이 소극덕이오 국한덕이라는 것보담도 준비긔에 잇는 것이고 금년도에 잇서서 소년운동과 "어린이날"은 참다운 어린이들로서의 "어린이날"을 씀직하게도 긔념하랴는 초긔 운동입니다.

어느 철업는 사람으로서는 소년을 쎄나서 소년운동은 살어도 소년으로서 소년운동은 살지 못한다는 그야말로 소년운동의 참다운 사명과 새 일꾼 양성을 거부하고 소년 아닌 소년들이 소년으로써 소년운동을 하자는— 〈조선소년총동맹〉(지금은 총련맹)의 결의가 잇슴에도 불구하고 급속히 선후책을 강구치 안코 원 책임을 그대로 내던저서는 안 될 것이다. 더구나 소년회로부터 나와 국외자 노릇을 하며 쏘한 이런 정당한 결의를 무시하고 일 개인을 위하야 수백 군중의 집단을 경솔하게도 중앙긔관으로부터 탈퇴를 하는 등 자못 어린아이 아닌 어린아이 수작을 하면 아니 될 것입니다.

이것을 보아도 오늘날까지의 소년운동의 정톄를 표현하는 것이며 아울러 총결산을 말해 주는 듯합니다. 그럼으로 인하야 오늘 우리는 최선의 힘을 다하야 오늘 "어린이날"을 당함으로써 소년으로 하야금 소년운동을 살리기 위하야 전력할 것을 약속하지 안흐면 안 될 것이며 독단덕으로 소년운동을 좌우하랴고 하야서는 안 될 것입니다. 그쓴 아니라 조선에 잇서서 모든 것이 다 절박하지마는 그중에 잇서서 모든 절박 그것을 깨털이기 위하야서는 어린이를 위하지 안코 달은 방법을 아모리 강구한다고 한들 잇슬 리가 업습니다.

조선을 위하야 조선의 민족은 소년운동을 넓힐 책임이 잇는 줄 알어야 하며 세계를 위하야 디방덕 발전의 책임이 잇는 줄 알어야 할 것입니다.

결단코 소년운동이란 이 "어린이날"만이 그 명절이 될 수가 업스며 각층으로 각각 어린이를 위한 명절을 맨들어 "어린이를 써나서 장래 희망이 어찌타 잇슬 것이냐?" 하는 생각을 서로 가지서야 합니다.

一. 어린이는 새 세상의 희망의 꼿이며 주인이다!

一. 어린이를 위함은 사회의 절대 책임이다!

一. 하로밧비 건실한 새 일쑨을 맨들자!

一. 소년이면 소년회로 참가할 의무가 잇게 하자!

一. 일반은 스스로 소년운동을 도웁자!

고장환, "행복을 위하야 어머니들에게 -어린이날을 당해서 -", 『중외일보』, 1928.5.6.

◇

넷날에는 맹모(孟母)와 가티 어머니 된 임무가 중대함을 깨다른 현모(賢母)도 잇섯습니다마는 소위 문명햇다는 오늘날 조선사회에 잇서서는 어린이를 넘우도 경시한다 함이 사실이겟습니다. 마치 야단스럽게 열리는 꼿봉오리를 썩는 것 갓고 힘내려는 싹을 짓밟고 잇는 것 갓습니다. 그리하야 넷날부터 어린 사람을 이러케 경시하야 온 우리 조선 사회는 점점 쇠퇴하야 오고 이 반면에 저 - 서양 각국에서는 어린이를 위함이 지극하야서 뒤써러젓든 문명이 멧 백년이나 압서 잇게 되어 잇습니다.

◇

사람과 동물이 꼭가티 가지고 잇는 본능(本能)으로 어머니는 모다 어린이를 사랑합니다. 그러나 사람으로써 어린애를 사랑하랴면 다만 동물과 가티 본능이 인도하는 그대로 아모런 의미 업시 사랑하는 것으로는 부족합니다. 모다 본능 그대로만 한다는 것은 결코 사람으로써 상찬할 것이 아닙니다. 어린이를 심리학덕(心理學的)으로 연구하는 것은 그들을 참으로 알기 위하야 어머니로써 당연히 노력하지 안흐면 안 될 중요한 것입니다. 어린 사람에게 대하야 아모리 생각하얏다 해도 그것으로써 완전히 어린 사람의 세계(世界)를 차즐 수는 업습니다. 오늘날까지의 현상은 어머니 된 분이 다만 자식 사랑만 하얏지 그 아이의 장래와 후세에 엇더한 일이 올는지는 생각지 못해 왓습니다. 다시 말하면 병이 나돌면 열심히 낫도록 간호하고 낫기를 축원햇스나 그보담 더한 교육에는——정신 방면에는 다시 힘쓰지 안코 내려온 것이 사실이겟습니다.

◇

이 짱 우에 인류가 나서 약 이십오만년이 되엇습니다. 지금까지 발달해온 인류의 긴 력사를 생각해도 현재와 장래에 잇서도 부인과 어린 사람과는 써러질 수 업는 관계를 갓고 잇습니다. 부인이 가령 여하한 전문덕 학문을 째치고 고등교육을 바덧드라도 어린 사람에게 대한 책임을 니즈면 안 될 것입니다. 원래 한 민족(民族)이 성쇠하는 것은 여러 가지 복잡한 원인이 잇슴으로 한마듸로써 무슨 근본조건을 짓기는 어려우나 그중 제일 유력한 원인은 그 민족이 어린 사람을 위함과 어린 사람을 짓밟는 대 잇슬 것입니다. 그럼으로 민족의 발달과 진보를 위하려면 반드시 어린 사람을 중히 여기고 그 양육과 교육에 충분히 노력할 것입니다.

부자ㅅ집에서 가뎡교사를 두어 학교에서 배운 교과를 예습하며 복습을 하게 한다고 참 의미의 가뎡교육이 아닙니다. 만일 그러한 형식덕 방법이 참 의미의 가뎡교육이라고 한다면 부자나 권력계급의 아이들은 다 가티 우량아(優良兒)이고 실사회에 나서서는 성공자가 될 것입니다. 그러나 결코 그러한 법측이 업스며 돌이어 가난한 집에서 영웅이 날 것이며 참된 소년이 날 것입니다.

이와 가티 오늘날의 조선 사회는 아동애호(兒童愛護)가 한심하기 짝이 업스며 어찌 될지를 몰릅니다. 칠년 전부터 어린 사람들이 새 세상을 찻고 견실한 사회에 살아나가자는 목덕으로 소년회(少年會)가 처처에 생기고 어린 사람을 옹호하자는 해마다 거행하는 어린이날에 당한 이째 우리는 사회 문뎨의 선결로 어린 사람 문뎨를 해결하고 제이세의 문(門)을 째끗이 열도록 좀 더 어머니들은 생명을 밧치고서라도 미래사회의 주인공이고 새 조선의 싹인 어린 사람을 신톄상으로도 정신상으로도 힘껏 위하고 힘껏 키워 나가야만 그째 비로소 행복이 올 것입니다. 우리의 행복을 위하야 어린이를 위합시다. 압날에 잘살기 위하야 어린이를 위합시다. 갓가운 희망의 날 어린이날을 축복합시다.

丁洪教, "少年指導者에게 – 어린이날을 當하야", 『중외일보』, 1928.5.6.

五月 第一 日曜日은 少年運動으로써 가장 질거운 "날"이다. 어째서 가장 질거운 날이 될가. 그리고 우리는 이 질거운 날을 어써하게 지내야 할가 함에 關하야서 少年指導者 諸氏에게 簡單하게 "어린이날"을 마지하는 뜻을 述하고저 한다.

우리 朝鮮少年運動은 벌서 一千九百二十年代에 胎生하기 始作하야 以來 八九年間을 쭈준히 일하야 온 것은 어느 째는 異常한 色眼鏡 밋헤서 至極히 危險視하게 된 째도 잇섯고 어쩌한 째에는 同志와 同志 사이에 感情的 軋轢으로 因하야 別個의 運動을 한 일도 잇섯다.

勿論 언제든지 眞理는 쭈준히 繼續的으로 努力하는 곳에 잇는 것임으로 우리의 少年運動도 반드시 世間에 誤解를 풀 날은 쭈준히 努力하야 마지안는 곳에서 나오리라고 미덧다. 그 信賴는 果然 우리 少年運動으로 하야금 今日이라는 곳 一千九百二十七年의 첫 어린이날을 맛게 된 것이다.

따라서 少年運動 自體로서도 內的 發展을 끈임업시 해 왓지마는 모든 客觀的 情勢는 우리 少年運動으로 하야금 今日의 組織體를 낫케까지 된 것이다. 곳 말하자면 在來의 封建 黨習에 저저 頑固하기 짝이 업는 도령님 으로부터 帽子 쓰고 가방 멘 學生이 되기까지에 이른 것이다. 그러나 決코 이것은 形式으로의 變動이지 思想으로의 變動은 아니다.

적어도 少年運動으로서 方向轉換 云云하게 된 것은 昨年 以來의 事이 다. 우리 少年運動도 在來의 封建 因習을 버슨 '리알리슴'에 立脚한 少年運動은 社會思想을 쯰인 少年運動으로 進展하지 안흐면 아니 되엿든 것이다.

그리고 "어린이날"에 잇서서도 在來에는 "五月 一日"을 직혀 왓다. 그것은 萬國 勞働祭日과도 상치될 쑨 아니라 少年運動으로도 五月 一日은 너무나 不便을 늦기는 感이 잇서서 〈朝鮮少年聯合會〉昨年 定期大會에서는 適然 히 五月 第一 日曜日로 곳치게 된 것이다.

이곳에서 다시 〈朝鮮少年聯合會〉로서 〈朝鮮少年聯盟〉[75]으로 轉換되기까지에 過程을 一瞥할 것 가트면 一. 社會民主的 中央集權制 年齡制限! 이러한 透徹한 變換이 잇게 된 것이다. 그리고 當面鬪爭으로서 最先務로 一. 少年健康保護 一. 義務敎育 實施 一. 早婚의 徹底的 廢地 一. 少年虐待 絶對防止 一. 少年早起運動 獎勵 一. 少年喫煙 絶對禁止 等 여섯 가지의 '스로간'을 우리가 實行할 수 잇는 範圍 안에서 決議를 하얏다.

어제 "어린이날"을 當함에 우리는 이 모든 것을 集中的 表現을 하지 안으면 아니 될 時期에 到達하고 만 것이다.

이에 少年指導者 諸賢이 반드시 알어야 할 것은 우리의 當面 鬪爭의 役割은 急激한 ××主義도 아니요 또한 極軟한 現實主義도 아니다. 우리는 반드시 鬪爭하야 어들 수 잇는 條件만을 提出한 것이다. 그러나 一部 少年指導者間에도 往往히 左翼小兒病的 ××主義에 拘泥되어 極左的으로 흐르는 傾向을 가지고 잇스나 이것은 運動을 모르는 "書齋派"의 隱遁的 遊戱이다. 따라서 그들은 입과 붓이오 안방구석이다.

그러하나 非大衆的이오 非全體的인 것은 再言을 要치 안는다. 또 一方 軟派가 有하야 在來의 '리알리슴'을 固執하는 一派가 잇스나 그것은 必然으로 沒落을 스사로 告하고 잇는 것이다.

우리는 이 點에 잇서서 簡單히 생각하야써 우리 少年運動으로 하야금 非合法的 또는 脫線的 運動이 되지 안케 하야 주기를 바라며 當面 '슬로간'에 對하야 만흔 努力이 잇기를 바란다.

어린이는 當來할 社會의 主人公이다!! 모든 힘은 〈朝鮮少年總聯盟〉으로 ――

---

[75] 온전한 명칭은 '〈朝鮮少年總聯盟〉'이다.

社說, "'어린이날'에 臨하야(一)", 『조선일보』, 1928.5.6.

一. 朝鮮 父母에게 告함

一

五月의 첫재 日曜日인 오늘 六日은 五百萬을 算하게 되는 朝鮮人 "어린이" 諸君을 爲하야 그의 擁護와 祝福을 全 朝鮮的으로 宣傳하는 날이 되엇다. 輓近에 朝鮮的으로 或은 世界的으로 만흔 紀念과 宣傳의 날을 가지게 되엇지마는 우리 將來의 運命의 자루를 잡고 잇는 希望의 곳인 "어린이"들을 爲하야 짜로히 "어린이날"을 베풀게 된 것은 가장 意義 잇는 날의 하나로서 朝鮮人 된 者는 勿論이오 무릇 人類的 純潔한 情感을 가진 者는 누구든지 한가지로 扶助와 祝福의 뜻을 부칠 것이다. 後進 子女를 愛護하는 것은 人類의 本能的 傾向에 나옴이어서 大體로 크게 缺如한 바 업지마는 다만 愛護하려 하되 그 方法을 글홋치고 或은 또 그 施設이 미츠지 못함에 因하야 그 渴望하는 바를 成就하지 못하니 "어린이날"의 本意는 이 모든 弊點에 늣거워서 그 積極的 匡正을 高調하는 데에 잇는 것이다. 이에 臨하야 吾人은 滿天下 朝鮮人 父母에게 이 一言이 업슬 수 업다.

二

今年의 "어린이날"에는 어린이들 自身에 向하야 가르치는 바와 모든 父母에게 要求하는 바를 一層 大大的으로 宣傳한 바 잇서 本報 家庭面에 一切를 表出한 바 잇스니 여긔에 거푸 하지 안치마는 그의 積極的 및 消極的의 모든 條項에 關하야는 어린이들 自身과 및 一般 父母된 이들이 가장 深刻한 살핌과 堅確한 實行의 意志로써 할 바이오 다만 一時의 법석으로 돌리고 말을 바 아니다. 〈朝鮮少年總聯盟〉에 依한 어린이 動員의 準備에 依하야 京城에서만 一萬餘名의 參加行列이 잇고 地方에는 一百五十餘 府郡에 뻐치어 大擧 宣傳함이 잇다 하니 이와 가티 盛大한 宣傳이 되는 것은 어린이들의 將來를 생각하야 참으로 慶賀하는 바어니와 盛大한 宣傳의 裡面에는 반듯이 眞摯한 人間的 向上 改新의 實績이 잇기를 期하라고 熱望하야 말지 안는 바이다. 그러나 이에 잇서서 吾人의 니즐 수 업는 것은 朝鮮人 民族性의 長處短處와 밋 現代生活의 關係되는 點이다.

三

朝鮮의 現下의 地位와 밋 그 永久한 將來의 休戚의 運命에 關하야 深切한 걱정을 가지는 자 누구든지 그 自體의 民族性의 實態에 對한 嚴肅한 反省을 가지지 아니할 수 업는 것이니 時代 大勢 社會의 制度 等에 幾多한 不滿 쏘는 憂嘆을 가지는이만치 쏘 우리 自體의 道德的 傾向에 對하여서도 가장 責任感이 尖銳한 批判을 가지는 것이 그의 避하여서 아니 될 重大條項인 까닭이다. 그리하야 吾人은 朝鮮人의 本性的으로 聰明 正直 强健 剛勇한 모든 民族性의 美點長處를 歷史上으로 民俗上으로 가장 正確한 論證을 세울 수 잇고 쏘 世界에 向하야 자랑할 수 잇는 바이지만 그러나 쏘 千數百年來 우리의 經驗한 歷史는 만흔 缺點短處를 가림업시 暴露한 것을 自認케 된다. 그는 卽 宗教的 詩的 그리고 現實遊離的인 傾向에 依하야 助成된 遊食思想의 跋扈와 이러한 勤苦力行과 背馳되는 思想傾向에서 延長된 自立性의 裡頹 밋 依賴性의 增長이오 이 兩樣의 缺陷에 依한 當然한 派生의 傾向인 淺薄한 氣分 生活——가장 眞摯味를 缺한 風潮追從의 生活 그것이다. 要컨대 朝鮮人 民族性의 數만흔 缺陷은 우선이 數三 條件으로써 그 共通的인 條件을 삼는 바이오 朝鮮人의 어린이 自身들과 밋 父母 姊兄된 이들의 切實한 匡正의 目標가 이 모든 點에 잇서야 할 것이다.

社說, "'어린이날'에 臨하야(二)", 『조선일보』, 1928.5.7.

二. 民族性의 缺陷의 回顧

一

勞働 農民道의 樹立을 吾人은 題를 거듭하야 論하고 쏘 高調하엿다. 그는 卽 遊食 絶讚의 兩班道를 廢棄하고 汗食本位인 野人道를 高調함이엇섯

다. "强重質直"으로써 隣近民族에게 낫타낫고 그의 武力은 黃河의 流域으로 江淮의 一境에까지 "分遷"하든 古代의 史實은 朝鮮人이 그의 天質로서 柔弱한 데 지나는 民族이 아니엇다. 上古의 文物이 武道의 方面에 먼저 進步되엇든 것과 高句麗 渤海 밋 百濟 新羅 또 高麗 漢陽朝 等 歷代에 잇서서 積極的으로 或은 消極的으로 表現된 軍事的 努力의 자최는 돌이어 朝鮮人이 尙武的 傾向을 가진 强猛한 民族인 것을 證하게 된다. 그의 聰明에 잇서서나 純良正直한데 잇서서도 朝鮮人은 全 歷史를 通하야 항상 優秀한 點을 보엿스니 東洋의 諸 國民 中 오즉 中國人을 除한 外에는 創作 發明 等의 天下를 各 方面에 發揮한 것이 오즉 朝鮮人으로서 活字 鐵甲船 或은 其他 氣像 工藝 等에 關한 立證을 要하지 아니할 바이오 現下 朝鮮 兒童의 體質의 健康 밋 頭腦의 聰明 等은 東西學者의 實驗的 討究에 依하야 往往 그 優越한 點을 保障하는 터이다. 現代에 잇서서 이 모든 優秀한 點을 充分히 誘導啓沃하지 못하고 生長發揚케 하지 못하는 것은 짜로히 論壇함을 要할 바이지만 許久한 過去로부터 가장 激甚한 振蕩 中에 싸진 오늘날에까지 朝鮮人의 가릴 수 업시 暴露 또는 助長된 바 民族性의 缺陷에 關하야 吾人은 實로 쎠저린 反省 밋 改新을 期할 바이다.

二

朝鮮人은 拜天 崇神의 念이 特히 深切한 民族이엇섯다. 이것은 卽 敬虔 純直한 人性의 美德을 보담 만히 가진 것을 證함이다. 그러나 이는 건듯하면 곳 現實을 遊離하고 惱苦를 屑치 아니하며 空想的인 彼岸을 憧憬함에 지나는 流弊에 싸지고 항상 精神的 放浪의 길에 들기 쉬흔 것이다. 上古에 잇서서는 仙道的 或은 '샤마니즘'的 濃厚한 傾向에 흘럿든 朝鮮人은 三國의 末葉에 잇서서 차차 崇佛이 弊害로 되엇고 高麗의 全時期를 通하여서 또 不過 밋 道敎的 思想에 依한 虛誕한 生活에 浸潛하게 되엇다. 國家的 財富와 人民의 精力을 모아서 오즉 이러한 道佛的 方面에 集合한 그의 生活은 確實히 不生産的인 反産業的인 結局의 遊食禮讚 安逸助長의 生活이엇섯다. 漢陽朝에 미처서 道佛을 썩고 儒學을 펴서 所謂 修齊治平의 實踐의 道를 獎勵한 바 잇다 하나 그는 또한 皮相뿐이엇고 儒生本位의 生活은 卽

兩班本位의 生活이엇고 兩班本位의 生活은 卽 技術虐待 勞作賤視의 生活이어서 不生産的 反産業的 밋 遊食禮讚의 生活이엇섯다. 이럿타고 吾人은 이로써 朝鮮 現實의 統治者들의 朝鮮人 貧窮 밋 流浪의 原因에 對한 自家辯護의 材料로 삼기를 許함은 아니다. 그러나 吾人은 深刻한 自己反省의 途程에 잇서서 이 長久한 時日에 걸처서의 遊食禮讚의 글읏된 思想 亡國思想이라고 할 수 잇는 者를 苟且히 掩弊[76]할 수 업는 바이다. 그는 掩弊는 적고 衰頹의 運命은 가장 重大한 까닭이다.

　　　　三

前記한 現實 遊離의 生活은 卽 主觀本位 氣分本位의 生活이 되는 것이다. 그는 발을 드듸어 그 土地를 살피고 現實에 卽하야 그 情勢를 把握하는 生活이 못 되고 항상 夢想的 主我觀에 쓸리거나 固定한 觀念의 城壁에 가치 우는 世俗의 이른바 "샌님" 生活에 흘르게 되는 것이다. 이와 가티 勤苦力作하야 汗血의 生活에 純化하지 아니하고 現實에 卽하야 그 嚴肅한 情勢를 把握하지 안는 生活은 當然히 自立性의 衰頹 밋 依賴性의 增長이 되고 또 반듯이 淺薄한 氣分生活──가장 眞摯味를 缺한 風潮 追從의 生活에 기울어지고 마는 것이다. 그의 政治 努力에 文化 輸入에 그리하야 온갓 生活에 그의 各種의 樣式에 잇서서 吾人은 實로 이러한 根本的인 病根이 各樣各色으로서의 弊害로 나타나는 것을 본다. "어린이날"에 臨하야 滿天下의 父母兄姊로서 그 厚生의 어린이를 道德的으로 匡正誘導하는데에 第一로 留意할 點이 여긔에 잇는 것이다.

社說, "어린이날을 보고", 『중외일보』, 1928.5.7.

昨六日 卽 五月의 첫재 日曜日은 全朝鮮 어린이 五百萬名의 將來를 祝

福하며 現在를 擁護하기를 宣傳하는 날이었다. 그내들이 昨日을 期하야 同一한 場所에 集合하야 짜뜻한 情을 相通하며 다시 街路上에 活潑하게 行列 지어가며 어린이的 氣象을 高揚함을 보고 吾人은 그내들과 그내들의 父兄에게 一言함이 업지 아니치 못하겟다. 언제나 어린이들은 朝鮮 全部의 繼承者이다. 二千萬 民族의 씨를 永遠한 時間으로 傳하여 줄 이도 어린이들이오 八萬 二千 方里의 朝鮮 쌍덩어리를 지키며 사랑할 이도 어린이들이오 朝鮮 歷史□의 過去와 將來를 □□하며 그 □를 올은 方向으로 引導할 이도 어린이들이오 現代의 吾人이 하는 事業을 繼承하야 그 結果를 지어줄 이도 쏘한 어린이들이다. 이와 가티 어린이들의 責任이 重大하며 우리가 그들에게 期待함이 만타 하면 그러면 그들의 父母 되시는 이가 그들로 하야금 이 무겁고 큰 責任을 다하게 하기 爲하야 어써한 擁護가 잇서야 하겟스며 어쩌케 함이 그들의 將來를 祝福하는 所以가 될가 멧 가지를 들어 全朝鮮 父母에게 한 마듸를 하고자 한다.

(一) 飮食이다. 어린들은 發育期에 잇서 養分을 攝取하는 比率이 大人보다 매우 크다. 그럼으로 그들에게 充分한 養分을 攝取시키며 안 시킴에 依하야 그들의 長成한 以後의 □□이 決定된다. □□ 朝鮮 사람의 家庭에 들어가 보면 家長이나 어른은 比較的 조흔 養分을 攝取하면서도 어린이에게 주는 飮食이라면 말할 수 업스리만큼 貧弱하다. 日本人 家庭을 보라. 西洋人 家庭을 보아라. 大人 小兒를 勿論하고 飮食의 內容은 同一하지 아니한가? 호올로 朝鮮人 家庭에서만 大人과 小兒 間에 飮食 差別이 잇다. 그러면 어찌 이와 가튼 貧弱한 飮食을 그들에게 먹이고 그들의 完全한 成長과 長成한 後의 健康을 바랄 것이며 健康한 身體의 所有者를 맨듬이 업시 어찌 朝鮮의 全部를 繼承하는 責任을 그들에게 맷긴다고 할 것인가. 어린이의 健康 保護는 곳 朝鮮의 全部의 保護와 發展을 意味함이다.

(二) 어린이 劇場이다. 西洋社會에는 어린이 劇場이 잇다. 말하면 一種의 꼭두싹시 놀음이다. 三四歲로부터 十歲가량 된 서로 얼골도 모르는 어린이들이 各其 자리에 안저 平和스럽게 조용하게 劇을 구경하다가 喜劇에

는 손벽을 치며 웃으며 活劇에는 痛快한 소리를 지르는 그 모도가 벌서 觀覽客의 態度를 가젓고 劇場道德까지도 훌륭하게 지킨다. 그러면 이 어린이 劇場이 어떠한 價値가 잇는가? 朝鮮 사람가티 社會 道德心이 薄弱하고 朝鮮 사람가티 同族 間 싸움에 長한 民族은 어린 時代부터 社會的 生活을 練習시켜 社會道德을 尊重하는 習慣을 養成하는 同時에 坐한 社會的 習慣으로써 어린 時代부터 그 偏僻性을 除去하여 □爭性을 □□게 하는 一 方法으로 함이 어써할년지 어린이를 □□하는 이에게 이 方面의 充分한 考慮가 잇기를 바라는 바이다.

(三) 어린이의 意思를 너무 强制하지 말라. 어린이들은 智的 道德的으로 判斷力이 薄弱하다. 그릇되기 쉽다. 그럼으로 그들의 意思를 强制 안하면 안 된다 —— 이것이 朝鮮의 父母가 그들의 子女에게 對한 態度이다. 勿論 어린이들이 그릇되는 일을 할 째에 父母가 强制함은 一理 업는 것은 아니나 大體로 强制는 不可하다. 어린이들의 要求가 어대 잇느냐 하는 그 心理的 動機를 차저 가지고 科學的으로 指導함이 理想的이다. 그 要求가 善하면 扶助하여 주고 惡하면 무슨 理由로 惡하다는 것을 理智的으로 가르킬 것이다. 더퍼 노코 强制는 어린이들을 合理的으로 引導하는 方法이 아니다. 쑌만 아니라 어린이의 意思도 意思인 以上 父母는 그들의 意思를 尊重할 理由가 잇다. 何故오 하면 自由意思를 抑壓함은 大人에게나 어린이에게나 한가지로 苦痛이다. 더욱이 어린이의 自由意思를 함부로 强制함은 人生的 觀念을 低下케 하는 同時에 特히 創作力을 鈍濁하게 하는 念慮가 잇다 —— 이 點에 對하야 어린이들을 指導하는 者가 特別한 主義를 加할 必要가 잇다.

要컨대 어린이날을 當하야 우리는 입으로만 그들을 擁護하자 祝福하자 하지 말고 遠慮 잇는 計劃下에 그들을 爲하야 實際로 부슨 하염이 잇서야 한다.

社說, "兒童敎育의 道德的 目標", 『조선일보』, 1928.5.8.

어린이날에 臨하야(其三)

一

吾人은 現下의 時代 그의 制度 쏘는 그 □柄을 삼고 잇는 사람들의 態度에 對하야 항상 痛烈한 批判 밋 抗議를 試코저 하는 者이다. 그러나 이것이 곳 朝鮮人 自體의 道德的 缺陷 —— 이제 所謂 民族性의 短處를 가장 明確하게 批判할 必要를 抹殺함을 意味함은 아니다. 그는 朝鮮人의 生存運動의 前途를 爲하야는 兩者가 아울러 疏忽히 할 수 업는 것인 싸닭이다. 아니 朝鮮人의 眞摯한 指導者로서는 만흔 憤慨가 그의 對立한 側에 向하는 것처럼 쏘 그 友人 同胞에 向하야 慨嘆失望의 念이 닐어나지 아니할 수 업는 것이다. 吾人 비록 幾多한 難關 沮害가 客觀界로부터 다닥치는 것을 浩嘆하면서도 드듸어 쏘 長久한 經驗에 依하야 立證되는 先述한 各種의 道德的 缺陷을 承落하지 아니할 수 업는 것이다. 그리고 이러한 諸種의 病弊는 例外업시 그들의 上層階級을 構成하엿든 사람들에 依하야 助長促進되는 것을 쏘 指摘하지 아니할 수 업다. 上層階級을 構成하는 者는 반듯이 血統의 嚴正한 繼承이 잇는 것 아니오 上古에는 崇神 中古에는 道佛 近古에는 儒學 現代에는 各種 新文化의 率先 攝取者에 依하야 一貫하야 壟斷되는 大部의 文字知識의 占有者로써 代表되는 것이다. 이는 實로 全 朝鮮의 父母 밋 一般 識者 先驅者들의 새로운 反省과 留意로써 먼저 그 自身을 바로잡고 써 그 後生을 敎導하여야 할 바이다.

二

遊食思想의 排擊 汗食 道德의 高調! 이는 즉 書生道에 對한 野人道 勞働道 農民道의 樹立을 爲함이다. 勞働農民道의 高調는 卽 勞働農民의 權利를 擁護하는 大衆的 運動을 가장 堅實한 現實의 土臺 우에 建設하게 되는 始初가 되는 것이다. 그는 쏘 當然히 自力自活의 眞摯한 精神의 樹立으로 되는 것이니 個人으로는 勤勞力作하는 産業的 實務的 意識 밋 生活에 趨進

하게 되는 것이오 民衆的으로는 識者에 依하야 計劃되는 畸形的인 初期運動의 形態를 벗어버리고 비롯오 짬내와 흙내 나는 生活에서의 體驗者들에 依한 徹底强靭한 大衆的 生存運動의 旺溢하여짐을 期할 것이다. 그리하야 自己들의 쎄저린 生活의 逼迫──그의 人爲의 最善을 다한 뒤에서의 無可奈何한 時代의 沮害에 다닥친 大衆의 各自의 自覺으로 닐어나는 運動만에서 비로소 淺薄한 氣分生活──가장 眞摯味를 缺한 風潮追從의 生活이 廢棄되는 것을 볼 것이다. 吾人은 實로 流行의 新衣裝을 競進하면서 淺薄한 自負心을 滿足하는 사람들이 넘우 만흔 이 社會를 볼 때마다 그보담도 더욱 그의 思想 意識 文敎 政治의 諸 生活에 잇서서 이와 그 流弊를 한가지로 하는 것을 쪼 慨嘆하지 아니할 수 업는 바이다.

　　　三

吾人은 일즉 歷史的으로 非常한 喪亂을 맛나 그의 國民精神의 生活化的 洗鍊에 成功한 者로서 中國民과 獨逸人 等의 經驗한 바를 들엇섯다. 政治的으로 失政한 故로 一切를 들어서 다만 根本的 解決의 날에만 맛기는 것은 可하되 오로지 可한 者 아니다. 吾人은 만흔 變革的 動作과 마찬가지로 그 自體의 改良的 努力이 어쩌케 價値 잇다는 것을 그의 實生活에서 體驗하는 것이다. 그리고 이것은 이미 成熟한 人士에게 必要한 것처럼 그의 後生兒童──어린이들을 敎養하는 데에 가장 深刻한 注意가 必要한 것이다. 그런 故로 吾人은 左記한 몃 條項을 滿天下 어린이의 父每[77]된 士女에게 告하는 것이다.

　一. 自力自活精神의 高調이니 어려서부터 自己의 일을 제 힘으로 處置하는 習慣을 길를 일 勞働力作하는 것을 근중히 녁여서 貴族的 生活 月給生活을 憧憬하는 氣風이 업도록 할 일 勞働力作하되 如意치 못하는 것은 元來 問題가 다른 것이다.

　一. 現實情勢를 잘 알고 實生活의 必要한 智見을 닥도록 敎導하기에 各方으로 注意 밋 努力할 일 글에는 용하되 實踐에는 어둔 者가 되지 안토록

────────────────

77 '父母'의 오식이다.

教育 그것이 文字에 泥하고 古傳에 拘하도록 하지 말을 일 이에 關하야는 當然 教育施設 및 그 方針에 關하야 無關心할 수 업슬 것

三. 그리하야 教養의 學究的 目標는 科學 技術 및 管理의 幹能으로써 하야서 偉大한 未成品보담은 緊切한 一家를 일우는 有用한 社會人으로 맨들도록 多數한 兒童을 教養케 할 일 만일 이에 關하야 備細한 各論的인 部分을 말하려면 그는 날을 쏫고 機에 關하여서 항상 論議함을 要할 것이다.(끗)

曹文煥 외, "少年運動者의 '어린이날'의 感想, ◇……깃분 날을 마지하면서", 『조선일보』, 1928.5.6.

木浦少年同盟 曹文煥, "朝鮮 少年과 다른 나라 少年", 『조선일보』, 1928.5.6.

오월 첫 일요일! 이날은 우리 오백만 어린이의 질거히 맛지 안이치 못할 날입니다. 딸어서 이날에 감상은 엇지하면 우리 소년도 다른 나라 소년과 가티 좀 더 자유롭고 더 나가서는 그들과 악수하게 될 수가 잇슬가 함이올시다.

朝鮮少年文盟 趙鏞福, "질거웁니다", 『조선일보』, 1928.5.6.

오월 첫 일요일 이날은 우리 오백만 어린이의 질거히 맛지 안이치 못할 날입니다. 딸어서 나의 감상은 별 것 업습니다. 다만 끗업시 질거울 뿐입니다.

江華少年軍 琴徹, "쑤준히 할 일", 『조선일보』, 1928.5.6.

오늘은 전조선 소년이 질거히 맛는 가장 질거운 "어린이날"입니다. 이날의 나의 감상은 소년이 하는 일인 만큼 변하기 쉬울가 함이올시다. 딸어서 쑤준히 직힐 일입니다. 그러한 쌔는 장해물들이 자연히 사러지지요.

兒童圖書館 洪銀星, "이날을 마지할 쌔에", 『조선일보』, 1928.5.6.

깁붐으로 이날을 마지하며 쌀아서 우리는 희망의 쏫이며 장래의 행복의 열매 될 "어린이"를 좀 더 교양해 나아갈 것을 이날에 맹서합시다.

開城少年聯盟 南千石, "少年運動의 少年 全體化", 『조선일보』, 1928.5.6.

재래의 소년운동은 로인들의 운동이지 소년들의 운동은 아니엇습니다. 우리는 이번 오월 첫 일요일을 마지하며 먼저 늣겨지는 것은 "소년운동은 소년에게로" 하자는 생각입니다. 그럿치 안흐면 소년운동을 소년운동다웁게 하지 못할 짜닭이니까요.

密陽少年會 朴亥釗, "農村少年과 都市少年 握手", 『조선일보』, 1928.5.6.

오월 첫 일요일을 맞는 감상은 다른 것 업지요. 그저 질거웁고 깃쓸 쑨이지요. 그러나 이러한 쌔에 우리는 될 수 잇는 대로 원격해 잇는 농촌소년과 도시소년의 악수를 바라는 바입니다.

侍天教少年會 尹小星, "決議를 잘 직힙시다", 『조선일보』, 1928.5.6.

오날은 전조선 소년이 질거히 맛는 가장 질거운 "어린이날"입니다. 이날의 나의 감상은 참으로 이것저것 깁붐으로 차서 무엇이라고 말할 수 업스나 다만 이런 째에 한 말 하고자 하는 것은 전톄덕(全體的)으로 금후부터는 중앙긔관(中央機關)의 결의(決議)을 잘 직혀 주섯스면 함이올시다.

무궁화社 高義誠, "全鮮的으로 직히십시다", 『조선일보』, 1928.5.6.

우리 "어린이날"을 맛고 보니 먼저 질거움이 한업시 넘처 흐릅니다. 쌀아서 우리는 엇지하면 이 질거운 날을 한갈가티 전선덕으로 직힐가 함이올시다. 이번은 〈조선소년총련맹(朝鮮少年總聯盟)〉이 된 이후 처음 맛는 "어린이날"임으로 다소 전선덕이 못 되올 듯하오나 되도록으로는 전선덕으로 직히지 안흐면 안 될 것이라고 생각합니다.

새벗社 李元珪, "合同이 깁분 일이오", 『조선일보』, 1928.5.6.

재래에는 쓸데업는 일로 파쟁들을 하야 소년에게 다대한 낫분 영향을 미칠 줄로 아는 바 이제 그러한 파쟁 가튼 것은 전연 근절되고 〈조선소년총련맹〉이 창립되어 "어린이날"을 성대히 맛게 되니 깁부고 질거운 가운데 무엇보다도 합동된 것이 더욱 깁붑니다.

서울少年會 高長煥, "未來가 聯盟 됩니다", 『조선일보』, 1928.5.6.

오늘은 "어린이날"입니다. 전선에 소년소녀가 가장 질거워하고 가장 깁 버하야 마지하는 것은 내가 말하지 안트래도 여러분이 다 아실 것입니다. 짤아서 나의 감상은 어린이들이 시위행렬(示威行列)을 하는 것을 볼 째 미래가 련상됩니다.

光州少年同盟 金泰午, "朝鮮을 알게 합시다", 『조선일보』, 1928.5.8.

오날의 조선은 무엇이니 무엇이니 하야도 특수한 처디에 잇슴으로 무엇 보다도 '어린이날'을 마지하며 생각나는 것은 엇지하면 조선 소년으로 하야 금 이 특수한 처디에 잇는 "조선"이란 것을 알게 할가 함이올시다.

崔靑谷, "어린이날의 歷史的 使命", 『조선일보』, 1928.5.6.

一

어린이는 새 세상의 희망이며 동시에 꽃이라는 가장 아름다운 '슬노간' 미테서 우리는 이 오월의 첫 일요일 즉 "어린이날"을 마지하게 되엇습니다.

일즉이 우리 어린이들은 남과 가티(다른 나라) 자랄 째 잘 자라지 못하고 배울 째 배우지 못한 것은 차치 물론하고 다른 나라 어린이들과 다른 환경에 태어나서 어룬과 다른 나라 사람에게 "이놈!" 한마듸에 놀내도록 압축(壓縮)되고 무긔력(無氣力)하야 어룬이나 외국 사람을 대할 째는 벌셔 무서움과 두려움으로써 판을 짜 가지고 다라나기부터 시작합니다. 그리고 배우는 글이라고는 요사히는 어룬들도 잘 알아보지 못할 만한 백수문(白首文), 계몽편(啓蒙篇), 동몽선습(童蒙先習), 통감(通鑑) 등 이로 해일 수 업는 한문학덕 공부를 바더 왓고 한문학덕 도덕을 우리들에게 쓰워 왓습니다.

간단이 박구어 말하면 중국문학(中國文學)을 토대(土臺)로 한 봉건사상(封建思想)과 성인교육(成人敎育)을 썻다는 것입니다. 그러나 디구(地球)는 끈임업시 돌아가는 것과 가티 시대(時代)와 사상(思想)은 몰으는 사이에 이러한 날근 교육(敎育)과 사상은 몰락(沒落)하지 아니치 못하게 된 것입니다.

二

그럼으로 봉건시대(封建時代)의 아동 즉 "어린이"는 어룬 압혜 무릅을 꿀고 양수거지를 하고 서게 되며 더 나가서는 어룬들의 작난감이나 놀이개 가티 이러라면 이리하고 저러라면 저리 하야 자랄 째 자라지 못하고 피일 째 잘 피지 못하야 다른 나라의 소년은 총을 메고 말을 타고 어룬의 하는 일을 하게 되어도 조선의 소년은 열 살만 넘으면 아버지와 어머니의 만족(滿足)을 채우기 위하야 자긔보다 다섯 여섯 살 이상 되는 "안해"와 장가들게 되는 것입니다. 즉 조혼(早婚)이라는 놀나운 형태(形態)로써 이것을 준수(遵守)치 아니치 못하게 되엇든 것입니다. 짤아서 이곳에서 이러나는 필연덕(必然的) 모순(矛盾)은 자손의 저렬(低劣)한 자를 내이게 되엇든 것입니다.

자손이 나약 저렬해짐을 인종(人種)의 멸망이 아니고 무엇이겟습니까. 불란서(佛蘭西)에서 고취(鼓吹)한 '루소-'의 사상은 전세계에 미만(彌漫) 하얏슬 뿐 아니라 우리 조선 반도에도 수입되어 드듸여 일천구백이십이년 에 진주(晋州)에서 소년회(少年會)가 생기 비롯하얏습니다.

三

물론 다른 나라는 발달된 국가임으로 상무적(尙武的) 긔분(氣分)으로 소년척후대(少年斥候隊) 혹은 소년군(少年軍) 소년단(少年團) 등 여러 가지 것이 생겻습니다.

그러나 우리 조선은 특수한 형태에 잇는이 만큼 먼저 소년회(少年會)라는 것이 생겻습니다. 그 후에 소년군이라든지 소년척후대라든지 소년단이 생기지 안흔 바는 아니오나 엇더튼 조선에는 경상도 진주에서 소년회라는 형태로 낫타낫고 그 다음 텬도교에서 소년회를 창립하야 인하야 소년운동이라는 일홈도 붓게 되고 이 운동이 전국덕으로 성대히 퍼지게까지 된 것입니다.

즉 조선에서는 일천구백이십이년을 필두로 하야 이래 소년운동을 륙칠년 해 내려 온 것입니다.

그런데 우리 조선소년운동은 다시 한거름 더 나아가서 작년 십월 이후에는 재래의 비조직적(非組織的)이든 것이 조직적이 되엇스며 쏘한 〈오월회(五月會)〉, 〈소년운동자협회(少年運動者協會)〉가 합동을 하게 하얏스며 더 나아가 금년에는 〈조선소년총련맹(朝鮮少年總聯盟)〉이 조직되기까지에 니른 것입니다.

四

물론 이러한 과뎡을 걸어오는 동안 그리 크다고는 하지 못할망정 사회덕 일군(社會的 一群)으로써 겨을르지 안흔 것은 필자가 말하지 안트래도 여러분이 더 잘 아실 줄 아는 바입니다. 딸아서 우리는 이 "어린이날"을 마지할 새 깁붐과 질거움이 넘처흐름을 끊치 못하며 어쩌케 하든지 조선 소년이라고 난 사명(使命)을 다하야 마지안흘 것을 우리는 이저서는 안 된다는 것을 말하는 바이오며 분투노력(奮鬪努力)하지 안흐면 안 된다는 것입니다.

一九二八. 五. 五.

丁洪敎, "어린이날을 마지며 父老兄姊께(一) ◇…오날부터 履行할 여러 가지", 『조선일보』, 1928.5.6.[78]

五月달 첫재 일요일 되는 六日날은 우리 "어린이"의 날이올시다.

　　어린이날 어린이날!

　　얼마나 즐거운 날입니까?

우리 〈조선소년련합회(朝鮮少年聯合會)〉에서 이날을 어린이날로 작뎡하야 우리 어린이를 애호하는 사상을 고취하자는 날이올시다. 우리가 어린이의 애호를 부르짓는 것은 결코 우리 부형들이 본래로 어린이를 애호치 안는다는 것이 아니라 시대가 변함을 짤아 애호사상에도 여러 가지 연구할 것이 잇고 쏘한 거기에 대한 방법과 풍속(風俗)에도 여러 가지로 곳처야 할 것이 만습니다. 사람은 자긔의 자손을 더욱 번창하게 하랴는 자연덕 욕망이 잇습니다. 자긔 평생에 쯧 두고 못 니르든 것도 자손에게나 일워질가 하는 것이 개인이나 가문(家門)의 희망이겟고 쏘 우리 조선 사람 전톄로 보드라도 지금보담 더 좀 총명하고 튼튼한 사람이 될랴면 이제는 우리 어린이들에게나 희망을 붓치겟습니다. 그럼으로 어린이들은 요다음 우리 사회(社會)의 주인이며 곳 우리 희망의 꼿이며 행복의 열쇠라 할 것이올시다.

어린이도 쏘한 인간(人間)으로 생겨날 째부터 세 가지 자연덕 요구(自然的 要求)가 잇습니다. 첫재 잘 나(出産)아야 되겟고, 둘재 잘 자라야 되겟고, 셋재 잘 배워야 되겟습니다. 성장한 뒤에 잘살고 못살는 것은 제 책임이라고 하겟지만은 아무것도 모르는 유약(幼弱)한 어린이로 불행한 가뎡에 태여나서 자연덕 요구를 채이지 못하고 한평생을 불행으로 보내게 된다면

78　이 글은 3회 연재되다가 완결되지 못한 채로 끝이 났다. 『조선일보』는 1928년 5월 9일자 이관구(李寬求)가 쓴 '사설(「濟南事變의 壁上觀－田中內閣의 冒險」)'을 통해 일본군의 제남(濟南) 출병을 비판하였는데, 이것이 안녕질서를 방해하였다는 이유로 신문지법 제21조에 의해 필자 이관구를 구속하고 신문 발행을 무기정지하였다. 1928년 9월 21일에 이르러 신문은 속간(續刊)되었다. 이로 인해 정홍교의 글은 더 이상 연재되지 못한 것으로 보인다.

다만 그는 그 책임이 어린이게 잇는 것이 안이라 오로지 그 부형의 책임이며 쏘는 이 사회 전톄의 련대 책임이라 하겟습니다.

우리 조선 부형의 자식 사랑이 특별하신 터이 안이심닛까. 그러나 사랑만 잇고 이것을 잘 행하지 못하고 보면 쏘한 책임을 다한다 할 수 업습니다. 그럼으로 우리가 여긔에 생각하여야 할 것은 사랑에도 우열이 잇다는 것입니다. 사랑에도 절도(節度)가 잇다는 것입니다. 사랑에도 참과 거짓이 잇다는 것입니다. 사랑에도 쓸 사랑, 못쓸 사랑을 구별해야 된다는 것입니다.

丁洪教, "어린이날을 마지며 父老兄姊쎄(二) ◇…오날부터 履行할 여러 가지", 『조선일보』, 1928.5.8.

엉童이는 그 부모의 모든 못쓸 사랑으로부터 되어진 결과의 한 덩어리 표본입니다. 이것의 더 자세한 례를 들어보면 첫재 그 분들은 어린이에게 음식을 주는 쌔를 모릅니다. 졋먹일 쌔부터 장성하기까지 만이 먹이기만 하면 조흘 줄 알고 먹여서 조흘 겐지 조치 못할 것인지도 분간치 안코 울기만 하면 하로 몃 번이라도 쌔 업시 먹입니다. 그리고 그분들은 어린이 운동을 적당하게 식혀줄 줄 몰읍니다. 날세가 조금만 추어도 덥듸 더운 방구들에다가 두여[79] 두고 몸이 조금만 편치 못하다면 점(占)을 친다 굿을 한다 하다가는 의사에게도 보이지 안코 무엇인지 알지도 못할 약을 덥허노코 먹여 줍니다. 이러케 해서 어린이의 몸을 망처 놋습니다. 둘재 그분들은 그 어린이에게 보일 것 아니 보일 것을 몰읍니다. 부부간에 물고 뜻고 하는 싸흠도 보여 주기로 합니다. 그리하야 그들은 욕을 배호고 사람 쌔리기를 배호고 시긔를 배호고 납분 싸흠을 배홉니다. 이러케 그들의 성격(性格)을 파괴식혀 줍니다.

---

79 '누여'의 오식으로 보인다.

어린이는 몸과 성격이 한 가지 백지(白紙)와 가타야 물드리기에 달렷고 물과 가타야 담기에 달렷습니다. 그들은 물감에 의하야 희게도 될 수 잇고 검게도 될 수 잇스며 그릇에 딸아서 둥글게도 될 수 잇고 모나게도 될 수 잇습니다. 이 물감과 이 그릇은 누가 되겟습니까. 곳 우리 부모 형뎨 자매된 사람 쏘는 우리 사회의 공중입니다.

丁洪教, "어린이날을 마지며 父老兄姊께(三) ◇ …오날부터 履行할 여러 가지", 『조선일보』, 1928.5.9.

여러분의 책임이 엇지 크지 안이합니까? 하물며 이 세상에는 천대 밧는 어린이 가난한 집에서 굶주리는 어린이 그 외에 고아(孤兒) 등에 니르러서는 더 말할 수도 업슬 것입니다.

그런 고로 사회가 이것을 돌보아주고 쏘한 그 사회의 결함(缺陷)을 가뎡에서 보충(補充)해 주어서 될 수 잇는 대로는 우리의 어린이들을 잘 길르고 잘 가르치고 해서 그들의 장래의 행복을 증진(增進) 식혀주자는 것이 이 "어린이날"을 뎡한 본의(本意)올시다.

그럼으로 이 긔회에 우리는 특히 주의하여 주실 몃 가지를 들어 알에와 가티 말삼하고저 합니다.

健康問題

어린이는 신톄의 발육(發育)이 가장 왕성(旺盛)한 시긔임으로 조곰이라도 부주의하면 그 결과가 곳 그 어린이의 한평생의 불행의 원인이 되는 것입니다.

우리 조선에는 아즉까지 아동사망률(兒童死亡率)에 대한 쏙바른 통계(統計)를 알 수 업습니다만은 一九二○年 八月에 경성부(京城府)에서 발표한 自一九二○年 至一九二四年의 五個年間의 평균(平均)은 한 살 미만(未滿)의 유아사망(乳兒死亡)은 全 生産 千에 對하야 二五五 곳 四分之一

이 죽은 것이외다. 그럴 뿐 안이라 五歲 未滿 어린이의 사망이 全 死亡數 千에 四九六이라 하니 죽는 사람의 半數는 어린이올시다. 엇지 놀납지 안 습닛까? 서울은 인구의 집단디(集團地)로 뎐염병(傳染病)의 감염(感染) 이 비록 다른 디방보다 더할 것을 예상(豫想)할지라도 의료 위생(醫療衛 生)의 설비가 뎨일 만흔 서울로서 사망률이 이러하니 그 외의 다른 디방은 더 말할 것도 업슬 것이 안입닛까. 가튼 서울 안에서도 일본 사람은 유아사 망률(乳兒死亡率)이 一六三, 五歲 未滿의 死亡率이 全 死亡 千에 三五九 라 하니 그 차이(差異)가 얼마나 만습닛까. 여긔에는 여러 가지 원인(原 因)이 잇겟지만은 적어도 이 차이(差異)만은 우리 부형(父兄)네의 위생관 념이 부족한 탓이 그 대부분이라고 보지 안을 수가 업습니다. 이것을 다시 세계의 一歲 未滿 死亡率을 比較하여 보면 진실로 놀나지 안을 수 업습니 다. 뎨일 고율(高率)이라는 일본이 生産 千에 대하야 一四二요 外國으로 는 (墺) 一二八, (伊) 一二七, (獨) 一〇五, (白) 八九, (佛) 八九, (丁抹) 八〇, (英國) 七五, (米) 七一, (諾威[80]) 五五, 뎨일 적은 화란(和蘭)이 四 九라고 하니 그러면 우리 조선 사람의 二五五는 화란(和蘭)의 오 배 이상 이 아닙닛까. 우리는 이것을 평범(平凡)히 볼 수는 업습니다. 이러한 조선 에 태여나는 어린이라도 결코 선뎐뎍(先天的)으로 날 적부터 그 가튼 불행 을 가지고 온 것은 아닙니다.

우리들의 주의에 의하야 그의 사망률(死亡率)을 어느 뎡도까지라도 업 새일 수 잇다는 것을 우리는 생각하여야 하겟습니다.

(가) 種痘와 健康診斷

어린이의 우두(種痘)를 꼭 너흘 것은 물론이며 건강진단(健康診斷)도 적어도 한 달에 한번식은 실행하여야 할 것입니다. 의료긔관이 업는 디방에 서는 의사와 의생 등을 만나게 되는 긔회마다라도 반드시 잇지 안어야 되겟 습니다. 평시의 건강만 밋고 등한히 버려 둘 째는 맛츰내 곳치지 못할 병에 걸리고 마는 것입니다.

---

80 '諾威'는 노르웨이(Norway)의 음역어이다.

(나) 早寢 及 早起 獎勵

어린이를 아참 일즉 니러나게 하는 것은 건강에 조흘 뿐 아니라 사람이 맛당히 직혀야 될 일입니다. 모든 시간덕 관념이 조긔로부터 시작될 것이오 쏘한 어린이의 발육 성격에도 큰 관계가 잇슬 것이 사실입니다.

(다) 喫煙 禁止

담배(喫煙)를 먹는 것은 더구나 어린이에게 잇서서는 더 말할 것 업시 큰 해가 잇습니다. 이것은 가뎡과 사회에서 협력하야 절대로 금지하지 안으면 안니 되겟습니다.

(라) 早婚 禁止

조혼(早婚)이 조치 안흔 줄은 누구나 아시는 바이닛까 더 말할 것도 업거니와 우리는 세계 어느 나라 사람보다 조혼으로 말미암아 납분 결과를 가장 만히 보고 잇지 안슴니까. 조혼은 어린이의 건강과 정신에 해로울 뿐 안이라 장래 그 가뎡의 불화를 일으키고 종족(種族)이 열퇴(劣退)하야지는 것이 모다 그러한 고로 우리는 이 조혼(早婚)을 절대로 금지하여야 하겟슴니다. 적어도 소년단(少年團員 制限年齡 十八歲 未滿의 少年少女)은 엇더한 사상이 잇드라도 결혼을 식히지 말어주서야 하겟슴니다.

方定煥, "어린이날에", 『조선일보』, 1928.5.8.

돈 업고 세력 업는 탓으로 조선 사람들은 맷 밋층 쏘 맨 미층에서만 슯흐게 생활하야 왓습니다. 그러나 그 불상한 한 사람 중에서도 그 쓰라린 생활속에서도 쏘 한층 더 나리눌리고 학대 바드면서 참담한 인생이 우리들 조선의 소년소녀이엇습니다.

학대 바닷다 하면 오히려 한목 사람 갑이나 잇섯다 할가— 갓 나서는 부모의 재롱감 작란감 되고 커서는 어른들 일에 편하게 씨우는 긔계나 물건이 되엇슬 뿐이요 한목 사람이란 갑이 업섯고 한목 사람이란 수효에 치지 못하야 왓습니다. 우리의 어림(幼)은 크게 자라날 어린이요 새로운 큰 것을 지어낼 어린입니다. 어른보다 十년 二十년 새로운 세상을 지어낼 새 미천을 가졋슬망정 결단코 결단코 어른들의 주머니 속 물건만 될 까닭이 업습니다. 二十년 三十년 낡은 어른의 발 미테 눌려만 잇슬 까닭이 절대로 업습니다.

새로 피어날 싹이 어느 째까지 나리눌려만 잇슬 째 조선의 슯흠은 어느 째까지든지 그대로 니어만 갈 것입니다.

×

그러나 한이 업시 써더날 새 목슴 새싹이 어느 째까지든지 눌려 업드려만 잇지 안엇습니다. 七八년 전의 五月 초승! 멧 백년 멧 천년 눌려 업드려만 잇든 조선의 어린이는 이날부터 고개를 들고 이날부터 외치기 시작하얏습니다.

가리운 것은 헤치고 덥힌 것은 벗겨 던지고 새 세상을 지어 놀 새싹은 웃쑬웃쑬 써더나기 시작하얏습니다. 그 긔세는 마치 五月 햇볏가티 찬란하고 五月의 새닙(新綠)가티 씩씩하고 쏘 五月의 새 물가티 맑고 깨끗하얏습니다. 어린 사람의 해방운동이 단톄뎍으로 五百여 처에 니러나고 어린 사람의 생명 량식이 수십 가지 잡지로 뒤니어 나와서 어린이의 살림이 커지고 쏘 넓어졋습니다.

아아 거룩한 긔념의 날 어린이의 날! 조선에 새싹이 돗기 시작한 날이 이날이요 조선의 어린이들이 새로운 생활을 어든 날이 이날입니다. 엄동은 지나낫습니다. 적설(積雪)은 녹아 업서젓습니다. 세상은 五月의 새봄이 되엿습니다. 멧 겹 눌려 온 조선의 어린 민중들이여! 다― 가티 나와 이날을 긔념합시다. 그리하야 다 가티 손목을 잡고 五月의 새닙가티 쩌더 나가는데 잇습니다. 조선의 희망은 우리가 커 가는 데에 잇슬 쑨입니다.

郭福山, "妄論의 克服", 『중외일보』, 1928.5.10.

　朝鮮少年運動이 이러난 後 過去 少年運動을 살펴볼진대 秩序 업시 놀든 어린이들을 秩序 잇도록 하엿스며 어린이도 사람인 以上 人間임을 認識해 주어야 한다고 一般社會에 알렷슴니다. 卽 다시 말하면 어린이는 社會的 存在를 社會에 널리 알렷슴니다.(少年들도 主張하엿슴) 그럼으로 그 時代에 잇서서는 그것만으로도 滿足하엿슬른지 몰음니다. 그러나 時代는 늘 變함니다. 變할스록 朝鮮의 모든 ××××××××××와 ××을 當함애 朝鮮의 모든 ××運動도 더한층 組織的으로 싸우기 爲하야 方向轉換을 하얏스며 지금도 方向轉換을 主張함니다. 그러기 째문에 少年運動者 諸氏들은 特殊階級에 잇는 父母를 가진 少年들의 少年運動도 自然成長期에서 이제는 目的意識期에 進出식히기 爲하야 方向轉換을 하자고 여러 번 論文을 發表하얏스며 지금 實踐運動을 하고 잇슴니다. 그럼에도 不顧하고 少年運動만의 方向轉換 云云은 不可하다는 反動者의 論文이 나왓슴니다. 筆者는 이 論文을 닑고 그대로 默過할 수가 업슴니다. 어느 分은 筆者를 주저넘다고 할는지 모르나 少年運動者 諸氏의 指導를 밧고 잇는 少年 나로는 妄論을 防止하기 爲하야 大膽히 붓을 들지 안을 수 업슴니다.

　그러면 이제는 本論으로 드러가 그 論文을 檢討하는 同時에 나의 생각한 바를 論議하려 함니다.

　五月 四日부터 五月 五日까지 本紙에 連載된 鄭順貞 氏의 所謂 「少年問題・其他」라는 論文은 우리에게 무엇을 말하얏슴니까? 「其他」라는 論文은 筆者에 關係가 업슴으로 말도 하지 안하려 하고 다만 「少年問題」라는 論文을 檢討할 必要가 잇다고 늣김니다.

　朝鮮의 特殊事情과 少年들의 心理를 몰으고 自己 마음대로 主張하는 鄭順貞 氏는 曰 "그보다 少年運動이 無産階級運動의 一部門 運動이 되지 아니치 못할 根本 事實이 어느 곳에 잇는가?"라고 말하얏슴니다. 나는 이것만 보아도 氏가 얼마나 우리 朝鮮 情勢가 一分을 다투어 變하야 감을 沒理解하는 사람인 줄 잘 알 수 잇습니다. 웨 그러냐 하면 여러 말 안트래도 알겟지만 우리들의 父母가 無産者인만큼 勿論 우리 少年들도 無産少年입니다. 그럼으로 우리 少年도 쏘한 無産階級運動의 一部分을 맛허서 싸워갈 것은 누구나 다 알 것이 아닙니까? 氏여! 氏는 엇지하여 우리의 事情을 몰으고 이가티 妄論을 우리 六百萬 少年 압헤 아니 어른들에게 내노앗습니까? 좀 더 생각하여 써 주시기를 바랍니다.

지금 우리 朝鮮 五百萬 少年은 無産階級運動의 一部分을 맛허서 할려고 다 覺悟를 하엿슬 줄로 압니다.

氏여! 암니까? 그러면 氏의 말대로 無産階級運動의 一部分을 少年이 맛는 것이 不可하다고 生覺하고 "뒤로 가ㅅ" 하란 말슴임니까? 따뜻한 봄날에 精神이 어지럽거든 精神이나 修養한 뒤에 少年問題를 잘 生覺하시기 바랍니다. 그리고 理論 아닌 理論을 느러논 것은 붓도 대지 안 하려 하며 이에 쏘 다시 한 가지만 더 檢討하려 합니다.

氏는 말하되 "그러나 近來에 와서 少年問題까지 所謂 方向轉換 云云을 利用하는 것을 보면 一大 喜劇이다" 云云.

氏여 喜劇 가트면 우서 보시요. 氏의 論文을 닑는 讀者 諸氏들이어 氏의 妄動을 우을 것입니다.

나는 氏에게 물어보고 십습니다. 어찌 少年運動은 方向轉換이 不可하단 말슴임니까? 氏여! 朝鮮의 現 情勢를 보시요! 저- ××家들은 自己네들의 役軍을 만들기 爲하야 少年들을 미리 學校에서부터 무엇을 갈치고 잇습니까? 그러기 짜문에 이에 少年運動者 諸氏도 우리 無産者의 役軍을 만들기 爲하야 ××敎育과는 正××로 ××××을 식히려고 애를 쓰지 안습니까? 다시 말하면 어려서부터 朝鮮 事情을 머리속에 너허주며 役軍이 될 만한 訓練을 식히랴고 애를 씁니다. 이러케 하기 爲하야 自然成長期에서 目的意識期로 方向을 轉換하자는 것입니다. 이제는 아러습니까? 無産少年인 나로는 밧버서 더 쓸 수가 업습니다. (完)

丁洪教, "朝鮮少年運動 槪觀－壹週年 紀念日을 當하야(一)", 『조선일보』, 1928.10.16.[81]

＝ 序言 ＝

過去 一年間 우리들의 少年運動은 엇더한 發展을 보왓는가? 다시 말하자면 〈朝鮮少年聯合會〉가 創立되든 昨年 十月 十六日로부터 今年 十月 十六日에 일으기까지 朝鮮의 少年運動은 進展이 되엇는가? 衰退가 되엇는가? 만일 進展이 되엇스면 어느 程度까지 이르럿스며! 만일 退步가 되엇다면 어느 程度까지 退步가 되엿는가를 돌아보는 것이 至重至大한 우리의 少年運動을 爲하야 將來 發展上 한갓 講究의 材가 될 줄 압니다. 創立後 一年間 過去를 回顧하야 우리의 少年運動에 是, 非를 論評하는 것은 自己 自體的 未來를 爲하야 活動力을 加하게 될 줄 압니다.

여긔에 잇서서 少總의 創立後 一年間 少年運動이 어느 部分的으로 進展이 되엇스며 어느 方面에 잇서서 失責이 되엇는가를――各 方面으로 探察하야 細密한 데까지 일으도록 批判하는 것이 絶對的으로 必要한 줄 압니다. 그러나 첫재로 筆者 自身이 現今 難關에 處하야[82] 잇스며 쏘한 紙面關係로 到底히 不可能합니다. 그럼으로 다만 〈朝鮮少年總聯盟〉의 一週年 紀念日을 當한 오날에 十月 十六日에 總評도 아니고 批判도 아닌 槪括的 回顧記를 重要한 點만 들어서 쓰고저 하는 것입니다. 여긔에 잇서서 完全 完美한 回顧記를 지금에 쓰는 筆者가 執筆하게 되겟다는 것은 避하는 同時에 少年指導者 諸賢과 讀者 一般의 만흔 諒解를 바라면서 쓰는 것입니다.

---

81 원문에 '少年聯盟委員長 丁洪教'라 되어 있다. '少年聯盟'의 온전한 이름은 '朝鮮少年總聯盟'이다.

82 〈조선소년총연맹(朝鮮少年總聯盟)〉이 결성된 후, 도연맹(道聯盟)을 결성하는 과정에 전라남도소년연맹을 결성하려다가 불허되자 40여 명이 무등산 증심사(無等山證心寺)에서 회합한 것을 빌미로 일제 경찰에 검거되어 보안법 위반으로 정홍교, 고장환(高長煥), 김태오(金泰午) 등이 기소된 사건을 말한다.

‖ 少年運動으로 劃時代的 集中 ‖

昨年 十月 十六日은 朝鮮少年運動의 劃時期的 慶賀日이외다——이날
로써 朝鮮의 少年團體는 全國的으로 陣營을 完結케 되어 〈朝鮮少年聯合
會〉의 旗-ㅅ발이 날니게 되엇습니다——少總이 創立되기 前에는 우리의
少年運動은 分散的으로 個體的으로 指導層을 가지고 잇게 되엇슴이다. 其
中에도 〈五月會〉와 〈少年運動協會〉는 兩大 勢力을 鼎立시키여 全 朝鮮的
으로 派別의 氣運은 濃厚하야 잇게 되얏습니다. 그리하야 一年에 一大事業
으로 擧行되는 "어린이날" 少年 데— 이때에는 餘地업시 過去 五百年來에
因襲的 態度를 現底히 一般에게 露出시키여 團體를 爲한 派爭的 行動은
全 朝鮮的으로 坊坊谷谷에 흩어게 되엇섯습니다. 더욱이나 昨年 五月 一日
은 그중에서도 가장 猛烈한 兩 團體 對立에 鬪爭이엇섯습니다——이에
一九二七年度 "어린이날"을 經過한 〈五月會〉에서는 五月 十五日에 深刻한
考慮下에 〈朝鮮少年聯合會〉의 發起準備會를 組織하야 이에 對한 宣言을
各地에 配布하야 비로소 七月 三十日에 〈少年運動協會〉와 〈五月會〉의 구
든 握手로써 發起大會는 京城에서 開催케 되엇습니다. 그에 對한 宣言과
綱領은 일어압니다.[83]

宣 言

離散으로부터 統一集力에 氣分的 運動에서 組織的 運動으로 우리의 少
年運動은 方向轉換할 絶對必然에 當面하엿다. 이 重大한 時期에 立한 우
리는 오날까지의 왼-갓 事情과 障隔을 超越하야 一致相應 全 運動의 統一
을 期하고 이 〈朝鮮少年聯合會〉를 創立한다.

綱 領

一. 本會는 朝鮮少年運動의 統一的 組織과 充實한 發展을 圖함
一. 本會는 朝鮮少年運動에 關한 研究와 그 實現을 圖함

이와 가티 發表한 數月 後인 一九二七年 十月 十六日에 少年運動에 統
一的 陣營인 〈朝鮮少年聯合會〉의 完成을 보게 되엇습니다.

---

83 '이러합니다'의 오식이다.

丁洪教, "朝鮮少年運動 概觀－壹週年 紀念日을 當하야(二)", 『조선일보』, 1928.10.18.

‖ 어린이날 日字 變更 ‖

〈朝鮮少年聯合會〉의 創立大會 席上에 討議事項은 敎養問題 體育問題 財政方針 어린이날에 關한 件 組織問題 等 外 數件이엇습니다. 其中에서도 어린이날 問題와 組織問題가 大會의 重大件이엇습니다――어린이날인 五月 一日은 世界的으로 勞働者들의 名節인 '메이데이'인 바 朝鮮의 "어린이날"은 在來로 國際的 勞働祭日과 混同이 되어서 世間의 或者는 "어린이날"인지 '메이데이'인지를 그 날에 少年團體의 旗行列을 보고 그 分別치 못하는 수가 만히 잇게 되어 確實히 좃치 못한 關係를 갓고 잇게 되엇습니다. 그러고 朝鮮 가튼 데에서는 아즉 '메이데이'를 擧行치 못하게 되나 當來하는 未久에 그 實現을 본다면 두 運動의 紀念的 行動이 相殺되고 말 것이며――쏘한 少年運動은 少年運動의 別動 機關으로 그 行政을 함이 現今에 處地로 잇는 朝鮮에서는 有利함을 짤아서 "어린이날"을 五月 第一 日曜日로 日字의 變更을 實現하게 되엇습니다. 이 理由는 前者에 말슴한 것보담도 우리의 少年運動을 잘 살리자는 데 잇는 까닭입니다.

그리하야 一九二八年度에 잇서서 團結한 陣營――變更된 日字――五月 第一 日曜日을 期하야 全 朝鮮 百五十七個 郡府에서 百萬張의 宣傳 쎄라로 統一的 實現을 보게 되엇습니다. 여기 잇서서 全國的으로 旗行列에 出動된 少年少女는 八萬五千餘名(通信 밧은 것만)의 盛況을 보게 되어 過去 運動狀態――自然生長的――으로부터 目的意識的 運動으로 飛躍을 하게 되엇섯습니다. 그리하야 一九二八年度 '스로칸'은 "義務敎育 實現" "早婚 廢地" "健康注意" "早起奬勵" "虐待防止" "喫煙禁止" 等으로 朝鮮 全土를 舞臺로 이에 對한 實行方針을 講究하며 짤아서 實現을 보는 곳도 적지 안습니다. ＝ (父兄社會와 兒童社會의 '스로칸'은 略)

‖ 總同盟으로 轉換 다시 總聯盟으로 ‖

創立大會에서 組織問題로써 年齡制限에 對한 討議가 長時間을 要하고 잇섯습니다.

왜? 그러하냐 하면 少年運動은 元來 少年運動인 만큼 少年自身的 自治運動을 하여야만 될 것인 바 朝鮮의 少年運動은 在來로 指導級으로써 少年을 代身한 運動인 만큼 年齡에 對한 制限(其中에는 制限도 잇섯지만)이 統一이 못 되여 靑年會인지! 少年會인지의 判斷을 하기 어렵게 되엿섯습니다. 그럼으로 會員에 對한 年齡問題가 提出되엿섯스나 그러나 結局 次期 定期大會까지 保留케 되엿다가 一九二八年 三月 二十五日에 第一回 定期大會 席上에서 그 實現을 보게 되는 同時에 聯合會에 對한 組織的 變更도 보게 되엿습니다＝朝鮮의 少年運動은 自然生長的으로 指導를 계속하든 바(그중에 그럿치 안은 團體도 잇슴) 一九二七年度와 一九二八年度에 잇서서는 過去運動에 倦怠를 늣기며 必然的으로 그 運動의 形態와 性質을 考察하야 少年運動의 方向轉換을 客觀的 條件과 主觀的 意識下에 어느 目標 밋까지 轉換하지 아니하면 아니 되겟다는 具體的 理論이 各方으로 進出케 되어 드듸어 從來 自由聯合制인 頑昧한 組織制로 民主主義的 中央執權制로 〈朝鮮少年總同盟〉의 樹立을 보게 되자 會員의 年齡은 十二歲부터 十八歲까지 하며 指導者는 二十五歲까지 하야 每 團體 三人 以內를 置하야 發言權과 被選擧權만 與하기로 하야 더욱 堅固한 組織的 構成이 되엿습니다.

丁洪敎, "朝鮮少年運動 槪觀－壹週年 紀念日을 當하야(三)", 『조선일보』, 1928.10.19.

그러나 當局으로부터 同盟體에 對한 組織體를 不許함으로 書面大會로써 다시 〈朝鮮少年總聯盟〉으로 改稱되기까지 일으럿습니다. 定期大會에서 決議한 標語는 이러합니다.

一. 文盲退治는 少年期로부터 하자.

一. 農村少年 敎養에 注力하자.

一. 迷信的 少年運動에 對하야 徹底 排擊하자.

一. 機會主義的인 二重運動者를 徹底히 排擊하자.

一. 朝鮮兒童圖書館 設置를 實行하자.

一. 少年 人身賣買에 對하야 防止運動을 하자.

一. 十八才 以下 早婚防止 運動을 하자.

一. 少年危險作業 幼年勞働 防止運動을 하자.

‖一面 一少年會와 各地 聲明書 問題‖

當局에 不許함을 딸아서 總聯盟으로 改稱한 後 六月 三日에 그에 對한 組織의 討議 次로 中央執行委員會를 열게 되엿는 바 地方委員 不參으로 常務委員會로써 一面一少年會制를 決議하야 同盟을 聯盟으로 支部를 面 少年會로 組織變更키로 하엿습니다.(外部的 問題이고 局部的 行政에 對하야는 달은 點이 업슴) 그리하야 書面으로써 各地 細胞團體에 이에 對한 書面을 보내여 決議를 본 後 道聯盟 組織에 努力하야 慶南 京畿 全南 等의 實現을 보게 되엿는 바 이에 짜라 東萊, 馬山, 利原 等地에서는 一面一少年 會에 對하야 聲明書가 出現케 된 것입니다. 그리하야 中央幹部 不信任 等 激言이 나오게 되엿슴니다——이것은 外部的 情勢와 內部的 訓練이 임이 方向을 轉換하는 同時 進展되여 잇슴에도 不拘하고 中央幹部는(京城 在留 幹部) 獨斷으로 過去形態를 다시금 構成하는 退步運動을 하고 잇다는 理 由이엿섯습니다. 이것은 다만 한아만 알고 둘을 몰으는 自體的 破滅運動이 안이면 過去에 우리가 스스로 망친 派的鬪가 안인가 합니다. 이 問題는 定期大會인 八月 十九日에 解決코저 하엿스나 全南少年聯盟事件으로 定 期大會는 無期로 延期되고 잇습니다.

丁洪教, "朝鮮少年運動 槪觀－壹週年 紀念日을 當하야(四)",
『조선일보』, 1928.10.20.

‖ 全南少聯 公判事件 ‖

〈朝鮮少年總聯盟〉에서는 道聯盟을 組織하고 잇섯습니다. 그것은 地方的으로 完全한 團結을 하는 同時 中央陣營에 堅固를 더욱 完成코자 하는 意義에서 慶南과 京畿를 組織하고 第三次로 八月 五日에 全南道聯盟을 組織코자 하엿스나 八月 四日 夜에 光州署로부터는 時期問題라 하야 保安法 第二條로 集會禁止를 宣言케 되엿습니다. 그러나 이미 各地에서는 六十餘名의 代議員이 光州에 集中되고 잇서서 翌日인 五日에도 累次 交涉을 하엿섯스나 絶對禁止로 懇親會에 끗치고 말엇던 것입니다. 그리하야 五日 夜에 十里許에 잇는 無等山 澄心寺로 구경을 갓는 바 그것이 秘密集會라 하야 保安法 違反으로 四十餘名의 檢束에서 七名은 公判까지에 廻附하야 執行猶豫와 體刑으로써 判決까지 일으게 되얏습니다. 그러나 이번 全南少聯事件이 우리들 少年運動者의 輕擧가 안인 同時 一般社會에서 同情할 點이 잇지 안은가 합니다.

結 論

이와 가티 少總이 創立 後 一年間을 回顧하면 多事多難하엿스며 統一로 다시금 少數의 分散的 氣分이 暗示되고 잇섯습니다. 朝鮮의 少年運動은 社會的 諸 運動 中 가장 重大한 責任인 만큼 이번 一週年 紀念日을 當하는 十月 十六日로써 將來에 더욱 統一에 努力함이 少總의 義務이며 定期大會의 '스로칸'과 "어린이날"의 標語를 爲하야 實現을 到達토록 活動하야 朝鮮少年의 利益과 一般社會의 期待를 저바리지 아님이 一週年 紀念을 當하는 〈朝鮮少年總聯盟〉의 義務인가 합니다. (十. 一四)

方定煥, "朝鮮少年運動의 史的 考察(一)", 『조선일보』, 1929.1.4.[84]

一

"大陸의 發見보다도 電氣의 發明보다도 더 偉大한 것은 '어린이'를 發見한 것이라"고는 只今 누구나 하는 말이거니와 果然 父母의 주무르는 한 작난감이나 엇던 用途에 쓸 道具인 以外에 따로 어린 "사람"의 存在가 업서 온 朝鮮에서 "어린 사람"의 發見은 가장 偉大한 發見이엇습니다.

己未年 새벽을 마지하야 온갓 길로 蘇生 更生의 길을 찻기에 劣力[85]하는 사람이 當然히 생각해야 할 것을 생각해 낸 것이 "어린 사람"의 發見이다. 그째의 境遇로 보아 人類의 압날을 爲하야라는 것 外에 朝鮮 民族의 更生을 圖하는 根本運動으로써 더 크게 發見된 것입니다. 그리하야 少年會로 兒童讀物로 指導研究로 각가지로 책음 發見된 "어린 사람"을 살리우는 努力이 뒤를 바치어 니러낫스니 "어린이" 運動인 同時에 곳 全體運動의 根本運動이엇습니다.

二

朝鮮의 少年運動을 말할 째에 니저버려서 안 될 것은 慶南 〈晋州少年會〉임니다. 그 前에도 어린 사람의 모듬이 全혀 업섯든 것은 아니나 흔히 어느 宗敎의 主日學校나 半講習所式의 少年部나 運動部엿슬 따름인 故로 그것을 가르켜 少年 自身을 主體로 한 社會的 意義를 가진 運動이라고 하기 어렵고 다만 이 〈晋州少年會〉라는 것이 己未年 녀름에 生겻는대 이것은 少年會를 爲한 少年會가 아니고 어린 사람들이 모여서 ○○○○를 부르고 모다 쌉혀가 가치어서 그것이 新聞紙上으로 注目하는 問題거리가 되야 少年會 일홈이 뒤집어씨워진 것 갓습니다. 그 後 그들 未成年 ○○運動者들

---

84 이 글은 1回분 이후 후속되는 글을 찾기 어렵다. 1929년 5월에 들어 방정환은 「朝鮮少年運動의 歷史的 考察(전6회)」(『조선일보』, 29.5.3~14)을 발표하였다.

85 '努力'의 오식이다.

은 各各 體刑을 밧게 되고 말고 이내 아모것이 잇지 못햇습니다.

그것이 己未年이니 大正 八年이엇섯는데 다음다음 十年(辛酉) 봄 四月
에 니르러 京城 天道敎會 안에서 十三名 少年이 發起人이 되어 朝鮮 五百
餘萬의 幼少年을

　一. 在來의 倫理的 壓迫으로부터 푸러내어 어린 "사람"으로의 人格을 찻
　　고 지니고 擁護할 것

　二. 在來의 쓸쓸하고 캄캄한 無知로부터 푸러내어 새로운 情緖를 涵養
　　할 것

　三. 在來의 非社會的 惡習으로부터 푸러내어 새 世上의 새 사람이 되기
　　에 맛당한 社會性을 기를 것

을 主唱하고 少年會를 組織하고 〈天道敎少年會〉의 간판을 부치니 이것이
眞正한 意味의 社會的 性質을 가지고 生긴 朝鮮少年運動의 始初엿습니다.

一週 三回의 集會를 勵行하면서 內로는 情緖涵養과 社會的 訓練에 힘쓰
고 外로는 倫理的 解放 社會的 解放을 爲하야 努力하게 되자 微微하나마
이 會를 中心하고 그 周圍에서부터 먼저 幼少年에 對한 敬語가 쓰이기 시
작하고 어린애라는 말 代에[86] "어린이"라는 새말이 생겻고 言論機關을 비롯
하야 各 社會에서도 少年會의 存在와 아울러 어린 사람 世上의 일을 注目
하야 取扱하기 始作하엿습니다.

　　　　　三

한해를 지나 壬戌年 봄에 니르러는 四百六十餘名의 少年 群衆을 가진
〈天道敎少年會〉와 各 新聞社 及 社會 有志와 東京留學生 有志들이 中心이
되어 少年運動의 一般 理解를 徹底식이고 또 各地에 이 運動을 促進식이기
爲하야 "어린이달"인 五月을 擇하고 五月에도 第一日를 잡아 "어린이날"로
定하야 運動의 氣勢를 크게 올리니 計劃이 어그러지지 아니하야 少年運動
의 必要는 全 民族的으로 깨닷게 되고 運動은 全國的으로 퍼저서 各地에
一齊히 니러나니 그 數가 一擧에 百餘를 헤이게 되엇고 짜로히 그해 九月

---

86 '代身에'의 오식이다.

에 趙喆鎬 氏 中心으로 싸이스카으트 運動이 니러나고 基督敎會의 少年斥候運動이 니러나고 〈佛敎少年會〉가 生기고 基督主日學校에는 〈基督少年會〉 看板이 붓고 各會의 少年部는 少年會로 獨立하고 洞里의 體育部까지 少年會로 改造가 되엇슴니다.

四

해가 밧귀어(癸亥) 少年運動 創始 後 三年째 되는 봄이 되니 少年運動이 盛해 가면 갈사록 軍糧으로 指導材料를 要求하게 되어 運動으로는 機關紙의 必要가 生기고 짜로히는 少年敎養의 敎材를 찻게 되어 三分一은 機關紙오 三分二는 敎養誌로 小雜誌 『어린이』가 創刊되엇스니 四六倍判 十二頁에 定價 五錢 只今은 開闢社 刊行으로 되엇지만 當時는 〈天道敎少年會〉 編輯部에서 刊行하얏든 것으로 보아 純運動 雜誌든 것을 알 수가 잇슴니다.

誌名으로 『어린이』라 한 것은 幼少年의 倫理的 解放을 高調한 것이니 어린이라 한 이 "字"가 世人마다의 머리에 울리는 것이 決코 적은 것이 아니엇슴니다.

三月 二十日에 『어린이』가 創刊되야 童話 童謠를 中心한 情緖涵養이 크게 나아가고 적으나마 심심치 아니한 敎材를 어더 質的으로 한금 充實해진 少年運動은 그해 第二回째의 "어린이날"을 〈佛敎少年會〉 〈朝鮮少年軍〉 〈天道敎少年會〉가 聯合하야 努力하고 各 地方 少年會는 通信으로 連絡하야 一致協力하엿슴니다. 일어케 되야 前年보다 一層의 氣勢를 올리니 그 社會的 反響도 적지 아니하야 『新少年』 『새벗』 『해ㅅ발』 等의 少年雜誌가 뒤니어 刊行되고 各新聞은 一齊히 "어린이欄"을 設하고 出版界에서는 어린이 書籍을 내이기 시작하야 이해에 들어서 거의 世上은 어린이의 차지하는 感이 잇게 되엇슴니다.

그리고 이해 五月 一日에는 日本 留學生 中에서 兒童問題를 硏究하는 이들이 모혀서 兒童問題硏究團體 〈색동會〉가 組織되엇고 이 〈색동會〉와 "어린이社"의 聯合 主催로 그해 七月 下旬에 京城 天道敎堂에서 七日間 全朝鮮少年指導者大會가 開催되어 처음으로 兒童指導問題를 學理的으로 硏究 쏘 討議하엿슴니다. (續)

"團體趨移-少年運動", 『동아일보』, 1929.1.4.[87]

少年運動【第一期】-天道敎少年會 半島少年會【第一聲은 地方에서】어린이 愛護 宣傳

조선의 소년운동(少年運動)도 다른 부문의 운동과 가티 일천구백십구년도에 시작되엇나니 동년도에 데일 먼저 조직된 곳이 안변(安邊) 진주(晋州) 광주(光州) 등디이다. 이것을 필두로 전 조선덕으로 소년회가 봉긔케 되엇다. 일천구백이십이년[88] 사월 오일에 텬도교(天道敎)의 김긔뎐(金起田) 차상찬(車相瓚) 반달성(朴達成)[89] 제씨의 발긔로 〈텬도교소년회(天道敎少年會)〉를 조직한 바 간부는 방뎡환(方定煥) 구즁회(具中會) 김긔뎐 제씨이며 '스로간'은 "우리는 참되고 씩씩하게 자라는 가운데 인정 만흔 소년이 됩시다"라 하며 회원은 오십사명가량이엇다. 이천구백이십삼년[90] 삼월 오일에 리원규(李元珪) 고장환(高長煥) 씨 등의 발긔로 〈반도소년회(半島少年會)〉가 창립되며 무산소년운동(無産少年運動)의 첫소리를 첫다. 당시의 지도자는 뎡홍교(丁洪敎) 김형배(金泂培) 씨 등으로 '스로간'은 "소년은 미래의 주인임을 알라. 항상 수양하며 쾌활한 조선의 어린사람이 되자"라고 하얏다. 전긔 두 단톄가 거듭 창립됨을 딸하 경성 시내에도 동서남북에서 소년운동에 공명하는 단톄가 십여개나 생기게 되엇다. 한 가지 긔억할 만한 것은 일천구백십사년 십월에 뎡호교[91] 외 수십 인의 발긔한 〈서울소년단〉을 경찰로부터 집회금지를 시키엇나니 이것이 조선소년운동 사상에 잇서서 최초의 금지령이엇다.

---

87 '團體推移'(『동아일보』, 29.1.4)라는 특집으로 '衡平運動'과 '少年運動'을 四期로 나누어 정리한 것 가운데 '少年運動' 부분이다.

88 천도교소년회(天道敎少年會)의 창립은 1921년이므로, '일천구백이십일년'의 오식이다.

89 '반달성'은 "박달성"의 오식이다.

90 '일천구백이십삼년'의 오식이다.

91 '뎡홍교'(정홍교)의 오식이다.

少年運動【第二期】−어린이날 設定, 五月會 成立【總機關 組織에 邁進】巡廻童話會 開催

이천구백이십사년[92] 봄에 〈소년운동협회(少年運動協會)〉가 일시 협의 긔관으로 창립되엇나니 발긔인은 조철호(趙喆鎬) 방뎡환 씨 외 각 신문긔관 긔자 수인이엇다. "어린이날"을 오월 일일로 설뎡하고 동 협회는 어린이날을 당하야 일시뎍 회합 긔관에 불과하얏다. 그 뒤 일천구백이십칠년 십월에 〈조선소년련합회(朝鮮少年聯合會)〉가 창립되는 동시에 해톄케 되엇다.

일천구백이십오년 오월 삼십일에 명흥교 리원규 제씨의 발긔로 〈오월회(五月會)〉〈〈京城少年聯盟〉〉를 창립하고 명흥교 고장환 방뎡환 제씨가 간부가 되엇다. 이것은 우선 데일선의 통일뎍 긔관이오 전국뎍 련맹에 잇서서는 난관이 만흠으로 위선 경성만을 상대로 조직하얏든 것이다. 동회의 선언 강령을 소개하면 다음과 갓다.

◇ 宣 言

우리는 圓滿한 理想과 遠大한 抱負와 堅實한 實力으로써 聯盟의 目的을 徹底히 貫徹코저 이에 宣言하노라.

◇ 綱 領

一. 우리는 社會進化 法則에 依하야 少年總聯盟을 締結함

一. 共存共榮의 精神으로써 京城 少年事業의 增進을 圖謀함

一. 相扶相助의 主義로 人類共存의 思想으로써 時代潮流에 順應코저 하야 少年聯盟을 完全 充實히 達城코저 한다.

이러한 선언과 강령으로 경성 내 십이개 소년단톄가 련합하야 〈오월회〉를 〈경성소년련맹〉으로 하자 하얏스나 당국의 불허로 〈오월회〉라는 명목을 그대로 쓰게 되엇다. 동회는 또 다시 일보를 진하야 전 조선뎍 련락을 취하기로 되어 데일회 전조선 순회동화(巡廻童話)를 하기 위하야 명흥교 씨가 출발하얏다.

---

92 '일천구백이십사년'의 오식이다.

少年運動【第三期】 −聯合會 創立會 準備會 組織【五月會는 畢竟 解體】離散에서 統一에

〈오월회〉는 상설긔관(常設機關)이오 〈운동협회〉는[93] 비상설긔관(非常設機關)으로 일천구백이십륙 칠 량년 "어릴이날"[94] 째에 전긔 두 긔관이 대립되어 투쟁한 일도 잇섯다.

일천구백이십칠년 어린이날을 경과한 〈오월회〉에서는 동월 십오일에 조선소년련합회창립준비회(朝鮮少年聯合會創立準備會)를 조직하야 동년 칠월 삼십일에 〈오월회〉와 〈소년운동협회〉가 서로 손을 잡고 경성에서 발긔대회(發起大會)를 열엇다. 당시의 참가단톄는 사개 련맹톄와 륙십사 개 단톄이엇다. 창립준비위원으로 김태오(金泰午) 남천석(南千石) 방명환(方定煥) 뎡홍교(丁洪教) 최청곡(崔靑谷) 제씨 외 칠 인이며 선언과 강령은 다음과 갓다.

　　　◇ 宣　言

離散으로부터 統一集力에, 氣分的 運動에서 組織的 運動으로 우리 少年運動은 方向을 轉換할 絶對 必然에 當面하얏다.

이 重大한 時期에 立한 우리는 오늘까지의 옷갓[95] 事情과 障隔을 超越하야 一致相應한 全 運動의 統一을 期하고 이에 〈朝鮮少年聯合會〉를 創立한다.

　　　◇ 綱　領

一. 本會는 朝鮮少年運動의 統一的 組織과 充實한 發展을 圖함
一. 本會는 朝鮮少年運動에 關한 研究와 그 實現을 圖함

---

93 온전한 명칭은 〈조선소년운동협회〉이다.
94 "어린이날"의 오식이다.
95 '온갓'(온갖)의 오식이다.

少年運動【第四期】中央 統一機關 少年總聯盟【早婚과 幼年勞働 防止】二重運動을 排斥

오월은 만물이 회생하는 시긔오 소년은 인생의 싹과 갓다 하야 "어린이 날"을 오월 일일로 명하얏든 것을 '메데이'와 상충이 된다 하야 오월 데일 일요일로 변경하얏다. 조직뎍으로 들어가는 조선의 소년운동을 더욱 완전 하게 결성하랴고 일천구백이십팔년 이월 륙일에 〈오월회〉를 해톄하고 〈경 성소년련맹(京城少年聯盟)〉을 동 이월 십이일에 창립하얏다.

〈조선소년련합회〉 데일회 명긔총회인 일천구백이십팔년 삼월 이십이일 에 동 조직톄를 변경하야 〈조선소년총련맹(朝鮮少年總聯盟)〉으로 고치고 동시에 종래의 자유련합제(自由聯合會)이든 조직을 민주주의뎍 중앙집권 제(民主主義的中央集權制)를 채용하고 다음과 가튼 강령과 표어를 내세우 엇다.

　　　◇ 綱　領
一. 本總同盟은 朝鮮少年의 權利 及 利益을 主張 代表함
二. 削除
三. 本總同盟은 全朝鮮 少年大衆의 鞏固한 組線의 完成을 期함
　　　◇ 標　語
一. 文字普及은 少年期부터 하자.
一. 農村少年敎養을 普及하자.
一. 迷信的 少年運動에 對하야 徹底히 排擊하자.
一. 機會主義的인 二重運動을 徹底히 排擊하자.
一. 朝鮮 兒童圖書館 設置를 實行하자.
一. 少年 人身賣買에 對한 防止運動을 하자.
一. 十八歲 以下 早婚 防止運動을 하자.
一. 少年 危險作業, 幼年勞働 防止運動을 하자.

이와 가티 우렁차게 나온 동 총동맹에도 경찰의 간섭이 잇게 되엇다. 소년긔관을 총동맹이라는 것이 불필요하니 명칭을 고치라 하야 동 총동맹 을 〈조선소년총련맹(朝鮮少年總聯盟)〉으로 쏘다시 고치엇다.

全南少年聯盟 創立大會 解散

일천구백이십팔년 팔월 오일 광주(光州)에서 〈전남소년련맹(全南少年聯盟)〉을 창립하려다가 경찰의 금지를 당한 후 동디 명승디 무등산(無登山)으로[96] 저녁밥들을 먹으러 간 것이 문데가 되어 텬진한 소년 사십여명이 경찰에 검거되어 예심결명으로 공판뎡에까지 가서 결국 김태오(金泰午)외 륙인이 금고(禁錮) 사개월의 처분을 바든 일이 잇다. 이것이 조선에서 소년운동자의 첫 번 희생이엇다.

"어머니" 相對로 少年愛護週間

일천구백이십팔년 십일월 이십이일 동 총련맹 중앙집행위원회에서 소년애호주간(少年愛護週間)을 결의하고 전 조선뎍으로 실행케 하얏는데 이 모임은 "어머니"를 상대로 소년보육(少年保育)에 대한 것과 건강(健康)에 대한 문데로 아동애호사상(兒童愛護思想)을 고취시키는 것이엇다. 이 운동은 소년운동에서 일보 더 나아간 운동이라 하겟다. 조선운동에 잇서도 과거 십년 동안에 여러 차례의 '스로간'이 변천되어 오면서 발달된 것은 상긔한 데 의하야도 그윽이 엿볼 수 잇슬 것이다. 현재의 가맹 단톄는 일백오십륙이라 하며 총 회원 수효는 일만오천륙백인이라 한다.

---

96 '무등산(無等山)으로'의 오식이다.

方定煥, "朝鮮少年運動의 歷史的 考察(一)",『조선일보』, 1929.5.3.[97]

一

朝鮮의 少年運動을 말할 째에 니저버려서는 안 될 것은 慶南〈晋州少年會〉입니다. 그 前에도 어린 사람의 모듬이 全혀 업섯든 것은 아니나 흔히 어느 宗教의 主日學校나 半講習所式의 少年部나 運動部엇슬 짜름인 故로 그것을 가르켜 少年 自身을 主體로 한 社會的 意義를 가진 運動이라고 하기 어렵고 다만 이 〈晋州少年會〉라는 것이 己未年 녀름에 生겻는대 이것은 少年會를 爲한 少年會가 아니고 어린 사람들이 모여서 ○○萬歲를 부르고 모다 잡혀가 가치어서 그것이 新聞紙上으로도 注目하는 問題거리가 되어 少年會 일홈이 뒤집어씨워진 것 갓습니다.(中畧)

그것이 己未年이니 大年[98] 八年이엇섯는데 다음다음 十年(辛酉) 봄 四月에 니르러 京城 天道教會 안에서 十三名 少年이 發起人이 되어 朝鮮 五百餘萬의 幼少年을

一. 在來의 倫理的 壓迫으로부터 푸러내어 어린 "사람"으로의 人格을 찻고 지니고 擁護할 것

二. 在來의 쓸쓸하고 캄캄한 無知로부터 푸러내어 새로운 情緒를 涵養할 것

三. 在來의 非社會的 惡習으로부터 푸러내어 새 世上에 새사람이 되기에 맛당한 社會性을 기를 것

을 主唱하고 少年會를 組織하고 〈天道教少年會〉의 看板을 부치니 이것이

---

97 방정환의「朝鮮少年運動의 史的 考察(一)」(『조선일보』, 29.1.4)이 있다. 말미에 '續'이라 되어 있으나 후속되지 못한 듯하다. 이 글은 1회분과 2회분의 상당 부분은 앞의 글과 대동소이하다.

98 '大正'의 오식이다. '다이쇼(たいしょう〔大正〕)' 원년은 1912년이고 大正 15년 곧 1926년이 마지막이다.

眞正한 意味의 社會的 性質을 가지고 生긴 朝鮮少年運動의 始初엿습니다.

一週 三回의 集會를 勵行하면서 內로는 情緖涵養과 社會的 訓練에 힘쓰고 外로는 倫理的 解放 社會的 解放을 爲하야 努力하게 되자 微微하나마 이 會를 中心하고 그 周圍에서부터 먼저 幼少年에 對한 敬語가 쓰이기 始作하고 어린애라는 말 代에 "어린이"라는 새말이 生겻고 言論機關을 비롯하야 各 社會에서도 少年會의 存在와 아울러 어린 사람 世上의 일을 注目하야 取扱하기 始作하엿습니다.

　　　　二

한 해를 지나 壬戌年 봄에 니르러는 四百六十餘名의 少年群衆을 가진 〈天道敎少年會〉와 各 新聞社 及 社會 有志와 東京留學生 有志들이 中心이 되어 少年運動의 一般 理解를 徹底 식이고 또 各地에 이 運動을 促進식이기 爲하야 "어린이 달"인 五月을 擇하고 五月에도 第一日을 잡아 "어린이날"로 定하야 運動의 氣勢를 크게 올리니 計劃이 어그러지지 아니하야 少年運動의 必要는 全 民族的으로 깨닷게 되고 運動은 全 朝鮮的으로 퍼저서 各地에 一齊히 니러나니 〈半島少年會〉, 〈明進少年會〉 等 그 數가 一擧에 百餘를 헤이게 되엇고 짜로히 그해 九月에 쏘이스카으트 運動이 니러나고 基督敎會의 少年斥候運動이 니러나고 〈佛敎少年會〉가 生기고 基督主日學校에는 〈基督少年會〉 看板이 붓고 各會의 少年部는 少年會로 獨立하고 洞里의 體育部까지 少年會로 改造가 되엇습니다.

方定煥, "朝鮮少年運動의 歷史的 考察(二)", 『조선일보』, 1929.5.4.

　　　　三

해가 밧귀어(癸亥) 少年運動 創始 後 三年째 되는 봄이 되니 少年運動이 盛해 가면 갈사록 軍糧으로 指導材料를 要求하게 되어 運動으로는 機關紙

의 必要가 생기고 싸로히는 少年敎養의 敎材를 찻게 되어 三分一은 機關紙
요 三分二는 敎養誌로 小雜誌 『어린이』가 創刊되엇스니 四六倍判 十二頁
에 定價 五錢, 只今은 開闢社 刊行으로 되엇지만 當時는 〈天道敎少年會〉
編輯部에서 刊行하얏든 것으로 보아 純運動雜誌든 것을 알 수가 잇습니다.

誌名으로 『어린이』라 한 것은 幼少年의 倫理的 解放을 高調한 것이나
어린이라 한 "이 字"가 世人마다의 머리에 울리는 것이 決코 적은 것이 아니
엇습니다.

三月 二十日에 『어린이』가 創刊되어 童話 童謠를 中心한 情緒涵養이
크게 나아가고 적으나마 심심치 아니한 敎材를 어더 質的으로 한층 充實해
진 少年運動은 그해 第二回째의 "어린이날"을 〈佛敎少年會〉 〈朝鮮少年軍〉
〈天道敎少年會〉가 聯合하야 努力하고 各 地方少年會는 通信으로 連絡하
야 어느 便에 기울지 말고 地方團體에서도 쓰기 便하게 하기 爲하야 〈朝鮮
少年運動協會〉란 일홈으로 一致協力하엿습니다. 이러케 되어 前年보다 一
層의 氣勢를 올리니 그 社會的 反應도 적지 아니하야 『新少年』 『새벗』 『해
ㅅ발』 等의 少年雜誌가 뒤니어 刊行되고 各 新聞은 一齊히 "어린이欄"을
設하고 出版界에서는 어린이 書籍을 내이기 始作하야 이해에 들어서 거의
世上은 어린이가 차지하는 感이 잇게 되엇습니다.

그리고 이해 五月 一日에는 日本 留學生 中에서 兒童問題를 硏究하는
이들이 모혀서 兒童問題硏究團體 〈색동會〉가 組織되엇고 이 〈색동會〉와
"어린이社"의 聯合 主催로 그해 七月 下旬에 京城 天道敎堂에서 七日間
全朝鮮少年指導者大會가 開催되어 全鮮 三十餘處의 指導者가 모혀서 처
음으로 兒童指導問題를 學理的으로 硏究 쏘 討議하엿습니다. (續)

이리하야 안으로는 指導理論의 確立 쏘 統一에 힘쓰는 同時에 어린이
世上의 精神糧食을 供給하기에 부즈런하고 밧그로는 一般社會를 向하야
少年問題에 對한 注意를 喚起하고 少年保育思想의 宣傳에 努力하야 不過
二三年에 朝鮮 內地에만 少年會가 四百五十餘에 니르고 中國 各地, 米國
하와이에까지 波及하얏습니다. 이리되어 해마다 五月 어린이날은 京城을
中心으로 各 少年團體가 總聯合하야 〈朝鮮少年運動協會〉라는 名義로 全

鮮이 一致協力하야 盛大히 擧行하엿스니 乙丑年 어린이날에는 東京 大阪에서까지 이날을 紀念하엿습니다.

◇

乙丑年 어린이날이 지나고 그해 첫녀름에 半島少年, 佛敎少年 쏘 한 少年, 三少年會의 發起로 京城 市內 某某 少年運動 指導者 會合이 京城 諫洞 佛敎布敎堂에서 열리어(參席者 二十人) 京城의 指導者會를 組織하야 名稱을 〈五月會〉라 하엿고 나종에 그것을 少年聯盟으로 고치려다가 警察 干涉으로 못하고 中止된 狀態에 잇다가 이듬해 丙寅年 三月에 다시 〈五月會〉로 새로 組織되엿습니다.

그해 五月 어린이날을 압두고 京城 各 少年團體(各 敎會派 少年會 少年會 少年斥候隊도 參席) 代表者가 鐘路 靑年會舘에 모히어 어린이날 準備를 協議할 때 今年에도 〈朝鮮少年運動協會〉란 名義로 海內 海外가 總聯合하야 하자는 議論에 〈五月會〉 代表者로부터 "少年運動은 常設機關이 아니고 每年 어린이날을 爲한 一時的 聯合에 不過한즉 今年부터 〈五月會〉 名義로 하자"는 主張이 잇고 "어린이날 運動은 모든 派的 關係를 超越하야 地方 少年會까지 一致 協力해 할 것인 故로 네 일홈도 아니요 내 일홈도 아닌 〈少年運動協會〉 名으로 할 것이지 京城 內에서도 各會가 다 參加하지 안흔 〈五月會〉 名으로 함이 不當하다"는 反對論이 잇서 二三日의 安協 努力이 奏效치 못하야 丙寅年 어린이날은 〈少年運動協會〉로 例年과 가티 하는 外에 〈五月會〉는 脫退하야 짜로히 어린이날을 紀念하게 되엿습니다.

方定煥, "朝鮮少年運動의 歷史的 考察(三)", 『조선일보』, 1929.5.7.

그러나 이해에 昌德宮 殿下의 國喪[99]으로 어린이날은 默默한 中에 그냥 지나고 말엇습니다.

다음 해 丁卯年(昭和 二年)에도 例年과 가티 各派가 〈少年運動協會〉로 하고 〈五月會〉는 〈五月會〉대로 새로히 어린이날을 紀念을 擧行하엿습니다.

이러케 京城에서 짜로히 紀念을 지낸 後 兩쪽이 가티 甚한 遺憾을 늦기어 五月 十四日에 〈五月會〉側에서 먼저 〈少年聯合會〉를 지을 일을 發起하고 〈少年運動協會〉側에서도 無條件하고 이에 應하야 이해 十月 十六日에 〈朝鮮少年聯合會〉를 創立하니 이로써 二年間의 分立은 完全히 統一되엇습니다.

그리고 이 創立總會에서 어린이날이 勞働祭日과 相衝하는 것과 日曜日이 아님으로 名節 될 수 업다는 理由로 五月 첫 공일로 變更하기로 되엇습니다.

이 해 七月 二十四日에는 〈兒童文藝聯盟〉[100]이 組織되어 事務所를 堅志洞 無窮花社 內에 두고 活動을 始作하엿습니다.

이듬해 戊辰年(昨年) 三月 二十五日 〈朝鮮少年聯合會〉第一回 定期大會에서 〈少年聯合會〉를 〈朝鮮少年總同盟〉으로 하야 單一組織으로 變更하고 少年 年齡을 十八歲까지로 制限하고 指導者의 年齡을 二十五歲까지로 制限하엿습니다.

그런데 總同盟制는 干涉이 잇서 다시 協議하야 聯盟으로 變更되엇습니다.

여긔서 組織體가 單一體로 變更된 까닭에 少年軍 가튼 團體는 除外되엇고 宗敎를 背景으로 하는 少年會는 自體의 立場上 聯盟에 參加 不參加는 自意로 하되 짜로히 會體를 가지게 되엇습니다.

이해 四月 四日에는 〈天道敎少年聯合會〉가 組織되엿습니다.

99 1926년 6월 10일 순종(純宗)의 인산(因山)을 가리킨다.
100 온전한 명칭은 '〈朝鮮兒童文藝聯盟〉'이다.

작년(戊辰年)에는 總聯盟으로서 雨中에 盛大히 어린이날 紀念이 擧行되엇고 〈天道少年聯合〉에서도 宣傳紙만 싸로히 印刷하야 配布하엿습니다.

작년 八月에 總聯盟 第一回 定期大會에서 中央 幹部가 두 군데로 組織되어 總聯盟의 看板을 二處에서 지니게 되엇습니다. 그러나 아즉 이것은 判斷지어 말하게까지 못 되엇슴으로 여긔에는 이만 머물러 둡니다.

方定煥, "朝鮮少年運動의 歷史的 考察(四)", 『조선일보』, 1929.5.10.

急한 대로라도 대강대강 작년까지의 일을 긔록하엿스니 이제는 쓰트로 運動上 손해되는 影響이 업슬 範圍 內에서 몃 말슴 부치어 쓰틀 막겟습니다.

오늘까지 八年 동안의 가장 여튼 歷史를 가진 運動이 最近 어린이날 째에 보는 바와 가티 굉장한 氣勢를 보이게 된 것은 밧게서 보던지 안에서 보던지 깃버할 進展입니다. 그러나 고요히 안저서 그 實際를 들어다본다면 이날에 動하는 사람의 거의 半數나가 平素에 少年會團에 參與치 안는 未組織 群衆으로 보아야 하게 됩니다. 이것을 더 詳細히 말슴하자면 平素에 쑤준한 運動이 잇스면서 그中의 하나로 어린이날 運動이 직혀저야 할 것인대 여러 가지 事情으로 平素의 運動이 마음대로 進展되지 못하고 甚한 境遇에는 全혀 니저바린 듯이 中斷된 狀態쎄 잇다가 어린이날을 臨迫하여서야 새로 생각난 듯키 움즉여 보기 始作하는 會團이 全혀 업지 안흔 싸닭입니다. 이런 點으로 볼 째에 어린이날 運動은 여러 가지 本來의 意義와 效果 以外에 까부러지기 쉬운 어느 少年會團을 잡아 일으키여 새 魂을 부르는 데에도 큰 效果가 잇다 할 것입니다.

그러나 우리는 冷靜히 그리 되는 싸닭을 생각해야 할 것입니다. 첫재는

指導者 업시는 어린 群衆이 모힐 수 업는 것이요 모혀서 나갈 수 업는 것인데 誠力 잇는 조흔 指導者를 맛나지 못한 까닭이니 少年少女들이 스스로 니웃 洞里의 衝動을 밧아 自己네끼리 그냥 모혀 보앗스나 엇지해 갈 길을 모르고 指導를 밧을 곳도 업서서 그냥 흐터저 버리고 마는 것이요, 둘재는 一人 或 二人의 指導者가 잇고 또 그들에게 남다른 誠力이 잇다 하드래도 亦是 그 壽命이 길지 못하고 中間에 解體되거나 업서진 것도 아니요 잇는 것도 아닌 中斷狀態에 싸지게 되는 것이 普通이니 여긔에는 여러 가지 原因이 잇습이다. 남다른 誠意 하나만으로 少年會 或 少年團을 創設은 하여 노코 家事를 돌아다 볼 사이 업시 거의 寢食을 니저버리고 매여달나 그러나 그 힘 그 誠力이 외롭습니다. 群衆이 어린 사람들이니 거긔서 돈이 나올 수 업고 洞里 人士의 理解가 업스니 補助가 나올 리 업고 童話會 한번 討論會 한번에도 結局 自己 주머니의 담배갑이나 自己 집의 반찬갑을 긁어넛케 밧게 아니 되니 뜻잇고 貧寒한 사람이라 그나마 永續할 수 업는 것이요 그 다음에는 沒理解한 少年少女의 父母들의 反對와 警察 及 學校의 干涉을 익여낼 힘이 업는 것입니다. 父母들을 說服식힐 만한 理論이 업는 이가 흔히 잇스니 誠意 하나쑨만 가지고는 되지 안는 일이요 父兄들의 理解가 업스니 少年會가 다른 힘과 싸홀 힘이 업는 것입니다. 靑年會는 會員이 百名이면 늘 百名의 힘으로 싸호는 것입니다. 委員이나 代表 一人이 싸와도 百名 힘을 가지고 싸호는 것입니다. 그러나 少年會團은 群衆이 어린 사람인 關係로 어느 쌔든지 指導者 한 사람이나 두 사람이 외로히 싸호는 폭밧게 되지 못하는 것입니다. 이래서 一人 或은 二三人의 외로히 버틔는 힘은 오래지 못하야 안탁가히 썩겨 바리고 말게 되는 것입니다.

方定煥, "朝鮮少年運動의 歷史的 考察(五)",『조선일보』,
1929.5.12.

그리고 그다음에는 외로운 指導者가 不幸히 身病이 잇서도 集會는 中斷
되고 쏘는 家事 쏘 或은 다른 個人事로 他地方에 出他를 하여도 會體는
흐너지고 마는 것입니다. 甚하게는 이러한 것이 잇스니 京城에 와서 留學
生이 夏期나 冬期放學에 鄕里에 와 잇는 동안에 少年會를 組織해 노코 잇
다가 開學期가 되어 上京하면 少年會는 업서젓다가 다시 다음해 放學期가
되면 다시 組織되고 되고 합니다. 이것 한 가지가 그간의 사정을 제일 잘
설명하는 것입니다.

어느 나라 少年運動을 보든지 國家補助와 一般 父兄社會의 補助後援으
로써 자라가는 것이니 더구나 朝鮮가티 貧寒한 데서 無産兒童을 相對하는
少年運動은 다시 더 말할 것이 업는 것입니다. 더구나 이 運動은 警務,
學務 두 方面의 干涉을 밧는 것이요 甚하야는 頑冥한 父兄級의 反對까지
밧는 것이니 物質的으로 쑨 아니라 精神的으로 만흔 後援의 힘을 어더야
할 것입니다. 그러니 이 運動은 그 初期에 잇서서 父兄社會 一般家庭을
向해서의 理解를 넓히는 努力이 少年群衆 自身들쎄의 努力과 竝進햇서야
할 것입니다.

地方에서는 少年會라면 無條件하고 許可를 아니하고 或은 이미 組織된
少年會를 普通學校 校長이 解散을 식히는 奇怪한 事實까지 잇섯습니다.
그러한 쌔에 거기 抗拒할 當者들은 그 學校의 學生들이엇스니 다른 後援의
힘이 업슬 쑨 아니라 父兄들이나 社會의 少年會에 對한 理解가 업섯든 故
로 校長도 아모 忌憚업시 그러한 妄擧에 나올 勇氣가 낫섯거니와 當하는
便에서도 아모 말 업시 그양 當해 버리고 말게 된 것입니다. 저 丙寅年
봄의 許時謨 事件을 爲始하야 少年 私刑의 慘酷한 事件이 뒤니어 니러나서
各地의 少年團體는 피를 끌이며 奮起하엿스나 모여서 議論 한번 못하게
干涉을 밧고 아모 事에도 나가지 못하고 말엇습니다. 이러한 쌔에 干涉을

밧는 것은 決코 少年運動뿐만이 아니지만은 우리가 스스로 內察할 째에 少年運動者는 그 運動圈 內에 그 父兄까지를 쓰러너흘 것을 니저서는 안될 것이니 이째까지 어머니會 아버지會를 開催하는 等 그 方面의 努力이 全혀 업섯든 것은 아니나 그러나 甚히 不足하엿든 것만은 事實입니다. 少年自身들의 指導問題와 꼭가티 父兄들의 理解問題가 急하고 少年讀物이 必要한 것과 꼭가티 父兄들께 읽힐 少年問題의 書籍이 몹시 必要한 것입니다. 이제부터라도 이 方面에 特別한 努力이 잇서야 할 것을 切實히 째다라야 할 것입니다. 運動은 單純히 指導에만 긋치는 것이 아닌 까닭입니다.

　말이 自然 여러 갈내로 난호이게 되엇슴니다만은 다시 도라와서 少年會 自體를 볼 째에 第一 큰 問題는 前에 말슴한 바와 가티 指導者 問題입니다. 指導者가 업시 自己네끼리 모여 놀다가 그양 흐터저 버리는 것은 이미 말슴하엿거니와 一二人 或은 三四人식 指定된 사람이 잇는 中에서도 엇더케 나아갈 길을―안으로는 엇더케 少年들을 指導하며 밧그로는 엇더케 父兄들을 닛글고 엇더케 少年會를 끌고 나갈는지―몰르는 이가 不少히 계십니다. 어느 地方에를 가보면 少年會를 모르기는 하엿스나 그 指導者로 適任者를 골를 째 "아모는 어린 사람들과 놀기를 잘하니 그 사람으로 하자" 하거나 "아모는 어린 사람들과 이야기를 잘하니 그가 하게 하자" 하는 等 單純하게 생각해 바리는 이가 잇는 바 그런 이를 보면 처음 얼마동안은 자미 잇는 이야기도 들려주고 마당에서 가티 쮜놀기도 하지만은 그것이 한 달을 못가서 그것만 가지고는 염증이 날 뿐 아니라 아모 指導도 되지 못하고 차차로 한 사람 두 사람씩 쩌러지게 되는 고로 漸漸 焦燥해저서 미천 업는 歌劇을 한다거나 淫談 석긴 野談 □話를 끌어다가 童話에 代用하거나 하야 少年을 쓰을기에 努力하니 이 째부터 벌서 脫線을 始作하는 것입니다. 그러나 脫線 되는 대로나마 그것도 오래 계속되지 못하야 百名이든 會員이 五十名 나종에는 三十名도 못 남게 되다가 결국은 아조 모이지 안케 됩니다.

方定煥, "朝鮮少年運動의 歷史的 考察(六)", 『조선일보』, 1929.5.14.

根本問題는 指導者가 만히 생겨야 한다는 데에 잇습니다. 우에 말슴한 바 여러 가지 일의 原因을 짓는 指導, 敎養問題에 關하야는 먼저 記錄한 바와 가티 六年 前에 全鮮指導者大會가 〈색동會〉 主催로 京城에서 七日間 열럿섯든 外에 別로히 업섯든 것은 이째까지의 少年運動史를 보는 이 누구 나 다 遺感으로 녁일 일입니다. 엇더케든지 兒童問題를 眞實히 硏究하는 이가 만히 생기고 그리하야 스스로 自信이 잇고 一般이 밋고 맛길 만한 조흔 指導者가 만히 生겨 나와야 할 것이니 이제로는 少年團體가 만히 生 기는 한 엽흐로 少年問題를 硏究하는 機關이 시골이나 서울에 만히 生겨 야 하고 少年雜誌가 만히 生기는 한편으로 兒童問題硏究 雜誌가 만히 生 겨야 할 것입니다. 그리하야 眞實한 指導者가 더 만히 生겨 나와서 안으로 는 조흔 指導 밧그로는 씩씩하면서도 꾸준한 運動이 生命 잇게 자라날 것 입니다.

애초에 이 글은 어린이날 前 하야 運動史를 알려 달라는 만흔 同志들의 要求에 依하야 어린이날 前에 마치려고 쓰기는 始作한 것임으로 자세하지 못한 嫌이 업지 안흔 이제 또 니어서 말슴할 것도 만히 잇스나 밧분 대로 아직 이만 쓰치고 未盡한 것은 後日 다시 쓰겟습니다.

金泰午, "어린이날을 당하야 어린이들에게(一)", 『동아일보』, 1929.5.4.

먼저 조선을 알고 꾸준이
힘써 쒸어나는 인물이 되자

오월 달 첫 일요일 되는 五日날은 우리 "어린이"의 날이올시다. 어린이 날! 어린이날! 얼마나 질겁고 깃븐 날입니까? 사랑하는 소년소녀 여러분! 이 날은 특히 그대들을 위하야 전조선덕으로 지키는 명절날이올시다. 경성을 비롯하야 삼천리 근역에 잇는 방방곡곡에는 어린이를 위하야 여러 가지 놀이가 잇스니 아마 여러분들도 어떠한 놀이에든지 참가하서서 유쾌하게 노실 줄 압니다.

여러분! 지금은 五月이외다. 봄이외다. 눈보라 치고 손발이 얼어 터지든 겨을은 지내가고 죽엇든 만물이 고개를 들고 웃줄웃줄 쩌더나는 조흔 시절입니다. 뒤ㅅ동산에는 록음이 우거젓고 못자리에는 푸른 모가 잘아고 산기슭 들바테는 이름도 모를 가지각색 꽂이 피어 새로운 봄을 찬양하고 취한 듯합니다. 종달새는 놀애하고 소리개는 춤을 추며 제멋대로 조하합니다. 이러틋 조흔 날에 여러분은 새 옷 닙고 새로운 마음으로 이 조흔 모임에 참가하게 되엇스니 얼마나 깃븐 일입니까.

여러분 눈에 보히는 것도 모다 봄이어니와 여러 소년 소녀는 지금이 한창 인생의 봄이외다. 그 긔세는 마치 五月의 햇볏과 가티 찬란하고 五月의 새닙과 가티 씩씩하고 또는 五月의 샘물과 가티 맑고 깨끗합니다. 여러분— 이 시절이 얼마나 꽂다운 시절입니까. 아모쪼록 긔운것 쒸면 굿건한 마음으로 씩씩하게 나아가야 하겟습니다. 이날을 마지하야 특히 여러분께 몃 마듸로 부탁할 말슴이 잇습니다.

첫재 우리가 지금 먹고 닙고 살고 잇는 조선을 잘 알아야 합니다. 여러분은 영국 사람이나 독일 사람이나 미국 사람이 아니고 조선 사람인 것을 니저서는 안 됩니다. 여러분은 조선 땅에서 나서 조선 어머니의 젓을 먹고 숨박꼭질, 숏곱질 동무들이 다 조선 동무이며 말도 조선말을 배웟습니다. 그럼으로 여러분이 아모리 외국말을 잘 한다 하더라도 독일 사람이나 영국 사람이 될 수 업습니다. 짤하서 여러분이 조선이라는 생각을 한째라도 니저서는 안 됩니다.

조선 사람 전톄가 행복하게 되면 여러분이 행복하게 될 것이오 조선 사람 전톄가 불행하게 되면 여러분도 불행하게 될 것입니다. 그럼으로 우리 조선 소년은 먼저 조선을 알고 조선 사람을 행복스럽게 하는데 가장 큰 기대와 촉망을 가지고 잇습니다.

金泰午, "어린이날을 당하야 어린이들에게(二)", 『동아일보』, 1929.5.5.

먼저 조선을 알고 쑤준이

힘써 쒸어나는 인물이 되자

둘재 쑤준히 힘씁시다. 우리는 희망 가운대 쓴어지지 안는 "굿센 마음"을 기르자는 것입니다. 우리는 대개 참을성이 부족하야 모든 일에 실패하고 마는 것입니다. 그런데 여러분께서 결심하신 그것을 꼭 성공케 할 방책이 잇다 하면 얼마나 깃브겟습니까. 그것은 다른 것이 아니라 곳 "쑤준히 힘씀"에 잇습니다. 쑤준히 힘쓴다는 것은 놀고 십흔 때에 놀지 못하고 자고 십흔 때에 자지 못하고 그냥 그것만 붓들고 힘쓰라는 말은 아니외다. 여러분이 놀고 십흘 째 놀고 자고 십흘 째 자시오. 그러나 어쩐 그 일에 대하야 매일에 할 것은 반듯이 그날에 하여야 합니다. 가령 매일에 책을 한 페지 이상 보기로 하얏스면 그날에 아모리 분주한 일이 잇드라도 꼭 그 책 한 페지 이상은 보아야 합니다. 어쩐 한가한 날은 한 五十 페지 가량이나 보고 분주한 날에는 한 二十여일 동안이나 한 페지도 안 보는 것은 안 됩니다. 꼭 매일 그날에 할 것은 그날에 하고 다음날에 할 것은 다음날에 하며 꼭 그대로 나아가는 것을 쑤준히 하야 나아가는 것이라 하겟습니다.

이와 가티 하는 사람은 꼭 어쩌한 일에든지 결심한 대로 성공하고야 맙니다. 그런데 쑤준히 힘씀에 잇서서 사사(私事)보다도 공사(公事)를 더 중히 녀기고 나아가야 합니다. 다시 말하면 여러분은 어려서부터 자긔 일신보다 여러 사람을 위하는 아름다운 덕과 용긔를 기르기에 쑤준히 힘쓰십시오.

셋재 쮜어나는 인물이 됩시다. 오늘 우리가 "어린이날"로 뎡하고 온 조선 소년소녀들로 함께 쩨를 지어 가지고 긔ㅅ발을 날리며 놀애를 불러서 이 거룩한 날을 긔념하자는 것은 다른 것이 아니라 여러분은 오늘을 인연해서 묵은 쩨ㅅ국을 모다 썰어버리고 아주 새로운 소년과 소녀가 되어 여러분의 왕성한 원긔와 용맹이 잇는 것을 알아야 합니다. 그러고 이제는 엉석만 부리지 안코 놉흔 리상(理想)과 경륜(經綸)이 잇는 것을 사랑하는 아버지 와 어머니에게 보이자는 것입니다. 그런데 여러분은 이 길을 잘못 들면 더 자라날 것도 아주 그만 더 못 자라게 하는 일도 잇습니다. 다 자라지 안헛는데 다 자란 줄 알며 다 되지도 안헛는데 다 된 줄 아는 것처럼 가엽고 불상하고 앗가운 일은 업습니다. 몸으로나 지식으로나 덕행으로나 충실하게 건전하게 자라는 것은 어릴 째 어린이답게 행하는데 잇습니다. 그럼으로 여러분은 력사(歷史)에 나타난 인물 중에 가장 훌륭한 사람으로 하나나 둘을 쏩어서 그 이를 모범 삼아 나아가는 생활을 하면 반듯이 훌륭한 인물이 될 것입니다. "나도 이다음에 그런 일을 해 보겟다. 그런 어른이 되어 보겟다" 하는 생각이 잇는 것은 어린이 생활에 방향을 뎡해 주는 것이며 힘과 활동이 되는 것입니다. 률곡(栗谷) 선생과 그리스토라든지 에듸손이 라든지와 와싱톤과 린컨이라든지 다— 조흔 본바들 만큼 한 인물입니다.

◇

우리가 어린이날을 뎡하야 해마다해마다 이 날을 긔념하자는 뜻이 여긔 잇는 줄 압니다. 우리 전조선 륙백만 소년소녀 여러 일꾼들에게 반듯이 실행 됴건으로 이 멋 가지를 부탁합니다. 하고 십흔 말은 아즉도 만흐나 이런 명절에 넘우 만히 하는 것도 지루하겟스니 고만두겟습니다.

—(끗)—

方定煥, "새 戶主는 어린이 - 생명의 명절 어린이날에", 『동아일보』, 1929.5.5.

어린이날이 왓습니다. 오늘이 어린이날입니다. 아 깃거운 명절날에 나는 특별히 세상의 어머니와 아버지들 여러분께 뎨일 긴절한 말슴을 들이겟습니다.

어린이날 특히 이 날에 부모 되시는 이들이 생각해야 할 일, 생각하고 곳 실행해야 할 일이 꼭 한 가지 잇스니 이것을 실행하고 하지 못함으로써 우리들 전례가 잘살게 되고 못 되는 판단이 달려 잇습니다.

×

그것은 다른 것이 아니라 "각각 자긔 집안의 주장되는 임자를 새로 밧구어 노차" 하는 것입니다. 이째까지의 조선에서는 누구든지 어느 집에서든지 한아버지, 한머니, 그러치 안흐면 아버지, 어머니만 주장하야 그가 주장하고 그가 임자 노릇을 해 왓스나 그것이 잘못된 일이어서 우리가 오늘과 가티 못살게 된 것입니다.

밧브기도 하고 쏘 길다라케 쓸 지면(紙面)이 업서서 이러케 간단한 말로만 말슴하니까 얼른 잘못 들으면 대단히 섭섭하게도 들리고 쏘 상스럽게 들리기도 할 말슴이지마는 진정대로 털어노코 말슴하면 한아버지, 한머니는 젊으섯슬 째 자긔 힘쩟 재조썻 할 일을 다하고 이제는 무덤으로 가실 날만 갓가워 오는 어른입니다. 다시 말하면 무덤으로 향하야 걸음 것고 게신 어른들입니다. 무덤으로 가는 어른이 임자가 되고 주장이 되어 왼 집안 식구를 쓸고 나가니 가는 곳이 무덤밧게 공동묘디밧게 더 잇습니까.

팟으로 메주를 쑨다 하야도 웃어른 말슴이니까 잠자코 쌀하가는 것이 잘하는 짓이오 효도라고 가르켜서 그대로만 지켜 왓스니 조선 사람들은 왼통 이째까지 공동묘디로만 향하고 잇섯든 것입니다.

늙으신 어른들이 무덤을 향하고 가는 이라 하면 어린이들은 살아나려고, 살려고, 일터로, 일터로 아프로 아프로만 나가는 사람입니다. 살려고 새 생명을 가지고 아프로 나아가는 이를 주장을 삼고 임자를 삼아 왼 집안 식구가 그리로 쌀하가야지 무덤을 향하고 뒤ㅅ길로, 뒤ㅅ길로만 가는 사람을 쌀하가서야 되겟슴니까.

다 늙은신 이가 아니라도 젊으신 아버지나 어머니도 벌서 어린 아들이나 짜님보다는 二十년 三十년 묵은 사람입니다. 코를 흘리고 아모 철업는 것 가태도 어린 사람은 아버지보다 二十년 三十년 더 새로운 세상을 살아갈 사람이오 새로운 긔운과 생명을 가지고 나온 사람들이오 새것을 생각하고 맨들어 낼 힘을 품고 나온 사람입니다. 족으만 석유 등잔밧게 켤 줄 몰르고 사는 사람이 뎐긔등이나 와사등을[101] 켜고 살 사람을 어쩌케 자긔 마음대로만 이리 끌고 저리 굴리고 할 수가 잇슬 것입니까.

×

묵은 사람이 새 사람을 보고 내 말만 들어라 내 말만 들어라 하면서 새 사람의 의견을 업허 눌르기만 하면 천년만년 가도 새것이 나올 수도 업고 아바지보다 더 새롭고 더 잘난 아들이 잇슬 수가 업는 것입니다. 내 말만 밋지 말고 나보다도 더 잘난 사람이 되어 새것을 생각하고 새 일을 하도록 하라고 써바처 주고 새 의견을 존중해 주어야 한라버지보다는 아버지가 잘나고 아버지보다는 아들이 잘나고 아들아보다도 손자는 더 잘나게 되어 자꾸자꾸 집안이 잘되고 세상이 잘될 것입니다.

×

그런대 조선서는 새 생명을 위할 줄 몰라 왓슴니다. 사소한 일로 말슴하드래도, 집 한 채를 지어도 무덤으로 가는 한아버지 생각만 하고 짓지, 어린 사람 생각을 해 가면서 지여 본 법이 업고 반찬 한 가지를 작만하되 시어머니 시아버지만 생각하얏지 어린 사람만 생각하면 불효요 천착하다고 흉보아 왓슴니다. 어른들만 임자 노릇하노라고 새로 자라나는 새 긔운을 어쩌케 만히 썩거 오고 죽여 왓슴니가.

새 긔운을 썩거 버리고 새 생명을 천대해 오고 그러고도 잘 살게 되기만

---

101 '와사등(瓦斯燈)'은 가스등을 뜻하는 일본어이다. '瓦斯'는 가스(ガス)의 음역이다.

바라고 잇섯스니 미련하야도 넘우 미련하얏습니다.

×

오늘부터는 어린 사람을 주장을 삼고 어린 사람을 이째까지처럼 나려다 보지 말고 쳐다보면서 매매사사를 어린이를 생각해 가면서 어린이들을 잘 키우도록만 하야 가십시다. 그래야 덕을 봅니다. 한 집안도 덕을 보고 한 사회도 덕을 보고 왼 조선이 덕을 봅니다. 어린 사람을 주장을 삼으십시다. 우리를 잘살게 하야 줄 터주대감으로 밋고 거긔를 위하고 거긔다 정성을 쓰십시다. 왼 조선 아버지 어머니가 한갈가티 이러케 하면 우리는 분명히 잘살게 됩니다.

×

오늘이 어린이날입니다. 동리집 부인들쎄까지 이 말슴을 전하서서 다 가티 이것을 이날부터 실행하십시다.

社說, "어린이날", 『동아일보』, 1929.5.5.

一

오늘 五月 첫재人 日曜는 朝鮮 어린이의 날이다. 在來의 어린이를 抑壓하고 不自由하게 하는 因襲的 倫理로부터 解放하자. 從來의 어둡고 차든 非人間性을 업새 버리고 밝고 쓰거운 人間的 情緖를 涵養하자. 從來의 非社會的 惡風을 깨털이고 文明的 新風紀를 세워 보자 하는 趣旨로 半島의 少年이 외치고 나온 날이 오늘 어린이날이다. 從來의 倫理는 長幼有序라하는 固陋한 東洋的 封建思想에 支配되어 어린이를 虐待하고 어린이를 侮辱하얏다. 어린이는 一家庭의 꼿이 아니오 所有物이엇스며 社會의 未來를 걸머멘 豫備的 國民이 아니라 使役과 服從의 奴隷이엇섯다. 어린에게는 어른에게 克己思想을 普遍시켯든과 가티 젊쟌타는 非活動的 非情熱의 冷淡思想을 가르처 畸形的 人間을 養成하얏다. 知覺과 體力이 發達치 못한 어린이에게 早婚이란 民族滅亡의 惡風을 强要하야 將次의 國民을 劣弱하게 하고 長者에게 依賴하는 依他思想을 助長하얏다. 家庭的 社會的 民族的으로 虐待한 어린이는 이제야 그들의 解放을 爲하야 家庭과 社會와 밋 民族의 幸福隆興을 위하야 닐어낫다.

二

이날엔 全 朝鮮 五百萬의 少年少女가 旗行列을 하고 童話會를 開催한다. 勞働者가 '메이데이'를 紀念하는 것가티, 婦人이 國際 婦人데이를 紀念하는 것가티, 靑年이 國際 靑年데이를 紀念하는 것가티 어린이는 어린이날을 紀念한다. 이 어린이날이 最近 朝鮮서 始初된 것이니만치 世界에서 一齊히 이것을 擧行치 안홀 싸름이다. 어린이날은 朝鮮에만 限한 紀念日이다. 어린이날의 起源은 辛酉年[102] 四月 〈天道敎少年會〉가 組織되어 各 方面에 少年運動의 一般的 理解를 부르지저 翌 壬戌年[103] 五月에 그 달을 어린

---

102 1921년을 가리킨다.

이달이라 하고 그中에도 第一 日曜를 어린이날이라 定한 것으로써 始初를 삼는다. 그 後 宗教 學校 社會 等 諸 方面으로부터 發生한 數多한 少年會는 이에 한 가지로 되어 全 朝鮮的으로 이 날을 어린 날로 定하게 되엇스니 이곳에는 아무러한 政治的 國際的 意味가 업는 것이다. 또 元來가 特殊的 事情에 잇는 朝鮮으로 하야금 이러한 어린이날을 定하게 한 것이니만치 다른 나라, 그中에도 先進文明國에는 어린이날을 定할 必要도 업슬 것이다. 家庭과 學校와 社會가 이 어린이를 愛護하고 理解함에 잇서 구타여 이것을 定할 理由가 무엇이 잇스리오.

　　　三

이날은 어린이로 하야금 모든 것을 自由롭게 하게 하라. 自由로 춤추고 自由로 놀애하고 自由로 먹고 自由로 배우게 하라. 그리하고 그들에게 아무러한 拘束과 使役과 줄임과 無智를 주지 말게 하라. 그리하야 그들에게 人間의 自由性을 發揮하고 人間의 情緖를 吐露하게 하라. 早婚을 시키지 말기로 決心하자. 從來의 因襲的 惡道德을 撤廢하자. 父母와 兄弟는 子女와 弟妹를 爲하야 一日의 苦勞를 앗기지 말자. 모든 家庭 모든 小學校 모든 少年團體는 이날을 紀念할 아무러한 主催라도 하라. 이것이 朝鮮의 將來에 對한 光明이며 希望이다. 一民族을 抑壓하는 一民族이 自由에 浴할 수 업는 것가티 一民族의 어린이를 抑壓하는 一民族의 어른은 自由에 浴할 수가 업는 것이다. 그러면 朝鮮 五百萬 어린이의 一身에 幸福시럽거라.

---

103 1922년을 가리킨다.

金泰午, "어린이날을 마지며 父兄母妹께!", 『중외일보』, 1929.5.6.

여러분! 五月 첫공일 五月은 "어린이"의 날이올시다. 어린이는 새 세상의 회망의 꼿이라는 가장 아름다운 '슬로간' 밋헤서 우리는 소년운동(少年運動)을 니르키어 왓습니다. 그리하야 어린 사람의 해방운동이 단톄력으로 五百여회에 니러나고 어린 사람의 생명량식이 수십 가지 잡지로 뒤니어 나와서 어린 사람의 살림사리가 더 커지고 쏘 넓어젓습니다. 아! 거룩한 긔념의 날! 어린이의 날! 〈조선소년총련맹(朝鮮少年總聯盟)〉서 새로히 어린이날에 올 五月 첫 일요일(日曜日)로 작명한 이후 금년이 두 번째 깃분 긔념일입니다.

이날을 당하야 삼천리 방방곡곡에는 어린이를 위하야 여러 가지 노리가 잇스니 아드님과 짜님을 가지신 여러 부형모매께서는 될 수 잇는 대로 그네들의 마음을 깃부게 하고 새옷도 닙히어 어쩌한 노리에던지 참가하게 하고 유쾌하게 놀도록 하시기만 바랍니다. 조선의 새싹이 돗기 시작하는 날이 이날이오 새로운 생활을 어든 날이 이날입니다. 五月의 새닙(新綠)과 가티 씩씩하게 새 세상을 지어낼 새싹은 웃줄웃줄 쩌더남니다. 우리는 그네들을 그대로 잘 쩌더나가게 하는 대에 행복이 잇고 쏘는 잘살 것입니다.

일즉이 우리 조선 소년은 남과 가티 자랄 째 자라지 못하고 배울 째 배우지 못한 것은 다른 나라 어린이들과는 특수한 환경에 태어난 까닭이겟지요.

간단히 말하자면 돈 업고 세력 업는 탓으로 조선 사람들은 맷 밋층에서 비참한 생활을 하여 왓습니다. 게다가 재래의 우리 어린이들은 한목 사람의 갑이나 잇섯다 할가. 갓 나서는 부모의 재롱감— 작란감 되고 더 나아가서는 어른 압헤 무릅꿀코 양수거지를 하고 서게 되며 커서는 어른들 일에 편하게 씨우는 긔계나 부릴 것이 되엇슬 뿐이오 이러라면 이러고 저러라면 저리하야 자랄 째 자라지 못하고 피일 째 잘 피지 못하야 다른 나라 소년은 총을 메고 말을 타고 어른의 하는 일을 하게 되어도 조선의 소년은 아버지와 어머니의 만족을 채우기 위하야 자긔보다 일곱 살이나 여듧 살 이상 되는 "안해"를 맞게 되는 것입니다. 다시 말하여 조혼(早婚)이라는 무섭고 놀나운 형태(形態)로써 이것을 준수(遵守)치 아니치 못하게 되엇던 것입니다. 짜라서 이로써 이러나는 필연덕 불합리(不合理)와 모순(矛盾)은 자손의 저렬(低劣)한 자를 내이게 된 것입니다.

어린이는 가명의 "싹"이오 사회의 "순"이오 인류의 "희망"이다. 그리고 그들은 인생의 꼿이오 희망이오 동시에 깃븜이다. 어린이를 위함은 사회의 절대책임이다. 이러한 표어(標語) 밋헤 一九二二년 이래 소년운동을 八九년 해 내려온 것입니다. 하여간 재래의 소년운동은 어린이 애호운동(愛護運動)을 고취하여 온 것은 사실입니다.

어린이는 인간(人間)으로 생겨날 째부터 세 가지 자연덕 요구가 잇습니다.

一. 잘 나서(出産) 튼튼하야 하겟습니다.

一. 잘 배워야 하겟습니다.

一. 잘 살어야 하겟습니다.

다 큰(成長) 뒤에 잘살고 못사는 것은 자기 책임(責任)이라 하겟지마는 아무것도 모르는 유약(幼弱)한 어린이로 불행한 가명에 태어나서 자식덕 요구를 만족식히지 못하고 한평생을 불행으로 보낸다면 그 책임이 어린이에게 잇는 것이 안이라 오로지 그 부형의 책임이며 사회 전톄의 련대 책임이라고 하겟습니다.

그런데 어린이를 지도하는데 가장 주의할 것은 첫재 어머니 되시는 이들은 어린이에게 음식을 주는 째를 모릅니다. 젓 먹일 째부터 장성하기까지 만히 먹이기만 하면 조혼 줄 알고 하로 멧 번이라도 째 업시 먹입니다. 그리고 그분들은 어린이 운동을 덕당하게 식혀 줄 줄을 모릅니다. 날세가 조금만 치워도 덥듸더운 방구들에다가 가둬두고 몸이 조금만 압흐면 "점"을 친다 굿을 한다 하다가는 의사에게도 보이지 안코 무엇인지 알지도 못할 약을 덥허노코 먹여 주는 일이 종종 잇습니다. 그리하여 어린이의 몸을 망쳐 놋는 일이 만습니다.

둘째는 그분들은 그 어린이에게 보일 것 아니 보일 것을 모름니다. 부부 간에 물고 뜻고 하는 싸훔도 보여주기도 합니다. 그리하야 그들은 욕을 배우고 사람 째리기를 배우고 낫분 싸훔을 배움니다. 이러케 그들의 성격을 파괴 식힘니다.

어린이는 몸과 성격이 한 가지와 가타야 물드리기에 달렷고 물과 가타야 담기에 달렷습니다. 그들은 물감에 의하야 히게도 될 수 잇고 검게도 될 수 잇스며 그릇에 짤해서 둥글게도 될 수 잇고 모나게도 될 수 잇습니다. 이 물감과 그릇은 누가 되겟습니까? 곳 우리 부모 형제 자매 된 사람 쏘는 우리 사회의 공중이 될 것임니다.

말도 잘하지 못하는 아이들이 나무토막을 가지고 싸헛다 허무럿다 하는 것은 그냥 작란이 안이라 집을 짓고 십허 하는 타고난 버릇(本能)을 가진 까닭이오 남녀를 분간도 못하는 인형가튼 아가씨들이 "장독대" 겻헤서 작은 옵바하고 비닭이처름 마조 안저서 눈쏩만한 그릇에 풀닙새를 담어가지고 "너 먹어라" "아! 이 손님 잡수서" 하고 노는 것은 숫곱작란이 안이라 장래 자라서 살님살이(家庭生活)을 하려는 연극을 미리 하고 잇는 것입니다. 어렷슬 째에 양디짝에서 노니는 병아리처름 혼자 종알거리든 것이 자라서 성악이 되고 숫거멍으로 벽에다가 란초를 치는 것이 자라서 미술(美術)이 되고 마루 우에서 쒸엄박질을 하는 것이 무도(舞蹈)가 되고 달 밝은 밤에 동모들이 은행(銀杏) 나무 그늘에 모혀서 "숨박쏙질"을 하고 "싸치잡기"를 하는 것이 그냥 작란이 안이라 커지면 연극(演劇)이 되는 것이오 그 그림자를 박혀낸 것은 별다른 것이 아니라 활동사진(映畵)임니다.

조선의 부모형제자매 제씨여! 이날을 당하야서 여러분은 깁히 생각하야 우리의 어린이를 잘 지도(指導)합시다. 마지막으로 〈조선소년총련맹〉의 표어(標語)를 소개하오니 여러분은 이대로 실행하시기만 바람니다.

少年健康注意　　　　少年教育普及

少年早起獎勵　　　少年早婚廢地

少年喫煙禁止　　　少年虐待防止

丁洪教, "今年의 少年 데- =指導者 諸賢에게=", 『중외일보』,
1929.5.6.

五月 第一 日曜!

이날은 우리가 가장 질거히 마저야 하고 가장 깃부게 놀아야 할 날인
것은 두말을 기다릴 필요가 업다고 하겟습니다.

그런데 우리는 이날을 엇더케 깃부게 마지하며 질겁게 마지하여야 할
것임니까?

참으로 우리는 이날을 마지할 째 기나긴 십년이라는 동안에 파란 만흔
분쟁과 곡절 만흔 우리의 어린이운동이 오늘에 와서 가장 째끗이 청산(淸
算)되고 싸라서 무엇보담도 실천덕 행동(實踐的 行動)이 가장 승리(勝利)
를 싸르게 한 것을 깃버하야 마지안는 바임니다.

아울러 지나간 십년이라는 오래인 동안에 죽음도 게을리하지 안코 악전
고투(惡戰苦鬪)하야 온 지도자 제현(指導者 諸賢)의 얼골이 무한히 광채
(光彩)나고 잇는 것이 보이는 바이며 우리의 어린이운동이 어린이 모듬다
운 테를 메게 되엿다는 것은 진실로 깃버하야 마지안는 바임니다.

그러나 一九二九年代의 어린이날과 금후(今後)의 어린이운동을 엇더케
할 것인── 재래와 가티 지리멸절(支離滅絶)하고 부허무위(浮虛無爲)한
파쟁(派爭)이라든지 쏘는 가설덕(假說的) 리론(理論)에 순설(脣舌)만 허
비하든 째와 가티할 것인가? 이것은 천부당만부당의 일일 것임니다.

우리는 一九二九年의 오월 첫재 일요일을 마지할 째 진실로 재래의 신물
과는[104] 파쟁이 넘우나 괴로웟든 것을 늣기지 아니할 수 업슴니다. 엇젯든
우리는 이 신물나고 괴로운 파쟁 밋헤서 쒸여나와 가장 승리덕 실천덕인
통일운동(統一運動)으로 나온 것을 매우 깃버하야 마지안흐며 一九二九年
代의 소년(少年) 데- 어린이날을 반듯이 보무정제(步武整齊)히 하고 가

---

104 '신물 나는'의 오식이다.

장 의식뎍 운동이라고 하야 마지안는 바임니다.

우리는 압흐로압흐로 전진하야 나가야 하겟슴니다. 보무를 정제히 하고 의식뎍으로 나갑시다. 그곳에서 모든 소년소녀의 대한 가장 진실한 의의를 가저온 것임니다.

동시에 우리는 一九二九年代의 어린이날——소년 데-——는 자연발생뎍(發生的) 긔치(旗幟) 아래로 전면뎍 진출(全面的進出) 총톄뎍 운동(總體的運動을 하게 된 것임니다.

짜라서 一九二九年代의 어린이날은 조직뎍인 것은 물론이며 전면뎍 총력뎍이며 전조선운동의 일부(一部) 역할(役割)을 과감(果敢)히 행동하여 온 것을 우리는 잘 알어야만 할 것임니다.

全朝鮮少年大衆萬歲!

朝鮮少年總聯盟萬歲!

= 五月 第一 日曜 =

崔奎善, "少年指導者 諸賢에 - 어린이날을 當하야(下)", 『조선일보』, 1929.5.7.[105]

家庭과 어린이 學校와 어린이 社會와 어린이 어린이와 어린이에 對한 가장 向上的이며 機械的 親睦이라든지 效果的 會合을 要하는 것입니다.

우리가 붓과 입으로 方向轉換을 하엿느니 社會民主主義의 組織體이니 하는 것보다도 먼저 問題되는 것은 實踐입니다.

오늘의 朝鮮이 까다러운 形態에 잇고 오늘의 어린이가 壓迫 밧고 짓눌리고만 잇는 것을 생각하고 그대로 進出하면 어써한 成果를 가저올 것을 우리는 먼저 알어야 하겟습니다. 곳 말하자면 우리는 客觀的 情勢를 잘 모르고서는 決코 決코 成功할 수 업는 것입니다. 그러면 우리는 이 客觀的 情勢를 잘 把握하는 同時에 쏘한 實踐的 過程을 重要視하지 안코는 되지 못할 것입니다.

우리는 이에 全心力을 다하야 朝鮮의 主人이 될 어린이를 쏘는 第二世 國民을 가장 嚴肅하고 明晰한 頭腦로써 엇던 主義에 局限된 範疇로 끌어너흘 必要도 업고 少年만을 愛護하는 無定見의 運動을 버리고 우리가 가지고 잇는 眞正한 朝鮮魂과 우리가 가지고 잇는 眞正한 朝鮮의 特質을 把握하여야 할 것이라고 하야 마지안습니다.

쌀아서 이것은 '맑쓰'主義도 아니오 社會民主主義도 아니며 그러타고 朝鮮主義인 것도 아닙니다. 우리는 늘 變動되고 流轉되는 現實을 透徹히 解釋하야 가장 實踐的이며 理論的인 것을 要求하야 마지안습니다.

그리하기 爲하야는 우리는 우리 各自가 다 가티 少年心과 少年力을 所有하엿다는 것을 일부러래도 自信하야 가지고 少年의 속으로 깁히 파 들어가 實踐的 任務를 다할 것이라고 하야 마지안습니다.

—— 五月 二日 ——

105 1929년 5월 5일과 6일자 신문을 찾지 못해, 「少年指導者 諸賢에 - 어린이날을 當하야 (上)」을 수록하지 못하였다.

社說, "朝鮮少年運動과 指導者 問題 - 새로운 方針을 세우라",
『동아일보』, 1929.5.10.

一

朝鮮에 少年運動이 唱道되어 坊坊曲曲에 少年少女의 團體가 創設되엇
고 "어린이날"의 制定이 잇서 兒童의 名節까지 생긴 現狀이다. 이 運動이
旣往에 잇서서 直接間接으로 朝鮮社會에 莫大한 '썬세이슌'을 닐으키엇고
今後에도 이 運動이 그 宜를 得하고 順序로 發展한다면 民族訓練과 公民教
育에 莫大한 效果를 줄 것은 無疑한 事實이다. 그러나 如斯한 特殊運動은
매양 時勢와 環境의 不可抗的 事情으로 因하야 畸形으로 그 方向이 轉換도
되고 그러치 안흐면 萎縮도 되어 發生의 根本意義를 忘却하는 實例가 적지
아니하니 今日의 朝鮮少年運動은 杞憂인지 알 수 업스나 正히 脫線의 危期
에 處하얏다고 아니 볼 수 업다. 結合體의 自體 內에서 分裂作用 가튼 것이
닐어나는 것은 그 危機를 雄辯으로 說明함이 아니고 무엇이냐. 어써한 運
動이든지 大義名分을 니저서는 아니 되는 것이다.

二

우리는 다시 한 번 朝鮮 少年의 訓育되는 現狀을 살펴보자. 父母가 子에
對하야 그들의 幸福을 爲하야서는 自己犧牲까지라도 앗기지 안는다는 無
條件한 極致의 사랑을 가지는 것이 生物로서의 本能일지는 알 수 업스나
그 訓育하는 方法과 子女에 對한 觀念에 잇서서 父性愛와 母性愛의 存在를
疑心할 만큼 無知하고 無責任하얏다고 볼 수 잇다. 그러면서도 그들은 子
女는 사랑하는 것이다 하는 漠然한 道義心이나 衝動的 사랑 알에서 責任을
廻避하얏섯고 더욱이 親子女 親父母의 그러한 骨肉의 私的關係를 써나서
公民으로서의 어린이, 公民으로서의 어른, 이러한 關係에 잇서서는 幼吾幼
하야 以及人之幼라 하는 消極的 個人主義的 觀念으로 社會的 責任은 些小
視하야 왓다. 前日의 朝鮮은 더할 것도 업거니와 今日 朝鮮의 어린이의
處地를 보라. 그들을 爲한 特別한 施設이 무엇이냐. 六百萬 兒童 中에 文盲

을 免할 運命에 處한 者가 그 얼마나 되느냐. 本能的으로 사랑한다는 마음만의 愛로는 將來 社會 主人의 主人될 資格을 줄 수 업는 것이다. 結果는 多數의 落伍者를 養育할 뿐이다. 落伍者가 만흔 社會에 進展과 隆盛이 잇슬 理가 업다. 만일 잇다면 이것은 奇蹟이라 하겟다. 그럼으로 朝鮮 少年의 生長을 우리의 因襲의 限界를 超越하야 冷情히 觀察한다면 決코 幸福스러운 處地에서 遺憾업시 힘껏 자라나는 그들이라 할 수 업다. 今日의 少年運動 가튼 것이 어찌 더 일즉히 닐어나지 안 햇든가를 遺憾으로 녀기지 안흘 수 업다.

三

그러나 少年運動은 少年 自體에서 醱酵한 自覺的 運動이 아니오 社會의 進展과 함께 움즉이게 된 他力的 運動인 만큼 決코 對抗的 意識을 가진 運動이 아닌 것을 알아야 될 것이다. 어린이를 좀 더 幸福스러운 生活을 주는 同時에 그들의 將來生活도 幸福으로 引導하자는 것이며 그들의 將來의 幸福은 朝鮮民族의 幸福을 意味하는 것이다. 그럼으로 이 運動은 어린이를 對象으로 한 어른의 運動으로 볼 수 잇다. 이러한 意味에서 이 運動에서 特히 조흔 指導者를 要求하는 同時에 指導者의 使命이 더욱 큰 것이다. 今日의 朝鮮少年運動이 適切한 指導의 缺如도 그러함인지 低氣壓 地帶에 處해 잇는 것은 少年運動 自體를 爲하야 一種의 不安을 아니 늣길 수 업다. 吾人의 理想은 이러한 運動의 우리 社會에서는 不必要하다는 그째의 速現이지만 現下 少年運動이 더욱 眞實化하기를 바라는 바이다. 다시 말하면 이 眞實化는 指導의 淨化를 意味함이다.

丁世鎭, "少年軍의 起源과 그의 由來", 『朝鮮講壇』, 창간호, 1929년 9월호.

朝鮮의 少年軍 運動이 벌서 八九 星霜이라는 歲月에 놀나운 長足의 發展을 하엿스며 七八歲로부터 乃至 十八九歲의 幼少年이 누른 服裝에 씩씩한 軍人 타이푸한 것을 우리는 街路上에서 往々히 볼 수 잇는 것이다.

그런데 朝鮮에서 少年軍이라는 것은 西洋의 쏘이스카우트(Boyskaut)라고 하는 것이니 이 스카우트라는 말은 譯할 것 가트면 斥候隊이라고 할 수 잇는 것이다. 그리하야 直譯的으로 말한다면 少年斥候隊라고 하는 말이 가장 마질 것이나 우리 朝鮮에서는 同志 趙喆鎬 兄이 "少年軍"이라고 命名한 듯하다. 그리고 一部 基督敎에서 하는 것 가튼 것은 그대로 斥候隊라고 使用하고 잇다. 쏘한 日本 內地 가튼 데서는 或은 健兒團 少年團이라고 하고 中國 가튼 데서는 童子團이라고 한다. 그러나 實相은 다 가튼 '쏘이스카우트' 運動인 것만은 속일 수 업는 일이다.

元來 이 '쏘이스카우트'가 일어나기는 一千九百七年에 英國의 한 牧師의 第六番의 아들로 一八五七年 二月 二十二日에 出生한 英國 陸軍 中將 로벌-트 빠덴파월 卿(Sirbert s.s. Badenpaewell)[106]이 最初로 考案해 낸 것이다.

처음에는 自己가 스사로 약간의 少年을 모아가지고 修養團體가티 命名하야던 것이 不過 二十二年이라는 얼마 되지 안는 오날날에 全 世界的으로 퍼저서 우리 朝鮮 가튼 東海 一隅에 僻地 가튼 곳까지 차저오게 된 것이다.

그리하야 '빠덴파월' 氏는 이 '쏘이스카우트' 運動(이상 44쪽)이 처음에는 약간의 동리에 잇는 少年을 모아 가지고 다만 小數의의 遊戲 兼 修養機關이 漸次로 良好한 成績을 씌우게 되매 '빠덴파월' 氏는 據然히 그 榮貴스러운 英國의 陸軍 中將이라는 놉흔 地位를 집어치우고 漸次로 이 運動을 世界的

---

106 로버트 베이든 파월(Robert Stephenson Smyth Baden-Powell)이 정확한 이름이다.

으로 意義를 알이고 또한 널히 宣傳하야 奉公的 實踐의 만흔 收獲을 엇기 爲하야 各地로 巡廻하게 되엇다. 이제 그의 活動한 바를 약간 적어 보면 아래와 갓다.

氏는 먼저 廣大한 英國 殖民地를 歷訪한 後에 역시 東洋에는 一九一○年에 來訪하야 各 民族의 風習을 硏究하얏다. 氏는 一八九三年 頃에 所屬 驃騎兵 十三聯隊에 今日 現行하는 '스카우트' 式 訓練을 試하야 非常한 好果를 得하얏다.

一八九七年 頃에는 壯丁를 入營 前에 修養를 助練케 爲하야 『Aia to oScoutuns』(『斥候의 補助』)를 出判하얏다.

氏는 一八九九年 — 一九○○年間 南阿戰爭에 嘖々한 驍名을 發揚한 鬼將軍이다. 마치 그 戰爭 中, 將軍은 當時 大佐로서 '마훽킹' 市街를 守備하고 매우 辛苦의 經驗을 맛 밧엇섯다. 當時 同 市街에 駐屯하든 英國兵은 極히 少數엿섯다. 咄嗟에 포-아人의 包圍가 되야 兵備을 增加할 道理가 업는 故로 氏는 不得已 住在한 英國人 中에서 少年勇兵을 募集하야 겨우 一千兵의 兵員을 得하야 少年隊를 組織하야서 一般 偵察傳令 等에 利用하야 大功을 成하얏고 一九○一年 南米 警察隊 組織에는 斥候班 組施 (Patrol Siystem) 實織하야[107] 技能章까지 授與하얏다. 一九○七年에는 '쑤라은지'島에서 學生을 集合하야 野外 敎鍊을 試하야 또 豫想 以外에 成績을 收하게 되야 畢竟 此를 續行하야 一九○八年에 何人이던지 一談할 만한 名著 『쏘이쓰카우트』라는 斥候敎範을 公布하얏다. 이로써 보면 氏가 本運動의 基礎을 少年의 本能的으로 好愛함은 其 冒險心을 滿足히 함이 充分한 斥候에 잇난 것을 明瞭하게 生覺하얏다. 故로 此를 直譯하면 〈少年 斥候團〉이라고 할 수 잇난 것이다. 그래 우리 槿域 三千里 이에도 이 消息을 傳하야(約 一九二二年 十月 五日에 趙喆鎬의 主唱으로서 創設한 〈朝鮮 少年軍〉은 東洋人의 性格과 道德의 風習이 參照되야 單히 軍事敎育의 糟粕이나 英米式 斥候의 模倣이 안이고 純全한 朝鮮的으로 民族性의 改造와

---

107 '組織(Patrol System) 實施하야'의 오식이다.

意氣 發揚에 努力하는 바 社會大衆 敎化事業이니 鄕村에 잇서서도 더욱 其 地方事情에 適合케 할 必要가 잇다. 이갓치 하야 完全한 朝鮮 男兒로 世界的 永久平和에 貢獻하자는 것이 少年運動일 것이다. （未完） (이상 45쪽)

金成容, "少年運動의 組織問題(一)", 『조선일보』, 1929.11.26.

다른 모-든 社會的 運動에 잇서서는 組織問題의 重大性을 的確히 强硬히 是認한다. 그러나 少年運動에 잇서서는 一時 機械的으로 組織問題가 提起되어 討議된 以後로 近來에 와서는 그 一部의 持論 및 行爲를 除外하고서는 그러케 問題 삼지 안흐려고 하며 또 안 하고 잇다.

그것은 첫재로 少年運動의 機械的 및 抽象的 認識——少年과 社會, 少年運動과 社會運動의 關係의 沒認識——(따라서 少年運動의 根本的 指導原則의 問題)——에 基礎를 둔 出發이엇든 것을 重要한 原因으로 볼 수 잇는 바 또한 他方으로 反動幹部의 自體 缺陷의 隱蔽와 專橫 及 ××機關으로의 轉化(支配階級에의 合流)를 爲한 好個 條件이 되는 것이오 그 運動의 方針, 計劃, 指導, 統制 等의 諸 問題는 또한 組織問題 規定의 決定的이라고 할 만한 條件이 되는 것이다.

組織問題를 否認 忘却(意識的 忘却)하는 가장 基本的인 理論的 根據는 "少年運動에는 鬪爭이 必要치 안타"는 것이니 이것은 簡單한 問題이면서도 깨끗이 克服하지 안 해서는 안 될 問題이다. 우리는 少年과 社會의 辨證法的 關係를 是認 强調한다.(卽 少年問題의 社會關係에 依한 決定)

◇

오늘날 社會와 그 少年을 보라! 社會에 잇서서의 階級關係 民族關係가 少年에 잇서서의 强烈한 壓倒的인 反響을……첫재 經濟的 地位에 잇서서 둘재 그 社會的, 倫理的 地位에 잇서서 셋재 그 敎育的(特히 敎育的 問題는 强調된다) 現狀을 보면 判知할지니 그 政治的 影響은 더구나 엇지 無視하랴?(少年과 社會의 具體的 考察을 別稿하겟다.) 그러면 社會的 諸 矛盾의 解決이 鬪爭을 絶對 强要하는 以上 社會關係와 緊密한 關係 乃至 그것

에 依하야 決定되는 少年問題가 엇지 鬪爭을 不要할 것인가?(더욱히 支配
階級의 敎育的 定策을 보라!)

金成容, "少年運動의 組織問題(二)", 『조선일보』, 1929.11.27.

이러함으로 社會的 鬪爭에 唯一한 原則的 方法으로 組織問題가 提起되
는 以上, 또 鬪爭을 必要로 하는 少年運動이 엇지 組織問題를 緊要치 안타
고 拒否할 터인가? "組織的 攻勢에는 組織的 逆襲이 아니면 對立抗爭할
수 업다." 이제 말하지 안 해서는 안 될 것은 少年 乃至 그 運動의 內部的
尺度와 社會的 諸 問題의 關係를 明確히 認識, 把握하고 그 鬪爭과 組織의
限界를 規定해야 한다는 것이니 少年運動을 社會的 鬪爭에 公式的으로
引入하려는 것과 少年運動을 社會的 關係를 써나서 생각하는 것은 兩者가
모다 重大한 誤謬가 아닐 수 업다.

鬪爭과 組織을 否定하는 것은 確實히 運動의 解消와 ××使者로의 轉化
를 爲한 反動이 아닐 수 업다. 그것은 卽 强力的인 支配階級의 압혜의 軟弱
한 屈服이오 또 屈服함으로서 現制度의 發惡을 維持하고 擁護하는 一翼的
任務를 모름직이 遂行하는 것임으로서다.(저— 反動的인 少年愛護主義를
보라! 所謂 一面一少年會制의 正體를 糾明 暴露하라!)

斷然히 組織問題는 큰 要件이다. 組織上의 問題는 運動의 全 生命을
決定 左右하는 것이다. 내가 組織問題를 論하는 意義도 여긔에 잇다고 할
수 잇나니 少年運動의 現勢는 組織問題의 重要性을 雄辯的으로 證明하고
잇다.

그 孕胎期의 미지근한 陣痛과 誕生 後의 自體 內의 反動的인 矛盾의 包臟에 不拘하고 〈朝鮮少年總聯盟〉의 結成은 少年運動의 一大 飛躍的인 "歷史的"인 轉機가 아닐 수 업다. 그것은 왜 그러냐 하면 그 組織問題 原則의 規定 敎養問題의 一般的 定義 樹立 等을 보면 表面上 對外的으로는 意識的이오 組織的인 展開로 認識되엇든 까닭이다.

그러나 우리는 그 미지근한 陣痛과 거기 짜르는 反動的 矛盾의 包藏을 重視하지 안흘 수 업섯고 쏘 問題 삼게 되엇나니 少總 結成 後 三個月 만에 內在的 矛盾이 暴露됨을 보고 一時는 失望, 그러나 忿怒와 함께 受難的인 苦鬪의 階段에 登場하고야 말앗다.

金成容, "少年運動의 組織問題(三)", 『조선일보』, 1929.11.28.

그 幹部 諸君의 常務委員會에서 決意 發表(可能할 것인가?)된 所謂 面單一少年會制(아울러 方向轉換 否認)는 그들의 僞瞞的인 詭辯 粗雜한 口實의 湧出에 不顧하고 確實히 方向轉換, 組織問題의 認識未熟 乃至 錯誤(意識的 錯誤?)에 基因한 機會主義的인 無原則한 反動的 錯誤임을 暴露하엿나니 그 決意 後의 그 決意 採用을 爲한 地盤 强調의 鐵面皮的인 陰謀(各地 道聯盟事件을 보라!)와 그들의 背後……를 보면 쉽게 判明된다.

八九個月 동안의 極度로 混亂된 少年運動 未曾有의 波亂(聲明書, 抗議, 警告, 建議)의 途中에 少總 定期大會는 召集 開催되엇다(一九二八. 十二. 二七, 八日) 그 大會의 最大 任務는 過去의 理論的 決算 克服과 進路의 鬪爭的인 樹立이엇든 것인데 果然 그 大會는 그 任務를 遂行하엿는가? 아니다. 그 大會는 期待에 反하고야 말엇나니 全體的 任務의 序論的이오 部分的인 役割(幹部輩의 正體 暴露)을 다하엿슬 뿐이고 運動 整理鬪爭의

一層 强烈한 그리고 困難한 前提를 作出하엿다.(卽 意識的인 分裂이 그것이다.)

◇

이제 나는 分裂 以後의 너무나 明白한 經過를 仔細히 쓰려고 하지 안는다. 大會에서 選出된 文簿까지 正式으로 引繼한 幹部에 對한 當局의 ××과 所謂 大會畢 된 지 二日 後에 二十二名의 代議員(?)으로 開催되엇다는 續會(?)에서 選出된 幹部에 對한 例外的인 保×는 그 經過를 全面的으로 露現하고 잇지 안는가?

이러한 奇怪한 現狀의 渦中에서 斷然 擡頭된 鬪爭은 "少年運動 意識的 統一 建立鬪爭"이니 이 結果는 決定的으로 豫斷할 수 업는 바이지만 所謂 續會 幹部의 召集한 大會(?)의 延期와 그들의 這間의 消息을 들으면 大勢는 旣定되엇다고도 할 수 잇는 것이다.

金成容, "少年運動의 組織問題(四)", 『조선일보』, 1929.11.29.

◇

그러나 우리는 以上에 말한 合法 不法으로만 分裂의 意義를 規定할 터인가? 아니다. 決코 아니다. 分裂이라 하면 一部 小市民的 인테리켄챠의 詭辯과 가티 危險千萬의 事實이라 하면 모도 다 그런 것이 안이니 이번의 分裂을 綿密 大膽히 分析 糾明하면 實로 分裂을 爲한 "情"的 分裂이엇든가? 안인가?를 알 것이다. 運動의 意識的인 强力的(否定함이라 그러나 固執한다)인 展開를 爲하야서는 그러한 "한줌"의 反動分子를 掃蕩키 爲한 分裂 不可避의 事實이니 이 分裂의 鬪爭的 克服만이 運動의 汎統一이 아닌 "意識的 統一"을 나흘 수 잇다는 것이다.

旣히 分裂된 事實을 否定 隱蔽하고 "汎統一"을 主張하는 小市民輩의 僞瞞은 斷然히 暴露하여야 할 것이니 過去에 失敗를 明確히 自覺한 우리가

왜? 쏘 再犯하겟는야?

그리고 쏘 그 所謂 續會 幹部派의 理論的 代表者 丁, 崔 諸君의 "맑스主義 少年運動의 否定——少年愛護主義의 樹立" "自然生長的으로 全體的(?)으로의 運動의 展開", "浮虛無爲한 理論鬪爭 云云"의 公公然한 反動的 論據는 무엇을 말하는가?

理論의 否定 目的意識의 否定 等의 正體는 우리와 가튼 모-든 運動의 歷史에서 明確히 認識한 것이니 그들의 意圖는 納得할 수 잇는 것이다

以上과 가튼 混亂이 依然히 繼續되던 지난 十月 下旬에 黨務書記의 名義로 少總 第三回 全國大會를 召集한 事實이 잇섯고 그 召集으로 因하야 다시 全國에 波瀾이 捲起되엇나니 첫재 不法續會에서 選擧된 不法幹部요 둘재 指導精神이 反動的인 것이요 셋재 萬若 正當한 幹部라고 하더라도 違法으로 召集하엿다는 理由로 幹部와 밋 大會까지 否認하고 參加를 拒否하자는 說明 決意 代表派遣 等이 卽 그것이다.

그런데 大會召集 責任者의 召集 動機를 들으면 모-든 不法을 超越(?)하고 特別히 諸 懸案을 解決할여고 한 것이라는데 合法團體로서 不法을 超越한다는 곳에 矛盾이 잇는 것이며 쏘한 少年大衆은 意識的 不法 反動性의 不法을 超越하기까지 無知한 雅量도 업거니와 反動을 助長 是認함으로서 諸 懸案이 解決되어질 이도 萬無한 것이니 그 裡面의 ×幕을 ×謀를 엇지 看取치 못하엿스리라고 判定하겟느냐?

그러면 이리하야 開催된 所謂 大會 經過는 果然 如何하엿던가? 나는 이 大會의 事實을 說明함으로서 續會 幹部의 運動線上에서의 地位와 所謂 少總 紛糾의 眞相 正體가 暴露될 것이라고 思料한다.

勿驚! 그 大會는 六個 團體의 參席으로 開催되엇다. 모-든 問題를 超越하야 抑進식힌 까닭에 겨우 代議員의 資格審査의 順席에까지 到達하엿스나 그 順序에서 "加盟願書 全無"의 事實로서 問題가 發端되여 常務書記에

對한 猛烈한 質問이 始作되엿스며 그것은 마츰내 昨年 末의 所謂 續會問題에까지 올라 三四 時間 동안의 暴露戰이 繼續되다가 結局 이것으로 少總大會가 成立될 수 업다고 代議員 全部가 退場하고 散會하엿던 것이니 이 會合의 모-든 雜問題의 說明은 髣하고 나는 그 會合으로 因한 少年運動에의 影響을 考察하려 한다.

續會一派의 無力化(反對派 勢力의 强大化——大會 參加員의 極少數)를 暴露한 點에서 쏘 續會 問題의 强壓的인 質問과 그에 對하야 幹部가 答辯을 謀避하고 쏘 曖昧하엿던 것은 끗내 大會 及 續會 幹部에 對한 否認 唾罵를 招來하엿나니 이것은 究極 續會 幹部의 完全한 沒落과 意識的인 少年運動의 一段 "勝"을 意味하는 것이다.

나는 다시 續會幹部의 沒落에 對한 "意義"를 闡明하지 안흐면 안 된다.

金成容, "少年運動의 組織問題(四)", 『조선일보』, 1929.12.1.

一. 續會 一派의 根本的 理論(?)의 盲目 及 矛盾과 反動的인 轉化는 그들의 沒落의 必然性을 證明한다.

二. 全體的으로 다른 모-든 社會的 運動이 거의 그 正路를 밟고 나-감에 不拘하고 唯獨 少年運動만을 邪道로 引入하려 한 것은 問題의 社會的 提起를 招來한 것

三. 朝鮮의 客觀的 情勢가 意識的 少年團體의 蹶起를 勝利케 하고 續會 一派의 行爲를 容恕치 못할 것이엇는 것

이럼으로 反動 幹部의 沒落을 必然의 歸結이라고 할 수밧게 업다.

이리하야 그 組織問題 方向轉換 "政治的 ×幕" 等으로 數年동안 苦心 手術 中이던 少年運動의 最初의 "癌"는 完全히 除去된 것이다.

如斯히 決定的으로 어느 程度까지의 分裂을 克服되엿다 하더래도 運動線의 混亂狀態를 繼續하고 잇는 것이니 이러한 少年運動의 統一線을 如何히 克服할 것인가? 이제 몃 가지 過去의 混亂되엿던 原因을 究明하여 보자.

(가) 運動의 原則的 規定이 업섯든 것

(나) 따라서 意識的 結合으로서의 組織的 統制가 업는 것

(다) 이럼으로 大衆的 基礎의 强大化는커녕 도리어 分散을 招來한 것

(라) 勿論 客觀的 情勢가 不利하엿던 것

金成容, "少年運動의 組織問題(五)", 『조선일보』, 1929.12.3.

그러면 엇더케 할 것인가? 우리는 現下의 客觀的 情勢에 잇서는 決코 統一制의 合法的인 完美한 建立 發展이 可能하리라고는 바라지 안는다.

그러나 이러케 우리의 組織線이 混亂된 以上 그리고 그 混亂의 意識的 克服이 强要되는 以上 우리는 如何한 難境이라도 突破하야 "運動線의 意識的 統一"을 向하야 一定한 計劃意識下에 鬪爭을 展開치 안허서는 到底히 少年運動의 私的 任務를 遂行치 못할 것이다.

"運動의 意識的 統一"이란 理論的 統一 實踐的 統一의 두 가지를 全部 戰取한 것을 말하는 것이니 實로 이 意識的 統一의 問題는 朝鮮少年運動에 全面的으로 賦與된 歷史的 任務가 아니면 안 된다.

◇

이제 나는 그 "意識的 統一"의 方略을 이러케 提案하며 同志 諸君의 批判을 바란다.

一. 우리는 過去의 組織線(少總)이 막다른 골목에 섯다고 그것을 抛棄하여서는 안 될 것이다. 그 再建을 爲하야 全 動向을 集中할 것이다.

二. 激烈하고 全面的이고 全體的인 理論的 展開가 잇서야 한다. 公式的

機械的인 空論的인 理論과 理論의 否定은 兩者가 다 禁物이다.

三. 實踐的 鬪爭을 것처야 할 것이니 意識的이고 大衆的인 結合의 過程
은 實踐的(勞働者, 農民, 學生, 少年을 本位로 한)──少年大衆의
當面 利益 戰取──結合의 過程이다.(勿論, 正當한 理論的 根據 우
에서)

金成容, "少年運動의 組織問題(六)", 『조선일보』, 1929.12.4.

四. 如何한 苦境에 處하엿더래도 "全國的 統一"이 아니면 안 된다. 中央
이 空殼이라고 地方的 云云의 問題가 擡頭된다면 一種의 誤謬가 아
닐 수 업다.

五. 年齡을 勇斷的으로 引下하야 참된 少年本位의 運動을 맨들지며 指
導統制는 如何한 形態로든지 "靑盟"[108]이 堪當치 안흐면 안 된다.

그리고 實踐的 鬪爭을 것치는 大衆的 基礎 우에선 統一線 確立이 아니면
안 될 것이며 쯔 全體的 運動과의 關聯을 正確히 認識하고 全體的 影響下
에 確固한 組織體를 建設하여야 한다.

이러함으로 우리는 現下 가장 實踐的인 效果的인 '슬로-칸' 아래서 첫
재 大衆이 獲得 動員 둘재 理論鬪爭의 再展開 셋재 少總大會의 超派的
召集 넷재 地方的 機關(全國的 連結 우에 선) 統一組織 等을 重要한 '푸로
그람'으로 하고 具體的인 計劃的 行動을 取하지 안흐면 안 될 것이며 그
反動 殘滓는 아직 安心하지 말 것이며 쯔 새로운 反動을 監視하지 안흐면
안 된다.

---

108 "朝鮮少年聯盟"의 지도적 조직인 "朝鮮靑年聯盟"을 가리킨다.

나는 最後로 少總의 根據地인 京城少年運動의 組織的인 改革을 爲하
야 在京 同志들의 必死的 活動이 잇기를 要求하며 以上 나의 粗雜한 提案
이 大衆的으로 討議되어 少年運動 局面 打開의 方途에 一助가 되기를 바
란다.

──(二八. 十一. 二七 京城 旅舍에서)──

소년회순방기

"(少年會巡訪記)友愛와 純潔에 싸혀서 자라나는 和一생별會", 『매일신보』, 1927.8.14.

안국동(安國洞) 네거리를 지내여서 수중방골 사범부속보통학교(師範附屬普校)의 긴- 담을 끼고 돌면 납작한 기와집 한 채가 보이며 그 집 들창 사이로는 "늙어서도 할미꼿 젊어서도 할미꼿" 하며 소녀들에 아름다운 목소리가 흘너나오게 되엿스니 이 집이야말노 지금 차자가는 수송동 빅십사번지(壽松洞 一一四) 〈화일(和一)새ㅅ별회〉이엿슴니다.

二年 前에 創立

이 〈화일새ㅅ별회〉는 지금으로부터 이년 전 즉 일천구빅이십오년 십이월 십삼일 찬바람 부는 십이월에 권농동(勸農洞) 한구석에서 멧々 동지(同志)가 모듸여서 고고(孤々)히 그 회의 사명(使命)을 불으짓게 되얏스니 그째 회원은 겨우 열다섯 사람뿐이엿섯다고 함니다.

幹部의 大活動

그리하야 간부들은 손과 손을 잡고 힘과 힘을 한데 뭉치여서 한편으로는 그 근방에 가가호호(家家戶戶)를 방문하며 당신의 아드님과 짜님을 입회(入會)케 하야 주면 될 수 잇는 대로 잘 인도하겟노라며 회원(會員) 모집에 진력하게 되며 한편으로는 회에 사명을 세상에 알니고자 하야 어머니대회나 아버지대회를 열게도 되얏스며 쏘는 동요음악대회(童謠音樂大會)를 열어서 그 회원의 기릉을 세상 사람에 발휘도 하며 동화회(童話會)를 개최하야 소년소녀를 위하야 정격(情的) 방면으로도 인도하야 날이 가고 달이 거듭할사록 간부들의 밍렬한 활동으로 인하야 회원이 팔십여명에 달하얏스며 세상에 부모님들은 그 회에 사업을 매우 칭찬들도 하얏다고 함니다.

衰退에서 復興

이러케 모-든 사업을 발전식키든 그 회는 한동안 경비(經費) 문졔로 말미암아 침톄(沈滯)로 쇠퇴(衰退)되는 상태로 계속하다가 다시 금년 봄에 간부 류희덕(柳熙德) 김영곤(金永坤) 량씨는 어린이데―를 압혜 두고 우리회를 복흥(復興)식키지 안으면 안 되겟다 하야 회관(會舘)을 지금에 수송동으로 옴기인 뒤에 동지(同志) 허선돌(許璇乭) 씨를 마져서 복흥사업과 회원모집에 진력하게 되여 발서 사오 차의 큰 사업을 하엿고 회원이 남녀 합하야 륙십여명에 일으게 되엿다고 합니다.

許 氏의 큰 努力

그리하야 허선돌 씨는 이 회에 위원장으로 잇는 동시에 부진상태로 잇는 그 회무를 힘과 돈을 합하야 밍렬히 활동하는 까닭에 지금에 잇서서는 죡음도 거리김업시 회무가 잘 진견된다고 합니다.

會員 集會日

이와 갓치 회무가 발뎐됨을 짜라셔 회원이 날마다 늘음으로 남녀(男女) 회원에 모임날을 짜로 정하엿는 바

男子는 月 水 金 日

女子는 火 木 土 日

로 난우워서 동요 동화 습자 동화를 련습케 하며 각금각금 원족들도 간다고 합니다.

綱 領

一. 어린이들의 必要한 智識을 敎養하야 純潔한 性格을 養成함

一. 어린이들의 友愛와 精神을 修養하야 正義感을 助長하며 義憤에 날쒸게 養成함

現在 幹部

委員長 許璇乭

委員 金永坤 李仁容 柳熙德 李昇鳳

"(少年會巡訪記)無産兒童의 敎養 爲해 努力하는 서울少年會",
『매일신보』, 1927.8.15.

오날은 팔월 열하로 날.

씨는 듯이 더운 푸른 빗 한울은 어느듯 붉은 노을이 소사 석양이 스러지고 져녁째를 알이고 잇슬 째이다.

긔자는 어슬넝하야 멀기도 먼 인왕산 밋 루상동(樓上洞) 한 구퉁이에 외로히 잇는 〈서울少年會〉를 차즈면서 푸로페라를 돌녀 각가수로 회관을 차젓다.

　　　　◇

히관 좌우에는 누른 빗 초가집이 쎅々이 둘너서 섯고 회관 역시도 초가집이엿습니다. 회 간판은 좀 오리되엿다는 의의(意義)를 표현식키는 듯이 글씨는 희미한 가운데 쟝리 만흔 희망이 뭇치엿다는 뜻을 슬그머니 알니고 잇섯습니다. 째가 째인 까닭에 회관은 픽도 조용하엿셧지만 이 〈서울소년회〉를 창립(創立)하야 지금까지 간판을 지고 자긔의 성명과 가치 하는 회쟝(會長) 고쟝환(高長煥) 씨는 무엇인지 쓰고 잇습니다. 그것은 회원에게 배부할 것과 잡지에 긔재할 녀름철 동요(童謠)를 창작하고 잇섯던 것입니다. 회관 좌우에는 표어(標語)와 강령(綱領)이며 회가(會歌)가 이곳저곳에 부치어서 잇섯고 〈오월회(五月會)〉 간부들이 박인 사진이 부치여 잇셧습니다.

이 〈서울소년회〉는 지금으로부터 이년 전에 다수한 회원과 가치 창립할 째부터 여러 가지로 문졔가 만엇섯지만 회쟝인 고 군은 루상동(樓上洞) 근방에 더욱이나 무산아동이 만히 잇는 이곳에 소년회가 업다는 것은 넘어나 셥셥한 일이라 하야 고통과 고통 사이에 문패를 부치게 된 것입니다.

　　　　◇

記者　날이 퍽 더웁슴니다.

會員　네- 대단이 더웁습니다.

記者　소년회에 대한 이야기를 좀 듯고자 잠간 들넛습니다.

會員　네네. 그럿습니가. 이 더우신대… (이제부터 회에 대하야 듯기를
　　　시작하얏다.)

　　　◇

問　언제 창립하섯나요.

答　昨年(一九二五年) 十月 一日에 외로운 소리를 내엿지요.

問　네. 어느 분이 발긔하섯나요.

答　네. 져와 다섯 분이 하얏섯지요.

問　젼에 달은 곳에 게섯지요.

答　네. 〈半島少年會〉에 오리 동안 잇섯슴니다.

問　지금 회원이 멧 분이나 됨니가.

答　現在에 단이기는 소년이 열대ㅅ명 되고 소녀가 칠팔명 됨이다.

問　그 회원들은 대개 학싱이겟지요.

答　네. 그럿습니다. 노동소년과 가졍이 어려와셔 학교에도 가지 못하
　　　는 어린 사람도 멧 명 잇슴니다.

問　나히는 멧 살이 만슴니가.

答　져이 회는 죠직은 열 살붓터 열여섯 살까지의 소년으로 되어 잇슴
　　　니다. 그즁 만키는 열다섯 살일가 봄니다.

問　여기 무슨 규약 갓흔 것 빅인 것 잇슴니가.

答　네. 잇슴니다. (하고 綱領과 規約과 會歌 빅인 것을 쓰내여 줌)

　　　◇

問　무슨 긔관지를 발힝하심니가.

答　아즉은 업슴니다. 할여고 해도 재력이 잇서야지요.

問　여긔 이 규약에 매 수토일요일(水土日曜日)마다 교양회 한다는
　　　것은 꼭々 해나가심니가.

答　네. 대개 하기는 함니다만은 장소가 불편해서요. 요지음은 어렵슴
　　　니다.

問　경비는 엇더케 써 나감니가.

答　네— 퍽 어렵슴니다. 물는 말슴 안 해도 알으시겟지요. 사회에
동정이 잇겟슴니가. 무엇이 잇겟슴니가. 그러서 원만히 못해 나가
지요. 어듸셔 돈 삼십원식만 대준다면…….

問　지도자는 누구심니가.

答　아즉 져 혼자뿐입니다.

問　위원은 누구〰심니가.

答　네. 위원은…… 져이 회는 달은 소년회와 죠금 달나서 소년운동
은 소년 자신에게 될 수 잇는 한도까지 믹기고 큰 사람은 배후에서
지도만 해야겟다는 싱각이 잇셔서 석 달 만에 한번식 갈이게 하야
소년소회 중에서 셰 사람식 상무간사를 내이지요. 그리고 갈니고
갈니고 하지요.

問　그러면 고문은 누구심니가.

答　김태오(金泰午) 씨 리효관(李孝寬) 씨 외에 네 분이나 기시지요.
정신상, 물질상 도음으로요……

問　총회는 어느 째 잇슴니가.

答　네. 큰 묘임은 일 년에 두 번 삼월과 구월에 정하고 잇슴니다.

問　큰 사업은 멧 번이나 하겟슴니가.

答　대외적으로 크게 한 것은 젼년 가을에 죠선 초유로 동요음악무도
대회(童謠音樂舞蹈大會)를 하얏서지요. 그 외 것은 잡스런 것이
만엇섯지요. 그리고 압흐로 큰일을 작고 하야 나가려 합니다.
될 수만 잇스면 한 사람식이라도 데레다 노코 큰맘을 갓고 참된
인격자 되도록 가리키고만 십슴니다.

```
            會    歌

              (一)
    兒童의世紀라는 活舞臺에서
    靈氣로된새結晶 서울少年會
    槿域의中心地인 漢陽숨속에
    天性을暢達하는 어린이모임
              (二)
    情다웁고씩々한 우리동무야
    堅實한抱負갓고 압장을서서
    새로히創造하는 理想鄕으로
    곳々한힘내이고 前進합시다.
          ― 후렴 ―
    平-和-樂-園 서울少年會
    기-리-萬-歲 서울少年會
```

一. 가치모혀 서로 힘껏 도와가며 배우기 힘쓰자. 그리고 압날에 잘 살자.

一. 씩々하고 참된 사람되며 째를 긔념코자 마음껏 뛰어놀자.

"(少年會巡訪記)貴여운 少女의 王宮―生光 잇는 가나다會", 『매일신보』, 1927.8.16.

가을바람을 마져 오랴는 말복(末伏)의 더위는 마지막으로 자긔의 힘을 한것 발휘하랴는 듯이 나려쏘이는 저녁 횟발에 대지(大地)를 발부면서 안 국동 네거리를 거치여 화동(花洞)에 어엽부고도 아름답게 목졔(木製)로 지은 이층집을 당도하게 되자 들창문 사이로 흘너나오는 레코-트(蓄音機) 의 음파(音波)는 푸른 빗 버들 사이로 거치여 나오는 쓸으람이의 '오와시쓰' 와 석기여서 북악산 봉오리에 사모치게 되엿스니 이집이야말노 과연 엇더 한 집이엿든가? 긔자가 구슬쌈을 흘니며 차저가는 소녀의 왕궁(少女王宮) 인 〈가나다회〉 회관이엿슴니다.

◇

일천규빅이십오년 녀름철인 팔월 십칠일 표한종(表漢鍾), 오중묵(吳中默) 두 분은 고심에 고심을 거듭한 결과 화동 한구석에 어린 쳐녀(處女)의 나라 〈가나다회〉를 건설하게 되자 그째에 또한 소격동에 〈짜리아회〉란 소녀국(少女國)이 잇서 셔로 대립상태로 다소 불평 사이에 암투(暗鬪)가 흘으고 잇섯스나 그 뒤에 〈짜리아회〉가 업서지고는 오즉 한양(漢陽) 유일의 이채(異彩)를 씌인 봄날에 〈가나다회〉가 되고 말엇습니다.

童謠界의 스타

그젼 뒤에 소녀들을 예술젹(藝術的) 방면으로 인도하겟다는 사명(使命)을 불으짓고 나온 〈가나다회〉의 간부들은 새로운 동요(童謠)와 그에 작곡(作曲)을 지여셔 회원 열다섯 사람에게 멧 달 동안을 두고 피아노에 반쥬를 마추워서 가라친 결과 무슨 큰 음악회(音樂會)가 열일 째마다 출연치 안으면 안이 될 동요게에 스타가 되고 말게 되엿습니다.

會員 日增月加

이와 가치 소문이 세상에 퍼지자 이 학교 져 학교 싱도(生徒)들은 서로 다투어가며 입회케 되자 오십여명이라는 아름다운 장미의 한 뭉치가 되엿스며 맛치 텬국에 텬사(天使)에 모듬과도 갓하야서 삼쳥동 일대에는 아름다운 목소리는 봄바람과 가치 휩싸게 되야 누구나 다― 한 '스윗트 홈'을 련상케 되엿다 합니다.

少女會舘 建築

이와 갓치 회원이 늘어감으로 〈가나다회〉 후원회(後援會)에서 대활동을 개시하야 지금에 화동 오십일 번지에다가 오빅여원을 들이여 회관인 소녀궁을 건축하게 되엿습니다. 이럿케 이층으로 회관을 짓자 그 근방에 흐터져 잇는 가정부인과 일반소녀들의 문밍퇴치(文盲退治)를 식키지 안으면 안되겟다 하야 작년 칠월부터 녀자 야학을 개강한 바 지금에 삼십여명이나 되는 재격싱을 가지고 잇스며 그 외 하는 사업으로 일년에 멧 번식 그 회원들에 재죠를 발휘하기 위하야 동요가극(童謠歌劇) 대회를 열며 각금각금 라듸오 방송을 한담니다. 이와 가치 발전에 노력하는 간부들은 누구일가.

李漢鍾[1], 吳中默, 李熙昌, 金壽吉, 李貞求 등 오 씨라고 하며 모듸이는 시간
은 회원과 가치 매일 오후 두 점으로부터 석 점 사이에 모히여서 동요를
편즙한담니다.

이 會舘의 色彩

그러면 이 쟝미의 모듬 나라에 회관은 엇더한가? 문간 좌우에는 〈가나다
회〉와 야학의 문패가 부치여서 잇고 층다리를 밀고 올나셔서 실내로 들어
가면 동편과 남편 구석에는 '풍금'과 '레코-트'가 노 잇고 서북편에는 큰 대
회마다 박히인 사진과 큰 톄경이 걸니여서 잇스며 벽 가장자리에는 동요작
법과 동요에 대한 쏘치엿스며[2] 한복판 벽에는 여름과 쳥죠(青鳥)라는 작곡
에 대한 문졔가 열니여서 누구나 한번 보면 그 회가 무슨 회인 것을 알게
되며 이와 가치 셜비에 노력한 간부들에게 감사를 안이 드일 수 업슬 것임
니다.

끗흐로 바라는 바는 이 회에 사명이 소녀들을 예술적 방면으로 인도한다
하는 것임니다. 요사히에 소녀들은 위험 시긔에 게단을 발고 잇슴으로 이
예술에 허영에 날뛰는 예술을 만들지 마시고 참다운 싱명을 가진 예술에
효과를 나타내면 죠선동요게 대표가 될 〈가나다회〉가 되기를 간부 졔씨에
게 바람니다.(끗)

會 歌

一

무궁화가온대, 잇서오ㅡㄴ
우주를빗최이는, 우리가나다회
영원토록빗최이는, 우리가나다회
서광서광가나다회 가나다회

1　표한종(表漢鍾)의 오식이다.
2　'동요작법과 동요에 대한 책이 쏘치엿스며'에서 '책이'가 탈락한 오식으로 보인다.

이세상에졔일 라라라라
입을모와 회가를부르자.

　一.

동모들아동모들아 노리하며춤도 추어
가나다회를 찬양하자
영원무궁지나도록 가나다회
셔광셔광가나다회 가나다회
이세상에졔-일 라라라라
입을모와 회-가를부르자.

"(少年會巡訪記)朝鮮의 希望의 새싹 쑷잇는 翠雲少年會", 『매일신보』, 1927.8.17.

가회동(嘉會洞)의 쑈죽집은 누구나 다— 상졔교(上帝敎)인 것을 알 것이외다! 쓸쓸한 건물은 아참저녁으로 돗는 해와 지는 해에 자긔의 고독함을 하소연하고 잇슬 째 이 안에는 희망에 쏫이 봉오리를 밎게 되고 싱명에 물이 흘으는 〈취운소년회(翠雲少年會)〉가 잇는 것입니다. 등 뒤에 취운졍(翠雲亭)은 솔솔 부는 싱기로운 바람에 폐허가 된 자긔 넉을 한데 뭉치여 취운에 소년회로 보내여 장내(將來)를 부탁하고 잇슬 째 그에 외로운 넉을 위로하며 원하는 바를 들어주겟다는 의의(意義)가 포함된 셤셤옥수로 눌으는 풍금(風琴) 소리는 아참에 공긔를 깨치고 잇슬 째 헐네벌덕하고 차자가는 긔자는 가회동 빅칠십칠 번지 그 회관에 들어스게 되엇슴니다. 실내에 수삼인의 소녀(少女)가 무엇인지 쓰고 잇스며 벽에는 뜻이 깁흔 표어(標語)가 이곳져곳에 붓치여서 잇셧슴니다.

　◇

이 모듬은 지금으로부터 이년 젼 즉 일천구빅이십오년 칠월 이십륙일에 윤병덕(尹炳德) 외 사 씨에 동지로 가회동 일대에 흐터져 잇는 어린 사람들을 모아서 지역적으로 그곳 소년회 간판을 붓치고 그 근방 유지(有志)에 힘을 어드랴고 고々히 소리를 치게 되엿습니다. 그러나 리해가 업는 부형들은 도모지 소년회에 사명을 모르는 까닭에 할 수 업시 지역을 버서나 널니 서울 시내 어듸를 물론하고 남녀(男女) 회원을 모집하게 된 바 지금에 이르러셔는 팔십사명(八十四名)이라는 다대수에 집단을 가지게 되엿습니다.

그리하야 현재(現在) 그 회에서 칙임을 진 간부 尹炳德, 金重吉, 金玉仁, 安丁福, 千德基, 金順鳳, 尹雲山, 尹鎬炳, 李玩徽, 沈鍾鉉 등 졔씨는 짬에 노력(勞力)과 물질(物質)을 합하야 적극적으로 그 회를 운견하고 잇스며 일방으로 밤낫을 헤아리지 안코 회원모집과 부모님끠 소년회에 사명을 알닌다고 합니다.

이럭케 활동하는 간부들은 요지음에 일으러서 날마다 회원을 소집하야 교양부(敎養部) 운동부(運動部) 음악부(音樂部) 연구부(硏究部)에 각각 칙임자는 시간을 난우워셔 정신에 양식을 너어주회에[3] 힘쓰며 미쥬(每週) 일요일(日曜日)에는 간부와 회원에 습작(習作) 비판회를 열게 되며 미월(每月) 졔일(第一) 졔이(第二) 일요일에는 반듯이 동화대회(童話大會)를 열어셔 일반소년들의 지도에 힘쓰며 매쥬(每週) 토요일(土曜)에는 간부들이 모듸여서 소년운동(少年運動)의 지도(指導)에 대한 연구를 한담니다.

쯧흐로 바라는 바는 지금 회원이 남녀로 난우어서 잇다고 하는 바 요사히 소녀들의 풍긔가 매우 험악한 시긔에 잇슴을 알어서 간부 졔씨는 그에 특별한 주의로 참된 소년소녀를 만들어 죠선 사회에 긔대하는 희망의 싹이 되도록 힘써 주기를 간졀히 바라는 바임니다.(쯧)

---

3 '너어주기에'의 오식이다.

一. 우리는 어린이에 必要한 智識을 넓히며 意識을 鮮明히 하기를 目的함
一. 우리는 어린이 동무에 對한 友愛와 正義에 對한 精神을 修養함

會 歌

一

우리동모모횐곳 취운소년회
아름다운꼿동산 꾸미엿구나
구ㅅ셰인그힘은 하눌을쑬코
찬란한그빗은 반돌빗닌다
후 동무들아모여라 손목맛잡고
렴 무궁화동산에 맘것쮜놀자

二

아름다운우리들 취운소년회
우리우리반도에 졔일이로다
참된마음씃씃내 굿게가지면
우리〳 반도에 봄이온단다

"(少年會巡訪記)千名의 大集團을 目標코 活躍하는 愛友少年會",
『매일신보』, 1927.8.18.

대지(大地) 우에는 갑작이 중쳔에 검은 구름이 모듸여 들며 한 방울 두
방울에 비방울이 무악재 고개를 널어오는 바람(風)에 흡쓸니여서 쓸아림
과 원한을 품고 겹겹이이 싸인 몬지에 고통과 번민에 날을 보내이는 독립문
(獨立門)을 씨스며 쩌러질 쌔 악박골 근방에는 삼십륙계(三十六契) 줄힝
랑극이 연출하게 되자 약물(藥水)병 들고 첨마쏫홀 찾는 부녀(父女)들이며

굴비 봉지를 들고 숨속 찾는 신사(神士)배들이며 두 눈을 쓱 감고 모시 두루막이를 거더 안고 다라나는 희극(喜劇) 가운데에 어듸를 목적하고 가든 긔자도 한목을 보아서 금화산(金華山)을 등에 질머지고 독립문을 엽혜 낀 후 두말할 것 업시 한숨에 이 골목 져 골목을 거치여서 인왕산(仁旺山) 줄기를 발고 잇는 〈애우소년학우후(愛友少年學友會)〉에 문간을 발게 되엿습니다. 이때에 공을 들고 이번 곤구대회(拳球大會)에 칙견을 싱각하든 회원들이며 일반 부형(父兄)에게 발송할 서신을 박이고 잇든 간부들은 놀넘을 마지안으며 한바탕 우슴나라로 변하고 말엇습니다.

이 〈애우소년학우회〉는 지금으로부터 이년 전 즉 일쳔구빅이십오년 삼월 일일에 최영윤(崔英潤)씨의 몃몃 동지가 소년애호(少年愛護)에 소리를 치며 일어난 후 이리 삼년 동안에 간부들은 활동에 활동을 거듭한 결과 청진동(淸進洞)에 광화지부(光化支部)가 잇스며 도념동(都染洞)에 중앙지부(中央支部)를 셜립하야 점々 그 발전이 전 경성(全京城)을 휩싸 들어올 쌔 지금에 회원이 소년소녀 합하야 삼빅칠십여명이라는 경성에 유일인 대집단(大集團)을 가지게 되엿습니다.

이와 갓치 대집단을 가지고 잇는 이 모듬에 전 칙임자이며 〈오월회(五月會)〉 간부인 최영윤(崔英潤) 씨는 회 사무실이 협착함을 늣기는 동시에 지금에 잇는 힝촌동(杏村洞) 오십삼 번지에다가 자긔 스사로 일빅오십원이라는 돈을 내여 회관을 건축(建築)하게 되야 회원에 질거워 하는 양이며 부형들에 층찬은 일우 말할 수 업섯다고 합니다.

이럿케 발전되는 이 모듬에는 리사부(理事部)와 간사부(幹事部)가 잇서셔 저 사무에는 물질(物質)에 대한 칙임을 지게 되고 간사부에서는 이 회에 사무 발전을 질머지고 나가는 바 현재 간부로는 회쟝 崔英潤 委員 申鳳均 禹東煥 尹樂永 安鎔姓 金益光 李起炯 張基祚 白福男 金淳同 金福男 등 제씨로 교양부(敎養部) 운동부(運動部) 죠사부(調査部) 서무부(庶務部)

에 부셔를 난우어서 각각 칙임을 지고 소년지도에 그 방향(方向)을 강구하며 발전칙을 연구하며 나간담니다.

◇

그리하야 이 회에 특별한 사업으로는 이천여명에 독자를 가지고 잇는 소년잡지(少年雜誌)『학원(學園)』을 발힝하얏스며 매달 한 번식 그 회원 중 무산아동(無産兒童)에게 월사금 삼십젼(三十錢)식을 도와준다 하며 그 외에는 동화회나 음악회 갓는[4] 큰 모듬을 각금각금 개최하야 세상에 소년들에게 부모님께 소년회 사명을 불으짓게 되는 바 도라오는 십일월 이십오일이 이 모듬에 쳔일(千日) 긔렴을 당하야는 회원 일천명(一千名)을 모집하고자 지금부터 대활동이람니다.

◇

씃흐로 간부 졔씨에 건강을 바라며 회원이 만흔이 만큼 서로히 암투가 업는 가운데 그 지도방침과 발전을 꾀하는 힘이 서울뿐만 안이라 전죠션격으로 그 셔광이 밋치는 동시에 미리에 조션의 어린 사람들에게 잇다는 큰 칙임을 지시고 그에 사명을 씃々내 도달하기를 바람니다.

사진은 최영윤 씨 (씃)

= 綱 領 =

一. 우리는 한 목에 길을 닥기로 圖함
一. 우리는 現社會에서 要求하는 일쑨이 되기를 期함
一. 우리는 正義의 큰 일쑨이 되기를 期함

會 歌

一

아름다운우리노리
배달아침깨우쳐서

---

4 '갓튼'(같은)의 오식이다.

깁피잠든모든흰벗
긔발아리모도와서
산눈지고바다베여
단단平路만들세
　　二
세이달안우리팔둑
白頭山의겁을비러
검은구름파헤치며
봉화불을놉히들어
비쏘치며바람막고
영원락쾌만들세
　　三.
조화만흔동창역은
東海바다넉을품어
고흔션가부르면서
쇠노이고바돌가러
創々격쳔하오세
前進하자＼
우리愛友소년회
우리愛友少年會
후　하나쑬々
럼　발비셔압흐로
永遠히＼
손잡고서압흐로
　　　(사진은 회관과 회쟝)

"(少年會巡訪記)極樂花 셜기 속에서 자라나는 佛敎少年",
『매일신보』, 1927.8.19.

갓이 업는 괴로운 바다(苦海) 가운데 암투(暗鬪)로 상살(相殺)에 빗이 가득하엿고 열락(悅樂)으로 음탕(陰湯)이 흘으는 서울에 수송동(壽松洞) 모퉁이로부터는 지상(地上)에 련화대(蓮花臺)이며 극락지(極樂地)는 오즉 여긔에 잇다는 듯이 탁(濁)하고 음(陰)한 공긔(空氣)가 흘으고 잇는 서울에 그 하늘 속으로 맑고도 깨끗한 절종(梵鐘) 소리는 "쩔으랑――"을 거듭할 째마다 사뭇치고 잇스니 이 종소리가 나는 곳은 그 어데메던고― 수송동 팔십이 번지에 잇는 삼십대본산(三十大本山)이 모드인 각황사(覺皇寺) 그곳이엿던 것입니다. 이곳에 극락화(極樂花) 꼿봉오리가 밎게 되고 무궁화(無窮花) 싹이 돗게 되엿스니 이곳 어린 사람에 모듬인 〈죠선불교소년회(朝鮮佛敎少年會)〉가 잇서셔 셕가불(釋迦佛)에 얼골에서 우슴에 빗이 돌게 하며 빅의인(白衣人)의 마음에는 만흔 긔대를 밧는 것입니다.

이 〈죠선불교소년회〉는 지금으로부터 삼년 전 즉 일천구빅이십삼년 팔월 삼십일에 한종묵(韓宗默) 윤소성(尹小星) 등 몃 사람이 시내 간동 빅십이 번지(諫洞 一一二)에다가 문패를 부친 후 그째 마침 서울소녀단(少年團)을 죠직하랴다가 실패로 도라간 정홍교(丁洪敎) 씨를 마져 한가지로 여러 가지 사업을 진힝하여 오던 중 일천구빅이십오년 오월에 〈오월회(五月會)〉 발긔 단톄로 그 모듬을 창셜한 후 이리 여러 가지 방면으로 소년지도에 노력한 바 일천구빅이십륙년 유월 십오일에 불교교무원(佛敎敎務院) 직속으로 모―든 경비를 그곳에 지불하게 되엿습니다.

그 후 정홍교 씨는 〈반도소년회(半島少年會)〉의 전 칙임을 마튼 후 현재 간부로는 韓英錫, 權相老, 閔丙熙 등 졔씨인 바 각 방면으로 그 회 취지를 선전하며 한편으로는 회원을 모집하야 지금은 신도(信徒)에 자녀(子女)를 위시하야 일반적으로 소년소녀회원 빅오십명(百五十名)에 큰 모듬이 되엿습니다. 그리하야 점점 사무가 발전됨을 짜라서 보성고등보통학교(普成高普校)가 딴 곳으로 이전한 후에 곳 그 학교 안의 졔일 넓은 강당 하나를 어더서 집회실(集會室)과 사무실을 만드는 동시에 그곳에다가 보기 좃케 문패를 부치게 되엿습니다.

이와 갓치 활동하는 중 작년도에는 젼죠션소년소녀현상웅변대회(全朝鮮少年少女懸賞雄辯大會)를 개최함을 위시하야 동화대회니 쏘는 동요음악대회니 하는 큰 회를 각금 열게 되얏스며 춥고도 추운 지난 섯달에는 팟죽을 만히 쓸이여서 길꺼리에 헤믹이고 잇는 불상한 거지 어린아희들에게 한 그릇식 대접하엿습니다. 그쌔에 일반사회에서는 더 말할 수 업는 칭찬을 바든 것임니다. 금년에는 도라오는 구월(九月)에 졔이회 젼죠션소년쇼녀현상웅변대회(第二回全朝鮮靑年少女懸賞雄辯大會)를 종로청년회관에서 크게 연다는 바 지금부터 간부들은 그 준비에 분망 중이라고 합니다.

그리하야 이 회에서는 미쥬(每週) 토요(土曜)에는 음악일(音樂日)노 모듸고 목요일과 일요일에는 운동일(運動日)로 정하야 회원을 모듸게 하며 일요일 밤에 일반인으로 동화대회(童話大會)를 연담니다.

붓을 놀 쌔에 간부 졔씨에게 긔자는 바라노니 일홈이 불교소년임니다. 물론 불교에 대하야 다소 그쪽으로 수양을 식키시겟지만 될 수 잇는 대로는 어린아해 쌔부터 넘어나 종교적 의식을 너어 쥬지 마시며 일반적으로 지도하심을 바라는 동시에 쓰으로 간부 졔씨와 회원들의 건강을 비옵니다. (쯧)

會 歌

一. 體

히말라야솟은봉에

빅셜이개개함은

우리의긔상이오
싼시쓰의양양물
쉼임업시흘러감은
우리의힘이로다
쩨싼의열풍을
용감하게헤치면서
닐비나향하야달려가니
우리우리불교소년회
　　二. 智
억쳔만겁째의줄에
수업는마듸들은
누리의무상이오
졔한업는진리우에
종횡으로그어논것
고다마의자취로다
무상의고게를
오로지버서나서
진리의바다로모혀드니
우리우리불교소년회
　　三. 德
감로법의금을잡고
악마를뭇지름은
우리의본분이오
대자비의배를져어
창싱을건너임은
불다의불명이라
삼독의미게에
젼젼하는만흔무리

팔경의성도로인도하니
우리우리불교소년회

"(少年會巡訪記)仁旺山下에 자라나는 氣勢 조흔 中央少年會", 『매일신보』, 1927.8.20.

인왕산(仁王山) 호랑이라 하면 예도 빗부터 만흔이만큼 그것이 일종에 우는 어린아회들에게 달낼 째 쓰는 숙어가 되고 말엇던 것입니다. 그러나 지금은 기뜰이든 욱어진 숩이며 그 만튼 호랑이도 간 곳좃차 알 곳 업고 첫가을 산산한 바람은 바위틈을 거처여 빨내하는 어머니들이 널어노은 검은빗 힌빗 옷감을 시치며 오송정(五松亭)에 넷터를 부듸칠 째 웃둑이 서셔 잇는 새ㅅ파란 솔나무는 그에 씰ㅅ한 바람을 비웃고 잇섯스며 마진 편 창틈으로는 어린 사람들에 글 넑는 소리가 흘너나와 놉히 써 잇는 풀은 하날에 문안을 들이니 이곳이 지금 긔자가 차자가는 〈죠선중앙소년회(朝鮮中央少年會)〉이엿던 것입니다. 문간을 들어서자 좌우쪽으로 문패 둘이 붓게 되얏스나 한나는 〈인하청년회(仁下靑年會)〉의 것이엿스며 한아는 그 어린 사람들이 모듸인 소년회에 문패이엿습니다.

◇

〈죠선중앙소년회〉는 그 일홈이 세상에 부모임 압헤 나타나서 자긔에 사명을 불으지진 지가 겨오 일년 남짓하나 그러나 원리(元來) 그 모듬이 그 일홈을 가지고 나온 것이 안이라 일천구빅이십이년 팔월에 강수명(姜壽命)외 멧멧 소년이 조직한 〈호용유년회(虎勇幼年會)〉가 샤무실을 루하동(樓下洞)에다가 두고 하는 사업으로 일년에 한두번식 곤구대회(拳球大會)에 출전함으로 그 회무를 진힝 중 작년 즉 일천구빅이십륙년 사월에 이곳 져곳으로 단이면서 힘 잇는 소년회를 죠직하랴다가 실패를 거듭한 리원재(李元在)씨가 침재되여 가는 이 〈호용유년회〉를 사직동(社稷洞) 이빅륙십오번로[5] 옴기며 즉시 총회(總會)를 열어서 곳 〈조선중앙소년회〉라고 고치엿답니다.

그런 뒤에 회장제(會長制)를 의원제(委員制)로 고치며 부서로는 서무(庶務) 교양(教養) 사회(社會) 연예(演藝) 운동(運動) 등 각부로 난우워서 민부(每部)에 상무간사를 두고 일을 보는 바 전 칙임자는 리원재 군이라고 합니다.

그리하야 이 모듬에서는 간부와 회원이 일치하야 쪽음이라도 소년애호(愛護)에 좀 위반되는 일이 잇다 하면 어듸를 물론하고 격극적으로 그를 방지하는 바 작년 칠월에 일어난 순전 허시모(許時謨)의 소년 사형 사건[6]을 비롯하야 각지에서 일어나는 사형(私刑) 사건에 반듯이 경고문(警告文)을 발송하엿고 쏘는 실지로 죠사까지도 간답니다.

이와 가치 활동하는 간부는 각금각금 소년견학단(少年見學團)을 죠직하야 시내에 명소를 구경식키며 쏘는 림간강좌(林間講座)를 열어서 지식계람에 만흔 도음을 쥬는 것입니다. 그리서 도라오는 십월에는 일반적으로 그 회에 전과 소년운동에 의々를 선전키 위하야 회보(會報)를 발힝키로 준비 중이람니다. 그리서 이빅삼십명이나 되는 회원은 지금부터 손곱아 그 회보를 기다린다고 합니다.

끗흐로 한 가지 바라는 바든 청년회와 한가지로 사무실이 잇는 것입니

---

5 '이빅륙십오 번지로'의 오식이다.

6 허시모(許時模)는 1925년 4월 9일 조선으로 와 安息教 平南 平原郡 順安病院長이 된 자인데, 병원 내 능금을 아이들이 따가자 그 중 金明燮을 붙잡아 초산은(硝酸銀)으로 양 뺨에 '도적'이라 새기는 사형을 가한 바가 있고 이 사건으로 기소되었다.(「許時模私刑事件에 就하야-우리 所感의 一二」, 『매일신보』, 26.7.8), (「私刑을 한 許時模 傷害罪로 遂起訴-평양지방법원검사국에서」, 『매일신보』, 26.7.14)

다. 지금에 소년운동이 각 방면으로 보아서 그러케 졀실한 응원을 밧지 못하는 동시에 당국자에게까지 쥬목을 밧는다면 부진(不振)에 부진을 거듭하는 동시에 나종에는 침쳬로 그 상태를 계속할 것임니다. 긔자가 말하는 것이 졀대로 쳥년운동과 사회운동을 배척하는 것이 안이라 어린 사람에 싱명은 싱명 그대로히 살니는 동시에 모든 사업에 장해됨이 업게 하기 위하야 타쳐로 사무소를 졍하심을 바라는 동시에 간부 졔씨에 만흔 활동을 바람니다. (끗)

== 綱　領 ==

一. 我等은 一般少年에 友愛와 正義의 精神을 涵養하며 意識을 공고히
　　함을 期함

二. 我等은 一般少年에 必要한 智識을 啓發함을 期함

"(少年會巡訪記)會舘新築, 會報發行 恩人 맛난 明進少年 — 장무쇠 씨의 가상한 노력", 『매일신보』, 1927.8.22.

서울에 북쪽을 이리저리 뒤지며 이곳저곳에 훗터져서 잇는 어린 사람의 모듸인 회관을 차졋스나 모도가 수포(水泡)로 도라가고 헛짬만 와이샤쓰를 쌜네하엿다. 이와 가치 간부 한 사람도 만나지 못하고 발길을 돌니인 긔자는 언 듯이 머리속에 동부일대(東部一帶)가 쩌돌며 먼저 〈명진소년회(明進少年會)〉를 찾기로 하고 동대문힝(東大門行) 쌩〃이 차에 몸을 던지여서 창경원(昌慶苑) 들어가는 어구에 나리엿다.

느저가는 져녁날은 나의 발길을 몹시 더 재촉하엿슴으로 누른 다리를 지내여 연초공쟝에서 일을 맛치고 몰여 가는 가련한 소년소녀들 틈을 비〃며 련건동(蓮建洞) 이빅구십륙 번지에 잇는 〈명진소년회〉를 당도하엿슴니

다. 회관에는 이 구석 저 구석에 걸상이 흐터져셔 잇고 오륙인의 소녀가 칙을 보고 잇섯스며 문압헤는 연(延) 군이 잇섯습니다. 무엇보다도 창립 째부터 지금까지 활동하는 쟝무쇠(張茂釗) 씨가 업섯슴으로 다시금 전 군의 안내로 련건동 빅칠십일 번지 쟝 씨의 집을 방문하엿습니다.

◇

이 〈명진소년회〉는 그 력사를 말하고자 할 째에는 무엇보담도 쟝무쇠 씨의 쌈의 결정(結晶)이라고 안이 할 수 업습니다. 쟝 씨는 가난한 고안에 태여낫슴으로 열세 살 째에는 본 사람의 집에 가서 아침져녁으[7] 정밥을 지여셔 쥬며 나졔는 구루마를 끌어서 그째부터 자기가 일가로 올마 타서 살림사리를 거듭하일 결과 약간의 모은 돈으로 양졍고등보통학교(養正高普)에 입학케 되엿습니다. 그러면서 오후로 쏘한 고용을 하며 고학(苦學)에 힘쓰든 일천구빅이십사년 팔월사일 '안데셴' 선싱의 긔념일을 당하야 金今童, 朴泰鉉, 李漢順 등 동지로 이 회를 발긔하야 동월 이십삼일에 회원 이십명으로 〈명진소년회〉가 이 세상에 완전히 탄싱하엿습니다.

◇

그런 뒤에 회관이 업서 고통을 밧는 쟝 씨는 슬푼 눈물을 거듭 싸으며 어듸에셔 륙빅여원(六百圓)이라는 큰돈을 어더 련건동 젼영필(全榮弼) 씨의 터를 엇더케 ⌢ 어더서 그 자리에다가 십이월 이십팔일에 보기에도 훌륭한 넓따란 회관을 건축하엿습니다.

그리하야 즉시 아동도서관(兒童圖書館)을 두워서 일반아동에게 여러 가지 칙을 회람(回覽)식키여셔 그의 지식을 계발식키엿슴으로 부형들의 칭찬은 일우 말할 수 업섯다고 합니다. 그러고 한편으로는 우산을 만히 사들이여서 비오는 날이면 무산소년에게 빌니여서 교통에 편리를 도와주엇스며 한편으로 『죵달새』라는 회보 비슷한 잡지를 발힝하야 일반회원들에게 배부하얏다고합니다. 그것이 다ー 무엇보담도 쟝무쇠 씨의 독담한 활동이엿스며 물질의 능력이엿습니다. 그리하야 지금까지 이 〈명진소년회〉를 위

---

7 '아침져녁으로'의 오식이다.

하야 회싱된 금액(金額)이 이천여원(二千圓)이라는 큰돈이 들은 것임니다. 그럼으로 빗을 어든 돈에 몰니여서 자긔집에 잇든 전화(電話)도 쎄기엿스며 집문서도 몃 번이나 잡혓는지 알 수 업다고 함니다.

◇

지금에 간부로는 회쟝에 張茂釗, 委員 崔聖鎬, 金源培, 金興福, 延点龍 등 제씨인 바 현재 회원은 남녀 합하야 빅명(百名) 가량이며 지금 사업으로 녀자 야학원(夜學院)을 경영하는 바 싱도가 사십명이나 된담니다.

지금부터 이 〈명진소년회〉는 재리에 기분격 운동으로부터 간부들이 먼져 그를 연구하는 동시에 조직적 운동으로 왼전칙을 강구한다고 함니다.

이 모듬을 위하야 지금까지 이쳔여원이라는 큰돈을 회싱식키며 회무를 발전식키며 일반 소년소녀를 위하야 노력한 장무쇠 씨의 공격은 영원히 빗날 것이다.

== 사진은 쟝 회쟝 ==

明進少年會歌[8]

귀하다 우리모임 명진쇼년회
챡한형졔모여서 억개맛초서
고히〰〰오르는 아침해갓치
빗취자 셰상사람 어린이가슴
　후　이세상에어린이 만셰만만셰
　렴　명진소년우리회 만세만만셰

장하다우리모임 명진소년회

8　편집이 잘못되어 「(少年會巡訪記)歷史 오래고 터 잘 닥근 天道敎少年會의 깃븜」(『매일신보』, 27.8.23)의 '會歌'로 소개되어 있으나, 내용을 보면 '명진소년회가'가 맞아 재편집하였다. 1927년 8월 24일자에 '正誤'라 하여 "어졔 소년회 노리는 텬도교소년과 명진소년회 것이 밧고엿셧다."고 밝혔다.

귀한남매모혀서 싹쥐이고서
출넝줄랑넘치는 바닷물갓치
슷도업기한업서 천년빅만년

"(少年會巡訪記)歷史 오래고 터 잘 닥근 天道敎少年會의 깃븜", 『매일신보』, 1927.8.23.

경운동(慶雲洞) 텬도교당이라면 아즉도 금년 오월 일일 어린이 데―에
인상이 새롭게 솟게 하는 것입니다. 한편에서는 견지동(堅志洞) 시텬교당
넓은 마당에셔 삼천여명의 어린 사람이 모회여서 미리를 뜻잇게 살자는
어린이 데― 만세(萬歲)를 불으게 된 것이며 한편에셔 지금에 긔자가 차
자가는 텬도교 그 넓은 마당에서 쏘한 삼천여명의 조선의 미리 쥬인공이
모도여 뜻잇게 맛는 오월 일일에 만세를 불으게 된 것입니다. 긔자가 발길
을 그곳에 들녀놀 째에는 다만 넷 싱각만 자아내며 쨔박――하는 구두소
리만 쓸々한 마당에 그 속을 울니며 쩌불고 잇는 가을 하늘을 울니게 되엿
슴니다. 이 안에 개벽사(開闢社)가 잇고 만흔 독자를 가진 『어린이』 잡지
사(雜誌社)가 잇는 것입니다. 그리고 우리 소년운동상에 력사(歷史)가 오
리인 〈텬도교소년회(天道敎少年會)〉가 잇서서 서광을 발휘하며 긔자의
발길을 재촉케 하엿슴니다. 그리하야 긔자는 그 사무실을 들어서게 될 째
한편 칙상에는 무엇인지 쓰고 게시든 리졍호(李定鎬) 씨가 나를 마져 쥬
엇슴니다.

〈텬도교소년회〉! 〈텬도교소년회〉는 죠선에 소년운동상 거성(巨星)이며
쌰라서 오리인 력사를 가지게 된 것이외다. 지금으로부터 륙년 전에는 죠션
에 소년회(少年會)가 멧멧 곳이 업슬 만치 소년운동이 얼마나 그 리익을
사회에 주며 얼마나 필요함을 알지 못하든 그째에 오즉 장차 도라오는 아름

다운 죠션을 건설하랴면 무엇보담도 지금에 자라나는 소년에게 잇다 하야 金起田, 金玉斌, 朴庸淮, 朴達成, 車相瓚 등 멧々 선싱은 일쳔구빅이십이 년 사월 오일[9] 즉 지금으로부터 륙년 젼 텬도교에서 무엇보담도 졔일 큰 긔념일인 텬일긔념날에 지금에 〈텬도교소년회(天道敎少年會)〉를 창립하게 되야 회원이 삼십여명에 달하얏다고 합니다.

그리하야 리해가 업고 학교 당국자나 가졍에서는 서울에 소년회가 처음인 만큼 그에 사명을 몰나 쥬워 학교에서는 소년회 회원이라면 퇴학을 식히며 일반 부형은 학비까지 대여 쥬지 안는 상태까지 일으러 그째에 회원이라고는 일반 텬도교(天道敎) 신도들의 자졔이엿고 일반적으로 회원이 별노히 업섯다고 합니다.

그럼으로 간부 졔씨는 소년회의 사명을 션젼할 겸 따라서 회원을 모집하기 위하야 가회동(嘉會洞) 취운졍(翠雲亭)에 젼경셩소년대운동회(全京城少年大運動會)를 열엇스며 가을에 졔이회(第二回)로 륙상운동을 개최하여서 다소 회원을 모집하게 되엿슴니다.

그 뒤 일본으로부터 방졍환(方定煥) 씨가 건너와서 소년회에 관계를 밋게 되고 동화회(童話會)도 자조 열어서 소년회에 엇더함을 일반적으로 션젼하며 한편으로 개벽사 안에 어린이사를 두어서 『어린이』를 발힝하야 지상으로 그를 션젼하며 소년을 졍적 방면으로 인도하야 졈졈 사회에서 쇼년

---

9 〈天道敎少年會〉는 1921년 4월 5일 발기하여 1921년 5월 1일 창립한 것으로 알려져 있다. (金正義, 『韓國少年運動史』, 민족문화사, 1992, 100쪽). 그러나 위의 "륙년 젼 텬도교에서 무엇보담도 졔일 큰 긔념일인 텬일긔념날에 지금에 텬도교소년회(天道敎少年會)를 창립" 했다는 말로 보더라도 1927년 8월 23일 이 글이 수록되었으므로 '륙년 젼'이면 1921년이 맞고, '텬일긔념날(天日紀念日)'은 천도교의 국경일로 1860년 4월 5일에 수운 최제우(水雲 崔濟愚)가 "한울님으로부터 無極大道를 받은 날"을 의미해, 〈천도교소년회〉의 창립일은 이 글에서 말하는 1921년 4월 5일 창립한 것이 맞는 것 같다. 金正義와는 상이함을 알 수 있다.

운동을 아라쥬는 긔회가 도라오자 소년회에서는 회원 오빅명을 모집하랴는 긔성대(期成隊)를 죠직하야 활동한 결과 사빅명이라는 대집단의 소년회를 조성(造成)하게 되엿슴니다.

◇

그 뒤에 이 소년회에서 빅두산(白頭山)에 대한 강연회를 개최함을 비롯하야 죠선에서 처음되는 동화극(童話劇)회를 열어서 일반사회에 동심(童心)에 발전의 여하를 알니자 그째 수입으로는 이빅여원이라는 물질을 엇게 되엿다고 함니다. 그리하야 이 동화극이 환영을 밧자 개셩(開城) 인쳔(仁川) 쳘원(鐵原)에서 초빙하야 그 회를 열엇다고 함니다.

◇

이와 갓치 지금에 경운동 팔십팔 번지에서 간부들은 고통에 눈물을 몟 번이라 짜아내엿스며 쯧이 깁흔 쥬먹인들 몟 번이나 쳣슬가보냐? 이러케 활동을 거듭한 결과 지금에 〈쳔도교소년회〉는 금년부터 소년 스스로히 자치졔(自治制)를 실힝하기 위하야 간부도 두 부를 두어서 일을 보게 하엿스니 어른 간부와 어린 사람 간부 그것이외다. 어른들의 뒤에서 자문긔관으로 그 회 사업에 대하야 지도함을 짜라서 어린 사람에 간부는 자긔로서 회를 발전식키며 그에 지도를 바다 더한층 발전에 발전을 거듭하는 바 사회에 중대문졔이면은 그것은 반드시 자문긔관인 어른들이 하여 나간담니다.

◇

그리하야 지금에 간부로는 方定煥 具中書 金起田 등 삼 씨가 지도 전 칙임을 지고 委員으로는 鄭成昊 朴仁男 鄭德興 李大成 崔貴男 洪載玉 羅順燁 등 졔군인 바 현재 회원으로는 오십사명(五四名)이며 경비에 대하야는 텬도교회에셔 나오는 바 사업으로는 각금 동화회를 개최하는 외에 일쥬일에 한번식 벽신문(壁新聞)을 발힝한담니다.

◇

그러고 한 달에 몟칠을 틱하야 일졍한 모듬이 잇스니 제일 일요일(日曜)에는 세계소식(世界消息) 제일 목요(木曜)에는 훈화(訓話) 제이 일요에는 세계지리(世界地理) 제이 목요에는 동화(童話) 제삼 일요에는 음악(音樂)

제삼 목요에는 운동(運動) 제사 일요에는 동화 제사 목요에는 훈화 등으로
젼 칙임자는 李定鎬 趙基梨 씨람니다. 그러고 이 회에 부서는 游樂部, 談論
部, 學習部, 慰悅部 사무를 두어 각각 칙임자는 더욱 발젼을 도모한담니다.

◇

싯흐로 력사가 오리인 만큼 그에 셔광이 죠선에 비치인 그 간부들에 건강
을 빌며 금년부터 쳐음으로 자치졔를 실힝하엿다 하오니 소년 자신이 아즉
사회젹 의식이 박약한이만큼 쏘한 싸라서 학습 시긔에 잇는 몸인 만큼 얼어
울 것은 사실이외다. 거기에 지도하는 선싱들은 더한층 힘써 아모 장해가
업시 인도하야 주심을 바람니다. (끗)

　　　　= 綱　領 =
一. 우리는 참되고 씩々하게 자라는 가운데 인졍 만흔 소년이 됩시다.

　　　　= 會　歌 ='''10'''
　　　　　一
우리少年동모들 모아놀지나
快活하고健全한 사람배우며
가튼마음가튼쯧 한精神으로
기리엉켜즐거울 우리少年會
　　　　　二
우리少年동모들 쒸고놀지나
아름답고새로운 씨를뿌리며

---

10 '會歌'는 明進少年會歌로 보이고 '明進少年會歌'라 한 것은 天道敎少年會歌로 보인다. 『매
　일신보』에 「(少年會巡訪記)會舘新築, 會報發行 恩人 맛난 明進少年-장무쇠 씨의 가상한
　노력」(27.8.22)은 '明進少年會'에 관한 기사인데, '明進少年會歌'가 누락된 것으로 보아
　8월 22일자에 수록되어야 할 것이 편집상의 착오로 8월 23일자 '天道敎少年會' 기사에
　뒤섞여 실린 것으로 보여, 재편집하여 바로잡았다. 1927년 8월 24일자에 '正誤'라 하여
　"어졔 소년회 노리는 텬도교소년과 명진소년회 것이 밧고엿섯다."고 밝혔다.

죠흔싱각죠흔뜻 한步法으로
기리엉켜즐거울 우리少年會

"(少年會巡訪記)『무궁화』고흔 향긔로 동모 찾는 侍天少年", 『매일신보』, 1927.8.24.

서울에 삼십만 대중을 위하야 울리는 오졍(午正) 쇼리와 한가지로 안국
동(安國洞) 일대를 쯔한 "쌩! 쌩!" 하고 울니는 커다란 종소리가 나는 곳이
잇스니 이곳은 견지동(堅志洞) 팔십 번지에 잇는 한양에서도 둘재 가라면
설어워할 쑈죡집인 시텬교(侍天敎)당이엿스니 이 안에서 장미(薔薇)에 락
원이며 미리의 죠션을 상업(商業)의 여자국(女子國)으로 건셜하랴는 듯한
여자상업학교(女子商業學校)에 교사(校舍)가 그럴듯하게 셔서 잇고 한 엽
헤는 〈소년문예련밍(少年文藝聯盟)〉[11]과 무궁화사에 문패와 나라니 부튼
문패가 잇스니 그것은 지금 긔자가 찾는 〈시쳔교소년회(侍天敎少年會)〉의
문패이며 그 사무실이엿슴니다.

〈시쳔교소년회〉는 지금으로부터 일년 전 즉 일천구빅이십오년 일월 일
일에 그 교회에서 경영하는 동아학교(東亞學校) 싱도를 목표로 리현규(李
顯奎) 리졍욱(李正旭) 윤소셩(尹小星) 등 졔씨의 쥬션으로 도라간 최졔우
(崔濟愚) 션싱이 염나국에서라도 깃버할[12] 〈시쳔교소년회〉의 아름다운 간

---

11 온전한 이름은 '〈조선소년문예연맹(朝鮮少年文藝聯盟)〉'이다.

12 시천교(侍天敎)는 본래 뿌리가 천도교(天道敎)였다. 시천교는 1906년 이용구(李容九)가
    창시한 종교이다. 이용구는 손병희(孫秉熙)와 함께 천도교의 2대 교주 최시형(崔時亨)의
    제자였으나 이후 일진회(一進會)를 조직하여 친일노선을 걷자 천도교에서 출교 당했다.
    시천교가 본래 뿌리가 천도교로부터 시작된 점을 두고, 천도교 1대 교주였던 최제우(崔濟
    愚)가 기뻐할 것이라 한 것으로 보인다.

판을 부치게 되자 회원이 이빅여명에 달하야 창립하든 날부터 회무가 날노
진전되엿다고 합니다.

◇

그리하야 그 뒤에 동아학교가 문을 닷게 되자 회원이 날노 줄어짐으로
현재 간부로 잇는 위원장 尹小星 씨와 위원 金應漢, 李成賢, 林基用, 金成
俊 등 제씨는 죡음도 락심치 안코 더욱 활동하야 지금에 회원이 팔십여
명에 달하야 모-든 경비는 간부들이 자담을 하는 한편 큰일이 잇슬 째에는
다소 시쳔교에서도 나온다고 합니다.

◇

그리하야 지금 〈시쳔교소년회〉에서 자랑할 만한 사업은 농촌소년을 위
하야 발간하는 '리후레트'『무궁화』라는 잡지를 발힝하야 미월 무료로 각각
독자들에게 배부한담니다. 그러셔 지금에 독자가 삼쳔여명이라는 듯기에
도 만흔 독자를 가지게 되엿슴니다. 그러고 한편으로 동화대회를 열어서
일반소년을 지도하며 회원을 모집하며 도라오는 십월에는 〈조선소년련합
회(朝鮮少年聯合會)〉의 창립대회를 긔념하기 위하야 전조선소년소녀웅변
대회(全朝鮮少年少女雄辯大會)를 개최한다고 합니다.

◇

이럿케 활동하는 간부들은 셔무부(庶務部) 교양부(教養部) 음악부(音樂
部) 운동부(運動部) 사교부(社交部) 등 각부를 난우워서 각자 칙임을 지고
지도에 노력하는 바 미주(每週) 토요에는 집힝위원회를 열어셔 소년지도
에 대한 련구를 하게 되며 미주 일요일에는 회원들을 소집하야 동화(童話)
음악(音樂) 운동(運動) 등 각각 모듬을 연다고 합니다.

 씃흐로 간부 제씨의 활동으로 농촌쇼년을 위하야 발힝하는 『무궁화』의
대발전과 위원 제씨의 더욱 만흔 활동이 잇기를 바랍니다. (씃)

사진은 윤소성 씨

 綱 領
 一. 우리는 모든 어린이나 어른이나 父母兄弟로 알고 섬기자.

一. 우리는 사람다운 사람이 되기 爲하야 完全한 곳이 되자.

一. 우리는 서로 사랑하며 서로 쒸놀며 서로 배호자.

會 歌

一

어린이의빗은죠선을쟝식하며

우리들의힘은하날을좁다안해

아름다웁고 바람과밋음만은

우리들의모힘 侍天敎少年會

후　四方에훗터저잇는동모들아

렴　모히여라춤추며노러불으자

二

어린이우슴은죠선의우슴이며

우리의마음은조선을左右하네

참되고굿은마음길이〰품은

우리들의모힘 侍天敎少年會

"(少年會巡訪記)特色잇는 反省會 − 글벗少年의 美擧",
『매일신보』, 1927.8.25.

　록음(綠陰) 시대를 지내여 쟝차 단풍(丹楓)의 시긔를 쓸어내는 츄풍(秋風) 사이로 산즘싱들의 자유(自由)를 버셔나랴는 신음하는 소리와 도라오는 폐허긔(廢墟期)를 져주한다는 듯한 우룸소리가 흘너나오는 창경원(昌慶苑)을 거치여셔 무 짐과 배추 짐이 뒤를 이여서 나오는 동소문(東小門)을 바라보며 발길을 재촉하야 숭사동(崇四洞) 십오 번지에 잇는 〈글벗소년회(少年會)〉를 차자 들어간 긔자는 이 골목 져 골목을 뒤지여서 억지로히 차진 결과에 긴- 한숨을 내여쉬엿슴니다.

◇

일천구빅이십륙년에 눈보리가 사람의 살을 어이는 듯하게 날니는 십이월 이십일[13]에 洪淳基 외 멧々 소년이 숭일동(崇一洞) 숭이동(崇二洞) 숭삼동(崇三洞) 혜화동(惠化洞) 숭사동(崇四洞) 일대에 흐터져서 잇는 어린 동무들이 학교에를 갓다오든 시골 장에를 갓다오든지 하면 한데 모히여서 놀 곳이 업서 이리져리 헤매이며 쓸데업는 작란에 골몰함을 유감으로 역이여서 글벗이라는 소년회를 창립하게 되엿스니 그야말노 그 근방에는 자유로운 소년국(少年國)을 건설한 것이며 의미가 깁흔 모듬이엿슴니다.

◇

그리하야 싱기여 나올 째에 다소 엇더한 소년단톄와 좀 시비가 잇섯스나 현재 간부로 잇는 安福山, 李範植, 金學模, 崔永德, 洪淳基 등 졔씨는 그것을 진부하며 한편으로 회원모집과 부형들에게 그 회 사명을 선전하며 하야 지금에 회원이 륙십여명(六十名)에 달하는 모듬이 되엿담니다.

◇

그리하야 금년 삼월에 회원(會員)의 작품전람회(作品展覽會)를 개최한 외에 소년문예(少年文藝)에 한[14] 칙과 연구(硏究)에 대한 칙을 사들이여서 회람문고(回覽文庫)를 세워서 일반 어린 사람들에게 보인다고 하며 사월부터 그 회 사항과 죠선에 일어나는 소년운동(少年運動)의 상태며 일반소

<hr />

13 「글벗少年會 一週 記念式 延期」(『동아일보』, 28.7.11) 기사에 의하면 "시내 숭사동에 잇는 〈글벗소년회〉에서는 오는 십오일이 창립 일주년에 해당함으로 그 긔념식을 전사립숭정학교 교명에서 거행하고저 회원일동의 활동과 사회 일반인사의 동정을 바더 대내덕으로 준비하야 오든 중 당국으로부터 긔념가를 금지하는 동시에 옥외집회를 금지함으로 부득이 연긔하게 되엿다 하며 당일에는 사정에 의하야 동소문(東小門) 밧 경국사(慶國寺)로 원족을 가리라더라."라는 내용이 있다. 이에 따르면, '오는 십오일'은 1928년 7월 15일이므로 이날이 일주년이라면 창립일이 1927년 7월 15일이 되어야 해 상충된다. 그러나 조선총독부의 「官內團體一覽表進達の件」(思想問題에 關한 調査書類 6, 京城東大門警察署長, 29.3.23)에 따르면 〈글벗少年會〉의 창립일은 1926년 12월 20일이 맞다.

14 '대한'의 오식이다.

년의 작품이며 명사(名士)들의 글을 어더서 『글벗』이라는 회보를 어린 사람의 손으로 등사판에 박아서 오빅여 부를 배부한다고 합니다. 그리하야 모-든 경비는 간부들이 자담하는 한편 부형들이 만흔 찬죠를 하야 쥬어서 어렵지 안케 지내여 간담니다.

그리하야 동화회(童話會) 등 큰 모듬을 여는 이외에 매쥬(每週) 토요일(土曜日)이면은 반성회(反省會)라는 회를 열어서 일쥬일 동안 지내인 경과를 한 사람 한 사람식 그 회원 압헤 보고(報告)를 하야 잘못함을 셔로 일너서 뒤에 그런 일이 업도록 하며 잘한 일은 서로 칭찬하야 서로 그것을 본바다서 지내인다는 바 이 모듬이 열니는 쌔마다 그 리익됨이 여간히 잇는 것이 안이라고 합니다.

〈글벗소년회〉는 그 소년회가 어린 사람들이 자죠자력으로 회무를 진힝하는 지졔에 단톄인 만큼 압흐로 바라는 바 공부에 방해가 업시 쏘한 부형들이 리해하는 가운데 진전칙을 강구하며 쌰라서 한번 시작한 『글벗』을 영원히 계속하는 가운데 찬란한 서광이 빗치도록 노력하심을 간부 졔 동무에게 부탁합니다. (쯧)

綱　領

가. 우리는 어린이의 親睦을 圖하며 相互扶助의 精神으로 訓練함

나. 우리는 어린이에게 必要한 敎育으로 養成함

"(少年會巡訪記)後援會의 背景 두고 빗나가는 黎明少年", 『매일신보』, 1927.8.26.

동쪽으로 서쪽으로 도라오랴는 세상에 완미(完美)한 싱활(生活)를 건

셜(建設)할 주인공인 어린이의 모듬을 찻기에 골몰한 긔자는 오늘에 발길은 가는 곳마다 헛수고뿐이엿고 쌈에 세레만 바들 뿐이엿섯다. 허힝에 허힝을 거듭하는 발길을 고만 쉬이기는 셥셥하다는이보담도 나의 칙임을 그럭케 할 수는 업섯던 까닭에 멧 술에 밥으로 져녁에 쥬린 창자를 채우고 이번에는 "꼭"이라는 마음을 가진 후 싸구려싸구려 하나 실상은 눈쓰고 도적 맞는 셰음으로 갑싼 물건을 돈 만히 쥬고 사는 고가쟝(高價場)인 종로 일대에 라열(羅列)한 로졈(露店)에 귀 압흐고 쓰기 실흔[15] 싸구려 소리를 들으며 일업시 왓다갓다 하는 인산긱에 틈을 비벼 뚤코 다방골을 지내여 녯 물건을 파는 고물상(古物商) 그 속에셔 찬란한 서광을 비치고 잇는 태평통(太平通) 이졍목(二丁目) 이빅팔십륙 번지에 잇는 〈예명소년회(黎明少年會)〉[16] 문간에 발을 들여노앗슴니다. 그러나 회관은 또 "텡々"이 비엿슴으로 억지로 간부 한 사람을 만나서 이 회 현상을 물엇슴니다.

◇

서울에 이곳져곳에 소년회에 간판이 부치여 잇스나 오즉 남쪽인 태평통 일대에는 중국인(中國人)의 어린 사람에 모듬은 잇스나 우리의 빅의소년(白衣少年)에 집단(集團)이 업슴을 무엇보담도 유감으로 싱각하든 김룡문(金龍文) 씨 외 멧々 동지는 서로 의론한 결과 일쳔구빅이십륙년 '오로라'에 바람이 사나웁게도 몰니여 오는 십이월 이십사일에 〈예명소년회〉에 깃븜에 날 탄싱날을 맞게 되여 즉시 그날부터 간부들은 비상한 활동을 쉬일 새 업시 계속하야 그 근방에 '뿔으죠아' 게급을 망라하야 이 회를 위한 후원회(後援會)를 죠직하야 그날부터 물질에 족음마한 구속도 밧지 안코 정집을 하여가며 강습소(講習所)를 셜립하야 돈이 업서 상당한 학교에를 가지 못하는 어린 동모를 위하야 쥬학(晝學)과 야학(夜學)으로 교수를 시작하야 만흔 싱도가 잇섯다고 함니다.

---

15 '듣기 실흔'(듣기 싫은)의 오식이다.

16 〈여명소년회(黎明少年會)〉의 오독이다. 아래도 같다.

이와 가치 창립한 날자는 엿트나 하는 사업은 위대(偉大)하여 동리에셔
도 만흔 긔대를 가지고 잇던 중 금년(今年) 칠월에 아회로부터 나아가셔
다시금 〈정우소년회(正友少年會)〉를 죠직한 고희성(高義誠) 군이 그 회
강령(綱領) 문졔로 서대문서에서 취죠를 밧는 결과 결국은 해산 명령이
나리자 그 여파로 지금에 이 〈예명소년회〉도 아모 리유가 업시 순결한 가운
대 자라나는 모듬을 전긔 고희성이가 관게하엿다는 구셜노 번졍셔로부터
간부를 불너 소년회가 잇는 것이 좃치 못한 일이니 업새는 것이 좃타는
말을 하여 힘 잇게 자라든 사업은 맛치 싹을 잘은 것과 가치 되엿다는데
지금 그 회장은 미일 한 사람에 상무만 간다 합니다.

그럼으로 지금에 간부로 잇는 韓公源, 金龍文, 馬選植, 姜千植, 金漢成,
李明福 등 졔씨는 현재 회원 팔십사 명과 그 근방에 소년을 위하야 젹극젹
으로 당국에 양해를 구하는 즁에 잇다는 바 오늘이라도 조흔 량해가 잇스면
지금에 젹립된 이빅여원과 쏘다시 후원회를 거치어서 나오는 멧 빅원에
금전을 합하야 굉장한 회관을 보기 조케 건축할 예정이라는데 몃칠 안 잇서
셔 침톄(沈滯)로 대발젼에 칙젼이 전개되리라 합니다.

이와 갓치 당국에 주목으로 침톄에 잇는 이 모듬을 위하야 쯧쯧내 서광이
비치는 양해가 잇기를 바라며 근심 가운데 활동하는 간부 졔씨에 대활동을
비는 바임니다. (쯧)

   綱　領
ㅡ. 우리 朝鮮少年으로 하여금 將來 希望 잇는 일꾼이 되기를 期함
ㅡ. 少年으로 하여금 씩々하게 자라는 가운데 相扶相助에 힘을 養成키로
　圖함

"(少年會巡訪記)新興氣運이 빗나는 體府洞 曙光少年會",
『매일신보』, 1927.8.27.

지난날에 헛수고를 채우기 위하야 십륙일 아침에는 밤새도록 빈대 나라와 젼징을 하느라고 자지 못한 잠이 쏘다지는 것도 억지로 눈을 비비면서 오젼 일곱시에 나리는 비도 무릅쓰고 힘업는 다리로 연초공장에서 울녀 나오는 소집종(召集鍾) 소리를 드르며 광화문통(光化門通)을 지내여 루상동(樓上洞) 〈우리소년회(少年會)〉를 천신만고 격그면셔 차젓다. 그리하야 간부이든 리한용(李漢容) 군을 만나 회에 대한 현상을 물엇슴니다. 그러나 무른 것이 도리혀 셥셥하엿다. 그것은 임의 〈우리소년회〉를 해톄(解體)하고 말엇다는 소식이엿슴니다. 재리에 다방면으로 만흔 활동이 잇든 이 모듬이 엇지하여 눈물겨운 해톄에 일홈을 부치엿던고? 그것은 첫재 경계문졔이요 둘재는 간부들에 힘이 업는 가운데 열졍조차 업던 까닭이엿셧슴니다. 그러면 차져갓든 긔자는 "엇지하야 그와 갓흔 지경에까지 일으럿는냐"는 한숨 겨운 한마듸로 작별을 지은 후 다시금 갈 바를 몰으다가 톄부동(體府洞) 륙십칠 번지에 잇는 〈서광소년회(曙光少年會)〉를 차젓슴니다.

◇

이 〈서광소년회〉는 작년 즉 일천구빅이십륙년 이월 일일에 윤긔졍(尹基鼎) 씨에 후원으로 멧々 학싱이 모도혀서 수창동(需昌洞) 사직동(社稷洞) 내자동(內資洞) 그 근방 일대에 소년을 망라하야 창립한 후 사무소를 내자동(內資洞) 빅십칠 번지에다가 두고 그 회관에서 동화회(童話會)를 열엇고 쏘는 간친회를 열어셔 셔로 친목을 도웁는 중 소년문고(少年文庫)까지 셜립하야 활동하든 졈과 멧 달이 지내인 후 그 외는 졈々 침톄(沈滯)에 쓸아린 상태를 계속하게 되엿슴니다. 그리다가 금년 삼월에 이 회 간부들이 모듸여서 의론한 결과 그째 마참 이 회를 마타서 힘자라는 대로 활동을 하여 본다고 말이 잇든 강수명(姜壽命) 군에 넘겨쥬기로 한 후 교섭을 한 결과 강 군도 전부터 뜻이 잇든 것이라 쾌쾌히 승락을 한 후 그째부터 전 칙임을 지게 되엿습니다.

그리하야 금년 어린이 데-에 첫 사업으로 만흔 회원을 모집하야 그째에 수만흔 어린 동모를 잇끌고 〈오월회〉 쥬최 긔힝렬에 참가하게 되얏습니다. 그 뒤 아즉 아모 사업도 하지 못하엿고 지금까지 완전한 회관도 일정하지 못한 현상임니다.

현재 간부로는 姜壽命, 金百起, 金克烈, 李壽童, 朴興植 등 제군이며 현재로 입회한 회원이 사십여 명인 바 아모 사업도 하지 못하고 쏘한 침톄 중인 바 강령(綱領) 규약(規約) 회가(會歌) 등 모-든 것도 아즉 확정한 것 이 업다고 함니다.

이에 대하야 간부들은 말하되 지금을 멧칠 후에 혁신총회(革新總會)를 열고 간부로부터 모-든 것을 개혁한 후 이 산산인 가을를 리용하야 새 긔운 과 새 정신으로 활동을 하여 보겟다 함니다.

오늘은 가는 곳마다 섭섭함이 만엇다. 〈셔광소년회〉도 그 현상이 유야무 야로 그 외에 사명을 발휘도 못하는 모양인 중 회에 간판조차 부치지 못하 엿스니 그것은 다만 간부들에 활동이 부쪽함에 잇다 할 것이외다. 이로써 멧 십명에 회원은 갈 곳을 몰으고 헤민이는 현상이 싹한 노릇이 안이며 간부로써 참아 볼 바이냐? 긔자는 바라는 바는 지금부터 회원을 위하야 정신과 힘을 합한 후 간부 졔씨는 대활동을 한 결과 금후에 〈셔광소년회〉가 참다운 서광 잇는 〈셔광소년회〉가 되기를 바란다. (씃)

"(少年會巡訪記) 革新의 烽火불 아래 更生된 天眞少年會", 『매일신보』, 1927.8.28.

구진비 나리는 가을날에 더움을 무릅쓰고 인왕산(仁王山) 밋해서 자라 나고 잇는 〈천진소년회(天眞少年會)〉를 방문하엿스나 회관문은 잠기여서 만흔 희망을 부치고 차저갓든 긔자는 락심에 락심으로 도라오게 되얏슴니 다. 그리하야 다른 곳에 잇는 소년회에 문간도 몃 곳이나 발벗스나 모도가 다― 허사이엿섯다. 그리하야 다시금 찌는 더위를 무릅쓰고 실패(失敗)를 복수코자 졔이차로 갓골을 지내여서 신교동(新橋洞) 사십이 번지에 잇는 〈천진소년회〉를 차젓슴니다. 그리하야 간부 신셕긔(申錫基) 씨를 만남으 로 오늘에 목적을 달하얏슴니다.

이 모듬은 지금으로 칠년 전 〈천진구락부〉로 죠직되여 간부로 잇는 河淸 金, 申錫基, 洪恩裕 등 삼 씨는 열성에 열성을 가하야 회무를 발젼식키든 중 몃 해 젼 삼일운동(三一運動)이 일어남으로써 당국에 오해를 밧아 만흔 쥬목을 밧게 되엿슴니다. 그럼으로 회무는 날노 쇠퇴되여 나종에는 침톄에 상태로 근근히 유지하며 나갓슴니다.

그러자 다시금 일쳔구빅이십오년 오월에 趙慶錫, 申錫基, 金正學, 李光 俊 등 졔씨는 혁신 총회(革新總會)를 개하고 모든 것을 새롭게 회무를 진젼 식키엿슴니다.

그리하야 현재 회원이 이빅이십륙명이라는대 집단에 일홈이 서울에 혁 혁케 되매 간부 졔씨는 경비를 부담하며 밤에는 로동야학을 시작케 하랴고 만반 준비에 분망 중이며 이 모듬에 부서는 문예부(文藝部) 운동부(運動 部) 서무부(庶務部) 총무부(總務部) 등을 각각 칙임을 지고 활동을 계속 중 매월(每月) 졔일 토요일에는 집힝위원회를 열고 소년문졔(少年問題)

편구를 거듭하며 민쥬(每週) 토요일에 회원을 소집하야 동화회(童話會)를
개최하며 쏘한 운동 음악 등으로 지도에 전력한다고 하는 바 지금에 회원과
간부는 도라오는 구월(九月)에 졔칠쥬년을 맛는 긔렴식에 분망 중이라고
합니다.

　끗흐로 간부 졔씨에 대노력 가운데 력사 오리인 만큼 더 새로운 빗이
영원이 빗나기를 바랍니다. (끗)

綱　領

一. 우리는 天眞으로 團結하자.
一. 우리는 란만 중에 修養하자.

"(少年會巡訪記)어린이들의 쯧잇는 모든 모임을 주최해 − 半島少年會 功績(一)", 『매일신보』, 1927.8.30.

　동서양에 어느 나라를 물론하고 파괴로써 건설을 거듭할사록 그 나라에
건국사에 력사격으로 찬란케 되는 것이며 사람은 나희를 거듭할사록 사회
격으로 련밍함으로써 그 사람의 리지가 발달되는 것과 갓치 이졔 일반사회
에 집단적 힝동을 취하는 단톄의 발젼은 그 모듬에 개혁과 혁신이 거듭하며
그 간부의 활동과 사업의 진젼으로써 잇다고 하겟습니다. 이졔 우리 죠선소
년운동상에 력사가 가쟝 오리이엿고 패왕이라고도 할 만한 〈반도소년회(半
島少年會)〉——파란이 중첩으로 개신(改新)에 소리를 치며 싸와 나온 그
〈반도소년회〉——그 일홈을 죠선의 소년 치고는 손곱아 긔역치 못하는
어린이가 업슬 것이며 죠선에 부모 치고는 먼져 찬양의 소리가 소사오를
것이외다. 이 모듬—이 회—를 오늘에 붓을 들게 됨은 넘어나 느진 감이
업지 안은가 하나이다.

이 〈반도소년회〉의 일홈이 세상에 빗을 비치게 됨은 일천구빅이십삼년 삼월 오일이엿스니 그째에 루하골 일대에는 운동열이 극력하야 그 근처에 흐터져서 잇는 어린사람들은 권구단(拳球團)이니 축구(蹴球)회는 잇서셔 밍렬격으로 그것을 숭상케 되엿습니다. 이와 갓치 아해들이 흐터져 노는 것을 유감으로 싱각한 리우상(李爲相) 군은 완전한 모임을 만들지 안으면 안 되겟다 하야 그날에 이 모임의 첫소리를 질는 이후 역시 하는 사업으로 권구와 축구에 지내지 못하는 운동사업에 불과하엿습니다.

그런 후 동년 구월 일일에 혁신(革新)의 봉화를 들게 되어 완전한 어린 사람의 집단을 창셜케 되어 대외격(對外的)이나 대내격으로 모-든 것을 변경케 되얏스니 이럿케 활동에 노력케 된 이는 지금에 쇼년잡지상으로 그 일홈이 혁혁하게 날니는 리원규(李元珪) 씨이엿습니다. 그째에 간부로 는 高長煥, 辛在桓, 朴埈杓, 李元珪, 金炯培, 金孝慶 등 졔씨를 새로운 쇼 리를 친 만치 새로운 길을 발기에는 만흔 고통을 멀니치며 대대격으로 하얏 습니다.

그 뒤에 다시금 회 내에는 서로⌒ 암투가 남모르게 흘으든 중 간부들은 이곳져곳으로 흐터져서 고장환 씨는 〈서울쇼년회〉를 창립케 되고 박준표 김형배 신재환 등 졔씨는 〈새벗회〉를 창셜케 되고 김효경 씨는 〈우리쇼년 회〉를 창립케 되여 이 모듬에 일대 파란이 일어낫습니다. 그러나 리원규 씨는 다시금 쏫마맛[17] 동지를 구하게 되엿스니 그 뒤 간부로는 金鍾喆 崔東 植 崔奎善 등 졔씨이엿습니다. 그리하야 쏘다시 더욱 힘 잇는 소리를 치며 일하여 나갓습니다.

이럭케 파란이 중첩하든 이 모듬에서는 이리져리 만흔 사업을 하게 되엿 스니 그것은 소년운동계(少年運動界)를 위하야 전경성소년축구대회(全京

---

17 '쏫맛는'(뜻 맞는)의 오식이다.

城少年蹴球大會)를 열엇고 일반 무산소년의 교양을 도웁기 위하야는 아동야학원(兒童夜學院)을 셜립하야 문밍퇴치에 진력하엿고 일반 사회적 사업으로는 수재구졔음악대회(水災救濟音樂大會)를 두 번이나 열어서 재민(災民) 구졔에 진력하엿고 전경성소년쇼녀현상웅변대회(全京城少年少女懸賞雄辯大會)를 열엇스며 일반소년을 정적 방면으로 인도하기 위하야 동화대회도 자죠자죠 열엇고 쏘한 희원 간에 한 달에 한번식 학술경긔대회(學術競技大會)를 열어서 회원의 지식을 계발식키는 등 이와 갓치 다형다각으로 지도에 노력하엿슴니다.

"(少年會巡訪記)勞働少年을 慰安코자 첫가을 마지 大音樂會－活躍하는 半島少年會(癸)", 『매일신보』, 1927.8.31.

이러는 중 사무소를 루하동으로 테부동 칠 번지에 옴기여서 쏘한 죠선소년의 문예(文藝) 방면으로 쏘한 지도방침을 지상으로 알니기 위하야『반도소년(半島少年)』이라는 잡지를 삼년 동안 발간하여셔 그 부수가 말할 수 업시 만히 나아갓슴니다. 그리하야 일천규빅이십오년 오월에는 〈불교소년회(佛敎少年會)〉와 이 〈반도소년회〉에서는 두 회에 지도자인 정홍교(丁洪敎) 씨와 리원규(李元珪) 씨는 경성소년련밍(京城少年聯盟) 〈오월회(五月會)〉를 발긔하야 창립케 하엿슴니다.

그 뒤에 일반적으로 사업을 진전식키며 쇠를 도모하든 위원쟝 리원규 씨는 금년 일월 일일에 소년문예운동을 목적하고 단연히 퇴회를 하게 되매 이 회에서 엇절 쥬를 모르게 되든 중 전에 〈불교소년회〉에 칙임자이며 지도에 젼력하든 정홍교 씨를 맛게 되어 더한층 새로운 긔운이 돌며 새로히 소년운동계에 나스게 된 리셔구(李瑞求) 씨를 마져서 한층 힘을 더하게 되엿는 바 아즉 사무소는 루하동(樓下洞) 일빅칠십오 번지에다가 림시로 두고 장차 새로운 회관을 작정하야 보기 죠흔 간판을 부치게 될 터이라고 합니다.

현재 회원은 팔십명이며 모히는 규정을 회원은 매월 두 번으로 날자는 집힝위원회에서 통일하는 바 모힐 때마다 회명은 변개하야 지도문졔로 일반소년에게 말을 하야 정젹교육 육젹교육을 합하야 교양케 되며 간부들은 소년문졔연구에 관한 서칙을 매입하야 지도방침을 연구하는 바 현재 간부로는 總務部에 李瑞求, 丁洪敎 두 분이며 위원으로는 金炯培 외 한 사람이라고 합니다.

그리하야 도라오는 구월 십일에는 서울 시내에 흐터져서 잇는 로동소년을 위하야 로동소년위안음악대회(勞働者慰安音樂大會)를 개최코자 오리견부터 간부 졔씨는 밥부게 준비 중이라고 합니다.

◇

씃흐로 이 모듬이 력사가 오리인 만큼 요새히는 새로운 지도자를 마져서 □한 활동케 되엿스니 이 모든 사업이 죠션에 빗날 줄 안다. (씃)

"(少年會巡訪記)更生의 懊惱에 싸힌 鮮光少年會의 現狀", 『매일신보』, 1927.9.2.

동소문 압까지 힘업는 다리로 〈애죠소년회〉를 찻기에 진담이 빠진 긔자는 다시금 발길을 돌니여 〈션광쇼년회(鮮光少年會)〉를 찻기로 머리속에 너흔 후 가진 힘을 다하야 이곳저곳을 물어서 간부의 한 사람인 졍찬(鄭燦) 씨를 방문하야 이 회의 현상을 물어볼 때 긔자의 눈알이 핑핑 돌 만침 허기가 졋섯스나 하여간 아참에 나온 목적만 일우은 것이 한것 질거웟섯습니다.

시내 내자동(內資洞) 구 번지에서 그 힘을 뻐들랴는 〈선광소년회(鮮光少
年會)〉는 지금으로부터 일년 전 일천구빅이십륙년 칠월 십팔일에 톄부동
한 모통이에서 소리를 치게 되엇스니 그째에 발긔로 鄭燦 姜燦格 李鍾甲
孫永奎 趙明植 등 졔씨의 단결노써 되여 지금까지 내려오는 중 회 내에는
다소 분규가 잇서서 간부가 여러 번 변동이 잇섯고 회무도 잘 진전되지
못하엿다고 함니다.

현재로 힘쓰는 간부 朴浩讚 李教弼 鄭演容 鄭燦 등 졔씨로 현재 회원은
륙십여명이라는 바 경비에 대하야서는 간부들이 젼 칙임을 지고 사업을
진힝하여 나간다고 함니다.

그리하야 미월 일회식 필운동 필운강습원(弼雲講習院)에서 동화대회를
열며 쏘한 회원의 긔능을 발휘식키고자 습자대회(習字大會)를 열어서 현
상품(懸賞品)을 준다는 바 여긔에 대하야 회원과 간부들의 만흔 취미를
갓게 되엿다고 함니다. 그리고 세상에 부모님쎄 쇼년애호(少年愛護)에 대
한 션전을 하기 위하야 부형대회니 모매대회니 하는 회도 각금 열엇다고
함니다.

이와 가치 활동하든 이 모듬에는 경졔적으로 만흔 핍박을 바더서 회관을
톄부동으로 혹은 힝촌동으로 혹은 게동으로 써돌게 되야 지금에는 내자동
엇던 회원의 집에 잇스니 문패도 부치지 못하고 잇는 침톄적 현상을 유지하
고 잇는 바 간부들은 말하되 "이와 갓흔 현상에 잇는 우리 회로써 션성을
대하기는 북그러운 노릇이올시다. 그러나 압흐로 혁신총회를 열고 다시금
새로운 긔세로 사업의 진전칙과 지도에 대한 방침을 연구코자 함니다" 하고
압날에 긔대로 활동을 개시하랴고 한담니다. 그리서 지금은 회원의 입회도
업스며 위원에 집회도 드물다고 함니다. 이럼으로 이와 갓치 된 회에 회원
들은 집을 찾기에 분망 중이라고 함니다.

綱　領
一. 우리 會는 少年運動에 前衛隊가 되기로 期함
一. 우리 會는 씩씩하고 참된 少年을 養成하기로 期함

"(少年會巡訪記)父老들의 理解 엇기에 애를 태오는 愛助少年",
『매일신보』, 1927.9.4.

　팔월 삼십일 아참에는 눈을 비씨면서 드문 가는 구루마 소리와 무
장사의 소리를 들으면서 창경원(昌慶苑)을 거치여서 동소문 엽혜 잇는 경
학원을 바라보며 숭이동(崇二洞) 일빅팔십오 번지에 잇는 〈애조소년회(愛
助少年會)〉를 찻게 되여 잠자는 간부를 끌어내여 뭇기를 시작하엿습니다.
　　　　◇
　이 〈애조소년회〉는 지금으로부터 일년 전 즉 일쳔구빅이십륙년 칠월 사
일에 그 근방에 어린이의 모듬이라고 업슴을 유감으로 싱각한 홍순긔(洪淳
基) 리창연(李昌衍) 홍복득(洪福得) 리용범(李用範) 등 졔군의 쥬선으로
그 회의 탄싱에 깃븜을 마지하엿는 바 그째부터 간부들은 어린 사람들이엇
지만은 힘과 힘을 서로 합하야 근근동리에 흐터져 잇는 자긔네 동모의 손을
익글어 한가지 회원이 되여 한 뭉치로 우리는 서로 배와 나아가자는 션젼을
하며 회원을 모집하는 한편 짜라서 어머니나 아버지에게 소년회가 엇더하
다는 것을 리해를 식키도록 하야 지금에 회원 삼십여 명에 달하는 것은
노력의 결과가 싱기엿다고 합니다.
　이럿케 활동하는 간부들은 쉬임을 싱각지 안코 째째로 동화회를 열며
쏘한 아버지 대회니 어머니 대회라는 모듬을 개최하야 그 회에 사명을 션젼
하며 자긔들이 엇더한 처지에 잇다는 것을 일반 소년에게 알니어셔 한 사람
이라도 소년다운 소년이 되도록 인도하엿다고 합니다.
　　　　◇

그 뒤에 그대로 리해 못하는 부모가 잇고 형제자미가 만흠을 따라서 자긔들의 동지를 구하는 데에 다소 영향이 밋침으로 그를 엇지하면은 죠흘가 하고 회의를 거듭한 결과 유일한 방침으로는 지상으로 션전함이 가장 젹실하다 하고 금년부터 『애죠』(愛助)라는 회보를 발힝하야 일반 가정에 난우워 주며 쏘는 회원에게 분배하야 현하 소년운동에 여하를 알인다고 합니다.

　　綱　領

一. 우리는 少年에게 適合한 敎養이 잇도록 努力하기로 함

一. 우리는 서로 親睦하는 가운데 씩々한 少年이 되도록 로력함

"(少年會巡訪記)多形에셔 統一로 少年機關을 抱容－五月會에 過去 現在(上)", 『매일신보』, 1927.9.6.

지금으로부터 이십여일을 두고 적으나마 조선의 수부인 서울 시내에 흐터져셔 잇는 압날에 잘 살기 위하야 미리에 우리 사회의 쥬인공이며 졔이세 국민을 지도하는 각 소년회의 현재 상태와 간부들의 활동을 리해가 엄는 셰상에 부모님께 소개케 되는 오늘날에 마즈막으로 누구나 다― 죠선의 소년운동선상에서 엄지손가락을 쏩는 〈오월회(五月會)〉를 소개케 된 것이다. 세계젹(世界的)으로 〈국졔청년회소년부(國際靑年會少年部)〉가 잇게 되며 일본(日本)에 〈아동애호련밍(兒童愛護聯盟)〉이 잇는 반면에 조선에는 〈오월회〉가 그 존재를 불으짓는 것임니다.

죠선의 소년운동은 그 운동이 소년자신에 해방운동인 동시에 그 지도운동이라고 하겟나이다. 무궁화 가운데에 잇는 부모님들은 넷날노부터 지금짜지 자긔의 자손을 사랑한다는 것이 절대젹 엇더한 애호가 안이엿고 압박과 구속 그 가운데에서 자녀(子女)를 가정의 꼿으로써 셤기며 양육치 안코 아버지나 어머니가 스스로 가정에 왕이 되여 맛치 노예 모양으로 사역(使

役)하는 까닭에 이에 대한 해방을 부르짓기 위하야 싱긴 것이 소년회이며 이것을 절대로 불으짓는 것이 소년회의 사명이라 하겟나이다.

그리하야 지금까지에 죠선의 소년운동은 초긔인 만큼 부모님께 그러한 사명을 불으짓기 위한 긔분운동(氣分運動)이엿스며 션전이엿든 일천구빅이십오년 오월 삼십일에 〈조선불교소년회〉와 〈반도소년회〉의 대표 정홍교(丁洪敎) 리원규(李元珪) 량씨의 준비로 경성소년련밍(京城少年聯盟) 〈오월회(五月會)〉를 만흔 동지 단톄로 조직하게 되엿습니다. 그리하야 다각다형(多角多形)으로 그 지도에 힘쓰든 소년단톄는 이로써 졔일차 죠직적 운동으로 들어가게 된 것이다.

그리하야 졔일차로 方定煥, 高漢承, 丁洪敎 등 삼씨의 집힝위원이 선정되여 제일차 사업으로 십일 동안을 두고 경성 시내에 각처로 도라단이며 부모대회(父母大會)를 열어서 소년지도문제대강연회(少年指導問題大講演會)를 열어 그에 사명을 불으지즘을 첫소리로 하야 졔이차로 정홍교 씨는 남션순회동화(南鮮巡廻童話)를 하게 되여 졈차로 전조선적으로 그에 사명을 역셜하게 된 것임니다.

(계속)

"(少年會巡訪記)七十萬 宣傳紙 全鮮에 널니 配布－五月會에 過去 現在(下)", 『매일신보』, 1927.9.7.

각 소년회 회원의 정적 방면에 교양을 도웁기 위하야 죠선서는 처음 되는 현상동화동요대회(懸賞童話童謠大會)를 열엇스며 오월 일일(五月一日) 어린이 데－를 당하야는 사회 각 계급에 유지를 망라하야 어린이 데－ 준비하게 되엿습니다. 그리하야 젼죠션적으로 륙십여만 쟝에 션전지를 산포하고 한편으로 전조선에 산재한 소년회 통게표를 작성케 되엿습니다. 그러다가 리왕에 국상을 당하야 만흔 경비를 들인 어린이 데-수포로 도라가고 망곡반을 죠직하랴다가 조선소년운동선상에서 제일차로 文秉讚 李元珪 丁洪敎 閔丙熙 劉時鎔 등 오씨는 경찰 당국에 희싱되고 말엇습니다.

그해 가을 정긔총회에 당선된 崔奎善 崔英潤 李元珪 韓榮憲 高長煥 文秉讚 劉時鎔 丁洪敎 등 제씨는 전죠선소년지도자대회(全朝鮮少年指導者大會)를 열냐다가 사졍으로 연긔된 후 순쳔(順天) 사형 사건에 허시모 문제에 대하야 리원규 정홍교 량씨를 자전거로 순쳔에 파송하야 조사한 후 그 보고연셜회를 열고자 하다가 금지로 도라가고 만 후 경성 시내에 이곳져곳을 순회하며 동화회를 열엇습니다. 그리하야 봄에 준비하엿든 어린이 데-는 가을 추석을 리용하야 리청각(來靑閣)에서 셩대히 개최하고 말엇습니다.

그러든 금년 일쳔규빅이십칠년 오월 일일 어린이 데-를 당하야 다소 여러 가지에 문졔가 빅출한 사실은 널니 셰상에서 공지하는 바와 갓거니와 쏫까지 희싱하려든 〈오월회〉에서 엇지할 수 업시 〈조선소년군총본부(朝鮮少年軍總本部)〉를 비롯하야 재경 사십여 단톄와 구대 잡지사와 합동하야 사회의 만흔 응원 가운데에 삼쳔여명(三千餘名)에 소년으로 경성 쳔지를 움지그렷스며 그날에는 칠십여만장(七十餘萬枚)을 전죠선 각지 소년회에 배부한 션전지를 일졔히 쌜이면서 전죠선적으로 이 〈오월회〉에 힘을 발휘케 된 것이외다.

이와 갓치 활동하는 조선에 유일한 지도단톄(指導團體)인 〈오월회(五月會)〉에서 이번 어린이 데-에 불상사를 유감으로 싱각하며 쏘한 다형적(多形的)으로 지도하는 죠선에 소년운동을 통일격으로 그 사명을 불우짓기 위하야 중앙집권격으로 〈조선소년련합회(朝鮮少年聯合會)〉를 어린이 데-준비위원(準備委員) 간담회(懇談會) 석상에서 십삼인에 준비위원을 션

정하야 준비위원회를 죠직하야 수개월간 활동하든 칠월 삼십일에 젼조선
젹으로 련밍해 〈오월회〉를 비롯하야 삼개 련밍과 륙십여 셰표단톄로 대회
를 열게 하엿습니다.

　이와 갓치 젼죠션젹으로 조선의 소년운동을 통일키 위하야 노력하는 〈오
월회〉에 사무소는 아즉 일시로 시내 견지동(堅志洞) 팔십 번지 시텬교당
안에 잇스나 멧칠 후에 다른 곳으로 이젼케 되리라 하며 압날에 사업으로는
소년운동자 츄긔 간담회를 개최할 것과 창립 긔렴식에 관하야 할 것과 순회
동화회 등을 개최할 외에 그타 다른 지도문졔에 대한 사업을 칙젼하고 잇담
니다. 그런데 현재 간부로 許璇圭 尹小星 高長煥 崔英潤 韓榮愚 丁洪敎
閔丙熙 등 졔씨라고 합니다.

　이와 갓치 조선에 소년운동을 위하야 힘쓰는 〈오월회〉에 대하야 일반사
회에서는 한 가지를 연구를 실시하며 셔로—〜 의사를 교환식키는 가운데
에 한갓 감사를 안이 들일 수 업겟나이다. (끗)

찾아보기

ㅇ

엮은이

류덕제 柳德濟, Ryu Duckjee

경북대학교 대학원 문학박사(1995)
대구교육대학교 국어교육과 교수(1995~현재)
The State University of New Jersey(2004),
University of Virginia(2012) 방문교수
대구교육대학교 교육대학원장(2014~2015)
한국아동청소년문학학회 회장(2015~2017)
국어교육학회 회장(2018~2020)

논문
「『별나라』와 계급주의 아동문학의 의미」(2010)
「일제강점기 계급주의 아동문학의 방향전환론과 작품적 대응양상 연구」(2014)
「윤복진의 아동문학과 월북」(2015)
「송완순의 아동문학론 연구」(2016)
「일제강점기 아동문학가의 필명 고찰」(2016)
「김기주의 『조선신동요선집』 연구」(2018) 외 다수.

저서
『한국 아동청소년문학연구』(공저, 2009)
『학습자중심 문학교육의 이해』(2010)
『권태문 동화선집』(2013)
『현실인식과 비평정신』(2014)
『한국아동문학사의 재발견』(공저, 2015)
『한국현실주의 아동문학연구』(2017) 외 다수.

E-mail : ryudj@dnue.ac.kr

1927.8~1929.12

한국 아동문학비평사 자료집 2

2019년 1월 28일 초판 1쇄 펴냄

엮은이 류덕제
발행인 김흥국
발행처 보고사

책임편집 황효은
표지디자인 손정자

등록 1990년 12월 13일 제6-0429호
주소 경기도 파주시 회동길 337-15 보고사 2층
전화 031-955-9797(대표), 02-922-5120~1(편집), 02-922-2246(영업)
팩스 02-922-6990
메일 kanapub3@naver.com / bogosabooks@naver.com
http://www.bogosabooks.co.kr

ISBN 979-11-5516-865-3 94810
       979-11-5516-863-9 (세트)
ⓒ 류덕제, 2019

정가 50,000원